À Henry, la plus petite de mes perles

1

Cornouailles, août 1933

À présent, la pluie tombait à verse ; le bas de sa robe était maculé de boue. Il faudrait la cacher en rentrant : personne ne devait savoir qu'elle était sortie.

La lune était masquée par les nuages – bonne fortune qu'elle ne méritait pas ; elle poursuivit sa route dans les ténèbres épaisses aussi promptement qu'elle le pouvait. Elle était venue creuser le trou plus tôt dans la journée : mais ce n'était que maintenant, sous le couvert de la nuit, qu'elle pourrait finir le travail. La pluie hérissait la surface du ruisseau à truites et tambourinait sans relâche sur les berges. Dans les fougères, tout près, un mouvement vif se fit sentir ; elle ne s'en émut pas et continua sa course. Elle parcourait les bois depuis sa plus tendre enfance et connaissait les lieux comme sa poche.

Quand la chose s'était produite, elle avait pensé tout avouer – au début, c'était encore possible. Mais elle avait raté le coche ; maintenant, c'était trop tard. La machine s'était mise en marche : les battues, la police, les appels à témoignage publiés dans la presse.

Elle ne pouvait plus en parler à personne, ne pouvait plus revenir en arrière. On ne lui pardonnerait jamais. Il n'y avait plus qu'une solution : enterrer la preuve.

Elle atteignit enfin l'endroit qu'elle avait choisi plus tôt dans la journée. La boîte, qu'elle transportait dans un sac, était étonnamment lourde. Quel soulagement de pouvoir la poser. Elle se mit à quatre pattes pour dégager les fougères et les branchages qui dissimulaient le trou. L'odeur de terre mouillée était envahissante : mélange de champignons, de déjections de mulots et autres matières pourrissantes. Un jour, son père lui avait expliqué que la forêt était parcourue par les hommes depuis des générations et que nombreux étaient les corps inhumés au plus profond du lourd humus. Elle le savait, ces pensées réjouissaient son père. La stabilité de la nature le consolait ; ce passé plus que millénaire avait à ses yeux le pouvoir d'atténuer les chagrins et les problèmes du présent. Sans doute était-ce parfois le cas : mais, se dit-elle, pas en cet instant-là, pas pour ce problème-là.

Elle déposa le sac dans le trou ; la lune alors, pendant une ou deux secondes, sembla percer les nuages. Les larmes n'étaient pas loin : elle les ravala, tout en rabattant la terre à pleines mains. Pleurer, ici, maintenant ? Non, elle n'allait pas s'accorder cette faiblesse. Elle aplatit la terre de ses paumes, l'égalisa soigneusement avant de piétiner le sol, de toutes ses forces, jusqu'à en perdre le souffle.

Voilà. C'était fait.

Il lui vint à l'esprit qu'il fallait peut-être prononcer quelques mots avant de quitter ce coin de forêt loin de tout. Parler de la mort de l'innocence, des terribles remords qui l'accompagneraient jusqu'à la fin de ses jours. Elle ne desserra pas les lèvres. Cette sotte idée la faisait rougir de honte.

Elle rebroussa chemin, retraversa la forêt, prenant soin d'éviter le hangar à bateaux et les souvenirs qui s'y rattachaient. L'aube pointait lorsqu'elle vit paraître la maison. La pluie n'était plus qu'un crachin. Les vaguelettes clapotaient sur le rivage du lac tandis que le dernier rossignol faisait ses adieux. Les fauvettes à tête noire et les pouillots se réveillaient ; un cheval hennit dans le lointain. Elle ne pouvait le savoir alors, mais ces sons de l'aube ne la quitteraient jamais. Ils la suivraient partout où elle irait, s'insinuant dans ses rêves et dans ses cauchemars, lui rappelant sans cesse ce dont elle s'était rendue coupable.

2

Cornouailles, 23 juin 1933

C'était de la Chambre aux mûres que l'on voyait le mieux le lac ; Alice cependant décida de se contenter de la fenêtre de la salle de bains. M. Llewellyn était encore au bord de l'eau avec son chevalet : mais il rentrait la plupart du temps dans le courant de la matinée pour se reposer ; elle ne voulait pas prendre le risque de le croiser. Le vieil homme n'aurait pas fait de mal à une mouche, mais il était excentrique et quelque peu accaparant, surtout ces derniers temps ; et qui sait s'il ne se méprendrait pas sur la présence de la jeune fille dans sa chambre ? Alice fronça le nez. Autrefois, elle l'aimait tant, M. Llewellyn ! Affection des plus réciproques. Quand elle y repensait du haut de ses seize ans, elle avait une drôle d'impression. Les histoires qu'il lui racontait, les petits croquis qu'elle conservait si précieusement, et cette aura de merveille qui le suivait partout, comme une mélodie… Quoi qu'il en fût, la salle de bains était plus rapidement accessible que la Chambre aux mûres : et comme Mère se rendrait compte dans quelques minutes que le rez-de-chaussée manquait singulièrement de fleurs, Alice n'avait pas de temps à perdre à filer dans les étages. Tandis qu'une ribambelle de femmes de chambre se répandait dans le grand vestibule, chiffon à la main, Alice se faufila en hâte jusqu'à la fenêtre de la salle de bains.

Mais où était-il passé ? Alice sentit son estomac se contracter ; en l'espace d'un instant, l'excitation s'était faite désespoir. Ses paumes tièdes plaquées sur le verre, elle balaya du regard le paysage qui s'offrait à sa vue : roses aux pétales roses ou ivoire, aussi luisants que s'ils avaient été astiqués ; précieuses pêches accolées au mur du jardin clos ; immense miroir d'argent du lac, scintillant dans la lumière du matin finissant. Le domaine avait été taillé et pomponné à la perfection, jusqu'au moindre brin d'herbe : et, cependant, jardiniers et intérimaires s'y affairaient encore en tous sens.

Des musiciens embauchés pour la journée installaient des chaises dorées sur l'estrade dressée pour l'occasion ; et, tandis que les camionnettes des traiteurs se succédaient sur l'allée dans des nuages de poussière, la brise d'été soulevait les basques de la grande tente, pas encore finie de monter. La seule personne à ne pas se joindre à l'activité ambiante, c'était grand-mère deShiel. Petite silhouette voûtée, assise sur le banc de jardin en fer forgé, sous les fenêtres de la bibliothèque, elle était perdue dans le labyrinthe poussiéreux de sa mémoire et ne prenait pas garde aux ouvriers qui suspendaient les globes de verre des lanternes dans les arbres alentour.

Alice soudain retint sa respiration.

Il venait d'apparaître.

Le sourire s'élargit sur le visage de la jeune fille avant qu'elle puisse le réprimer. Oh, joie délectable, scintillant de mille étoiles ! Il se tenait sur la petite île au centre du lac, un énorme rondin en équilibre sur l'épaule. Elle leva la main pour le saluer, sans réfléchir – allons donc, à quoi pensait-elle ! Il ne regardait pas dans sa direction. Et si tel avait été le cas, il se serait bien gardé de répondre à son salut. Ils savaient tous les deux qu'il leur fallait rester prudents.

Les doigts d'Alice saisirent la fine mèche de cheveux qui se détachait toujours et pendait, quoi qu'elle fasse, près de son oreille ; elle la fit glisser entre son index et son majeur, une fois, deux fois, dix fois. Elle aimait à le regarder de cette manière, en secret. Elle se sentait forte alors, bien plus qu'en sa compagnie, lorsqu'elle lui apportait de la limonade au jardin, ou se débrouillait pour aller le surprendre dans l'un ou l'autre des recoins éloignés du domaine. Il lui demandait des nouvelles de son roman, de sa famille, de sa vie ; elle lui racontait des histoires, et il riait – et elle devait lutter de toutes ses forces pour ne pas se noyer dans les profondeurs de ses yeux verts mouchetés d'or.

Sous le regard d'Alice, il se pencha, rééquilibra le lourd rondin au creux de son bras et le déposa sur la pile déjà formée. Il était vigoureux, ce qui était une bonne chose, songeait Alice, sans trop savoir pourquoi. Cette puissance l'affectait en un lieu de son âme qu'elle n'avait pas encore exploré. Ses joues la brûlaient ; le sang lui était monté au visage.

Alice Edevane n'était pas timide. Des garçons, elle en avait déjà fréquenté. Peu, il est vrai – à l'exception de leur grande fête d'été, ses parents étaient d'une réserve notoire, privilégiant leur couple à la fréquentation du monde extérieur. Alice cependant avait déjà pu en de rares occasions échanger des regards subreptices avec des garçons du village ou avec les fils des fermiers du domaine, qui, casquette tirée sur le front, yeux baissés, suivaient les pérégrinations de leurs pères. Mais cela… non, cela, c'était autre chose, tout simplement. Elle savait bien de quoi avait l'air ce genre d'affirmation extatique : d'une folle déclaration à la Deborah, sa grande sœur. Alice n'y pouvait rien : c'était vraiment ça. Vraiment autre chose.

Il s'appelait Benjamin Munro. Les lèvres d'Alice articulèrent les quelques syllabes, sans un son : Benjamin James Munro. Vingt-six ans, anciennement domicilié à Londres. Il n'avait pas de famille, travaillait dur et n'était pas homme à perdre son temps en vains bavardages. Il était originaire du Sussex, avait grandi en Extrême-Orient ; ses parents étaient archéologues. Il aimait le thé vert, l'odeur du jasmin et les journées chaudes qui tournaient à l'orage.

Elle ne les tenait pas de lui, ces renseignements. Il n'était pas de ces individus pompeux qui claironnent leurs propres mérites devant n'importe quelle jeune fille, comme si ladite demoiselle n'était qu'une jolie frimousse agrémentée d'oreilles complaisantes. Alice avait écouté, observé, glané des informations à droite et à gauche. Lorsque l'occasion s'était présentée, elle s'était introduite dans la remise à outils et avait consulté le registre des employés tenu par le jardinier en chef. Alice avait toujours eu un penchant pour les enquêtes policières : comme de bien entendu, elle avait trouvé, agrafée à l'une des méticuleuses observations jardinières de M. Harris, la lettre de candidature de Benjamin Munro. Alice avait lu cette courte missive, rédigée d'une écriture qui aurait fait bondir Mère, gardant en mémoire les passages les plus importants et s'émerveillant de la profondeur, des couleurs que ces mots donnaient à l'image qu'elle s'était forgée de Benjamin – image qu'elle gardait pour elle seule, comme une fleur conservée dans un livre. Comme la fleur dont il lui avait fait cadeau le mois précédent.

« Regarde, Alice (la tige était verte et fragile dans sa main large et puissante), le premier gardénia de la saison. »

Ce souvenir la fit sourire. Elle plongea la main dans sa poche et caressa la surface lisse de son carnet relié cuir. Habitude qu'elle avait gardée de son enfance et qui rendait sa mère folle depuis des années – depuis le huitième anniversaire d'Alice, à l'occasion duquel elle avait reçu son tout premier carnet. Comme elle l'avait aimé, ce petit carnet à la couverture d'un brun chaud ! C'était tellement bien vu, ce cadeau, de la part de Papa. Lui aussi, avait-il précisé avec une gravité qu'Alice avait admirée et appréciée à sa juste valeur, lui aussi tenait un journal. Alice avait écrit son nom en entier lentement, soigneusement, sous l'œil attentif de Mère : Alice Cecilia Edevane, sur la petite ligne sépia imprimée sur la page de garde. Ce simple geste lui avait immédiatement donné l'impression d'être plus concrète, plus pleine.

Mère désapprouvait l'habitude qu'Alice avait de caresser le carnet dans sa poche : « Cela te donne l'air sournois ; on te dirait prête à toutes les bêtises. » Description à laquelle Alice avait décidé de n'accorder aucune importance. L'irritation maternelle n'était qu'un bonus : même si cette manie n'avait pas fait venir sur le ravissant visage d'Eleanor Edevane un subtil froncement de sourcils, Alice n'y aurait pas renoncé. Elle avait besoin de sentir le carnet contre sa peau – c'était sa pierre de touche, le symbole et le rappel de sa personnalité. Et son confident le plus proche, ce qui en faisait une source on ne peut plus fiable sur Ben Munro.

Leur première rencontre remontait déjà à presque un an. Il était arrivé à Loeanneth à la fin de l'été 1932, pendant cette longue période de sécheresse qui, succédant à l'excitation intense de la fête du Solstice, ne laissait rien d'autre à faire que s'abandonner à la chaleur soporifique du moment. Un esprit divin de sereine indolence était descendu sur les habitants du domaine, si bien que même Mère, enceinte de huit mois, le teint glorieusement rose, avait défait les boutons de perle des manchettes de son chemisier de soie, puis les avait roulées jusqu'aux coudes.

Ce jour-là, Alice était restée un bon moment assise sur la balançoire du saule, à réfléchir à son Vaste Problème. Autour d'elle, le brouhaha de la vie de famille, auquel elle ne prêtait aucune attention : Mère et M. Llewellyn riant au loin, et maniant mollement les avirons qui clapotaient dans les flots ; Clemmie se marmonnant on ne savait quelles histoires tout en tournant en rond sur la pelouse, les bras écartés comme des ailes ; Deborah racontant à Rose, la nounou, tous les scandales de la dernière saison londonienne. Alice, elle, dans son cocon, n'entendait que l'aimable bourdonnement des insectes de l'été.

Elle se balançait paresseusement depuis presque une heure, sans même remarquer l'hémorragie d'encre dont son stylo-plume flambant neuf était en train de souiller sa robe de coton blanc, lorsqu'il apparut, passant des ténèbres des sous-bois à l'allée inondée de soleil. Il portait un sac de marin en toile sur l'épaule avec, à la main, ce qui semblait être un veston ; il marchait d'un pas régulier, puissant, dont le rythme fit qu'Alice ralentit son balancement. La corde rugueuse lui grattant la joue, elle le vit avancer à travers les branchages tombants du saule pleureur.

On ne venait jamais par hasard à Loeanneth, ce qui s'expliquait par sa singulière géographie. Le domaine occupait le fond d'une cuvette, encerclée de denses forêts où les sous-bois étaient conquis par la bruyère, comme les maisons des contes de fées (de même que les cauchemars, ce que prouva la suite des événements : mais Alice, à cette époque, ne pouvait pas le savoir). Loeanneth était leur coin de soleil, la demeure ancestrale des deShiel – la famille de la mère d'Alice – depuis des générations. Et cependant, il avait surgi en leur sein, parfait étranger, brisant, par là même, tout simplement, le sortilège de l'après-midi.

Alice avait un penchant naturel pour la curiosité dans sa forme la plus indiscrète – depuis toujours, on le lui reprochait, même s'il s'agissait pour elle d'une qualité, d'un talent dont elle pouvait faire bon usage ; ce jour-là, cependant, l'intérêt qu'elle ressentit pour l'intrus n'était attisé que par la frustration et le soudain désir d'être détournée de son oisiveté. Depuis le début de l'été, elle avait travaillé avec une folle ardeur à la rédaction d'un roman qui alliait passion et mystère ; depuis trois jours, pourtant, l'intrigue piétinait. C'était la faute de Laura, son héroïne : Alice avait eu beau consacrer plusieurs chapitres à sa riche vie intérieure, Laura désormais refusait de coopérer. Confrontée à l'intrusion d'un honorable jeune homme élancé et brun, Lord Hallington – quel nom splendide ! –, Laura avait perdu tout à coup sa belle intelligence et son sens de l'humour pour devenir horriblement ennuyeuse.

Ma foi, se dit Alice en regardant le jeune homme qui remontait l'allée, la jeune Laura allait devoir patienter. Sa créatrice avait désormais d'autres préoccupations.

Un étroit torrent traversait, éternel, le domaine, jouissant un bref moment à cet endroit du soleil avant de repartir sans retour possible vers les bois ombreux. Un pont de pierre, hérité d'un grand-oncle ou arrière-grand-oncle qui n'était plus de ce monde depuis bien longtemps, reliait les berges ; de là, on accédait à Loeanneth. L'inconnu s'immobilisa devant le petit pont. Il se retourna lentement vers le chemin qu'il venait de parcourir et lança un regard vers – sa main ? Un bout de papier, peut-être ? Ou était-ce un effet de lumière ? Il y avait dans l'inclinaison de sa tête, dans le long regard dont il enveloppait les bois obscurs comme une résolution. Alice plissa les yeux. Elle était écrivain, elle comprenait les gens. Elle était sensible aux symptômes de l'incertitude, de la fragilité. Qu'était-ce donc qui le faisait hésiter, ce bel inconnu, et pourquoi ? Il se retourna de nouveau, complétant le cercle qu'il avait entamé, levant la main à son front et parcourant du regard l'allée bordée de chardons, du pont jusqu'à la demeure devant laquelle les ifs montaient la garde, fidèles au poste. Il s'immobilisa un long moment – respirait-il même ? – puis, sous la surveillance d'Alice, posa son sac et son veston, rajusta ses bretelles et poussa un lourd soupir.

Alice fut alors envahie par l'une de ses soudaines certitudes. D'où lui venaient ces intuitions par lesquelles elle pénétrait dans l'esprit des autres, elle ne le savait pas : ces pensées se matérialisaient au moment où elle s'y attendait le moins, parfaites, structurées. Parfois, elle *savait* des choses, voilà tout. En l'occurrence, l'homme n'avait pas l'habitude de ce genre d'endroit. Cependant, il avait rendez-vous avec son destin. Et même s'il y avait en lui une petite voix qui lui conseillait de quitter le domaine au plus vite, avant même d'y trouver ses marques, il n'allait pas rebrousser chemin. D'ailleurs, c'était impossible. Perspective chargée d'ivresse ; Alice se surprit à serrer les mains sur les cordes de la balançoire, l'esprit traversé d'une profusion d'idées, le regard fixé sur l'homme dont elle guettait la progression.

Et l'homme, comme il se devait, ramassa son veston, reprit son sac et poursuivit son chemin vers la maison que lui dissimulaient les arbres. Il était plein désormais d'une résolution nouvelle, le dos plus droit – attitude qui pouvait tromper les esprits superficiels. Comme si, en somme, il ne s'était jamais posé la moindre question. Alice s'accorda un petit sourire non dénué d'orgueil, avant d'être brutalement submergée par une idée d'une si vive clarté qu'elle manqua tomber de la balançoire. Double révélation : alors qu'elle remarquait la tache d'encre qui maculait sa jupe, Alice trouva la réponse à son Vaste Problème. Bien sûr ! C'était si simple. Laura, aux prises avec l'intrusion de son inconnu à elle, séduisant et doué comme sa créatrice d'une capacité peu commune à deviner les âmes, ne pourrait que percevoir ce que cachait la façade aimable de Lord Hallington. Elle découvrirait son terrible secret, son coupable passé, et murmurerait, dans l'un de ces moments si calmes où elle pouvait jouir sans autre témoin de sa présence…

— Alice ?

Retour à l'été de 1933 et à la salle de bains de Loeanneth. Alice tressaillit, sa joue heurtant le chambranle de bois de la fenêtre.

— Alice Edevane ? Où es-tu passée ?

Alice jeta un regard par-dessus son épaule. La porte était fermée. Les délicieux souvenirs de l'été précédent, l'excitation si enivrante du coup de foudre, les premiers moments de sa relation avec Ben et celle éperdue autour du roman qu'elle écrivait se répandirent en elle. La poignée de porte en bronze fut prise d'une légère vibration, en écho aux bruits de pas qui retentissaient, rapides, dans le vestibule. Alice retint son souffle.

Depuis une semaine, Mère était dans un terrible état de nerfs. Rien d'étonnant à cela. Eleanor Edevane n'était pas une maîtresse de maison-née, loin s'en fallait. Mais la fête du Solstice était la grande tradition de la famille deShiel. Et Mère avait eu une telle adoration pour son père, Henri, que l'événement, désormais, commémorait la mémoire de ce dernier. Mère était de constitution anxieuse : cette année, cependant, c'était pire que tout.

— Alice, je sais que tu n'es pas loin. Deborah t'a vue il n'y a pas cinq minutes.

Deborah : la grande sœur, le parangon, l'ennemie numéro un. Alice serra les mâchoires. Comme s'il ne suffisait pas d'être la fille de la célèbre, de la vénérée Eleanor Edevane, il lui fallait aussi – quelle malchance – succéder à une sœur presque aussi parfaite que leur mère.

La tête bien faite et bien pleine, Deborah était de surcroît fiancée au lion de la saison… Dieu merci, comparée à Clementine, troisième sœur Edevane et bizarre brouillon de fille, Alice pouvait sans mal se targuer d'une certaine normalité.

Tandis que Mère traversait, rageuse, le grand vestibule, Edwina la suivant d'un pas régulier et souple, Alice entrouvrit la fenêtre pour laisser pénétrer un peu de la chaude brise, dont l'odeur d'herbe coupée et de sel lui baigna le visage. Edwina était la seule créature (le terme était vraiment approprié : Edwina était un golden retriever) qui puisse supporter Mère lorsqu'elle était dans cet état. Papa, le pauvre, avait même filé au grenier des heures auparavant, où il se complaisait sans nul doute dans l'aimable et silencieuse compagnie de son grand œuvre sur les sciences. Le problème, c'était le perfectionnisme de Mère : la fête devait, dans ses moindres détails, se conformer à ses standards, lesquels étaient des plus exigeants. Même si elle dissimulait la chose sous un vernis d'indifférence têtue, Alice, pendant des années, s'était inquiétée de ne pouvoir satisfaire aux espérances de sa mère. Quand elle se regardait dans la glace, elle ne pouvait que désespérer de sa silhouette dégingandée, de sa chevelure brune, rebelle et terne, et de sa préférence marquée pour les compagnons imaginaires.

Mais ce n'était plus le cas. Sous le regard joyeux d'Alice, Ben ajouta un nouveau rondin à ce qui devenait rapidement un fastueux bûcher. Alice n'avait peut-être pas le charme de Deborah ; elle n'avait certainement pas, à l'instar de Mère, été immortalisée dans les pages d'un livre pour enfants qu'on trouvait dans toutes les nurseries : peu lui importait. Elle n'avait rien à voir avec tout cela.

« Alice Edevane, tu es une vraie conteuse, lui avait dit Ben en une fin d'après-midi, alors que le ruisseau égrenait sa fraîche chanson et que les pigeons se regroupaient sur les arbres : C'est la première fois que je rencontre quelqu'un avec autant d'imagination, des idées si prenantes. »

Sa voix était douce, son regard intense ; Alice s'était vue alors par les yeux de Ben et ce spectacle lui avait plu.

La voix de Mère retentit devant la porte de la salle de bains ; il était encore question de fleurs ; puis l'ouragan tourna dans un autre couloir et la voix s'éteignit.

— Oui, bien chère Mère, marmonna Alice avec une délectable condescendance. Ce n'est pas la peine de te mettre la rate au court-bouillon.

Cette allusion à l'anatomie maternelle était glorieusement sacrilège et Alice dut se mordre les lèvres pour éviter l'éclat de rire.

Non sans avoir jeté un dernier regard au lac, elle sortit de la salle de bains, traversa le grand vestibule sur la pointe des pieds pour aller récupérer le précieux dossier dissimulé sous le matelas de son lit. Évitant dans sa hâte le piège que constituait pour les pieds le trou du tapis d'escalier rouge, souvenir iranien des aventures de l'arrière-grand-père Horace au Moyen-Orient, Alice descendit les marches deux à deux, s'empara d'un panier qui trônait sur la table du grand vestibule et sortit dans la lumière du grand matin.

***

Il fallait le reconnaître, le temps était parfait. Alice ne pouvait s'empêcher de fredonner un petit air tout en arpentant l'allée pavée. Le panier était déjà à moitié plein, bien qu'elle fût encore loin des prairies où abondaient les fleurs des champs : c'était là qu'on trouvait les plus jolies fleurs, les plus surprenantes aussi, bien plus intéressantes que ces premières de la classe, prétentieuses et banales. Mais Alice prenait son temps. Elle avait passé la matinée à éviter sa mère, attendant l'heure du déjeuner de M. Harris et l'opportunité de voir Ben en tête à tête. « J'ai quelque chose pour toi », lui avait-il confié la dernière fois qu'ils s'étaient vus.

Alice avait ri et il l'avait regardée avec ce demi-sourire qu'il avait parfois, celui qui vous donnait l'impression de ne plus avoir de jambes.

« Qu'est-ce que j'ai dit de drôle ? » avait-il demandé. Alice alors s'était redressée de toute sa taille pour lui répondre qu'elle avait elle aussi, ô coïncidence, quelque chose à lui offrir.

Elle fit halte au bout de l'allée pavée, derrière le plus grand des ifs. Il avait été taillé pour la fête, et son feuillage était compact et impénétrable. Alice lança un coup d'œil vers le lac. Ben était encore à côté du feu de joie. M. Harris était parti à l'autre bout de la pièce d'eau pour aider son fils Adam à préparer les rondins qu'il faudrait ensuite transporter sur l'île. Pauvre Adam. Alice le regarda se gratter la tête, juste derrière l'oreille. Autrefois, d'après Mme Stevenson, il avait fait l'orgueil de ses parents – jeune homme vigoureux, brillant, plein d'avenir. Sur les champs de bataille de Passchendaele, un éclat d'obus était venu se loger dans sa boîte crânienne, le privant d'une bonne partie de ses facultés mentales. C'est une terrible chose que la guerre, aimait à scander la cuisinière, tout en étalant de son rouleau à pâtisserie une impeccable pâte à tarte sur la table de la cuisine.

« Ça vous prend un garçon comme lui, tellement prometteur, ça vous le dévore et ça vous le recrache, et il n'est plus que l'ombre de lui-même, un misérable pantin. »

La seule bonne chose dans cette affaire, estimait Mme Stevenson, c'était qu'Adam lui-même ne semblait pas s'être rendu compte de cette métamorphose et qu'il en paraissait même soulagé.

« Et ce n'est pas dans la norme, ça, ajoutait-elle toujours, faisant ainsi honneur à son pessimisme intrinsèque (elle n'était pas écossaise pour rien, Mme Stevenson) : Il y en a plein d'autres qui sont rentrés comme amputés de leur rire.

C'était Papa qui avait tenu à faire embaucher Adam dans le domaine. Alice l'avait entendu en parler à M. Harris.

« Il a un emploi à vie chez nous, déclarait Papa, d'une voix que la compassion faisait frémir : Je vous l'ai déjà dit. Tant qu'il aura besoin de travailler, il pourra rester chez nous, le jeune Adam. »

Un léger vrombissement se fit entendre à l'oreille gauche d'Alice, et la plus ténue des brises frôla sa joue. Elle tourna les yeux, immobile : une libellule planait à quelques centimètres d'elle, un sympétrum jaune d'or, une espèce peu commune, et l'envahit une excitation qui avait ses racines dans l'enfance. Alice se représenta Papa dans son bureau, refuge contre les humeurs pré-estivales de Mère. Si Alice avait la main assez rapide, elle pourrait attraper la bestiole et l'apporter à Papa, pour sa collection, baigner un instant dans le plaisir que ce cadeau ne manquerait de provoquer et se sentir remonter dans l'estime paternelle. Comme lorsqu'elle était une petite fille, et que le privilège d'être l'heureuse élue, la seule à pouvoir pénétrer avec lui dans le laboratoire, avec ses vieux livres de science, ses gants blancs et ses vitrines, contrebalançait l'épouvante que suscitaient en elle les épingles à spécimen, en argent scintillant.

Mais elle n'avait pas le temps de revenir à la maison, bien sûr. D'ailleurs, le seul fait d'y avoir pensé constituait une distraction coupable. Alice fronça les sourcils. Quand son esprit se concentrait sur un sujet, le temps avait la curieuse manie de perdre toute exactitude. Elle regarda sa montre. Midi dix, pratiquement. Encore vingt minutes et le jardinier en chef se retirerait dans sa cabane, comme chaque jour, pour jouir en toute tranquillité de son bout de fromage, de son sandwich au piccalilli et des pages consacrées aux paris hippiques. M. Harris était un homme respectueux des habitudes, ce pour quoi Alice avait une considération particulière.

Chassant la libellule de son esprit, elle traversa l'allée d'un bond et se fraya un chemin autour du lac aussi discrètement que possible, évitant la pelouse et les ouvriers jardiniers qui s'égaillaient près de l'endroit d'où l'on tirerait le feu d'artifice, complexe machinerie, et restant dans l'ombre jusqu'à ce qu'elle parvienne au Jardin secret. Elle s'installa sur les marches ensoleillées de la vieille fontaine et posa le panier à ses pieds. C'était l'endroit idéal pour guetter le bon moment, se dit-elle. Elle était protégée des regards par la haie d'aubépine et pouvait, de son côté, espionner la nouvelle jetée par les trouées du feuillage.

Tout en attendant l'instant où elle pourrait se retrouver en tête à tête avec Ben, Alice se plongea dans la contemplation d'un couple de freux qui virevoltaient dans le ciel d'un bleu marin. Son regard se porta ensuite sur la maison : perchés sur des échelles, des ouvriers installaient d'immenses guirlandes de verdure sur la façade de brique ; deux ou trois femmes de chambre accrochaient de délicates lanternes en papier sous les auvents. Les rayons du soleil se reflétaient sur la plus haute rangée de fenêtres en verre vitrail et la demeure familiale, astiquée jusqu'au dernier bouton de porte, scintillait de mille feux, comme une vieille lady couverte de bijoux pour sa sortie annuelle à l'opéra.

Alice se sentit soudain submergée par une immense vague d'affection. La maison et les jardins de Loeanneth avaient toujours eu pour elle, du plus loin qu'elle s'en souvienne, une vie propre, une signification qu'ils n'avaient pas pour ses sœurs. Londres attirait Deborah comme la lumière les insectes : Alice, elle, n'était jamais plus heureuse, jamais plus elle-même, entière, qu'ici, à Loeanneth, assise près du ruisseau, l'eau fraîche passant lentement entre ses doigts de pied – ou dans son lit, juste avant l'aube, écoutant les pépiements de la famille de martinets qui avait construit son nid au-dessus de sa fenêtre – ou encore faisant le tour du lac, son précieux carnet dans la poche.

L'année de ses sept ans, elle avait compris qu'un jour elle serait adulte et qu'en général les adultes ne vivent pas dans la même maison que leurs parents. Un profond gouffre existentiel s'était ouvert en elle, sombre, effrayant ; elle s'était mise à graver son nom partout où elle le pouvait : dans le solide chêne anglais des croisées de la salle du petit déjeuner, dans le ciment poisseux du carrelage de la salle d'armes, sur le papier peint du vestibule, dit du Voleur de fraises : comme si, par ces infimes manifestations, elle pouvait, d'une certaine manière, lier son destin à la maison d'une façon visible et durable. Alice avait été privée de dessert pendant tout l'été lorsque Mère avait découvert ces marques d'affection d'un genre particulier. Punition qui aurait été supportable si elle n'avait pas été accompagnée de l'injuste accusation de vandalisme.

« Et moi qui pensais que tu avais de la considération pour cette maison – surtout toi ! avait sifflé Mère, blême de fureur. Penser qu'un de mes enfants peut se conduire avec autant d'irrespect, qu'il puisse se rendre coupable d'une plaisanterie aussi cruelle, aussi stupide ! »

De s'entendre traiter de cette manière, de voir son affection possessive et passionnée pour la maison réduite à une simple sottise d'enfant avait empli Alice de honte et de chagrin.

Mais c'était de l'histoire ancienne, cela. Elle tendit les jambes, pieds joints, orteils dressés, et poussa un soupir de profond contentement. L'eau avait passé sous les ponts, emportant cette obsession enfantine. Le soleil était partout, caressant de ses doigts d'or les feuillages vert vif du jardin. Une fauvette à tête noire, dissimulée dans les rameaux tombants d'un saule tout proche, se lança dans une douce fanfare tandis que deux colverts se disputaient un escargot particulièrement appétissant. L'orchestre répétait un air de danse ; la musique flottait à la surface du lac. Quelle chance, ce beau temps ! Après des semaines d'inquiétude, d'étude approfondie des nuages de l'aube, de consultation de Ceux qui sont censés savoir, le soleil enfin s'était levé, consumant de ses rayons le moindre lambeau de brume : comme il se doit en une veille de solstice. La soirée serait douce, la brise légère et la fête aussi enchanteresse que les années passées.

Alice avait toujours perçu la magie particulière de l'événement, bien avant d'avoir l'âge de participer à la fête jusqu'à l'aube. Elle l'avait sentie dès l'époque où nounou Bruen les amenait au rez-de-chaussée pour les présenter aux invités : les trois filles de la maison, dans leurs plus beaux atours. La fête alors ne faisait que commencer, peuplée d'adultes bien habillés qui attendaient, empesés et polis, la tombée de la nuit. Mais, plus tard, quand Alice était censée dormir et qu'elle entendait la respiration de Nounou s'apaiser, sombrer dans la lenteur du sommeil, elle se faufilait jusqu'à la fenêtre de la nursery et s'agenouillait sur une chaise pour regarder les lanternes luire comme des fruits lumineux et mûrs dans la nuit, l'immense feu de joie qui semblait flotter sur l'eau, d'argent sous le clair de lune – monde enchanté dans lequel les lieux et les individus n'étaient plus tout à fait ceux dont elle se souvenait.

Et, ce soir-là, elle ferait partie de ce monde, pour un solstice qui promettait d'être très particulier. Alice sourit, parcourue par un léger frémissement d'impatience. Elle jeta de nouveau un regard à sa montre et sortit du panier son dossier, avant de l'ouvrir, exposant au grand jour son précieux contenu. Elle avait tapé à la Remington deux exemplaires de son manuscrit, un travail de titan. C'était son dernier texte en date, le résultat de un an d'efforts. Il y avait une petite coquille dans le titre – elle avait tapé un *u* à la place du *y*, mais le reste était impeccable. Ben ne s'en formaliserait pas ; il serait le premier à lui expliquer qu'il fallait garder le plus bel exemplaire pour Victor Gollancz. Quand le livre paraîtrait, il aurait sa première édition à lui, signée par l'auteur, juste au-dessous de la dédicace.

Bye Baby Bunting : Alice relut le titre en un murmure, se repaissant du frisson de mystère qu'il faisait encore courir le long de son épine dorsale. Elle était très fière de son texte : c'était la meilleure chose qu'elle eût jamais écrite ; la publication ne faisait guère de doute pour elle. *Bye Baby Bunting* était un roman policier, un vrai, meurtre compris. Après avoir étudié la préface des *Meilleurs récits policiers*, elle avait pris son carnet et avait dressé la liste des règles du genre, selon M. Ronald Knox, le distingué anthologiste. Elle avait compris ce qui clochait avec son premier jet, qui tentait de réconcilier deux genres incompatibles, et s'était débarrassée de sa Laura. Puis elle avait tout repris depuis le début, imaginé une maison de campagne, un inspecteur de police et une maisonnée dont tous les membres ou presque faisaient d'excellents suspects. L'énigme lui avait donné du fil à retordre : il fallait que le lecteur ne se doute pas de l'identité du coupable avant la révélation finale. En y travaillant, elle avait compris qu'il lui fallait une chambre d'écho, un Dr Watson, pour ainsi dire. Fort heureusement, elle l'avait trouvé. Et bien plus que cela.

À B. M., partenaire dans le crime, complice dans la vie.

Elle caressa ces quelques mots du pouce. Bien sûr, quand le livre paraîtrait, les gens comprendraient ce qu'il y avait entre eux – Alice n'en avait cure. Frémissait en elle une si grande impatience ! Elle avait été si souvent à deux doigts de tout avouer à Deborah, ou même à Clemmie, tant elle brûlait d'entendre ces mots prononcés à haute voix. Jusqu'ici, elle avait réussi à éviter les conversations avec Mère, qui avait quelques soupçons, Alice s'en était rendu compte. Lorsque le livre serait sorti, ils sauraient : c'était en un sens la meilleure façon d'en parler.

Bye Baby Bunting était né de ses discussions avec Ben ; elle n'aurait pu l'écrire sans lui. Elle avait pu collecter les fruits immatériels de leurs esprits, les transcrire sur le papier, en mots tangibles. Elle avait transformé une simple possibilité en réalité. Si bien qu'en offrant à Ben son exemplaire du manuscrit, elle ne pouvait s'empêcher de donner à la promesse jusqu'ici tue du chemin qu'ils allaient parcourir ensemble un surplus de réalité. Chez les Edevane, on ne traitait jamais les promesses à la légère. C'était quelque chose qui leur venait de Mère, un dogme qu'elle leur inculquait à partir du moment où ils savaient parler : quand on sait qu'on ne peut pas tenir ses promesses, on s'abstient d'en faire.

Des voix s'élevèrent de l'autre côté de la haie d'aubépine. Alice, instinctivement, serra le manuscrit contre son cœur. Elle tendit un instant l'oreille puis se rapprocha des feuillages, épiant la berge par une petite ouverture en forme de losange. Ben avait quitté l'île ; la barque était arrimée à la jetée mais M. Harris et

Adam étaient encore au côté du jeune homme, près du tas de rondins. Ben avait porté sa tasse en aluminium à ses lèvres. Alice contempla sa pomme d'Adam, qui montait et descendait tandis qu'il buvait, la barbe d'un ou deux jours qui ombrait l'angle de sa mâchoire, la mèche sombre qui s'incurvait au-dessus de son col. Sa chemise était tachée par la transpiration ; Alice sentit une boule se former dans sa gorge. Elle adorait l'odeur de Ben, si terrienne, si vraie.

M. Harris ramassa sa sacoche à outils et fit part de ses instructions à ses deux aides – ce à quoi Ben répondit par un petit signe de tête et une ébauche de sourire. Alice l'accompagna dans ce sourire, s'enivrant de la fossette qui creusait sa joue gauche, de ses épaules carrées, de son avant-bras dénudé et luisant sous le soleil ardent. Puis il se redressa ; un bruit au loin venait d'attirer son attention. Alice suivit son regard, qui quittait M. Harris pour se fixer sur les jardins sauvages, par-dessus la tête du jardinier en chef.

Là, où s'emmêlaient les lis des steppes et la verveine, Alice repéra une petite silhouette qui se dirigeait, joyeuse, intrépide, vers la maison : Theo. À la vue de son petit frère, le sourire d'Alice s'élargit de quelques centimètres – avant de s'effacer, conséquence de l'apparition derrière le bambin d'une ombre imposante et noire. Elle comprit immédiatement le pli qui marquait maintenant le front de Ben : nounou Bruen lui faisait le même effet. Elle n'avait pas la moindre affection pour la nourrice : rien d'étonnant à cela. Comment avoir de la sympathie pour une personne aux dispositions aussi despotiques ? Dieu savait pourquoi nounou Rose, si charmante et si jolie, avait été renvoyée. De toute évidence, Rose adorait Theo, au point de tout lui passer, d'ailleurs ; et dans la maisonnée, tous l'aimaient. Même Papa, qu'on voyait parfois discuter avec elle dans le jardin, tandis que Theo poursuivait de son pas encore maladroit les canards. Et Papa se trompait très rarement sur les gens.

Et, pourtant, quelque chose avait provoqué l'ire de Mère. Deux semaines plus tôt, Alice l'avait vue échanger des paroles (ou plutôt des murmures) peu amènes avec nounou Rose, sur le seuil de la nursery. Il était question de Theo ; malheureusement, Alice était trop loin pour comprendre d'où venait leur désaccord. Nounou Rose avait été renvoyée dans la foulée et nounou Bruen ressortie du placard. Alice pensait en avoir fini pour de bon avec cette antique mégère au menton poilu, armée de son éternel flacon d'huile de ricin. Ayant un jour entendu grand-mère deShiel déclarer que l'indocile Alice avait certainement eu raison de la santé mentale de la vieille nourrice, la jeune fille en avait toujours ressenti une certaine fierté. Mais les bonnes choses n'ont qu'un temps et nounou Bruen était de retour, plus irascible que jamais.

Alice se lamentait encore sur le départ de nounou Rose lorsqu'elle se rendit compte qu'elle n'était plus seule dans le Jardin secret. Une branche craqua dans son dos et elle se redressa brusquement en pivotant sur ses talons.

— Monsieur Llewellyn ! s'exclama-t-elle à la vue de la silhouette voûtée du vieil homme, chevalet sous un bras et énorme carnet de dessin serré de guingois sur sa poitrine : Vous m'avez fait peur !

— Désolé, Alice, chère enfant. Je ne me rends pas compte de ma propre discrétion. J'espérais pouvoir te parler, vois-tu.

— Maintenant, monsieur Llewellyn ?

En dépit de l'affection qu'elle portait au vieil artiste, Alice sentit la frustration l'envahir. Il ne semblait pas avoir compris que l'époque où elle le regardait dessiner, où elle l'accompagnait en barque sur la rivière, à la dérive, où elle lui confiait ses secrets d'enfant tandis qu'ils chassaient elfes et fées – cette époque-là était révolue. Autrefois, il avait tant compté pour elle. Il n'était pas question de le nier. M. Llewellyn avait été un ami précieux pour la petite Alice et il avait guidé ses premiers pas d'écrivain en herbe. Combien de fois avait-elle accouru auprès du vieux monsieur, pour lui montrer les contes enfantins qu'elle avait griffonnés dans la fièvre de l'inspiration. En retour, il avait toujours pris soin de critiquer ses efforts sans jamais se départir de son sérieux. Mais elle avait seize ans maintenant, et d'autres choses en tête qu'elle ne pouvait partager avec lui.

— C'est que j'ai beaucoup à faire, monsieur Llewellyn.

Le regard du vieil homme se dirigea pensivement vers le trou dans la haie d'aubépine ; Alice sentit ses joues s'enflammer d'une chaleur subite.

— Je surveille les préparatifs de ce soir, se hâta-t-elle de préciser.

M. Llewellyn sourit d'une manière qui donnait à penser qu'il savait exactement qui elle surveillait et pour quelle raison.

— J'ai cueilli des fleurs pour Mère, ajouta vivement Alice.

M. Llewellyn baissa les yeux sur le panier abandonné, où les fleurs commençaient à se recroqueviller dans la chaleur de midi.

— Et je n'ai pas fini, d'ailleurs.

— Bien sûr, reprit-il avec un hochement de tête. Je ne me permettrais pas de t'interrompre dans une tâche aussi capitale. Mais ce dont je voudrais te parler est assez important, vois-tu.

— J'ai bien peur de ne pas avoir de temps à vous consacrer.

La déception de M. Llewellyn était palpable, ce qui n'était pas dans ses habitudes. Mais, ces derniers temps, se rendit soudain compte Alice, il n'avait pas l'air dans son assiette. Pas vraiment déprimé, non : plutôt absent, mélancolique. Son gilet de soie était boutonné de travers et son foulard passablement effiloché. Soudain pleine de compassion pour son vieil ami, elle pointa le menton vers le carnet de croquis, pour se faire pardonner.

— C'est magnifique.

Nul besoin de mentir. N'était-ce pas la première fois qu'il dessinait Theo ? La ressemblance était frappante : les grands yeux confiants, les joues rondes et les lèvres pleines qui n'avaient pas tout à fait perdu l'embonpoint du nourrisson. Cher M. Llewellyn, qui avait toujours su distinguer le meilleur en chacun d'eux.

— Si vous voulez, suggéra-t-elle avec un sourire engageant, nous pourrions discuter après le goûter ? Un peu avant la fête ?

M. Llewellyn serra son carnet à dessin contre lui et réfléchit un instant à la proposition de la jeune fille, avant d'esquisser un froncement de sourcils.

— Pourquoi pas ce soir, au moment du feu de joie ?

— Vous serez là ce soir ?

Alice avait de quoi être surprise. M. Llewellyn, qui

n'était guère sociable, faisait de son mieux pour éviter les grands rassemblements – et surtout les rassemblements constitués entre autres d'individus désireux de le rencontrer, lui. Mère, pour laquelle il avait pourtant la plus grande adoration, n'avait jamais pu le convaincre de prendre part aux festivités du Solstice. La précieuse édition d'*Eleanor sur le seuil magique*, de Mère – édition originale, bien sûr –, était toujours exposée ; les invités se disputeraient le privilège de rencontrer son créateur. Jamais ils ne se lassaient de chercher le vieux pilier, à genoux près de la haie.

« Regarde, Simeon ! Je le vois. C'est là qu'il est enterré. On voit l'anneau de bronze, comme dans le livre ! »

Ce qu'ils ne savaient pas, c'était que l'entrée du tunnel était condamnée depuis des années, pour éviter les intrusions d'invités à l'insatiable curiosité.

D'ordinaire, Alice aurait sans doute poursuivi son enquête ; mais un rire masculin avait retenti de l'autre côté de la haie, et cette remarque amicale :

— Adam, ça va aller ! Va déjeuner avec ton père. Ce n'est pas la peine de transporter tous les rondins en même temps.

Ce qui rappela la jeune fille à sa mission.

— Bien, dit-elle, ce soir, parfait. Pendant la fête.

— Pouvons-nous convenir de l'heure ? Onze heures et demie, derrière la tonnelle ?

— Oui, oui, très bien.

— Alice, c'est très important.

— Onze heures et demie, répéta-t-elle avec une pointe d'irritation. J'y serai.

Mais M. Llewellyn ne bougeait pas, cloué sur place, le visage empreint de la même expression de sérieux et de mélancolie, les yeux fixés droit sur Alice, comme s'il cherchait à graver les traits de la jeune fille dans sa mémoire.

— Monsieur Llewellyn ?

— Alice, te souviens-tu du jour où nous nous sommes promenés en barque, pour l'anniversaire de Clemmie ?

— Oui, dit-elle. Oui, c'était une belle journée. Un moment comme on en vit peu.

Alice se baissa avec ostentation sur le panier posé sur les marches de la fontaine. La signification de ce geste n'échappa sans doute pas à M. Llewellyn : lorsqu'elle se redressa, il avait disparu.

Un regret imprécis la tenailla un instant et lui fit pousser un profond soupir. C'était l'amour, songea-t-elle, qui lui donnait de ces élans de pitié pour le reste du monde – tous ceux qui n'étaient pas elle. Pauvre vieux M. Llewellyn. Autrefois, elle l'avait cru magicien ; à présent, elle ne voyait plus en lui qu'un homme voûté et un peu triste, prématurément vieilli, prisonnier des coutumes et des costumes de l'ère victorienne, auxquels il ne voulait pas renoncer. Dans sa jeunesse, il avait souffert d'une grave dépression. La chose était censée être secrète, mais Alice en savait bien plus qu'elle n'aurait dû sur nombre de sujets. À cette époque, Mère était encore une enfant et M. Llewellyn un des meilleurs amis d'Henri deShiel. Il avait rompu avec sa profession, sa vie londonienne, et conçu cette merveille qui avait nom *Eleanor sur le seuil magique*.

Quant à la cause de cette dépression, Alice n'en avait aucune idée. N'aurait-elle pas dû s'intéresser davantage à la question, songea-t-elle, élucider le mystère ? Mais pas aujourd'hui, non. Ce n'était pas le moment. Le futur était là, qui l'attendait de l'autre côté de la haie : elle n'avait pas une seconde à perdre avec le passé. Un bref regard lui apprit que Ben était enfin seul ; il ramassait ses affaires et s'apprêtait à traverser le jardin pour aller déjeuner dans ses quartiers. En un clin d'œil, M. Llewellyn fut oublié. Alice leva la tête, sous le soleil, et goûta la bonne chaleur qui caressait ses joues. Quel bonheur d'être Alice, en ce lieu et en cet instant précis ! Y avait-il sur terre âme aussi comblée que la sienne ? Elle avança vers la jetée, son manuscrit à la main, ivre de la représentation qu'elle avait soudain d'elle-même, toute jeune femme sur le seuil vertigineux d'un avenir scintillant.

3

Cornouailles, 2003

Le soleil filtrait, scintillant, entre les feuilles. Sadie courut jusqu'à ce que ses poumons demandent grâce. Sourde à leurs protestations, elle redoubla d'effort, savourant le réconfort que lui donnait sa course. Le rythme de ses pas, l'écho discret renvoyé par le sol, humide, moussu, et l'épais sous-bois.

Les chiens avaient déserté l'étroit sentier depuis un petit moment, truffe contre terre, se faufilant tels deux flots de mélasse dans les ronciers luisants, de part et d'autre du chemin. Sans doute étaient-ils plus soulagés qu'elle de l'arrêt de la pluie et du retour à la liberté. Sadie s'étonnait de prendre autant de plaisir en leur compagnie. Lorsque son grand-père le lui avait suggéré, elle avait tout d'abord renâclé. Mais Bertie, qui se méfiait déjà de son arrivée inopinée (« Diable, depuis quand prends-tu des vacances ? »), n'avait pas baissé la garde, ce qui lui ressemblait bien.

« Il y a dans cette forêt des coins tout à fait reculés, et tu ne la connais pas bien. Tu aurais tôt fait de te perdre. »

Et lorsqu'il avait proposé de faire appel à un garçon du village, pour « qu'il lui tienne compagnie », tout en la dévisageant d'une manière qui signifiait clairement qu'il n'allait pas tarder à lui poser des questions auxquelles elle n'avait pas envie de répondre, Sadie avait immédiatement accepté d'emmener les chiens.

Sadie courait toujours seule. Elle en avait pris l'habitude bien avant que l'affaire Bailey n'explose, et avec elle sa vie londonienne. Seule, c'était mieux. Il y avait ceux qui couraient pour rester en forme, ceux qui couraient pour le plaisir – et Sadie, qui courait comme pour échapper à la mort. La formule venait d'un de ses petits amis d'autrefois. Il l'avait proférée d'un ton accusateur, au beau milieu de Hampstead Heath, plié en deux et essayant en vain de reprendre son souffle. Sadie avait haussé les épaules, perplexe : qu'y avait-il de mal à cela ? Elle avait compris en cet instant, avec une surprenante absence de chagrin, que leur histoire commune serait de courte durée.

Une rafale s'insinua entre les branches ; la pluie de la nuit passée s'abattit sur son visage. Sadie secoua la tête sans ralentir le rythme de sa course. Les roses sauvages pointaient déjà sur les bas-côtés du sentier – de vraies esclaves du calendrier, renouvelant leurs percées annuelles entre fougères et arbres morts. Et c'était une bonne chose que cette loyauté. Il y avait donc de la beauté et de la bonté en ce bas monde, comme l'assenaient les poèmes et les lieux communs. Dans la profession qu'exerçait Sadie, il était facile de perdre de vue ces évidences.

Il y avait encore eu quelques mentions de l'affaire dans la presse nationale pendant le week-end. Sadie avait entrevu un article dans un journal qu'était en train de lire un des consommateurs du Harbour Café, où elle avait pris son petit déjeuner avec Bertie. Ou, pour être précis, où elle avait petit-déjeuné tandis que Bertie avalait une sorte de smoothie verdâtre qui dégageait une odeur d'herbe fraîchement coupée. L'article tenait plutôt de l'entrefilet – une colonne en page 5 – mais l'œil de Sadie avait été aimanté par le nom de Maggie Bailey. Elle s'était interrompue en pleine phrase pour le parcourir avec avidité. L'article n'apprit rien de nouveau à Sadie : la situation n'avait donc pas évolué. Et comment l'aurait-elle pu ? Le dossier était clos. Mais c'était le dossier de Derek Maitland. Rien d'étonnant à ce qu'il continue d'exploiter l'affaire, comme un chien qui ronge l'os de son voisin : c'était dans sa nature. Et n'était-ce pas la raison pour laquelle, d'une certaine manière, elle l'avait choisi ?

Ash surgit du sous-bois sous le nez de Sadie, laquelle sursauta. Le chien avait les oreilles au vent et sa gueule était fendue en un immense et humide sourire. Sadie serra les poings, les ongles pressés contre ses paumes. Allez, ne faiblis pas ! Et de repartir de plus belle. Elle n'était pas censée lire les journaux. Au contraire : elle devait « prendre un peu de recul », se remettre d'aplomb et attendre que les choses se calment à Londres. Conseil de Donald. Lequel essayait de la protéger contre tous ceux qui voulaient lui faire boire le calice de sa propre bêtise jusqu'à la lie. C'était gentil de la part de Donald, mais vraiment un peu trop tard, maintenant.

L'affaire avait fait la une de la presse écrite et de la télévision à l'époque, et, dans les semaines qui avaient suivi, les journalistes n'avaient pas davantage chômé. Ils avaient même élargi le champ de leurs investigations, des commentaires de Sadie, qu'ils ne s'étaient pas privés de reprendre, à de joyeuses allégations sur les divisions internes au Met[1] et les tentatives de classement précipité du dossier. Rien d'étonnant à ce qu'Ashford soit furieux. Le superintendant ne ratait jamais l'occasion de claironner ses vues sur l'esprit de corps, rajustant son pantalon maculé de taches de gras, souvenirs de divers déjeuners, et infligeant à ses inspecteurs une exhortation riche en postillons.

« Dans cette maison, rien de pire que les cafteurs. Vous me suivez ? Si vous avez un problème, vous le traitez en interne. Il n'y a rien qui puisse nous faire plus de mal qu'un flic qui commence à bavasser devant les intrus. »

Ashford ne manquait jamais de mentionner les plus haïssables de ces « intrus », les journalistes. Le dégoût qu'ils lui inspiraient faisait trembler son menton.

« Des suceurs de sang, tous autant qu'ils sont, des vampires ! »

Dieu merci, il était loin de se douter qu'en l'occurrence c'était Sadie qui avait tiré le signal d'alarme. Donald l'avait couverte. Il avait déjà eu l'occasion de le faire lorsqu'elle s'était mise à commettre quelques erreurs dans l'exercice de ses fonctions.

« C'est à ça que ça sert, un équipier », lui avait-il dit alors, évacuant avec sa brusquerie habituelle les remerciements embarrassés de Sadie.

1. Diminutif familier du Metropolitan Police Service, la section de la police britannique en charge du Grand Londres, et de certaines affaires de police nationale. *(Toutes les notes sont de la traductrice.)*

C'était devenu un sujet de plaisanterie entre eux, ces petits manquements qui contrastaient avec le sérieux dont elle était coutumière. Mais le comportement de Sadie dans l'affaire Bailey n'avait rien d'une incartade mineure. En tant qu'inspecteur-chef, Donald était responsable des agissements de ses inférieurs hiérarchiques. Oublier son carnet avant un interrogatoire, ça ne méritait rien de plus qu'une aimable réprimande. Mais aller raconter à la presse que le Met avait massacré une enquête, c'était une autre chanson.

Dès que la presse avait lâché les chiens, Donald avait compris que Sadie était à l'origine de la fuite. Il l'avait emmenée boire une bière au Fox & Hounds et lui avait conseillé, en des termes qui laissaient peu de place à la contradiction, de quitter Londres pendant un moment. Elle avait droit à des vacances : qu'elle les prenne, et qu'elle ne revienne pas avant de s'être débarrassée de ce qui semblait lui détraquer le système.

« Je ne plaisante pas, Sparrow, lui avait-il expliqué en essuyant la mousse de bière de sa moustache broussailleuse. Je ne sais pas quelle mouche t'a piquée ces derniers temps, mais, ce qui est certain, c'est qu'Ashford n'est pas un idiot et qu'il va te surveiller comme l'aigle sa proie. Ton grand-père habite en Cornouailles maintenant, non ? Rends-toi service – rends-nous service, à toi et à moi –, file là-bas et ne reviens pas avant de t'être remise d'aplomb.

Un tronc d'arbre surgit sur le sentier. Sadie sauta par-dessus l'obstacle qui semblait venu de nulle part, non sans le heurter du bout du pied. L'adrénaline se répandit dans son corps comme un sirop bouillonnant ; elle la canalisa, accéléra le rythme. *Ne reviens pas avant de t'être remise d'aplomb.* C'était beaucoup plus facile à dire qu'à faire. Donald ignorait sans doute la raison pour laquelle elle multipliait les bourdes en tout genre, ces derniers temps, mais Sadie, elle, ne la connaissait que trop. Elle revit la lettre, qu'elle avait soigneusement rangée dans le tiroir de la table de nuit de la chambre d'amis, chez Bertie : le joli papier, l'écriture chargée de fioritures et la douche glaciale du message qu'elle contenait. Les problèmes de Sadie avaient commencé le soir où, six semaines plus tôt, cette fichue lettre avait atterri sur le paillasson de son appartement londonien. Tout d'abord, il y avait eu ces petits problèmes de concentration, ces quelques erreurs faciles à rattraper. Puis l'affaire Bailey, cette gamine sans mère… et là, boum. Le chaos total.

Brûlant ses dernières cartouches, Sadie se força à sprinter jusqu'à la souche noire, à partir de laquelle elle pourrait rebrousser chemin. Elle ne faiblit pas avant d'avoir, la main tendue, plongé vers la masse humide et déchiquetée. Puis elle se laissa aller, les paumes sur les genoux, pliée en deux, reprenant sa respiration. Son diaphragme se soulevait comme un soufflet de forge, des étoiles apparurent devant ses yeux. Elle avait mal partout – un vrai plaisir. Ash folâtrait à proximité, flairant un rondin couvert de mousse qui saillait du talus escarpé et boueux. Sadie avala quelques gorgées d'eau, avidement, avant d'envoyer quelques rafraîchissantes giclées dans la gueule grande ouverte du chien. Puis elle lui caressa le crâne, doux, sombre et luisant dôme entre les oreilles velues.

— Où est ton frère ? demanda-t-elle au chien, qui se contenta, tête penchée, de la regarder de ses yeux vifs. Où il est, Ramsay ? Où il est ?

Sadie parcourut du regard les entrelacs de troncs et de branchages qui les environnaient. Les fougères tendaient leurs tiges en spirale vers la lumière, déployant lentement leurs floraisons. L'odeur du chèvrefeuille se mêlait au doux fumet de terre qu'avait réveillé la pluie nocturne. Pluie d'été. Ce parfum si particulier, elle l'aimait depuis toujours. Il provenait, lui avait dit Bertie, d'une bactérie : cela n'avait fait que redoubler l'affection de Sadie. C'était donc que, dans les bonnes conditions, les mauvaises choses peuvent donner naissance à la beauté. Vérité à laquelle Sadie s'accrochait pour des raisons toutes personnelles.

Elle était dense, en effet, cette forêt et, cherchant Ramsay du regard, Sadie dut bien reconnaître que son grand-père avait raison. On pouvait se perdre à jamais dans ces sous-bois. Pas Sadie, bien sûr, qui avait avec elle des chiens au flair exercé, qui sauraient la ramener à la maison. Mais quelqu'un d'autre – une enfant, une innocente, une héroïne de conte de fées. Une gamine à la tête farcie d'idées romanesques aurait pu facilement s'aventurer au fin fond d'une forêt comme celle-ci et s'y perdre.

Hormis les quelques histoires qui font partie du bagage de tout un chacun, Sadie n'avait pas une culture très développée en matière de contes de fées. Ce qui faisait partie des quelques lacunes qui la différenciaient de la plupart de ses pairs (contes de fées, baccalauréat, parents aimants). Même dans la chambre de la petite Bailey, pourtant guère meublée, il y avait une étagère et des livres, dont un exemplaire visiblement lu et relu des contes de Grimm. Mais Sadie enfant n'avait jamais entendu chuchoter ces « Il était une fois... » : sa mère n'était pas du genre à susurrer, son père encore moins. Ces deux-là se ressemblaient fort dans leur détestation définitive pour tout ce qui ressortissait à l'imagination.

Cela étant, Sadie avait suffisamment fréquenté le monde pour savoir que, dans nombre de contes de fées, les gens se perdent, et qu'en général cela se passe dans des forêts sombres et profondes. Dans la vraie vie, les gens se perdaient également, ce que Sadie savait par sa profession. Certaines personnes se perdaient sans le vouloir, d'autres par choix. Il y avait les disparus et les absents, ceux qui ne voulaient pas être retrouvés. Comme Maggie Bailey.

« Elle a pris la poudre d'escampette. »

Donald l'avait compris dès le début, le jour même où ils avaient trouvé la petite Caitlyn seule dans l'appartement, des semaines avant qu'ils ne retrouvent le message qui lui donnait raison.

« Le poids de la responsabilité. Les gamins, la nécessité de faire bouillir la marmite. La vie. Si on me filait une livre chaque fois que je tombe sur une histoire de ce genre… »

Mais Sadie n'avait pas voulu y croire. Elle était partie sur sa propre piste, avait concocté des théories fantaisistes, des meurtres, comme on peut en lire dans les romans policiers. Une mère, disait-elle, n'abandonne pas son enfant comme ça. Il fallait réexaminer les pièces à conviction, clamait-elle, obstinée, mettre la main sur l'indice qui leur avait échappé.

« Ce que tu cherches, lui avait dit Donald, tu ne pourras pas le trouver. Sparrow, tu sais, parfois – je ne dis pas souvent, hein, mais parfois – les choses sont aussi simples que ce dont elles ont l'air.

— Simples comme toi, tu veux dire ? »

Ça avait fait rire Donald.

« Insolente, va. »

Puis son ton s'était fait plus tendre, presque paternel : ce qui, du point de vue de Sadie, était pire encore que s'il s'était mis à hurler.

« Ce sont des choses qui arrivent aux meilleurs d'entre nous. Quand tu fais ce boulot depuis un moment, tu finis toujours par prendre une de tes affaires vraiment à cœur. Ce qui veut dire que tu en as un, de cœur. Mais pas forcément que tu as raison. »

La respiration de Sadie avait retrouvé un rythme plus régulier mais Ramsay n'avait toujours pas montré le bout de sa truffe. Elle l'appelait. Des profondeurs sombres et humides de la forêt, sa voix lui revint en écho. *Ramsay... Ramsay... Ramsay...* la dernière occurrence si ténue qu'elle se confondit avec le silence. Ramsay était le plus timide des deux chiens. Il avait fallu plus de temps pour gagner sa confiance. Raison pour laquelle Sadie, sans doute peu équitable, le préférait à son frère. Sadie s'était toujours méfiée des gens qui vous offrent trop rapidement leur affection. Caractéristique qu'elle partageait avec Nancy Bailey, la mère de Maggie ; c'était sans doute ce qui les avait rapprochées, se disait-elle. On appelait cela *une folie à deux**[1] – deux personnes par ailleurs saines d'esprit qui s'encouragent mutuellement à croire en la même illusion. Sadie s'en rendait compte maintenant, c'était bel et bien ce qui leur était arrivé, à Nancy Bailey et à elle-même. L'une avait attisé l'imagination de l'autre, et réciproquement ; elles avaient fini par

1. Les mots et expressions en italique suivis d'un astérisque sont en français dans le texte.

se convaincre que la disparition de Maggie était plus mystérieuse qu'elle en avait l'air.

Il y avait de la folie dans ce processus, indéniablement. Sadie était dans la police depuis dix ans, dont cinq comme inspecteur. Pourtant, du moment où elle était entrée chez Maggie Bailey, elle avait oublié tout ce qu'elle avait appris au Met. Du moment où elle avait vu l'enfant dans cet appartement qui sentait le renfermé, si mignonne, si frêle, sa chevelure blonde, emmêlée qui, éclairée par-derrière, lui faisait comme une auréole, les yeux écarquillés, fixés, alertes, sur les deux adultes qui venaient de faire irruption chez elle. C'était Sadie qui s'était avancée vers la fillette et qui lui avait pris les mains, Sadie qui lui avait dit d'une voix claire, sonore, qu'elle-même avait du mal à reconnaître :

« Bonjour, trésor. Dis-moi, qui est-ce, sur ta chemise de nuit ? Comment s'appelle-t-elle, déjà ? »

La fragilité de l'enfant, son extrême jeunesse, son incertitude avaient forcé la carapace derrière laquelle Sadie ordinairement se protégeait de sentiments par trop blessants. Les jours suivants, Sadie avait senti ces deux petites mains fantômes dans les siennes ; la nuit, lorsqu'elle essayait de trouver le sommeil, elle avait entendu plusieurs fois une petite voix demander, calme, plaintive :

« Maman ? Où est maman ? »

Sadie avait alors brûlé d'un ardent désir, celui de réparer l'injustice faite à cette enfant, de lui rendre sa mère. Nancy Bailey s'était révélée une acolyte idéale. Ce que l'on pouvait comprendre de la part d'une mère et grand-mère : Nancy avait le droit de se raccrocher aux plus infimes espoirs, de chercher par tous les moyens à excuser la cruauté de sa fille, de rassurer une petite-fille déstabilisée par son abandon, de nourrir sa propre culpabilité (« Si je n'étais pas partie avec des amies en week-end, c'est moi qui l'aurais retrouvée… »). Mais Sadie aurait dû savoir où elle mettait les pieds. D'ailleurs, toute sa carrière et toute sa vie d'adulte reflétaient ce précepte – toujours savoir où on met les pieds.

— Ramsay, répéta-t-elle d'une voix plus forte.

Mais seul le silence lui répondit – un silence habité par le froissement des feuilles et le chant lointain de l'eau dans un fossé gorgé d'humidité. Des sons de la nature qui ont le chic pour vous faire sentir encore plus seul. Sadie s'étira, les bras vers le ciel. L'envie d'appeler Nancy Bailey était physique, puissante : une pression vaste et lourde dans sa poitrine, deux poings trempés de sueur se refermant sur sa cage thoracique. Elle pouvait supporter le poids de sa propre indignité : mais, lorsqu'elle songeait à Nancy, la honte était écrasante. Elle avait toujours envie de présenter ses excuses, d'expliquer que tout était sa faute : qu'elle avait commis une colossale erreur, qu'elle n'avait jamais eu l'intention de lui donner de faux espoirs. Donald la connaissait fort bien, lui :

« Et toi, Sparrow – ses premiers mots avant de l'expédier en Cornouailles –, abstiens-toi soigneusement de joindre la grand-mère. N'y pense même pas. »

— Ramsay ! Mais où es-tu, nom de Dieu !

Sadie se tendit, à l'écoute. Un oiseau surpris, le son du lourd battement de ses ailes, dans les branchages. Par-delà les entrelacs des rameaux, son regard se posa sur le point minuscule et blanc d'un avion qui traversait le ciel bleu pâle. Il se dirigeait vers l'est, vers

Londres ; elle le regarda avancer avec un curieux sens de ce qui les séparait. Inconcevable, vertigineuse, cette idée que la vie là-bas continuait sans elle.

Depuis son arrivée chez Bertie, elle n'avait pas eu la moindre nouvelle de Donald. Rien de bien surprenant, en fait ; elle était partie depuis à peine une semaine et il avait ordonné un mois de congé.

« Mais je peux rentrer plus tôt si je veux, non ? » avait lancé Sadie au jeune homme du pôle Ressources humaines.

Au vu de la confusion dont il avait fait preuve, ce devait être la première fois qu'on lui posait la question.

« Essaie toujours, avait grommelé Donald après l'entrevue. Je te renverrai illico de là où tu viens, avant que tu aies le temps de dire ouf. Et je vais te dire un truc, Sparrow : dans ce cas-là, j'irai voir Ashford. »

Donald ne plaisantait pas, elle le savait. Il était à quelques mois de la retraite et n'allait pas laisser un adjoint en pleine confusion mentale lui gâcher sa fin de carrière. Sadie avait bien été forcée de faire sa valise, toute honte bue, avant de filer en Cornouailles. Elle avait donné le numéro de Bertie à Donald, l'avait prévenu que les portables ne captaient pas partout et se raccrochait à l'espoir qu'il la rappellerait.

Un grondement bas surgit des buissons, tout près d'elle. Elle baissa les yeux. Ash était dressé sur ses quatre pattes, figé comme une statue, les yeux dardés sur le sous-bois.

— Fiston, ça va ? Tu n'apprécies pas l'odeur de la contrition, peut-être ?

Les poils se hérissèrent sur la nuque du chien, ses

oreilles frémirent : mais son regard ne dévia pas d'un millimètre. Ce fut alors que Sadie l'entendit : là-bas, dans le lointain, Ramsay. Un aboiement. Pas vraiment de peur, non, mais plein d'une émotion peu ordinaire.

Depuis que les chiens l'avaient adoptée, Sadie avait développé à leur égard une affection maternelle qui ne lui ressemblait guère et la troublait vaguement. Ash laissa échapper un autre de ses profonds grondements. Sadie reboucha sa gourde.

— Bon, annonça-t-elle en se tapant sur la cuisse. On va aller le chercher, ton frangin !

Quand ils habitaient Londres, ses grands-parents n'avaient pas de chien : Ruth était allergique. Mais après sa mort, et l'installation de Bertie en Cornouailles, ce dernier avait eu un passage à vide.

« Oh, je vais bien, avait-il expliqué à Sadie, au téléphone – la ligne grésillait. L'endroit me plaît. La journée, j'arrive à m'occuper. Mais les soirées sont trop tranquilles. Je me surprends à me disputer avec la télévision. Et le pire, c'est que j'ai bien l'impression qu'elle gagne à tous les coups. »

Il essayait de plaisanter, mais la fêlure dans sa voix n'avait pas échappé à Sadie. Ses grands-parents se fréquentaient depuis l'adolescence. Le père de Ruth effectuait des livraisons chez les parents de Bertie, qui avaient une épicerie à Hackney. Ils ne s'étaient plus quittés depuis. Le chagrin de Bertie était encore palpable. Sadie aurait voulu prononcer des paroles vraiment consolatrices, apaiser sa douleur. Mais elle n'avait jamais été très douée pour les grandes déclarations.

« Tu ferais peut-être mieux de dialoguer avec un labrador, par exemple », avait-elle suggéré.

Bertie avait ri.

« Ça mérite réflexion. »

Le lendemain, il avait rendu visite à l'association locale de protection des animaux. Il en était reparti avec deux chiens au lieu d'un, plus en prime un chat caractériel – ce qui était du pur Bertie. À ce que Sadie avait pu constater depuis son arrivée en Cornouailles, une semaine plus tôt, le quatuor filait un parfait amour, même si le chat passait le plus clair de son temps caché derrière le canapé. Bertie avait retrouvé sa bonne humeur d'avant la maladie de Ruth. Raison pour laquelle il était hors de question pour elle de rentrer à la maison tant qu'elle n'aurait pas retrouvé Ramsay.

Ash trottait d'un pas de plus en plus vif et Sadie dut presser l'allure pour ne pas le perdre de vue. La végétation n'était plus aussi dense, remarqua-t-elle. Il faisait plus clair. Entre les arbres, plus espacés, les ronces profitaient de la lumière et prospéraient joyeusement. Leurs branches s'accrochaient au short de Sadie, ralentissant sa progression – à dessein, aurait-elle pu se dire si elle avait cru un tant soit peu aux contes de fées.

Elle parvint enfin tant bien que mal en haut de la montée, se frayant un chemin entre les gros rochers ; la forêt s'arrêtait sur la crête. Sadie fit halte, embrassant du regard le paysage qui s'offrait à ses yeux. C'était la première fois qu'elle allait aussi loin. Devant elle, une vaste prairie d'herbes hautes, délimitée par une clôture et peut-être même un portail affaissé ; au-delà, dans le lointain, une autre prairie parsemée de quelques arbres immenses au riche feuillage. Sadie inspira brusquement. Il y avait une enfant dans le premier champ, une petite fille, debout dans l'herbe. Sa silhouette apparaissait à contre-jour. Impossible de distinguer son visage. Sadie ouvrit la bouche pour l'appeler, cligna des paupières – l'enfant disparut pour ne laisser qu'une tache lumineuse, blanc-jaune.

Sadie secoua la tête. Elle avait le cerveau fatigué. Et les yeux de même. Il faudrait prendre rendez-vous, voir si elle n'avait pas des corps flottants dans le cristallin.

Ash, qui s'était aventuré dans le champ, se retourna pour voir si Sadie suivait ; jugeant sans doute sa progression trop lente, il se mit à pousser des aboiements impatients. Sadie entreprit de traverser le champ à sa suite, chassant de son esprit un sentiment vaguement désagréable, et peu commun en ce qui la concernait : n'était-elle pas en train de braver un interdit ? D'ordinaire, elle n'était guère timorée : mais ses soucis professionnels l'avaient rendue plus craintive. Elle n'aimait pas ça du tout : ses réactions relevaient un peu trop à son goût d'une forme de vulnérabilité. Des années plus tôt, elle avait fait sienne cette conviction : mieux vaut aller se jeter droit dans la gueule du loup qu'attendre qu'il vous attaque par-derrière.

Le portail était en bois : blanchi par le soleil, hérissé d'échardes et affaissé sur ses gonds avec une molle lassitude qui semblait suggérer de très longues et très nombreuses années de solitude. Une plante grimpante aux fleurs en trompette, violet foncé, s'y était accrochée par mille tendrons ; Sadie dut escalader les battants et se faufiler entre les planches gondolées par le temps. Ash, ainsi rassuré sur la résolution de sa maîtresse, émit un aboiement sonore et repartit au grand galop vers l'horizon.

Les hautes herbes lui caressaient les genoux,

réveillant la vague irritation qu'avait laissée la transpiration en séchant. Curieux endroit, tout de même. Depuis qu'elle avait franchi la clôture, Sadie avait l'impression d'avoir pénétré un monde à part, sans trop pouvoir s'expliquer la raison de cette étrangeté. La jeune femme n'aimait guère les pressentiments : nul besoin d'un sixième sens quand les cinq autres sont bien employés. La singularité des lieux avait une cause rationnelle, à coup sûr. Il fallut à Sadie dix bonnes minutes de marche pour la trouver. Le champ était désert. De l'herbe, des arbres, des oiseaux, ce n'était pas ça qui manquait : mais aucune trace d'occupation humaine. Ni tracteurs pétaradant dans les chemins, ni fermiers réparant les clôtures, ni bétail au pâturage. Spectacle inhabituel en Cornouailles.

Sadie regarda longuement autour d'elle, à la recherche d'une présence contradictoire. Elle entendit un ruisseau qui coulait, sans doute à proximité ; perché dans un saule, un oiseau – un corbeau, peut-être – la considérait. Et des prairies frémissantes, et quelques arbres rabougris : mais pas âme qui vive, aussi loin que le regard portait.

Un éclat noir obscurcit brièvement sa vision périphérique ; elle sursauta. L'oiseau avait quitté son perchoir et volait à tire-d'aile dans sa direction. Sadie s'écarta pour éviter la collision et trébucha sur un obstacle qu'elle n'avait pas vu. Elle s'étala à quatre pattes dans une flaque de boue, au pied de l'énorme saule. Furieuse, elle se retourna : son pied gauche s'était pris dans un vieux bout de corde noirci.

Un bout de corde.

Elle leva instinctivement les yeux, mue, sans doute, par de sinistres souvenirs de ses scènes de crime.

L'autre bout de la corde, tout effiloché, était bien noué là-haut, au rameau le plus solide du saule, réduit à une arête gonflant l'écorce. Une autre corde pendait à son côté, retenant une petite planche oblongue dont le bois s'émiettait. Ce n'était pas une corde pour se pendre, mais une balançoire.

Sadie se redressa, passa les mains sur ses genoux maculés de boue et se mit à tourner d'un pas lent autour de la planche. Ce vestige décati d'une activité enfantine dans un lieu aussi isolé, aussi désert, avait quelque chose de subtilement troublant : mais avant qu'elle puisse y réfléchir tranquillement, Ash était reparti au galop ; rassuré sur le sort de Sadie, il ne pensait plus maintenant qu'à retrouver son frère.

Lançant un dernier regard au saule et à sa balançoire, Sadie suivit le chien. Elle commençait maintenant à remarquer ces détails qui, jusqu'ici, lui avaient manqué : une rangée d'ifs échevelés qui, tout mal taillés, tout négligés qu'ils soient, constituaient bel et bien une haie ; au nord, entre deux denses étendues de fleurs des champs, l'arche d'un pont ; la clôture qu'elle avait escaladée n'était plus une sommaire division entre deux espaces naturels, mais bien la frontière reconquise entre la civilisation et la nature à l'état sauvage. Par conséquent, ce n'était pas une prairie qu'elle était en train de traverser, mais un jardin. Ou ce qui avait été autrefois un jardin.

Un hurlement s'éleva de l'autre côté de la haie d'ifs et Ash y répondit par un sonore aboiement, avant de disparaître dans la verdure. Sadie l'imita, mais lorsqu'elle fut passée de l'autre côté, elle dut s'arrêter net. Elle avait sous les yeux une étendue d'eau stagnante, une mare d'encre aux reflets vitreux dans le silence de la sombre clairière. Les saules encerclaient les rives de l'étang, au centre duquel s'élevait un monticule boueux, une sorte d'île. C'était le paradis des canards, des poules d'eau, des foulques. Les lieux dégageaient une odeur riche de vase fertile. Sadie eut le curieux sentiment d'être observée par des dizaines d'yeux d'oiseaux, noirs et brillants.

Ramsay poussa un nouveau hurlement et Sadie partit dans sa direction, longeant la rive détrempée du lac – quelques dizaines d'années de déjections aviaires l'avaient rendue visqueuse. Le terrain était glissant, et Sadie progressait avec prudence entre les arbres. Ash s'était remis à aboyer, de l'autre côté du lac, juché sur une sorte de jetée, le museau dressé vers le ciel, réitérant son appel à l'aide.

Sadie écarta les branches éplorées d'un saule, se baissa pour éviter d'entrer en contact avec une étrange boule de verre suspendue à une chaîne rouillée. Poursuivant son chemin, elle passa devant quatre autres sphères de même nature, toutes obscurcies par la saleté et les générations de toiles d'araignée qui en tapissaient l'intérieur. Elle effleura une de ces curieuses boules, admirant sa singulière élégance, se demandant à quoi elle avait bien pu servir. Les arbres ici portaient des fruits bizarres.

Lorsqu'elle eut atteint la jetée, Sadie se rendit compte que Ramsay avait coincé une de ses pattes arrière entre deux planches pourrissantes. La pauvre bête était en proie à la panique. Sadie le rejoignit sans perdre de temps, prenant cependant soin de regarder où elle mettait les pieds. Elle s'agenouilla près du chien, lui caressa les oreilles pour le rassurer et comprit assez vite qu'il n'était pas gravement blessé.

Voyons, comment le tirer de là ? Elle finit par opter pour la solution la plus sommaire : le prendre dans ses bras et tirer. Ramsay ne lui en sut aucun gré, raclant les planches de ses griffes et poussant des jappements d'indignation douloureuse.

— Oui, je sais, je sais, grommela Sadie. Il y en a vraiment qui ne sont pas doués pour recevoir de l'aide.

Elle parvint enfin à l'extraire de son piège et s'allongea sur le dos pour retrouver son souffle tandis que le chien, offusqué mais, de toute évidence, parfaitement indemne, bondissait sur la terre ferme. Sadie ferma les yeux et éclata de rire – une langue tiède, celle d'Ash, lui léchait le cou avec reconnaissance. Épuisée, elle ne prêta aucune attention à la petite voix qui lui disait que la jetée pouvait à tout moment céder sous son poids.

Le soleil était haut dans le ciel à présent et la chaleur dont il caressait le visage de Sadie était un don des dieux. Elle ne s'était jamais adonnée à la méditation : mais, en cet instant précis, elle comprit ce que ses adeptes pouvaient y trouver. Ses lèvres laissèrent échapper un sourire de contentement – même si ce terme était sans doute le dernier qu'elle eût choisi pour décrire son état d'esprit, ces temps-ci. Elle entendait le bruit de sa respiration et du sang qui affluait sous la fine peau de ses tempes avec une étonnante intensité : comme si elle avait écouté l'océan de son corps dans quelque coquillage.

Sans la vue pour faire obstacle aux choses, le monde soudain vibrait des sons les plus vivants : clapotis de l'eau qui léchait les pilotis de la jetée, fracas aquatique des canards qui se posaient à la surface du lac, craquement des planches qui se dilataient sous les rayons ardents du soleil. Et Sadie perçut bientôt, sous tous ces sons, un épais et cotonneux bourdonnement en basse continue : on aurait dit des centaines de microscopiques moteurs qui vrombissaient de concert. C'était un bruit d'été, difficile à identifier pourtant. Mais elle y parvint. Les insectes. Des millions, des milliards d'insectes.

Sadie se dressa sur son séant, clignant des paupières sous l'éclat du jour. Le monde resta blanc quelques secondes avant de reprendre ses couleurs. Les feuilles de nénuphar luisaient, cœurs verts flottant à la surface de l'eau où se dressaient les fleurs, jolies mains cherchant à agripper le ciel. Autour d'elles, l'air était traversé de centaines de minuscules créatures ailées. Sadie se releva tant bien que mal ; elle était sur le point d'appeler les chiens lorsque son regard fut attiré par quelque chose, de l'autre côté du lac.

Au milieu d'une clairière illuminée par le soleil se dressait une maison. Une maison de brique aux pignons jumeaux, porte d'entrée enchâssée sous un porche. Le toit de tuiles était hérissé de nombreuses cheminées, trois rangées de fenêtres clignaient de l'œil sous le soleil, conspiratrices. Un lierre aux feuilles vertes et voraces s'insinuait entre les croisées, de petits oiseaux voletaient autour de son dense réseau de tendrons en un ballet incessant. Sadie siffla tout bas.

— Mais que fait une aussi majestueuse vieille dame dans un coin perdu comme celui-là ?

Elle n'avait pas parlé bien fort, mais sa voix lui paraissait étrangère, importune, son humour sonnait faux et troublait l'exubérance sereine, intensément naturelle du jardin.

Sadie finit de contourner le lac pour se diriger

vers la maison. Impossible de résister à sa magnétique attraction. Les canards et autres oiseaux sauvages semblaient ne pas la voir, indifférence qui, combinée à la chaleur du soleil et à la moiteur du lac, accentuait l'atmosphère suffocante des lieux.

Lorsqu'elle atteignit l'autre rive du lac, elle remarqua le chemin, que les aubépines avaient partiellement submergé mais qui menait bel et bien à la porte d'entrée. Elle gratta le sol du bout de sa chaussure de sport. C'était de la pierre. Sans doute du même pâle rose-brun des maisons du village. Ici cependant le temps et l'oubli l'avaient encrassée de noir.

Elle constata en s'en approchant que la maison avait été aussi peu entretenue que le jardin. Le toit avait perdu nombre de tuiles, qui gisaient parfois en tas au bas des murs, là où elles étaient tombées ; une des fenêtres du deuxième étage était brisée. Les vitres étaient recouvertes d'une épaisse couche de guano, qui coulait en stalactites blanches des appuis de fenêtre sur les feuilles luisantes du lierre.

Comme pour revendiquer la paternité de ces déjections massives, un petit oiseau apparut à la vitre brisée et s'élança en ligne droite dans les airs, avant de plonger vers Sadie dont il effleura l'oreille. Elle se figea, sans toutefois reculer d'un pouce. Ils étaient partout, ces minuscules oiseaux qu'elle avait vus depuis la rive du lac, sortant et rentrant, vifs comme l'éclair, des recoins les plus sombres du rideau de lierre et s'interpellant de gazouillis pressants. Il n'y avait pas que des oiseaux, du reste, mais aussi toutes sortes d'insectes, bourdonnant dans les feuillages : des papillons, des abeilles et nombre d'autres dont elle ne connaissait pas les noms. Toute cette faune donnait à la vieille bâtisse une apparence de vie qui contrastait avec son état d'abandon.

Il était tentant de la croire désertée, cette maison : mais Sadie, dans le cadre de sa profession, avait été amenée à visiter trop de demeures de personnes âgées pour ignorer qu'une telle déréliction annonce souvent une triste histoire d'habitation solitaire. Un heurtoir de laiton terni en forme de tête de renard pendait de travers sur le battant écorné. Sadie leva la main vers l'anneau avant de se raviser. Et si quelqu'un venait ouvrir ? Que lui dire ? Sadie fit bouger ses doigts un par un, pensive. Elle n'avait aucune raison de se trouver ici, en cet instant. Quant à imaginer un prétexte… Non, la dernière chose dont elle avait besoin en ce moment, c'était une plainte pour violation de domicile. Spéculations oiseuses, se disait-elle tout en les considérant en son for intérieur. La bâtisse qu'elle avait sous les yeux était bel et bien déserte. Elle n'aurait pu l'expliquer vraiment, mais il se dégageait de ces murs une atmosphère, une aura si particulière. Elle était sûre de son fait, tout simplement.

Au-dessus de la porte était enchâssé un vitrail qui représentait quatre silhouettes en longues robes. Chacune se tenait devant un paysage correspondant à l'une des quatre saisons. Le thème n'était apparemment pas religieux, à ce que Sadie pouvait en comprendre, mais l'effet était le même. Il y avait un sérieux dans le dessin – une sorte de respect, aurait-on pu dire – qui rappelait les vitraux d'église. Sadie traîna jusqu'à la porte un énorme pot en terre et grimpa prudemment sur ce socle improvisé.

Elle put apercevoir par un carreau presque transparent un vestibule au milieu duquel se dressait une table ovale. Un vase trônait sur la table, un broc de porcelaine aux formes rondes, orné de fleurs peintes, un motif doré, à peine perceptible – elle plissa les yeux – serpentant sur la poignée. Il y avait encore quelque chose dans le vase – quelques branches fragiles, aux feuilles d'apparence friable – du saule, peut-être ? –, y étaient disposées sans souci du résultat ; des feuilles séchées jonchaient le plateau de la table. Un lustre – de cristal ou de verre, assez élégant – était suspendu à une moulure du plafond, en forme de rosette ; au fond du vestibule, un escalier aux marches couvertes d'un tapis rouge, usé, fuyait vers les étages. Sur le mur gauche du vestibule, un miroir rond côtoyait une porte fermée.

Sadie descendit du pot. Un jardin de broussailles courait le long de la maison, au-delà du porche ; elle s'y aventura, les épines des ronces se prenant dans son tee-shirt. L'odeur était forte, mais loin d'être déplaisante : terre humide, feuilles en décomposition, fleurs de l'été s'ouvrant au soleil du jour. Des bourdons replets s'affairaient déjà, recueillant le pollen d'une myriade de petites fleurs blanc et rose. Des fleurs de mûrier : la chose soudain lui revint en mémoire, ce qui la surprit fort. Oui, c'étaient des fleurs de mûrier ; dans quelques mois, ces buissons seraient noirs de fruits.

Lorsqu'elle fut devant la fenêtre, Sadie remarqua qu'on avait gravé quelque chose dans le montant de bois : des lettres, un A, peut-être un E. La technique était fruste, les traits incrustés de moisissure vert foncé. Elle passa les doigts sur les profondes cicatrices, se demandant distraitement qui les avait creusées. Sous le rebord de la fenêtre, les buissons poussaient dru : en saillait une crosse de fer forgé. Sadie écarta les branches et découvrit les vestiges rouillés d'un banc de jardin. Elle tourna la tête, considéra la jungle qu'elle venait de traverser. Difficile d'imaginer qu'on avait pu s'installer confortablement autrefois sur ce banc pour jouir de la vue de ce qui devait être un jardin bien entretenu.

Elle dut chasser la curieuse impression, presque menaçante que lui donnaient de nouveau les lieux. Sadie s'attachait aux faits, pas aux intuitions : mieux valait se le rappeler fermement, après ce qui s'était passé ces dernières semaines. Elle posa les mains à plat sur l'une des vitres, puis le nez et le front, yeux plissés.

La pièce était plongée dans l'ombre ; mais, tandis que ses yeux s'accoutumaient à l'absence de lumière, elle commença à distinguer quelques détails. Un piano à queue près de la porte, un sofa au milieu de la pièce, auquel faisaient face deux fauteuils, une cheminée tout au fond. Sadie éprouva la sensation familière et plaisante que lui donnaient toujours ces aperçus sur la vie des autres gens. Moments qui étaient l'un des grands bonheurs de son métier, même si le spectacle était souvent repoussant. Sadie avait toujours été passionnée par la manière dont les gens vivent. La pièce obscure n'était pas une scène de crime, Sadie n'était pas en service : pourtant, l'inspectrice, machinalement, se mit à dresser un constat.

Les murs étaient tapissés d'un papier peint à fleurs, d'un gris-mauve passé ; de nombreuses étagères ployaient sous le poids d'un bon millier d'ouvrages. Au-dessus de la cheminée, un portrait montait la garde : il représentait une femme au nez fin, au sourire énigmatique. Dans le mur adjacent s'ouvraient des portes-fenêtres bordées d'épaisses tentures damassées. Sans doute donnaient-elles autrefois sur un petit jardin ; par des matinées comme celle-ci, le soleil avait dû se répandre à flots dans la pièce, illuminant le parquet en vastes et mouvants carrés. Ces temps étaient révolus. Une tapisserie de lierre avait pris possession des fenêtres, ne laissant passer que les plus fins rayons. Près des portes-fenêtres se dressait une étroite table de bois, supportant une photographie joliment encadrée. Il faisait trop sombre pour voir ce qu'elle représentait. Du reste, une tasse vieillotte, encore dans sa soucoupe, faisait obstacle aux regards.

Sadie se mordit les lèvres, pensive. Le couvercle du piano était ouvert, les coussins posés de travers sur le canapé : on avait l'impression – sans parler de la tasse – que la pièce venait tout juste d'être désertée par son ou ses occupants, lesquels pouvaient revenir à n'importe quel moment. Et pourtant. Il y avait dans le monde qui s'offrait à la vue, de l'autre côté de la fenêtre, une tranquillité singulière, en un sens permanente. L'endroit semblait figé, son contenu en suspension, comme si l'air même, le plus omniprésent des éléments, s'y était raréfié, au point d'y rendre la respiration difficile. Mais il n'y avait pas que cela. La pièce visiblement était dans cet état depuis de très longues années. Ce que Sadie avait d'abord attribué à la pénombre – l'aspect terne, grisâtre de tout ce qu'elle contenait – était dû en fait à une épaisse couche de poussière.

Elle la distinguait clairement sur le petit bureau près de la fenêtre ; un mince rayon de soleil caressait les surfaces granuleuses de l'encrier, de l'abat-jour, des livres ouverts, disposés en désordre. Sur le haut de la pile, une feuille de papier attira le regard de Sadie : y était dessiné un visage d'enfant. Beau visage aux grands yeux graves, aux lèvres tendres, aux cheveux qui retombaient de part et d'autre du front, derrière les petites oreilles, si bien que l'enfant (fille ou garçon, c'était impossible à dire) ressemblait plus à un elfe champêtre qu'à un enfant humain. La feuille était tachée par endroits, l'encre avait coulé, les lignes vigoureuses perdu de leur force. Quelques mots avaient été écrits au bas du portrait, une signature et une date, 23 juin 1933.

Un bruit fracassant derrière elle, accompagné d'un mouvement désordonné, la fit sursauter. Son front heurta la vitre. Deux grands chiens noirs et haletants venaient de surgir des buissons pour lui flairer les pieds.

— Ah, c'est que vous attendez votre petit déjeuner, dit-elle tandis qu'une truffe humide et froide s'insinuait dans le creux de sa main.

L'allusion n'échappa pas à l'estomac de Sadie, qui se mit à gargouiller.

— Allons-y, dit-elle en s'écartant de la fenêtre. On rentre à la maison.

Sadie jeta un dernier regard à la maison avant de suivre les chiens qui s'élançaient à travers la haie d'ifs échevelés. Le soleil en pleine ascension s'était faufilé derrière un nuage ; les fenêtres de la maison ne saluaient plus le lac de leurs scintillements. La bâtisse avait pris un aspect morose, comme un enfant gâté qui aime qu'on s'occupe de lui et ne se satisfait pas d'être délaissé. Même les oiseaux étaient devenus moins téméraires, traversant en zigzag la clairière embrumée, leurs chants curieusement semblables à des rires. La température augmentant, le chœur des insectes était de plus en plus sonore.

La surface plane du lac, gris ardoise, avait une lueur énigmatique ; Sadie, soudain, eut l'impression, plus que justifiée, d'être une intruse. Il n'était pas facile d'en expliquer la cause : mais tandis qu'elle rebroussait chemin et se glissait entre les ifs pour se mettre à courir après les chiens, jusqu'à la maison, elle sut, à la crispation qui nouait son ventre – née d'un instinct qu'il valait mieux posséder quand on était inspecteur de police –, que cette maison avait été le théâtre d'un terrible drame.

4

Cornouailles, octobre 1932

Les filles riaient comme des folles et manquèrent même s'étrangler lorsque le planeur faillit bien se planter dans le front de Mère ! Alice joignit les mains d'excitation et Clémentine partit à la poursuite du petit appareil.

— S'il vous plaît, ne le lancez pas trop près du bébé, les avertit Mère en se palpant le sommet du crâne, vérifiant la position de ses épingles à cheveux.

Si Clemmie avait entendu sa mère, elle n'en laissa rien paraître. Elle courait comme si sa vie en dépendait, les mains tendues, la jupe au vent, prête à rattraper l'avion si celui-ci donnait le moindre signe d'entamer un atterrissage par trop brutal.

Un comité de canards curieux s'était extrait, dandinant, des eaux du lac pour observer l'accident ; mais, à présent, ils s'égaillaient dans un tourbillon de plumes et de coin-coin furieux tandis que le planeur, suivi de près par Clemmie, venait se poser au milieu du groupe.

Papa leva les yeux du recueil de poésie qu'il était en train de lire :

— Bel atterrissage ! s'exclama-t-il de son siège de jardin, près du vieux pot. Tout simplement magnifique.

C'était lui qui avait eu l'idée du planeur. Il avait remarqué une publicité dans une revue et l'avait fait venir des États-Unis. Le cadeau devait être un secret pour tout le monde, mais Alice était au courant depuis des mois – elle savait toujours avant les personnes concernées qui offrait quoi à qui. Elle avait vu Papa, un soir de printemps, poser le doigt sur la page et remarquer :

« Tiens, regarde ! Le cadeau idéal pour l'anniversaire de Clemmie, non ? »

Mère n'était pas aussi enthousiaste. Pensait-il vraiment qu'un planeur en balsa était le cadeau idéal pour une fillette de douze ans ? Papa s'était contenté de sourire. Clementine n'était pas n'importe quelle fillette de douze ans. Il n'avait pas tort. Clemmie ne ressemblait vraiment à personne.

« Le fils que nous n'avons jamais eu », aimait à dire Papa avant l'arrivée de Theo.

Il n'avait pas tort non plus en ce qui concernait le planeur. Quand Clemmie avait ouvert l'emballage du cadeau, après le déjeuner, ses yeux s'étaient écarquillés. Elle avait poussé un cri de ravissement, pas moins, avant de bondir de sa chaise, entraînant la nappe dans son désir de filer au plus vite dans le jardin munie de son précieux présent.

« Non, Clemmie ! avait supplié Mère, tendant les bras vers un vase qui menaçait de tomber. Nous n'avons pas fini ! »

Puis, jetant un regard implorant au reste de la famille :

« Ne pourrions-nous rester dans la maison ? Je me disais que nous pourrions jouer aux devinettes dans la bibliothèque… ? »

Mais il n'était guère facile de poursuivre une fête d'anniversaire en l'absence de l'invité d'honneur. Au grand désespoir de Mère, il avait bien fallu abandonner la table si joliment dressée pour poursuivre les festivités dans le jardin.

De sorte qu'ils étaient là au grand complet, y compris M. Llewellyn, grand-mère deShiel et nounou Rose, disséminés sur la pelouse de Loeanneth, alors que les ombres de la fin d'après-midi s'allongeaient sur l'herbe d'un vert profond. La journée était splendide : automnale, mais loin d'être froide. La clématite fleurissait encore sur le mur de la maison, les petits oiseaux gazouillaient en traversant la clairière à tire-d'aile ; le bébé Theo était dehors avec tout le monde, couché dans son moïse.

Un fermier faisait brûler de la bruyère dans un champ voisin ; l'odeur était merveilleuse. Elle remplissait toujours Alice de joie, cette odeur – en particulier parce qu'elle indiquait un changement de saison ; debout dans l'herbe, à regarder Clemmie faire voler son planeur, le soleil lui réchauffant la nuque, le sol frais sous ses pieds nus, elle éprouva un délicieux moment de bien-être.

Alice plongea la main dans sa poche et en sortit son carnet, se hâtant de noter ce merveilleux sentiment, griffonnant quelques mots sur la journée et les personnes présentes, mordillant le bout de son stylo-plume tandis que son regard errait vers la façade inondée de soleil, les saules, le lac scintillant et les roses jaunes qui enserraient le portail de fer forgé. On eût dit un jardin de conte de fées – ah, mais c'était un jardin de conte de fées, d'ailleurs. Alice adorait cette impression. Jamais elle ne quitterait Loeanneth. Non, jamais. Elle s'imaginait très bien vivre ici. Une vieille dame heureuse avec de longs cheveux blancs et des chats – oui, quelques chats pour lui tenir compagnie. (Et Clemmie viendrait régulièrement, mais pas Deborah, sans doute, beaucoup plus heureuse à Londres dans une belle demeure, avec un mari plein d'argent et une armée de femmes de chambre pour s'occuper de ses toilettes…)

C'était l'une de ces journées enchantées, songea Alice en griffonnant gaiement, où tout le monde semble partager les mêmes sensations. Papa était enfin sorti de son bureau ; M. Llewellyn avait ôté sa redingote et se promenait en gilet et en bras de chemise et grand-mère deShiel, assoupie sous le saule, avait presque l'air de bonne humeur. Mère faisait un peu d'ombre au tableau : mais, à vrai dire, elle n'aimait jamais voir ses plans déjoués. Rien d'étonnant à ce qu'elle montre une certaine sécheresse.

Même Deborah, qui considérait les jouets avec une certaine hauteur – c'était qu'elle était grande, elle, déjà, une vraie jeune dame –, s'était laissé contaminer par l'enthousiasme de Clemmie. Ce qui l'avait mise de mauvaise humeur, on le comprend. Elle avait donc insisté pour s'asseoir seule sur le banc de jardin, sous la fenêtre de la bibliothèque d'où elle daignait lancer de temps en temps une réflexion lapidaire, comme si elle avait bien mieux à faire et que le reste de la famille eût la chance unique de jouir de sa présence.

— Tu peux lui faire faire un cercle ? s'écriait-elle à présent, renonçant à sa bouderie et brandissant la boîte du planeur. Sur l'emballage, ils disent que si tu fixes les élastiques comme il faut, il peut même effectuer un looping.

— Le thé est servi, annonça Mère, d'un ton de plus en plus sévère à mesure que les réjouissances de l'après-midi s'éloignaient de ce qu'elle avait prévu. Si vous ne venez pas maintenant, il va refroidir.

Le déjeuner avait été copieux et personne n'avait vraiment envie de goûter. Mais le fidèle M. Llewellyn se leva, s'avança comme on le lui demandait et reçut des mains de Mère une tasse pleine.

Deborah, en revanche, ignora superbement la proposition de Mère.

— Allez, vite, Clemmie ! s'écria-t-elle. Relance-le !

Clemmie, occupée à fixer le planeur sous la ceinture de soie de sa robe, ne répondit pas. Elle rentra le bord de sa jupe dans sa culotte et renversa la tête pour jauger la hauteur du sycomore.

— Clemmie ! hurla Deborah, à présent impérieuse.

— Tu me ferais la courte échelle ? répliqua sa cadette, en guise de réponse.

Mère, pourtant en train de faire manger du gâteau à M. Llewellyn qui n'en pouvait mais, était restée sur le qui-vive, comme toujours.

— Non, Clemmie, non ! Je te le défends formellement ! s'exclama-t-elle sans faire tomber une seule miette de gâteau.

Elle se tourna vers Papa, pour s'assurer son concours. Il était déjà de nouveau plongé dans son recueil, dérivant avec bonheur dans le monde de Keats.

— Laissez-la faire, murmura M. Llewellyn, apaisant. Tout ira bien.

Deborah ne put résister plus longtemps à l'appel de

l'après-midi. Elle lança la boîte du planeur sur le banc qu'elle venait de quitter et se précipita vers le sycomore. Nounou Rose consentit à faire la courte échelle et Clemmie se hissa sur ses mains jointes. Après quelques vaines tentatives, la fillette se hissa dans l'arbre et disparut.

— Clementine, sois prudente, martela Mère en se rapprochant du théâtre de l'action. Ne fais pas de bêtises.

Mère errait sous l'arbre, poussant des soupirs de frustration tout en essayant de suivre du regard la fillette qui progressait dans l'épais feuillage.

Un cri de joie retentit enfin ; un bras apparut, qui les saluait du sommet du sycomore. Alice plissa les paupières dans le chaud soleil de l'après-midi, un grand sourire sur les lèvres. Clemmie s'était installée sur la plus haute fourche de l'arbre et extirpa le planeur de sa ceinture. Elle tendit les élastiques avec soin, leva le bras, prenant soin de tenir le lanceur selon le meilleur angle possible, et alors, alors… le planeur fila.

Il s'envola comme un oiseau, traversant d'une courbe ample le ciel bleu pâle, plongeant légèrement puis se redressant, ralentissant progressivement ; la pression étant moins forte sur la queue du petit appareil, il put se redresser.

— Regardez ! hurla Clemmie. Regardez ce qu'il va faire !

Et le planeur assurément commença à tracer une vaste boucle, juste au-dessus du lac, spectacle si magnifique que même M. Harris et le nouveau jardinier, sur la jetée, s'interrompirent dans leur tâche du moment et levèrent les yeux vers le ciel. Des applaudissements spontanés éclatèrent tandis que le planeur achevait sa boucle et poursuivait son vol, traversant le lac et atterrissant après une douce plongée sur un petit carré d'herbe à côté de la fontaine.

Le monde entier semblait s'être arrêté pendant que le petit avion tournait dans les airs, si bien qu'Alice fut très surprise d'entendre le bébé pleurer. Pauvre petit lapin ! Dans l'excitation du moment, tout le monde l'avait oublié. Alice, habituée à se considérer comme une spectatrice, lança des regards autour d'elle, attendant quelque intervention plus autorisée. Mais elle était sans doute la seule à pouvoir venir en aide au petit. Elle était sur le point de se diriger vers le panier de Theo lorsqu'elle se rendit compte que Papa l'avait précédée.

Il y a des pères (c'était du moins ce qu'on avait donné à penser à Alice) qui estiment que consoler un bébé n'est pas de leur ressort. Papa n'était pas de ceux-là. C'était le meilleur père du monde, aimable, doux et tellement, tellement intelligent. Il aimait la nature, les sciences, il écrivait d'ailleurs un livre sur la Terre. Il y travaillait depuis plus de dix ans et – même si elle n'aurait jamais consenti à se l'avouer à voix haute – c'était la seule chose qu'elle aurait bien voulu changer. Elle était heureuse et fière de l'intelligence de Papa, bien sûr, mais il passait beaucoup trop de temps à travailler à ce livre. Elle aurait nettement préféré qu'ils puissent tous profiter davantage de lui.

— Alice !

C'était la voix de Deborah. Et elle avait certainement des choses importantes à lui dire, parce que sa voix n'avait plus rien de dédaigneux.

— Alice, dépêche-toi ! M. Llewellyn nous emmène en bateau !

En bateau ! Oh, extra ! Une vraie fête, et si rare ! C'était la barque de Mère quand elle était enfant ; par conséquent, de la plus grande antiquité, à Ne Toucher Qu'Avec Les Yeux. Alice rayonnait, son cœur dansait dans sa poitrine ; le soleil de l'après-midi était encore plus éblouissant qu'auparavant. Cette journée n'allait pas tarder à devenir la plus belle de tous les temps !

5

Cornouailles, 2003

— On est rentrés !

Sadie se débarrassa de ses tennis boueuses dans le minuscule vestibule de la maison de son grand-père, les poussant du bout des pieds vers la plinthe. La petite maison en haut de la falaise était envahie par une odeur de cuisine, chaleureuse, savoureuse ; l'estomac de Sadie, qui n'avait pas pris son petit déjeuner, émit une supplication sonore.

— Hé, Bertie, tu ne vas pas me croire quand je te dirai ce que nous avons déniché, les chiens et moi.

Elle servit aux deux fauves une rasade de croquettes. La boîte était rangée sous le portemanteau.

— Grand-père ?

— Je suis dans la cuisine, répondit la voix de Bertie.

Sadie gratifia les chiens affamés d'une dernière caresse avant d'entrer dans la cuisine.

Son grand-père s'y trouvait en effet, en compagnie. Une petite femme à l'allure dynamique, les cheveux courts et gris, portant lunettes, était installée elle aussi à la table ronde, une tasse à la main, un grand sourire de bienvenue lui fendant le visage.

— Oh, bafouilla Sadie. Désolée. Je ne savais pas que…

Bertie évacua les excuses de sa petite-fille d'un geste de la main.

— Sadie, mon ange, la bouilloire est encore chaude. Prépare-toi un thé et joins-toi à nous ? Je te présente Louise Clarke, qui travaille à l'hôpital. Elle vient prendre des jouets pour la fête du Solstice.

Sadie adressa un sourire à Louise, en guise de salut.

— Elle nous a gentiment préparé quelque chose pour le déjeuner, ajouta Bertie.

— Je pouvais difficilement faire moins, commenta Louise, qui s'était levée à demi pour serrer la main de Sadie.

Elle portait un jean délavé et son tee-shirt, d'un vert électrique assorti à celui de ses montures de lunettes, proclamait fièrement : *Croire en l'impossible !* Son visage était de ceux qui semblent illuminés de l'intérieur, comme si elle dormait d'un sommeil plus réparateur que le reste de la population. À la regarder, Sadie se sentait poussiéreuse, chiffonnée et morose.

— Votre grand-père fait de si belles choses ! C'est magnifique, ces petites sculptures. Le stand de l'hôpital va être superbe cette année. Quelle chance de l'avoir dans l'équipe !

Sadie en était convaincue mais, connaissant le peu de goût de son grand-père pour les louanges publiques, elle se garda de renchérir, préférant déposer un baiser sur le crâne chauve de Bertie tout en se faufilant derrière sa chaise.

— Tout ce que je sais, c'est qu'il va falloir manier

le fouet pour le faire produire, dit-elle en se laissant tomber sur le banc. Quelle délicieuse odeur !

Louise rayonnait.

— C'est ma recette à moi ! Des lentilles et de l'amour.

La remarque appelait plusieurs types de réponses mais avant que Sadie ait pu faire son choix, Bertie s'interposa.

— Sadie est venue de Londres passer quelques jours avec moi.

— Des vacances ? Quelle joie. Vous serez encore avec nous d'ici quinze jours, au moment de la fête ?

— Peut-être, répondit Sadie en évitant de croiser le regard de Bertie.

Lorsqu'il lui avait demandé combien de temps elle comptait rester, elle s'était montrée évasive.

— J'improvise, ajouta-t-elle.

— Oui, s'en remettre au cours des choses, approuva Louise.

— Pour ainsi dire.

Bertie haussa les sourcils mais dut penser qu'il valait mieux ne pas insister. D'un mouvement du menton, il désigna le tee-shirt maculé de Sadie.

— Tu as fait les tranchées.

— Tu devrais voir la tête du type d'en face.

Louise écarquilla les yeux.

— Ma petite-fille aime courir, expliqua Bertie. C'est un de ces curieux spécimens qui semblent se complaire dans l'inconfort. La semaine dernière, vu le temps, elle n'a pas pu sortir. Elle avait des fourmis dans les jambes. Apparemment, elle est allée s'en débarrasser dans les chemins du coin.

Louise éclata de rire.

— C'est souvent le cas avec les nouveaux venus. Les brumes peuvent avoir quelque chose d'oppressant pour ceux qui n'ont pas grandi avec elles.

— Oh, pas de brouillard aujourd'hui, répondit Sadie en prélevant une épaisse tranche sur le pain au levain quotidien de Bertie. L'air est cristallin.

— Excellente nouvelle, reprit Louise en vidant sa tasse. J'ai trente-deux bambins excités comme des puces qui m'attendent à l'hôpital pour leur pique-nique en bord de mer. Un nouveau report aurait déclenché une mutinerie, j'en ai bien peur.

— Louise, je vais te donner un coup de main avec les jouets. Aucune envie de pousser tes petits prisonniers à la rébellion, dit Bertie.

Tandis que Louise et Bertie emballaient les jouets en bois dans des feuilles d'essuie-tout, avant de les disposer avec soin dans un carton, Sadie se fit une tartine de beurre et de confiture. Elle avait hâte de parler à Bertie de la maison près du lac. L'atmosphère énigmatique et solitaire des lieux la hantait encore, et elle ne prêta qu'une attention distraite à Bertie et Louise qui venaient de reprendre leur conversation au sujet d'un certain Jack, un des membres de leur association.

— Je passerai le voir, promettait Bertie. Je lui apporterai une de ces tartes aux poires qu'il aime tant. J'arriverai peut-être à le convaincre.

Sadie regarda par la fenêtre de la cuisine, au-delà du jardin de son grand-père. Au loin, dans le port, des dizaines de bateaux de pêche dansaient sur les flots de velours. Bertie avait si rapidement trouvé sa place dans cette petite communauté ! Il avait emménagé un peu plus d'un an auparavant mais n'aurait pas noué de relations plus profondes s'il avait vécu ici depuis sa plus tendre enfance. Sadie quant à elle n'était même pas sûre de connaître tous les habitants de l'immeuble qu'elle habitait depuis sept ans.

Voyons, comment s'appelait le type qui habitait au-dessus de chez elle ? Bob, Todd ou Rod ? Mais la question de son grand-père la fit renoncer à résoudre ce problème.

— Allez, Sadie, ma puce, dis-nous ce que tu as trouvé. Tu as l'air d'être tombée dans une ancienne mine de cuivre.

Il s'interrompit dans sa tâche.

— Rassure-moi : ce n'est pas le cas ?

Elle leva les yeux au ciel avec une impatience pleine d'affection. Bertie s'inquiétait facilement – pour sa petite-fille, en tout cas. Cela datait de la mort de Ruth.

— Un trésor ? Nous sommes riches ?

— Non, hélas.

— Ici, on ne sait jamais, précisa Louise. Avec tous les tunnels que les contrebandiers ont creusés le long de la côte. Vous avez couru autour du promontoire ?

— Non, dans les bois, répondit Sadie.

Elle expliqua en quelques mots ce qui était arrivé à Ramsay – sa disparition soudaine, Ash et sa maîtresse quittant le chemin pour aller à sa recherche.

— Sadie…

— Je sais, grand-père, il fait tout noir dans la forêt et je suis une fille de la ville, mais Ash était là et il valait mieux que nous soyons intervenus : quand nous avons retrouvé Ramsay, il s'était coincé entre deux planches d'une vieille jetée.

— Une jetée ? Dans les bois ?

— Non, pas dans les bois. C'était en plein air, dans

une sorte de domaine. La jetée se trouvait au bord d'un lac, au beau milieu du jardin le plus incroyablement sauvage. Tu aurais adoré. Il y avait des saules et d'énormes haies ; autrefois, ce devait être magnifique, j'imagine. Il y avait aussi une maison, abandonnée.

— Ah, la propriété des Edevane, dit Louise d'une voix douce. Loeanneth.

Ce nom avait lorsqu'on le prononçait la douceur magique de nombre de vocables de Cornouailles. Sadie ne put s'empêcher de se rappeler la curieuse sensation que lui avaient donnée les insectes, comme si la maison était un être vivant.

— Loeanneth, répéta-t-elle.

— Le mot signifie « la maison du lac ».

— Oui…

Sadie revit le lac aux eaux boueuses et ses étranges habitants ailés.

— Oui, c'est ça. Que s'est-il passé là-bas ?

— Oh, une terrible histoire, répondit Louise avec un hochement de tête navré. Dans les années 30, avant ma naissance. Ma mère en parlait souvent, cela dit – surtout quand elle voulait nous empêcher, nous autres enfants, d'aller traîner trop loin. Un soir de grande fête, un enfant a disparu. On en a beaucoup parlé à cette époque. C'était une famille aisée. La presse nationale s'est intéressée à la question. Il y a eu une enquête de grande ampleur, ils avaient fait venir les meilleurs inspecteurs de Londres. Ça n'a pas changé grand-chose, hélas. Le petit n'a jamais été retrouvé.

Elle déposa le dernier jouet dans le carton, qu'elle referma.

— Pauvre gosse, il n'avait pas un an.

— Je n'ai jamais entendu parler de cette affaire.

— Sadie est dans la police, expliqua Bertie : Elle est inspectrice, ajouta-t-il avec une nuance d'orgueil qui fit grimacer la jeune femme.

— Ah, c'était il y a tellement longtemps, j'imagine, dit Louise. Une fois tous les dix ans, à peu près, on en reparle. Quelqu'un appelle la police pour donner des indices qui ne mènent à rien. Ou bien quelqu'un surgit de nulle part pour expliquer que le petit disparu, c'est lui, en fait. Mais il n'y a que la presse locale qui en parle.

Sadie revit la bibliothèque poussiéreuse, les livres sur le bureau, ouverts, le dessin, le tableau sur le mur. Des objets personnels qui avaient dû, autrefois, avoir un sens pour quelqu'un.

— Mais pourquoi la maison est-elle à l'abandon ?

— Ils sont partis, tout simplement, toute la famille. Ils ont tout fermé et se sont réinstallés à Londres. Et les gens ont fini par oublier leur existence. Leur maison est devenue notre palais de la Belle au bois dormant, en un sens. Elle est si isolée – personne n'y va jamais sans raison. On dit qu'elle était très belle autrefois, avec un somptueux jardin et ce très grand lac. Une sorte de paradis. Mais le jour où le petit a disparu sans laisser de traces, ça a été fini.

Bertie eut un soupir de satisfaction intense et frappa des mains, très doucement.

— Voilà, dit-il. On m'avait bien prévenu qu'en Cornouailles j'allais entendre ce genre d'anecdotes.

Cet accès d'exaltation chez un grand-père d'ordinaire si pragmatique surprit Sadie. Et, si l'affaire ne manquait pas de romanesque, elle avait aussi quelque chose de troublant pour un membre de la police. Personne ne « disparaît sans laisser de traces ». Quant à la réaction de Bertie… elle s'y intéresserait plus tard. Pour l'heure, elle se retourna vers Louise.

— L'enquête de police…, demanda-t-elle. Je suppose qu'il y a eu des personnes suspectées ?

— Je crois bien, mais personne n'a été inculpé. Dans mon souvenir, l'affaire tenait vraiment de l'énigme. Aucune vraie piste. On a organisé une battue colossale pour retrouver le petit. Au début, ils avaient pensé à un accident. Il s'était peut-être perdu, tout simplement. Mais on n'en a jamais retrouvé la moindre trace.

— Et la famille n'est jamais revenue ici ?

— Jamais.

— Ils n'ont pas vendu la maison ?

— Pas que je sache.

— Curieux, dit Bertie. La laisser pourrir sur place, déserte, les portes fermées, depuis tout ce temps.

— C'était trop difficile pour eux, j'imagine, dit Louise. Tous ces souvenirs. Rien que de penser à ce que cela peut être, la perte d'un enfant. Le chagrin, le sentiment d'impuissance. Je comprends qu'ils aient fui les lieux, qu'ils aient décidé de tout recommencer ailleurs. À zéro.

— Oui, murmura Sadie.

Qui se garda d'ajouter qu'à en juger par son expérience on pouvait fuir le plus loin possible, repartir sur les bases les plus nouvelles possible : le passé, au mépris du temps, vous rattrapait toujours.

***

Ce soir-là, dans la chambre que Bertie lui avait préparée au premier étage, Sadie sortit l'enveloppe, comme la veille et l'avant-veille. Elle n'eut pas besoin d'en extraire la lettre. Elle avait appris son contenu par cœur des semaines plus tôt. Elle caressa du pouce le cachet du timbre, les quelques mots inscrits au-dessus de l'adresse : NE PAS PLIER, PHOTOGRAPHIE. Photographie également gravée dans son esprit. La preuve tangible de ce qu'elle avait commis.

Les chiens bougèrent au pied de son lit ; Ramsay geignit dans son sommeil. Sadie posa la main sur son flanc tiède pour l'apaiser.

— Allons, vieux, doucement. Tout va bien se passer.

Ce qui valait aussi bien pour elle que pour lui : une similarité qui lui traversa l'esprit. Le passé avait mis quinze ans à la rattraper. Quinze ans durant lesquels elle avait tout fait pour aller de l'avant, pour oublier ce qu'elle avait vécu. Après tout ce qu'elle avait construit entre l'autrefois et le maintenant, toutes les barrières, les protections, qu'une lettre suffise à tout détruire lui semblait incroyable. En fermant les yeux, elle se revoyait si nettement : une gamine de seize ans, attendant, assise sur le muret de brique, devant la maison proprette de ses parents, un pavillon jumeau. Elle revit la petite robe en coton bon marché qu'elle portait, l'épaisse couche de brillant à lèvres, le khôl dont ses yeux étaient cerclés. Elle se revit même l'appliquant avec un bout de crayon qui bavait, elle revit son reflet dans la glace, se souvint du désir qui l'avait prise de dessiner des cercles si épais qu'elle en deviendrait invisible.

Un homme et une femme inconnus d'elle – ce sont des connaissances de tes grands-parents, lui avait-on simplement dit – étaient venus la chercher. L'homme était resté dans la voiture, à briquer son volant noir avec un bout de chiffon tandis que la femme, tout en rouge à lèvres orange nacré et efficacité, était descendue côté passager pour contourner l'auto jusqu'au trottoir d'un pas vif.

« Hello ! s'était-elle exclamée avec la bonne humeur un peu irritante de la personne qui sait qu'elle est en train de faire une bonne action et qui en tire un certain plaisir : Tu es Sadie, sans doute ? »

Sadie était restée assise sur le muret toute la matinée : elle n'avait aucune envie d'attendre seule dans la maison mais ne savait guère où aller. Lorsque l'assistante sociale aux cheveux teints au henné lui avait donné les détails du rendez-vous, Sadie avait songé un instant à lui faire défaut. Elle s'était aussitôt ravisée ; la possibilité qui lui était offerte était en fait la meilleure. Elle était peut-être inconséquente – ses parents ne se lassaient jamais de le lui reprocher – mais elle n'était pas stupide.

« Sadie Sparrow ? » avait insisté la femme – une fine ligne de transpiration luisait sous le duvet blond de sa lèvre supérieure.

Sadie n'avait pas répondu. Son sens de l'obéissance avait des limites. Elle avait pincé les lèvres et s'était mise à considérer avec un intérêt feint le vol d'étourneaux qui se déployait dans le ciel.

La femme n'en fut guère affectée, loin de là.

« Je suis madame Gardiner ; M. Gardiner est au volant, comme tu vois. Ta grand-mère, Ruth, nous a demandé de venir te chercher, vu que ni elle ni ton grand-père ne savent conduire, et nous sommes ravis de pouvoir l'aider. Nous sommes voisins et, en fait, nous venons souvent dans le coin. »

Tandis que Sadie restait muette, Mme Gardiner avait incliné sa mise en plis soigneusement laquée vers le petit sac British Airways que le père de Sadie avait rapporté de son voyage d'affaires à Francfort, l'année précédente.

« C'est tout ce que tu as ? »

Sadie avait serré les poignées du sac encore plus fort et l'avait bloqué contre sa cuisse.

« Tu voyages léger. M. Gardiner va apprécier. »

La femme avait chassé une mouche qui s'était posée sur le bout de son nez et Sadie avait pensé à Peter Rabbit. Elle quittait définitivement sa maison natale et à quoi pensait-elle ? À un personnage de comptine. Elle en aurait presque souri – mais elle avait l'impression de ne plus être capable de s'amuser de quoi que ce soit, désormais.

Se retourner une dernière fois pour voir la maison où elle avait passé toute sa vie lui paraissait indigne ; mais, tandis que M. Gardiner démarrait et que son immense auto se détachait du trottoir, le regard déloyal de Sadie avait dérivé fugitivement. Il n'y avait personne à la maison ; cette façade, ce bout de jardin, elle les avait vus mille fois. Un rideau frémit à la fenêtre des voisins avant de retomber : la scène du départ de Sadie était finie, la routine de la vie de banlieue pouvait reprendre ses droits. La voiture de M. Gardiner tourna au bout de la rue et se dirigea vers l'ouest, vers Londres, vers le nouveau départ de Sadie, destinée à vivre chez des grands-parents qu'elle connaissait à peine et qui avaient consenti à la recueillir, elle qui n'avait nulle part où aller.

***

Des coups sourds et mous se firent entendre au-dessus d'elle et Sadie chassa ces souvenirs, revenant, les yeux papillotants, au présent, à la chambre aux murs blanchis à la chaux, mal éclairée, avec son plafond en pente et le chien-couché qui donnait directement sur l'océan, obscur et vaste. Il n'y avait qu'un tableau au mur, ou plutôt une gravure, celle que Ruth avait accrochée à Londres, au-dessus du lit de Sadie : elle représentait une mer déchaînée, une vague énorme menaçant d'engloutir trois minuscules bateaux de pêche.

« Nous l'avons achetée pendant notre lune de miel, avait-elle raconté à Sadie, un soir. J'en suis immédiatement tombée amoureuse : oh, la tension de cette grande vague, dépeinte la seconde avant son inévitable chute. Et les pêcheurs, si courageux, si expérimentés, le dos courbé, luttant pour survivre. »

Sadie avait très bien saisi l'allusion, le conseil caché : Ruth n'avait aucun besoin de le réitérer de manière plus claire.

Un autre choc mou. Bertie était remonté dans le grenier.

Depuis son arrivée à Seaview Cottage, Sadie avait remarqué les variations nouvelles dans l'existence de son grand-père. Bertie avait des journées bien remplies – nouvelle vie, nouveaux amis, jardinage et préparatifs sans fin pour la fête à venir. Quant aux nuits, c'était une autre affaire. Tous les soirs, un peu après dîner, Bertie escaladait l'échelle branlante qui menait aux combles sous prétexte d'aller chercher une casserole (ou un fouet, ou un livre de recettes) dont il avait soudain besoin. Il commençait par fouiller dans les cartons, occasionnant toute une série de menues secousses ; puis les bruits s'espaçaient et, bientôt, l'odeur suave du tabac à pipe s'insinuait entre les lattes du plancher, jusqu'aux étages inférieurs.

Sadie savait très bien ce qu'il faisait là-haut. Si une partie des vêtements de Ruth avaient été offerts à Oxfam, il y avait encore au grenier nombre de choses dont Bertie ne voulait pas se séparer. C'était la collection d'une vie entière et il en était le conservateur.

« Elles peuvent encore attendre », avait-il répondu d'une voix brève lorsque Sadie lui avait proposé de l'aider à trier le tout.

Puis, regrettant sans doute son ton un peu brusque, il avait ajouté :

« Elles ne font rien de mal, ces affaires. J'aime bien savoir qu'il y a encore tant de choses d'elle, sous ce toit. »

Lorsque Bertie avait appris à sa petite-fille qu'il vendait sa maison pour s'installer en Cornouailles, elle avait été surprise. Ruth et lui avaient vécu toute leur vie de couple marié dans cette même maison, maison que Sadie avait tant aimée, maison qui avait été son refuge. Bertie, avait-elle alors pensé, n'en partirait jamais, répugnant à quitter ce lieu où les moments heureux revenaient comme les images d'un vieux projecteur dans tous les recoins. Mais Sadie n'avait jamais connu cette dévotion mutuelle dans laquelle Bertie et Ruth avaient vécu : que pouvait-elle comprendre à la réaction de son grand-père ? Du reste, il s'avéra que l'installation en Cornouailles était un projet que Bertie et Ruth caressaient depuis des années. Lorsque Bertie n'était encore qu'un jeune garçon, une cliente de son père lui avait fourré l'idée dans la tête, chantant les louanges de l'Ouest, les journées ensoleillées, les jardins splendides, le sel et la mer, la richesse du folklore.

« Mais nous n'en avons jamais eu le temps, confia tristement Bertie à sa petite-fille, quelques semaines après les obsèques : Tu as toujours l'impression d'avoir le temps devant toi – jusqu'au jour où tu ne l'as plus. »

Lorsque Sadie lui avait demandé si Londres lui manquait, Bertie avait haussé les épaules. Bien sûr que Londres lui manquait. C'était sa ville, il y était né, il y avait grandi, il y avait rencontré sa femme et élevé leurs enfants.

« Mais c'est le passé, ma petite Sadie, et il me suit partout où je vais. Tu sais, Ruth et moi avions parlé de faire quelque chose de différent : et j'ai l'impression en venant ici de lui offrir une sorte de futur. »

Soudain la jeune femme entendit des bruits de pas sur le palier, suivis d'un coup à la porte. Elle glissa l'enveloppe sous l'oreiller d'un geste prompt.

— Entre !

La porte s'ouvrit sur Bertie, qui tenait un moule à gâteau à la main.

Elle eut un sourire sans doute trop large ; son cœur battait, comme si elle venait de se rendre coupable d'une indiscrétion.

— Tu as trouvé ce que tu cherchais ?

— Exactement ! Je vais faire un peu de pâtisserie demain. Mon célèbre gâteau aux poires.

Il fronça légèrement les sourcils.

— Sauf que je n'ai pas de poires.

— Sans être très calée en cuisine, je me dis que cela va sans doute poser un problème.

— Tu pourrais peut-être m'en trouver demain matin au village ?

— Ah, il va falloir que je consulte mon agenda…

Bertie éclata de rire.

— Ah, merci, ma puce.

La manière dont il s'attardait sur le seuil n'était pas innocente : il a sûrement quelque chose à me dire, songea Sadie. Qui ne se trompait pas.

— Ah, pendant que j'étais là-haut, j'ai trouvé autre chose. Regarde.

Il sortit du moule à gâteau un volume écorné qu'il brandit de façon que Sadie puisse en déchiffrer le titre.

— Comme neuf, hein ?

Sadie reconnut immédiatement le livre. Elle avait l'impression d'ouvrir la porte à un vieil ami à la visite duquel elle ne s'attendait pas, un de ces amis qui vous accompagnent pendant un moment particulièrement difficile et douloureux de l'existence. Et dire que Bertie et Ruth l'avaient gardé ! Elle avait du mal à se figurer à présent la place que ce livre de casse-tête avait eue dans sa vie alors. C'était au début de sa vie à Londres, chez les grands-parents. Elle s'était enfermée dans la chambre d'amis, la petite pièce au-dessus du magasin que Ruth avait aménagée spécialement pour elle, et elle avait résolu toutes les énigmes, une par une, de la première à la dernière page, avec une ardeur quasi religieuse.

— Tu les avais toutes trouvées, hein ? demanda Bertie. Toutes les réponses.

L'orgueil qui perçait dans sa voix émut Sadie.

— Oui, toutes.

— Et tu n'avais pas eu besoin d'aller voir à la fin du livre, hein ?

— Ah, non !

Elle regarda la tranche de l'ouvrage, les pages qui manquaient : elle avait arraché toutes celles qui contenaient les réponses, pour ne pas être tentée. C'était important, essentiel. Les solutions devaient venir d'elle ; sa victoire devait être pure, absolue, au-delà de tout soupçon. Bien sûr, elle essayait de se prouver quelque chose. Elle n'était pas stupide, son cas n'était pas désespéré ; elle n'était pas « une mauvaise graine », contrairement à ce que ses parents pensaient. Tous les problèmes, si conséquents qu'ils soient, pouvaient être résolus. La vague pouvait s'abattre sur les pêcheurs, ils survivraient.

— Ruth me l'avait acheté.

— Ah ça !

C'était un cadeau idéal pour Sadie, et il était arrivé au bon moment – même si, à l'époque, la Sadie de seize ans n'en avait pas été reconnaissante, sans doute. Qu'avait-elle bien pu dire à sa grand-mère quand celle-ci lui avait offert le livre ? Rien, probablement. Elle n'était pas une gamine des plus communicatives. Un paquet adolescent d'insolence et de mépris monosyllabique pour le monde et ses habitants, y compris (et surtout) ces grands-parents inconnus qui avaient volé à son secours.

— Je me demande comment elle pouvait savoir…

— C'était son type de bonté, tu sais, tout en compréhension, en intelligence. Elle voyait clair chez les gens, même quand ils faisaient de leur mieux pour cacher les choses.

Bertie sourit et ils firent semblant l'un et l'autre de ne pas remarquer que la conversation lui avait fait venir les larmes aux yeux. Il posa le livre sur la table de chevet.

— Il faudrait peut-être que tu t'en trouves un autre pendant que tu es là ? Ou même un roman, non ? C'est le genre de truc que les gens font quand ils sont en vacances.

— Vraiment ?

— C'est ce qu'on m'a dit.

— Je vais y penser, dans ce cas.

Un des sourcils de Bertie se dressa, interrogateur. La visite inopinée de sa petite-fille l'avait rendu curieux, mais il connaissait trop bien Sadie pour ne pas la pousser dans ses retranchements.

— Bon, reprit-il, je crois qu'il est l'heure aussi pour moi d'aller me coucher. Ah, l'air marin ! Rien de tel, hein ?

Ce que Sadie lui accorda, avant de lui souhaiter une bonne nuit. Mais lorsque la porte se referma sur lui, elle remarqua que le bruit des pas de Bertie se dirigeait vers le grenier, et non vers sa chambre.

Et tandis que la fumée de la pipe flottait entre les planches, que les chiens rêvaient, agités de tremblements, au pied du lit de Sadie et que son grand-père affrontait les fantômes de son passé, sous les combles, Sadie feuilleta le livre. Ce n'était qu'un recueil de casse-tête, rien de bien original et, cependant, il lui avait sauvé la vie. Avant que sa grand-mère le lui offre, Sadie ne se savait pas réellement intelligente. Elle ne savait pas qu'elle était capable de résoudre des problèmes, elle ne savait pas que le simple fait de trouver une solution lui procurait un plaisir que d'autres gamins éprouvaient en séchant les cours. Le livre lui avait ouvert cette porte ; et sa vie avait pris une direction inconcevable quelques mois plus tôt. Elle avait grandi, avait pris de la distance avec ses tourments d'adolescence et s'était dirigée vers une profession où les énigmes, les vraies, étaient légion. Et les conséquences d'un échec bien plus graves qu'une simple frustration intellectuelle.

Était-ce une simple coïncidence, la réapparition de ce livre dans les mains de Bertie puis les siennes – ce livre si étroitement lié au temps jadis ? Ou avait-il deviné, d'une manière ou d'une autre, que la visite de sa petite-fille était liée aux événements qui, quinze ans plus tôt, l'avaient conduite chez Ruth et lui ?

Sadie ressortit l'enveloppe de sa cachette, examina pour la énième fois l'écriture accusatrice, son propre nom, sa propre adresse, étalés comme une condamnation sous le timbre et son cachet. La lettre qu'elle contenait était la bombe à retardement de Sadie, égrenant son tic-tac tandis que Sadie elle-même réfléchissait à la manière de l'empêcher d'exploser. Oui, c'était indispensable. La lettre avait déjà fait assez de dégâts et menaçait de poursuivre son travail de sape si Sadie n'y mettait pas le holà. Fichue lettre : elle aurait tant voulu ne pas l'avoir reçue. Si le postier avait pu la laisser glisser de sa sacoche, si le vent l'avait emportée, l'avait fait atterrir dans la gueule d'un chien qui l'aurait mâchonnée jusqu'à ce qu'elle ne soit plus que pâte à papier. Sadie poussa un soupir sans joie et glissa l'enveloppe entre les pages du recueil. Elle n'était pas naïve : il n'y a pas de justice en ce bas monde, elle le savait très bien. Tout en rangeant le livre, cependant, elle eut un moment d'apitoiement sur elle-même : que la vie d'un individu soit gâchée deux fois par la même erreur lui semblait purement et simplement inique.

***

La solution lui vint alors qu'elle était sur le point de s'endormir. Elle était en train de sombrer, comme cela lui arrivait régulièrement ces temps-ci, dans un rêve où elle retrouvait l'enfant à contre-jour sur le seuil, l'enfant qui tendait les bras et réclamait sa mère, lorsqu'elle rouvrit les yeux, bien réveillée. La réponse (à tous ses problèmes, se disait Sadie dans la clarté de la nuit) était si simple que Sadie se demandait bien comment elle avait pu attendre six semaines pour la trouver. Elle, si fière de sa capacité à résoudre les énigmes. Elle souhaitait n'avoir jamais reçu la lettre ? Qu'à cela ne tienne. Il n'y avait pas de témoin. Sadie rabattit sa couette, sortit l'enveloppe du recueil de casse-tête et explora les environs de sa table de chevet à la recherche d'un stylo. *N'habite plus à cette adresse*, griffonna-t-elle sur l'enveloppe, le sérieux du moment rendant ses pattes de mouche encore plus irrégulières que d'ordinaire. *Retour à l'envoyeur*. Magnifique. Elle poussa un profond soupir de soulagement. Le poids qui pesait sur ses épaules s'atténua. Résistant à la tentation de revoir la photographie, elle referma l'enveloppe si soigneusement que personne ne se rendrait compte de rien.

Le lendemain, dès l'aube, tandis que Bertie et les chiens dormaient, Sadie enfila son short, son tee-shirt et ses baskets et courut par les rues encore sombres, silencieuses, la lettre à la main. Elle la glissa dans la seule boîte aux lettres du village, rouge vif. Retour à Londres !

En contournant le promontoire au trot, Sadie avait un sourire presque béat sur le visage. Ses pieds foulaient le goudron avec une énergie renouvelée. Tandis que le soleil s'élevait, doré, dans le ciel rose, elle jouit un instant de l'idée que cette déplaisante affaire était bel et bien close. C'était comme si la lettre ne lui était jamais parvenue, en somme. Bertie n'aurait jamais besoin de connaître la raison de sa visite inopinée en Cornouailles et Sadie pourrait reprendre son travail. Son intellect ne serait plus brouillé par le contenu de cette maudite missive ; elle pourrait définitivement clore pour elle-même le dossier Bailey et s'extirper enfin de ce nuage de folie qui lui avait obscurci l'esprit. Ne restait plus qu'à en toucher deux mots à Donald.

***

Lorsqu'elle redescendit au village pour aller chercher les poires de Bertie, Sadie prit le chemin le plus long, qui suivait les falaises, jusqu'au belvédère, et filait ensuite en pente raide vers le terrain de jeu, plein ouest. Difficile de le nier : l'endroit était splendide. Sadie comprenait à présent le coup de foudre de Bertie pour ces lieux.

« Je l'ai tout de suite compris, lui avait-il expliqué avec le zèle inattendu du converti. Il y avait quelque chose dans cet endroit qui parlait à mon cœur. »

Il était si désireux de croire que son installation en Cornouailles résultait de quelque force surnaturelle, qu'elle était, en quelque sorte, « inscrite dans sa destinée », que Sadie s'était contentée d'un sourire et d'un signe d'assentiment. Elle s'était bien gardée de lui dire que rares étaient ceux qui ne se seraient pas sentis destinés à vivre dans ce coin de paradis.

Elle plongea la main dans sa poche et en ressortit quelques pièces qu'elle fit tinter, impatiente. Les téléphones portables n'étaient pas toujours utilisables dans le village : mais il y avait une cabine, et Bertie ne pourrait l'entendre. Elle glissa les pièces dans la fente et attendit quelques secondes, se tapotant la lèvre du pouce.

— Raynes, grommela une voix à l'autre bout de la ligne.

— Donald, ici Sadie.

— Sparrow ? Je t'entends mal. Alors, ces vacances ?

— Super.

Elle hésita un moment avant d'ajouter :

— Très relaxantes.

C'était le genre de choses, lui semblait-il, qu'on était tenu de dire quand on prenait des congés.

— Bien, bien.

La ligne grésillait. Ni Donald ni Sadie n'étaient doués pour les discussions oiseuses ; elle opta donc pour l'approche directe.

— Écoute, Donald, j'ai vraiment pu réfléchir à tout ça et je crois que je peux rentrer maintenant.

Silence à l'autre bout.

— Rentrer travailler, précisa-t-elle.

— Mais tu n'as pris qu'une semaine.

— Je me suis éclairci les idées. L'air marin, tout ça.

— Je pensais m'être bien fait comprendre, Sparrow. Quatre semaines, pas une de moins.

— Je sais, Don, mais…

Sadie lança un regard par-dessus son épaule. Une femme poussait un enfant assis sur une balançoire.

— J'étais à côté de mes pompes, je sais, ajouta-t-elle à mi-voix. Je me suis complètement plantée. J'en ai trop fait et je n'ai pas su comment m'en sortir. Tu avais raison, Don. J'avais autre chose à gérer en même temps, des problèmes personnels. Mais c'est du passé. J'ai réglé la chose et maintenant…

— Attends, reste en ligne.

Sadie entendit un murmure de l'autre côté de la ligne, en fond sonore. Donald y répondit sur le même ton avant de reprendre une voix normale.

— Sparrow ? Écoute, il se passe des trucs ici.

— Vraiment ? Vous êtes sur un nouveau dossier ?

— Il faut que j'y aille.

— Oui, bien sûr, je t'en prie. Ce que je voulais te dire, c'est que je suis prête à…

— La communication est mauvaise. Rappelle-nous dans quelques jours, tu veux bien ? La semaine prochaine, quand tu veux. Ça sera plus facile pour discuter.

— Mais je…

On avait raccroché ; Sadie lâcha un juron et fouilla dans ses poches à la recherche de sa monnaie. Elle composa le même numéro : cette fois-ci, elle tomba directement sur la messagerie de Donald. Elle attendit quelques secondes avant de recommencer, pour un résultat similaire. Elle ne laissa aucun message.

Elle resta un moment assise sur le banc, près du terrain de jeu. Deux mouettes se battaient pour un tas de frites ensevelies dans un linceul de papier journal. L'enfant sur la balançoire pleurait ; les chaînes grinçaient à l'unisson. Se pouvait-il, se demanda Sadie, que Donald ait décidé de ne pas prendre les deux appels suivants ? Oui, sans doute. Et pendant qu'elle était là, à deux pas de la cabine, avec quelques pièces en poche, y avait-il quelqu'un qu'elle puisse appeler ? Personne. Elle tapa un moment des deux pieds sur le trottoir, saisie par la frustration. L'envie de rentrer à Londres, où elle avait son utilité, où la vie avait plus à lui proposer que d'aller acheter un kilo de poires pour son grand-père, devenait presque douloureuse. L'impatience, l'impuissance, la soudaine retombée de son excitation se disputaient bruyamment son esprit. L'enfant de la balançoire était maintenant en proie à la plus vive fureur ; les poings serrés, le corps tendu, il déjouait toutes les tentatives maternelles de lui essuyer les joues. Sadie se serait volontiers jointe à lui.

— Je vous fais un rabais, dit la femme à Sadie, de ce ton d'exaspération comique que tous les parents adoptent lorsqu'ils parlent d'abandonner leur progéniture.

La plaisanterie tira un maigre sourire à Sadie, laquelle poursuivit jusqu'au village, passa plus de temps qu'il n'en fallait à choisir les poires, jaugeant chacune d'elles comme un suspect derrière une vitre sans tain. Sa sélection accomplie et dûment payée, elle rebroussa chemin vers la maison.

Elle était déjà passée devant la bibliothèque – une grande bâtisse de pierre difficile à manquer dans High Street, à mi-distance du centre-ville et de la maison de Bertie – mais n'avait jamais songé à y mettre les pieds. Elle ne goûtait guère les bibliothèques : trop de livres, pas assez de bruit. Mais le contenu de la vitrine l'arrêta net dans sa progression. Y était exhibée une pyramide de romans policiers – toute une quantité –, couvertures noires barrées d'un A. C. EDEVANE en caractères gras, gris argent. Sadie connaissait bien sûr ce nom-là : A. C. Edevane était l'un des seuls auteurs de romans policiers que les policiers lisaient vraiment ; par ailleurs, c'était une sorte de monument national. Lorsque Louise avait mentionné les Edevane et la maison du lac, Sadie n'avait pas fait le rapprochement. Mais après avoir jeté un coup d'œil à l'affiche qui surplombait la noire pyramide – « CINQUANTIÈME ROMAN DE L'AUTEUR CORNOUAILLAIS » –, elle se sentit parcourue par le frisson que peuvent vous donner les rapprochements entre deux sujets apparemment sans lien.

Sur un coup de tête, elle se décida à entrer dans la bibliothèque. Un individu au sourire serviable et à la silhouette de gnome (Alastair, s'il fallait en croire le nom inscrit sur le badge épinglé à sa chemise) lui assura qu'en effet, bien sûr, la bibliothèque disposait d'une section sur l'histoire de la région. Que souhaitait-elle savoir, plus précisément ? Pouvait-il l'aider ?

— De fait, répondit Sadie en posant son filet rempli de poires entre ses pieds, oui, j'ai besoin de tous les renseignements disponibles sur une maison des environs. Et une affaire criminelle assez ancienne. J'en profiterai également pour vous demander un conseil sur les romans d'A. C. Edevane. Quel est celui que vous préférez ?

6

Londres, 2003

En courant pour attraper son bus, Peter faillit laisser tomber son paquet. Fort heureusement, ses longues années de maladresse lui avaient appris à réagir rapidement. Il parvint à se coincer l'enveloppe sous le coude sans ralentir le pas. Il sortit sa carte de bus, écarta les mèches qui lui étaient tombées devant les yeux et repéra un siège vide.

— Excusez-moi ! s'exclama-t-il à la cantonade en progressant vers l'arrière du bus, dont le chauffeur avait redémarré. Excusez-moi… Désolé. Vraiment désolé.

La femme au visage peu amène assise près de la fenêtre fronça les sourcils, derrière son exemplaire du *Times*, tandis que le bus prenait un virage et que Peter s'affalait sur le siège voisin. Son petit déplacement de côté, accompagné d'un soupir d'indignation – discret, certes, mais ferme – était significatif : elle n'avait nul besoin de l'agitation et du souci dont Peter semblait être le centre. Comme il s'était toujours attendu à donner cette impression, le comportement de la dame ne le blessa pas le moins du monde.

— J'ai bien cru que j'allais faire le trajet à pied, déclara-t-il d'un ton affable, en posant entre ses pieds sa sacoche et son paquet. Ce n'est pas tout près, Hampstead, surtout par cette chaleur.

La femme lui retourna son sourire d'une manière si sèche qu'un esprit moins généreux que celui de Peter n'y aurait vu qu'un rictus, avant de retourner à son journal dont elle écarta vigoureusement les pages, pour leur donner un peu de tenue. C'était une manière de lire qui faisait peu de cas d'un éventuel voisin. Mais Peter n'était guère épais ; en se plaquant contre le siège, il se rendit compte que le bord du *Times* le frôlait à peine. De surcroît, cette disposition lui permettait de parcourir la une, ce qui lui épargnait un détour chez le marchand de journaux.

Avec Alice, il valait mieux être au courant des nouvelles du monde. Lorsque l'humeur l'en prenait, elle adorait débattre – et mieux valait se montrer à la hauteur. Caractéristique dont elle lui avait elle-même fait part le premier jour de leur collaboration. Elle l'avait regardé en plissant les paupières, comme si elle était douée de quelque capacité surnaturelle lui permettant de détecter la bêtise humaine au premier coup d'œil.

Peter, lui, se contenta de parcourir la page deux, que la dame aux lèvres pincées étalait si gentiment sous ses yeux. Le dernier sondage mettait au coude à coude travaillistes et conservateurs ; six membres de la Royal Military Police avaient été tués en Irak, et Margaret Hodge était pressentie pour prendre la tête du tout nouveau ministère de l'Enfance de Grande-Bretagne. Dieu merci, l'affaire Bailey avait enfin déserté les premières pages. Terrible histoire que celle de cette fillette laissée seule pendant des jours dans un appartement, abandonnée par la personne censée être la mieux à même de s'occuper d'elle. Peter en avait parlé en prenant le thé avec Alice, au moment où l'événement faisait la une. Alice avait eu une réaction surprenante : elle l'avait regardé fixement par-dessus sa tasse de thé avant de rétorquer qu'à moins de connaître le dossier en détail ils n'avaient nullement le droit de juger la mère :

« Vous êtes encore jeune, Peter, avait-elle poursuivi d'un ton sec. La vie vous guérira de vos naïves certitudes. La seule certitude fiable, dans l'existence, c'est qu'on ne peut se fier vraiment à personne. »

L'acidité innée d'Alice avait constitué une véritable épreuve, au début. Peter avait passé son premier mois auprès d'elle à se persuader qu'elle allait le licencier du jour au lendemain. Puis il avait compris qu'il ne s'agissait là que d'une sorte d'humour – cinglant, certes, et douloureusement parfois, mais sans réelle cruauté. Peter avait un problème : il était trop sérieux. C'était, il en était conscient, une vraie faiblesse, contre laquelle il luttait de toutes ses forces, ou qu'il cherchait du moins à maquiller. Ce qui n'était pas toujours facile. Il en avait toujours été ainsi, pour autant qu'il puisse s'en souvenir. Son père et sa mère, ses deux grands frères étaient quant à eux de l'espèce joyeuse, toujours prêts à rire ; toute son enfance, Peter les avait vus secouer la tête en riant sous cape et lui ébouriffer les cheveux chaque fois que leurs plaisanteries et leurs gentilles moqueries le plongeaient dans la perplexité. Quel corniaud il faisait, lui disaient-ils, quel petit corniaud plein de sérieux que ce Peter, atterri de nulle part droit dans leur nichée – que Dieu le bénisse.

La comparaison le gênait un peu, mais pas tant que cela, au fond. Il avait toujours été différent – et cela ne concernait pas seulement son absence de duplicité. Ses deux frères aînés, solides gamins aux épaules carrées, étaient devenus de solides gaillards aux épaules carrées, de ceux que l'on imagine bien avec une pinte de bière blonde dans une main et un ballon de football dans l'autre. Puis venait Peter : grand, maigre, le teint pâle et la peau qui « marquait facilement ». Ce qui, dans la bouche de sa mère, n'était pas une critique, mais un constat étonné : comment avaient-ils pu produire, son mari et elle, ce curieux petit changelin, avec ses ecchymoses à répétition et son étrange et incompréhensible affection pour sa carte de bibliothèque.

« Il aime lire », déclaraient les parents à leurs amis, avec dans la voix une sorte de respect craintif, comme s'ils eussent annoncé qu'il avait remporté la Victoria Cross.

Peter, de fait, aimait lire. À huit ans, il avait déjà écumé tous les rayonnages de la section Littérature enfantine de la bibliothèque de Kilburn, prouesse qui aurait dû être source d'orgueil et de réjouissances : oui, mais il allait devoir patienter quelques longues années avant de pouvoir obtenir la carte de prêt adulte tant convoitée. Dieu merci, Mlle Talbot lui avait alors promis, en se mordant la lèvre inférieure et en redressant le badge qui ornait son chandail jaune citron – un chevrotement ténu et résolu animant sa voix ordinairement si douce, si égale –, qu'il aurait toujours quelque chose à lire. Toujours, elle s'y engageait personnellement. Aux yeux de Peter, Mlle Talbot était une magicienne. Déchiffreuse des codes secrets, maîtresse des index et de la classification Dewey, elle détenait la clé de mondes merveilleux.

Il avait passé des après-midi de pur enchantement dans la bibliothèque, à respirer la poussière vieillie et baignée de soleil de mille histoires (qu'enrichissaient les moisissures collectives d'un siècle d'humidité). Vingt ans plus tard, à bord du bus 168 pour Hampstead Heath, Peter se sentait assailli par la sensation physique d'être de retour entre les murs de brique de la bibliothèque de Kilburn. Ses bras et ses jambes se souvenaient, frémissants, du garçon qu'il avait été à neuf ans, aussi dégingandé qu'un poulain. Il se sentit soudain l'esprit plus léger, se rappelant le monde tel qu'il était alors, à la fois si vaste, si riche de possibilités et, dans le même temps, si compréhensible, si sûr.

Au risque d'arracher à sa voisine de siège un soupir exaspéré, Peter se pencha, tendit le bras sous le journal et, après avoir fouillé dans sa sacoche, en ressortit le programme. Il l'avait glissé sous la couverture de son vieil exemplaire des *Grandes Espérances*, qu'il était en train de relire en l'honneur de Mlle Talbot. Il s'absorba quelque temps dans la contemplation du souriant visage qui en constituait le frontispice.

Lorsque Peter avait annoncé à Alice qu'il prenait son mardi matin pour se rendre à un enterrement, elle avait fait montre de sa curiosité habituelle. Elle était à l'affût des moindres détails de la vie de Peter. Lorsque la fantaisie l'en prenait, elle le soumettait littéralement à la question, l'interrogeant avec un sérieux digne d'un extraterrestre en quête d'informations sur l'espèce humaine. Ce qui, chez une représentante octogénaire de ladite espèce, ne laissait pas d'étonner. Peter (qui, s'il avait eu le temps de penser à la chose, aurait décrit sa propre existence comme si banale qu'elle se passait de commentaires) avait, dans les premiers temps, trouvé la curiosité de la vieille dame plutôt inquiétante. Il était bien plus à l'aise avec les vies et les idées des autres, telles qu'exposées dans les livres, qu'avec les siennes propres, surtout s'il fallait en parler. Mais Alice n'était pas femme à prendre un non pour une réponse ; il avait, le temps et l'expérience aidant, appris à accéder sans détour à ses demandes. Non qu'il se soit mis à se considérer comme plus digne d'intérêt : mais il avait compris qu'Alice ne s'intéressait pas exclusivement à sa personne. Elle avait pour les renards efflanqués qui cherchaient à survivre derrière sa cabane de jardin une curiosité tout aussi intense.

« Un enterrement ? lui avait-elle demandé en relevant la tête d'un mouvement vif (elle était en train de signer quelques exemplaires d'un de ses livres pour son éditeur espagnol).

— C'est le premier auquel je vais.

— Et ce ne sera pas le dernier, avait-elle repris d'un ton terre à terre, en paraphant la page avec un grincement de plume. C'est le genre de chose que l'on collectionne avec le temps. Quand vous aurez mon âge, vous vous rendrez compte que vous avez mis plus de monde sous terre que vous n'en pouvez réunir pour le thé matinal. Condition nécessaire, bien sûr : la pire des choses, c'est la mort sans obsèques. »

Remarque qui aurait pu étonner Peter s'il avait eu le temps d'y réfléchir, mais Alice ne s'arrêta pas en si bon chemin.

« Quelqu'un de votre famille ? Un ami ? C'est pire encore lorsque le mort est jeune. »

Peter lui parla alors de Mlle Talbot avec un luxe de détails qui l'étonnait lui-même. Étrange, ce qu'un cerveau de neuf ans peut retenir. La montre en or rose de la bibliothécaire, l'habitude qu'elle avait de frotter le bout de son index sur son pouce lorsqu'elle réfléchissait, le parfum de sa peau, musc et fleurs.

« Un guide, avait repris Alice, ses sourcils blanc argenté en accent circonflexe. Un mentor. Quelle chance vous avez eue. Et vous aviez gardé le contact avec elle, depuis tout ce temps ?

— Pas vraiment. Nous nous sommes perdus de vue lorsque je suis parti à l'université.

— Mais vous alliez la voir. »

C'était une affirmation, pas une question.

« Pas assez souvent. »

Un « pas assez souvent » qui était un « jamais », mais il avait honte de l'avouer à Alice. L'idée l'avait fréquemment effleuré, et l'envie, mais il avait tant de choses à faire. En fin de compte, il n'y était jamais revenu. Et n'avait appris la mort de Mlle Talbot que par le plus grand des hasards. Un jour qu'il était à la British Library, il avait, en attendant un ouvrage allemand sur les poisons qu'Alice lui avait demandé de consulter, feuilleté un numéro de la *Lettre du Sconul*[1] : et le nom de Mlle Talbot lui avait sauté au visage. Mlle Talbot – ou plutôt *Lucy* Talbot, car elle avait, comme tout un chacun, un prénom – avait perdu sa

1. Society of College, National and University Librairies : organisation qui regroupe les bibliothèques universitaires et nationales de Grande-Bretagne.

bataille contre le cancer ; les obsèques auraient lieu le mardi 10 juin. Peter avait été parcouru d'une décharge électrique. Il ne savait même pas qu'elle était malade. C'est ainsi que va la vie, se disait-il. Les enfants grandissent, s'éloignent : et sans doute s'exagérait-il la chose, sa mémoire avait enjolivé l'amitié partagée avec Mlle Talbot. Cette relation spéciale, il se l'était imaginée : Mlle Talbot s'était toujours contentée de faire son travail et Peter n'était qu'un lecteur parmi tant d'autres.

« J'en doute, avait commenté Alice. Il est bien plus probable que le nombre d'enfants qu'elle voyait passer devant son comptoir sans entretenir avec eux de relation particulière rendait très important à ses yeux celui avec lequel elle avait tissé des liens, justement. »

Peter ne s'était pas fait d'illusions : Alice n'était pas en train de lui apprendre les rudiments de l'amour-propre. Elle se contentait d'exprimer un avis réfléchi avec sa sincérité habituelle : et s'il en ressortait réconcilié avec lui-même, qu'avait-elle à y voir ?

Le sujet est clos, s'était-il dit. Et puis, quelques heures plus tard, alors qu'il était absorbé dans une de ses tâches quotidiennes, qui consistait à recopier dans le nouvel ordinateur, qu'elle refusait d'utiliser, ce qu'Alice avait tapé le matin, elle lui posa cette question :

« Vous a-t-elle jamais conseillé l'un des miens ? »

Peter avait levé les yeux de l'écran ; il était aux prises avec une phrase lourdement corrigée – Alice en était restée à la machine à écrire. De quoi lui parlait-elle ? Il ne s'était même pas rendu compte de sa présence. En général, lorsqu'il travaillait, elle évitait de rester dans la même pièce. La plupart du temps, elle sortait, aussi exacte qu'un coucou suisse, effectuant des courses mystérieuses dont elle ne révélait jamais la destination.

« Votre bibliothécaire. Vous a-t-elle jamais conseillé d'emprunter un de mes livres ? »

Il songea à mentir avant de se raviser dans la seconde. Alice repérait immédiatement les menteurs. Lorsqu'il eut répondu par la négative, Alice éclata de rire, ce qui le surprit.

« Ce n'est pas plus mal. Ce n'est pas vraiment de la littérature jeunesse, ce que j'écris. »

En quoi elle ne se trompait pas. Si elle écrivait bel et bien des romans policiers à l'anglaise, il n'y avait rien de réconfortant dans ses intrigues. Les critiques aimaient à les décrire comme « chargés de tension psychologique » et « moralement ambigus ». Ses énigmes portaient autant sur les méthodes et les motivations du criminel que sur son identité. Comme elle l'avait dit elle-même lors d'une interview à la BBC, passée à la postérité, le meurtre n'avait rien de particulièrement sympathique, en soi et pour soi. Ce qui le rendait fascinant, c'était l'instinct meurtrier, le facteur humain, les fièvres et les rages qui s'emparaient du criminel. De ces fièvres et de ces rages, Alice avait une sidérante connaissance. Lorsque l'interviewer en avait fait la remarque, elle avait hoché la tête ; et lorsqu'il avait ajouté qu'elle était peut-être un peu trop inspirée pour ne pas inquiéter, elle l'avait écouté poliment.

« Enfin, bien sûr, avait-elle alors déclaré, nul besoin d'avoir commis un meurtre pour écrire sur la question. De même qu'on peut disserter sur la bataille d'Azincourt sans machine à remonter le temps. Ce qu'il faut en revanche, c'est une connaissance des tréfonds de l'âme humaine, alliée à un désir de les explorer jusqu'à leurs abîmes. »

Elle avait eu alors un sourire presque attendri.

« De plus, n'avons-nous pas tous fait l'expérience de l'envie de tuer, à un moment ou à un autre de notre existence ? »

À la suite de ladite interview, les ventes de ses romans avaient augmenté en flèche – ce dont elle n'avait même pas besoin. Depuis des dizaines d'années, son succès ne se démentait pas. A. C. Edevane : ce nom résumait à lui seul le roman anglais de procédure policière ; et nombre de ses lecteurs avaient plus d'affection pour son personnage de détective, Diggory Brent, l'ex-militaire bougon qui pratiquait le patchwork à ses heures perdues, que pour leur propre père. Ce n'était pas seulement une vue de l'esprit hyperbolique de Peter : le *Guardian* ayant commandé quelque temps auparavant un sondage sur cette même question, les chiffres lui avaient donné raison.

« Étonnant », avait commenté Alice, à laquelle son attaché de presse avait appris la nouvelle par téléphone.

Avant d'ajouter, de peur que Peter ne s'imagine qu'elle se souciât le moins du monde de l'avis des autres :

« Mais telle n'était pas mon intention. »

Peter n'avait jamais rien lu d'Alice avant de travailler pour elle, ce qu'il ne lui avait jamais dit. D'ailleurs, il lisait peu de littérature contemporaine. Mlle Talbot, qui avait pris très au sérieux sa mission illicite de distributrice de livres pour adultes à un enfant mineur, avait hésité un bref moment en se demandant par quoi commencer : par les essais et documents ? Quel mal pouvait-on faire à un esprit encore tendre avec des pages d'histoire ? s'interrogeait-elle à haute voix. Elle avait finalement décidé de lui donner des bases classiques : c'est essentiel, avait-elle songé en extrayant des étagères de la bibliothèque un exemplaire des *Grandes Espérances*. Peter était tombé immédiatement amoureux des réverbères au gaz, des redingotes et des attelages, sans jamais un regard en arrière (ou vers l'avant, d'un certain point de vue).

Détail amusant : c'était pourtant son obsession dévorante pour le roman du XIXe siècle qui lui avait fait connaître Alice. Après avoir fini sa thèse, il s'était retrouvé à la croisée des chemins. Le choix de carrière étant limité pour le spécialiste de *Constellations figuratives : réalisation de soi, personnalité et sensibilité dans le roman victorien, 1875-1893*, il s'était donné l'été pour adopter une stratégie plus offensive. Comme il avait quand même un loyer à payer, il travaillait avec son frère David, qui avait une petite entreprise de destruction de nuisibles. L'appel d'Alice leur était parvenu un lundi à la première heure. L'un de ses murs s'était mis à émettre un tic-tac sinistre, qui l'empêchait de dormir depuis le vendredi soir : elle avait besoin d'une intervention en urgence.

« Elle n'est pas à prendre avec des pincettes, la vieille dame, avait prévenu David tandis que les deux frères descendaient de la camionnette, garée Heath Street, et se dirigeaient vers la demeure d'Alice : Mais elle ne ferait pas de mal à une mouche, je pense. Elle a cette curieuse habitude de m'appeler et de m'expliquer ensuite ce qu'elle pense que je vais trouver. Ce qui est encore plus bizarre, c'est qu'elle a raison, en général. »

À peine David avait-il posé sa sacoche au bas du mur et plaqué un verre contre l'enduit pour entendre la bestiole, qu'Alice déclara :

« Ce doit être l'horloge de la mort, la grosse vrillette. *Xestobium*...

— ... *rufovillosum* », avait murmuré Peter à l'unisson.

Avant d'ajouter, tandis que David ouvrait des yeux tout ronds, comme si son frère était atteint de glossolalie :

« Comme dans *Le Cœur révélateur* ».

Suivit un bref silence, des plus froids.

« Qui est-ce ? demanda Alice du ton dont aurait usé la reine Elizabeth si elle avait daigné suivre les progrès de la chasse aux nuisibles : Monsieur Obel, je ne crois pas me rappeler que vous avez un assistant ? »

David avait répondu que tel n'était effectivement pas le cas et que Peter, son jeune frère, lui donnait un coup de main pendant quelques semaines en attendant de savoir quel chemin il allait suivre.

« Il avait besoin de se séparer de ses livres un moment, ajouta David. Il devient trop intelligent, ça ne lui vaut rien de bon. »

Alice avait incliné la tête, presque imperceptiblement, avant de se retirer à l'étage, le bruit de ses pas allant diminuant tandis qu'elle montait l'escalier vers la mansarde – son boudoir d'écriture, comme Peter l'avait appris par la suite.

Après l'intervention, alors qu'ils s'étaient installés dans l'arrière-salle enfumée du Dog & Whistle, David avait posé la main sur l'épaule de son frère.

« Tu as réveillé le dragon. Mais tu as survécu, bravo, avait-il déclaré avant de vider sa pinte et de regrouper les fléchettes. Qu'est-ce que c'est, au fait, cette histoire que tu lui as racontée ? Le cœur je-ne-sais-quoi ? »

Peter avait parlé du conte de Poe et de son narrateur anonyme, du meurtre qu'il avait commis avec tant de soin et de précision, de ses prétentions à la lucidité et du sentiment de culpabilité qui avait fini par le pousser à sa perte. David, qui n'avait aucun penchant pour le gothique, alignait cœur de cible sur cœur de cible. Après avoir épuisé son tas de fléchettes, il gloussa :

« Tu as eu de la chance, elle ne t'a pas scellé dans le mur. C'est de ça qu'elle vit, tu sais : elle tue les gens. Oh, pas les vrais, en chair et en os. Du moins, pas à ma connaissance. Elle, elle assassine dans les livres. »

La lettre d'Alice était arrivée une semaine plus tard, avec le chèque de l'intervention. Lettre tapée à la machine – le *e* ne marquait plus très bien – et signée à l'encre bleu marine. Le message était simple : elle était à la recherche d'un secrétaire particulier temporaire, le titulaire du poste étant provisoirement indisponible. Elle recevrait Peter en entretien vendredi à midi.

Pourquoi s'était-il aussi vite plié à ses désirs ? Difficile à dire à présent, si ce n'est que l'observation lui avait enseigné depuis lors que les gens avaient une propension à suivre les instructions prodiguées par Alice Edevane. À midi pile, le vendredi, il avait sonné à la porte ; on l'avait fait entrer dans le salon vert jade, au rez-de-chaussée. Alice était élégamment vêtue d'un pantalon de serge et d'un chemisier de soie – tenue que Peter considérait maintenant comme son uniforme. Elle portait un imposant médaillon d'or en sautoir. Ses cheveux blancs étaient coiffés de manière simple et soignée, en ondulations qui, partant du front, s'achevaient sur de sages boucles rejetées derrière les oreilles. Assise à un bureau d'acajou, elle lui avait fait signe de s'installer dans le fauteuil rembourré qui trônait de l'autre côté ; puis elle avait joint les bouts de ses doigts et, par-dessus la passerelle ainsi constituée, l'avait bombardé de questions qui n'avaient pas le moindre rapport avec l'emploi qu'elle proposait. Il n'avait même pas fini sa dernière phrase qu'elle jetait un bref coup d'œil à une horloge de bateau posée sur le manteau de la cheminée, avant de se lever en lui tendant la main. Il se rappelait encore la surprenante sensation qu'elle dégageait : un petit oiseau frêle et froid. L'entretien était fini, avait-elle déclaré d'un ton sec. Elle avait des choses à faire. Il pouvait commencer la semaine suivante.

Le 168 ralentit et se gara le long du trottoir, en haut de Fitzjohn's Avenue. Peter ramassa ses affaires. Cela faisait trois ans qu'il connaissait Alice. Détail mystérieux, le titulaire du poste n'était jamais revenu. Peter n'était quant à lui jamais reparti.

***

Alice travaillait à une scène particulièrement complexe – une transition. C'était ce qui lui donnait le plus de mal : l'insignifiance même de la transition en rendait l'écriture difficile. Comment amener son personnage du moment capital A au moment capital B sans perdre l'attention du lecteur ? La tâche n'était simple qu'en apparence. Elle ne l'aurait jamais avoué à qui que ce soit – et aux critiques encore moins – mais, après quarante-neuf romans, elle continuait à suer sang et eau sur ces fichues transitions.

Elle remonta ses lunettes de presbyte sur l'arête de son nez, releva le guide papier de la machine à écrire et relut sa dernière phrase. *Diggory Brent sortit de la morgue et repartit vers son bureau.*

Lapidaire, clair, descriptif. Et les lignes suivantes devaient être tout aussi simples et directes. Elle connaissait la chanson. Fournir à Brent quelques réflexions s'accordant à la thématique générale du roman, rappeler de temps en temps quelques détails qui font sentir sa progression matérielle – le lecteur ne doit pas oublier qu'il retourne au bureau – et conclure par une phrase qui lui en fera franchir la porte – *voilà !** – là où l'attend la prochaine péripétie qui l'entraînera un peu plus loin dans le récit.

Restait un problème : elle avait déjà utilisé toutes les transitions possibles et imaginables et commençait à s'ennuyer. Ce sentiment ne lui était pas coutumier et elle n'avait aucune intention de s'y installer. L'ennui, comme sa mère le lui avait dit et répété, était une province des plus lamentables, dans laquelle ne séjournent que les imbéciles. Les doigts prêts à s'abattre sur les touches du clavier, Alice réfléchissait : et si Brent se mettait à essayer d'assembler les pièces éparses de son patchwork du moment ? Allégorie en quelque sorte du tour pour le moins inattendu que prenait l'enquête.

Ils étaient fort utiles, ces petits carrés de toile. Plus d'une fois, ils avaient tiré Alice d'embarras. Dire que cette histoire de patchwork était le résultat d'un heureux hasard ! Elle avait cherché à donner à Diggory un hobby qui mettrait en valeur son aptitude innée pour les modèles au moment même où sa sœur Deborah était tombée enceinte. Chose inouïe, extraordinaire, Deborah avait alors contracté une passion irrésistible pour les travaux d'aiguille.

« J'ai besoin de me détendre, disait-elle. De ne pas penser à tout ce qui pourrait tourner mal. »

La couture : c'était exactement le genre de passe-temps qu'un homme tel que Diggory Brent pouvait adopter pour combler le vide que laissait dans ses longues nuits l'absence de sa petite famille. Les critiques prétendaient qu'Alice avait voulu adoucir son rugueux détective, mais tel n'était pas le cas. Alice aimait les personnalités âpres et se méfiait profondément de ceux qui cherchaient à arrondir leurs propres angles.

Diggory Brent sortit de la morgue et repartit vers son bureau. Et… ? Les doigts d'Alice flottèrent un instant en l'air. Que dire ? *Chemin faisant, il se disait…* Oui, que se disait-il ?

Aucune idée ne lui vint.

Non sans irritation, Alice rabattit le guide papier sur la page, ôta ses lunettes et se plongea dans la contemplation du paysage sur lequel donnait sa fenêtre. On était début juin, il faisait chaud ; le ciel était d'un bleu éclatant. Jeune fille, elle aurait été incapable de résister à l'attrait d'une telle journée, avec ses odeurs de feuilles chauffées par le soleil et de chèvrefeuille, le clic-clic discret du béton qui cuisait, le chant des grillons réfugiés dans les frais buissons. Mais Alice n'était plus cette jeune fille depuis bien longtemps ; il y avait désormais peu d'endroits qu'elle préférait à son bureau, et ce même quand sa puissance créatrice l'avait abandonnée.

Le bureau se trouvait sous les toits et donnait

sur une rue de maisons victoriennes en brique rouge, sur les hauteurs de Holly Hill. C'était une petite pièce mansardée et, à en croire l'agent immobilier qui avait fait visiter la maison à Alice, elle avait une histoire : un des propriétaires précédents y avait séquestré sa mère. Sans doute la vieille dame était-elle devenue invivable ? Alice n'était pas mécontente de ne pas avoir de descendance. C'était à cause de cette petite pièce qu'elle avait acheté la maison, mais le récit de la mère prisonnière n'avait joué aucun rôle dans sa décision. Sa propre famille avait elle aussi son lot d'anecdotes douloureuses, merci bien. Et jamais Alice n'aurait eu la bêtise de confondre la réalité et la fiction. Non, c'était la position de ladite pièce qui avait poussé Alice à l'acquérir. Elle ressemblait à un nid – un nid d'aigle –, à une tour de guet.

De son bureau, elle pouvait voir tout Hampstead jusqu'au parc, y compris la piscine pour dames et même au-delà, jusqu'aux flèches de Highgate. Dans son dos, un œil-de-bœuf donnait sur le jardin de derrière, dont la limite était marquée par un mur de brique recouvert de mousse et un petit abri en bois. La végétation y était dense, héritée d'une autre propriétaire qui, horticultrice à Kew, avait voulu créer pour sa propre maison un « Jardin des délices terrestres ». Lequel avait connu, sous le règne d'Alice, une croissance incontrôlée, mais ce n'était ni par hasard ni par négligence. Alice avait toujours adoré les forêts ; elle n'aimait pas les lieux qui se prêtent à la manucure.

Du rez-de-chaussée retentit le claquement du verrou de la porte d'entrée ; le plancher se mit à grincer à l'unisson. Puis un choc mou, comme quelque chose qui tombe. Peter. Ce n'était pas tant qu'il fût si maladroit, mais ses bras et ses jambes interminables se mettaient toujours en travers de son chemin. Alice jeta un coup d'œil à sa montre, constatant avec surprise qu'il était déjà deux heures de l'après-midi. Rien d'étonnant à ce qu'elle ait faim. Elle joignit les mains, doigts enlacés, et s'étira, avant de se lever. Quel ennui ! Avoir perdu la matinée à se demander comment faire passer Diggory du moment A au moment B. Mais qu'y faire ? Ses cinquante ans de métier le lui avaient appris : il y a des jours où il vaut mieux ne pas insister. Diggory Brent allait devoir passer la nuit dans le no-man's-land qui séparait la morgue de son bureau. Alice se lava les mains au petit lavabo qui jouxtait la fenêtre ronde et les sécha avant de s'engager dans l'étroit escalier.

Elle savait très bien ce qui la rongeait, ces temps-ci – état un peu plus complexe que le simple ennui. C'était ce fichu anniversaire et tout le ramdam que ses éditeurs allaient organiser en son honneur. Certes, l'intention était louable et Alice, en temps normal, n'était pas opposée à ce qu'on fasse quelque cas de sa personne. Mais le roman n'avançait pas bien. En tout cas, c'était son impression à elle. C'était d'ailleurs une bonne partie du problème : comment le savoir pour de bon ? Jane, son éditrice, était une fille intelligente, pleine d'enthousiasme : mais elle était jeune et impressionnable. Alice ne pouvait en attendre des critiques – les *vraies*, celles qui vous rendent service. Dans ses moments les plus désespérés, Alice n'avait qu'une crainte : qu'il n'y ait plus dans son entourage de personnes qui puissent lui dire que la qualité de son travail avait baissé. Tôt ou tard, cela se produirait. Alice lisait ce qu'écrivaient les auteurs de romans policiers de sa génération. Il y avait toujours une rupture, une baisse de régime. Fatalement, ils finissaient par ne plus suivre l'évolution des mœurs et des esprits. Parfois, cela prenait des formes discrètes : on passait trop de temps à expliquer une technologie qui, pour le lecteur, allait de soi ; ou l'on utilisait un terme complet à la place de l'abréviation, devenue la norme ; on faisait référence aux modes de l'année précédente. Et, soudain, le récit sonnait faux. Pour Alice, qui s'enorgueillissait du réalisme de ses romans et qui n'avait connu que compliments au cours de sa carrière, l'idée d'écrire et de laisser publier des textes imparfaits avait quelque chose de paralysant.

Raison pour laquelle elle prenait le métro tous les après-midi pour se rendre en des lieux où elle n'avait parfois aucune raison de se trouver. Alice avait toujours été passionnée par les gens. Elle n'avait pas forcément beaucoup d'affection pour eux, ne recherchait pas leur compagnie pour s'accomplir socialement : simplement, ils la fascinaient. Et où mieux les observer que dans les garennes labyrinthiques du métro ? Tout Londres empruntait ces tunnels : flot permanent d'humanité, dans ses formes les plus étranges, les plus merveilleuses. Alice s'y faufilait tel un fantôme. Prendre de l'âge était chose méprisable : le seul avantage qu'elle y voyait, pourtant, c'était le manteau d'invisibilité que conférait la vieillesse à tout un chacun. Personne ne remarquait la frêle dame élégamment installée dans un coin du compartiment, son sac à main sur les genoux.

— Salut, Alice ! s'écria Peter de la cuisine. On déjeune dans trois minutes.

Alice s'immobilisa un moment sur le palier du

premier étage, sans pouvoir se résoudre à répondre sur le même ton. Les leçons d'étiquette de sa mère lui résonnaient encore trop vivement aux oreilles, en dépit des années. Ça, c'était bien d'Eleanor, en effet, se dit Alice en s'engageant dans l'escalier qui menait au rez-de-chaussée. Soixante-dix ans s'étaient écoulés depuis son départ de la maison maternelle mais elle appliquait encore les règles en vigueur chez sa mère – même ici, même sous ce toit qu'Eleanor n'avait jamais connu. Alice y songeait parfois, qu'aurait-elle dit de la vie de sa fille si elle avait vécu plus longtemps ? Qu'aurait-elle pensé de son choix de carrière, de ses tenues vestimentaires, de son attachement au célibat ? Eleanor avait des idées très arrêtées sur la monogamie, la fidélité conjugale. Mais du fait qu'elle avait épousé son amour de jeunesse, la comparaison était un peu bancale. Mère dominait tant les souvenirs qu'Alice avait de son enfance, appartenait avec tant d'intensité à ce lointain passé qu'il était difficile, voire impossible, de l'imaginer évoluant avec le temps. Elle restait dans l'esprit d'Alice une belle et inaccessible dame, aimée, certes, mais distante, et fragilisée par le deuil. C'était la seule personne qui manquât réellement à Alice, laquelle, parfois, y pensait avec l'intensité amère et farouche d'une enfant blessée.

Pour le reste, Alice n'avait pas besoin de grand-chose. Elle avait vécu seule une bonne partie de sa vie adulte, ce dont elle n'était ni spécialement fière, ni spécialement honteuse. Elle avait eu des amants, qui tous avaient apporté leur garde-robe et leur brosse à dents chez elle, parfois pour un certain temps. Mais ce n'était pas la même chose. Elle ne les avait jamais invités officiellement, n'avait jamais opéré la transition mentale d'un chez-elle vers un chez-nous. Sa vie aurait pu prendre une autre direction, cependant – elle s'était fiancée une fois –, mais la Seconde Guerre mondiale avait mis fin à l'aventure comme à nombre de choses. C'était la vie : les portes du possible qui s'ouvrent et se ferment sans cesse tandis qu'on essaie à tâtons de trouver son chemin.

Dans la cuisine, elle trouva une casserole fumante sur la cuisinière et Peter installé au bout de la table, quelques lettres déjà ouvertes devant lui. Il leva les yeux lorsqu'elle franchit le seuil, au moment où le minuteur se mettait à sonner.

— Bonjour ! le salua-t-elle. Minutage parfait, comme toujours.

Il avait un adorable sourire, le jeune Peter, lèvres joliment ourlées, expression toujours sincère. C'était l'une des raisons pour lesquelles elle l'avait embauché. L'autre étant qu'il était le seul candidat à s'être présenté exactement à l'heure dite. Par la suite, il s'était montré tout à fait compétent, ce qui n'avait rien d'étonnant. Alice s'enorgueillissait de savoir sonder les âmes. Peut-être pas toujours par le passé, pour être honnête. Elle s'était trompée, jadis, avec des résultats parfois regrettables.

— Y a-t-il quoi que ce soit d'urgent ? demanda-t-elle en s'asseyant.

Le matin même, elle avait laissé son journal sur la table, à la page des mots croisés.

— Angus Wilson, du *Guardian*. Il aimerait bien organiser quelque chose avec vous, pour l'anniversaire. Et Jane aimerait bien que vous le fassiez.

— Vous m'étonnez !

Alice se versa une tasse de Darjeeling, que Peter venait tout juste de préparer.

— Le Natural History Museum voudrait que vous prononciez une allocution lors de l'inauguration d'une de leurs expositions. Vous avez aussi une invitation pour la soirée des dix ans de *La Mort choisit son jour*, au théâtre. Et une carte postale de votre sœur Deborah, confirmant votre rendez-vous de ce vendredi pour l'anniversaire de la mort de votre mère. Tout le reste, ce sont des lettres de lecteurs, pour autant que je puisse en juger. Je regarderai cela après déjeuner.

Alice hocha la tête tandis que Peter déposait devant elle une assiette contenant un œuf coque et un toast. Lesquels constituaient son déjeuner depuis vingt ans – sauf, bien sûr, lorsqu'elle était invitée à l'extérieur. La routine avait à ses yeux le mérite de l'efficacité – pour autant, elle n'en était pas esclave, au contraire de Diggory Brent, qui donnait parfois des conseils aux serveuses sur la préparation de son œuf. Alice étala à la cuiller le jaune d'œuf sur le carré de pain avant de couper ce dernier en quatre, tout en regardant Peter trier le courrier.

Peter n'était pas un grand bavard, autre qualité à mettre à son crédit. Ce qui pouvait créer quelque frustration lorsqu'elle essayait de le faire parler d'un sujet précis, mais qui était grandement préférable à la volubilité de ses précédents secrétaires. Il avait laissé pousser ses cheveux : cela ne lui allait pas mal, se dit Alice. Avec ses longues jambes et ses yeux sombres, il avait un petit air de musicien Britpop – mais peut-être était-ce son costume de velours sombre, plus élégant que de coutume, qui lui donnait cette allure. Alice se rappela alors qu'il revenait d'un enterrement. Sa vieille amie, la bibliothécaire. C'était pour cela qu'il était en retard. Cela la rasséréna, curieusement. Elle avait hâte d'entendre Peter raconter sa matinée. L'histoire de Mlle Talbot, son mentor, l'avait frappée. Elle lui avait rappelé M. Llewellyn. Elle ne pensait pas souvent au vieil homme – les sentiments qu'elle lui avait portés étaient si étroitement liés à ce terrible été qu'elle s'en abstenait à dessein – mais lorsque Peter lui avait parlé de sa bibliothécaire, de l'impression durable qu'elle avait produite sur lui et de l'intérêt réciproque que sa jeune personne avait éveillé en elle, Alice s'était soudain sentie assaillie par des souvenirs venus des tréfonds de son être : l'odeur de la vase de la rivière, l'infime cliquètement des insectes aquatiques alentour, tandis que M. Llewellyn et la petite fille qu'elle avait été dérivaient en barque au fil du courant en parlant de leurs histoires préférées. Avait-elle connu joie plus parfaite par la suite ? Elle n'en était pas sûre.

Elle but une autre gorgée de thé tout en chassant de son esprit ces réminiscences inopportunes.

— Alors, vous avez pu dire adieu à votre amie ?

Mon premier enterrement, avait-il dit à Alice, laquelle lui avait répliqué que ce ne serait pas le dernier.

— Cela s'est-il passé comme vous vous y attendiez ?

— Je pense, oui. Triste, bien sûr, mais intéressant, d'une certaine façon.

— C'est-à-dire ?

Peter plissa le front.

— Je ne l'avais jamais connue que comme Mlle Talbot. Mais d'entendre ses proches parler d'elle – son mari, son fils… c'était émouvant.

Il écarta de la main la mèche qui lui tombait sur les yeux.

— C'est un peu bête, ce que je dis là. Un cliché. Ce que je veux dire, c'est que j'ai appris sur elle des choses que je ne savais pas, et cela m'a fait plaisir. Les gens sont fascinants, vous ne trouvez pas, lorsqu'on sait vraiment ce qui les motive dans la vie ?

Alice lui répondit par un léger sourire de satisfaction. Il avait raison. Les gens profondément ennuyeux sont rarissimes : c'était du moins la conviction d'Alice. Simplement, on ne leur pose pas forcément les bonnes questions. C'était une technique qu'elle utilisait lorsqu'elle concevait ses personnages. Tout le monde le sait, les meilleurs coupables sont ceux que le lecteur ne soupçonne pas. Reste qu'il leur faut un mobile. Surprendre avec une grand-mère meurtrière, c'est parfait. Mais il lui faut la plus plausible des motivations. L'amour, la haine, la jalousie : peu importe, il faut que la passion y soit et que l'on puisse découvrir ce qui l'attise. Le reste suivra.

Peter s'était de nouveau absorbé dans sa tâche. La lettre qu'il tenait à la main faisait froncer ses sourcils bruns.

— Oh, voilà qui sort de l'ordinaire.

Le Darjeeling d'Alice prit soudain un goût amer. Personne n'est à l'abri des critiques et des blessures qu'elles occasionnent.

— Ah, c'est encore une de ces lettres ?

— C'est un policier, apparemment. L'inspecteur Sparrow.

— Ah, ça !

Alice avait fini par distinguer deux types de policiers : ceux qui vous donnaient des conseils utiles pendant les phases de création et ceux, qu'ils aillent au diable, qui aimaient décortiquer l'intrigue et dénicher les erreurs *après* publication.

— Et quelle perle de sagesse professionnelle nous offre l'inspecteur Sparrow ?

— Cela n'a rien à voir ; ce n'est pas une lectrice. Elle veut vous poser des questions sur une affaire qui a vraiment eu lieu. Une disparition.

— Voyons, je vais essayer de deviner. Elle a trouvé une Idée de génie ; si je l'adopte, nous pourrons partager les droits d'auteur ?

— Un enfant, poursuivit Peter. Qui aurait disparu dans les années 30. Dans un domaine de Cornouailles. L'enquête n'a jamais rien donné.

Et jusqu'à son dernier soupir, Alice ne put jamais dire si ce fut la cuisine qui, à ce moment précis, fut traversée par un courant d'air froid, un coup de vent venu du parc, ou si son propre thermostat interne lui fit soudain défaut, face aux rafales de la vraie vie – le passé la heurtant de plein fouet comme une vague qui se serait retirée depuis si longtemps, et que la marée relâchait enfin. Car elle savait exactement ce dont parlait la lettre : et cela n'avait rien à voir avec les énigmes soigneusement ficelées dont elle truffait ses romans.

Diablement quelconque, ce papier, remarqua Alice, peu épais, de mauvaise qualité : rien à voir avec celui que ses lecteurs en général utilisaient pour lui écrire, ni même avec celui dont elle aurait doté l'un de ses personnages : et, cependant, il était assez résistant pour convoyer jusqu'à elle cette bombe du passé.

Peter lisait la lettre à haute voix, à présent : et quand bien même Alice aurait voulu lui dire de se taire, elle était incapable d'émettre aucun son. Elle écouta donc. Le résumé des circonstances entourant cette affaire dont plusieurs décennies les séparaient était des plus efficaces. Les informations provenaient de la presse de l'époque ou du regrettable ouvrage de ce bonhomme, Pickering. Et quelle loi empêchait les gens d'aller consulter les archives publiques et d'envoyer des lettres à des gens qu'ils ou elles ne connaissaient pas, sans crier gare, et de faire débarquer le passé dans toute sa cruauté sur la table de cuisine de quelqu'un qui avait, précisément, fait tout ce qu'il fallait pour éviter d'y revenir.

— Elle a l'air de penser que vous savez de quoi elle parle.

Les images se succédaient dans son esprit comme des cartes qu'on distribue : les participants à la battue, marchant au bord du lac scintillant, de l'eau jusqu'aux genoux ; ce gros policier qui transpirait dans la chaleur rance de la bibliothèque ; son jeune second, un débutant, qui prenait des notes ; les parents aux visages exsangues, affrontant le photographe de la presse locale. Alice avait l'impression de se tenir à nouveau contre les portes-fenêtres, les observant – et le secret qu'elle ne s'était pas résolue à leur avouer qui lui tordait le ventre, secret qui s'était fait culpabilité et ne cessait depuis de la ronger.

Elle se rendit compte que sa main tremblait très légèrement et se força à en prendre mentalement note : cela pourrait servir, la prochaine fois qu'il lui faudrait décrire les effets d'un choc psychique sur le corps, la vague glaciale qui pouvait s'abattre sur une personne pourtant devenue maîtresse, depuis des décennies, dans l'art de la confrontation. Elle posa ses mains révélatrices sur ses genoux, les joignant d'un geste ferme.

— Mettez cette lettre à la poubelle, ordonna-t-elle en tendant impérieusement le menton.

Sa voix était restée d'une étonnante neutralité. Rares étaient les membres encore vivants de son entourage qui auraient pu remarquer l'altération infime de son ton.

— Vous ne voulez vraiment pas que je fasse quelque chose ? Que je lui réponde, pour le moins ?

— À quoi bon ?

Alice ne détourna pas les yeux.

— Je crains que cette inspectrice Sparrow n'ait fait erreur. Elle m'a confondue avec quelqu'un d'autre.

7

Cornouailles, 25 juin 1933

L'homme parlait. Ses lèvres se mouvaient, les mots en sortaient en essaim, mais Eleanor n'arrivait pas à les appréhender, du moins pas de manière à leur trouver du sens. Seuls surnageaient des « disparu »… « erré »… « égaré »… Son esprit n'était que brouillard – un bienheureux brouillard, le Dr Gibbons y avait veillé.

Un ruisselet de transpiration se faufila sous son col pour se diriger ensuite sur son dos, entre ses omoplates. Sa fraîcheur fit frissonner Eleanor ; Anthony, assis à son côté, raffermit sa réconfortante étreinte. Il avait posé sa main sur la sienne – grande main sur petite main, si familière et cependant devenue aujourd'hui étrangère par la force cauchemardesque des événements. Elle remarqua pour la première fois les poils sur les phalanges, les rides, les veines bleu pâle, comme des routes sur une carte insérée sous sa peau.

Il faisait toujours aussi chaud. L'orage qui menaçait n'avait jamais éclaté. Le tonnerre avait grondé toute la nuit avant de dériver vers la mer. Ce qui valait mieux, avait dit le policier : la pluie aurait pu effacer tous les indices. Ce même policier, le plus jeune, leur avait conseillé de répondre aux questions des journalistes. Cela pouvait être utile, selon lui.

« Nous aurons un millier de paires d'yeux pour nous aider. Toutes à la recherche de votre petit garçon. »

Eleanor était malade d'inquiétude, paralysée par la peur. Dieu merci, Anthony était allé au-devant du reporter, dont elle entendait la voix comme à distance. Oui, l'enfant était très jeune, pas tout à fait onze mois, mais il avait su marcher très tôt, comme tous les enfants Edevane. C'était un beau petit bonhomme, solide, en pleine santé… il avait les cheveux blonds et les yeux bleus… bien sûr, ils pourraient confier une photographie au journal.

La fenêtre donnait sur le jardin ensoleillé – une vue qui se prolongeait jusqu'au lac. Il y avait des hommes, des policiers en uniforme et d'autres gens qu'Eleanor n'avait jamais vus. La plupart se tenaient dans l'herbe, au bord du lac, d'autres étaient déjà dans l'eau. La surface du lac était aussi lisse que du verre ce jour-là, immense miroir d'argent reflétant sourdement le ciel dans ses rides concentriques. Les canards avaient déserté le plan d'eau ; en revanche, un homme en combinaison de plongée noir, équipé d'un masque, avait exploré les profondeurs toute la matinée, à partir d'une barque. Après quoi, ils utiliseraient les dragues, avait entendu dire Eleanor.

Enfant, elle avait eu sa barque, pour elle toute seule. Son père l'avait achetée à sa seule intention et avait peint son nom, *Eleanor*, sur le flanc. La barque était équipée d'une paire d'avirons en bois et d'une voile blanche, faite maison ; elle l'utilisait presque tous les matins. M. Llewellyn l'appelait « Eleanor l'Aventurière ». Lorsqu'elle passait devant lui sur son esquif, il levait la main, dans laquelle invariablement se trouvait son carnet de croquis. Il inventait des histoires sur ses voyages qu'il lui racontait pendant le déjeuner : Eleanor tapait dans ses mains, de joie ; son père riait de bon cœur et sa mère avait un sourire impatient et sévère.

La mère d'Eleanor n'avait pour M. Llewellyn et ses histoires que mépris. Elle n'aimait pas qu'on soit tendre : c'était pour elle « de la faiblesse de caractère » : M. Llewellyn assurément était bien plus gentil qu'elle. Il avait souffert d'une grave dépression, plus jeune, et retombait régulièrement dans une certaine mélancolie, ce que Constance, la mère d'Eleanor, considérait avec un froid dédain. Elle avait également en horreur l'« attention malsaine » que son mari prodiguait à Eleanor. Cet intérêt, ne cessait-elle de clamer, ne pouvait que gâter un enfant, d'autant plus sûrement si celui-ci, comme leur fille, était doté d'un « inquiétant esprit de rébellion ». N'y avait-il pas de manière plus intelligente de dépenser son argent ? C'était une conversation récurrente entre ces deux-là, l'argent – ou le manque d'argent, et le gouffre qui se creusait entre la vie qu'ils menaient et celle dont Constance rêvait. Les soirs étaient nombreux où Eleanor les entendait se disputer dans la bibliothèque : les secs reproches de sa mère et les réponses aimables, conciliantes de son père. Elle se demandait parfois comment il pouvait supporter ces critiques incessantes.

« C'est l'amour, lui avait répondu M. Llewellyn le jour où elle avait osé lui en parler. Nous n'avons pas toujours le choix des où, des comment et des qui. L'amour nous donne le courage de supporter ce que nous pensions insupportable. »

— Madame Edevane ?

Eleanor ouvrit les yeux. Elle était dans la bibliothèque. Assise sur le canapé, près d'Anthony, dont la puissante main était encore posée, protectrice, sur la sienne. Elle fut un bref instant surprise à la vue de l'homme qui s'était assis face à elle, carnet à spirale à la main et crayon coincé sur l'oreille. La réalité lui revint par saccades.

Un journaliste. Il voulait lui poser des questions sur Theo.

Soudain ses bras s'alourdirent de l'absence de son bébé. Elle se rappela la première nuit, qu'elle avait passée en sa seule compagnie. C'était le seul de ses quatre enfants à être arrivé tôt : elle sentait ses talons lui marteler doucement les mains tandis qu'elle le berçait. Ces mêmes petites articulations rondes comme des billes, elle les avait senties quelques jours plus tôt seulement à travers la peau de son ventre. Elle lui avait parlé dans le noir, à voix basse, lui avait promis qu'elle le protégerait jusqu'à la fin de ses jours…

— Madame Edevane ?

Avec Theo, tout était différent. Eleanor avait aimé tous ses enfants – bon, en toute honnêteté, peut-être pas au premier regard. Mais dès qu'ils avaient su marcher… Avec Theo, ce n'était pas que de l'amour. Elle le chérissait de toute son âme. Après sa naissance, elle l'avait emmené dans son lit, encore emmitouflé dans sa couverture de naissance, et l'avait regardé droit dans les yeux. Elle y avait vu toute la sagesse avec laquelle naissent les enfants, et qui les quitte si rapidement. Il l'avait contemplée en retour et avait voulu lui révéler les secrets du cosmos, ses lèvres minuscules s'ouvrant et se refermant sur des mots qu'il ne savait pas encore ou qu'il avait peut-être oubliés. Theo nouveau-né lui rappelait la mort de son père à elle. Il l'avait regardée de la même manière, de ses pupilles sans fond, remplies de tout ce qu'il n'avait jamais eu la possibilité de dire à sa fille.

— Madame Edevane, le photographe va vous prendre en photo.

Elle cligna des paupières. Le journaliste. Son carnet de notes lui rappelait Alice. Où était-elle passée ? Et Deborah, et Clemmie, d'ailleurs ? Quelqu'un devait sûrement prendre soin d'elles. Pas sa mère, non ; M. Llewellyn, peut-être ? Ce qui expliquait la raison pour laquelle elle ne l'avait pas encore vu ce matin-là. Il était sans doute venu aider les filles, les distraire, les garder de toute cette inquiétude, un rôle qu'il avait déjà eu l'occasion de jouer.

— Bon, allons-y, monsieur et madame Edevane.

Un autre homme, corpulent, que la chaleur faisait rougir, leur fit signe de derrière son trépied.

— Pouvez-vous regarder par ici, s'il vous plaît ?

Eleanor avait l'habitude de servir de modèle – elle était la petite fille du fameux conte de fées ; depuis son plus jeune âge, on la prenait en photo, on la peignait, on la dessinait – mais, ce matin-là, elle tressauta. Elle aurait tant voulu se coucher dans l'obscurité, fermer les yeux, ne plus parler à qui que ce soit avant que les choses retrouvent un cours normal. Elle était lasse, à un point inimaginable.

— Rapproche-toi, mon amour.

La voix d'Anthony, douce et bonne, à son oreille.

— Ce n'est qu'un mauvais moment à passer. Je te tiens la main.

— Il fait si chaud, murmura-t-elle en guise de réponse.

Son chemisier de soie lui collait aux reins. Sa jupe la tiraillait à la taille, à l'endroit des coutures.

— Madame Edevane, pouvez-vous regarder par là ?

— Anthony, je ne peux plus respirer. J'ai besoin…

— Je suis là, avec toi. Je serai toujours là.

— On ne bouge plus !

Le flash de l'appareil photo jaillit dans un éclat de lumière blanche et, tandis que le champ de vision d'Eleanor s'emplissait d'étoiles, elle aperçut, elle en était certaine, une silhouette près des portes-fenêtres. Alice – oui, pas d'erreur – immobile, les observant.

— Alice ? appela-t-elle en battant des paupières pour retrouver une vision normale. Alice ?

Ce fut alors qu'un homme cria quelque chose des rives du lac, d'une voix sonore, tranchante ; le journaliste bondit vers la fenêtre. Anthony se leva et Eleanor l'imita, mais ses jambes soudain ne la portaient plus vraiment ; et le temps sembla s'immobiliser ; et ils attendirent, attendirent, jusqu'à ce que le jeune journaliste se retourne vers eux en secouant la tête.

— Fausse alerte, leur dit-il, son excitation cédant la place à la déception.

Il s'essuya le front de son mouchoir.

— Ce n'était qu'une vieille chaussure. Pas du tout un corps.

Les genoux d'Eleanor menacèrent de se dérober sous elle. Elle regarda de nouveau en direction des portes-fenêtres : Alice avait disparu. Mais elle entraperçut, dans le miroir au-dessus de la cheminée, ses yeux dans son reflet. Elle faillit ne pas se reconnaître. « Mère » avait perdu son maintien soigneusement étudié ; elle se retrouva face à la jeune fille qui avait habité cette même maison des années auparavant, sauvage, vulnérable, mal élevée – jeune fille qu'elle avait presque oubliée.

— La coupe est pleine.

La voix d'Anthony, de nouveau : mais cette fois-ci elle était sèche. Son amour, son sauveur.

— Il faut comprendre ma femme. Elle est sous le choc ; son enfant a disparu. L'entretien est clos.

***

Eleanor flottait.

— Je vous assure, monsieur Edevane, ce sont des barbituriques des plus puissants. Il suffit d'un cachet pour la faire dormir jusqu'à ce soir.

— Merci, docteur. Elle est dans tous ses états.

Elle reconnaissait la voix. Anthony.

Puis l'autre, celle du docteur.

— Cela ne me surprend pas. Quelle terrible affaire. Il n'y a pas d'autre mot.

— La police fait tout son possible.

— Ils pensent pouvoir le retrouver ?

— Il nous faut garder espoir et nous dire qu'ils feront tout leur possible.

La main d'Anthony s'était posée sur son front, tiède et ferme ; elle lui lissait les cheveux. Eleanor essaya d'articuler quelques mots. Mais ses lèvres n'avaient pas envie de bouger et les mots ne sortaient pas.

Il la fit taire.

— Tiens, mon amour. Dors, maintenant.

Sa voix était partout, l'entourant, comme la voix de Dieu. Son corps était lourd mais lent, comme si elle sombrait dans les nuages. Sombrait, tombait, retraversant à l'envers toutes les strates de sa vie. Avant qu'elle ne devienne Mère, avant qu'elle ne rentre à Loeanneth, puis revivant l'été de sa rencontre avec Anthony, puis jusqu'à la mort de son père et reprise enfin dans le long défilé sans limite de son enfance. Elle se souvenait vaguement de la perte de quelque chose, qu'elle aurait dû chercher : mais son cerveau était amolli et ne parvenait plus à mettre la main sur ladite chose. Laquelle lui échappait, comme un tigre, un tigre noir et jaune, s'écartant d'elle et fuyant dans les longues étendues de la prairie. C'était la prairie de Loeanneth, que bordaient au lointain les forêts sombres. Eleanor tendit les mains pour caresser les têtes des mauvaises herbes.

***

Lorsqu'elle était enfant, Eleanor avait un tigre dans sa chambre. L'animal, qui s'appelait Zephyr, habitait sous son lit. Quand ils avaient quitté la grande maison, il les avait suivis, en passager clandestin, ce qui n'avait pas arrangé son état ; sa belle fourrure sentait fort la fumée. Le grand-père paternel d'Eleanor l'avait attrapé en Afrique, dans un glorieux passé. Eleanor en avait entendu parler, de ce temps-là : époque où le domaine était immense, où les deShiel vivaient dans une vaste demeure – vingt-huit chambres et une écurie où étaient remisés non pas des citrouilles mais des carrosses, dont certains dorés à l'or fin. Il n'en restait plus grand-chose à présent, hormis les ruines carbonisées du manoir, trop loin de Loeanneth pour qu'on puisse encore les voir. Et c'était M. Llewellyn qui lui avait raconté l'histoire du tigre et de la perle.

À cette époque, l'histoire lui paraissait entièrement véridique. Zephyr l'avait rapportée d'Afrique, cette perle : il l'avait avalée ; elle était restée cachée au fond de sa gorge lorsqu'il avait été abattu, dépecé, vendu et transporté en Europe, puis lorsque sa dépouille empaillée avait été exposée, trophée de choix, dans le grand manoir, et par la suite, après quelques réparations, à Loeanneth. C'était dans la maison du lac qu'un jour, sa tête s'étant penchée d'une certaine manière, la perle était tombée de sa gueule inanimée et qu'elle s'était perdue dans les longs poils du tapis de la bibliothèque. On avait marché sur elle, invisible, oubliée : mais, une nuit, pendant que tous dormaient, elle fut découverte par des fées dont la mission était de cambrioler Loeanneth. Elles emportèrent la perle dans les bois et la disposèrent sur un lit de feuilles, l'étudièrent, s'interrogèrent, la caressèrent – jusqu'à ce qu'un oiseau qui l'avait prise pour un œuf la vole.

Au sommet de l'arbre, la perle se mit à grossir, tant et plus que l'oiseau finit par craindre qu'elle n'écrase ses propres œufs. Il fit rouler la sphère nacrée hors du nid ; elle vint se poser doucement sur un nouveau lit de feuilles. Là, à la lumière de la pleine lune, entourée par les fées intriguées, la perle se fendit ; en sortit un bébé – une fille. Les fées recueillirent du nectar pour la nourrir et se relayèrent pour la bercer. Mais bientôt le nectar ne suffit plus. En dépit de leurs pouvoirs magiques, les fées ne pouvaient plus satisfaire la petite. Un concile féerique se tint, au cours duquel il fut décidé que la forêt ne convenait pas à une enfant humaine. Il fallait la raccompagner jusqu'au seuil de la maison et l'y laisser, dans une couverture de feuilles tissées.

L'histoire fournissait à Eleanor toutes les réponses aux questions qu'elle se posait. Pourquoi avait-elle une telle affinité avec la forêt ? Pourquoi avait-elle toujours su distinguer les fées dans la prairie, là où les autres ne voyaient que de l'herbe ? Pourquoi les oiseaux s'étaient-ils rassemblés sur le rebord de la fenêtre de la nursery, alors qu'elle n'était encore qu'un nourrisson ? Eleanor comprenait également pourquoi elle se sentait parfois envahie par une rage si féroce, au point de cracher, de feuler, de trépigner comme un vrai tigre : et nounou Bruen, sévère, qui lui disait d'apprendre à se contrôler, « sinon, on ne fera jamais rien de toi ». M. Llewellyn en revanche estimait qu'il y avait pire dans l'existence qu'un caractère bien trempé, « c'est tout simplement que tu as ton propre avis sur les choses ». Non seulement cela, mais de la vie à revendre. Et, lorsqu'on en manquait, c'était si triste ! Les jeunes filles comme Eleanor, disait-il, feraient mieux de garder ardentes les braises de leur insolence : car la société n'aurait de cesse qu'essayer de les éteindre. Eleanor accordait grand crédit à ce que disait M. Llewellyn. Il n'était pas comme les autres adultes.

***

Eleanor n'avait pas coutume de raconter les circonstances particulières de sa naissance. Contrairement à *Eleanor sur le seuil magique*, que l'on trouvait maintenant dans toutes les bibliothèques, « Le Tigre et la

Perle » n'appartenait qu'à elle. Un jour, sa cousine Beatrice était venue à Loeanneth en compagnie de ses parents. Eleanor avait huit ans. La visite était inhabituelle : Constance, sa mère, ne s'entendait pas avec sa sœur Vera. Elles n'avaient que onze mois de différence et s'étaient toujours fait concurrence. Leur vie consistait en d'incessantes luttes sur des sujets en général futiles. Lorsque l'une de ces compétitions prenait fin, consacrant la victoire d'une des sœurs, l'autre rouvrait les hostilités. Le mariage de Constance avec Henri deShiel avait semblé marquer la victoire de l'aînée : mais Vera n'avait pas tardé à convoler avec un comte écossais de fabrication récente, à l'immense fortune provenant des sous-sols africains. L'avantage était passé à la cadette. Les sœurs ne s'étaient pas parlé pendant cinq ans ; puis un fragile armistice semblait avoir été conclu.

Par un jour de pluie, on avait relégué les fillettes dans la nursery. Eleanor essayait de lire *La Reine des fées*, de Spenser (le livre préféré de M. Llewellyn, qu'elle espérait ainsi impressionner) et Beatrice finissait son ouvrage de tapisserie. Eleanor était perdue dans ses pensées lorsqu'un cri terrifié lui en fit perdre le fil. Beatrice s'était redressée comme un diable dans sa boîte, main tendue vers le lit, des larmes coulant, lustrées, sur son visage rougi.

— Un monstre… mon aiguille… je l'ai fait tomber… et là… j'ai vu… un *monstre* !

Eleanor comprit immédiatement ce qui s'était passé. Elle tira Zephyr de sa cachette sous le lit et expliqua à Beatrice que le tigre lui appartenait, que c'était un secret : elle l'avait caché sous le lit pour lui épargner la colère de Mère. Beatrice reniflait, le souffle encore coupé ; elle avait le visage si rouge et son nez coulait avec une telle ardeur qu'Eleanor fut prise de pitié. La pluie tambourinait sur la vitre ; le monde de dehors était gris et froid : c'était le temps idéal pour raconter des histoires. Encourageant sa cousine en larmes à venir s'asseoir près d'elle sur le lit, elle lui raconta « Le Tigre et la Perle », du début à la fin, et donc son arrivée si insolite à Loeanneth. Beatrice éclata de rire : l'histoire était si drôle et Eleanor la racontait si bien. Mais ne savait-elle pas qu'elle venait du ventre de sa mère ? Au tour d'Eleanor de rire, amusée, certes, mais plus encore surprise. Beatrice était une petite fille ordinaire, rondelette, qui aimait les fanfreluches, une enfant à l'esprit résolument concret, sans grande imagination. Qu'elle puisse concocter quelque chose d'aussi extraordinaire était donc stupéfiant. Le ventre de sa mère ! Ça alors ! Constance était une femme grande et maigre, qui s'introduisait tous les matins dans des robes qui ne faisaient pas un pli – et qui n'étaient certainement pas extensibles. Comment aurait-elle pu faire grandir quelque chose en elle ? Une perle grosse comme un œuf, c'était impensable. A fortiori Eleanor…

L'histoire cependant rendit Beatrice sympathique à Eleanor et, en dépit de leurs différences, les fillettes se lièrent d'affection. Eleanor n'avait guère d'amis, hormis son père et M. Llewellyn : une petite fille de son âge avec qui jouer fut pour elle une fantastique nouveauté. Elle montra à sa cousine tous les endroits qu'elle aimait. Le ruisseau à truites dans la forêt, le méandre dans lequel l'eau soudain devenait si profonde, et le plus haut des arbres, du faîte duquel on pouvait voir, dans le lointain, le squelette noirci du grand manoir. Elle lui fit même visiter le vieux hangar à bateaux : c'était le théâtre adoré de ses jeux préférés. Elle croyait avoir passé d'excellents moments avec sa cousine jusqu'à ce que cette dernière, un soir, alors qu'elles étaient couchées dans leurs lits jumeaux, lui tienne le discours suivant :

— Mais tu ne te sens pas seule, ici, sans amis, au milieu de nulle part, sans rien à faire ?

Comment Beatrice pouvait-elle tenir des propos aussi éloignés de la réalité ? Il y avait tant de choses à faire à Loeanneth ! Il était vraiment temps d'initier sa cousine à son jeu préféré, lequel était également le plus secret.

Le lendemain matin, avant le lever du soleil, elle tira sa cousine du lit, lui intimant l'ordre de ne pas faire de bruit, puis l'emmena au bord du lac, là où les arbres poussaient en tous sens et où les anguilles nageaient, serpentines, dans les profondeurs. Là, elle initia Beatrice aux plaisirs des Aventures de Grand-Père Horace. Les journaux du grand homme étaient dans le bureau, une pile de carnets nouée d'un ruban jaune. Eleanor n'était pas censée savoir où ils se trouvaient mais elle ne cessait, à ses risques et périls, de s'aventurer dans des endroits interdits et d'écouter des conversations qu'elle n'aurait pas dû surprendre : à huit ans, elle connaissait déjà par cœur les récits du grand-père. Elle avait reconstitué dans la solitude de Loeanneth tous les récits de voyages qu'il avait rapportés – le Pérou, l'Afrique, la banquise du Grand Nord canadien – et d'autres qu'elle avait inventés. Avec l'aide de Zephyr, ce matin-là, elle interpréta pour le plus grand plaisir de Beatrice et son édification la mort horrible du vieil Horace, telle qu'elle était décrite dans une lettre adressée « à qui de droit », insérée entre la dernière page et la couverture du dernier journal, inachevé. Beatrice contempla le spectacle les yeux écarquillés, puis applaudit, hilare.

— Rien d'étonnant, déclara-t-elle avec une admiration réconfortante, à ce que ta mère dise toujours que tu es une petite sauvage.

— C'est vrai ?

Eleanor cligna des paupières, surprise – et plutôt flattée – par cette description inattendue.

— Elle a dit à maman qu'elle désespérait de faire de toi une vraie Londonienne.

— Une Londonienne ?

Eleanor fronça le nez.

— Mais je n'ai aucune envie de devenir londonienne.

Elle avait déjà entendu parler de Londres. Le nom avait quelque chose de terrible et de lourd. Chaque fois que ses parents se disputaient, ils l'utilisaient, comme une épée.

« Je m'étiole dans ce trou perdu, disait la mère d'Eleanor. Je veux aller à Londres. Je sais que cela te fait peur, Henri, mais Londres, c'est mon monde. Celui que je devrais fréquenter. N'oublie pas que j'ai été invitée à Buckingham lorsque j'étais petite ! »

Histoire qu'Eleanor avait entendue des milliers de fois, si bien qu'elle n'y prêtait plus attention. Mais la discussion lui faisait dresser l'oreille. Papa, avoir peur de quelque chose ? C'était impensable. Londres devait donc être un endroit terrible, livré à l'anarchie et au chaos.

« Oh, c'est une grande ville, lui avait dit son père

un jour où elle lui posait la question. Pleine d'automobiles et d'omnibus et de gens. »

Eleanor avait senti une ombre se profiler derrière ces mots.

« Et de tentations ? »

Il avait relevé la tête et scruté Eleanor

« Allons bon ! Qui t'a fourré cette idée dans la tête ? »

Eleanor avait haussé les épaules, incapable de mentir. C'était son père lui-même : elle l'avait entendu le prononcer, ce mot de « tentation », tandis qu'il discutait avec M. Llewellyn près du hangar à bateaux, et qu'elle cueillait des fraises sauvages dans les buissons, au bord du ruisseau.

Il avait soupiré :

« Oui, pour certains. C'est un lieu de tentation, effectivement. »

Et ses traits alors avaient exprimé une telle tristesse qu'Eleanor avait glissé sa petite main dans la sienne.

« Je n'irai jamais ! s'était-elle écriée, véhémente. Je ne quitterai jamais Loeanneth ! »

Ce qu'elle répéta mot pour mot ce matin-là à la cousine Beatrice, qui lui sourit avec la même amicale commisération que son père.

— Mais bien sûr que tu iras à Londres, grande sotte ! Ce n'est pas en restant dans un trou comme celui-là que tu trouveras un mari !

***

Eleanor ne voulait ni devenir londonienne ni trouver un mari : en 1911 pourtant, à seize ans, tel fut son sort, bien malgré elle. Son père était mort, les clés de Loeanneth avaient été confiées à un agent immobilier et sa mère l'avait emmenée à la capitale pour la marier avec le prétendant le mieux doté. Dans sa fureur impuissante, Eleanor s'était promis de ne jamais tomber amoureuse. La mère et la fille habitaient désormais chez la mère de Beatrice, dans une grande maison aux confins de Mayfair. Beatrice et Eleanor devaient faire leurs premiers pas dans les salons de la saison londonienne en même temps. Comme on pouvait s'y attendre, les deux sœurs avaient retrouvé leurs vieilles positions concurrentes sur un nouveau terrain, celui des espérances matrimoniales de leurs filles respectives.

Raison pour laquelle, par un bel après-midi de la fin de juin, dans une chambre à coucher au deuxième étage d'une maison de Londres, tandis que le soleil faisait lever la brume de l'autre côté de la fenêtre, une femme de chambre au front perlé de sueur tirait sur le corsage d'une jeune fille peu conciliante.

— Mademoiselle Eleanor, arrêtez de bouger ! Comment voulez-vous que je vous donne des formes si vous ne vous tenez pas plus tranquille ?

Aucune des femmes de chambre de sa tante n'aimait à habiller la jeune fille, elle le savait de source sûre. Il y avait dans la bibliothèque un petit coin avec une aération qui communiquait avec le placard où les femmes de chambre se cachaient pour échapper à la surveillance du majordome. Eleanor les avait entendues conférer un jour où elle se dérobait elle-même à la vigilance de sa mère. La conversation s'accompagnait d'un vague parfum de fumée de cigarette. « ... elle gigote tout le temps… des vêtements pleins de taches… avec un peu d'effort, quand même… elle pourrait essayer… bonté divine, cette tignasse ! »

Eleanor scrutait son reflet dans la glace. Ça, oui, elle avait une folle tignasse, depuis toujours, une masse enchevêtrée de boucles brun sombre qui résistait à toutes les tentatives de domestication. Ajoutez à cela une silhouette obstinément dégingandée et une tendance à dévisager le monde d'un œil écarquillé et attentif : quoi de moins aguichant ? Quant à sa nature profonde, elle était tout aussi déficiente, à ce qu'elle avait cru comprendre. Nounou Bruen claquait la langue et se lamentait bruyamment sur « l'usage trop modéré du martinet » et « une complaisance effrénée pour une passion vicieuse » qui avaient fait de cette enfant « une vraie déception pour Mère » et, pis encore, « pour Dieu ! » Si les sentiments divins restaient impénétrables, ceux de la mère d'Eleanor étaient assez clairement exprimés par ses jeux de physionomie.

Quand on parle du loup – Constance deShiel fit son apparition dans l'embrasure de la chambre, tirée à quatre épingles, sa propre chevelure (lisse, blonde, impeccable) ramassée sur le haut de son crâne en boucles élégantes, la gorge couverte de pierres précieuses. Eleanor montra les dents. Il aurait suffi de vendre ces joyaux pour sauver Loeanneth. Constance fit signe à Kitty de s'écarter et entreprit d'ajuster de sa propre main le corset de sa fille. Elle tira si fort sur les lacets que la jeune fille hoqueta, puis récita immédiatement la liste des jeunes gens à marier qui se rendraient le soir même au bal des Rothschild. Comment croire qu'il s'agissait là de la Constance deShiel qui avait répondu à son mari qui la pressait de questions sur ses dépenses inconsidérées : « Tu sais très bien que je n'accorde aucune attention à ces détails. » La description des prétendants était exhaustive : aucune précision n'étant jugée trop insignifiante pour figurer dans ce long discours.

Certaines mères et certaines filles appréciaient sans doute ce genre d'exercice : mais ce n'était pas le cas de Constance et d'Eleanor deShiel. Constance avait toujours été une présence étrangère dans la vie de sa fille, une personnalité froide et distante qui ne lui avait jamais montré d'affection. Eleanor n'en connaissait pas la raison exacte (à Loeanneth, les domestiques avaient évoqué parfois à voix basse l'espoir déçu de Madame d'avoir un fils) ; du reste, elle n'y accordait pas beaucoup d'importance. Cette indifférence était réciproque. L'enthousiasme de Constance ce jour-là avait quelque chose d'excessif. La cousine Beatrice (laquelle s'était, depuis sa première visite à Loeanneth, transformée en une jeune fille aux formes généreuses, s'adonnant sans aucune modération à la lecture des romans d'Elinor Glyn) avait été mentionnée dans le dernier numéro de la *Court Circular*[1]. La compétition entre les deux sœurs avait retrouvé toute son urgence.

— C'est le fils aîné d'un vicomte, psalmodiait Constance. Son grand-père a fait fortune via la Compagnie commerciale des Indes… immensément riche… des actions et des bons du Trésor… intérêts outre-Atlantique…

Eleanor se regarda, les sourcils froncés, haïssant ce que ces conversations impliquaient de dissimulation et de secret. Ces expressions, ces robes, ces attentes

1. Le bulletin officiel de la royauté britannique.

étaient des contraintes auxquelles elle n'aspirait qu'à échapper. Elle n'avait que faire de ce Londres de stuc et de rues pavées, de ces essayages matinaux chez Madame Lucille's, Hanover Square, des commissionnaires qui apportaient les cartons d'invitation l'après-midi, garantie d'une nouvelle série de discussions autour d'une tasse de thé. Elle se souciait comme d'une guigne des conseils que *The Lady* dispensait avec ferveur – gestion de la domesticité, décoration d'intérieur et « comment, mesdames, supprimer les poils disgracieux qui déparent vos narines » !

Elle porta la main à la chaîne qu'elle avait à son cou et au pendentif qu'elle cachait toujours sous ses vêtements – non point un médaillon, mais une dent de tigre montée sur argent, un cadeau de son père. Tout en en caressant les formes polies et familières, elle cessa de se concentrer sur le miroir : bientôt, elle ne vit plus de son reflet qu'une silhouette vaguement humaine. Et son esprit se fit tout aussi nébuleux. La voix de sa mère n'était plus qu'un bourdonnement lointain. Soudain, Eleanor sentit qu'elle avait quitté Londres pour se retrouver chez elle – à Loeanneth, sa seule maison, assise au bord de la rivière avec son père et M. Llewellyn. Et de nouveau tout allait bien en ce monde.

***

Ce soir-là, Eleanor fit tapisserie en regardant sa mère virevolter sur la piste de danse, spectacle grotesque. Elle gambadait, lèvres rouges, épaisses, poitrine soulevée d'aise, joyaux scintillants, valsant et s'esclaffant avec ses partenaires, tous plus empourprés les uns que les autres. Ne pouvait-elle se comporter comme les autres douairières, plus au fait de leurs devoirs ? S'asseoir le long du mur et admirer les guirlandes de lis, tout en ne souhaitant qu'une chose : rentrer à la maison, prendre un bain chaud, puis se glisser dans son lit, réchauffée par une bonne bouillotte. Tandis que son cavalier du moment se penchait à son oreille pour lui parler, Constance riait, portant sa main à sa gorge nue : il revint alors à Eleanor le souvenir des rumeurs chuchotées entre domestiques, autrefois, quand elle n'était elle-même qu'une petite fille ; des bruits de pas dans le vestibule, au petit matin, des inconnus qui se retiraient prestement dans leur chambre en chaussettes. Le visage d'Eleanor se tendit, jusqu'au moindre de ses muscles ; une rage féroce embrasa son cœur. Il n'y avait à ses yeux pire péché que l'absence de loyauté. La pire chose dont on puisse se rendre coupable, c'était de manquer à sa promesse.

— Eleanor ! Regarde !

Beatrice, à son côté, respirait par saccades, son excitation s'exprimant comme toujours sous la forme d'une légère détresse respiratoire. Eleanor suivit le regard de sa cousine, laquelle fixait un jeune homme bruyant au menton boutonneux qui s'approchait dans la lumière vacillante des bougies. Elle n'était plus loin du désespoir. Était-ce donc cela, l'amour ? Ce sinistre marché ? On enfile une belle robe, un beau costume, on se peint un masque sur le visage, on esquisse des pas savants et des conversations déjà écrites ?

— Mais bien sûr ! s'exclama Beatrice, à laquelle Eleanor avait confié ses pensées.

— Ce devrait être plus que cela. On devrait se correspondre, se reconnaître, ne crois-tu pas ?

— Eleanor, ma pauvre, quelle *ingénue** tu fais ! La vie n'est pas un conte de fées, tu sais. L'enchantement, c'est dans les livres, jamais dans la vraie vie.

Eleanor n'avait qu'une envie en cet instant, se retrouver en compagnie de M. Llewellyn. Ce n'était pas la première fois depuis que sa mère l'avait brutalement transplantée à Londres. D'ordinaire, elle était attachée aux échanges épistolaires, chérissant toutes les lettres qu'elle recevait et conservant dans des carnets spéciaux des triples des lettres qu'elle écrivait. Mais en certaines occasions, seuls pouvaient la consoler les véritables échanges avec une âme sœur. Que n'aurait-elle donné pour connaître ce réconfort primordial : se savoir comprise ! Cela n'avait rien à voir avec les fées de son enfance. Il s'agissait là d'une vérité essentielle. L'amour comme *fait accompli**, jaillissant naturellement entre deux personnes, plutôt qu'un arrangement mutuellement profitable entre deux partis bien accordés. Elle se demandait s'il fallait l'expliquer à Beatrice lorsque celle-ci, arborant le plus charmant de ses sourires, lui proposa un marché à l'oreille :

— Allez, viens, ma chérie, fais donc semblant d'avoir l'air heureuse et voyons combien d'œillades nous récolterons.

Eleanor se sentit vidée de ses forces. La tâche était désespérée. Elle n'avait aucune envie de se gagner l'admiration fugace d'hommes dont elle n'avait cure, dandys gâtés qui menaient d'insipides existences dédiées aux plaisirs les plus égoïstes. Les pauvres, lui avait dit son père autrefois, souffrent peut-être de la misère : les riches, eux, doivent se confronter à leur propre inutilité et il n'y a rien de pire que l'oisiveté pour vous ronger l'âme. Alors que Beatrice trouvait de quoi s'occuper, Eleanor se fraya un chemin dans la foule, vers quelque porte de sortie.

Elle monta l'escalier, volée de marches après volée de marches, sans destination précise, heureuse cependant d'entendre la musique perdre de ses forces. C'était devenu l'une de ses habitudes – quitter la salle de bal le plus tôt possible et visiter la maison dans laquelle se tenait la réception. Elle était experte en la matière : elle avait des années de pratique, ayant appris à fuir dans la forêt de Loeanneth en compagnie du fantôme du grand-père Horace, auprès duquel elle se rendait invisible. Sur l'un des paliers, elle aperçut une porte entrouverte : un point de départ comme un autre, se dit-elle.

La lumière n'était pas allumée dans la pièce mais le clair de lune s'y déversait, comme du mercure, par les fenêtres ; c'était apparemment une sorte de cabinet d'étude. Le mur qui lui faisait face était tapissé d'étagères ; un grand bureau trônait au milieu de la pièce sur un tapis. Elle prit place dans le fauteuil. Peut-être était-ce l'odeur de cuir – mais était-il jamais loin dans ses pensées ? –, elle songea à son père, revit son bureau à Loeanneth : les derniers temps, elle l'y avait si souvent trouvé, tête penchée sur une pile de paperasse, jonglant avec les chiffres et se demandant comment payer les dettes du ménage. Quelques mois avant sa mort, il était déjà affaibli et ne pouvait plus se promener avec sa fille par les champs et les bois. Eleanor avait alors décidé de faire venir à lui cette nature sauvage qu'il aimait tant, ramassant de petits objets, feuilles, pierres, insectes, dès l'aube, et les lui apportant, lui racontant tout ce qu'elle avait vu, entendu, senti. Un jour qu'elle bavardait sans trop réfléchir sur les changements météorologiques, il avait levé la main pour l'interrompre. Il avait parlé à son notaire, lui avait-il alors expliqué.

« Ma chère enfant, je ne suis plus un homme riche, mais cette maison ne nous fera pas défaut. J'ai pris mes dispositions pour que Loeanneth ne puisse être vendu. La maison t'appartiendra toujours. »

Et puis, le temps venu, les documents qui attestaient de ces dispositions ne purent être retrouvés. La mère d'Eleanor nia en avoir jamais eu connaissance.

« À la fin de sa vie, il n'avait plus toute sa tête », avait-elle dit.

Eleanor jeta un coup d'œil à la porte, qu'elle avait refermée, et alluma la lampe de bureau. Un rectangle de lumière jaune apparut sur le plateau. Elle pianota sur le rebord du meuble. Qu'y avait-il donc là ? Un porte-stylos en ivoire sculpté, un buvard, un agenda à la reliure de toile. Un journal, ouvert, invitait à la lecture : elle se mit à le feuilleter distraitement. Plus tard, cette série de péripéties s'insérerait dans la légende de Leur Rencontre pour y revêtir une aura de fatalité consacrée. Mais, à l'époque, Eleanor ne songeait qu'à échapper à la comédie prévisible et ennuyeuse de la salle de bal. Elle était loin de se douter à la lecture de la une – DEUX TIGRES D'EXTRÊME-ORIENT SONT ARRIVÉS AU ZOO DE LONDRES – qu'une porte venait de s'ouvrir. Mais elle sentit soudain la dent de Zephyr tiédir contre sa peau et sut qu'il lui faudrait aller voir ces deux tigres de ses propres yeux.

8

Londres, juin 1911

L'occasion se présenta à Eleanor deux jours plus tard. Une visite du Festival de l'Empire[1] était prévue ; tous dans la maisonnée de Vera étaient, en conséquence, fort excités.

« Penser, s'était extasiée Beatrice en sirotant son petit verre de xérès la veille au soir, que nous allons voir des hommes des tribus d'Afrique, en chair et en os !

— Et une machine volante, avait renchéri Vera, et des reconstitutions historiques !

— Un vrai triomphe pour M. Lascelles, avait approuvé Constance, avant d'ajouter, non sans espoir : Il sera peut-être présent en personne ? On m'a dit qu'il était fort proche du roi. »

Le Crystal Palace scintillait sous les rayons du soleil lorsque la Daimler s'arrêta devant l'entrée. La mère

1. Le Festival of Empire, exposition nationale destinée à célébrer le couronnement de George V, se tint en 1911 au Crystal Palace. Les reconstitutions historiques furent organisées par Frank Lascelles.

d'Eleanor, sa tante et sa cousine sortirent du véhicule, avec l'aide du chauffeur. Eleanor suivit, levant elle aussi les yeux sur la spectaculaire construction de verre. Belle, impressionnante : à la hauteur de sa réputation, indéniablement. Eleanor sentit l'impatience empourprer son visage. Non qu'elle fût particulièrement désireuse de passer la journée à admirer les trésors de l'Empire – elle avait de tout autres intentions. Le petit groupe fit son entrée dans la partie Notre Grande-Bretagne : pendant une demi-heure, tous s'accordèrent à trouver les productions du pays bien supérieures à tout ce qui pouvait se faire ailleurs, avant de se diriger vers les délices exotiques des colonies. Il y avait des fleurs admirables dans la section Horticulture, des corps d'athlètes non moins splendides au Camp des cadets des territoires d'outre-mer, et la disposition générale des reconstitutions pouvait prêter à discussion. Eleanor, qui traînait derrière ses trois compagnes, se forçait à hocher la tête d'un air concentré chaque fois qu'on lui adressait la parole. Ce fut à l'arrivée au Labyrinthe médiéval que l'occasion de fuir se présenta. Il y avait foule devant le guichet ; il lui fut aisé de s'éloigner du groupe. Elles prirent à droite, elle s'en fut vers la gauche, avant de rebrousser chemin et de sortir par l'entrée qu'elles avaient empruntée.

Elle marchait d'un pas vif, la tête baissée – le risque était considérable de rencontrer quelque connaissance de sa mère. Elle passa devant le stade puis devant les Petites Fermes et ne s'arrêta pas avant l'entrée de la voie de chemin de fer, Sydenham Avenue. Là, elle effectua en esprit une cabriole triomphante et sortit de son réticule le plan de Londres emprunté au bureau d'oncle Vernon, pour y vérifier le trajet qu'elle avait concocté la veille au soir dans la salle de bains. D'après les informations qu'elle avait glanées, elle n'avait qu'à faire signe au tram 78 pour qu'il s'arrête Norwood Road ; il la déposerait à Victoria Station. De là, elle pourrait traverser Hyde Park, Marylebone et Regent's Park, jusqu'au zoo. Mieux valait rester dans les espaces verts. Les rues de Londres traversaient la ville en torrents tumultueux, avec une telle furie qu'Eleanor parfois ressentait physiquement le choc d'une collision. Ce jour-là, cependant, elle était dans un tel état d'excitation que la peur n'existait plus. Elle se hâta jusqu'à l'arrêt du tram, son cœur battant la chamade : ah, voir les tigres ! Et, mieux encore, se retrouver seule, pour la première fois depuis des semaines. Le 78 arriva en brinquebalant à sa hauteur. Elle fit signe au conducteur et paya son billet avec la petite monnaie qu'elle avait prélevée dans un des tiroirs d'oncle Vernon : en route ! En s'installant sur un des sièges du tram, elle eut du mal à ne pas sourire. Elle se sentait adulte, téméraire : une aventurière à laquelle aucun obstacle ne pouvait résister. Les liens qu'elle avait crus brisés se renouaient, se consolidaient, liens avec son enfance, sa vie d'avant, son ancienne personnalité ; elle retrouva le frisson que lui procuraient autrefois les Aventures, cent fois rejouées, de grand-père Horace. Tandis que le tram s'engageait sur Vauxhall Bridge et traversait Belgravia, Eleanor caressa longuement la dent de tigre, sous son chemisier.

Victoria Station était un pandémonium : les gens se déplaçaient en tous sens, un océan de hauts-de-forme, de cannes, de longues jupes qui balayaient le sol.

Eleanor descendit du tram et se faufila dans la foule le plus vivement possible, pour retrouver la rue et ses cortèges de carrosses, de voitures et de cabs, emmenant dans l'une ou l'autre direction leurs passagers prendre le thé : et, pour une fois, elle n'était pas du voyage ! Elle en aurait dansé de joie.

Elle s'accorda un moment de tranquillité, reprit ses esprits avant de longer Grosvenor Place. Elle marchait d'un bon pas, la respiration rapide. Londres avait son odeur bien à elle : mélange déplaisant de crottin et de gaz d'échappement, de vieux et de neuf. Elle fut heureuse de retrouver le parfum des roses dans Hyde Park. Des nourrices en uniformes empesés poussaient d'immenses landaus sur le gravier rouge de Rotten Row ; les pelouses étaient couvertes de chaises longues vertes, à six pence l'heure. Les barques parcouraient les flots de la Serpentine comme autant de gigantesques canards.

— Souvenirs, souvenirs ! hurlait un vendeur à la criée.

Son étalage regorgeait de drapeaux du couronnement et de photographies de la gigantesque statue de la paix que l'on venait d'ériger devant Buckingham Palace. (« La paix ? aimait à ironiser l'oncle Vernon chaque fois que leur équipage passait devant le colosse, dont le marbre blanc tranchait, scintillant, sur les pierres noirâtres du palais : Je ne vois pas par quel heureux hasard nous finirons la décennie sans une nouvelle guerre ! » Et son visage austère s'ornait d'un sourire supérieur. Il n'aimait rien tant que d'anticiper sur les mauvaises nouvelles. « Papa, quel prophète de malheur tu fais, le fustigeait Beatrice, avant que son attention fût attirée par le passage de quelque véhicule : Oh ! Regarde ! C'est le carrosse des Manners, non ? Tu sais la nouvelle, pour Lady Diana ? Il paraît qu'elle est venue au bal de charité de Lady Sheffield déguisée en cygne noir. Et, comme tout le monde était censé s'habiller en blanc, tu imagines la fureur de Lady S. ! »)

Eleanor pressa le pas. Elle prit Bayswater Road, passa sous Marble Arch, longea Mayfair et arpenta Marylebone. En voyant la plaque de Baker Street, elle songea de nouveau à oncle Vernon, qui se trouvait des qualités de limier et aimait à comparer sa puissance de déduction à celle de Sherlock Holmes. Eleanor avait emprunté quelques-unes des aventures du fameux détective aux étagères avunculaires, mais ne s'était pas convertie pour autant : le rationalisme arrogant de Holmes s'écartait bien trop des chemins de traverse des contes de fées qu'elle aimait tant. Il n'y a rien que l'homme ne puisse expliquer ni comprendre, prétendait imprudemment le héros de Conan Doyle : voilà qui lui faisait venir le rouge aux joues tandis qu'elle remontait Baker Street. Tant et si bien qu'en approchant de Regent's Park, elle oublia complètement qu'elle allait devoir traverser un torrent de véhicules. Elle s'engagea sur la chaussée sans regarder et ne remarqua l'omnibus que lorsqu'il eut surgi devant elle. À ce moment précis, lorsqu'elle eut sous les yeux les énormes lettres qui composaient ces deux mots, LIPTON'S TEA, elle comprit qu'elle allait mourir. Son esprit fut traversé par des pensées fugitives, rapides : elle allait revoir son père, elle ne s'inquiéterait plus jamais de la perte de Loeanneth… ah, mais quel dommage d'avoir manqué les tigres !

Elle ferma les yeux très fort et s'offrit à la douleur et au néant.

Le choc survint enfin et lui coupa le souffle – une force la saisit à la taille, la projeta sur le côté. Lorsqu'elle s'affala sur le sol, elle n'avait plus d'air dans les poumons. Mais la mort ne ressemblait pas du tout à ce qu'elle avait imaginé. Les bruits continuaient à tourbillonner ; ses oreilles tintaient, la tête lui tournait. Lorsqu'elle ouvrit les yeux, ce fut pour apercevoir un visage d'une beauté inouïe. Eleanor n'avouerait jamais la chose à quiconque : des années plus tard, elle sourirait encore en se rappelant qu'elle pensa, en cet instant, avoir vu Dieu.

Ce n'était pas Dieu pourtant, mais un garçon – un jeune homme, à peine plus âgé qu'elle, aux cheveux châtain clair ; elle eut soudain envie de toucher la peau de son si beau visage. Il était assis sur le sol à côté d'elle, un bras sous ses épaules. Ses lèvres bougeaient : il disait quelque chose qu'Eleanor ne pouvait saisir tout en la scrutant intensément, fixant d'abord un œil puis l'autre. Puis, alors que le bruit et les mouvements revenaient les assiéger – leur mésaventure avait attiré une petite foule –, un sourire apparut sur les lèvres du jeune homme ; quelle magnifique bouche il a, se dit Eleanor, avant de s'évanouir presque aussitôt.

***

Il s'appelait Anthony Edevane, étudiait la médecine à Cambridge, voulait devenir chirurgien. Eleanor en fut informée au salon de thé de la gare de Baker Street, où il l'emmena après sa malencontreuse confrontation avec l'omnibus, pour lui offrir une limonade. Il avait rendez-vous avec un ami dans cet établissement, un garçon portant lunettes, aux cheveux bruns et bouclés – l'ami était de ceux dont la mise (Eleanor le devina au premier coup d'œil) aurait toujours l'air improvisée et dont la chevelure ne serait jamais tout à fait conforme aux intentions de son propriétaire. Eleanor avait de la sympathie pour ce genre de défaut. Elle conçut immédiatement de l'affection pour le jeune homme débraillé.

— Howard, je te présente Eleanor deShiel. Eleanor, voici Howard Mann.

— Eleanor, quel plaisir de faire votre connaissance, dit Howard en lui prenant la main. Charmante surprise ! Quel est votre lien avec cette vieille branche d'Anthony ?

— Il vient de me sauver la vie, s'entendit répondre Eleanor avant de piquer un fard – quel scénario improbable !

Howard cependant ne sembla guère surpris.

— Vraiment, vous sauver la vie ? Pas étonnant. Il fait tout le temps ce genre de choses. Si ce n'était pas mon meilleur ami, je crois que je le détesterais.

Cette conversation enjouée avec deux inconnus de sexe masculin dans un café de gare souterraine aurait pu avoir quelque chose de gênant : mais comme Eleanor le constata, lorsque l'on venait d'être sauvé, on était libéré de la prison du paraître. Ils parlaient, joyeux et libres, et plus elle en entendait, plus elle les appréciait tous deux. Anthony et Howard se taquinaient d'abondance, mais sans une once de méchanceté, ce qui permettait à la jeune fille d'entrer dans leur jeu, d'une certaine façon. Elle se surprit à émettre des opinions avec une franchise depuis longtemps oubliée, par des rires, des hochements de tête approbateurs ou non, s'élevant parfois en faux contre les avis des deux garçons avec une passion qui aurait horrifié Constance.

Les trois nouveaux amis discutèrent avec ardeur sciences et politique, nature et honneur, famille et amitié. Eleanor finit par comprendre à quel point la vocation d'Anthony était puissante – c'était son rêve, véritablement, depuis sa plus tendre enfance. Sa femme de chambre préférée était morte des suites d'une appendicite, faute d'un chirurgien qualifié. Howard quant à lui était le fils unique d'un comte extrêmement riche qui passait sa vie sur la côte d'Azur en compagnie de sa quatrième épouse ; l'argent destiné à payer les études d'Howard transitait par un compte de la banque Lloyds, à Londres. Les deux garçons s'étaient rencontrés le jour de la rentrée, dans leur lycée : Anthony avait prêté son uniforme de rechange à Howard pour lui épargner la canne du surveillant de dortoir. Depuis, ils étaient inséparables.

— Des frères, plus que des amis, précisa Anthony en décochant un sourire chaleureux à Howard.

Le temps passait comme un charme lorsque, au cours d'un des rares silences dans la conversation, Howard fronça légèrement les sourcils.

— Sans vouloir mettre un terme à la fête, dit-il à Eleanor, je ne peux m'empêcher de penser que quelqu'un est peut-être en train de vous chercher ?

Elle baissa alors les yeux vers la montre de son père (qu'à la grande irritation de sa mère elle portait depuis la mort de ce dernier) : horreur ! Trois heures avaient passé depuis qu'elle avait abandonné sa famille à l'entrée du labyrinthe. Lui surgit à l'esprit la vision de sa mère en proie à une crise d'apoplexie.

— En effet, admit-elle, sombre. C'est une possibilité que l'on ne peut qu'envisager.

— Eh bien, dit Howard, nous allons vous raccompagner. C'est notre devoir, je crois, Anthony.

— Mais oui, renchérit Anthony en regardant sa propre montre d'un air tout aussi soucieux, tapotant le cadran comme pour corriger l'heure qu'indiquaient les aiguilles. Certes.

Eleanor n'avait-elle pas perçu quelque réticence dans sa voix ?

— Quels égoïstes nous faisons ! Vous retenir ici à bavarder alors que vous devriez être en train de vous reposer, après ce choc.

Eleanor fut soudain envahie d'un violent désir de ne pas les quitter. Ne pas *le* quitter. Elle éleva quelques objections. La journée s'était en fin de compte révélée splendide. Elle se sentait merveilleusement bien et n'avait aucune envie de rentrer chez elle. Elle avait fait tout ce chemin pour visiter le zoo – elle n'allait pas tout de même repartir sans voir les tigres ! Qu'Anthony s'inquiète de l'état de son crâne, de l'impact de la chute, c'était bien gentil de sa part, mais il n'avait pas à se faire du souci, elle se sentait en pleine forme. La tête lui tournait un peu, maintenant qu'elle était debout, mais cela n'avait rien d'étonnant ; il faisait chaud dans ce café, très chaud, elle n'avait pas déjeuné et – oh ! peut-être qu'en se rasseyant un instant, en reprenant son souffle, les étoiles qui dansaient devant ses yeux disparaîtraient ?

Il insistait. Elle était têtue. Howard trancha. Avec

un petit sourire d'excuse, il s'empara de son bras, tandis que Anthony allait régler la note.

Eleanor le suivit des yeux. Il était intelligent et doux, fasciné de toute évidence par le monde et ce qu'il pouvait lui offrir. Et de surcroît il était très beau. La chevelure épaisse, blond foncé, le teint hâlé, le regard électrifié par la curiosité et l'ardent désir d'apprendre. N'était-ce pas d'avoir frôlé la mort qui lui brouillait le regard ? Le jeune homme semblait irradier. Il était si vibrant d'enthousiasme, d'énergie, de confiance en soi qu'il paraissait vivre plus intensément que toutes les autres personnes présentes.

— C'est vraiment quelqu'un, hein ? dit Howard.

La peau d'Eleanor s'enflamma. Était-elle donc si transparente ?

— C'est le garçon le plus intelligent de sa classe. Il a gagné tous les prix, au lycée. Mais il ne vous le dira jamais. Il est d'une timidité maladive.

— Vraiment ?

Elle feignit l'intérêt poli, sans plus.

— Son projet est d'ouvrir une consultation chirurgicale pour les plus pauvres. Le nombre d'enfants qui doivent se passer d'opérations pourtant vitales parce que leurs parents n'ont pas d'argent est effroyable. Une honte.

Ils la reconduisirent à Mayfair dans la Rolls-Royce Silver Ghost d'Howard. Le majordome de Vera ouvrit la porte, mais Beatrice, qui les avait vus de la fenêtre de sa chambre, dévala l'escalier et surgit derrière le domestique.

— Mon Dieu, Eleanor ! haleta-t-elle, ta mère est *blême de rage* !

Puis, remarquant les deux jeunes gens, elle reprit ses esprits et battit des cils.

— Enchantée ! Comment allez-vous ?

— Beatrice, déclara Eleanor avec le sourire, je voudrais te présenter Howard Mann et Anthony Edevane. M. Edevane vient de me sauver la vie.

— Ah oui ? reprit Beatrice, sans broncher. Bon, entrez donc prendre le thé, puisque vous êtes là.

L'histoire de l'omnibus fut dûment répétée, accompagnée cette fois-ci de thé et de gâteau au citron. Constance, sourcils haussés, lèvres pincées, bouillait de questions muettes – que faisait donc Eleanor à Marylebone, pour commencer ? Elle n'en laissa cependant rien paraître et exprima sa gratitude à Anthony.

— Edevane ? susurra-t-elle. Seriez-vous le fils de Lord Edevane, par hasard ?

— Mais tout à fait ! répondit joyeusement Anthony en reprenant du gâteau. Le plus jeune des trois !

Le sourire de Constance retomba. (« Le plus jeune des trois ? l'entendit-on aboyer plus tard dans la journée – récrimination adressée à Vera : Le plus jeune des *trois* ? De quoi se mêle-t-il, ce numéro trois, à sauver les jeunes filles impressionnables dans les rues, au lieu de se consacrer au ministère, pour l'amour de Dieu ! »)

La réponse d'Anthony cependant apporta à Eleanor de lumineuses explications. La gentillesse du jeune homme et son absence de prétention, son allure mystérieusement princière, les circonstances de leur rencontre : tout cela était digne d'un troisième fils.

— Vous étiez destiné à devenir le héros d'un conte, lui dit-elle.

— Je ne sais pas pourquoi, répondit Anthony en

riant, mais je m'estime très heureux d'être le troisième.

— Vraiment ? – le ton glacial de Constance jeta un froid brutal dans la conversation : Et pourquoi donc, si je puis me permettre de vous poser la question ?

— Mon père a déjà un héritier et une solution de rechange. Ce qui me laisse la possibilité de faire ce que je veux.

— Ce que vous voulez. À savoir, monsieur Edevane ?

— Je veux être médecin, madame deShiel.

Anthony, expliqua Eleanor, poursuivait des études de médecine dans le but de devenir chirurgien. Il voulait aider les plus pauvres et avait déjà remporté de nombreuses récompenses universitaires. Constance, que ces détails n'intéressaient nullement, interrompit promptement sa fille.

— Un homme de votre monde n'a pas besoin de travailler pour vivre. Je m'étonne de ce que votre père ne s'en émeuve pas.

Anthony regarda Constance dans les yeux avec un regard d'une telle intensité que le peu de chaleur qui subsistait dans le salon s'en évapora. L'atmosphère devint pesante. Eleanor n'avait jamais vu personne tenir tête à sa mère. Elle retint son souffle. Qu'allait répondre son sauveteur ?

— Madame deShiel, mon père a vu, tout comme moi, ce qu'il advenait d'hommes qui, chargés de privilèges, n'ont pas besoin de travailler pour vivre. Ils s'ennuient. Je n'ai aucune envie de passer ma vie à chercher des moyens de la remplir. Je veux aider les gens. J'ai la ferme intention d'être utile.

Puis il se tourna vers Eleanor, comme s'ils étaient tous deux seuls dans la pièce :

— Et vous, mademoiselle deShiel ? Qu'attendez-vous de la vie ?

À compter de ce moment, quelque chose changea. Le mouvement était infime, mais il s'avéra décisif. Anthony était magnifique : Eleanor comprit que leur rencontre du matin était inscrite dans leurs destinées. Le lien qui s'était noué entre eux était si fort que la jeune fille le voyait presque se dessiner sous ses yeux. Elle avait tant de choses à lui confier. Et cependant, dans le même temps, toute parole était inutile, elle s'en rendait compte avec une clarté singulière, lumineuse. Elle le voyait dans ses yeux, dans la tendresse de son regard. Ce qu'elle attendait de la vie, il le savait déjà. Elle n'avait pas l'intention de devenir l'une de ces femmes qui passent le temps à se réunir, à jouer au bridge en échangeant les derniers potins, à attendre que leurs chauffeurs les emmènent en voiture. Elle voulait être bien plus que cela, désirs qui ne pouvaient être verbalisés pour le moment. Si bien qu'elle se contenta de répondre :

— J'ai vraiment envie de voir ces tigres.

Anthony éclata de rire. Puis il lui vint un sourire de joie ineffable.

— Ce n'est pas bien compliqué, répondit-il, mains tendues vers elle. Prenez un peu de repos aujourd'hui et je vous y emmènerai demain.

Il se retourna vers Constance :

— Si vous n'y voyez pas d'objection, madame deShiel.

Constance, laquelle regorgeait d'objections, détail qui n'échappait nullement à ceux qui la connaissaient, brûlait de refuser, d'interdire à ce jeune fat – ce troisième fils ! – d'emmener Eleanor où que ce soit. Eleanor quant à elle en était à se demander s'il y avait jamais eu sur terre quelqu'un que sa mère détestât autant qu'Anthony. Mais que pouvait faire Mme deShiel ? Pas grand-chose. Le jeune Edevane était de bonne famille et il venait de sauver sa fille d'une mort certaine. De plus, il se proposait de la conduire là où elle avait le plus grand désir de se rendre. C'eût été bafouer les règles de la plus élémentaire politesse que de refuser. Constance afficha un sourire aigre et parvint à émettre une onomatopée d'assentiment. Ce n'était qu'une simple formalité. Tous dans le salon s'étaient rendu compte que l'équilibre des pouvoirs avait changé. À compter de ce moment, Mme deShiel ne put plus jouer dans la vie sentimentale de sa fille qu'un rôle de second plan.

Eleanor, une fois le thé pris, raccompagna les deux jeunes hommes à la porte.

— J'espère vous revoir, mademoiselle deShiel ! s'exclama Howard avec la plus grande cordialité.

Et de décocher un sourire complice à son ami, à son frère.

— Bon, je vais aller démarrer notre carrosse.

Eleanor et Anthony, seuls dans le vestibule, se sentirent soudain la langue paralysée.

— Eh bien, finit-il par articuler.

— Oui.

— Au zoo, donc. Demain.

— Oui.

— Vous me promettez de ne pas vous retrouver face à un omnibus dans l'intervalle ?

Elle éclata de rire.

— Je vous le promets.

Il fronça légèrement les sourcils.

— Qu'est-ce qu'il y a ? lui demanda-t-elle avec une gêne subite.

— Rien. Vraiment rien. Sauf que j'aime vraiment vos cheveux.

— Ça ?

Elle porta la main à sa tignasse, plus échevelée que jamais après les événements inattendus de la journée.

Il sourit. Elle se sentit frissonner au plus profond de son être.

— Oui, ça. Je les aime. Je les adore.

Après quoi il prit congé. Elle le regarda qui s'éloignait, et, lorsqu'elle fut rentrée et qu'elle eut refermé la porte, elle sut, avec une grande et simple évidence, que sa vie venait de changer du tout au tout.

***

Il serait faux d'affirmer qu'ils tombèrent amoureux dans la quinzaine qui suivit : leur passion en effet datait du premier jour, de la première minute. Mais ce furent sous l'aile bienveillante de Beatrice, chaperon des moins regardants, deux semaines au cours desquelles ils ne se quittèrent pratiquement pas. Ils allèrent au zoo, où Eleanor enfin vit les deux tigres, ils s'égarèrent des heures entières dans Hampstead, découvrant les recoins de verdure du parc et partageant leurs secrets les plus intimes, ils explorèrent le Victoria and Albert Museum et le Natural History Museum ; et ils assistèrent à huit représentations des Ballets Russes, alors en tournée. Eleanor n'allait plus que dans les soirées dansantes auxquelles Anthony se rendait. Le reste du temps, ils se promenaient sur les rives de la Tamise, riant et bavardant comme des amis de toujours.

Les vacances universitaires prenant fin, Anthony passa voir Eleanor le matin même de son départ pour Cambridge. Il n'attendit même pas que la porte se referme sur la rue.

— Je suis venu, lui déclara-t-il sur le perron, dans l'idée de te demander si tu voulais bien patienter jusqu'à la fin de mes études.

Le cœur d'Eleanor avait commencé à battre la chamade.

— Et puis je me suis dit que ça n'allait pas du tout.

Elle se figea, souffle coupé.

— Vraiment ?

— Oui, vraiment. Pourquoi te demander quelque chose dont je suis incapable ?

— Je peux attendre, Anthony...

— Pas moi. Eleanor, je ne peux pas attendre un jour de plus. Je ne peux vivre sans toi. Et donc... je voudrais te demander... Veux-tu... veux-tu m'épouser ?

Le visage d'Eleanor se fendit d'un grand sourire. Elle n'avait pas besoin d'y réfléchir à deux fois.

— Oui. Mille fois oui, Anthony. Bien sûr.

Anthony la souleva de terre et lui fit faire un tour complet, l'embrassant avant de la rendre à la terre.

— Je n'aimerai jamais que toi, lui dit-il en écartant de son visage quelques mèches de cheveux.

Ces quelques mots furent prononcés avec une certitude qui fit trembler quelque chose en elle. Le ciel était bleu, le nord se trouvait face au sud : et lui, Anthony Edevane, n'aimerait jamais qu'elle.

Elle lui promit une fidélité réciproque ; il sourit, de plaisir bien plus que de surprise, comme s'il savait déjà que la chose était vraie.

— Tu sais, je n'ai pas de fortune, la prévint-il. Je n'en aurai jamais.

— Je m'en fiche.

— Je ne peux pas t'offrir une maison comme celle-ci.

D'un geste de la main, il engloba la belle demeure de tante Vera.

Et elle, indignée :

— Tu sais très bien que je me moque de ce genre de choses !

— Ni une demeure comme celle dans laquelle tu as grandi, Loeanneth.

— Je n'en ai nul besoin, répliqua-t-elle – ce que, pour la première fois de sa vie, elle pensait réellement. C'est toi, maintenant, mon chez-moi.

***

Ils furent heureux à Cambridge. Le logement d'Anthony était petit mais propre et Eleanor le rendit confortable. Anthony abordait la phase finale de ses études et passait la plupart de ses soirées après dîner le nez dans ses livres ; Eleanor pendant ce temps-là écrivait et dessinait. L'intelligence d'Anthony et sa bonté se devinaient jusque dans sa manière de froncer les sourcils à la lecture de ses manuels ; parfois ses mains effectuaient dans le vide les gestes requis pour telle ou telle opération. Mains habiles, puissantes, aux gestes doux et précis.

« Il a toujours été capable de construire, de

fabriquer, de réparer, avait confié à Eleanor la mère d'Anthony, la première fois qu'elles s'étaient rencontrées. Petit garçon, il n'aimait rien tant que de démonter la montre de mon mari, un héritage qui se transmet de génération en génération. Heureusement pour nous – et pour lui ! –, il a toujours été en mesure de la reconstituer ! »

Leur vie de jeunes mariés n'avait rien de compliqué ; ils ne se rendaient pas dans les réceptions de la bonne société mais recevaient leurs amis les plus proches lors de soirées tranquilles. Howard passait souvent partager leur dîner, restant tard, discutant, débattant et riant avec eux, autour d'une bouteille de vin. Les parents d'Anthony venaient de temps à autre, perplexes, sans doute, mais trop bien élevés pour commenter les conditions modestes dans lesquelles leur benjamin et sa jeune épouse avaient choisi de vivre. M. Llewellyn était un hôte régulier. Sa sagesse et son humour, l'affection paternelle qu'il portait très visiblement à Eleanor, en firent bientôt un ami cher au cœur d'Anthony. Lien encore renforcé lorsque le jeune homme apprit que M. Llewellyn, avant que ses dons narratifs n'en fassent une étoile accidentelle de la littérature, avait étudié la médecine (même si ce n'était pas pour devenir chirurgien).

« Vous n'avez jamais regretté d'avoir changé ? Vous ne voudriez pas avoir des patients, maintenant ? » lui demanda Anthony plus d'une fois, incapable de comprendre ce qui pouvait empêcher un homme de réaliser ses projets professionnels.

Mais M. Llewellyn se contentait de sourire en secouant la tête.

« J'ai trouvé une voie qui me convient davantage.

Mieux vaut abandonner cette profession à des gens capables, animés d'une vraie passion. »

Lorsque Anthony passa son examen de fin d'externat avec les félicitations et une médaille de la faculté, ce fut M. Llewellyn qu'il invita à sa remise de diplôme, avec Eleanor et ses parents. Et lorsque le vice-recteur prononça son discours enflammé sur le devoir et la virilité – « Mieux vaut être mort que de ne pouvoir servir son pays » –, M. Llewellyn se pencha et, ironique, glissa quelques mots à l'oreille d'Eleanor :

« Il est amusant, ce bonhomme. Il me fait plutôt penser à votre mère. »

Eleanor dut réprimer son envie de rire. Mais lorsque son jeune ami reçut son diplôme, M. Llewellyn manqua verser des larmes de fierté.

Lorsque Anthony avait dit à Eleanor qu'il se souciait peu d'argent (une indifférence qu'elle partageait), il ne mentait pas. Mais la vie réserve d'étranges surprises ; ils étaient destinés à devenir extrêmement fortunés. Ils étaient mariés depuis neuf mois quand ils accompagnèrent les parents d'Anthony et ses deux frères à Southampton, d'où parents et fils devaient s'embarquer pour New York.

— Tu aurais aimé qu'on parte avec eux ? lança Anthony à Eleanor, par-dessus le brouhaha ambiant.

Ils avaient débattu de la question, mais le budget du jeune homme ne lui permettait pas d'acheter les billets de paquebot. Et il se refusait à laisser ses parents payer la facture. Anthony était malheureux, elle le savait, de ne pouvoir leur offrir de tels luxes. Eleanor, en revanche, s'en souciait comme d'une guigne.

— J'ai le mal de mer, précisa-t-elle en haussant les épaules.

— New York est une ville incroyable.

Elle prit sa main dans la sienne, la serra tendrement.

— Tant que je suis avec toi, je me soucie bien peu de savoir où je suis.

Il lui répondit d'un sourire si amoureux qu'elle en eut le souffle coupé. Ils se tournèrent tous les deux vers le paquebot pour saluer les voyageurs. Pouvait-on être trop heureuse ? se demandait Eleanor. Les mouettes plongeaient dans les airs et dans l'océan ; des garçons en bonnet de toile couraient le long de l'immense navire sur le départ, enjambant tous les obstacles.

— Insubmersible, dit Anthony lorsque le paquebot s'éloigna. Tu te rends compte ? ajouta-t-il en secouant la tête.

***

Pour fêter leur deuxième anniversaire de mariage, Anthony suggéra une petite station de bord de mer qu'il connaissait. Après des mois à pleurer ses parents et ses deux frères aînés, noyés dans les eaux glaciales de l'océan Atlantique, ils avaient enfin quelque chose à célébrer.

« *Un bébé !* s'était-il exclamé, émerveillé, lorsqu'elle lui avait appris la bonne nouvelle : Tu te rends compte ? Un minuscule mélange de toi et de moi. »

À Cambridge, ils prirent un des premiers trains du matin pour Londres et changèrent à Paddington. Le voyage était long mais Eleanor avait préparé un pique-nique ; ils déjeunèrent en cours de route, passèrent le temps à bavarder, à lire, à s'affronter une fois de plus aux cartes – ils avaient un tournoi en cours. Parfois aussi, ils se contentaient de rester assis l'un près de l'autre, main dans la main, à regarder par la fenêtre les champs qui défilaient.

Lorsque enfin ils atteignirent le terme de leur périple, un chauffeur les attendait à la gare. Anthony aida Eleanor à monter en voiture. Le véhicule s'engagea sur une route étroite et tortueuse. Il faisait chaud et les fatigues du voyage finirent par avoir raison de la jeune femme. Elle bâilla et appuya la tête contre le dossier du siège.

— Tout va bien ? demanda Anthony d'une voix douce.

Et lorsqu'elle hocha la tête, il n'y avait nulle dissimulation dans sa réponse. Quand il avait parlé de cette expédition, elle avait craint les émotions que leur destination, si proche de la maison de son enfance, réveillerait peut-être. Revivre la mort de son père, la perte de leur maison : le supporterait-elle ? Elle s'en savait capable, à présent. Mais si les souffrances passées étaient indéniables, le futur lui appartenait. *Leur* appartenait.

— Je suis contente d'être ici, dit-elle en posant la main sur son ventre qui commençait à s'arrondir.

La route se faufilait, plus étroite, le long du bord de mer.

— Cela faisait si longtemps que je n'avais pas vu la mer.

Anthony sourit et tendit la main vers la sienne. Elle regarda leurs mains jointes, l'une grande et l'autre si menue : comment pouvait-on être aussi heureuse ?

Elle s'endormit en compagnie de ses souvenirs. Maintenant qu'elle attendait un enfant, elle tombait de sommeil à tout moment : elle n'avait jamais été aussi fatiguée. Le moteur de la voiture continuait de vrombir. La main d'Anthony reposait, tiède, sur la sienne, l'air était riche de l'odeur du sel.

— Réveille-toi, Belle au Bois dormant, murmura Anthony en la secouant doucement.

Combien de temps avait-elle dormi ? Elle n'en avait aucune idée.

Elle se redressa, s'étira et cligna des paupières dans la lumière bleue de cette journée d'été. Puis elle laissa le monde reprendre forme et netteté devant ses yeux.

Ce qu'elle vit lui coupa le souffle.

Loeanneth ! Sa maison perdue, tant aimée. Les jardins n'étaient plus vraiment entretenus, la bâtisse était plus à l'abandon que dans son souvenir – et pourtant tout lui sembla parfait.

— Bon retour, dit Anthony en portant la main d'Eleanor à ses lèvres. Joyeux anniversaire, joyeuses noces de cuir, joyeux commencement de notre monde.

***

Il y eut d'abord le bruit. Un insecte bourdonnait contre une vitre en courtes et vives explosions d'inquiétude, suivies par des moments de silence ; en fond sonore, un autre bruit, plus doux mais plus lancinant, un grattement incessant qu'Eleanor reconnaissait mais qu'elle ne pouvait nommer. Elle ouvrit les yeux : tout était plongé dans l'ombre, à l'exception d'une fine tranche de lumière, éblouissante, entre deux rideaux tirés. Les odeurs étaient familières : chambre aux fenêtres fermées – il ne faut pas laisser pénétrer la chaleur de l'été –, épaisses tentures de brocart, plinthes d'ombre et de fraîcheur, soleil immobile. Ah, elle était dans sa chambre, donc, se dit-elle. La chambre qu'elle partageait avec Anthony. À Loeanneth.

Elle referma les yeux. La tête lui tournait. Elle se sentait comme assommée ; il faisait horriblement chaud. Une fournaise qui lui rappelait celle de l'été de 1913, lorsqu'ils étaient arrivés tous les deux à Loeanneth. À peine plus vieux que des enfants. Ils avaient passé des moments magnifiques dans cette maison alors, hors du monde et de ses rythmes impérieux. Loeanneth était dans un triste état à cette époque : ils avaient élu domicile dans le hangar à bateaux, le lieu tant aimé où, petite fille, elle venait jouer. Leur installation était rustique : un lit, une table, de quoi faire un peu de cuisine et une petite salle d'eau. Ils étaient jeunes, amoureux et s'étaient habitués à vivre de peu. Plus tard, lorsque Anthony partit à la guerre, lorsqu'il lui manquait, lorsqu'elle se sentait triste, seule ou submergée par les émotions, elle descendait au hangar à bateaux avec les lettres qu'il lui avait écrites : là, plus qu'en tout autre lieu de la maison, elle parvenait à toucher du doigt le bonheur et le sentiment d'appartenance qu'elle avait éprouvés en cet été 1913, avant que la guerre ne vienne détruire leur paradis.

Ils prenaient leurs repas toujours dehors, des œufs durs et du fromage, dans un panier d'osier. Ils buvaient du vin sous le lilas du jardin clos. Ils disparaissaient dans la forêt et volaient des pommes dans le verger de la ferme voisine ; ils se laissaient dériver sur la rivière dans leur petite barque tandis que les heures soyeuses se succédaient. Au soir, dans le silence et sous les étoiles, ils sortaient les vieux vélos de la remise et roulaient sur l'allée poussiéreuse, faisaient la course, riaient, respiraient le sel de la nuit tiède. Et le clair de lune faisait luire les pierres blanches encore chaudes du jour.

Ç'avait été un été parfait. Elle le savait déjà à cette époque. Le beau temps qui ne cessait pas, leur jeunesse à tous deux, cet amour si neuf et qui embrasait tout. Mais aussi les forces qui les dépassaient. Le début de leur vie commune, de leur famille – et la fin d'autre chose. Ils se tenaient au bord du précipice, comme le reste de l'humanité. Le rythme de leurs existences, qui n'avait pas changé depuis des générations, était sur le point de subir une secousse sismique de grande ampleur. Si certains avaient senti la catastrophe approcher, Eleanor, elle, n'avait rien vu venir. Elle ne pouvait imaginer l'avenir, se repaissant de la sublime ivresse du présent. Seul lui importait l'aujourd'hui. Mais l'orage de la guerre menaçait, le futur frappait au carreau…

Le hanneton continuait de bourdonner contre les fenêtres en verre vitrail, le présent revint s'insinuer dans ses pensées. Une nouvelle vague de chagrin submergea Eleanor. Theo. Les questions du journaliste, le photographe, Alice dans l'embrasure de la porte. Elle avait sur le visage une expression qu'Eleanor connaissait. Lorsque cette dernière avait surpris la toute jeune Alice à graver son nom dans les chambranles de la maison, ses yeux brillaient de la même lueur. Et lorsque la cuisinière l'avait renvoyée dans sa chambre après qu'elle avait volé des sucreries dans le garde-manger – elle était encore plus jeune. Et lorsqu'elle avait couvert à dessein sa robe neuve de grosses taches d'encre.

Une lueur coupable. Mais ce n'était pas tout.

Alice avait semblé sur le point d'ouvrir les lèvres. Mais que voulait-elle dire ? Et à qui ? Savait-elle quelque chose ? Comme tout le monde à Loeanneth, elle avait été interrogée par la police. Avait-elle sur la disparition de Theo des informations qu'elle n'avait pas encore communiquées ?

— Comment le pourrait-elle ? s'écria une voix dans le noir. Ce n'est encore qu'une enfant elle-même !

Eleanor n'avait pas eu l'intention de s'exprimer à haute voix ; s'entendre parler l'inquiéta. Elle plissa les yeux dans la pénombre de la chambre. Elle avait la bouche sèche – un effet, sans doute, du médicament que lui avait administré le Dr Gibbons. Elle tendit la main vers le verre d'eau posé sur la table de chevet. Il y avait une présence au-delà, qui prit forme dans l'obscurité. Sa mère, assise dans le fauteuil tendu de velours marron, près du bureau.

— On a d'autres nouvelles ? demanda Eleanor d'une voix heurtée.

— Pas encore.

Sa mère écrivait des lettres. La plume grinçait sur le papier.

— Mais le policier sympathique, le plus âgé, qui voit si mal, m'a dit qu'ils avaient recueilli des informations dont ils pourraient se servir.

— Des informations ?

Scritch-scritch.

— Eleanor, Eleanor, tu sais que je fais rarement attention aux détails.

Eleanor avala une gorgée d'eau. Sa main tremblait, sa gorge la brûlait. Ce devait être Alice. Elle voyait très bien sa fille affrontant les policiers chargés de l'enquête, ses traits sérieux empreints d'assurance ;

elle sortait son journal de sa poche et lisait ses notes, claires et nettes. Des remarques et des théories qui, elle en était « totalement sûre », étaient justifiées.

Et peut-être pourrait-elle les aider, Alice, peut-être avait-elle vu quelque chose qui permettrait à la police de retrouver Theo. La petite avait développé la singulière habitude de se retrouver là où elle n'aurait pas dû.

— Il faut que je parle à Alice.

— Il faut que tu te reposes, surtout. Les somnifères du Dr Gibbons sont diablement efficaces, à ce qu'il paraît.

— Mère, je t'en prie.

Un soupir.

— Je ne sais pas où elle est passée. Tu sais comment elle est, cette gamine. Ou tu devrais le savoir. À son âge, tu étais exactement pareille. Deux vraies têtes de mule.

Eleanor accepta la comparaison. De même, en toute honnêteté, que la description, même si « tête de mule » était sans doute un choix un peu facile. Il y en avait de plus appropriés. Eleanor aimait à se souvenir de la jeune personne qu'elle était comme de quelqu'un d'opiniâtre, de fervent même.

— Alors M. Llewellyn. Mère, je t'en prie. Il saura où trouver Alice.

— Lui non plus, je ne l'ai pas vu. D'ailleurs, puisque tu en parles, la police le cherchait. Apparemment, ils n'arrivent pas à lui mettre la main dessus. Il se serait enfui, dit-on. Très étrange, mais enfin, il n'a jamais été spécialement fiable ; et, ces derniers temps, il était nerveux comme un cabri.

Eleanor essaya de se redresser sur son séant. Ce jour-là, elle n'avait pas la force de tolérer le mépris que sa mère avait toujours témoigné à M. Llewellyn. Elle allait devoir trouver Alice elle-même. Oh ! Et son crâne qui allait exploser ! Elle se prit la tête à deux mains. Edwina gémissait au bout du lit.

Deux ou trois minutes pour retrouver son calme, c'était tout ce dont elle avait besoin. Que ses pensées se clarifient, que sa tête arrête de tourner. Constance voulait simplement la blesser. Comment M. Llewellyn aurait-il pu l'abandonner en un aussi terrible moment ? se demanda Eleanor. Certes, il s'était beaucoup inquiété ces temps-ci, inutile de le nier : mais il était son meilleur ami. Il devait être quelque part dans le jardin, à prendre soin des filles. C'était la seule raison de son absence au chevet d'Eleanor. Trouver M. Llewellyn, c'était mettre la main sur Alice.

Son esprit avait beau être embrumé, son désir de s'enterrer sous les couvertures et de nier les horreurs de la journée, impérieux, Eleanor voulait absolument discuter avec Alice. La jeune fille avait des informations sur la disparition de Theo, Eleanor en était certaine.

9

Cornouailles, 2003

Depuis que Sadie avait découvert Loeanneth – une semaine à peine –, elle y retournait tous les jours. Où que son jogging matinal la mène, elle finissait toujours dans le jardin sauvage. Elle aimait particulièrement s'asseoir sur le rebord d'une fontaine qui surplombait le lac. Ce matin-là, en s'installant sur la large dalle, elle remarqua un mot grossièrement gravé sur les pierres qui constituaient la base de la fontaine. A – L – I – C – E, déchiffra-t-elle dans l'ombre. Elle effleura les frais contours des lettres du bout du doigt.

— Hello, Alice, murmura-t-elle. Comme on se retrouve.

Ce nom, elle l'avait vu gravé partout dans le domaine. Sur les troncs d'arbres, le bois tendre des rebords de fenêtre, sur la plate-forme recouverte de mousse du hangar à bateaux qu'elle avait repéré et exploré deux ou trois jours plus tôt. Elle avait l'impression désormais de jouer à un subtil jeu de cache-cache avec Alice Edevane – impression accentuée par le fait qu'elle s'était plongée par intermittence dans *La vengeance est un plat qui se mange froid* toute la semaine, tout en jouant à la vacancière (pour faire plaisir à Bertie) et en tentant de se réconcilier avec Donald (auquel elle avait laissé six messages depuis lundi, sans compter d'innombrables tentatives d'appel – il n'avait toujours pas répondu). En dépit de ses réserves initiales, la lecture du roman d'A. E. Edevane s'était révélée un passe-temps des plus agréables. Sadie s'était attachée au bougon Diggory Brent et prenait un plaisir exagéré à découvrir les indices avant lui. Il était difficile de s'imaginer la femme au visage sévère dont le portrait ornait le revers de la jaquette de *La vengeance…* en délinquante juvénile profanant de sa signature le domaine familial : mais ces traces avaient, inexplicablement, attendri Sadie. Laquelle était de surcroît intriguée par l'implication, fût-elle indirecte, d'un auteur de fiction connu pour ses intrigues complexes dans une enquête réelle concernant, qui plus est, une affaire jamais résolue. Quel avait été le point de départ ? Le désir d'écrire des romans policiers, ou la disparition du petit frère ?

Toute la semaine, et parce que Donald ne répondait toujours pas, Sadie, aux prises avec un terrible sentiment d'impuissance, se surprit plusieurs fois à repenser à la belle demeure oubliée dans les bois et à l'enfant disparu. Le mystère la titillait. Elle aurait préféré bien sûr retrouver Londres et son bureau, mais tout valait mieux plutôt que de se tourner les pouces. Du reste, son intérêt pour Loeanneth n'était pas passé inaperçu.

« Alors, l'énigme est résolue ? » s'exclamait invariablement Bertie lorsqu'elle rentrait avec les chiens en faisant claquer le petit portail de la maison de son grand-père.

Il y avait comme un sourire dans sa voix, comme s'il était content de la voir ainsi occupée – sans pour autant insister. Visiblement, la comédie de Sadie, obéissante vacancière, ne l'avait pas entièrement convaincu. Elle surprenait parfois Bertie l'observant du coin de l'œil, le front plissé ; elle savait très bien que les questions s'accumulaient dans l'esprit de son grand-père. Pourquoi cette soudaine visite en Cornouailles ? Ce congé inhabituel ? Sadie était désormais virtuose dans l'art de se faufiler hors de la maison, le sac à dos à l'épaule, les chiens sur les talons, chaque fois que la digue des lèvres grand-paternelles semblait sur le point de céder.

Les chiens quant à eux étaient ravis de cette nouvelle routine. Ils couraient devant Sadie, se succédant à la tête de leur petite troupe entre les arbres des sous-bois, avant de quitter tous les deux le sentier, se poursuivant dans les hautes herbes. Puis ils se glissaient sous la haie d'ifs pour reprendre la bataille, interrompue la veille, avec les canards. Sadie lambinait toujours derrière eux : chose compréhensible – les livres, c'est lourd. Et son sac en était plein, grâce à son nouvel ami, Alastair Hawker, le bibliothécaire du village.

Dès la première visite de Sadie à la bibliothèque, Alastair s'était montré aussi serviable que sa petite collection d'ouvrages le lui permettait. Ce qui n'allait, hélas, pas bien loin. C'était la faute d'Hitler : en janvier 1941, une bombe de la Luftwaffe avait détruit les archives de la presse locale.

« Je suis infiniment navré, avait déploré Alastair.

Elles ne sont pas encore numérisées, mais je peux vous les commander à la British Library, que vous ayez un point de départ. »

Ce qui convenait parfaitement à Sadie. Il s'était donc mis au travail, pianotant à toute vitesse sur le clavier de son ordinateur et compulsant les vieilles fiches conservées dans des tiroirs en bois, avant de prier Sadie de l'excuser et de disparaître d'un pas alerte derrière une porte marquée ARCHIVES.

« Victoire ! s'était-il écrié en réapparaissant avec, dans les bras, une petite pile de livres qu'il avait soigneusement époussetés : *Grandes familles de Cornouailles* », avait-il lu en ouvrant l'un des volumes à la page du sommaire.

Son long index avait parcouru les énoncés des chapitres avant de s'arrêter en plein milieu d'une page.

« "Chapitre huit, Les deShiel de Havelyn". »

Sadie lui avait décoché un regard perplexe.

« La maison dont je vous ai parlé s'appelle Loeanneth.

— Oui, autrement dit la Maison du lac. Mais elle faisait partie autrefois d'un domaine bien plus étendu. Loeanneth était jadis, il me semble, la maison du jardinier en chef.

— Et ces deShiel ?

— C'était une grande famille locale, noblesse non titrée mais dont l'influence a longtemps été considérable. Et puis, c'est toujours la même histoire : sa puissance a diminué avec son capital. Quelques regrettables choix financiers, deux ou trois brebis galeuses, la litanie habituelle des scandales aristocratiques. »

Alastair avait brandi l'antique volume.

« Vous trouverez tous les détails ici. »

Sadie était repartie de la bibliothèque avec une carte de lecteur flambant neuve – la première qu'elle eût jamais possédée – et une photocopie du « Chapitre huit, Les deShiel de Havelyn », ainsi qu'avec *L'Enfant perdu des Edevane*, d'Arnold Pickering, un essai échevelé consacré à la disparition du petit Theo – elle avait le douteux privilège d'être sa première lectrice depuis août 1972. Elle avait également emprunté un exemplaire fatigué par maintes lectures de *La vengeance est un plat qui se mange froid*.

Cet après-midi-là, tandis que Bertie préparait son gâteau aux poires, Sadie s'installa dans le jardinet de son grand-père. La mer soupirait au loin, et elle s'était absorbée dans la lecture des aventures des deShiel. Comme l'avait expliqué Alastair, c'était l'histoire d'une ascension et d'un déclin. Sadie parcourut rapidement les quelques premiers siècles – l'anoblissement par Elizabeth Ire d'un marin deShiel qui s'était débrouillé pour dépouiller de leur or de nombreux navires espagnols ; l'attribution de terres et de titres qui en était résultée, la succession de mariages, de morts et d'héritages… – et reprit une lecture plus soutenue à compter des année 50, époque où le destin des deShiel s'était nettement assombri. Ils avaient peut-être été victimes d'une vaste escroquerie, en lien avec une plantation de canne à sucre dans les Caraïbes et une énorme dette de jeu. Puis un incendie, le jour de Noël en 1878, qui avait débuté dans le quartier des domestiques et avait dévasté la grande demeure. Dans les trente années qui avaient suivi, le domaine avait été démantelé et vendu, morceau par morceau. N'étaient plus restés aux deShiel que la Maison du lac et les quelques hectares qui l'entouraient.

Les Edevane ne constituaient qu'une note de bas de page dans cette histoire. À la toute fin de son essai, l'auteur signalait qu'Eleanor deShiel, dernière de la lignée, avait épousé Anthony Edevane en 1911. Après quoi Loeanneth avait pu être restauré et avait désormais servi de maison de campagne au couple. Il n'était fait aucune mention de Theo Edevane, ce qui surprit Sadie jusqu'à ce qu'elle se rende compte que *Grandes familles de Cornouailles* avait été publié en 1925, presque dix ans avant la disparition du petit garçon – oui, huit bonnes années avant sa naissance.

Faute de pouvoir s'appesantir sur ce drame, l'auteur s'était concentré brièvement sur le destin particulier d'Eleanor deShiel, qui avait, petite fille, inspiré *Eleanor sur le seuil magique*, un livre pour enfants de Daffyd Llewellyn, qui avait rencontré un immense succès dans les années 1910. « Sans l'amitié singulière qui lia Llewellyn à la fille de son amie, fillette perspicace, l'auteur d'*Eleanor sur le seuil magique* serait resté médecin et n'aurait jamais exploité son immense talent de conteur, privant les générations futures d'un ouvrage apprécié de tous. » Llewellyn avait poursuivi une carrière d'auteur et d'illustrateur, couronnée en 1934 d'un OBE[1] à titre posthume, pour services rendus à la littérature. D'après Alastair Hawker, *Eleanor sur le seuil magique* était encore disponible, même s'il n'avait pas vieilli aussi bien que certains textes de la même époque. Sadie avait dû se contenter de cette opinion de seconde main. Elle ne l'avait pas lu, enfant. Elle se souvenait vaguement de l'avoir vu à la maison.

1. Order of the British Empire, décoration qui peut se comparer à la médaille des Arts et des Lettres française.

Ses grands-parents le lui avaient peut-être offert : mais ses parents l'avaient jugé « absurde », ce qui n'avait rien d'étonnant vu leur peu de goût pour le merveilleux, et l'avaient relégué sur quelque étagère servant également de sépulture aux ouvrages d'Enid Blyton.

Sadie avait à présent sur les genoux une édition de 1936 du fameux conte. Les pages de texte étaient douces et granuleuses, s'y intercalaient des illustrations imprimées sur un papier glacé dont les tranches commençaient à roussir. Des planches, lui avait dit Alastair lorsque Sadie avait emprunté l'ouvrage, le lundi précédent. *Eleanor sur le seuil magique* racontait l'histoire d'une fillette qui vivait dans une grande maison isolée, avec son père, gentil et un peu mou, et sa belle-mère, monstre de froideur que n'intéressait que sa position sociale. Un jour que ses parents étaient à Londres, la fillette, qui errait seule dans la maison pleine de courants d'air, découvrit une porte qu'elle n'avait jamais remarquée. En l'ouvrant, elle se retrouva nez à nez avec un vieux bonhomme rabougri, aux cheveux blancs – *tout comme le vieux Père Temps en personne*. Les murs de sa chambre étaient recouverts du sol au plafond de cartes dressées à la main et de paysages minutieusement croqués.

« Mais que faites-vous ici ? lui demanda-t-elle – ce qui était bien naturel.

— Je t'attendais, répondit le vieil homme, qui se lança dans une longue histoire, décrivant à l'enfant une terre féerique à présent livrée à la guerre, à la suite d'une mauvaise action : Une seule personne peut y restaurer la paix, c'est toi », annonça-t-il à la petite fille.

Munie des cartes du vieil homme, la fillette

découvrit dans le jardin envahi par les mauvaises herbes un tunnel qui la conduisit dans la contrée féerique dont il lui avait parlé. Elle s'allia alors à un groupe de courageux habitants pourchassés par le tyran et, à leur côté, put organiser un certain nombre d'expéditions et de batailles qui permirent de renverser le vil usurpateur et de rendre à ce pays merveilleux la paix et la prospérité. Lorsqu'elle rentra chez elle par le passage souterrain, elle se rendit compte qu'il ne s'était écoulé que quelques minutes dans la grande maison : et, cependant, tout avait changé. Sa mère était encore vivante, son père avait retrouvé le bonheur ; la demeure et le jardin s'offraient de nouveau à elle dans tout leur éclat. Elle courut chez le vieil homme pour lui raconter ses aventures : la chambre était déserte. Ses parents lui suggérèrent qu'elle avait rêvé, ce qu'elle faillit bien croire, elle aussi, jusqu'au moment où elle retrouva sous le papier peint de la petite chambre une carte du pays féerique.

Assise sur le rebord de la fontaine, Sadie mordit dans le sandwich au fromage qu'elle s'était préparé et tendit le livre à bout de bras, comparant l'illustration à ce qui l'entourait. Elle avait demandé à Alastair de lui dénicher quelques informations sur Daffyd Llewellyn. D'après la préface du conte, c'était un ami très proche des Edevane ; il s'était sans aucun doute inspiré de Loeanneth. L'illustration était d'une fidélité frappante, le conteur illustrateur avait même reproduit la manière dont la fenêtre la plus à gauche penchait (il avait fallu à Sadie de longues sessions d'observation pour remarquer que la croisée était effectivement de guingois). Sadie consulta ensuite la deuxième planche, montrant une petite fille à la tignasse échevelée, vêtue à la manière des enfants victoriens, debout près d'un pilier de pierre dont la base s'ornait d'un anneau de laiton. Dans la lumière presque aveuglante du soleil, Sadie dut plisser les paupières pour déchiffrer la légende : « *Là, sous le saule le plus secret, le plus sombre, le plus murmurant, Eleanor découvrit ce que la carte du vieux bonhomme lui avait promis. "Tire sur l'anneau", semblait lui susurrer l'air, "tire sur l'anneau, et tu verras ce qui se passera".* »

Sadie jeta la fin de son sandwich à une troupe de jeunes cygnes particulièrement insistants et s'essuya les paumes sur son short. Ces livres pour enfants se ressemblent tous, songea-t-elle. Une fillette ou un garçonnet solitaire trouve le chemin d'un monde surnaturel, s'ensuivent des aventures et de belles actions. Le bien triomphe, les vieux conteurs sont libérés des enchantements qui les retenaient prisonniers et le monde recouvre son bel équilibre. Ils étaient nombreux, finalement, les enfants qui voulaient échapper à leur enfance, prendre leur destin en main. Ce qui n'était pas sans écho chez Sadie. Certains de ces gosses passaient par une armoire magique, d'autres par le faîte d'un arbre enchanté. Eleanor avait trouvé son passage secret dans le jardin. Le sien du reste était bien réel, contrairement à bien d'autres seuils mystérieux. Lorsque, le mardi matin, Sadie l'avait trouvé, elle avait été sidérée. Ils étaient là, sous ses yeux, le pilier, l'anneau de laiton, exactement comme dans le conte de Llewellyn, dissimulés sous un saule particulièrement profus, de l'autre côté du lac. Bien sûr, elle avait essayé de tirer sur l'anneau. Mais en dépit de tous ses efforts, aucune trappe ne s'était ouverte.

Leurs enfances avaient beau ne pas se ressembler, Sadie se sentait proche d'Eleanor Edevane. Elle avait conçu une certaine affection pour la jeune héroïne du conte, si loyale, si courageuse et cependant si espiègle : le genre de petite fille que Sadie enfant aurait voulu être. Mais ce n'était pas tout. Le lien s'était noué au moment où Sadie avait trouvé quelque chose dans le hangar à bateaux, au bord de la rivière. Elle était passée par une fenêtre dont les vitres étaient brisées. Une petite pièce avait été aménagée dans le hangar : une table, un lit, quelques chaises, un placard. Le tout recouvert d'une épaisse couche de poussière, de saleté et de l'humide passage des années. Après une fouille des plus minutieuses, Sadie n'avait rien trouvé d'utile à ce qu'il fallait bien appeler son enquête. Une simple enveloppe, cependant, pouvait avoir quelque intérêt. Elle était tombée derrière le lit et y était restée pendant près de quatre-vingt-dix ans. Elle contenait une seule feuille de papier, ornée d'un motif de feuilles de lierre, vert sombre c'était la seconde page d'une lettre signée du nom d'Eleanor.

Une lettre d'amour, écrite alors qu'elle était enceinte. « Ton amour m'a sauvé la vie », écrivait-elle à plusieurs reprises, tout en essayant d'expliquer à son mari les merveilleuses transformations que provoquait en elle la croissance de leur enfant – « un minuscule mélange de toi et de moi ». Cet enfant à venir n'était-il pas le petit Theo ? s'était demandé Sadie, avant de remarquer les références poignantes d'Eleanor à la distance qui la séparait de l'être aimé – « Je voudrais être à ton côté… tu me manques tant… ». La lettre devait dater de la Première Guerre mondiale, alors qu'Anthony Edevane se battait en France. À en croire les « deShiel de Havelyn », les Edevane avaient eu trois filles : Deborah, née avant la guerre ; Clementine, après 1918, et Alice, exactement entre ses deux sœurs. L'enfant dont Eleanor attendait la naissance avec tant de joie devait être Alice. La lettre, ardente, sincère, offrait un si remarquable aperçu de la nature d'Eleanor que Sadie avait l'impression d'entendre sa voix, claire et loyale, inaltérée par le passage de près de quatre-vingt-dix années.

Sadie referma le volume emprunté à la bibliothèque avec un claquement sec, ce qui produisit un lumineux jaillissement de grains de poussière. Le soleil était proche du zénith ; du lac s'élevait un nimbe de buée. Les vaguelettes renvoyaient sur les branchages des lueurs dansantes et les feuilles scintillaient, incroyablement vertes. En dépit de la chaleur de la journée, Sadie frissonna en levant les yeux vers Loeanneth. La maison faisait naître en elle, indépendamment de la description qu'en faisait Llewellyn, le sentiment étrange d'avoir pénétré par inadvertance dans un monde enchanté. Plus Sadie passait de temps dans le jardin du lac, plus elle comprenait les habitants de la maison. À chaque apparition des lettres gravées dans les murs et les arbres, ces A – L – I – C – E dix fois, vingt fois réitérées, elle se sentait un peu moins étrangère à ce monde. Et, cependant, elle ne parvenait pas à se débarrasser de la curieuse impression d'être surveillée par la vieille demeure.

Absurde, ridicule jeu de son imagination. Ça, c'était le genre de choses que Louise, la nouvelle amie de Bertie, aurait pu raconter. Sadie pouvait pratiquement entendre Donald ricaner. Ce n'était qu'un effet du silence, de l'absence de toute présence humaine ou même de ses traces. Les maisons ne sont pas faites pour être désertes. Sans habitants, une maison – surtout si elle est encore pleine de tout ce qu'a pu y accumuler une famille – est la chose la plus triste, la plus absurde du monde.

Sadie suivit du regard un cortège de nuages que reflétaient les fenêtres en verre vitrail du dernier étage, jusqu'à la croisée le plus à gauche. La nursery, le dernier endroit où le petit Theo eût été vu vivant. Sadie ramassa un galet qu'elle roula pensivement entre son pouce et son index, puis soupesa dans sa paume. C'était cette fenêtre le centre du problème. Elle aurait pu oublier Loeanneth sans difficulté s'il n'y avait pas eu l'affaire, le drame terrible d'un enfant disparu. Avec le temps le drame s'était étoffé, avait acquis un statut quasi légendaire. Un conte de fées, un enfant perdu, une maison condamnée au sommeil éternel, retenant son souffle tandis qu'autour d'elle le jardin prospérait, se faisait jungle.

Sadie lança le caillou sans grande vigueur vers le lac ; après avoir tracé un arc de cercle paresseux, il s'y immergea avec un plouf généreux. Cet aspect féerique, pour ainsi dire, était l'un des éléments les plus complexes de l'histoire. Les dossiers non élucidés ont toujours quelque chose d'un défi : à celui-ci s'ajoutait la dimension du folklore. La disparition de Theo avait été racontée tant de fois qu'on avait fini par en accepter le mystère. La plupart des gens, en toute honnêteté, n'avaient pas envie d'en savoir plus. Les étrangers à l'affaire, bien sûr… Le cas cependant n'avait rien à voir avec la magie ou la sorcellerie, comme avaient pu le suggérer des rumeurs de sortilège ou de rituel vaudou. Les enfants ne s'évanouissent pas dans la nature. Ils se perdent, ils sont enlevés, ils sont victimes de trafics divers. Assassinés, parfois, mais la plupart du temps remis à des adultes. Sadie fronça les sourcils. Il y avait tant d'enfants disparus dans les limbes, séparés de leurs parents, tirant sur les jupes de leurs mères. Où avait pu passer Theo ?

Alastair avait respecté ses engagements et commandé des reproductions des articles de presse, et l'amie de Bertie, Louise, qui avait le don de « passer trois secondes, hein » chaque fois que Sadie mettait les pieds dans la cuisine, avait promis de mener sa petite enquête auprès des patients du service de gériatrie de l'hôpital : ils savaient peut-être quelque chose. Sadie avait téléphoné au cadastre, qui lui avait confirmé le nom du propriétaire actuel de Loeanneth – Alice Edevane. Mais en dépit des prétentions du village, l'auteur « local » habitait Londres et n'avait pas été aperçu en Cornouailles depuis plusieurs dizaines d'années. Sadie avait trouvé son adresse postale sans difficulté, mais pas d'e-mail ; ses deux lettres étaient pour l'heure restées sans réponse. Dans l'intervalle, elle devait se contenter de la lecture de Pickering.

L'essai de Pickering avait été publié en 1955 dans le cadre d'une collection intitulée « Énigmes de Cornouailles », laquelle incluait également un historique des apparitions féeriques dans la région et un ouvrage consacré à un célèbre vaisseau fantôme de la baie de Cawsand. Ces compagnons d'écurie n'inspiraient guère confiance à Sadie : de fait, Pickering, apparemment, n'hésitait jamais à sacrifier la vérité à la force de l'intrigue. Il n'avançait aucune hypothèse raisonnable, préférant rester dans les ombres flamboyantes de « la mystérieuse disparition du Solstice ».

Cela étant, il résumait assez fidèlement les faits qui entouraient la disparition de Theo. Et puis, à cheval donné, on ne regarde pas les dents…

Sadie sortit d'une chemise cartonnée qui portait la mention « Edevane » les notes qu'elle avait prises. C'était en train de devenir son rituel quotidien : assise sur le rebord de la vieille fontaine, elle les relisait soigneusement. Ç'avait toujours été sa méthode de travail : avaler et digérer tous les détails d'une affaire, sans relâche, jusqu'à ce qu'elle connaisse son dossier par cœur. « C'est complètement obsessionnel », disait Donald (lequel était un tenant de la méditation accompagnée d'une bonne pinte). Mais pour Sadie, ladite obsession n'était que l'expression de son dévouement professionnel. Et s'il y avait une meilleure méthode que la sienne pour découvrir les contradictions, les inexactitudes et les mensonges, elle ne l'avait toujours pas découverte.

Selon Pickering, Theodore Edevane avait été vu pour la dernière fois vivant à onze heures du soir, au moment de la fête du Solstice. Sa mère était montée à la nursery voir si tout allait bien. Tous les soirs à la même heure, avant d'aller se coucher, elle effectuait cette visite. Le petit garçon avait coutume de dormir jusqu'au matin. Il n'avait pas de problèmes de sommeil, avait déclaré Eleanor à la police, et se réveillait rarement pendant la nuit.

Une des femmes de chambre avait pu corroborer ces dires, ayant vu Mme Edevane sortir de la nursery et échanger quelques mots avec une autre domestique dans l'escalier. Effectivement, il était un peu plus de onze heures alors : la femme de chambre s'en souvenait car elle rapportait sur un plateau des flûtes à champagne sales qui devaient être lavées à l'office et réutilisées au moment du feu d'artifice, à minuit. Le valet de pied qui accueillait les invités à l'entrée de la maison avait vu Mme Edevane sortir peu après onze heures ; après quoi personne n'était remonté dans les étages jusqu'à la fin de la fête.

Mme Edevane avait passé le reste de la soirée près du hangar à bateaux. Des gondoles emmenaient les invités sur la rivière, illuminée par des lanternes. Elle s'était couchée juste avant le lever du soleil, après le départ des derniers convives, persuadée naturellement que tous ses enfants étaient couchés dans leurs chambres respectives. Elle s'était rapidement endormie ; à huit heures du matin, une femme de chambre l'avait réveillée pour lui apprendre que le petit Theo n'était pas dans son lit.

Les membres de la famille avaient procédé à une première recherche, sans trop s'inquiéter, cependant, et sans prévenir ceux des invités qui étaient restés dormir à Loeanneth. L'une des filles Edevane, la plus jeune, Clementine, avait coutume de sortir dès l'aube de la maison. Parfois, lorsqu'elle trouvait Theo éveillé en passant devant la nursery, elle emmenait son petit frère dans ses expéditions matinales. Sans doute était-ce le cas cette fois-ci, Clementine étant également absente de sa chambre.

Les personnes présentes finissaient de petit-déjeuner dans la salle à manger lorsque Clementine avait fait sa réapparition, vers dix heures – seule. Elle n'avait aucune idée, dit-elle, de ce qui pouvait être arrivé à son frère ; lorsqu'elle était passée devant la nursery, vers six heures du matin, la porte était fermée. Les parents appelèrent immédiatement la police. Theo fut officiellement déclaré disparu et une battue de grande ampleur fut organisée.

Même si Pickering se satisfaisait du mystère – l'enfant avait disparu dans la nuit, un point c'est tout –, il faisait cependant allusion à l'enquête de police et fournissait les deux hypothèses officielles : l'enfant s'était perdu dans la forêt ou avait été enlevé. Comme le jouet favori du petit, un chien en peluche, avait également disparu, la première de ces théories avait reçu la faveur des autorités. Mais l'enfant restant introuvable, la police finit par opter pour l'enlèvement, que pouvait justifier la richesse de la famille. Un individu s'était introduit dans la nursery entre onze heures du soir et huit heures du matin, la nuit du Solstice, et avait kidnappé Theo.

Hypothèse frappée au coin du bon sens, et qui convainquait également Sadie. Elle regarda Loeanneth, par-delà le lac, et s'imagina participer à la soirée, aidée en cela par les détails que fournissait Pickering : la foule des invités, les lanternes, les torches, les gondoles et leurs passagers hilares, dérivant sur la rivière illuminée, le feu de joie au beau milieu du lac. La musique, les rires, les conversations des trois cents hôtes.

Si l'enfant s'était perdu – Pickering mentionnait un article rapportant des propos d'Anthony Edevane selon lesquels le petit garçon était déjà sorti seul de son lit et avait même réussi deux ou trois fois à descendre l'escalier –, se pouvait-il qu'aucun des convives ne l'eût remarqué ? Il y avait bien quelques vagues témoignages parlant d'un enfant aperçu dans la foule des invités, mais rien de concret. Et si le bébé, qui n'avait pas même un an, avait pu traverser le jardin sans être vu, jusqu'où aurait-il pu marcher ? Sadie n'avait pas une grande expérience des jeunes enfants et de leurs capacités physiques, mais, de toute évidence, le plus résistant des marcheurs aurait bien fini par perdre ses forces. La police avait cherché le petit sur des kilomètres à la ronde sans en découvrir la moindre trace. Et, dans les soixante-dix ans qui avaient suivi, rien n'avait été retrouvé : ni corps, ni ossements, ni même le moindre lambeau de vêtement.

La théorie de l'enlèvement n'était pas forcément moins problématique. Comment avait-on pu s'introduire dans la maison, s'emparer de l'enfant et ressortir sans éveiller les soupçons ? Il y avait des centaines d'invités dans les jardins, autour du lac, au rez-de-chaussée de la demeure. Et aucun témoignage faisant état d'une activité suspecte. Sadie avait passé toute la matinée du mercredi autour de la maison, à chercher. Il n'y avait que deux possibilités de sortie, en dehors de la porte principale : les portes-fenêtres de la bibliothèque et une petite porte à l'arrière de la maison. Les portes-fenêtres semblaient exclues : c'était par là que les invités se déversaient dans le jardin. Mais la petite porte…

Sadie avait essayé de regarder par le trou de la serrure et avait même donné une bonne bourrade au battant. Qui sait ? La porte allait peut-être s'ouvrir d'elle-même. Entrer quelque part, tout simplement, ce n'était pas violer un domicile. D'ordinaire, Sadie n'était pas si tatillonne, et puis, il n'y avait personne ici pour témoigner d'un bris de serrure. Mais comme la situation était un peu délicate avec Donald et que l'ombre d'Ashford n'était jamais loin – Ashford qui avait la possibilité et peut-être le vif désir de la faire renvoyer de la police –, elle songea qu'il était plus prudent sans doute de s'en tenir à la loi. Passer par la fenêtre brisée d'un hangar à bateaux presque entièrement vide était une chose, s'introduire dans une demeure meublée une autre. Pour résoudre le mystère de la pièce sur laquelle donnait la petite porte de derrière, il faudrait attendre qu'Alastair lui déniche un plan d'architecte.

« Je suis imbattable sur les plans et les cartes », lui avait-il dit, dissimulant à grand-peine le plaisir que lui procurait la demande de Sadie.

Cette nouvelle mission ne lui avait pris que quelques jours ; le jeudi, Sadie avait appris que la porte menait à la cuisine et qu'elle servait aux domestiques.

Ce qui ne faisait guère avancer la réflexion. En cette soirée de fête, la cuisine devait être en pleine activité. Il était difficile d'imaginer qu'un inconnu puisse la traverser avec le petit Theo sous le bras.

Sadie baissa de nouveau les yeux vers les cinq lettres gravées au bas de la fontaine.

— Allez, Alice, dit-elle. Tu y étais. Donne-moi un petit indice.

Le silence était assourdissant.

Non, du reste, pas le silence. Il y avait toujours du bruit ici. Tous les jours, avec la montée du soleil vers son zénith, le chœur des insectes dans les roseaux s'échauffait dans un bourdonnement fiévreux. Ce qui était assourdissant, c'était l'absence du moindre indice.

Sadie, frustrée, repoussa le dossier. On peut toujours essayer de rechercher les pièces manquantes dans le puzzle des indices, mais, par une ironie du sort, cela ne marche que lorsque l'on dispose de vrais éléments. Des témoignages, des rapports d'enquêteurs, des informations fiables. Sadie jusqu'ici n'avait à se mettre sous la dent que des données très vagues.

Elle glissa la chemise et les livres dans son sac à dos et appela les chiens. Ils revinrent en rechignant mais ne tardèrent pas à s'engager sur ses talons, obéissants, tandis qu'elle traversait le jardin, laissant derrière elle la maison pour longer un ruisseau qui ramenait au village.

Dans quelques jours, si Dieu le voulait, elle aurait des éléments plus concrets. Le livre de Pickering lui avait fourni une information utile, entre autres : les noms des enquêteurs. Le plus jeune était encore vivant et habitait les environs. Pickering le disait : la disparition de Theo Edevane avait été la première affaire de Clive Robinson, qui, à dix-sept ans, venait tout juste d'entrer dans la police locale. Il était l'assistant de l'inspecteur du secteur, M. Hargreaves.

Sadie n'avait eu aucun mal à dénicher l'adresse de Clive Robinson – elle avait encore quelques amis au département des immatriculations. Enfin, un ami, pour être précis. Un type assez sympathique avec lequel elle avait eu une aventure passablement alcoolisée après une fête de la police, quelques années plus tôt. Ils n'en avaient jamais reparlé mais le collègue était toujours ravi de traiter ses demandes d'information. Elle avait noté l'adresse de M. Robinson et s'était rendue en voiture dans les environs de Polperro, le mercredi après-midi. Elle avait frappé à la porte, sans réponse. La voisine cependant avait été des plus serviables. Clive était en vacances à Chypre avec sa fille et son gendre et devait revenir le lendemain. Comme elle ramassait le courrier et arrosait les plantes de Clive, expliqua-t-elle, elle était au courant de tout cela. Sadie avait griffonné sa demande d'entretien sur une petite carte qu'elle avait glissée dans la boîte aux lettres. Elle avait remercié l'affable voisine et l'avait complimentée sur la belle santé des plantes. Sadie avait pour les voisines de l'espèce de Doris la plus grande sympathie : si partageuses !

Les chiens s'élancèrent, traversant la rivière à gué, là où le lit était le plus étroit. Sadie, elle, fit halte. Il y avait quelque chose dans l'eau. Elle se pencha pour extirper de la vase une petite pierre ovale et lisse, plate comme une pièce de monnaie. Parfaite pour les ricochets. Bertie lui avait appris à les repérer, l'année où elle était allée habiter chez ses grands-parents, à Londres. Ils se promenaient souvent tous les trois à Victoria Park, autour du bassin de baignade. Sadie lança habilement le galet qui, à sa grande satisfaction, rebondit complaisamment à la surface de l'eau.

Elle continua à chercher entre les tiges des roseaux et venait tout juste d'en trouver un magnifique exemplaire lorsque son regard fut attiré par un éclair de lumière en mouvement de l'autre côté du ruisseau. Sadie comprit immédiatement de quoi il s'agissait. Elle serra les mâchoires et les paupières. Naturellement, lorsqu'elle les rouvrit, cela avait disparu, l'enfant à contre-jour, l'enfant qui tendait les bras pour qu'on l'aide. Sadie lança le galet et l'observa d'un œil sombre tandis qu'il suivait la trajectoire de son camarade. Quand les flots l'engloutirent, elle traversa le ruisseau en sautant de pierre en pierre et se garda bien de se retourner.

10

Cornouailles, 1914

— Il en faut un très plat, expliqua Anthony en plongeant la main dans l'eau peu profonde, au bord du ruisseau. Comme celui-ci, tout beau.

Il tenait le galet entre ses doigts, le tournant en tous sens. Le soleil scintillait derrière lui tandis qu'il glissait la pierre dans les doigts impatients de la petite Deborah.

Elle le regarda, émerveillée, sa frange soyeuse retombant devant ses grands yeux bleus tout ronds. Elle battit des paupières avant de pousser un immense et joyeux soupir, si puissamment émue par la situation qu'elle ne put s'empêcher de trépigner, explosant d'une folle joie. Comme on pouvait s'y attendre, le caillou échappa à ses doigts et s'abîma – plouf ! – dans la rivière.

Les lèvres de Deborah s'arrondirent en un O de surprise et, après avoir jeté un bref regard à sa paume vide, elle pointa vers la rivière un petit index grassouillet.

Anthony éclata de rire, ébouriffant la tignasse de la fillette.

— Ce n'est pas grave, mon chou. Les galets, ici, ce n'est pas ça qui manque.

Eleanor, assise sur un tronc mort, près du saule, eut un sourire. Le monde était parfait. Cette journée de fin d'été, l'odeur de la mer lointaine, ceux qu'elle aimait sous ses yeux, tous rassemblés… Par de semblables journées, on avait l'impression que le soleil avait lancé un sortilège, chassant à jamais l'hiver ; et l'horreur à venir, ne l'avait-elle pas imaginée ? Hélas, le moment venait toujours où il fallait prendre du recul avec cette vision idéale. La panique revenait, l'angoisse rageuse qui lui rongeait l'estomac. Les jours se succédaient de plus en plus vite et elle avait beau essayer de ralentir le temps, il lui glissait entre les doigts comme l'eau, comme les galets entre les petites mains de Deborah.

Sans doute avait-elle soupiré ou plissé le front – ou laissé échapper de quelque autre manière ce qui la tourmentait – car Howard, assis près d'elle, se pencha pour lui heurter très doucement l'épaule.

— Il n'y en aura pas pour bien longtemps, dit-il. Il sera de retour en moins de temps qu'il n'en faut pour le dire.

— À Noël, dit-on.

— Pas même quatre mois.

— À peine trois.

Howard lui prit la main ; un frisson de mauvais pressentiment traversa Eleanor. Quelle sotte tu fais, se dit-elle, en se forçant à suivre du regard les libellules qui voletaient entre les roseaux baignés de soleil. Les libellules n'imaginent pas une seconde qu'elles puissent prévoir le futur. Elles volent de-ci, de-là, prenant plaisir à la caresse du soleil sur leurs ailes.

— Tu as des nouvelles de Catherine ? demanda-t-il, d'un ton résolument joyeux.

— Non, sauf pour me dire qu'elle s'est fiancée à l'un de ses cousins, un rouquin, un Écossais.

— Non !

— Je croyais que l'uniforme l'impressionnerait, mais hélas…

— Quelle sotte. Elle ne te mérite pas.

— Certes… mais je me disais que je la méritais, moi.

Le ton d'Howard était léger mais la douleur, Eleanor le savait, n'en était pas moins cuisante. Il s'était profondément entiché de Catherine. D'après Anthony, il avait bien failli lui proposer le mariage.

— Une de perdue, dix de retrouvées, reprit Eleanor avec une petite grimace – l'image était si facile.

— Bien sûr. Mais Catherine était une si jolie trouvaille. Ah, si je reviens du front avec une blessure, pas trop grave, mais impressionnante…

— Tu pourrais boiter légèrement, par exemple ?

— Je pensais plutôt à un bandeau sur l'œil. De quoi conférer un charme un peu canaille à ma physionomie.

— Tu es bien trop gentil pour avoir l'air canaille.

— Ah, c'est bien ce que je craignais. Mais la guerre va faire de moi un vrai dur, j'en suis certain.

— Pas trop, j'espère.

Près du ruisseau, la petite Deborah gloussait avec délices tandis que Anthony lui trempait les doigts de pied dans les flots plus profonds et plus frais du ruisseau. Le soleil commençait à descendre dans le ciel ; ils étaient tous les deux nimbés par ses rayons. Les rires de la fillette étaient contagieux. Eleanor et Howard échangèrent un sourire.

— Quel chanceux, cet Anthony, dit Howard d'un ton inhabituellement grave. Jamais je ne l'ai envié avant ce jour – et pourtant, j'avais toutes les raisons de le faire. Mais cela, oui, ça me rend jaloux. La paternité.

— Ce sera bientôt ton tour.

— Tu crois ?

— Oui.

— Tu as raison, oui. Qui peut ne pas tomber dans mes rets ?

Il bomba le torse avant de laisser échapper un soupir.

— Hors la douce Catherine, bien sûr.

L'enfant Deborah s'avança vers eux de son pas incertain, le bref trajet rendu périlleux par sa petite taille et sa relative inexpérience en matière de déplacement autonome. Elle leur tendit la main pour leur montrer, avec toute la solennité d'un don royal, une petite pierre.

— Oh, c'est très joli, ma puce.

Eleanor prit le galet – tiède, lisse. Elle en caressa la surface du gras du pouce.

— Da, fit Deborah, l'air sérieux. Da-da.

Eleanor sourit.

— Oui, da-da.

— Viens, ma petite D., dit Howard en hissant la fillette sur ses épaules. Allons voir ce que font les canards sur le lac, ces vilains affamés.

Eleanor les suivit du regard. Juchée sur oncle Howard, qui tanguait entre les arbres, Deborah hurlait de rire.

Il était si gentil, si bon, Howard, et, cependant, elle lui avait toujours trouvé quelque chose de profondément solitaire. Jusqu'à son sens de l'humour et aux plaisanteries dont il était coutumier, qui paraissaient contribuer à son isolement.

« C'est parce qu'il vit seul, avait répondu Anthony à sa femme lorsqu'elle lui en avait fait la remarque. Hormis nous, il n'a personne. Ni frères ni sœurs ; sa mère est morte il y a bien longtemps et son père ne s'est jamais occupé de lui. »

Et peut-être était-ce la raison de l'affection d'Eleanor pour Howard. Ils se ressemblaient, elle et lui. Sauf qu'elle avait eu la chance de trouver son âme sœur dans une rue bondée de Londres, tandis que Howard la cherchait encore.

— Je vais en faire une championne du ricochet, cette enfant ! dit Anthony en remontant la rivière vers sa femme.

Eleanor chassa ses mélancoliques pensées et sourit à son mari. Il avait remonté ses manches de chemise et, pour la millième fois, elle remarqua la beauté de ses bras, de ses grandes mains. Des bras, des mains : elle aussi en avait, mais lui pouvait réparer les gens. Ou du moins le pourrait lorsqu'il aurait fini ses études, quand cette guerre aurait pris fin.

— J'espère bien ! lui dit-elle. Mais je m'inquiète un peu. N'est-ce pas un peu tard pour commencer ? Elle a presque onze mois, après tout.

— Elle apprend vite.

— Et elle est douée, visiblement.

— Ah, pour cela, elle tient de sa mère.

Anthony se pencha et l'embrassa, enserrant le menton de sa femme de ses mains jointes. Eleanor but son parfum, sa présence, sa chaleur, s'efforçant de graver ce moment dans sa mémoire.

Il se laissa tomber près d'elle, sur le tronc d'arbre, et poussa un soupir de satisfaction. Elle aurait voulu avoir ses certitudes, sa confiance, sa sérénité, elle que l'inquiétude rongeait perpétuellement. Comment se débrouillerait-elle quand il serait parti ? Comment atténuerait-elle le choc de son absence pour la petite D. ? La fillette avait déjà une immense adoration pour son père, dont elle recherchait la compagnie dès le matin, son petit visage se fendant d'un grand sourire lorsqu'elle se rendait compte, ô bonheur absolu, qu'il était encore là. Pensée insupportable que celle du jour où l'enfant ne trouverait plus son père, figée pourtant dans l'attente de la joie. Pis encore – le jour où elle oublierait tout à fait d'aller à sa recherche.

— J'ai quelque chose pour toi.

Eleanor cligna des yeux. Ses craintes étaient comme des mouches pendant un pique-nique : plus elle les chassait, plus elles revenaient en masse.

— C'est vrai ?

Il fouilla dans le panier qu'ils avaient apporté au bord de la rivière et en sortit un petit paquet plat.

— Qu'est-ce que c'est ?

— Ouvre, tu verras.

— C'est un livre, reprit-elle.

— Pas du tout. D'ailleurs, tu ne devrais pas essayer de deviner.

— Pourquoi ?

— Un jour, tu tomberas juste, et il n'y aura plus de surprise.

— Mais je ne tombe jamais juste.

— Ça, c'est bien.

— Je te remercie.

— Cela dit, il y a un début à tout.

— Je vais ouvrir le paquet, Anthony.

— Ce n'est pas trop tôt !

Elle ouvrit l'emballage et en eut le souffle coupé. Le paquet contenait le plus splendide papier à lettres qu'elle eût jamais vu. Elle caressa du bout des doigts la surface douce et blanche, les délicates feuilles de lierre qui en ornaient les bords.

— Pour que tu puisses m'écrire, dit-il.

— Je sais, répondit-elle.

— Je ne veux rien manquer de ce qui se passera quand je ne serai plus là.

« Quand je ne serai plus là » : ces quelques mots rappelèrent Eleanor à la réalité. Elle avait tant bataillé pour contenir ses inquiétudes. Et Anthony, si fort, si solide : elle ne voulait pas lui faire défaut, le décevoir, même si sa peur menaçait parfois de la consumer.

— Tu n'aimes pas ? demanda-t-il.

— Je le trouve magnifique.

— Mais alors…

— Oh, Anthony !

Les mots lui jaillirent des lèvres.

— Je sais que ce n'est pas très courageux de ma part, alors qu'en ce moment chacun doit faire bonne contenance, mais…

Il posa le bout de son index sur les lèvres de sa femme, doucement.

— … je crois que je ne supporterai pas…

— Je sais. Mais ce n'est pas le cas. Tu en es capable. Tu es si forte.

Il l'embrassa ; elle sombra dans ses bras. Elle était forte à ses yeux. Alors peut-être l'était-elle vraiment. Peut-être pourrait-elle, pour Deborah, se rendre maîtresse de ses émotions. Elle chassa ses craintes et se laissa envahir par la plénitude du moment. Le ruisseau chantait dans sa course vers la mer, comme il le faisait depuis l'aube des temps. Eleanor posa la tête sur la poitrine d'Anthony, à la peau tiède, écoutant le battement régulier de son cœur.

— Reviens-moi.

— Rien ne pourra m'en empêcher.

— Tu me le jures ?

— Je te le jure.

11

Cornouailles, 2003

En rentrant chez son grand-père, Sadie passa à la bibliothèque. Les chiens connaissaient la manœuvre, maintenant : ils s'agitaient encore un peu avant de s'installer au coin de l'immeuble, près du bol en acier dans lequel Alastair avait désormais l'habitude de leur laisser de l'eau.

Il faisait sombre dans la bibliothèque, mais, après s'y être aventurée, Sadie finit par repérer le bibliothécaire, tapi derrière une pile de livres, dans la section Impression en gros caractères.

Il l'accueillit par un sourire.

— J'ai quelque chose pour vous, annonça-t-il.

Il sortit une enveloppe de format A4 de son bureau.

— Est-ce ce à quoi je pense ?

— *Polperro Post*, dit Alastair. Le lendemain de la disparition.

Sadie émit un soupir de satisfaction.

— Ce n'est pas tout.

Il lui tendit un épais tapuscrit relié et ceint d'un élastique sous lequel une étiquette portant le nom de

Sadie avait été glissée. *Évasions/Invasions : mères, monstres et métaphysique dans la littérature enfantine* : Et il y a tout un chapitre sur Daffyd Llewellyn et son *Eleanor sur le seuil magique*.

Les sourcils de Sadie se soulevèrent.

— Et pour finir en beauté…

— Ce n'est pas tout ?

— Nous visons la satisfaction totale du client. Un autre plan du domaine, incluant la maison. Très particulier, je dois dire. On le doit au plus heureux des hasards. Il faisait partie d'une série de documents anciens découverts il y a quatre ou cinq ans. Ils avaient été jusqu'ici remisés dans une vieille malle – Dieu sait qui avait eu l'idée de les cacher là. Au moment du passage à l'an 2000, on a fait des travaux… et on les a retrouvés. Les originaux avaient été endommagés par l'eau ; il a fallu les faire restaurer. Ils ne sont revenus des Archives du comté que le mois dernier.

Sadie hochait vigoureusement la tête dans l'espoir de lui faire presser le rythme. Il lui fallut rassembler toute sa patience pour ne pas s'immerger immédiatement dans la consultation des archives contenues dans l'enveloppe A4, mais le récit minutieux des recherches documentaires effectuées par Alastair faisait partie du marché. Elle avait déjà un plan détaillé de Loeanneth qui convenait parfaitement à son enquête ? Peu importe. Alastair poursuivit sa geste, Sadie continua d'opiner jusqu'à ce que le bibliothécaire dût reprendre son souffle. Elle en profita alors pour placer ses remerciements et inventer une excuse au sujet des chiens qui devaient rentrer.

Lorsqu'elle se retrouva dans la lumière du grand jour, elle était d'humeur curieusement légère, ses précieux documents sous le bras. Elle avait toujours été à mille lieues de s'imaginer qu'une simple demi-heure dans une bibliothèque puisse rendre aussi heureux quelqu'un comme elle. Il y avait un peu plus loin dans la rue un petit hôtel crépi de blanc, avec jardinières fleuries acrobatiquement suspendues aux fenêtres, vue sur la mer et petit banc de bois commodément placé en façade. Sadie s'y installa, dos au panneau qui spécifiait en lettres bien lisibles RÉSERVÉ AUX CLIENTS DE L'HÔTEL, avant d'ouvrir l'enveloppe et de parcourir avidement l'article du *Polperro Post*.

Quelle déception ! Il n'y avait rien de nouveau dans ces lignes. Visiblement, elles constituaient l'une des bases de la documentation de Pickering. En guise de consolation, l'article était illustré de deux photographies que Sadie n'avait jamais vues. Une femme élégante, souriante, assise sous un arbre en compagnie de trois petites filles en robes blanches ; elle avait sur les genoux un exemplaire d'*Eleanor sur le seuil magique*. Et la même femme, visage grave, traits tirés, tandis qu'un bel homme de haute stature la soutenait par la taille. Le couple était photographié dans la bibliothèque de Loeanneth, dont Sadie reconnut le moindre détail. Rien n'avait changé, pas même le portrait encadré posé sur le bureau, près des portes-fenêtres. DES PARENTS DÉSESPÉRÉS ! clamait la légende, qui poursuivait : *M. et Mme Anthony Edevane prient toutes les personnes qui pourraient fournir des informations sur leur jeune fils Theodore, onze mois, de se faire connaître.*

Il y avait dans l'expression d'Eleanor Edevane une profondeur de chagrin que Sadie reconnut. Cette femme avait perdu une part d'elle-même. Certes, la lettre écrite sur le papier aux feuilles de lierre datait d'une précédente grossesse, mais l'amour qu'Eleanor dans ces quelques lignes manifestait pour son enfant à naître ne laissait pas de place au doute : la maternité était une bénédiction pour elle, les enfants une source de bonheur. Le temps avait donné à la photographie une résonance supplémentaire. Eleanor avait été captée lorsque le choc de la disparition de Theo était encore récent, terrible ; sans doute pensait-elle encore que l'enfant serait retrouvé vivant, que la béance laissée par son absence pourrait être rapidement guérie. Sadie, soixante-dix ans plus tard, savait à quoi s'en tenir. La perte allait durer – et, plus encore que la perte, les souffrances de l'incertitude. Ne pas savoir si l'enfant était mort ou vivant, aimé ou négligé, ne pas savoir s'il pleurait en réclamant sa mère pendant d'interminables nuits.

Sadie reposa le journal et regarda, par-delà la rue pavée, la mer qui scintillait. La fille de Maggie Bailey avait pleuré, réclamé sa mère, en effet. Lorsque Sadie et Donald avaient découvert la petite Caitlyn seule dans l'appartement de Holborn, son visage était couvert de traînées de larmes – une semaine de larmes. Les deux policiers avaient enjambé la pile de courrier publicitaire ; l'odeur qui les avait accueillis était si infâme que même Donald, aux tripes d'acier, avait eu un haut-le-cœur. Dans la cuisine, la poubelle était couverte de mouches vrombissantes.

Elle était gravée de manière indélébile dans l'esprit de Sadie, cette première apparition de la petite Caitlyn. Les policiers s'étaient déjà engagés dans le couloir lorsque l'enfant s'était matérialisée comme un fantôme dans sa chemise de nuit *Dora l'Exploratrice*. Il est vrai qu'ils ne s'attendaient pas à voir une enfant. La voisine qui les avait appelés s'était plainte des mauvaises odeurs. Lorsque Sadie lui avait demandé de décrire l'occupant de l'appartement, elle avait parlé d'une femme réservée, qui écoutait parfois de la musique bruyante, d'une mère qui lui rendait visite de temps à autre. Elle n'avait rien dit de l'enfant. Lorsque Sadie avait repris contact avec elle après la visite de l'appartement, elle avait demandé la raison de cette omission. La voisine avait haussé les épaules avant de fournir la réponse habituelle : « Vous ne m'avez pas posé la question. »

Et quand ils eurent trouvé la petite, l'enfer se déchaîna : Dieu du ciel, une petite fille bouclée dans un appartement, seule, pendant une semaine ? Donald l'avait pressenti, tandis que Sadie s'asseyait sur le plancher avec la gamine, Caitlyn – elle leur avait dit son nom –, pour jouer avec un petit bus, cherchant désespérément à se souvenir d'une seule comptine, essayant de s'imaginer en quoi la tournure des événements allait changer les choses. Car tout avait changé en effet. Les petites filles abandonnées, ça fait venir du monde : policiers, techniciens, services sociaux, tous arrivaient en même temps, arpentant le minuscule appartement, jouant du mètre, fouillant le moindre tiroir, traquant les empreintes digitales. Et, alors que la nuit succédait au jour, la petite fille était partie avec une assistante sociale.

Sadie ne pleurait jamais sur une enquête – jamais, en dépit des spectacles horribles ou tristes qu'elle avait parfois sous les yeux. Cette nuit-là, cependant, elle avait couru de toutes ses forces, martelant les trottoirs d'Islington, traversant Highgate, le parc plongé dans l'obscurité, et mélangeant en esprit les pièces du puzzle dans un embrouillamini insensé. Sadie s'était exercée à ne pas se laisser émouvoir par les aspects humains de son travail. Lequel consistait à résoudre des énigmes : les individus impliqués n'avaient d'importance que dans la mesure où leur psychologie pouvait expliquer lesdites énigmes, structurant des mobiles, confirmant ou sapant des alibis. Mais Caitlyn et sa chemise de nuit froissée, sa tignasse emmêlée – un vrai nid d'oiseaux –, et ses grands yeux pleins d'effroi, Caitlyn ne cessait de lui revenir à l'esprit.

Bon Dieu, ne la laisserait-elle donc jamais en paix ? Elle cligna des yeux pour se débarrasser du visage de la fillette, furieuse d'avoir de nouveau laissé ses pensées l'emmener jusque dans ce foutu appartement. Le dossier était clos. Elle se concentra sur le petit port, les bateaux de pêche qui commençaient à rentrer, les mouettes qui les suivaient en traçant des cercles dans le ciel, plongeant sur eux en piqué puis s'élançant en flèche dans le ciel.

C'était le parallèle entre les deux affaires, bien sûr. Des mères, des enfants. Des séparations. La photographie d'Eleanor Edevane, visage creusé par la perte, par la peur que lui causait l'absence de l'enfant, ne pouvait que toucher le point faible de Sadie. Cette faiblesse qui l'avait tant desservie dans l'affaire Bailey, la douleur sournoise qui s'infiltrait en elle, l'empêchait de dormir, refusant de croire que Maggie Bailey ait pu abandonner sa fille, qu'elle ait pu comme si de rien n'était quitter son appartement en y laissant, sous clé, une enfant de deux ans, sans garantie qu'elle soit retrouvée à temps.

« Je ne voudrais pas te décevoir, Sparrow, lui avait dit Donald, mais ça arrive plus souvent que tu ne le penses. Toutes les femmes ne font pas de bonnes mères. »

Sadie en était convenue. Il avait raison, bien sûr. Elle était bien placée pour le savoir. Mais c'était la façon dont Maggie avait quitté la petite, son apparente désinvolture, qui lui paraissait étrange, malgré tout.

« Il y a quelque chose qui ne colle pas, avait-elle insisté. Maggie ne s'est peut-être pas bien occupée de sa fille, mais elle n'aurait pas pris le risque de la faire souffrir. Elle aurait appelé quelqu'un qui pouvait s'occuper d'elle, elle se serait débrouillée, j'en suis sûre. »

Et, d'une certaine manière, Sadie avait raison. Maggie, en effet, n'avait pas laissé les choses au hasard. Elle était sortie de la vie de Caitlyn un jeudi, jour où le père de la fillette passait toujours pour emmener sa fille, dont il s'occupait tous les week-ends. Cette semaine-là, malheureusement, il était à Lyme Regis, à la pêche.

« Je l'avais prévenue, avait-il dit à Sadie dans la salle d'interrogatoire du commissariat, tout en serrant son gobelet entre ses doigts. Je lui ai même fait noter les dates pour qu'elle ne les oublie pas. Je ne pars pratiquement jamais en week-end, mais mon frère m'a offert un voyage organisé pour mon anniversaire. Bon Dieu, elle les a notées. »

L'homme, bouleversé, arrachait des petits morceaux de polystyrène au gobelet.

« Si j'avais su… si elle m'avait dit quoi que ce soit… Quand je pense à ce qui aurait pu se passer si… »

Il leur avait dressé un tableau de Maggie qui ne ressemblait guère à celui que sa mère, Nancy Bailey, avait fourni à la police. Rien d'étonnant à cela. L'instinct maternel, songea Sadie, vous pousse certainement à donner de votre enfant la meilleure impression possible. Dans le cas présent, l'effet avait été particulièrement néfaste. Quel dommage que Sadie n'ait pas discuté avec le père de Caitlyn, Steve, avant d'avaler tout cru le témoignage de Nancy.

« Tu sais où est le problème ? lui avait demandé Donald, serviable, une fois le dossier bouclé. Toi et la grand-mère, vous avez trop fait ami-ami. Une erreur de débutant, Sparrow. »

Ç'avait été le plus blessant de ses commentaires. La perte d'objectivité, l'intrusion des émotions dans le domaine de la raison : on ne pouvait guère faire de reproches plus graves à un inspecteur de police.

Surtout à une inspectrice de police aux oreilles de laquelle l'accusation sonnait particulièrement juste. *Abstiens-toi soigneusement de joindre la grand-mère. N'y pense même pas.* Donald avait raison. Sadie avait de l'affection pour Nancy, d'autant que celle-ci lui avait dit ce que Sadie voulait entendre. Maggie était une mère responsable, présente, attentive, qui se serait arraché le cœur plutôt que de laisser sa fille sans soins. La police avait tort. Il y avait autre chose, un meurtre, peut-être.

« Pourquoi nous aurait-elle menti ? avait demandé Sadie à son partenaire. Qu'est-ce que ça pourrait lui rapporter ? »

Il s'était contenté de hocher la tête et lui avait souri avec une tendresse apitoyée.

« Espèce de cruche ! C'est sa fille. Elle ne va tout de même pas la traiter de monstre ! »

Sadie avait été priée de ne plus essayer de rendre visite à Caitlyn après le dépôt de plainte de Steve : elle avait pourtant revu la petite fille une dernière fois, au lendemain de la clôture de l'enquête. Caitlyn marchait entre son père et la femme de ce dernier, Gemma, et leur tenait la main à tous les deux. Ils sortaient de l'immeuble de la police, un couple à l'allure sympathique, bien coiffé, bien habillé. La chevelure de la petite avait été disciplinée et nattée ; tandis que Sadie les regardait s'éloigner, Gemma s'était penchée pour écouter la fillette avant de la hisser sur sa hanche, ce qui avait fait rire Caitlyn.

Une vision brève, de loin, certes, mais qui avait suffi à convaincre Sadie que Caitlyn était entre de bonnes mains. Gemma, avec sa tunique de soie, son doux visage et ses gestes tendres, était exactement ce qu'il fallait à la petite fille. Sadie savait rien qu'à la voir que Gemma saurait toujours quoi dire et quoi faire, qu'elle connaissait les aventures de *Dora l'Exploratrice* sur le bout des doigts et que son répertoire de berceuses et de comptines était des plus étendus. Avis partagé par Donald, de toute évidence.

« C'était la meilleure chose que sa mère pouvait faire pour elle, en fin de compte, avait-il commenté un peu plus tard, au Fox & Hounds. Même un aveugle se rendrait compte que la gamine est bien mieux avec son père et sa nouvelle femme. »

Et les enfants méritaient tous de pouvoir s'en sortir, n'est-ce pas ? Leur chemin était déjà suffisamment semé d'embûches.

Les pensées de Sadie revinrent à la lettre qu'elle

avait renvoyée par la poste. La jeune fille devait l'avoir reçue, à l'heure qu'il était. Riche idée qu'elle avait eue d'indiquer son adresse au dos de l'enveloppe. C'était certainement le genre de choses qu'on lui apprenait dans le collège chic qu'elle fréquentait. Charlotte Sutherland. C'était un nom qui sonnait bien, se disait Sadie. Rien à voir avec celui que Sadie lui avait donné, mais un joli nom, tout de même. Élégant, cultivé, un nom auquel tout réussit. Le nom d'une jeune fille qui aimait le hockey et l'équitation et qui n'avait jamais peur de passer pour une idiote. Tout ce que Sadie avait souhaité pour le bébé lorsqu'elle l'avait confié à l'infirmière et qu'elle l'avait un moment suivi des yeux, pétrifiée, alors que la minuscule créature s'en allait vers un avenir meilleur.

Une secousse se fit entendre derrière elle ; Sadie sursauta. Quelqu'un soulevait par saccades une fenêtre à guillotine. Une main écarta le rideau de dentelle ; une femme apparut, armée d'un arrosoir en plastique vert, arborant un air de propriétaire tandis qu'elle fusillait du regard le banc (RÉSERVÉ AUX CLIENTS DE L'HÔTEL !) ou plus précisément celle qui y avait pris place.

Les chiens avaient fini leur exploration des environs et s'étaient assis, oreilles rabattues, près de Sadie, la contemplant dans l'attente du signal du départ. Lorsque l'hôtelière se mit à arroser la jardinière qui surplombait le banc, Sadie leur adressa un hochement de tête. Ash et Ramsay s'élancèrent immédiatement vers la maisonnette de Bertie tandis que Sadie les suivait, essayant de ne pas prêter attention à l'enfant dont la silhouette à contre-jour lui avait emboîté le pas.

***

Sadie trouva son grand-père dans le petit jardin sur lequel donnait la cuisine, sécateur à la main, un modeste tas de branchettes et de mauvaises herbes sur le mur de brique.

— Alors, affaire résolue ? demanda-t-il alors que Sadie et les chiens passaient le portail.

— Pratiquement, répondit-elle en laissant tomber son sac sur le plateau en caillebotis de la table de jardin. Ne reste plus qu'à savoir qui, comment et pourquoi.

— Une broutille !

Sadie s'adossa au muret de pierre qui empêchait le jardin de dégringoler le long de la colline jusque dans la mer. Elle inspira profondément, expira lentement : avec une vue comme celle-là sous les yeux, c'était ce qu'on avait de mieux à faire. Les reflets argentés des longues herbes agitées par le vent, le sable blanc d'une crique coincée entre deux caps, la mer immense et soyeuse se déployant du bleu d'azur jusqu'au noir d'encre. Beau comme une image. Le genre de paysage que les vacanciers bronzés envoient à leurs parents et à leurs amis pour les faire pâlir de jalousie. Peut-être devrais-je acheter une carte postale pour Donald ? se demanda-t-elle.

— On sent bien l'odeur de la marée montante, hein ? fit Bertie.

— Et moi qui étais prête à gronder les chiens.

Bertie éclata de rire et trancha avec précision une branchette qui saillait du tronc d'un petit arbre fruitier.

Sadie s'installa à la table, près de lui, les pieds posés sur le bord d'un arrosoir. Bertie avait les pouces verts, aucun doute à ce sujet. Hormis le petit carré dallé au centre du jardin, tout le reste était envahi par les fleurs et les feuillages en tout genre, jaillissant et se chevauchant comme l'écume marine.

Au cœur de ce désordre organisé, une touffe de petites fleurs bleues aux étamines jaunes et étoilées attira son regard.

— Ah ! Des myosotis de Chatham Island ! s'exclama-t-elle, se souvenant soudain du jardin que Bertie et Ruth avaient planté au bas de leur appartement de Londres : Je les ai toujours aimés !

Bertie à cette époque les cultivait dans des jardinières en terre cuite, accrochées aux murs de brique : incroyable, ce qu'il avait réussi à faire fleurir dans neuf mètres carrés, avec une heure de soleil par jour. Le soir, après la fermeture du magasin, Ruth, Bertie et Sadie s'installaient là. Oh, pas au début, mais plus tard. Elle était chez eux depuis quelques mois et la date approchait. Ruth avec ses yeux pleins de tendresse, son infinie bonté, la tasse d'Earl Grey fumante à la main : *Sadie, ma chérie, quelle que soit ta décision, nous te soutiendrons*.

Sadie fut surprise par la vague de chagrin qui l'envahit alors. Qu'un an plus tard elle puisse encore la prendre ainsi par traîtrise, cette affreuse et sournoise peine ! Comme elle lui manquait, sa grand-mère ; que n'aurait-elle pas donné pour l'avoir encore ici près d'elle, chaleureuse, familière, apparemment éternelle. Non, pas ici. Pour que Ruth revienne, que Bertie n'ait jamais quitté leur maison de Londres. Elle avait l'impression que toutes les décisions d'importance avaient été prises dans le petit jardin enclos de murs de brique, avec ses jardinières et ses pots suspendus – si différent de ce jardin ensoleillé sur la colline. Elle sentit monter en elle une profonde et subite résistance au changement, un tourbillon enfantin de rage irraisonnée qu'elle dut ravaler comme une pilule amère.

— Ça doit être bien agréable d'avoir plus de place pour tes fleurs, dit-elle avec une joie fragile.

Bertie lui sourit en guise d'acquiescement. Puis il désigna un tas de journaux entre deux tasses où surnageait dans un fond d'eau ce qui ressemblait à des brins d'herbe visqueux.

— Tu as raté Louise à quelques minutes près. Elle t'a apporté ces journaux. Ça ne sera pas d'une grande aide, mais elle s'est dit que tu pouvais avoir envie de les regarder, quand même.

Louise. Sadie frémit intérieurement avant de se rappeler que ladite Louise était une femme des plus amicales qui venait simplement de lui rendre service. Elle jeta un coup d'œil aux journaux – aux gazettes plutôt, un travail d'amateur, chaque numéro consistant en une feuille recto verso ornée d'un titre, *La Gazette de Loeanneth*, composé en Old English et complété par un dessin à l'encre de la maison et du lac. Les exemplaires étaient décolorés et gondolés ; deux ou trois poissons d'argent filèrent vers la liberté tandis que Sadie les feuilletait. Si le papier sentait le moisi et l'oubli, les titres des articles, eux, vibraient d'une vie encore tangible. UN NOUVEL HABITANT : LOEANNETH ACCUEILLE ENFIN UN HÉRITIER MÂLE ! ENTRETIEN AVEC M. LLEWELLYN, AUTEUR DE GÉNIE. ÉVÉNEMENT RARISSIME : UN GOBE-MOUCHES À QUEUE BLANCHE DANS LE JARDIN DE LOEANNETH ! Chaque article était agrémenté d'une illustration attribuée à Clementine, à Deborah ou à Alice Edevane, mais les articles eux-mêmes étaient tous sans exception signés par Alice.

Le regard de Sadie se posa longuement sur les cinq lettres du prénom et elle éprouva à nouveau ce sentiment de lien renoué qui l'envahissait chaque fois qu'elle les déchiffrait sur quelque mur ou quelque arbre de Loeanneth.

— Où les a-t-elle trouvés ? demanda-t-elle.

— Un de ses patients est le neveu d'une dame qui a été femme de chambre à la Maison du lac. Quand les Edevane ont quitté la région, dans les années 30, elle a cessé de travailler pour eux. Mais elle a dû garder ces journaux dans ses affaires. Apparemment, il y avait une presse à main dans la salle de classe, près du quartier des femmes de chambre. Les enfants Edevane s'en servaient souvent.

— Écoute-moi ça ! – Sadie fit porter l'ombre de sa main sur la feuille et lut à haute voix : Entretien avec un « grossier personnage » : l'accusée exprime son point de vue. Nous publions ce jour un entretien exclusif avec Clementine Edevane, que La Mère a accusé de « se comporter grossièrement » après qu'eut éclaté un incident au cours duquel elle a offensé nounou Rose. « Mais elle a vraiment enflé ! » avons-nous pu entendre l'accusée hurler à travers la porte de la chambre dans laquelle elle est désormais détenue. « Je n'ai fait que proclamer la vérité ! » La vérité ou le mensonge ? Chers lecteurs, nous vous laissons juges. Article rédigé par Alice Edevane, journaliste d'investigation.

— Alice Edevane. C'est la propriétaire de la maison, commenta Bertie.

— Également connue sous le nom d'A. C. Edevane, auteur de romans policiers de grand talent, approuva Sadie. Et j'aimerais bien qu'elle réponde à mes lettres.

— Cela fait à peine une semaine que tu lui as écrit.

— Et alors ? rétorqua Sadie, qui n'avait jamais brillé par la patience. Ce sont quatre jours de fonctionnement de la Poste.

— Ta foi en notre Poste nationale est touchante.

À dire vrai, Sadie avait pensé qu'Alice Edevane serait ravie de recevoir son courrier. Un membre de la police nationale qui se proposait – même si la chose n'était pas officielle – de reprendre l'affaire de la disparition de son petit frère ? Elle s'était attendue qu'Alice lui réponde par retour de courrier. Même si, comme Bertie paraissait le penser, les services de la Poste n'étaient pas toujours à la hauteur ici, la réponse aurait dû lui parvenir.

— Les gens parfois ont des réactions curieuses quand on réveille le passé, dit Bertie en caressant du bout des doigts un fin rameau. Surtout s'il est douloureux.

Son ton était resté égal, son regard n'avait pas quitté l'arbre. Et, cependant, il y avait dans sa voix une question fiévreuse et muette, Sadie le sentit bien. Non, il ne pouvait pas avoir entendu parler de Charlotte Sutherland et de la lettre qui avait rappelé à Sadie toute cette affreuse histoire. Une mouette ricana en traversant le ciel à tire-d'aile ; l'espace d'un instant, Sadie se demanda si elle n'allait pas lui parler de la jeune fille à l'écriture si claire, si assurée, aux phrases si bien tournées.

Mais ce serait idiot, vraiment, d'autant qu'elle venait de se débarrasser de la lettre. Bertie voudrait en parler et elle n'aurait plus la possibilité de laisser Charlotte aux oubliettes. Si bien qu'elle se contenta d'annoncer :

— Ah, les photocopies des journaux ont fini par arriver.

Elle sortit son dossier du sac à dos et empila sur ses genoux les livres empruntés à la bibliothèque, les articles et le bloc-notes qu'elle avait acheté chez WHSmith.

— Il y avait des photos que je ne connaissais pas. Sinon, hélas, rien de vraiment utile.

Sadie eut l'impression que Bertie avait soupiré (n'avait-il pas senti qu'elle était sur le point de lui confier quelque chose ?) et se rendit soudain compte qu'il était la seule personne sur terre qu'elle aimât vraiment. Le jour où elle le perdrait, elle serait seule au monde.

— Alors, dit-il, sachant qu'il était préférable de ne pas insister, nous sommes pratiquement certains qu'il a été enlevé. Mais nous ne savons pas comment, ni par qui.

— Exactement.

— Et quant au pourquoi, as-tu une idée ?

— Je crois que nous pouvons évacuer l'hypothèse du prédateur qui agit au gré de l'inspiration. Il y avait une fête et la maison n'est pas facile d'accès. Ce n'est pas le genre d'endroit sur lequel on tombe par hasard.

— Sauf si l'on poursuit un chien, bien sûr.

Sadie retourna son sourire à Bertie.

— Oui. Ce qui nous laisse deux possibilités. Il a été enlevé par quelqu'un qui voulait extorquer de l'argent à la famille, ou par quelqu'un qui voulait un enfant.

— Mais il n'y a pas eu de demande de rançon ?

— Non, d'après Pickering. Mais la police n'est pas toujours diserte à ce sujet. Je poserai la question à Clive Robinson, évidemment.

— Il a donné de ses nouvelles ?

— Non, mais il devait rentrer hier. Je croise les doigts.

Bertie coupa une nouvelle branche.

— Prenons l'autre hypothèse. Un enlèvement par des parents en manque d'enfant.

— Oui. Et pas n'importe lequel. Celui-ci et pas un autre. Quelqu'un qui veut un enfant ne va pas s'amuser à choisir l'héritier d'une famille de la bonne société, sachant que les parents vont mobiliser toutes leurs ressources pour le retrouver.

— Oui, cela semble en effet idiot. Le kidnappeur aurait certainement choisi un autre enfant.

— Ce qui signifie que celui ou celle qui a enlevé Theo Edevane tenait à lui, en particulier. Mais pourquoi ?

Sadie tapota son stylo sur le bloc-notes. Le papier était de mauvaise qualité, si mince qu'il en était pratiquement translucide. Le soleil ombrait les tracés de la dernière lettre qu'elle avait écrite. Elle poussa un soupir.

— Ça ne sert à rien, pour le moment. Il faut que j'en sache plus – qu'Alice Edevane me réponde, que je puisse discuter avec Clive Robinson. Que je comprenne la mentalité des personnes qui constituaient son entourage, que j'essaie de trouver qui avait les moyens, le mobile, l'occasion… C'est de la pure construction intellectuelle.

Il y avait dans sa voix une frustration nouvelle que Bertie remarqua :

— Tu as vraiment décidé de résoudre cette affaire, j'ai l'impression.

— Je n'aime pas les histoires sans suite.

— Mais le temps a passé, Sadie. La plupart des gens auxquels ce petit bonhomme a manqué ne sont plus de ce monde depuis longtemps.

— Ce n'est pas la question. Il a été enlevé. C'est terrible. Et sa famille a le droit de savoir ce qui lui est arrivé. Regarde…

Elle tendit le journal à son grand-père.

— … regarde sa mère, ce visage. Elle l'a créé, elle lui a donné un nom, elle l'a aimé. Il était son enfant et elle a vécu jusqu'au jour de sa mort sans lui, sans savoir ce qui lui était arrivé. Où avait-il grandi, était-il heureux ? Était-il seulement encore en vie ?

Bertie jeta à peine un coup d'œil au journal, préférant envelopper Sadie d'un regard perplexe et tendre.

— Sadie, mon trésor…

— C'est une énigme, poursuivit-elle d'un ton bref, sentant bien que sa voix montait vers l'aigu mais incapable d'en maîtriser le ton. Et tu me connais, tu sais que je suis incapable de laisser un mystère sans réponse. Comment diable a-t-on pu faire sortir un enfant d'une maison pleine de monde ? Il me manque un élément. Une porte, une fenêtre, une échelle comme dans l'affaire Lindbergh ?

— Sadie, ces vacances que…

Ash poussa soudain un aboiement ; les deux chiens bondirent sur leurs pattes et s'élancèrent vers le muret qui séparait le jardin de l'allée.

Sadie elle aussi l'entendit : la petite moto qui approchait de la maison, le moteur qui s'interrompait. Le grincement du volet de la boîte aux lettres, le choc mou des lettres qui tombaient sur le paillasson.

— Le courrier, murmura-t-elle.

— J'y vais.

Bertie posa son sécateur sur la table et s'essuya les mains sur son tablier. Il adressa à Sadie un léger froncement de sourcils avant de baisser la tête et de disparaître dans la maison.

Sadie attendit qu'il soit rentré pour laisser retomber les coins de sa bouche. Son visage lui faisait mal. Il lui était de plus en plus difficile de repousser les questions de Bertie. Lui mentir était chose horrible – c'était le prendre pour un imbécile et se conduire en idiote. Mais elle ne voulait pas qu'il sache à quel point elle avait déraillé. Parler à un journaliste – c'était si embarrassant, si honteux même. Pis encore, il ne pourrait s'empêcher de lui demander pourquoi elle s'était conduite aussi bêtement, ce qui ne lui ressemblait guère. Ce qui la ramenait à Charlotte Sutherland et à cette fichue lettre. De cela non plus elle ne pouvait lui parler. Elle ne supporterait pas de voir son visage, son bon visage, grimacer d'inquiétude en l'écoutant. Une crainte terrible s'empara d'elle : parler de Charlotte, c'était redonner de la réalité à ce qui s'était passé. Elle reviendrait à ces années, se retrouverait prisonnière d'un corps paniqué, impuissant – celui de l'adolescente qu'elle avait été – attendant, tête courbée, que déferle sur elle la vague géante. Non, elle n'était plus cette gamine. Elle en avait fini avec tout cela.

Alors pourquoi se comporter comme la Sadie d'autrefois ? Elle fronça les sourcils. Car c'était bien à cela qu'elle en était réduite. Laisser Donald prendre la direction des événements pendant qu'elle se languissait dans les limbes, attendant d'être rappelée à un poste auquel elle excellait. Et pour lequel elle avait travaillé avec acharnement. Pour devenir inspectrice, elle avait affronté des obstacles innombrables : pourquoi courber la tête aujourd'hui, se cacher, au bord d'une calme mer d'été, derrière une affaire vieille de soixante-dix ans que personne n'avait jamais pu résoudre ?

Elle eut soudain la curieuse idée de sortir son téléphone portable de la poche de son pantalon. Elle le fit passer d'une main dans l'autre pendant vingt secondes, pensive, puis, avec un soupir décidé, se rendit au fond du jardin. Là, elle grimpa sur le muret de pierre et se pencha le plus loin possible de la maison, jusqu'à ce qu'une unique barre de connexion apparaisse sur le petit écran. Elle composa le numéro de Donald et porta l'appareil à son oreille.

— Allez, marmonna-t-elle, décroche !

Mais ce fut le répondeur qui s'enclencha. Sadie jura dans la brise marine. Plutôt que de raccrocher pour réessayer un peu plus tard, elle écouta le message lapidaire de son collègue jusqu'au bout, avant de laisser le sien.

« Oui, salut, Donald, c'est Sadie. C'est pour te dire que je vais rentrer à Londres. J'ai fait le ménage de mon côté et je suis prête à rentrer bosser, lundi en huit. Mais ça serait chouette qu'on puisse en parler avant. Et puis il faut que je te montre mes photos de vacances. »

La plaisanterie sonnait faux même à ses oreilles. Elle poursuivit sans transition :

« Bon, dis-moi ce qui te convient, la date et le lieu. La semaine prochaine, quand tu veux ? »

Elle s'en tint là : la question valait proposition. Elle lui donnait l'impression d'avoir le choix. Elle raccrocha.

Voilà. C'était fait, elle n'était pas mécontente. Maintenant, lorsque Bertie lui demanderait quelles étaient ses intentions, elle pourrait lui donner une réponse plus précise : après un agréable et court séjour en Cornouailles, elle rentrerait à Londres la semaine suivante.

Elle fourra le téléphone dans sa poche et revint s'asseoir près de l'arbre de Bertie, attendant que la submerge une sérénité bienvenue. Sérénité cependant que son esprit était bien loin de ressentir. Maintenant qu'elle avait rappelé Donald, il lui venait à l'esprit une foule de choses qu'elle aurait dû faire différemment. Elle aurait dû être plus précise quant à leur rendez-vous. Plus douce aussi, plus humble. Lui donner l'impression que l'idée venait de lui.

Elle se rappela soudain la menace qu'il avait brandie d'en référer à Ashford si elle ne respectait pas ses instructions à la lettre. Mais Donald était son partenaire, tout de même. Ses décisions étaient dictées par la raison. Lorsqu'il l'avait contrainte à prendre un congé, c'était pour son bien. Elle avait retenu la leçon. Jamais plus elle ne parlerait à la presse. Maintenant, d'ailleurs, l'affaire Bailey était close. Les journaux n'en parlaient presque plus. Il n'y avait pas péril en la demeure. (Certes. Tant que Sadie ne tenait pas compte du point de vue de Nancy Bailey. Elle revit l'expression qui s'était inscrite sur le visage de la femme lorsqu'elle lui avait dit que son enquête était finie. « Mais je pensais que vous m'aviez crue quand je vous disais que ma fille n'aurait jamais abandonné la petite de cette manière. Je pensais que vous alliez essayer de la retrouver ? »)

Elle chassa Nancy Bailey de son esprit *(Abstiens-toi soigneusement de joindre la grand-mère. N'y pense même pas).* Non, décidément, elle avait fait le bon choix. Et Sadie, sourcils froncés, fit son possible pour s'en persuader.

Elle reprit le dossier du petit Theo. Le plan qu'avait déniché Alastair était coincé entre deux ouvrages de bibliothèque : elle se força à le consulter, histoire de détourner son esprit de Nancy. Il était bien plus ancien – 1664, s'il fallait en croire le titre – datant de l'époque à laquelle Loeanneth n'était qu'une dépendance modeste de la grande maison. En dépit d'une orthographe datée et d'une police de caractères qui ne facilitait guère la lecture, Sadie reconnut immédiatement la disposition des lieux. Elle avait passé la semaine à étudier le premier plan fourni par Alastair dans l'espoir de pouvoir reconstituer intuitivement le trajet du kidnappeur. Pièces, couloirs, escalier : tout était là.

Sauf… Sadie se pencha sur le plan, intriguée, avant de sortir de son dossier le premier plan, afin de procéder à une comparaison poussée.

Oui, il y avait une petite différence entre les deux. Juste à côté de la nursery, le plan de 1664 indiquait une sorte de réduit ou de recoin qui ne figurait plus sur le plan plus récent.

Qu'était-ce ? Un placard ? Y avait-il des placards dans les maisons du XVIe siècle ? La chose paraissait étrange à Sadie. Et même si tel était le cas, pourquoi indiquer celui-ci, spécifiquement, et pas les autres ?

Sadie se tapota les lèvres d'un index pensif. Son regard se posa sur l'arbre, puis sur les chiens couchés au pied du muret, puis sur la mer. Un navire, petit point noir, intermittent, se balançait à l'horizon.

Une vague lueur vacilla dans son esprit. Oui, bien sûr !

Elle reprit son dossier et feuilleta ses notes, à la recherche de celles qu'elle avait prises à la lecture du « Chapitre huit : Les deShiel de Havelyn ».

Voilà. La maison avait été érigée durant le règne d'Elizabeth Ire par un deShiel, un marin qui pillait l'or des navires espagnols. Il y avait un autre nom pour les individus de cette espèce.

Dans l'esprit de Sadie, les liens entre les divers éléments du dossier s'illuminaient comme autant de phares avertissant des dangers, propageant le message d'une côte à l'autre. Un deShiel pirate... les contrebandiers évoqués par Louise... les tunnels creusés dans les falaises de Cornouailles... le tunnel d'*Eleanor sur le seuil magique*... et sa contrepartie dans le monde réel... le pilier et l'anneau que Sadie avait vus de ses yeux...

— Tiens, c'est pour toi, dit Bertie qui venait de réapparaître, le courrier du jour à la main.

Elle s'empara de la petite enveloppe sans dire mot, si absorbée dans la théorie qui se formait dans son esprit qu'elle remarqua à peine le nom inscrit sur le coin supérieur droit.

— Ça vient du policier, tu sais ? insista Bertie. Clive Robinson, de Polperro. Tu ne veux pas...

Sa voix se mit à chevroter.

— Sadie, que se passe-t-il ? J'ai manqué quelque chose ? On dirait que tu viens de voir un fantôme.

Un fantôme, peut-être pas, se dit Sadie. Mais peut-être bien une ombre.

— Cette pièce, murmura-t-elle tandis que Bertie se penchait par-dessus son épaule. Cette toute petite alcôve... Je pense que j'ai trouvé la manière dont il est sorti.

12

Londres, 2003

Dans ce coin-là de South Kensington, les fantômes abondaient – raison pour laquelle les sœurs Edevane l'avaient choisi. Tous les ans, à la date anniversaire de la mort de leur mère, Eleanor, elles prenaient le thé ensemble au café du V&A, rite toujours précédé d'une rencontre au Natural History Museum. Leur père avait fait don de toutes ses collections à cette institution : aux yeux d'Alice, c'était entre ces murs que l'esprit d'Anthony Edevane survivait avec le plus d'intensité.

Fêter le même jour le souvenir de leurs parents était loin d'être absurde. L'histoire d'amour d'Eleanor et d'Anthony était de celles que les écrivains célèbrent avec force violons et que les vraies gens envient – deux beaux jeunes gens qui se rencontrent par hasard, tombent amoureux au premier coup d'œil avant d'être séparés, mis à l'épreuve et en fin de compte sortis renforcés de la Première Guerre mondiale. Enfants, Alice et ses sœurs avaient accepté cette passion sans la remettre en question ; elles avaient grandi dans l'ombre de la dévotion réciproque des époux Edevane. Dévotion qui, de fait, excluait tous les autres. Hormis quelques amis fidèles, Anthony et Eleanor ne goûtaient guère la société de leurs contemporains ; rétrospectivement, c'était leur solitude même qui conférait à la fête du Solstice une bonne partie de son charme, de sa magie. Lorsque Eleanor était morte – si soudainement, et si peu de temps après son mari –, il y avait eu maints hochements de tête attristés. « Bien sûr, avait-on consolé les trois sœurs désormais orphelines, ils ne pouvaient vivre l'un sans l'autre, vos parents ! » Ces mêmes hypocrites avaient continué à bavarder dans le dos des sœurs Edevane, et leurs murmures étaient lourds d'insinuation. « Comme si elle ne pouvait pas supporter d'être séparée de lui ! »

Alice arriva la première au musée, comme à son habitude. Cela faisait partie du rite : un accord tacite qui lui permettait de se sentir ponctuelle et à Deborah de paraître débordée. Alice s'installa sur un banc de la grande salle et plongea la main dans son sac, caressant la couverture de cuir de son vieux carnet avant de le poser sur ses genoux. Cela n'avait rien d'extraordinaire. D'habitude, Alice n'aimait rien tant que regarder les gens ; avec le temps, elle avait compris que ce qui pouvait passer normalement pour indiscret semblait relever d'une distraction charmante lorsqu'on s'armait d'un carnet et d'un stylo. Ce jour-là, cependant, elle n'avait pas envie de prendre des notes. Elle était trop absorbée par ses propres ennuis pour s'intéresser à des inconnus.

Elle ouvrit le carnet et s'attarda longuement sur la lettre qu'elle y avait glissée. Elle ne l'avait pas relue – inutile. C'était la deuxième qu'elle recevait de cette personne et le contenu n'avait pas varié. L'inspectrice lui redemandait un rendez-vous, tout en se montrant très imprécise sur « l'affaire Edevane », comme elle l'appelait. Qu'en savait-elle ? Impossible de le déterminer. Stratégie prudente qu'Alice aurait adoptée pour son Diggory Brent s'il avait, au cours d'hypothétiques vacances en Cornouailles, été pris de l'envie violente de résoudre une énigme policière vieille de plusieurs dizaines d'années. Les policiers dignes de ce nom savent que c'est en ne laissant que le plus léger des échafaudages qu'on peut faire tomber les témoins naïfs dans le trou de la vérité. Malheureusement pour l'inspectrice Sparrow, Alice se doutait du piège qui l'attendait et n'avait nullement l'intention de se laisser manipuler. Deborah, en revanche…

Alice referma son carnet et, les joues brûlantes, s'en servit un instant comme d'un éventail. La nuit précédente, elle n'avait pas beaucoup dormi, songeant à la meilleure façon de gérer cette situation délicate. Cette inspectrice Sparrow avait-elle la moindre chance de découvrir quoi que ce fût de compromettant ? Non, s'était rassurée Alice. L'affaire était si ancienne que les indices sans doute avaient tous disparu. Et puis une idée lui avait traversé l'esprit : et si Deborah avait été elle aussi contactée ? La fine lame de la panique l'avait transpercée, glaciale.

Elle avait examiné cette hypothèse sous tous les angles avant de se rassurer à nouveau : Deborah, qui n'avait jamais rien fait de mal, en aurait immédiatement référé à sa sœur si Sparrow lui avait écrit. Elle était de surcroît la gardienne du legs politique de son mari, Tom. La perspective d'une jeune inconnue cherchant à ranimer les braises de l'histoire familiale l'aurait horrifiée ; elle aurait eu tôt fait d'appeler Alice à son secours. Au matin, cependant, Alice eut une autre intuition désagréable tandis que le taxi louvoyait dans St. John's Wood. Deborah attendait peut-être d'en discuter en personne avec sa sœur. L'anniversaire de la mort de leur mère était si proche qu'elle s'était peut-être contentée de fourrer la lettre de l'inspecteur Sparrow dans son sac à main. À l'heure qu'il était, peut-être se préparait-elle à aborder le sujet avec Alice.

Laquelle exhala profondément pour se donner du courage et tourna de nouveau la tête vers l'entrée du musée. Pas de Deborah – mais un pauvre homme en jean noir qui, en quelques minutes, avait réussi à attirer l'attention de la foule sur lui. Il était déjà là lorsque Alice était entrée. Il tenait alors par la main une petite fille vêtue d'un top sans manches rose vif et d'une salopette en jean. La petite sautait dans tous les sens et tendait le doigt ; l'homme – son père, sans doute, avait songé Alice – s'efforçait de tempérer son enthousiasme tout en essayant de sortir quelque chose (une bouteille d'eau, peut-être ? Les enfants de nos jours semblent toujours sur le point de périr de déshydratation) de son petit sac à dos.

L'homme était à présent dans tous ses états et parlait avec force gesticulations à un gardien ; la petite fille avait disparu. La panique brûlante d'un parent qui vient d'égarer son enfant : Alice l'aurait identifiée à un kilomètre. Son regard se dirigea lentement au-delà de l'immense squelette du diplodocus qui ornait la grande salle vers le vaste escalier de pierre qui conduisait aux étages supérieurs. C'était l'escalier monumental que la petite fille montrait à son père lorsque Alice les avait observés en entrant, ces deux-là. La petite serrait dans sa main une balle en plastique, qui jetait des éclairs lorsqu'on la secouait ; il y avait dans son regard une lueur sur la détermination de laquelle on ne pouvait pas se tromper. Effectivement : l'enfant se tenait en haut de l'escalier, la joue contre la balustrade de pierre, peau rosée contre pierre fraîche, et elle s'apprêtait à laisser tomber la balle qu'elle tenait à bout de bras.

Élémentaire, mon cher Watson. Alice voulut jouir un moment de la consolation familière d'avoir eu raison. Sa mémoire avait toujours été des plus fidèles et elle possédait en outre le talent de tirer des conclusions logiques à partir de données recueillies. Talent que son père, pensait-elle, lui avait appris à affûter. Lorsqu'elle et ses sœurs étaient petites, il jouait avec elles, étant doué d'un insatiable appétit pour des jeux que les autres adultes trouvent atrocement ennuyeux. Il les emmenait dans ses expéditions naturalistes, leur laissant porter son pliant ou, avec un peu de chance, le filet à papillons tant convoité, et s'arrêtait constamment pour s'accroupir près d'elles et leur montrer quelque intrigant détail.

« Il faut te peindre la scène en imagination, disait-il. Ne t'arrête pas à l'arbre. Remarque le lichen sur son écorce, les trous qu'a creusés le bec du pivert, les feuilles plus minces, là où le soleil ne perce pas. »

Plus tard – parfois une semaine même avait passé –, au moment où Alice s'y attendait le moins, il s'exclamait :

« Alice ! L'arbre que tu as vu dans la forêt. Dix détails. »

Puis il fermait les yeux et comptait sur ses doigts, tandis qu'elle décrivait l'arbre, souvenir par souvenir.

Elle était, des dizaines d'années plus tard, encore émue par le bonheur d'être celle qui le faisait sourire. Oh, qu'il était beau, son sourire ! Papa était de ceux dont le visage exprime sans réserve ses émotions. Rien à voir avec Eleanor, que son éducation raffinée avait corsetée, rendue méfiante. L'une des grandes énigmes auxquelles Alice enfant s'était heurtée était celle-ci : comment l'Eleanor du conte de M. Llewellyn, cette gamine vive et téméraire, avait-elle pu devenir une adulte aussi sévère et aussi prévisible ? C'était un souvenir persistant que la présence de Mère planant au-dessus des sœurs dans l'attente que l'une d'elles franchisse les limites de la bonne conduite, fournissant ainsi à Eleanor l'occasion de les renvoyer et de s'accaparer Anthony. Il avait fallu à Alice des années pour comprendre que leur mère était jalouse de ses filles, de la relation privilégiée qu'elles avaient avec leur père, de l'amour qu'il leur portait.

« Oui, mais c'est plus compliqué que ça, tout de même, avait répondu Deborah lorsqu'elles avaient abordé le sujet.

— Que veux-tu dire ? » avait insisté Alice.

Deborah, après avoir soigneusement mâché ses mots, s'en était expliquée :

« Je crois qu'elle était également jalouse de lui, d'une certaine manière. Tu te souviens, pendant la guerre ? Quand nous étions vraiment petites ? Elle était si joyeuse, si joueuse, une autre femme. On avait l'impression d'une grande sœur, pas du tout d'une vraie adulte, comme grand-mère deShiel ou nounou Bruen. »

Alice avait acquiescé, non sans hésitation. Les réminiscences de Deborah avaient réveillé des visions lointaines de jeux de cache-cache, d'histoires merveilleuses.

« Et puis Papa est rentré du front, et nous l'aimions tant ! Elle nous a perdues, en quelque sorte. Tout a changé. Et elle a changé, elle aussi. Elle est devenue plus stricte. Elle ne pouvait pas… »

Deborah s'était brusquement interrompue, comme si elle avait décidé de ne pas exprimer ce qu'elle avait à l'esprit.

« Ah, poursuivit-elle avec un geste évasif, ils ne pouvaient pas tous les deux être notre parent préféré, tu ne crois pas ? »

Une silhouette familière apparut à la grande porte du musée, qui attira le regard d'Alice. Sa sœur aînée, à laquelle James tenait le bras. Tandis qu'ils entraient dans la grande salle et que le jeune chauffeur lui disait quelque chose, Deborah éclata de rire. Puis elle lui tapota gentiment la main et prit congé. Alice poussa un long soupir de soulagement. Deborah n'avait pas l'air de quelqu'un qui a reçu une lettre piégée.

Une fois que James se fut éclipsé, Deborah s'attarda près de la porte. Autour d'elle, les visiteurs se croisaient, se retrouvaient, se congratulaient. Elle était experte, comme toutes les épouses d'hommes politiques, dans l'art d'arborer son meilleur visage. Alice cependant avait toujours su percer ce masque – la crispation légère des lèvres, l'habitude qu'elle avait depuis son enfance de joindre le bout de ses doigts, pour se rasséréner. Rien de tout cela, ce matin. Alice sentit son inquiétude l'abandonner, mais ne détourna pas pour autant le regard. Elle n'avait pas si souvent l'occasion de scruter aussi longuement sa sœur, qu'elle connaissait si bien. À quatre-vingt-neuf ans, Deborah était toujours aussi grande, les épaules droites – toujours aussi élégante, portant l'une de ces robes de soie qu'elle affectionnait depuis les années 30, taille serrée, boutons de perle grimpant, délicats, de la ceinture au col de dentelle. Elle ressemblait à l'un des papillons de Papa, saisie au zénith de sa beauté, figée dans le temps, éternellement féminine. Rien à voir avec Alice, son pantalon et ses richelieus.

Alice se leva et fit signe à sa sœur. Deborah ce jour-là s'appuyait sur une canne ; sa jambe devait la faire souffrir, se dit Alice. Et lorsque la cadette s'enquérait de la santé de son aînée, celle-ci, invariablement, répondait avec un sourire qu'elle ne s'était jamais sentie aussi bien. Les sœurs Edevane n'exprimaient jamais ni fatigue, ni regret, ni douleur : la chose était impensable. Eleanor leur avait légué sa force de caractère avec, en prime, son goût pour la correspondance épistolaire et son mépris pour les fautes grammaticales.

— Désolée de ce retard, souffla Deborah en rejoignant sa sœur. Je n'ai pas eu une seconde à moi ce matin. J'espère que tu n'attends pas depuis trop longtemps ?

— Pas du tout. J'avais mon carnet de notes, de toute façon.

— Tu es entrée voir la collection ?

Alice répondit par la négative et elles allèrent déposer le cardigan de Deborah au vestiaire, en silence. Un étranger aurait été frappé par la froideur de leurs retrouvailles : elle ne reflétait en rien cependant l'état d'esprit de Deborah. Les deux sœurs ne s'embrassaient jamais lorsqu'elles se retrouvaient, ne se serraient pas davantage dans les bras l'une de l'autre.

Alice n'appréciait pas la mode actuelle des larmes versées, de la compassion à tout-va ; comme Deborah, elle n'avait que dédain pour les manifestations sentimentales.

— Vous devez être sœurs, toutes les deux, non ? chantonna la jeune préposée au vestiaire avec un grand sourire.

— Oui, s'empressa de répondre Deborah avant qu'Alice, par habitude, puisse placer son cynique « Le devons-nous vraiment ? ».

Avec l'âge, elles se ressemblaient plus qu'en quelque autre époque de leur existence. Mais les vieilles personnes n'ont-elles pas toutes le même visage aux yeux des jeunes ? Chevelure, regard, peau et lèvres ternies, effacement des traits distinctifs, tandis que s'installe le masque des rides. On n'aurait pu les confondre, pourtant. Deborah était toujours aussi belle – ou du moins, elle arborait encore les vestiges de sa beauté. L'été de ses fiançailles avec Tom, juste avant que la famille déserte Loeanneth, elle avait été désignée par un journaliste du *Times* « la plus jolie jeune fille de la saison » ! Alice et Clemmie n'avaient pas été tendres en retour, mais leurs moqueries relevaient de la tradition. L'article ne leur avait rien appris qu'elles ne savaient déjà. *Il y a toujours, dans les familles de sœurs, une fille qui éclipse les autres.* La citation venait d'un des romans d'Alice – le huitième, *La Mort laisse sa carte.* C'était Diggory Brent qui se faisait cette réflexion : chose curieuse, il voyait le monde avec les mêmes yeux qu'Alice. Cependant, représentant du sexe fort, il pouvait émettre de tels propos sans passer pour amer ni cruel.

Non, songea Alice tandis que sa sœur riait des

propos de la jeune fille du vestiaire, l'inspecteur Sparrow n'avait pas écrit à Deborah. Le soulagement d'Alice fut immédiatement tempéré par la certitude qu'il ne s'agissait sans doute que d'une question de temps. Heureusement, elle avait quelque expérience en matière de concentration. Elle avait besoin de garder la tête froide, c'était tout. Cela n'avait pas été forcément le cas depuis la première lettre. À quoi pensait-elle lorsqu'elle avait déclaré à Peter que ce premier message était certainement adressé à la mauvaise personne, qu'elle n'avait rien à voir avec le petit disparu ? Elle avait cédé à la panique. Elle avait la ferme intention d'y remédier.

— Tu vas bien ? Tu as bonne mine, en tout cas, déclara Deborah en s'écartant du comptoir du vestiaire.

— Très bien. Et toi ?

— Je ne me suis jamais mieux portée.

Deborah hocha la tête, regard tourné vers la grande salle du diplodocus ; ses lèvres étaient imperceptiblement crispées en un léger rictus de dégoût. Elle n'avait jamais aimé les insectes de Papa et les épingles qui leur traversaient le corps, même si elle s'était battue, fillette, pour conserver son tour et l'assister dans ses préparations.

— Allons-y, déclara-t-elle en se penchant, acide, sur sa canne. Il faut bien en passer par là, avant d'aller prendre le thé.

***

Alice et Deborah n'échangèrent guère que quelques constatations rassurées devant les insectes paternels :

les papillons étaient toujours à la même place. Le conservateur avait extrait les spécimens des boîtes d'Anthony et les avait répartis dans diverses vitrines ; Alice cependant n'avait aucun mal à reconnaître ceux qu'elle avait aidé à chasser. Chacun avait son histoire ; et, regardant les ailes si familières, leurs formes et leurs couleurs, elle entendait presque la douce voix de son père.

Même si Deborah ne s'en plaignait pas, sa jambe, de toute évidence, la faisait souffrir ; si bien qu'Alice mit prématurément fin à la tournée des papillons pour emmener sa sœur au V&A tout proche. Le café était plein mais elles trouvèrent une table libre dans la petite salle, près de la cheminée. Alice proposa à sa sœur de garder la table tandis qu'elle allait au comptoir chercher leurs consommations. Lorsqu'elle revint, leur plateau dans les mains, Deborah avait chaussé ses lunettes et contemplait l'écran de son téléphone portable.

— Fichu appareil ! s'écria-t-elle en tapotant le clavier d'un ongle rouge vif. J'ai l'impression de ne jamais l'entendre sonner. Comment fais-tu défiler les messages là-dessus ?

Alice répondit par un haussement d'épaules compatissant et versa un peu de lait dans leurs tasses respectives.

Elle se rassit et regarda le liquide fumer. Avant de répondre aux invitations de l'inspectrice, n'était-il pas préférable de sonder Deborah, d'essayer de cerner l'étendue de ses connaissances ? Mais par où commencer ?

Deborah continua à tripoter le petit appareil, l'écartant à bout de bras avant de le rapprocher de son nez, et marmonnant, irritée, tout en s'efforçant de déchiffrer le message. Alice, patiente, but une gorgée de thé.

— Et si je…, fit Deborah, front plissé, en pressant sur une touche.

Alice reposa sa tasse.

— J'ai repensé à Loeanneth, ces derniers temps.

Deborah laissa échapper le plus infime des « Oh » de surprise.

Doucement, se reprit Alice. Vas-y doucement.

— Quand Papa est rentré du front, tu te rappelles à quel point Mère était excitée ? Elle avait tout remis dans la pièce du haut – tout ce qu'il aimait. Son microscope, ses boîtes d'insectes, ses livres, son vieux phonographe, ses disques de danse préférés. On allait à l'étage et on l'espionnait par le trou de la serrure, ce bel étranger qui nous avait été rendu.

Deborah reposa son téléphone avant de regarder Alice en plissant légèrement les yeux.

— Mon Dieu, finit-elle par dire. Nous sommes diablement nostalgiques, aujourd'hui.

Alice ignora la question implicite (« Et pourquoi ce retour au passé ? »).

— Ce n'est pas de la nostalgie. Je n'ai aucune affection romanesque pour les réminiscences. Je me pose la question, c'est tout.

— Ah, toi et ta sémantique, répliqua Deborah, amusée. Bon, si tu le dis. Tu es la dernière qu'on puisse taxer de sentimentalité, après tout. Et si tu veux tout savoir, oui, je m'en souviens. Ils dansaient dans cette pièce à l'étage, tous les deux, et nous essayions d'en faire autant. Mais comme tu as deux pieds gauches…

Deborah sourit.

— C'était sa manière à elle de le sauver, dit Alice.
— C'est-à-dire ?
— Il devait être épuisé. Par la guerre, par l'absence. Elle l'a tant aimé qu'il est redevenu lui-même.
— Tu dois avoir raison.
— Il lui a rendu la pareille, plus tard, n'est-ce pas ? Après Theo.
Alice se contraignit à garder un ton nonchalant.
— Ils avaient de la chance de pouvoir compter l'un sur l'autre. La perte de l'enfant. Le fait de ne pas savoir. Peu de couples auraient survécu à un tel drame.
— C'est exact.
Deborah restait prudente, se demandant sans doute pourquoi sa sœur les entraînait en des lieux qu'elles étaient tacitement convenues de ne jamais revisiter. Alice cependant ne pouvait plus reculer. Elle était en train de formuler la question suivante lorsque Deborah la précéda.
— La veille de mon mariage, elle est venue me voir dans ma chambre pour me faire un petit discours d'encouragement. Elle a cité la première épître aux Corinthiens.
— L'amour est patient, l'amour est tendre ?
— L'amour ne conserve pas le souvenir des mauvaises actions.
— C'est de mauvais augure ! Que voulait-elle dire ?
— Je n'en ai pas la moindre idée.
— Tu ne lui as pas posé la question ?
— Non.
Une aigreur qui ne datait pas d'hier s'était insinuée dans la voix de Deborah, bien qu'elle eût vaillamment cherché à la dissimuler. Alice se souvint d'un détail qu'elle avait oublié. Dans les semaines qui avaient

précédé le mariage de Deborah, cette dernière et leur mère avaient traversé une période de brouille intense, se disputant sans cesse et infligeant au reste de la maisonnée de longues périodes de silence boudeur. Les Edevane étaient à cette époque déjà rentrés à Londres. Le mariage de Deborah avait eu lieu cinq mois à peine après la disparition de Theo et le départ de Loeanneth. Ils n'y reviendraient jamais, bien qu'aucun d'entre eux ne pût l'imaginer alors. L'enquête de police était au point mort mais les Edevane n'avaient pas encore perdu tout espoir. N'aurait-il pas fallu retarder le mariage, dans ces conditions ? Eleanor et Deborah avaient fermement refusé de renoncer aux préparatifs : c'était du reste le seul point sur lequel elles se soient accordées en cette période difficile.

— Je te ressers ? demanda Alice en soulevant la théière.

Elle ne s'était pas attendue que Deborah parle de son mariage et ne voulait pas réveiller les vieilles blessures. Cette maladresse ne devait pas l'empêcher de parvenir à ses fins.

Deborah poussa la tasse et la soucoupe vers sa sœur.

— C'était si bien, là-bas, poursuivit Alice, tandis que le thé en gargouillant coulait du bec de la théière. Avant Theo.

— Oui, même si j'ai toujours préféré Londres. Notre si jolie maison de Cadogan Square et M. Allan et sa Daimler ; les salles de bal, les robes, les night-clubs. Je m'ennuyais toujours un peu à la campagne.

— Mais c'était si beau. La forêt, le lac, tous ces pique-niques. Les jardins.

La délicatesse faisait son œuvre.

— Rien d'étonnant à ce que ce soit si beau, cela

dit. Vu l'armée de jardiniers que Mère avait mobilisée, vingt-quatre heures sur vingt-quatre.

Deborah gloussa.

— C'était le bon temps. Je n'arrive même plus à trouver quelqu'un qui veuille bien épousseter mon dessus de cheminée.

— Comment s'appelait le chef jardinier… M. Harris, non ? Et son fils qui était revenu de la bataille de la Somme avec cet éclat d'obus dans le cerveau…

— Adam, pauvre garçon.

— Oui, Adam, et il y en avait un autre, j'en suis sûre. Un intérimaire, je crois.

Alice entendait le sang lui battre aux tempes, assourdissant. Le brouhaha du café semblait si lointain – comme si elle parlait de l'intérieur d'une lampe radio.

— Benjamin… quelque chose ?

Deborah fronça les sourcils, fouillant sa mémoire avant de jeter l'éponge.

— Non, cela ne me rappelle rien du tout, j'en ai bien peur. Mais c'est si vieux, tout cela ; et nous en avons eu, des domestiques. Ils arrivaient, ils repartaient… On ne peut pas se souvenir de tous les noms.

— Certes.

Alice sourit en guise d'acquiescement et se cacha derrière sa tasse de thé. Avant d'en avaler une gorgée, elle ne s'était pas rendu compte qu'elle retenait sa respiration. Elle fut envahie par le soulagement, auquel cependant se mêlait comme une déception. Curieux. Elle s'était préparée, l'espace d'une seconde palpitante, à entendre une tout autre réponse : « Munro. Il s'appelait Benjamin Munro », aurait pu dire sa sœur. Elle dut réprimer la tentation soudaine de prolonger son interrogatoire, de forcer Deborah à se souvenir de Benjamin, comme si, jointes aux siennes, les réminiscences de Deborah pouvaient le ramener à la vie. Alors Alice pourrait se confier et revivre les sensations qu'il lui avait données. Folie que ce désir, stupidité ! Elle l'étouffa dans l'œuf. Elle avait obtenu le renseignement qu'elle cherchait : Deborah n'avait aucun souvenir de Ben ; Alice était en terrain sûr. Il fallait maintenant battre rapidement en retraite et ne pas rester dans le monde piégé des souvenirs. Elle s'empara d'un scone qu'elle beurra.

— Au fait, comment va Linda ?

Deborah était intarissable sur ce sujet rebattu et Alice lui prêta une oreille distraite. L'histoire fort ennuyeuse de la Petite-Fille Vagabonde n'intéressait Alice que dans la mesure où Linda hériterait un jour ou l'autre de Loeanneth. Alice n'avait pas vraiment le choix. La propriété ne pouvait être vendue et Alice n'avait aucun descendant direct. Les seuls qu'elle puisse se reconnaître n'étaient que fantômes grouillant au bout du lit, les nuits d'insomnie. Quant à vendre la maison, c'était hors de question.

— Bien sûr, Pippa est furieuse, disait Deborah (le message qui l'avait tant agacée provenait de ladite Pippa, sa fille). On ne peut que la comprendre. On parle toujours de l'année de service civil : mais Linda est partie depuis presque cinq ans !

— Bah, elle est jeune. Et nous avons l'amour de l'exploration dans le sang, nous autres.

— Certes. Mais tu te souviens du triste sort de Grand-Papa Horace ?

— Deborah, il n'y a pas de tribus anthropophages

en Australie. Si elle se perd, ce sera plutôt sur les plages de Sydney.

— Drôle de manière de réconforter Pippa.

— Je suis certaine que Linda retrouvera tôt ou tard le chemin du retour.

Quand la famille lui aura coupé les vivres, ajouta-t-elle *in petto*, et non sans acidité. Si elle n'avait jamais discuté du sujet en toute franchise avec sa sœur, Alice n'était pas convaincue de la moralité de sa petite-nièce et héritière. Deborah devait avoir des réserves similaires : mais il n'était pas convenable de critiquer l'unique petite-fille de sa sœur. C'était mal élevé. De plus, Deborah avait eu tant de mal à avoir un enfant que sa descendance, si maigre fût-elle, était considérée avec le plus grand respect.

— Je suis certaine qu'elle aura changé à son retour. Une nouvelle Linda. L'expérience, ça compte.

— J'espère que tu as raison.

Alice aussi : la Maison du lac était restée pendant des siècles en possession des deShiel, et Alice n'avait aucune intention de la laisser filer.

Sa mère la lui avait léguée, et la nouvelle de l'héritage avait été un choc, venant peu de temps après celui, tout aussi violent, de la mort d'Eleanor. Eleanor avait perdu la vie en 1946. La guerre était finie. Après toutes ces destructions et ces morts, l'idée qu'un être humain pût être tué par le simple passage d'un bus ralliant Kilburn à Kensington avait quelque chose de scandaleux. Particulièrement un être humain de la trempe d'Eleanor. Cette mort ne lui convenait pas.

Le chauffeur du bus était complètement effondré. Il avait craqué lors de l'audition, pleuré toutes les larmes de son corps. Il avait aperçu Eleanor, disait-il, sur le bord du trottoir et avait remarqué la prestance et la dignité de cette femme dans son impeccable tailleur, une mallette de cuir à la main. Où pouvait-elle bien aller ? s'était-il demandé. L'expression de son visage était songeuse : elle semblait perdue dans ses pensées. Puis les cris d'un enfant à l'arrière du bus avaient attiré son attention. Il s'était retourné, une seconde à peine, vous comprenez ? Et tout à coup, *boum*. C'était le terme qu'il avait utilisé. *Boum*. En fermant les yeux, Alice entendait de nouveau sa voix.

Elle ne voulait pas de la maison. Personne dans la famille n'en voulait. Mais le raisonnement d'Eleanor était compréhensible. Deborah était riche, Clemmie n'était plus de ce monde. Restait Alice. Laquelle pourtant connaissait assez sa mère pour savoir que les raisons de ce legs étaient plus complexes. Plus tard, certaines nuits, quand Alice s'apitoyait sur son sort en éclusant verre sur verre, assise à la table vide dans son sinistre appartement, agitée de pensées trop bruyantes pour la quiétude de ce temps de paix retrouvée, quand les murs qu'elle avait dressés entre elle et le passé se mettaient à trembler – c'était avant que Diggory Brent lui permette de canaliser ses peurs, ses regrets –, Alice comprenait que sa mère l'avait punie en lui laissant Loeanneth. Eleanor l'avait toujours rendue responsable de la disparition de Theo, même si elle ne le lui avait jamais reproché de vive voix. Et quel subtil et cruel châtiment, si approprié : recevoir en héritage le lieu qu'elle aimait entre tous, et ne pouvoir, à cause du passé, en prendre possession.

13

Londres, 2003

Alice rentra en métro à Hampstead. Une annonce fit état d'un incident de voyageur à Goodge Street, si bien qu'elle prit la ligne de Piccadilly, qui la ramena à King's Cross. Il y avait dans le wagon un couple d'amoureux perdu au milieu des valises. La jeune fille était tout contre le garçon et riait sous cape, tandis qu'il lui parlait à l'oreille.

Le regard d'Alice croisa celui d'un individu à l'air fat, de l'autre côté du wagon. Il dévisageait les jeunes gens avec un léger dédain : Alice refusa d'entrer dans son jeu et détourna le regard. L'amour : elle se le rappelait, dans sa version dévorante, juvénile, même si elle ne l'avait pas ressenti depuis des lustres. Il y avait dans cette sorte-là d'amour de la beauté – et du danger. Quand on aimait ainsi, le monde disparaissait. La plus intelligente des créatures en perdait la raison.

Cet été-là, si Benjamin Munro l'avait souhaité, Alice lui aurait joyeusement sacrifié sa jeune existence. Bien sûr, il n'avait jamais rien demandé de tel. Il ne lui avait pas imposé grand-chose, à dire vrai.

Mais il n'avait nul besoin d'exiger. Elle lui aurait donné tout ce qu'il voulait.

Elle était si secrète alors – une vraie petite sotte. Et dire qu'elle se trouvait mûre à l'époque, intelligente, adulte. À la vérité, elle avait été on ne peut plus aveugle. L'amour lui avait caché ses propres faiblesses, et celles de Benjamin exactement comme William Blake le décrivait. L'amour donnait des ailes, supprimait les limites, les règles, rendait ses victimes imprudentes. On les avait vus ensemble, Ben et Alice. Deborah n'était peut-être pas au courant, mais il y avait eu d'autres témoins.

Tandis que le métro poursuivait son chemin, deux voix du passé lui revinrent, comme transmises par-delà les années par un vieux poste à transistor. C'était en plein hiver 1940, au pire moment du Blitz. Clemmie avait débarqué à Londres – elle avait décroché une permission inattendue – et Alice l'avait hébergée dans son minuscule appartement. Elles s'étaient raconté leurs expériences de la guerre en vidant une bouteille de gin : les missions de Clemmie pour le Air Transport Auxiliary[1], ce qu'avait vu Alice des impacts de bombardement. Le temps passant et la bouteille touchant à sa fin, les sœurs s'étaient faites sentimentales, se remémorant leur père et la Grande Guerre, les horreurs dont il avait dû être témoin et dont elles ne percevaient que maintenant l'étendue.

« Il nous l'a bien caché, Papa, disait Clemmie.

— Il ne voulait pas nous accabler.

1. Cette organisation du temps de guerre était un service de livraison d'avions, qui convoya plus de 300 000 appareils entre 1940 et 1945. Un huitième des pilotes (soit 166) étaient des femmes.

— Mais tout de même, un tel silence ! Il n'a jamais rien raconté. Rien. Je ne comprends pas comment on peut subir tout cela et le mettre de côté aussi radicalement une fois la guerre finie. Quand je serai une très vieille dame, je raconterai mes aventures de guerre à mes petits-enfants jusqu'à ce qu'ils meurent d'ennui. Mais Papa… rien. Comme s'il n'avait jamais vécu l'enfer des tranchées. La boue, les rats, tes hommes qui meurent les uns après les autres. Il t'en a parlé ? »

Alice avait secoué la tête.

« Ce dont je me souviens, c'est qu'il était content de n'avoir que des filles. Aucun de ses enfants ne prendrait part aux guerres futures. »

Elle avait levé son verre en l'honneur de Clemmie, dans son uniforme de pilote, et eu un sourire en coin.

« Il ne pouvait pas avoir raison tout le temps.

— Oui, même si c'était Papa, avait approuvé Clemmie. Et, quoi qu'il t'en ait dit, il avait vraiment envie d'avoir un fils.

— Oui, comme tous les hommes, s'il faut en croire grand-mère deShiel. »

Alice s'était gardée de préciser que la méchante vieille avait émis cette maxime en octobre 1920, juste après la naissance de Clemmie, histoire de faire sentir à Eleanor qu'une troisième fille n'était pas la meilleure façon d'honorer le retour du guerrier.

« Mais bon, avait murmuré Clemmie. Il a fini par l'avoir, son fils. »

Et le silence s'était installé entre elles, la conversation les ayant ramenées à leur enfance, à ce sujet frappé d'un si puissant tabou – leur frère, dont chacune, perdue dans les brumes du gin, se souvenait. Et l'enfant de l'appartement du dessus s'était mis à pleurer ; une sirène avait mugi dans le lointain ; Alice s'était levée, les murs se penchant tandis qu'elle attrapait les deux verres d'une main et les transportait entre ses doigts jusqu'au minuscule évier au-dessous de la petite fenêtre noire de suie, sur laquelle le ruban adhésif des consignes de sécurité traçait une croix.

Elle avait le dos tourné lorsque la voix de Clemmie s'était de nouveau élevée :

« J'ai revu ce type, ce jardinier qui avait travaillé un moment à Loeanneth. Il partait pour le front, en France. »

Les mots avaient grincé dans le salon glacial, comme le craquement d'une allumette. Alice avait serré les poings sous les manches de son pull en tricot. Prête à tout, elle s'était retournée vers sa sœur et s'entendit demander :

« Un jardinier ? De qui veux-tu parler ? »

Clemmie avait fixé la table, suivant le fil du bois de l'ongle de son pouce, coupé à ras. Elle n'avait pas répondu, sachant, bien sûr, que c'était inutile. Alice savait très bien de qui elle voulait parler.

« Allie, avait-elle dit – et ce surnom d'enfance avait donné le frisson à Alice : Il y a quelque chose que je devrais… que j'ai toujours voulu… Quelque chose que j'ai vu quand nous étions gamines. »

Le cœur d'Alice s'était mis à cogner dans sa poitrine comme le marteau d'une horloge. Elle s'était préparée au pire : une partie d'elle-même aspirant à clore la conversation et l'autre, celle que l'alcool affectait, lasse de fuir sans cesse le passé, se montrant, en cette époque où la mort et le danger régnaient, des plus téméraires, invitant à continuer. Affreuse, la manière dont l'alcool levait les inhibitions, poussait aux confessions.

« Ça s'est passé cet été-là. Le dernier été. On était allés voir les démonstrations aériennes quelques mois plus tôt et je ne pensais qu'aux avions. Tu te souviens ? Je courais dans la maison en faisant semblant de voler. »

Alice avait hoché la tête, la gorge sèche.

« Je m'étais rendue à l'aérodrome, derrière la ferme des Martin. J'y allais parfois, juste pour voir les appareils décoller et atterrir, et m'imaginer en train d'en piloter un. Je suis rentrée à la maison un peu tard, si bien que j'ai pris un raccourci par la forêt, le long du ruisseau. À un moment, je suis passée devant le hangar à bateaux. »

Le regard d'Alice s'était brouillé. Elle avait regardé, en clignant des yeux, un tableau sur le mur, legs d'un précédent locataire. Un navire dans la tempête. Et le navire à présent bataillait dans les flots. Alice le voyait tanguer dans la houle, vaguement surprise.

« Je ne me serais pas arrêtée, normalement. J'avais faim, j'avais envie de rentrer. Mais quelqu'un parlait dans le hangar. Un homme. »

Alice avait fermé les yeux. Depuis des années, elle craignait ce moment. Elle avait envisagé divers scénarios, répété maintes explications, maintes excuses. Et maintenant que Clemmie abordait la question, elle ne savait plus que dire.

« Ce n'était ni la voix de Papa, ni celle de M. Llewellyn. Ça m'a rendue curieuse. Je me suis approchée de la fenêtre. Je ne pouvais pas m'en empêcher. J'ai grimpé sur un bateau qui attendait là, quille en l'air, et j'ai vu… Alice, je ne voulais pas, mais il se trouve que… Cet homme, ce jardinier…

— Attention ! »

Alice s'était ruée vers la bouteille de gin et, dans son effort pour la rattraper, l'avait fait tomber. Le verre s'était brisé et Clemmie avait bondi sur ses pieds, surprise par le fracas subit et le contact froid de l'alcool.

« Désolée, avait dit Alice à sa sœur qui se passait la main sur le pantalon. Tu allais renverser la bouteille du coude et j'ai essayé de la rattraper. »

Elle avait couru vers l'évier, en avait rapporté un torchon humide, laissant derrière elle une traînée de gouttes.

« Alice, arrête.

— Bon sang ! Tu es trempée jusqu'aux os. Je vais te prêter une chemise. »

Clemmie avait protesté, Alice avait insisté ; le temps que les dégâts soient réparés et que Clemmie se soit changée, elle n'était plus d'humeur à faire des révélations. Le lendemain, elle était repartie. Elle avait replié son matelas et emporté toutes ses affaires.

Le soulagement d'Alice était si profond que la tête lui tournait. Le message que sa sœur avait laissé sur la table ne l'avait même pas affectée. *Ai dû partir, vol programmé à la première heure. Te vois au retour. Je dois te parler, c'est important. C.*

Alice avait roulé le bout de papier en boule et remercié les cieux pour ce sursis.

Cieux qui se montrèrent cruels. Deux jours plus tard, l'avion de Clemmie fut abattu au-dessus de l'océan, à six kilomètres de la côte anglaise. La carcasse s'échoua sur la plage ; du corps de Clemmie, pas de trace. *La pilote, sans doute, a dû s'éjecter juste avant que l'avion soit abattu*, expliquait le rapport. Une mort de plus dans un monde qui accordait décidément peu de prix à la vie. Alice n'était pas assez égocentrique pour penser que les sorts qui affectaient les autres n'étaient destinés qu'à sa seule éducation. Elle haïssait l'expression : « Tout a un sens dans l'existence. » Certes, oui, tous les événements avaient des conséquences : mais, là, la perspective était différente. Elle préféra n'y voir qu'une simple coïncidence : la mort de sa sœur avait permis qu'elle ne fût pas formellement impliquée dans celle de son frère.

Clemmie apparaissait encore au moment où Alice s'y attendait le moins. Par un beau jour d'été, quand elle levait les yeux vers le soleil palpitant et que sa vision s'emplissait d'étoiles ; un petit point noir qui traversait le ciel en une courbe gracieuse et tombait, sans un bruit, dans la mer ; et cette petite fille qui courait en rond dans les prés, les bras en croix. Deuxième des enfants d'Eleanor à disparaître. *Oh si j'avais des ailes, comme la colombe ! Car je m'envolerais alors, vers la tranquillité.*

Le train entra dans King's Cross, les amoureux descendirent du wagon et se dirigèrent vers la sortie. Alice dut lutter contre l'envie de les suivre – ne désirant rien tant que rester, quelques minutes de plus, dans le cercle de leur grisante idylle.

Elle n'en fit rien, bien sûr. Elle prit la correspondance pour Hampstead sur la Northern Line et sortit par l'ascenseur. Elle n'avait pas de temps à perdre en nostalgie, en mélancolie. Il lui fallait rentrer chez elle, discuter avec Peter, faire avancer les choses. La fin de l'après-midi s'annonçait délicieuse, à la surface. La chaleur commençait à s'atténuer et le soleil à perdre son éclat de fournaise. Alice rentra par le chemin habituel.

***

Peter s'empara d'un surligneur jaune vif et marqua d'un trait soigneux le passage qui l'intéressait. La journée avait été longue et il s'accorda un moment de célébration silencieuse. L'éditeur d'Alice voulait que le site fût prêt dans un mois ; Peter avait été chargé de rédiger les textes, tâche rendue plus complexe qu'elle n'aurait dû par le refus obstiné de la protagoniste dudit site de participer à son élaboration.

Ce n'était pas l'habituel cliché de l'octogénaire rétive au progrès et aux nouvelles technologies. Alice avait toujours mis un point d'honneur à se tenir au courant des dernières évolutions. L'Internet avait changé en profondeur les techniques d'investigation et Diggory Brent ne pouvait pas, étant donné l'attachement de sa créatrice au réalisme, demeurer en reste. Ce qu'elle contestait, c'était la « confusion insidieuse » entre sphère privée et sphère publique. Le marketing, pourquoi pas ? Mais quand l'auteur devenait plus important que ses œuvres, quelque chose ne tournait pas rond dans le monde. Ce n'est qu'à l'approche de la célébration du cinquantième livre, le directeur de la maison d'édition s'en étant personnellement mêlé, qu'elle avait fini par consentir, à une condition :

« Je ne veux pas être impliquée dans la réalisation. Peter, vous vous débrouillerez tout seul. Vous voulez bien ? »

Peter le lui avait promis et s'était lancé non sans précaution dans l'entreprise, évitant soigneusement les expressions telles que « en ligne » et « serveur » lorsque Alice était à portée de voix. Il n'avait pas été bien difficile d'écrire la biographie d'A. C. Edevane – il s'était inspiré d'un document qu'il tenait constamment à jour pour les dossiers de presse ; et Peter n'était pas mécontent de la rubrique spéciale qu'il avait réussi à constituer, consacrée à Diggory Brent et rédigée du point de vue du fameux détective. Mais il était maintenant plongé dans la Foire aux questions et ce n'était pas aussi facile, le problème étant que tout dépendait des réponses d'Alice. Il fallait donc que Peter, qui ne pouvait en référer à l'auteur, passe en revue des piles d'archives de presse pour y dénicher des extraits d'interviews.

Il avait fait la part belle à la technique de l'écriture et de l'intrigue, sachant que le sujet plairait à Alice et qu'il lui rendait la tâche plus aisée. Alice ne donnait plus que de rares interviews désormais ; lorsqu'elle se prêtait à l'exercice, elle exigeait toujours que le ou la journaliste s'en tienne à ses œuvres. Elle protégeait sa vie privée avec une obstination qui frisait parfois la névrose aux yeux de Peter (lequel, bien qu'inquiet, n'en aurait jamais rien laissé voir à quiconque, et encore moins à Alice).

Le jeune homme avait cependant inclu dans sa Foire aux questions quelques éléments personnels, pour faire plaisir à l'attachée de presse d'Alice, qui lui avait envoyé une « petite liste » de trente questions – simples suggestions, bien sûr. Il avait dû, pour en rédiger les réponses, consulter des archives vieilles de plusieurs dizaines d'années. Ce qui n'était pas si simple, les dossiers d'Alice étant quelque peu désorganisés. Divers systèmes de classification, assez curieux, avaient été testés au fil du temps et tout cela donnait du fil à retordre à Peter.

Mais finalement, victoire ! Il avait déniché dans le *Yorkshire Post* d'août 1956 une citation qui pouvait, avec quelques adaptations, correspondre à l'une de ces questions pièges.

Question : Quelle sorte d'enfant étiez-vous ? Aviez-vous déjà une vocation d'écrivain ?

Peter relut ce qu'il avait surligné.

Réponse : J'ai toujours griffonné. J'étais le genre d'enfant que l'on gronde tout le temps parce qu'elle grave son nom dans les meubles ou qu'elle écrit sur les murs. J'ai eu la chance d'être encouragée avec beaucoup de constance par un ami de mes parents, un auteur reconnu qui ne se lassait jamais de favoriser les envolées de mon imagination de fillette. L'un des plus beaux cadeaux que j'aie jamais reçus, c'était mon premier carnet. Mon père me l'avait offert. Je l'adorais, ce carnet. Il me suivait partout. J'ai dès lors développé une prédilection pour les carnets de notes, qui ne m'a jamais quittée. Tous les ans, mon père m'en offrait un nouveau. J'ai écrit mon premier roman policier dans celui de mes quinze ans.

C'était impeccable. En fredonnant tout bas, Peter dirigea le curseur de sa souris vers l'espace qui suivait la question idoine. La lumière chaude de l'après-midi inondait le clavier. Dans la rue, au-dehors, un bus freinait avec un soupir pneumatique ; une femme avec des rires dans la voix pressait quelqu'un d'un « Dépêche-toi ! » ; plus loin, dans l'artère commerçante, un musicien de rue jouait du Led Zeppelin à la guitare électrique.

Peter avait déjà rangé ses affaires en esprit et songeait au long trajet qui le ramènerait chez lui en compagnie de Pip et d'Abel Magwitch, lorsque son œil fut attiré par un autre extrait de son document informatique.

Question : *En un clin d'œil* est votre premier Diggory Brent publié ; est-ce également le premier texte de fiction que vous ayez terminé ?

Réponse : Tout à fait. Je suis de ces oiseaux rares et favorisés par le sort qui n'ont jamais reçu aucune réponse négative à un envoi de manuscrit.

Peter cessa de fredonner ; son regard se posa sur les quelques phrases surlignées.

Les deux réponses ne se contredisaient pas exactement. Il y a une différence entre un manuscrit fini et un roman griffonné dans les pages d'un journal d'adolescente. Et pourtant, cela rappelait quelque chose à Peter.

Il feuilleta le paquet de photocopies qui trônait sur son bureau, à la recherche de l'article qui lui avait fourni la deuxième question. Il le trouva dans *Paris Review*, 1996. Que disait-il ?

Le journaliste : *En un clin d'œil* est le premier texte de fiction que vous ayez pu boucler. Mais est-ce votre première tentative littéraire ?

Edevane : Effectivement.

Le journaliste : Vous n'aviez jamais entrepris l'écriture d'un seul texte de fiction avant *En un clin d'œil* ?

Edevane : Jamais. L'idée ne m'en était jamais venue. Surtout un roman policier. Il a fallu attendre la fin de la guerre pour cela. Le personnage de Diggory Brent m'est venu en rêve, une nuit ; le lendemain matin, je me suis mise au travail. C'est un archétype, bien sûr. Mais les auteurs de personnage récurrent qui vous disent que leur héros ne reflète pas leurs préoccupations ni leurs centres d'intérêt sont des menteurs.

Peter entendit l'horloge égrener les secondes sur le dessus de cheminée. Il se leva, s'étira, vida son verre d'eau et se dirigea vers la fenêtre. Il aurait beau triturer les citations, les deux interviews se contredisaient.

Il revint s'asseoir devant son écran. Le curseur était posé sur le mot « menteurs ».

Ce que n'était pas Alice, femme d'une scrupuleuse honnêteté : au point de blesser son entourage en bien des occurrences.

Donc, il devait s'agir d'une erreur. Quarante ans séparaient les deux interviews. Elle avait dû oublier certains détails entre-temps. Elle avait quatre-vingt-six ans, après tout. Peter, à près de trente ans, avait déjà oublié quelques pans de son enfance.

Mais il ne pouvait prendre le risque de publier quelque chose qui puisse la mettre en porte-à-faux. Il n'était plus si facile désormais de semer les inexactitudes ou les contradictions. Tout était vérifiable dans la seconde. La grande Toile les piégeait comme des mouches. Impossible de passer au travers des mailles.

Peter tendit la main vers le clavier, tapota pensivement une touche d'un doigt nerveux. Ce n'était pas bien grave, juste un détail irritant. Et de ne pas pouvoir demander directement à Alice à quelle réponse se fier... Il avait promis de construire le site sans rien lui demander. Et il tenait trop à sa vie pour prendre le risque de lui suggérer qu'elle avait peut-être menti, en l'occurrence.

Son regard se posa de nouveau sur l'écran.

« L'idée ne m'en était jamais venue. Surtout un roman policier. Il a fallu attendre la fin de la guerre pour cela... Je l'adorais, ce carnet. Il me suivait partout. J'ai dès lors développé une prédilection pour les carnets de notes, qui ne m'a jamais quittée. Tous les ans, mon père m'en offrait un nouveau. J'ai écrit mon premier roman policier dans celui de mes quinze ans. »

Des pas se firent entendre sur le perron, devant la porte d'entrée. Peter leva les yeux vers l'horloge. La porte claqua ; il entendit la voix d'Alice dans le vestibule.

— Peter ?

— Je suis dans la bibliothèque, répondit-il en fermant son document d'un clic de souris, le réduisant à une simple icône sur l'écran. Je viens de finir. Voulez-vous qu'on prenne le thé avant que je parte ?

— Oui, s'il vous plaît.

Alice apparut dans l'embrasure de la porte.

— J'ai deux ou trois choses à voir avec vous.

Elle avait l'air fatiguée, fragilisée, même, ce qui n'était pas habituel chez elle. La touffeur des rues semblait avoir froissé ses vêtements, creusé son visage, étriqué ses gestes.

— Des messages ? demanda-t-elle en s'asseyant pour ôter ses chaussures.

— Jane a appelé pour parler du nouveau Brent. Cynthia voudrait discuter du dossier de presse avec vous. Et Deborah vous a également téléphoné.

— Deborah ?

Alice releva la tête d'un mouvement sec.

— Il y a une demi-heure, à peine.

— Mais je viens de la quitter. Elle va bien ? A-t-elle laissé un message ?

— Oui.

Peter souleva ses dossiers de coupures de presse à la recherche de son bloc-notes.

— C'est là… Je l'ai noté pour ne pas l'oublier.

Il retrouva le bout de papier et le considéra, sourcils froncés. Deborah s'exprimait toujours avec précision au téléphone ; ce jour-là, elle était encore plus circonspecte que d'habitude. Pouvait-il transmettre ses propos à Alice tels qu'elle les avait formulés ? C'était important.

— Elle m'a dit de vous dire qu'elle se souvenait de lui, en effet. Il s'appelait Benjamin Munro.

14

Cornouailles, 23 juin 1933

Ce matin-là, qui fut son dernier à Loeanneth, Theo Edevane se réveilla en même temps que les oiseaux. Il n'avait que onze mois, un âge bien trop tendre pour savoir quoi que ce soit du temps, encore moins l'heure qu'il est. Mais s'il avait su déchiffrer le message de l'horloge, il aurait vu que ses aiguilles indiquaient cinq heures et six minutes. Theo cependant aimait cette lumière du matin qui jouait sur les flèches d'argent des aiguilles et les faisait luire.

Le pouce fourré dans la bouche, son chiot en peluche sous le bras, tout chaud, il se roula sur le côté et glissa un œil dans la direction de l'alcôve. Là, dans un lit une place, sa nounou dormait. Elle ne portait pas de lunettes quand elle dormait ; sans ces deux branches de métal pour retenir son visage, ses joues s'étaient effondrées sur l'oreiller, tout en rides et en poches de chair molle.

Theo se demanda où était l'autre nounou, Rose. Elle lui manquait (même s'il ne se savait plus très bien pourquoi). La nouvelle était plus vieille, plus raide ; elle sentait une drôle d'odeur qui piquait le nez. Elle avait toujours un mouchoir humide glissé dans la manche de sa robe de coton noir et gardait une bouteille d'huile de ricin sur le rebord de la fenêtre. Elle déclarait souvent des choses comme : « Il n'y a pas de Peux pas qui tienne » ou « On ne chante jamais ses propres louanges ». Elle aimait bien l'installer dans le grand landau noir et le promener dans l'allée pleine de nids-de-poule. Theo, maintenant qu'il pouvait marcher, n'aimait pas rester dans le landau. Il avait essayé de le lui faire comprendre mais ne connaissait pas beaucoup de mots. Nounou Bruen s'était contentée de dire :

« Du calme, monsieur Theodore. Monsieur Mal élevé n'est pas de nos amis. »

Theo écoutait les oiseaux qui chantaient sur le rebord de la fenêtre et regardait la lumière du matin progresser lentement sur le plafond lorsque la porte de la nursery s'ouvrit ; il se retourna sur le ventre et essaya de voir qui venait d'entrer, entre les barreaux du lit.

Là, qui le regardait de l'embrasure de la porte, se tenait sa grande sœur, celle qui avait les longues tresses brunes et des taches de rousseur plein les joues. Theo se sentit exploser de joie et d'excitation. Il se dressa sur ses petites jambes et lui décocha un grand sourire, tapant des poings sur les bords de son lit, ce qui fit vibrer les pommeaux de laiton.

Theo avait trois sœurs qu'il aimait toutes, mais celle-ci était sa préférée. Les autres lui souriaient et lui disaient de leur douce voix qu'il était un délicieux bébé, mais on ne pouvait pas compter sur elles de la même façon. Deborah le reposait à terre s'il se montrait trop excité ; quant à Alice, elle pouvait être la plus hilare des sœurs et s'adonner au plus joyeux des jeux de cache-cache : et puis soudain, son regard prenait une drôle d'expression, comme si elle ne le voyait plus. Et sans rien dire, elle se levait et allait avec les adultes, loin, écrivant dans son carnet avec un stylo.

Mais celle-là, Clemmie, ne se lassait jamais de le chatouiller, de lui faire des grimaces, de souffler sur son ventre en gros poutous sonores et baveux. Elle l'emmenait à droite et à gauche, ses bras maigres et tièdes serrés sur sa taille. Et lorsqu'elle le reposait, ce n'était jamais pour l'empêcher d'aller fouiller partout, comme les autres. Elle n'utilisait jamais de mots comme « sale », « dangereux », « non » ! Et, quand elle venait le voir le matin, avant le lever du soleil, comme ce matin-là, elle lui faisait toujours traverser la cuisine ; il y avait de bonnes miches de pain qui refroidissaient sur les étagères et des pots de confiture de fraises avec de gros morceaux de fruits dans le garde-manger.

Theo, excité par ces perspectives, attrapa Puppy, son petit chien en peluche, et leva les bras très haut, comme s'il pouvait se sortir tout seul du petit lit, avec quelques contorsions. Il fit des grands gestes de la main, doigts écartés – il était si heureux ! Et sa grande sœur sourit ; ses yeux se mirent à briller, ses taches de rousseur dansèrent sur ses joues. Et, comme il l'avait prévu, elle se pencha vers le petit lit et prit Theo dans ses bras.

Tandis qu'elle le portait vers le seuil d'un pas vif et que nounou Bruen étouffait un ronflement dans son oreiller, le corps de Theo se mit à rayonner de joie, comme une étoile.

— Allez, Gros Bébé, souffla sa sœur en lui couvrant le crâne de baisers. On va aller voir les avions.

Ils descendirent l'escalier et Theo sourit à la vue du tapis rouge qui recouvrait les marches en pensant à une tranche de pain bien chaud, avec du beurre *et* de la confiture ; aux canards près de la rivière et aux choses magnifiques qu'il allait trouver dans la boue, et à sa sœur courant les bras tendus, comme si elle volait. Et tandis qu'ils traversaient le vestibule, il suça son pouce comme si tout le rire du monde l'enveloppait, si content d'être heureux, aimé, ici.

***

Eleanor entendit les marches grincer : bruit que son esprit ensommeillé réintroduisit dans un rêve insolite où elle était la responsable d'un grand cirque en proie au désordre. Les tigres ne se laissaient pas dompter, les trapézistes faisaient des faux pas et on avait perdu le singe. Lorsqu'elle se réveilla dans la réalité de sa chambre, elle ne se souvenait qu'à peine du bruit de pas, englouti dans le vide sombre et caverneux, comme d'autres vestiges du temps nocturne.

La lumière, la terre ferme, le matin, enfin. Après des mois de préparatifs, le Solstice était là. Une perspective qui ne la fit pourtant pas bondir du lit. La nuit avait été interminable ; sa tête semblait avoir la consistance d'une éponge humide. Elle s'était réveillée au cœur de la nuit et n'avait pu se rendormir, l'esprit grouillant de pensées dans cette chambre surchauffée. Chaque mouton compté se transformait en un élément de la liste interminable des choses à faire. Elle ne s'était pas rendormie avant l'aube et son sommeil s'était révélé tout aussi tumultueux.

Elle se frotta les yeux et s'étira, avant de ramasser la vieille montre de son père, posée sur la table de chevet, puis consulta les yeux plissés son bon vieux et fidèle cadran. Pas même sept heures et déjà la fournaise ! Eleanor se laissa retomber sur ses oreillers. C'eût été un autre jour, elle aurait enfilé son maillot de bain pour aller se baigner dans le ruisseau, avant le petit déjeuner, avant que le reste de la maisonnée se réveille et qu'elle endosse le costume de Mère. Elle avait toujours adoré nager – soie fraîche de l'eau contre sa peau, clarté de la lumière perçant la surface onduleuse, manière dont les sons s'assourdissaient lorsqu'elle immergeait sa tête. Enfant, elle avait son coin préféré : un bras très profond de la rivière, vers le hangar à bateaux ; la verveine poussait, abondante et sauvage, sur les berges escarpées ; l'air y avait une odeur douce et pourrissante. L'eau était merveilleusement fraîche là-bas. Elle plongeait sous l'eau, ondoyant de tous ses membres contre les roseaux glissants. Les jours étaient bien plus longs alors.

Eleanor tendit le bras et caressa le drap près d'elle. Tiens, Anthony n'était pas là. Il avait dû se lever tôt pour aller se réfugier à l'étage, évitant les perturbations que la journée allait indubitablement apporter. Jusqu'à une période récente, elle s'était inquiétée de ces absences, se rongeant les sangs jusqu'à ce qu'elle le retrouve, seul. Mais les choses avaient changé, elle y avait veillé ; ces peurs-là étaient désormais enterrées.

Le bruit d'une tondeuse retentit et Eleanor laissa échapper un soupir qui la surprit elle-même. La tondeuse signifiait le beau temps, Dieu merci. Un souci de moins sur la liste. La pluie aurait tout gâché. L'orage avait tonné dans la nuit ; c'était d'ailleurs ce qui l'avait réveillée. Elle s'était précipitée à la fenêtre, avait écarté les rideaux, craignant de trouver un monde livré au déluge. Mais l'orage était si lointain : les éclairs étaient voilés par les nuages. Ce n'étaient pas ces zigzags tourmentés qui amènent la pluie. Le jardin était sec sous le clair de lune, étrangement calme.

Soulagée, Eleanor était restée un instant à la fenêtre, contemplant les ondulations ténues du lac, les nuages cerclés d'argent qui traversaient le ciel d'étain ; l'avait saisie la pensée singulière qu'elle était la seule personne au monde à être éveillée. Singulière, mais pas inhabituelle : elle s'était rappelée alors les nuits où ses filles étaient encore toutes petites. Elle leur donnait le sein, au grand dégoût de sa mère, lovée dans le grand fauteuil, près de la fenêtre de la nursery. Petits geignements d'animaux repus, minuscules mains de velours sur la lune de son sein gonflé. Et l'immense et silencieuse tranquillité de la nuit au-dehors.

Enfant, Eleanor avait été nourrie dans cette même pièce, mais dans des conditions bien différentes. Sa mère n'appréciait pas ces tendances « vampiriques » du nourrisson et avait donné l'ordre à nounou Bruen – plus jeune, alors, mais non moins antique dans son appréhension du monde – de préparer pour « la petite étrangère » un lait de vache stérilisé, dans une de ces bouteilles en verre pourvues d'une tétine commandées tout exprès chez Harrods. Eleanor ne pouvait plus sentir l'odeur du caoutchouc sans être envahie par la nausée et la douleur du bannissement. Bien sûr, nounou Bruen avait adopté avec enthousiasme cette méthode.

Les bouteilles étaient préparées et données à boire à l'enfant à heures fixes, avec une précision militaire déterminée par l'horloge de la nursery, aux aiguilles si impitoyables – sans aucune sympathie pour les gargouillis du petit ventre de l'enfant Eleanor. La mère et la nourrice étaient bien d'accord sur ce point : il valait mieux qu'Eleanor apprenne dès le début l'ordre et la ponctualité. Ainsi deviendrait-elle une de ces bonnes filles de famille, soumises, prêtes à jouer leur rôle au bas de la pyramide familiale. Journées sans caractère, gélatineuses, terne enfance victorienne dont Eleanor avait été sauvée par son père. Il avait pris la direction des affaires lorsqu'il avait été question d'embaucher une gouvernante. Ce n'était pas nécessaire, avait-il dit. Il s'occuperait personnellement de l'éducation de sa fille. C'était l'un des hommes les plus remarquablement intelligents qu'elle eût connus. Il n'avait pas été à l'université, comme Anthony ou M. Llewellyn, mais avait une culture d'honnête homme, se souvenait de tout ce qu'il avait lu et entendu et réfléchissait constamment, établissant des liens entre ses nombreuses lectures, cherchant sans cesse à élargir son horizon.

Elle se redressa contre la tête de lit, attacha la montre adorée à son poignet ; elle se souvint soudain d'un jour où, assise sur ses genoux devant la cheminée de la bibliothèque, elle l'avait écouté lire son *Beowulf* dans la traduction de William Morris et A. J. Wyatt. Elle était trop petite pour comprendre dans toute sa richesse la signification du bel et vieil anglais. Somnolente, la tête reposant sur la poitrine de son père, elle entendait le son de sa voix de l'intérieur, bourdonnant, chaleureux, mélodie réverbérée qui semblait être en toute chose. Elle avait été fascinée par les lueurs orangées du reflet des flammes dans le cadran de sa montre. Laquelle était, par la suite, devenue le symbole de la sensation d'absolu contentement qui l'enveloppait. Là, sur les genoux de son père, dans l'œil du cyclone, au centre du maelström de l'univers.

Les pères et les filles avaient peut-être toujours eu ce lien particulier ? Anthony était de toute évidence un héros aux yeux de leurs filles, depuis son retour du front. Elles en avaient d'abord eu un peu peur, deux petits visages pointant, regard curieux, dans l'embrasure de la porte de son bureau, les yeux écarquillés, se murmurant des choses à l'oreille. Et puis elles avaient fondu. Rien d'étonnant à cela. Il campait avec elles dans les prairies, leur apprenait à faire des petits bateaux en brins d'herbe tissés, écoutait, patient, leurs histoires et leurs chagrins. Un jour, un invité qui sirotait son mint julep sur la pelouse, en compagnie d'Eleanor, avait regardé un moment Anthony qui jouait à saute-mouton avec Alice et Deborah. Puis, lorsque le tour de la minuscule Clementine était arrivé, il s'était soudain transformé en cheval et s'était élancé dans le jardin tandis que les filles se roulaient dans l'herbe de joie. L'invité, dissimulant sa méchanceté sous un masque de compassion, avait demandé à Eleanor s'il n'était pas pénible de voir ses propres filles préférer si clairement leur père.

« Bien sûr que non », avait-elle répondu.

Et c'était presque sincère. Après les privations de la guerre, les quatre longues années de séparation d'avec Anthony, quatre années au cours desquelles ils avaient dû l'un et l'autre mûrir, endosser des responsabilités nouvelles, le voir de nouveau chez lui, le visage illuminé de la joie pure de l'amour tandis qu'il regardait les enfants – leurs enfants – était une panacée. Une machine à remonter le temps, les ramenant en des jours d'innocence.

Eleanor s'empara de la photographie qu'elle gardait sur sa table de chevet : ils étaient là, tous les deux, dans le petit jardin de la cuisine, en 1913 ; Anthony portait son chapeau de paille, flambant neuf à l'époque. Il regardait dans la direction de l'objectif avec un sourire en coin, comme s'il venait de raconter quelque chose de drôle. Eleanor le regardait, transie d'adoration, un foulard dans les cheveux. Ils avaient tous deux une pelle à la main. Ce jour-là, ils avaient retourné le carré des fraisiers : un vrai désastre. Le photographe n'était autre qu'Howard Mann. Il était arrivé dans sa Silver Ghost un beau jour pour vérifier, disait-il, « que vous n'êtes pas tombés de l'autre côté du monde ». Il était resté toute une semaine. Ils avaient ri, bavardé, s'étaient moqués les uns des autres et avaient débattu avec ardeur – de politique, de poésie, des autres gens – comme à l'époque de Cambridge. Il était rentré à Londres à regret, promettant de revenir bientôt, le coffre de la Silver Ghost rempli des fruits de leur première récolte. En regardant la photographie, au souvenir des deux jeunes hommes d'alors, Eleanor ressentit la profondeur du gouffre des années. Ces jeunes gens si heureux, si sûrs d'eux-mêmes, encore si peu atteints par les aléas de la vie – ils la touchaient infiniment.

Elle claqua la langue, irritée de sa propre complaisance. C'était le manque de sommeil qui la rendait nostalgique, la cavalcade de ces derniers temps, la complexité de la journée qui l'attendait. Elle reposa doucement la photographie sur la table de chevet. Le soleil était en train de prendre des forces, trouant d'une multitude de pointes d'épingle éblouissantes les tentures de brocart. Il était temps de se lever – mais une partie d'elle-même s'accrochait encore à l'idée absurde qu'en restant au lit elle pourrait peut-être retarder le démarrage du compte à rebours. Empêcher la vague de retomber sur le navire. *Non, on ne peut pas retenir la marée.* La voix de son père. Ensemble, ils regardaient la mer à Miller's Point, les vagues qui déferlaient vers le pied de la falaise avant de ralentir puis d'être attirées à nouveau par la mer. *Elle est inévitable, comme la nuit qui suit le jour.* Il venait de lui apprendre sa maladie, de lui faire promettre que, lui une fois parti, elle saurait se rappeler, seule, qui elle était. *Saurait rester bonne, courageuse, sincère.* Ces mots-là, tant aimés, extraits d'*Eleanor sur le seuil magique.*

Eleanor effaça cette vision de sa mémoire et revint à la réalité. Les premiers invités arriveraient vers huit heures, dans la soirée. Elle avait donc besoin d'être prête, habillée de pied en cap, un bon petit whisky dans l'estomac, à sept heures et demie. Et elle avait encore tant à faire dans l'intervalle ! Il faudrait mobiliser les filles. Elle confierait à Alice la tâche simple (d'aucuns diraient agréable, mais pas la jeune fille, sa mère le savait) de fleurir les chambres d'amis. Deborah s'en serait mieux acquittée, mais ces derniers temps elle était d'une humeur de dogue, irritable, obstinée, pleine de la croyance naïve et enfantine qu'elle savait tout mieux faire que ses parents. Eleanor n'était pas d'humeur à discuter avec elle. Quant à Clemmie, pauvre chérie, on ne pouvait lui demander qu'une chose :

ne pas se mêler des préparatifs. Chère Clemmie, la plus singulière des filles d'Eleanor, à présent prisonnière de cette phase maladroite de l'adolescence où les filles, telles des pouliches, ne savent que faire de leurs jambes trop longues, de leurs sourires trop francs, et refusent de quitter l'enfance.

La porte s'ouvrit soudain sur Daisy, brandissant avec fierté le plateau d'argent du petit déjeuner.

— Bonjour, Madame ! s'exclama-t-elle avec une bonne humeur irritante. Il est arrivé, le jour de la fête !

La femme de chambre posa le plateau sur le lit, gazouillant sans interruption : le menu, les invités, les heurts et malheurs dans la cuisine.

— Figurez-vous qu'en partant j'ai vu la cuisinière poursuivre Hettie autour de la table avec une pintade dans une main et le rouleau à pâtisserie dans l'autre !

Puis elle alla à la fenêtre et ouvrit grands les rideaux, faisant entrer la lumière – une lumière remarquablement intense – dont les flots noyèrent tout vestige de la nuit.

Et tandis que Daisy se lançait sans y avoir été invitée dans le récit des préparatifs en cours sur la pelouse, Eleanor souleva la petite théière d'argent et se demanda comment diable elle allait venir à bout des exigences de la journée.

***

Les rideaux de la chambre à coucher s'ouvrirent brusquement. De son banc de jardin, Constance vit cette idiote de Daisy voleter et caqueter près de la fenêtre, ce qui devait sans doute donner à Eleanor l'envie de se boucher les oreilles. Ah ! Bien fait.

Quelle idée aussi de se prélasser dans son lit alors qu'elle était sur le point de recevoir trois cents personnes ! Mais Eleanor avait toujours été une petite fille des plus imprévisibles.

Constance avait petit-déjeuné une heure plus tôt. Elle se levait toujours dès l'aube, habitude contractée dans l'enfance. Constance n'était pas dépourvue de faiblesses – elle pensait même qu'une femme a le devoir de se rendre intéressante –, mais la ponctualité est une vertu, lui avait-on enseigné lorsqu'elle était petite, sans laquelle on fait intrusion dans la vie des autres. Une telle grossièreté n'était pas acceptable.

Le jardin était déjà en proie à une activité fiévreuse. Constance avait pris son nécessaire de correspondance et une liste de lettres à rédiger ; il était cependant impossible de ne pas être distraite par les préparatifs. Une armée de solides gaillards montait des dispositifs complexes de lancement de feux d'artifice sur la pelouse ovale ; des camionnettes se succédaient à la porte de la cuisine. Deux jeunes rustauds du coin, chargés de guirlandes décoratives, massacraient les massifs de fleurs en cherchant un endroit où planter leur échelle. L'un d'eux, garçon au teint bilieux et au menton en pleine éruption acnéique, avait commis l'erreur de s'approcher de Constance pour lui demander où était « le patron » ; elle s'était débarrassée de lui avec un regard vide et une déclaration sans conséquence sur la température. La sénilité était un masque utile. Certes, ses pensées s'égaraient souvent ces temps-ci, mais pas autant qu'elle le laissait paraître. Avec un peu d'inspiration, elle était encore capable d'accomplir des choses extraordinaires.

La journée promettait d'être belle. Bien qu'elle ne

l'eût jamais avoué – en tout cas, pas à Eleanor –, Constance adorait la fête du Solstice. Les Edevane recevaient rarement, mais Eleanor n'avait pas réussi à se libérer de cette tradition, Dieu merci. Voir Loeanneth en fête était le meilleur moment de l'année pour Constance, la seule chose qui puisse compenser le fait de devoir vivre dans ce trou oublié de tous, où l'odeur de la mer et le fracas épouvantable des vagues lorsque le vent soufflait d'une certaine manière lui donnaient constamment le frisson. Constance avait ce bruit en horreur. Il lui rappelait cette terrible nuit, ensevelie maintenant dans le passé. Elle s'en était crue libérée lorsqu'elle avait quitté Loeanneth, vingt ans plus tôt. Mais la vie avait de ces cruels retours…

Quoi qu'il en fût, l'excitation et l'enthousiasme des préparatifs de ce Solstice 1933 lui rappelaient des époques plus heureuses – son impatience de jeune fille alors que, revêtue de sa robe de soie, ornée de ses bijoux, elle se parfumait et remontait ses cheveux – le moment de l'arrivée dans la salle de bal, l'entrée en majesté, les regards qu'elle promenait sur la foule, cherchant à croiser ceux d'un cavalier digne d'elle. Et l'excitation de la poursuite, l'ardeur de la piste de danse, si violemment illuminée, la course le long des couloirs sans lumière, le couronnement enfin, le trophée du baiser… Ces derniers temps, parfois, ce passé se faisait si vif, si véridique, qu'elle avait presque l'impression d'être à nouveau cette jeune fille.

Un bruit interrompit sa rêverie ; elle sentit la commissure de ses lèvres retomber. La grande porte venait de s'ouvrir, et Daffyd Llewellyn apparut sur le seuil, d'un pas vacillant, rajustant son chapeau et hissant son chevalet sur sa hanche. Elle se figea dans les ombres du jardin. S'il y avait bien quelque chose dont elle n'avait aucune envie, c'était d'être entraînée dans une conversation avec cet individu. Il marchait d'un pas plus lent qu'à son ordinaire, comme s'il était en proie à quelque douleur. Constance l'avait déjà remarqué, quelques jours plus tôt, alors qu'ils étaient tous rassemblés sur la pelouse ; Eleanor avait annoncé la nouvelle de la décoration qu'il était sur le point de recevoir. Des aigreurs d'estomac, apparemment. Non qu'elle en ait cure le moins du monde. Constance n'avait pas de temps à consacrer à ce vieil imbécile, à ce faible d'esprit. Sa façon de rôder dans la maison quand elle en était la maîtresse, avec son absurde costume victorien et son regard de chien battu, ses ridicules contes de fées – il était toujours pendu à ses basques. Quant à sa fichue dépression nerveuse ! Constance renifla avec mépris. L'individu n'avait-il donc aucune vergogne, aucun sens de l'honneur ? Il n'avait aucune raison de se sentir accablé, lui. S'il y avait une victime, c'était elle. Il lui avait pris son enfant, avait raconté toutes ces sornettes sur les terres des fées, la rédemption, avant de forcer son hospitalité. Elle avait donné l'ordre à Henri de le mettre à la porte mais ce dernier, pourtant si conciliant, si mou en toute circonstance, lui avait opposé un refus définitif.

À présent, c'était au tour d'Eleanor de dorloter le vieux bonhomme et de lui passer tous ses caprices. Enfant, elle l'adorait – un sentiment partagé, et qui avait perduré. Drôles d'amis, ces deux-là ! Constance les avait encore surpris en tête à tête deux ou trois semaines plus tôt, installés sur le banc de jardin, près des rosiers. Eleanor était en train de lui raconter quelque chose qui, visiblement, la torturait ; il opinait du chef.

Puis il avait touché le visage d'Eleanor du bout des doigts et Constance s'était rendu compte que sa fille pleurait. Elle avait compris alors de quoi sa fille et Llewellyn parlaient.

Une chaude brise dispersa des pétales comme autant de confettis. Constance en voyait, des choses, ces temps-ci. Elle aurait préféré conserver sa jeunesse et sa beauté, mais à quoi bon s'évertuer à lutter contre l'inévitable ? Du reste, l'âge conférait quelques privilèges. N'ayant plus la capacité de faire tourner les têtes, elle avait acquis un tout autre talent : immobile, respirant sans bruit, elle était devenue experte dans l'art de passer inaperçue. Ce qui lui permettait de voir certaines choses : Deborah menant la vie dure à sa mère depuis l'annonce de ses fiançailles ; Alice se faufilant hors de la maison pour aller rencontrer dans le secret des bois ce jardinier aux cheveux bruns et aux yeux de romanichel ; les curieuses discussions entre Anthony et la jolie jeune nourrice.

Quel dommage qu'Eleanor ne soit pas aussi observatrice que sa mère. Elle aurait mieux compris ce qui se passait. Combien de temps lui faudrait-il pour y voir clair ? Constance se le demandait. Certes, elle aurait pu faire part à sa fille de ses constatations. Mais le porteur de mauvaises nouvelles est rarement bien accueilli. Eleanor du reste avait certainement fini par avoir vent de la chose : la jeune nourrice était partie avec armes et bagages, sans préavis et dans la discrétion. Bon débarras ! Les sourires sous cape, les propos échangés quand ils avaient l'impression que personne ne les voyait… Mais Constance veillait. Elle avait vu la jeune femme lui donner quelque chose un jour – un livre. Les yeux de Constance avaient perdu de leur acuité, hélas, et elle n'avait pas pu déchiffrer le titre : mais, un peu plus tard, elle avait pris le risque de s'introduire dans le bureau d'Anthony. Elle avait reconnu la couverture verte, au milieu des papillons et des loupes. Des poèmes de John Keats.

Ce n'était pas l'infidélité qui la choquait – les hommes comme les femmes avaient bien le droit de prendre leur plaisir là où il se trouvait. Mais l'indiscrétion ! Il fallait savoir se cacher, c'était essentiel. Les gens de leur classe devaient faire les bons choix, ne jamais prêter le flanc aux fuites et aux ragots. C'était bien là le problème. Un membre de la domesticité n'appartient en aucun cas à la même classe qu'un maître. S'adonner à de telles relations n'était pas seulement imbécile, c'était aussi cruel. Les inférieurs en concevaient des idées de grandeur et rien de bon ne pouvait en résulter.

Le confort en général encourage la transgression ; la jeune Rose Waters avait un peu trop pris ses aises, particulièrement en ce qui concernait le petit Theo. La nourrice avait franchi toutes les limites de la correction professionnelle : elle embrassait l'enfant et lui roucoulait à l'oreille, le berçait contre son sein en le promenant dans le jardin et ne le couchait jamais dans son landau, comme il convenait. Ce traitement sentimental pouvait être toléré de la part d'un parent frappé de gâtisme, mais certainement pas de celle d'une employée de maison. Et Rose Waters ne s'était pas arrêtée en si bon chemin. Elle avait à plusieurs reprises outrepassé ses droits, cédant même à un moment d'égarement caractérisé lorsqu'elle avait osé reprocher à Constance d'entrer dans la nursery « pendant la sieste du petit ». Pour l'amour du ciel,

Constance était la grand-mère de cet enfant ! Elle voulait simplement s'asseoir près de son petit lit et le regarder dormir, sa poitrine rebondie montant et descendant au rythme de sa belle santé.

Fort heureusement, nounou Bruen était revenue. Quelle pensée réconfortante, songea Constance. Revoir sa bonne vieille nourrice reprendre du service auprès de Théo lui avait fait chaud au cœur. Constance s'intéressait de près à son jeune petit-fils, et il était temps que l'enfant renoue avec une éducation plus conforme aux exigences de sa classe. À ce sujet, il y avait quelque chose dont elle devait absolument parler à nounou Bruen. Une demi-heure plus tôt, Constance avait assisté à une démonstration inacceptable. Clementine, cette malheureuse petite aux taches de rousseur et aux dents de cheval, était apparue dans le jardin, portant le petit Théo sur ses épaules ! Constance avait senti une rage froide monter en elle. Elle l'avait interpellée avec la ferme intention de la gronder, mais la gamine avait feint de ne pas l'entendre.

Constance posa le regard sur le coin de jardin par lequel la jeune fille et son petit cavalier s'étaient éclipsés, marchant vers le lac. La tondeuse fit entendre ses cliquètements dans son dos et elle s'empara de son nécessaire d'écriture, s'en servant comme d'un éventail. Ces bruits mécaniques aggravaient toujours l'impression de chaleur – et ce 23 juin promettait d'être une vraie fournaise. Les gens se comportaient curieusement quand il faisait chaud. S'adonnant à des fantaisies inattendues. On parlait même d'accès de folie provoqués par les élévations de température. Constance n'avait pas d'affection pour Shakespeare

– un véritable raseur, celui-là – mais il avait raison sur un point. Le solstice est un moment étrange et imprévisible.

Clementine et le bébé n'étaient toujours pas revenus. Le rire du petit s'égrenait encore dans la mémoire de sa grand-mère, qui sentit son cœur s'attendrir. L'enfant était si charmant ! Une joyeuse nature, un sourire qui faisait venir une cascade de fossettes, et ces petites jambes, si solides, si potelées. Elle se demandait, parfois, ce que l'autre garçonnet serait devenu. Le premier. Si le destin avait été moins cruel.

Cet après-midi, décida-t-elle, elle irait à la nursery regarder Theo dormir. C'était l'une de ses distractions favorites, ces temps-ci. Et maintenant que Rose Waters n'était plus là, qu'Eleanor avait mieux à faire et que nounou Bruen quant à elle était consciente de son rang, personne ne pourrait plus l'en empêcher, cette fois-ci.

***

Clemmie emprunta le sentier herbeux qui longeait le ruisseau. Ce n'était pas le plus court chemin, mais Theo aimait barboter dans les eaux peu profondes du gué et Clemmie aimait lui faire plaisir. De toute façon, c'était la veille du Solstice et la maisonnée serait sens dessus dessous toute la journée. Plus longtemps ils restaient à l'écart des préparatifs, mieux cela valait. Elle songea même, en toute objectivité et sans le moindre apitoiement, que leur absence passerait inaperçue.

— Dieu merci, mon Gros Bébé, on se tient compagnie, dit-elle.

— Ga ! gargouilla le petit en guise de réponse.

Une vague d'émotion, chargée tout autant d'amour que d'anxiété, la submergea soudain et elle serra un peu plus fort les petites jambes si rondes, si potelées. Peut-être lui avait-il volé sa place de benjamine, mais Clemmie ne pouvait plus imaginer le monde sans Theo.

Le soleil se levait derrière eux et leurs ombres s'allongeaient sur le chemin, celle de Clemmie dégingandée, et les jambes du bébé comme deux petites ailes de chaque côté. Il passait sa petite tête par-dessus l'épaule de sa sœur, accroché à son dos, et tendant parfois son petit poing frémissant pour montrer quelque chose qui lui plaisait. Ce n'était pas venu tout seul, mais il parvenait désormais à rester cramponné au cou de Clemmie, fût-ce d'une seule main. Quand l'envie lui en prenait, elle pouvait même écarter les bras et se lancer dans les manœuvres aéronautiques les plus folles.

Elle s'arrêta près des pierres qui permettaient de passer le ruisseau à sec, posa à ses pieds le petit sac qu'elle avait emporté (il contenait quelques gâteaux préparés pour la fête et volés à l'office) et fit glisser Theo le long de ses jambes. Il atterrit sur le monticule herbeux qui surplombait la rivière avec un gloussement ravi et se remit immédiatement sur pied.

— O, déclara-t-il gravement en montrant le ruisseau. O.

Tandis que Theo piétinait joyeusement les trèfles et s'installait, fesses dans la vase, dans les roseaux, Clemmie se mit en quête d'un galet à ricochets. Elle visait à la perfection : il fallait qu'il soit plat, petit, lisse mais surtout, qu'il épouse exactement la forme de sa main. Elle ramassa un caillou, le soupesa, en caressa les contours, avant de le rejeter. Trop rugueux.

Elle répéta l'opération deux fois, trois fois puis dénicha un galet qui, s'il n'était pas impeccable, pouvait sans doute faire l'affaire. Elle le glissa dans sa poche et continua à chercher.

Alice était imbattable à cet exercice. D'ailleurs, elle gagnait à tous les jeux, ayant l'amour du détail et l'obstination nécessaire. Avec Alice, Clemmie avait passé des heures à choisir des galets pour les lancer ensuite à la surface du ruisseau. Elles avaient fait la roue sur l'herbe, avaient fabriqué des balançoires avec des cordages de bateau, longs et résistants ; elles avaient érigé des cabanes dans les ajoncs. Elles s'étaient battues, elles s'étaient chatouillées, elles avaient ri, elles s'étaient collé des pansements sur les genoux – elles s'étaient endormies, épuisées, en nage, sous les buissons, tandis que le soleil de l'après-midi délavait les couleurs du jardin. Mais, cet été, Alice n'était plus la même. Elle avait abandonné Clemmie.

La fillette ramassa un galet gris clair aux taches singulières et le frotta de son pouce humide. C'était depuis leur retour de Londres. Ils avaient tous l'habitude de voir Alice perdue dans ses carnets, dans les mondes imaginaires de ses histoires : cette fois-ci, pourtant, c'était autre chose. Elle était lunatique, passant de la joie hystérique à la morosité exaspérée. Elle s'enfermait dans sa chambre avec les plus piètres excuses : *J'ai besoin de faire la sieste... Non, j'écris... J'ai mal à la tête*. Puis se faufilait hors de la maison, si bien que, lorsque Clemmie allait la chercher, il n'y avait plus personne.

Clemmie regarda Theo, occupé à creuser un trou

dans la vase à l'aide d'un bout de bois. Une sauterelle qui bondissait d'un roseau à l'autre lui fit pousser des cris de joie. Clemmie eut un sourire pensif. Theo était un magnifique petit gars, mais Alice lui manquait. Elle aurait tout donné pour la retrouver, pour renouer avec leurs jeux de naguère. Ses deux sœurs lui manquaient. Elles l'avaient toutes les deux laissée sur le bord de la route en devenant adultes, l'abandonnant sans même se retourner. Alice avec son air absent et Deborah qui allait se marier. Double trahison, aux yeux de Clemmie. Elle ne serait jamais semblable à ces deux-là. Elle ne grandirait jamais. Les adultes étaient déconcertants. Clemmie ne savait que faire de leurs stupides et invariables injonctions (« Pas maintenant », « Moins vite », « Arrête immédiatement ! »), de leurs ennuyeuses conversations, de leurs mystérieuses migraines, des excuses qu'ils trouvaient pour ne pas participer à la moindre activité distrayante. Ils trahissaient leur enfance de mille infimes façons. Elle n'aimait pas non plus les royaumes subtils de l'insinuation et de la nuance, qui leur étaient si familiers, la manière qu'ils avaient de dire une chose et d'en penser une autre. Clemmie vivait dans un monde nettement plus tranché. Il est vrai qu'un pilote est plus à son aise dans un environnement binaire : oui/non, en haut/en bas, bien/mal.

— Non ! s'exclama-t-elle soudain.

L'injonction s'adressait à elle-même. Son humeur morose commençait déjà à saper son matin ensoleillé ; et voilà que ce à quoi elle essayait de ne pas penser lui était revenu à l'esprit. Cette vision. Des corps, nus, contorsionnés, en mouvement…

Non. Clemmie ferma les yeux et secoua la tête pour s'en défaire.

Elle savait pourquoi ces affreuses visions lui étaient revenues. Le jour où elle les avait eues ressemblait à celui-ci. Elle était allée regarder les avions à la base et rentrait à Loeanneth.

Elle martela le sol de son talon. Ah, si elle était rentrée plus tôt. Tout plutôt que ce raccourci dans les bois, qui la faisait passer devant le hangar à bateaux. Les voir. Quelle horreur ! Et la peur, et l'incompréhension. Qu'étaient-ils donc en train de faire ?

« Ma pauvre chérie, avait dit Deborah lorsque Clemmie lui avait raconté ce qu'elle avait vu, incapable de le garder pour elle : Tu as dû avoir un tel choc. »

Elle avait pris Clemmie par les mains.

« Sors-toi ça de la tête, ma chérie. Tu as eu entièrement raison de m'en parler, mais il ne faut plus y penser une seconde. Je m'en occuperai, ne t'en fais pas. »

Autant reconstituer une coquille d'œuf écrasée, s'était dit Clemmie. Mais Deborah s'était contentée de sourire. Et son beau visage dégageait une telle sérénité, sa voix vibrait d'une telle certitude que les soucis de Clemmie s'étaient apaisés.

« Je lui en parlerai, avait promis Deborah. Tu verras, tout va s'arranger. »

Clemmie fit s'entrechoquer les galets dans sa poche et se mordit machinalement le pouce. N'aurait-elle pas dû aller trouver Mère ? En parler à Papa ? Non, non, avait insisté Deborah. Clemmie ne devait plus y penser. Et surtout, elle ne devait en parler à personne. Était-ce compris ? Personne.

« Clem, ça ne pourrait que les mettre sens dessus dessous. Et, franchement, ce n'est pas ce que nous voulons. Tu ne penses pas ? »

Clemmie ramassa un galet ovale, de couleur rosâtre, le garda un long instant entre le pouce et l'index. Après les avoir vus dans le hangar à bateaux, Clemmie s'était dit qu'elle devait immédiatement en parler à Alice. Et, peut-être que si elles avaient été plus proches, c'est sans doute ce qu'elle aurait fait. Mais avec la distance qui s'était installée entre elles, si soudainement, cet été… Non. Elle avait pris la bonne décision. Deborah était le genre de personne que rien ne pouvait déconcerter. Elle allait s'occuper de tout cela.

— Mimi ?

Theo la regardait avec une expression solennelle, son petit visage contracté, sérieux. Clemmie se rendit compte qu'elle fronçait les sourcils. Elle se détendit, improvisa un sourire. Après un instant de perplexité, le petit fit écho, fossettes hilares, yeux pétillants : il avait recouvré son équilibre. Clemmie sentit déferler une vague de mélancolie, de joie et d'épouvante mêlées. Comme il lui faisait confiance ! Un simple sourire avait suffi à lui rendre le bonheur. Clemmie se rembrunit de nouveau et le sourire déserta le regard de l'enfant. Elle l'avait entièrement en son pouvoir. Pour Clementine, par ailleurs encore incapable de maîtriser son existence, cette prise de conscience avait quelque chose d'enivrant. Theo était si vulnérable. À la merci de n'importe quel individu décidé à faire mauvais usage de cette confiance.

L'attention de Clemmie fut distraite par le bruit de la tondeuse. Ou plutôt par son arrêt. Le bourdonnement de la tondeuse faisait tellement partie des matins d'été qu'elle ne l'avait pas remarqué avant qu'il s'interrompe, donnant du relief aux autres sons : le glouglou du ruisseau, le babil de son frère, les oiseaux matinaux.

Son visage s'assombrit pour de bon, cette fois-ci. Elle savait très bien qui tondait la pelouse. Oh, tout plutôt que de le voir, celui-là, cet individu. S'il pouvait disparaître ! Oui, oui, qu'il quitte Loeanneth, qu'elle ne le revoie plus jamais. Alors peut-être pourrait-elle oublier ce qu'elle avait vu dans le hangar à bateaux ; et la vie reprendrait son cours normal.

Clemmie hissa le bébé sur sa hanche.

— Allez, Gros Bébé, Grobinou, Grobichou. On y va, chantonna-t-elle en lui essuyant les mains. Bienvenue à bord. On va bientôt décoller.

C'était un enfant obéissant. Mère en tout cas l'avait dit à nounou Bruen lorsque cette dernière était revenue remplacer nounou Rose, deux semaines plus tôt (*obéissant et d'une heureuse nature* – ah, le ton agréablement surpris qui impliquait que Clemmie, la précédente, ne méritait pas ces deux qualificatifs, elle). Theo ne récrimina pas, en effet, abandonnant ses explorations du ruisseau et se pelotonnant contre le dos de sa sœur, Puppy coincé dans le pli de son coude. Reprenant son équilibre, Clemmie traversa le cours d'eau en sautant de pierre en pierre et se dirigea vers la base aérienne, au-delà de la ferme des Martin. Elle marchait d'un pas résolu, les bras enserrant les jambes de Theo. Elle ne se retourna pas une seule fois.

***

Ben bondit du siège de la tondeuse et s'accroupit devant le moteur. La chaîne était bien en place ; rien n'était coincé dans les lames et la pelouse qu'il avait entrepris de tondre était plate comme la main. Ses connaissances techniques s'arrêtaient là. Il n'y avait qu'à attendre, le temps que la machine reconsidère ses positions.

Il s'assit dos à la tondeuse et fouilla dans la poche de sa chemise, à la recherche d'une allumette. Le soleil du matin lui réchauffait déjà la nuque : la journée promettait d'être étouffante. Il entendit les moineaux lancer leurs trilles joyeux, le train du matin qui quittait la gare ; il sentit le parfum doux des roses thé et de l'herbe fraîchement coupée.

Un biplan traversa le ciel. Ben le suivit des yeux, jusqu'à ce que l'avion ne soit plus qu'un point noir dans le ciel – puis plus rien. Son regard retomba sur la maison, dont la façade était désormais noyée de soleil. Les rayons remontaient jusqu'aux fenêtres en verre vitrail du dernier étage (les chambres à coucher, il le savait) ; et de nouveau un profond désir s'empara de lui. Comme toujours. Bon Dieu, quel idiot il faisait. Il détourna le regard et tira profondément sur sa cigarette. Ses sentiments étaient absurdes. Pis encore, ils le mettaient en danger. Il était déjà allé trop loin. Il avait honte de son propre comportement.

Qu'il lui manquerait, ce jardin, lorsqu'il serait parti. Il n'avait jamais eu qu'un simple contrat d'intérimaire à Loeanneth, personne ne le lui avait caché. Ce qu'il ne savait pas, c'était à quelle vitesse viendrait le terme, à quel point il aurait envie de rester. M. Harris lui avait proposé une prolongation, mais Ben avait refusé. Il avait des choses à régler.

« Des problèmes de famille », avait-il précisé.

Et M. Harris avait opiné du chef en tapant sur l'épaule de Ben tandis que Adam se démenait dans la cabane, derrière eux – Adam, trente-trois ans, et le regard innocent d'un chiot. Ben n'avait pas fourni plus de détails. Il ne se voyait pas mentionner Flo et ses difficultés. Inutile. M. Harris savait mieux que quiconque ce que signifiaient les charges de famille. Comme tous ceux qui avaient retrouvé vivants les pères, les conjoints, les fils au lendemain de la Grande Guerre, il savait qu'on peut revenir du front sans pour autant vraiment rentrer chez soi.

Ben se pencha pour passer sous la tonnelle et s'arrêta un moment près de la mare aux poissons ; un souvenir le fit frémir, pareil à une ombre. C'était là qu'Alice lui avait lu les premiers extraits de son manuscrit. Il entendait encore sa voix résonner, comme si elle avait été conservée par les feuilles et que celles-ci la rejouaient pour lui seul, phonographes végétaux.

« J'ai eu une idée de génie, l'entendit-il clamer – si jeune, si innocente, si joyeuse. J'ai travaillé là-dessus toute la matinée. Je n'aime pas me vanter, mais je crois que c'est vraiment ce que j'ai écrit de mieux jusqu'ici.

— Vraiment ? »

Ben l'avait gentiment taquinée. Elle, cependant, était bien trop excitée pour le relever. Elle s'était lancée dans des explications sur l'idée de génie, l'intrigue, les personnages, la surprise à laquelle personne ne s'attendait ; l'intensité de sa concentration, sa passion même, illuminaient ses traits. Il n'avait pas remarqué à quel point elle pouvait être belle avant qu'elle ne parle de ce qu'elle écrivait. Ses joues alors s'empourpraient, ses yeux scintillaient d'intelligence. À dire vrai, elle en débordait. Il fallait un sacré cerveau pour anticiper comme elle le faisait, construire des scénarios, voir où ils menaient – un vrai stratège. Rien à voir avec lui.

Les premiers temps, c'était l'enthousiasme d'Alice qui avait bercé Ben. Il aimait qu'on lui raconte des histoires pendant qu'il travaillait – et rattraper la balle au bond, suggérer, échanger. Un jeu, en somme. Alice avait ranimé sa jeunesse, sans doute. Sa préoccupation adolescente, ardente, pour ses histoires et pour l'instant, était communicative. De quoi chasser les soucis de l'âge adulte, se disait Ben.

Les parents d'Alice n'auraient certainement pas approuvé ces rencontres à la sauvette, mais, dans l'esprit de Ben, lui et Alice ne faisaient rien de mal. Au début, du moins. Il n'aurait jamais soupçonné – non plus qu'Alice – où cela les mènerait. Mais il était plus âgé qu'elle. Il aurait dû s'en douter. Il aurait dû se montrer plus circonspect. L'âme humaine, la vie, les circonstances… comment les contrôler ? Et lorsqu'il se rendit compte de ce qui était en train de se produire, il était trop tard.

La cigarette était finie. Il fallait reprendre le travail. M. Harris lui avait donné une liste de tâches à effectuer avant le début de la grande fête. Il fallait empiler les rondins pour le feu de joie et trouver quelqu'un qui fasse entendre raison à cette fichue tondeuse.

Ben balaya les alentours d'un regard méfiant et sortit la lettre de sa poche. Il n'y avait personne pour l'espionner. Il l'avait lue si souvent, cette lettre, que les plis commençaient à s'user ; certains mots avaient même disparu. Mais Ben s'en souvenait – soupirs gravés dans son âme. Elle écrivait diablement bien, c'était indéniable. Il relut chaque phrase lentement, soigneusement ; et ce qui lui avait donné de si grandes joies l'emplissait maintenant d'un lourd regret.

Loeanneth allait lui manquer. Elle aussi, elle allait lui manquer.

Un oiseau voleta au-dessus de sa tête et son pépiement avait quelque chose de la réprimande. Ben replia la lettre et la glissa dans sa poche. À quoi bon se morfondre dans le passé ? Il avait du pain sur la planche.

« On va avoir un sacré feu de joie ce soir », avait déclaré M. Harris en montrant d'un geste du menton tout le bois qu'ils avaient coupé au cours de la semaine.

Un petit sourire était apparu sur son visage.

« On le verra de Caradon Hill. Tu sais ce qu'on dit par ici ? Plus le feu du Solstice brûle haut, meilleure la fortune dans l'année qui suit. »

Ben connaissait le dicton. Alice le lui avait déjà rapporté.

15

Cornouailles, 2003

Clive Robinson, bien que quasi nonagénaire, était mince et alerte, le front haut et ridé, la chevelure abondante, d'un blanc de neige, le nez fort et le sourire franc. Et il avait visiblement toutes ses dents. Et toute sa tête, ce que confirmait son regard clair, dont la vivacité n'était guère affectée par les énormes lunettes à la monture de bakélite marron – un modèle, se dit Sadie, qui devait dater des années 70.

— Ah, la fournaise de cet été 1933, dit-il en hochant la tête. Elle vous rentrait sous la peau, elle vous empêchait pratiquement de dormir. Et pas une goutte de pluie ! Ça a duré des semaines. L'herbe commençait à roussir. Pas à la Maison du lac, hein. Ils avaient du personnel, des jardiniers, qui veillaient au grain. Quand on est arrivés, tout était encore en place. Les lanternes, les serpentins, les guirlandes. Je n'avais jamais vu pareil spectacle. Un gars comme moi dans un endroit comme celui-là… C'était si beau. Ils nous ont fait servir le thé à cinq heures, avec des petits gâteaux. Vous vous rendez compte ? Leur petit garçon vient de disparaître et ils pensent à nous faire servir une collation. Oh là là, magnifiques, ces gâteaux. Ils les avaient fait préparer spécialement pour la fête.

Sadie avait rappelé le policier à la retraite dès qu'elle avait reçu sa lettre. Il avait indiqué son numéro de téléphone au bas de sa réponse : elle avait filé à la cuisine pour composer ledit numéro, encore frissonnante des implications de la découverte qu'elle venait de faire. Le plan de 1664, les pirates, le tunnel.

« Je vous attendais », avait-il dit lorsqu'elle s'était annoncée.

C'était ce que le vieux bonhomme avait déclaré à l'Eleanor du *Seuil magique* lorsque cette dernière était entrée dans sa chambre, une coïncidence qui n'avait pas échappé à Sadie. Que voulait-il dire exactement ? Qu'il s'attendait à ce qu'elle le rappelle après avoir reçu sa lettre ? Ou qu'il l'attendait depuis soixante-dix ans et le classement du dossier ?

« Je savais qu'un jour, quelqu'un finirait par s'en mêler. Que je n'étais pas le seul à penser encore à ces gens-là. »

Ils avaient échangé quelques propos au téléphone, se jaugeant, échangeant leurs états de carrière (Sadie se garda bien de mentionner le fait que ses vacances en Cornouailles étaient quelque peu forcées) ; puis ils avaient abordé l'affaire. En dépit de la nouveauté de la chose, Sadie s'était abstenue également de parler de sa théorie du tunnel.

« L'information est rare, s'était-elle contentée de dire. À part le livre de Pickering, je n'ai pas grand-chose à me mettre sous la dent. »

Clive avait répondu par un ricanement amusé.

« Il ne brille pas par la précision et la solidité des informations, avait poursuivi Sadie.

— Il ne brillait pas par grand-chose, le pauvre, rétorqua Clive avec un gloussement. Ce n'est pas bien de se moquer des morts, mais le jour où le Seigneur distribuait les talents, Arnold Pickering ne devait pas se trouver dans la queue. Bon, vous voulez passer me voir ? »

Et Sadie avait suggéré le lendemain.

« Matin, avait-il précisé. Bess, ma fille, doit venir à midi, on a un rendez-vous. »

Il avait ajouté *sotto voce*, après un bref silence :

« Elle n'apprécie pas mon intérêt encore tenace pour cette affaire. Elle prétend que ça relève de l'obsession. »

Sadie avait souri. Elle connaissait la chanson.

« Elle aimerait mieux que je me mette au bridge ou à la philatélie.

— Je serai muette comme une tombe. À demain, neuf heures, monsieur Robinson. »

Et voici la raison pour laquelle, par un beau samedi matin, elle se retrouva dans la cuisine de Clive Robinson, à Polperro, assise en face de lui devant une théière, une assiette de biscuits secs et de tranches de cake. La table encastrée était recouverte d'une nappe brodée dont les plis encore marqués indiquaient qu'on venait de la poser. À l'envers, du reste – un fait qui avait curieusement ému Sadie lorsqu'elle avait remarqué la petite étiquette sur l'ourlet.

Si Clive était visiblement ravi de la rencontrer, l'énorme chat noir qui lui tenait compagnie ne partageait pas son enthousiasme pour l'intruse, loin de là.

— Ce n'est pas à vous qu'elle en veut, précisa Clive.

Il caressa doucement l'animal feulant sous le menton.

— Elle n'aime pas que je parte en voyage. Très possessive, Mollie.

Le fauve assista à leurs échanges perché sur le rebord ensoleillé de la fenêtre, entre deux pots d'herbes aromatiques, ronronnant aigrement et balançant la queue en guise d'avertissement.

Sadie prit un gâteau sec et parcourut du regard la liste de questions qu'elle avait préparée pour l'entretien. Elle avait décidé de tâter le terrain avant de savoir si elle pouvait confier sa théorie du tunnel au vieux monsieur. Sans parler d'une question qui n'avait rien d'anodin : était-il une source fiable ? Même si la perspective de rencontrer Clive l'avait fait frissonner d'impatience, Sadie se demandait si, à près de quatre-vingt-dix ans, il serait encore en mesure de se rappeler en détail une affaire sur laquelle il avait travaillé quand il en avait soixante-dix de moins. Mais l'alerte Clive l'avait rapidement rassurée. Et elle avait déjà noirci plusieurs pages de son bloc-notes.

— Je n'ai jamais pu oublier l'affaire, déclara-t-il en versant le thé à travers une petite passoire. Ça ne saute peut-être pas aux yeux, mais j'ai une excellente mémoire. Et je me souviens très bien de l'affaire Edevane. Elle est restée gravée dans ma caboche. Même si j'avais voulu, je n'aurais pas pu l'oublier.

Il redressa ses épaules maigres et voûtées, prises dans une chemise impeccablement repassée. Il n'avait pas renoncé aux habitudes de sa génération, soucieuse de faire bonne figure.

— C’était ma première enquête, vous comprenez ?

Il considéra Sadie derrière ses verres épais.

— Vous êtes de la maison, vous voyez ce que je veux dire.

Sadie avait acquiescé. Aucune formation ne préparait un policier à la violence et à la tension de la première affaire. Dans le cas de Sadie, un appel consécutif à des violences domestiques. La femme avait l’air d’avoir passé dix rounds sur un ring de boxe, le visage couvert de bleus et la lèvre fendue. Mais elle ne voulait pas porter plainte.

« Je me suis pris la porte dans la figure », leur avait-elle affirmé, sans même prendre le temps d’inventer un mensonge plus original.

Sadie, tout juste sortie de l’école de police, encore hantée par ses propres démons, avait quand même voulu arrêter le conjoint violent. L’injustice était si brûlante. Mais ils n’avaient pas le choix, ce qu’elle avait eu du mal à comprendre. Sans coopération de la part de la victime, les policiers ne pouvaient qu’émettre un avertissement et quitter les lieux.

« Il va falloir t’y faire, avait dit Donald. Ce qu’une femme battue peut faire pour couvrir son agresseur, parce qu’elle a peur, parce que le système ne facilite en rien sa fuite, tu n’as pas idée. »

Sadie se souvenait encore de l’odeur que dégageait cet appartement.

— Ça a été ma première rencontre avec le chagrin, pour ainsi dire, poursuivit Clive. Enfant, j’avais été très protégé. Famille heureuse, un toit tout à fait convenable, des frères et sœurs et la grand-mère qui habitait au coin de la rue. Quand j’ai commencé à travailler, je n'étais jamais allé à un enterrement de ma vie ! Par la suite, je les ai collectionnés, cela dit.

Il fronça les sourcils, le regard fixé par-dessus l'épaule de Sadie, plongé dans ses souvenirs.

— Cette maison, ces gens… Leur détresse, l'expression de leurs regards, si désespérés – quand on traversait les pièces, on avait l'impression que la maison elle-même était au courant de cette disparition.

Il fit tourner sa tasse dans la soucoupe. Petite mise au point, avant de reprendre, à mots comptés :

— C'était ma première affaire.

Sadie lui répondit par un petit sourire. Ça, elle comprenait. Rien ne valait le métier de policier pour vous plonger dans les horreurs de l'existence. Les seuls qui les côtoient d'encore plus près, ce sont les équipes de premiers secours.

— Si j'ai bien compris, vous avez d'abord privilégié l'hypothèse accidentelle. L'enfant se serait égaré.

Bref hochement de tête.

— Oui, c'est ce qu'on a pensé au départ. Personne ne pensait aux enlèvements d'enfants, à cette époque. Il y avait bien eu l'affaire Lindbergh, aux États-Unis : mais si on en avait tant parlé, c'était justement parce qu'elle sortait de l'ordinaire. Nous étions certains de pouvoir retrouver le petit dans la journée. Il ne pouvait pas être allé bien loin, vu son âge. Nous avons tout fouillé jusqu'à la tombée de la nuit : les champs, la forêt qui bordait la propriété. Rien, pas un indice. Le lendemain, on a fait venir des plongeurs pour le lac. Toujours rien. C'est alors que nous avons pensé à l'enlèvement.

Après quoi Sadie se lança dans la deuxième série de questions, griffonnées la veille au soir. D'habitude, elle n'aimait pas les « pourquoi », surtout au tout début d'une enquête.

« Les mobiles, c'est bon pour les écrivains », aimait à grommeler Donald.

Lapidaire, mais bien vu. Les policiers, eux, avaient besoin de preuves matérielles. Il leur fallait d'abord comprendre comment le crime avait été commis et qui en avait la possibilité. Le pourquoi constituait une diversion souvent trompeuse.

En l'occurrence, il fallait sans doute déroger à la règle : les indices étaient particulièrement maigres et l'affaire remontait à bien plus d'un demi-siècle. Et puis le plan de 1664 apportait des perspectives nouvelles. L'alcôve mystérieuse, la possibilité d'un passage secret raccordant la maison au monde extérieur… Tunnel qui s'était effacé depuis des mémoires et des plans. Si l'hypothèse se confirmait, l'un des aspects les plus énigmatiques de l'affaire (comment avait-on pu faire sortir l'enfant ?) serait peut-être résolu. Et, avec un peu de chance, le *qui* suivrait de peu le *comment*. Car ils étaient peu nombreux, sans doute, ceux qui, à l'époque, connaissaient l'existence du tunnel. Depuis qu'elle avait pris rendez-vous avec Clive, Sadie avait tourné et retourné dans son esprit cette citation tirée de *La vengeance est un plat qui se mange froid*. « *Diggory commençait toujours par la famille. On a tort de penser que la culpabilité élimine le chagrin.* » Au paragraphe suivant, Diggory Brent rendait visite, pour la première fois, à l'ex-épouse et à la fille du mort.

— Vous avez interrogé les parents ? demanda Sadie.

— On a commencé par là. Rien n'indiquait leur

culpabilité, cela dit. Et ils avaient tous les deux un alibi. La mère du petit n'avait cessé de se montrer pendant la soirée. Elle était au hangar à bateaux, la plupart du temps. C'est de là que partaient les gondoles sur lesquelles les invités se promenaient sur la rivière. Nous avons tout vérifié. Rien de surprenant à ce qu'ils n'y soient pour rien. Pourquoi enlever votre propre enfant ? C'est absurde.

Il n'avait pas tort. Sadie cependant n'en avait pas fini avec les parents de Theo, même si, au fil de la semaine, elle avait développé une certaine sympathie pour Eleanor Edevane, âme sœur.

— D'après Pickering, il se serait passé trois heures entre la fin de la fête et le moment où les parents se sont rendu compte de la disparition de l'enfant. Qu'ont-ils fait pendant ces trois heures ?

— Ils étaient allés se coucher en même temps. Aucun des deux ne s'est levé avant huit heures du matin. Heure à laquelle la femme de chambre est venue leur annoncer que Theo n'était plus dans son petit lit.

— Aucune raison de douter de leur sincérité ?

— Aucune.

— Ils auraient pu agir de concert, par exemple.

— Pour faire disparaître l'enfant ? Après avoir pris congé de leurs trois cents invités ?

L'hypothèse, ainsi résumée, semblait réellement absurde, mais Sadie allait toujours au bout de ses idées. Elle hocha la tête. Clive reprit :

— Tous étaient unanimes dans la maison : l'enfant était aimé de tous. Non seulement aimé, mais infiniment désiré. Les Edevane l'avaient attendu longtemps, ce fils. Ils avaient déjà trois filles, dont la plus jeune avait douze ans en 1933. Le garçon était grandement apprécié. Autrefois, ces grandes familles voulaient toutes au moins un garçon, pour transmettre le nom, la fortune. Ce n'est plus le cas. Ma petite-fille me dit que toutes ses amies veulent des filles : elles sont plus gentilles, c'est plus drôle d'acheter des vêtements pour elles et elles posent moins de problèmes – il haussa ses sourcils blancs et bien peignés, incrédule : Ce qui est entièrement faux, et moi qui ai eu des filles, je suis bien placé pour le dire.

Sadie lui adressa un demi-sourire tandis qu'il prenait un gâteau.

— Je vous crois sur parole, commenta-t-elle en se concentrant, front plissé, sur la liste des membres de la famille Edevane, que Clive lui avait fournie au début de leur entretien : Si je comprends bien, la grand-mère de l'enfant vivait à Loeanneth ?

L'aimable visage de Clive se crispa légèrement :

— Constance deShiel. Horrible bonne femme. Une de ces créatures prétentieuses, pétries de bonnes manières, qui vous regardent comme une tache sur le tapis. Mais elle a été des plus disertes sur sa fille et son gendre.

— Ah oui ? Et que disait-elle ?

— Oh, des piques diverses, sur le thème : “Les apparences sont bien gardées, mais…”. Elle a plus d'une fois fait allusion à quelques infidélités, à un adultère… sans entrer dans les détails.

— Vous n'avez pas insisté ?

— À cette époque, vous savez… Elle appartenait à la haute société, était femme, de surcroît. Les règles n'étaient pas les mêmes. Nous n'avons pas pu aller aussi loin que nous le voulions.

— Mais vous avez mené votre petite enquête.

— Bien sûr. Comme vous le savez, les désaccords familiaux, c'est pain bénit pour l'enquêteur. Certaines personnes font des choses horribles pour punir leur conjoint. Le père qui vient chercher ses enfants pour son week-end de garde et qui ne les ramène pas. La mère qui raconte de gros mensonges à ses petits sur leur vilain papa. Les droits des enfants se perdent souvent dans ces guerres entre parents.

— Mais pas dans le cas qui nous intéresse ?

— Tout le monde nous a dit à quel point les Edevane s'adoraient. Un couple inséparable.

Ce qui plongea Sadie dans une brève méditation. Les couples étaient chose mystérieuse. Elle n'avait jamais connu cet état, mais il lui semblait qu'ils avaient tous deux visages, qu'ils étaient tous riches de secrets, de mensonges, de promesses.

— Mais pourquoi Constance deShiel aurait-elle parlé d'une infidélité, en ce cas ? S'il n'y avait rien eu de tel ? Avait-elle été témoin d'une scène révélatrice ? Ou sa fille lui avait-elle fait des confidences ?

— La mère et la fille n'étaient pas proches du tout. Plusieurs membres de la maisonnée nous l'ont confirmé.

— Et pourtant, la mère vivait chez la fille ?

— Contre son gré, à ce que j'avais compris. Après la mort de son mari, la vieille Mme deShiel avait perdu toute sa fortune dans de mauvais placements. Elle dépendait donc de la bonté de sa fille et du mari de cette dernière. Ce dont elle souffrait – il haussa les épaules : Ses insinuations n'étaient peut-être que des ragots destinés à semer la zizanie.

— Alors qu'un enfant vient de disparaître ?

Clive eut un geste de la main qui semblait signifier que rien ne pouvait plus l'étonner. Il en avait vu, des comportements étranges, en son temps.

— Mais il y avait peut-être une autre explication. En 1933, la vieille Mme deShiel commençait à montrer certains signes de démence sénile. Son docteur nous avait conseillé de ne pas prendre tout ce qu'elle racontait au pied de la lettre. En fait…

Clive se pencha vers Sadie, bien qu'ils soient seuls, comme pour lui confier un secret :

— … le Dr Gibbons a fait allusion au fait que Mme deShiel n'avait pas été d'une grande fidélité conjugale, elle-même, et que ses commentaires acerbes provenaient peut-être de souvenirs confus de sa propre jeunesse, qu'ils n'avaient rien à voir avec sa fille. Avec ce genre de maladie, dit-on, le passé et le présent se confondent.

— Et vous, qu'en dites-vous ?

Il écarta les mains.

— Pour moi, c'était une vieille femme amère, mais inoffensive. Solitaire, aussi. Et avec nous, elle avait un auditoire captif.

— Vous voulez dire qu'elle se donnait de l'importance ?

— Oui, on avait l'impression qu'elle voulait que nous l'interrogions. Comme si elle était l'ordonnatrice d'une conspiration diabolique, ou je ne sais quoi. Qu'elle aurait tout à fait apprécié que nous l'arrêtions. Elle se serait retrouvée au centre du drame. Quel bonheur pour elle !

Clive ramassa une miette sur la nappe, qu'il déposa soigneusement sur le bord de son assiette.

— Ce n'est pas drôle de vieillir, de sentir qu'on

a de moins en moins d'importance, de pouvoir. Elle avait été belle, elle avait dirigé cette maison. Il y avait un portrait d'elle dans la bibliothèque, au-dessus de la cheminée. Une femme impressionnante, je vous le dis. Quand je me rappelle ces yeux qui semblaient me suivre partout, j'en ai encore le frisson.

Il lança un regard soudain sévère à Sadie, les paupières plissés – il avait dû en son temps en impressionner plus d'un, lui aussi, se dit-elle.

— Quoi qu'il en soit, une piste, c'est une piste. On n'en avait pas tant que ça, Dieu m'est témoin. Je les ai donc discrètement surveillés de près par la suite, M. et Mme Edevane.

— Et ?

— Dans bien des familles, la perte d'un enfant est dévastatrice. Ce que confirment les statistiques. Le nombre de parents qui divorcent après ce genre de drame… Mais ces deux-là, non. Ils formaient un si beau couple. Il prenait si bien soin d'elle, doux, attentif, protecteur ; il la contraignait à se reposer, à ne pas courir dehors avec les autres pour se mêler des recherches. Il ne la quittait pratiquement pas des yeux.

Ses lèvres se crispèrent, les souvenirs défilant.

— Terrible semaine. Pauvre femme, c'est ce qui peut arriver de pire à une mère, un vrai cauchemar, mais elle l'a enduré avec tant d'élégance. Vous savez, pendant des années, elle est revenue à Loeanneth, alors que la famille était repartie vivre à Londres.

— Revenue au village ?

— Non, dans la maison. Seule.

Surprenant, cela. L'amie de Bertie, Louise, ne disait-elle pas qu'aucun membre de la famille Edevane n'était revenu après la disparition de l'enfant ?

— Vous l'avez vue de vos yeux ?

— On nous disait des choses, on en parlait au village. Il y avait quelqu'un à la Maison du lac. Je suis donc passé la voir deux ou trois fois, pour être certain que tout allait bien et qu'elle n'avait pas besoin d'aide. Elle m'a toujours reçu très poliment. C'était bien gentil de ma part, disait-elle, mais c'était histoire de prendre l'air, de sortir de Londres.

Il eut un sourire attristé.

— Mais je savais ce qu'elle avait en tête. Elle espérait le voir débouler de nulle part, revenir à la maison comme si cette horreur n'avait jamais eu lieu.

— Pour elle, le dossier n'était pas clos.

— Sûr qu'il l'était pas, elle y croyait encore. Son petit était encore vivant. Elle m'a remercié, une ou deux fois ; pour ce que nous avions tous fait. Les journées pendant lesquelles nous avions cherché son petit garçon. Elle a même fait un don considérable au commissariat, figurez-vous. Une femme très digne. Très triste.

Il fronça les sourcils, perdu dans ses réminiscences. Lorsqu'il reprit la parole, il y avait dans sa voix une pointe d'amertume pensive.

— Autrefois, j'espérais qu'un jour je retrouverais cet enfant. Pour elle. Cette affaire sans solution, ça ne me plaisait pas. Les enfants ne s'évanouissent pas dans la nature. Ils vont quelque part. Il y a toujours un chemin. Il suffit de savoir où chercher.

Il croisa le regard de Sadie.

— Vous avez déjà eu une affaire de ce genre sur la conscience ? Ça vous ronge.

— Oui, une ou deux fois, répondit Sadie qui revoyait Caitlyn Bailey dans le couloir mal éclairé.

Et sentait dans sa main les petits doigts tièdes, confiants, le frôlement de sa tignasse contre le cou de Sadie quand l'enfant était allée chercher son livre d'images et qu'elle avait posé la tête sur l'épaule de l'inspectrice.

— C'était mon obsession, en effet, reprit Clive. D'autant plus forte que le dossier était mince.

— Mais vous aviez bien une idée sur la question, vous ?

— Des pistes, en tout cas. Certaines plus convaincantes que d'autres. Il y avait eu des changements chez les domestiques, un flacon de somnifères avait disparu – il avait peut-être été utilisé par le kidnappeur. Et un des amis de la famille était mort dans des conditions curieuses. Un certain Daffyd Llewellyn.

— L'écrivain…

— Tout à fait. Très connu, à son époque.

Sadie se reprocha intérieurement de n'avoir pas entamé la lecture de la thèse que lui avait prêtée Alastair, avec son chapitre entier consacré à Llewellyn. Elle se souvint de l'introduction à *Eleanor sur le seuil magique* et de la décoration conférée à titre posthume, en 1934. Il était donc mort juste après la disparition de Theo ? Elle n'avait pas fait le rapprochement jusqu'ici.

— Que s'est-il passé ?

— Après quelques jours de recherches intenses, nous draguions le ruisseau, près du hangar à bateaux, quand quelqu'un a crié : « Un corps ! » Mais ce n'était pas celui du petit. C'était un vieillard – ce M. Llewellyn. Suicide, l'enquête l'a confirmé. La culpabilité, peut-être. Nous avons pensé qu'il était mêlé à la disparition.

— Vous aviez des indices ?

— On a suivi la piste. Llewellyn n'avait pas le

moindre mobile, il adorait le petit et toutes les personnes que nous avons interrogées nous ont confirmé qu'Eleanor et lui étaient les meilleurs amis du monde. Il avait même écrit un livre sur elle, quand elle était enfant. Vous en avez peut-être entendu parler ?

Sadie hocha la tête.

— La pauvre femme, elle s'est effondrée lorsqu'elle a appris la nouvelle. Anéantie. Mon Dieu, quelle scène déchirante… J'ai rarement vu chagrin plus dévastateur.

Sadie soupira. Un enfant disparaît ; dans les heures ou les jours qui suivent, le meilleur ami de sa mère se suicide.

— La concomitance est vraiment incroyable.

— Ça, je vous le concède. Nous en avons parlé au docteur du village qui nous a dit que M. Llewellyn était très anxieux ces derniers temps. Nous avons d'ailleurs trouvé un flacon de barbituriques dans la poche de son veston.

— Barbituriques qui ont causé son décès ?

— Le coroner a en effet conclu à une surdose. Llewellyn a avalé les pilules et plusieurs verres de champagne, puis il s'est couché dans le lit du ruisseau et ne s'est jamais réveillé. La concomitance, comme vous le dites, est extraordinaire, l'enfant ayant été enlevé la même nuit. Mais il n'y a rien de suspect là-dedans. Aucun rapport entre ce décès et la disparition de Theo. Ce n'est qu'une coïncidence.

Sadie eut un sourire amer. Elle n'aimait pas les coïncidences – son expérience lui ayant appris qu'elles dissimulaient des relations de cause à effet qui demandaient simplement à être mises en lumière.

À présent, ses antennes frémissaient, pour le moins.

La mort de ce malheureux Llewellyn cachait sûrement quelque chose. De toute évidence, son intuition n'était pas partagée par Clive, mais Sadie se promit de revenir plus tard sur l'incident. *Suicide de Llewellyn – coïncidence temporelle ou était-il impliqué ? Culpabilité ?*

Dans l'intervalle... Elle tapota pensivement son stylo sur un des mots inscrits sur le bloc-notes. *Coïncidence*. Car il y avait une troisième solution à l'affaire, la plus effrayante de toutes, certainement. L'enfant n'avait peut-être jamais quitté la maison. En tout cas, pas vivant. Sadie avait déjà eu affaire à des cas de morts d'enfants ou de coups et blessures – volontaires ou non – maquillés ensuite en accidents. Les personnes impliquées invoquaient invariablement l'enlèvement ou la fuite, détournant ainsi l'attention de la scène du crime.

Une série de cliquètements l'interrompit dans sa réflexion ; elle remarqua pour la première fois une grosse horloge posée sur le banc, derrière Clive. Les chiffres défilaient sur des cartes en plastique : trois d'entre elles avaient pivoté simultanément pour former la combinaison 11 : 00. Diable, midi approchait, avec la fin de leur entretien, puisque la fille du vieux policier devait passer le voir.

— Et les trois sœurs ? reprit-elle, d'un ton qui avait recouvré toute son insistance. Vous leur avez parlé ?

— Oh, plus d'une fois.

— Ça a donné quelque chose ?

— Toujours la même chanson. Tout le monde adorait le petit garçon, elles n'avaient rien remarqué d'anormal et promettaient de nous contacter si elles se souvenaient de quoi que ce soit. Toutes les trois avaient des alibis pour la soirée.

— Mais vous froncez les sourcils.

— Moi ?

Clive la regarda de ses grands yeux aux iris bleu pâle qui papillotaient derrière ses épais verres. Il se passa la main dans les cheveux et haussa l'épaule droite, circonspect.

— Mmh. J'ai toujours pensé, je ne sais pourquoi au juste, que la plus jeune des trois nous cachait quelque chose. Mais ce n'était qu'une intuition. Elle avait un drôle de comportement. Embarrassé. Quand nous l'avons interrogée, elle est devenue rouge comme une pivoine. Elle a croisé les bras et a soigneusement évité mon regard et celui de mes collègues. Mais son discours n'a pas varié. Elle ne savait pas ce qui était arrivé au petit. Il ne s'était rien passé d'inhabituel à la maison les semaines précédentes. Et nous n'avions pas le moindre début de preuve qui puisse nous diriger vers une éventuelle implication de cette enfant.

Sadie s'autorisa brièvement à songer au mobile. La jalousie s'imposait. Une fillette qui, pendant onze ans, avait été la benjamine de la famille, jusqu'à l'arrivée du petit frère que tous aimaient. Et qui lui avait pris sa place. La fête était le moment rêvé de se débarrasser de cet obstacle. Le bruit, l'animation, et la fillette qui se faufilait, inaperçue, avec sa victime.

Ou alors… (et l'hypothèse était sûrement plus vraisemblable que celle qui faisait de la jeune Edevane une fillette psychopathe et meurtrière) Clementine, disait Pickering, avait l'habitude de se promener à l'aube ; parfois, elle emmenait Theo. Ce matin-là, avait-elle dit, la porte de la nursery était fermée et elle n'était pas allée chercher le petit. Mais si elle mentait ? Si elle avait emmené Theo, s'il était arrivé un horrible accident à l'enfant, si elle avait eu trop peur et trop honte d'en parler à quiconque ?

— Après la fête, reprit Clive, comme s'il avait suivi le cheminement de la pensée de Sadie, le domaine a été remis en état par une équipe d'intérimaires. Ils se sont attelés à la tâche après le départ du dernier invité, dans la nuit. Ils ont travaillé jusqu'au matin. Personne n'a rien vu d'anormal.

Mais si, comme Sadie en faisait désormais l'hypothèse, il y avait une possibilité de quitter la maison sans être vu ? Elle nota *Clementine* sur son bloc-notes et entoura le prénom d'un cercle.

— À quoi ressemblait-elle, la jeune Clementine ?

— Un garçon manqué, dirais-je, mais avec quelque chose d'irréel. Elles avaient toutes quelque chose d'insolite, les sœurs Edevane. Du charme, du charisme. J'étais un peu… ensorcelé. Et elles me faisaient un peu peur. Je n'avais que dix-sept ans, hein, et j'étais un vrai pied tendre. C'était la première fois que je rencontrais des gens comme eux. Ils avaient un côté romanesque… la grande maison, le jardin, leur façon de parler, leurs sujets de conversation, leur raffinement… les règles tacites qu'ils semblaient suivre. Ils m'ont ensorcelé, oui.

Clive regarda Sadie droit dans les yeux.

— Puis-je vous montrer une photo ?

— Vous en avez ?

Clive sembla soudain se raviser. Pourtant, son offre avait été si franche, si dénuée d'arrière-pensée.

— C'est que… Bon, c'est un peu particulier. Et comme vous êtes vous-même dans la police…

— Pour combien de temps, je ne sais pas, laissa

échapper Sadie avant même de se rendre compte de sa maladresse.

— Comment ça ?

Elle eut un soupir résigné.

— Eh bien, j'ai enquêté sur une affaire…

Était-ce la tranquillité de cette cuisine, si loin de Londres et du monde dont elle avait l'habitude – ou la sympathie professionnelle qui la reliait désormais à Clive – ou le soulagement de pouvoir enfin confier le secret qu'elle avait si soigneusement caché à Bertie ? Toujours est-il que Sadie s'entendit tout à coup présenter au policier en retraite un bref résumé de l'affaire Bailey et de la manière dont elle s'était persuadée qu'il y avait autre chose dans cette histoire qu'un abandon d'enfant, des efforts qu'elle avait faits pour en convaincre le reste du monde et de son bannissement provisoire en Cornouailles.

Clive l'écouta en silence. Lorsqu'elle se tut, il ne lui infligea ni regard désapprobateur, ni leçon de morale – et ne la pria pas davantage de prendre la porte.

— J'avais lu des articles dans le journal, dit-il simplement. Quelle sale affaire.

— Je n'aurais jamais dû parler à ce journaliste.

— Vous ne pensiez pas à mal.

— Non, le problème, c'est que je n'ai pas réfléchi.

Le dégoût que sa propre faiblesse lui inspirait faisait encore trembler sa voix.

— J'avais une *intuition*.

— Et alors ? Il n'y a pas de honte à ça. Parfois, ces intuitions, comme vous dites, elles ne sortent pas de nulle part. Elles peuvent très bien résulter de quelque chose que nous avons vu sans bien le comprendre.

Il était compatissant. Sadie avait une antipathie

instinctive pour la compassion. Le règlement intérieur de la police avait peut-être changé depuis que Clive avait pris sa retraite : mais certainement pas en ce qui concernait les inspecteurs qui décidaient de faire part de leurs « intuitions » à la presse. Elle lui décocha un sourire sans conviction.

— Vous me disiez que vous aviez une photo ?

Il saisit la balle au bond. Exit, l'affaire Bailey. Il garda un moment un silence pensif avant de hocher la tête.

— Je reviens dans une minute.

Il traversa le vestibule d'un pas traînant ; Sadie l'entendit ensuite fouiller dans une pièce à l'arrière de la maison, avec force jurons. Le chat la fixait de ses grands yeux verts, la queue balançant de gauche à droite, lentement, réprobatrice. Bien, bien, bien, semblait dire cet appendice noir et velu.

— Que me veux-tu, toi ? grommela Sadie. J'ai déjà reconnu que c'était ma faute.

Elle se mit à tripoter un coin de la nappe, machinalement. Ne pas penser à Nancy Bailey. *Abstiens-toi soigneusement de joindre la grand-mère. N'y pense même pas.* Ne pas se souvenir de cette petite main tiède dans la sienne. Elle regarda l'horloge. Et si Clive avait décidé d'appeler ses supérieurs, à Londres ?

Deux minutes passèrent – deux cartes en plastique qui se succédaient, frémissantes. Et Clive finit par revenir, après ce qui parut un siècle à Sadie. Il lui sembla aussi nerveux qu'elle, avec une expression inexplicablement enjouée. Bonté divine, à moins d'être sadique – ce qui semblait peu probable, au vu de son comportement jusqu'ici – il ne venait pas de la dénoncer à l'irascible Ashford. Ce n'était pas une photographie qu'il avait dans les mains, mais un dossier. Sous le bras. Elle reconnut la forme de la chemise.

— Je ne pouvais pas vous le montrer tout de suite. Je ne vous connaissais pas, déclara Clive en se rasseyant. Le fait est qu'en prenant ma retraite, je me suis dit que personne ne remarquerait quoi que ce soit… que tout le monde s'en fichait, d'ailleurs. Donc…

— Vous avez gardé le dossier !

Sadie ouvrit des yeux ébahis.

Bref hochement de tête.

— Vous avez gardé le dossier de l'affaire Edevane.

— Emprunté. Je le rendrai quand l'affaire sera vraiment bouclée.

— Vous, alors !

Elle se sentit rosir d'admiration, les yeux fixés sur la volumineuse chemise, regorgeant d'interrogatoires, de photographies, de schémas, de noms, de chiffres, d'hypothèses.

— Mais vous êtes diabolique, monsieur Robinson ! Merveilleusement diabolique !

Il releva le menton.

— Je n'allais pas le laisser croupir dans les archives, quand même. Personne ne s'est rendu compte de mon emprunt. Les gars avec lesquels je travaillais… leurs parents n'étaient même pas nés quand ça s'est produit.

Sa lèvre inférieure se mit à trembler légèrement.

— C'est mon enquête. Mon affaire non résolue.

Il ouvrit le dossier et tendit à Sadie une grande photo en noir et blanc : une famille aisée, visages amènes, dont les costumes et les coiffures proclamaient leur appartenance aux années 30. Cliché pris en plein air, lors d'un pique-nique. Ils étaient installés sur une couverture écossaise, parsemée d'assiettes et de tasses. Sadie reconnut le mur derrière eux : c'était celui qui séparait le fond du jardin du ruisseau. Eleanor et son mari, Anthony, occupaient le centre de la photographie. Sadie les identifia sans peine : ils ressemblaient trait pour trait, en plus jeunes cependant et en plus heureux, au couple du *Polperro Post*. Une femme plus âgée – Constance deShiel, sans doute – était assise dans un fauteuil d'osier, à gauche de sa fille. Trois gamines, d'aspect plus ou moins adolescent, se tenaient du côté droit, jambes tendues, chevilles croisées sous le soleil. Deborah, l'aînée, à la beauté plus ordinaire que celle de ses sœurs, était assise tout près du père, un foulard retenant ses cheveux. À son côté, Alice, regard intense (elle n'avait pas changé, à en croire les couvertures de ses livres). À l'extrême droite, une grande fillette aux longues jambes, bien plus jeune que les deux autres : ce devait être Clementine. Cheveux châtains, ondulés, coiffés à la madone, et visage indistinct. Elle ne regardait pas vers l'objectif, préférant sourire au bébé assis tout près de sa mère. Le jeune Theo, une main tendue vers sa sœur, peluche serrée entre ses petits doigts.

Sadie, à son corps défendant, fut émue par ce portrait de famille. L'herbe ébouriffée, les ombres denses d'un jour d'été si lointain, les mouchetures blanches des marguerites en arrière-plan. La famille avait été figée dans un moment joyeux, quelques jours avant le drame qui allait tout bouleverser. Les Edevane, disait Clive, ne ressemblaient à personne : mais Sadie, au contraire, fut frappée par leur aspect quelconque, la banalité de la scène. Le veston d'Anthony, sur lequel il était nonchalamment appuyé, le morceau de gâteau entamé dans la main de Deborah, le retriever au poil soyeux assis au garde-à-vous, œil fixé sur l'objectif.

— Qui est-ce, là ? demanda Sadie en fronçant les sourcils.

Il y avait une inconnue sur la photographie. Sadie ne l'avait pas aperçue immédiatement, perdue qu'elle était dans les taches de lumière, près du muret.

Clive se pencha sur le cliché.

— Ah. La nourrice du garçonnet. Rose Waters.

— Une nourrice, répéta Sadie, pensive.

Elle avait quelques notions sur les nounous. Elle avait vu *Mary Poppins* au cinéma.

— Les nourrices… elles dorment dans la nursery, avec les enfants, non ?

— Mais oui, répondit Clive. Malheureusement, Rose Waters avait cessé de travailler à la Maison du lac depuis quelques semaines, au moment de la fête. Il nous a fallu un petit moment pour retrouver sa trace. En fin de compte, c'est une de ses sœurs qui nous a remis sur la piste. Et il était moins une ! Elle passait ses dernières nuits à Londres, à l'hôtel, en attendant de s'embarquer pour… le Canada, je crois.

Il se gratta la tête.

— Nous l'avons interrogée, mais ça n'a pas servi à grand-chose.

— Il n'y avait donc plus de nourrice à Loeanneth pendant le solstice ?

— Si, bien sûr. Hilda Bruen. Une vraie mégère, l'une de ces nourrices à l'ancienne mode, qui trouve son plaisir à enfourner des cuillerées d'huile de foie de morue dans les bouches des enfants, à les faire pleurer et à leur expliquer que c'est pour leur bien. Plus jeune que je ne le suis aujourd'hui, mais, à l'époque, elle me paraissait vieille comme Hérode. Elle avait déjà travaillé pour les deShiel quand Eleanor était petite. On l'a tirée de son placard quand Rose Waters est partie.

— Donc, elle dormait dans la nursery la nuit où le petit a disparu.

— Tout à fait.

L'information était capitale.

— Elle n'a rien vu rien entendu ?

Clive secouait la tête.

— Elle dormait comme un loir. Apparemment, elle avait avalé un petit verre de whisky pour ne pas être réveillée par les bruits de la fête. Ce qui n'était pas inhabituel, à ce que j'ai cru comprendre.

— N'importe quoi !

— En effet.

— Pickering n'en dit pas un mot.

— Ça… Comment voulez-vous qu'il en parle ? Il était bête à manger du foin, le pauvre. On ne lui aurait même pas donné l'heure. Il s'est contenté de ce qu'il a trouvé dans les journaux.

— Mais comment se fait-il que les journaux n'en aient rien dit ? Tout de même, quelqu'un dormait dans la même chambre que le petit !

— Cela vient de la famille. Eleanor Edevane est allée trouver le commissaire et l'a prié de ne rien laisser filtrer de la présence de Hilda Bruen. La dame avait travaillé des années au service de la famille, il ne fallait pas que sa réputation pût en souffrir, etc. L'inspecteur-chef n'a guère apprécié… (haussement d'épaules). Mais comme je vous l'ai dit, autres temps, autres mœurs. Les Edevane faisaient partie de la bonne société. On leur accordait des faveurs qu'on leur refuserait aujourd'hui.

Et combien de pistes, se demanda Sadie, s'étaient perdues de par ces pratiques ? Elle émit un soupir avant de se caler contre le dossier de sa chaise, joua un moment avec son stylo puis le posa sur le bloc-notes.

— On n'a vraiment pas grand-chose à se mettre sous la dent.

Clive eut un maigre sourire d'excuse et fit un geste vers le dossier pourtant replet.

— Vous savez, si on les met bout à bout, tous ces interrogatoires, il n'y a qu'un témoignage qui fasse état de quelque chose d'intéressant.

— À savoir ? embraya vivement Sadie, avec un haussement de sourcils inquisiteur.

— L'une des invitées dit avoir vu une silhouette se profiler sur la fenêtre de la nursery, la nuit de la fête. Une silhouette de femme. Juste avant minuit, d'après elle. Le feu d'artifice avait commencé. Elle a bien failli ne rien nous raconter, disait-elle, car elle batifolait avec un individu qui n'était pas exactement son mari.

Les sourcils de Sadie se haussèrent d'un centimètre supplémentaire.

— Mais, affirmait-elle, elle n'avait pas envie de subir le poids de la culpabilité jusqu'à la fin de ses jours si son témoignage pouvait aider à retrouver le petit.

— Un témoin crédible, à votre avis ?

— Elle était prête à témoigner sous serment. Cela dit, quand elle nous a parlé, le lendemain, elle sentait encore l'alcool.

— Mais c'est peut-être la vieille nourrice qu'elle a vue.

Clive secoua la tête.

— Je ne crois pas. Elle parlait d'une femme à la silhouette élancée. Hilda Bruen était du genre enveloppé.

Le regard de Sadie se posa de nouveau sur la photographie du pique-nique. Il y avait pléthore de femmes chez les Edevane et elles étaient toutes grandes et minces. Comment ne l'avait-elle pas remarqué plus tôt ? Hormis Anthony – et le bébé Theo, bien sûr –, il n'y avait que des femmes. Anthony était un bel homme : la quarantaine, déjà, mais les cheveux encore abondants, châtain clair, le front haut, intelligent – et un sourire dont il ne devait pas être avare avec ceux qu'il aimait.

Sadie scruta la jeune femme près du muret, que l'ombre voilait, à l'exception d'une de ses chevilles qui, fine, baignait dans le soleil.

— Pourquoi a-t-elle quitté Loeanneth… Rose Waters, je veux dire.

— Elle a été licenciée.

— Renvoyée ?

Sadie releva vivement la tête.

— Une divergence d'opinions, d'après Eleanor Edevane.

— D'opinions ?

— Elle se serait autorisé certaines libertés. Ce n'était pas clair du tout.

Sadie fit la grimace. Cela ressemblait à un prétexte. Le genre de choses que l'on dit quand on veut dissimuler une vérité difficile à avaler. Son regard revint vers l'Eleanor de la photo. Au premier abord, on avait l'impression d'une famille heureuse, insouciante, profitant d'une belle journée d'été. Mais n'était-elle pas tombée sous le charme auquel Clive avait, selon ses propres dires, succombé ? La richesse, l'élégance des Edevane avaient fait leur petit effet. Elle plissa les yeux. Les traits exquis d'Eleanor n'étaient-ils pas crispés ? Ou était-ce un effet de son imagination ? Elle soupira, pensive.

— Et Rose Waters ? A-t-elle corroboré cette version ?

— Effectivement. Elle était encore bouleversée. Son renvoi, disait-elle, avait été inattendu, injuste. D'autant plus pénible pour elle que c'était son premier poste de nourrice. Elle travaillait depuis dix ans pour les Edevane. Depuis ses dix-huit ans. Mais qu'y pouvait-elle ? À l'époque, aucun moyen de déposer plainte contre les employeurs. Elle pouvait s'estimer heureuse : les Edevane lui avaient fourni d'excellentes références.

Curieux, décidément. Le moment du renvoi. L'injustice que Rose Waters avait ressentie. Sa bonne connaissance de la famille, de ses habitudes. Sadie ne savait que penser.

— Elle a été suspectée, j'imagine ?

— Tout le monde a été suspecté. Et personne. C'était une partie de notre problème, d'ailleurs. Nous ne pouvions éliminer personne. Quand nous l'avons interrogée, Rose Waters a commencé à faire preuve d'une grande nervosité. Et quand elle a su ce qui était arrivé à Theo… Elle devint comme folle. Folle d'inquiétude. D'après les autres domestiques, ils étaient très proches. On m'a même dit qu'elle aimait ce bébé comme si c'était le sien.

Le cœur de Sadie se mit à battre plus vite.

Ce qui n'échappa pas à Clive.

— Oui, ça peut paraître curieux, ce que je vous ai dit. Mais, à l'époque, ce n'était pas rare. Nous avons perdu une génération entière de jeunes hommes dans la boue de la Somme – et avec eux les espérances matrimoniales de millions de jeunes femmes. Travailler comme nourrice pour une famille telle que celle de la Maison du lac, c'était la situation la plus proche de la maternité que connaîtraient jamais la plupart de ces jeunes femmes.

— Ça n'a pas dû être facile pour elle de quitter le petit garçon qu'elle aimait tant.

— Je vois où vous voulez en venir, dit Clive d'un ton calme. Oui, bien sûr : mais entre aimer l'enfant de quelqu'un d'autre et le voler, il y a un gouffre. Et rien ne la liait à cette disparition. Rien.

— Sauf votre invitée éméchée qui avait vu une silhouette féminine à la fenêtre de la nursery.

Hochement de tête mi-figue mi-raisin de Clive qui, de toute évidence, pensait que cette hypothèse, quoique plausible, était peu probable.

— Personne ne l'a vue dans le domaine. Elle n'était pas invitée à la fête. Et nous avons retrouvé un réceptionniste à Londres qui assure lui avoir servi le petit déjeuner le 24 juin au matin.

Les alibis sont si fragiles ! Et quelqu'un peut mentir pour protéger son prochain, pour toute une série de raisons. Quant au fait que personne n'ait vu Rose Waters à Loeanneth pendant la fête, le tunnel déniché par Sadie – simple intuition, pour l'heure, elle le savait bien – pouvait l'expliquer.

Sadie sentit vibrer en elle la divine énergie de la

piste crédible. Jamais elle ne se lasserait de ce déclic magique. La nounou adorait le garçon. Elle avait été renvoyée sans préavis, injustement de son point de vue. Un témoin avait aperçu une silhouette féminine à la fenêtre de la nursery le soir de la fête. Rose avait vécu dix ans dans la maison. Il n'était pas impensable qu'elle eût eu vent de l'existence d'un tunnel. L'une des trois sœurs la lui avait peut-être révélée ? Clementine ? Était-ce cela qui l'avait rendue suspecte, un moment, aux yeux de Clive ?

S'emparer de l'enfant était une réaction excessive. Mais le crime n'est-il pas en lui-même la mise à exécution d'une émotion exagérée ? Sadie pianota sur le rebord de la table. Le renvoi de Rose Waters n'était pas un événement anodin. Elle en était intimement persuadée.

— Je vais vous dire une chose. Quel dommage qu'elle ait été renvoyée de la Maison du lac, reprit Clive. Un certain nombre de témoins nous ont parlé de son attention envers le jeune Theo. Elle était d'une vigilance absolue. Du reste, Mme Edevane nous l'a dit elle-même. Si nounou Rose était restée, le petit n'aurait pas disparu. Elle était rongée par le remords.

— Mme Edevane ? Parce qu'elle avait renvoyé la nounou ?

— Oui. Enfin, n'importe quel moyen est bon pour se battre la coulpe quand on est parent.

Il prit la photo et l'examina longuement, avant d'en chasser un grain de poussière du bout du doigt.

— Vous savez, elle a interrompu ses visites à la Maison du lac pendant la Seconde Guerre mondiale. J'ai pensé d'abord que c'était à cause de la guerre, qui fichait tout sens dessus dessous. Mais une fois la paix revenue, Eleanor, elle, ne s'est plus montrée. J'y pensais de temps en temps. Je me demandais si elle n'était pas morte au cours d'un bombardement. C'est dur à dire, hein, mais pendant la guerre, c'était comme ça. Les gens mouraient comme des mouches. Quand je pensais à cette maison abandonnée, j'en avais mal au cœur. Mais je comprenais bien. Tant de douleur, tant de destruction. Et ces années interminables de la guerre, six ans de morts et de privations. Le monde a changé pendant ce temps-là. Le gamin avait disparu depuis… onze ans. Elle avait fini par comprendre. Elle n'est plus venue monter la garde. Elle l'a enfin laissé partir, le petit bonhomme.

Avait-il raison ? Y a-t-il vraiment un moment où le plus obstiné des endeuillés décide qu'il en a fini avec son chagrin ? Six ans de guerre, de disette, de massacres et de destructions pouvaient-ils effacer le souvenir d'un chagrin individuel, si ténu en comparaison, même s'il avait été la plus cruelle des blessures ? Pouvait-on apprendre à vivre avec un enfant fantôme ? Tout était possible. Il n'y avait qu'à penser à Maggie Bailey. Elle, elle avait abandonné son enfant. (« Non, elle n'a pas abandonné Caitlyn. Elle n'aurait jamais fait ça », protesta Nancy Bailey. Sadie la chassa de son esprit.)

— Voilà, poursuivit Clive avec un sourire gêné. C'est toute l'affaire Edevane, en résumé. Des milliers d'heures de travail, les meilleures intentions du monde, un demi-siècle et plus d'obsession personnelle : et, au bout du compte, rien. Ou si peu. Pas plus de pistes plausibles aujourd'hui qu'il y a soixante-dix ans.

Il y avait entre Sadie et Clive un poids invisible – celui de l'hypothèse dont elle n'avait jusqu'ici rien dit. Le temps était venu d'en parler. Il lui avait fait confiance, lui avait montré le dossier. Elle pouvait au moins lui retourner la politesse.

— J'ai peut-être quelque chose de nouveau, dit-elle.

Il inclina la tête comme si elle s'était exprimée en quelque idiome inconnu qu'il lui fallait décoder pour le comprendre.

— Une hypothèse, je veux dire.

— J'ai compris.

Ses yeux se mirent à jeter des éclairs – et, dans le même temps, il plissa les paupières, se protégeant peut-être de sa propre excitation.

— Allez-y, reprit-il d'une voix enrouée.

Sadie commença par évoquer le plan de 1664 à l'obscure provenance, déniché par Alastair, et sa différence d'avec les plans suivants – l'alcôve dans le mur de la nursery qui, selon elle, pouvait mener à un passage secret.

Lorsqu'elle eut fini, il opina vigoureusement du chef.

— Je sais qu'il y avait au moins un passage. Nous l'avons vérifié dans les jours qui ont suivi, même si la trappe du jardin avait été scellée. Mais pour ce qui concerne la maison, première nouvelle. Personne ne nous en a parlé. Ce plan, il est ancien, donc ?

— Quelques siècles. Il avait été conservé avec d'autres papiers dans une cave inondée. On ne l'a découvert que récemment, à l'occasion des travaux de l'an 2000. Les papiers ont été restaurés et ont fini par atterrir aux Archives du comté. C'est là que le bibliothécaire les a dénichés.

Clive glissa l'index sous ses lunettes pour se frotter

le bord du nez. Les yeux fermés, il réfléchissait à haute voix.

— Je me demande si… Mmmh. Mais pourquoi n'en ont-ils pas dit un mot ? Ils n'étaient peut-être pas au courant…

— Le fait est que nous-mêmes n'en savons rien. C'est une simple hypothèse. Il faudrait que je puisse entrer dans la maison. J'ai écrit à Alice Edevane…

— Pfffh ! rétorqua-t-il d'une voix brève, en rouvrant les yeux. Elle vous aidera le jour où les poules auront des dents, celle-là !

— Oui, c'est ce qu'il me semble. Mais pourquoi ? Elle doit avoir envie de savoir ce qui est arrivé à son petit frère, non ?

— Aucune idée. Je ne sais pas si c'est de la méchanceté ou de l'obstination. Elle écrit des romans policiers. Vous saviez ? Elle est très connue.

Sadie hocha la tête, perplexe. Était-ce la raison du silence d'A. C. Edevane ? Ses lettres s'étaient-elles noyées dans le flot de correspondance que le fameux écrivain recevait certainement ? Des lettres d'admirateurs, des demandes de dons et autres missives du même genre.

— Son héros est un policier du nom de Brent, poursuivit Clive. J'en ai lu quelques-uns. Pas mal. J'ai même essayé de lire entre les lignes. Voir s'il n'y avait pas des allusions à l'affaire, des indices. Elle, je l'ai vue à la télé, il y a un moment. Elle n'a pas changé.

— Que voulez-vous dire ?

— Toujours aussi hautaine. Mystérieuse, arrogante, sûre d'elle. Quand Theo a disparu, elle avait seize ans – un an de moins que moi. Mais on n'était pas de la même espèce, je peux vous le dire. D'un calme olympien, quand nous l'avons interrogée.

— Elle en rajoutait, vous pensez ?

Hochement de tête.

— Je me suis demandé si ce n'était pas une pose, à l'époque. Je ne pouvais pas croire qu'une fille de cet âge soit aussi imperturbable. Le fait est qu'elle avait une face cachée et que je l'ai vue. À cette époque-là, j'avais un talent assez particulier en tant que policier : j'étais d'une extrême discrétion. Une petite souris. Je passais complètement inaperçu. Ce qui me rendait très utile. Mon chef m'avait chargé de lui trouver un stylo. Le sien n'avait plus une goutte d'encre. En revenant dans la maison, j'ai vu Alice Edevane qui rôdait dans l'escalier. Elle s'est dirigée vers la porte de la bibliothèque – c'était là que nous procédions aux interrogatoires. Puis elle s'est ravisée et s'est faufilée dans je ne sais quel recoin.

— À votre avis, elle essayait de rassembler son courage avant de vous faire un aveu quelconque ?

— Oui. Ou elle voulait savoir à tout prix ce qui se disait dans la bibliothèque.

— Vous lui avez parlé de cet incident ?

— Elle m'a transpercé de son regard bleu glacier. « Arrêtez donc de me faire la leçon, m'a-t-elle dit, et retrouvez mon petit frère. » Elle parlait d'une voix très sèche mais son visage… Elle était pâle comme un linge.

Il se pencha vers Sadie.

— Quand vous savez plus de choses que vous ne le devriez sur un événement criminel, vous avez le choix entre deux comportements : soit vous vous faites oublier, soit vous êtes attiré par les progrès de l'enquête comme un papillon vers la flamme.

— Il faut que je puisse m'introduire dans cette maison, dit Sadie, après avoir réfléchi à l'adage de Clive.

— En effet. Moi aussi. Il est hors de question que vous y alliez sans moi, dit-il en croisant son regard.

— Je lui écrirai de nouveau cet après-midi.

— Oui.

Il était sur le point de poursuivre, Sadie en aurait juré.

— Oui ?

Clive tira des deux mains sur le bas de son gilet tricoté, évitant soudain le regard de Sadie.

— Il est préférable d'avoir l'accord de la propriétaire…

— Certes, approuva Sadie.

— … mais il y a une autre possibilité. Il y a un gars du coin qui passe voir la maison de temps en temps, que les maraudeurs et les animaux sauvages ne s'en donnent pas trop à cœur joie…

— Il n'est pas très efficace.

— Quoi qu'il en soit, il a la clé.

— Ah.

— Vous voulez que je vous le présente ?

Sadie inspira profondément, pesant le pour et le contre. Le pour l'emportait clairement. Mais elle devait rentrer à Londres dans quelques jours ; si elle voulait se conserver les bonnes grâces de Donald, il fallait agir dans le respect des règles.

— Je vais réécrire à Alice, finit-elle par dire. Voir si elle me répond.

— Mais si tel n'est pas le cas…

— Je sais où vous trouver.

16

Cornouailles, 2003

Lorsque Sadie rentra à Seaview Cottage, Bertie n'était pas là. Il y avait un message sur la table de la cuisine expliquant qu'il avait des rendez-vous relatifs aux festivités. À côté, un tableau au point de croix où l'on pouvait déchiffrer les phrases suivantes, brodées sans grande habileté : *Que ton passé soit un doux souvenir, Ton avenir plein de charme et de mystère, Ton présent un moment de gloire, Qui remplit de joie ta vie.* Une petite carte apprit à Sadie que cette bénédiction irlandaise avait été confectionnée « avec amour » par Louise, pour Bertie. Sadie plissa le nez et se prépara hâtivement un sandwich au fromage. L'intention était méritoire, mais Sadie n'avait aucun mal à se figurer la réaction qu'aurait pu avoir sa grand-mère à la lecture d'un tel message. Ruth détestait ce genre de poésie sentimentale. Bertie de même, dans le souvenir de sa petite-fille.

Elle emporta le sandwich dans sa chambre et s'installa sur la banquette sous la fenêtre, le bloc-notes sur les genoux. Clive n'avait pas consenti à lui prêter le dossier Edevane : mais, si elle voulait le consulter à domicile, elle était la bienvenue. Sadie avait sauté sur l'occasion. Elle était encore en train de griffonner fébrilement lorsqu'un coup avait retenti à la porte, annonçant l'arrivée d'une dame corpulente et dotée d'une impressionnante collection de mentons.

« Sadie… »

La voix de Clive avait trahi une certaine panique tandis qu'elle suivait la nouvelle venue jusque dans la cuisine.

« Je vous présente ma fille, Bess. Bess, voici Sadie, ma…

— Partenaire de bridge. »

Sadie en une seconde avait remis de l'ordre dans le dossier et l'avait caché dans un recoin de la cuisine, avant de s'avancer sur le seuil, main tendue. Elles échangèrent quelques propos polis, occasion pour Bess de se féliciter de ce que son père se soit enfin trouvé un passe-temps acceptable. Puis Sadie avait pris congé et était sortie, non sans avoir promis de repasser à la fin de la semaine « pour une autre partie ».

Telle était son intention, du reste. Elle n'avait pas eu le temps de se plonger dans les profondeurs du dossier. Il y avait des dizaines de documents en tout genre ; au vu du peu de temps dont elle disposait, elle s'était contentée d'établir une chronologie de l'enquête.

Deux jours après la disparition de l'enfant, la police avait lancé l'opération de recherche la plus étendue jamais organisée en Cornouailles. Des centaines de bénévoles se présentaient dès l'aube, tous les matins, désireux de participer aux recherches. Quelques-uns des compagnons de tranchée d'Anthony avaient également constitué un groupe. La côte avait été entièrement ratissée, de même que les forêts et les champs. La police frappa à toutes les portes des maisons devant lesquelles l'enfant et son kidnappeur auraient pu passer.

Des affiches représentant la photographie de Theo avaient été diffusées et placardées dans tout le pays. Quelques jours plus tard, les parents de l'enfant avaient fait publier un appel à témoignage dans la presse. La disparition de Theo avait figuré à la une des journaux nationaux, captivant le public. La police avait reçu des centaines d'informations, certaines anonymes. Aucune piste n'avait été ignorée, si fantaisiste, si improbable fût-elle. Le corps de Daffyd Llewellyn avait été découvert le 26 juin : mais, comme Clive l'avait confié à Sadie, aucun lien n'avait pu être établi entre le suicide de l'écrivain et la disparition de l'enfant, malgré les soupçons qui avaient pesé un moment sur le défunt.

L'enquête s'était poursuivie tout au long du mois de juillet ; le 8, des policiers étaient arrivés de Londres pour prêter main-forte à l'équipe locale. Sadie n'eut pas de mal à imaginer la manière dont la nouvelle avait été accueillie. Le légendaire Keith Tyrell, ancien inspecteur devenu détective privé, avait bientôt débarqué, diligenté par un grand journal londonien. Il n'était resté qu'une semaine et était rentré bredouille, de même que les hommes de Londres, qui se retirèrent peu après lui. L'automne se dirigeait lentement vers l'hiver : les moyens alloués à l'enquête furent réduits et la police ne put poursuivre sa vaine quête. En dépit de trois mois de travail acharné, rien n'avait pu être mis au jour – ni indice nouveau, ni témoignage utile.

Au fil des ans, la police avait continué à recevoir

des informations : aucune d'elles ne déboucha jamais sur un résultat concret. En 1936, un journal local avait reçu une lettre signée du kidnappeur – un mauvais canular. En 1938, un voyant de Nottingham avait annoncé que le corps de l'enfant était enterré sous une dalle de béton, dans la grange d'une ferme des environs de Loeanneth. Aucun corps n'en fut exhumé. Enfin, en 1939, la police se rendit dans une maison de retraite de Brighton pour y interroger de nouveau Constance deShiel. L'infirmière qui s'en occupait désormais s'inquiétait des déclarations incessantes de la vieille dame : un ami de la famille, disait-elle, en larmes, avait tué un petit garçon qu'elle aimait beaucoup. L'infirmière, qui était originaire de Cornouailles et qui avait entendu parler de l'affaire, avait fini par faire le lien ; elle avait aussitôt prévenu la police.

« Elle se met dans tous ses états, avait-elle prévenu lorsque les inspecteurs étaient arrivés à la maison de retraite. Elle parle constamment de la disparition du garçon, des somnifères qu'on lui donnait pour qu'il se tienne tranquille. »

Très prometteuse, cette piste n'avait jamais abouti. Constance deShiel ne put fournir à la police aucune information nouvelle qui puisse être vérifiée ; lors de son interrogatoire, elle s'égara dans une histoire décousue où il était question de sa fille Eleanor et d'un enfant mort-né. Le médecin de la vieille dame, qui la suivait depuis de longues années, fut écouté par la police à son retour de vacances. Elle souffrait, confirma-t-il, d'une démence sénile avancée ; son esprit devenu terriblement confus était hanté par de nombreux sujets, au nombre desquels cette fameuse tentative de meurtre.

« Elle pourrait aussi bien se mettre à vous raconter dans le détail une visite à Buckingham, qui n'a en fait jamais eu lieu », leur déclara-t-il.

Et la police s'était retrouvée au même point qu'aux premiers jours de l'enquête, en juin 1933. À savoir, se dit Sadie en lançant son bloc-notes à l'autre bout de la banquette, nulle part.

***

Le soir même, Sadie alla courir. Il faisait sec et chaud, même si la promesse de la pluie frémissait dans l'atmosphère. Elle s'engagea sur un des sentiers forestiers, le rythme de ses pas l'aidant à chasser des pensées dévorantes. Elle s'était absorbée dans l'étude de ses notes comme une possédée (une obsédée, aurait dit Donald) – jusqu'à en avoir le cerveau endolori.

Lorsqu'elle atteignit le remblai qui entourait Loeanneth, le soleil était déjà bas dans le ciel. Les longues herbes de la prairie, du vert tournaient au mauve. Les chiens avaient pris l'habitude de courir jusqu'à la maison : lorsque Sadie fit halte, Ash se mit à gémir, perplexe. Ramsay, avec sa réserve ordinaire, recula de quelques mètres.

— Pas aujourd'hui, les gars, j'en ai bien peur, leur dit-elle. Il est trop tard. Je n'ai pas envie de me retrouver toute seule dans la forêt à la nuit tombée.

Il y avait un joli bâton droit et lisse dans l'herbe : elle le lança dans la prairie, en guise de consolation. Ils s'élancèrent immédiatement, bondissant, se chevauchant l'un l'autre. Sadie, le sourire aux lèvres, les regarda se disputer le bâton, puis son regard se concentra sur le bouquet d'ifs, au bout du champ. La lumière baissait ; à l'orée du bois, les grillons, de leurs cachettes, chantaient déjà leurs antiennes du soir et des centaines de minuscules étourneaux volaient au-dessus des cimes noueuses et assombries. Sur terre, entre ses parois de verdure, la maison courbait l'échine, s'apprêtant à une nouvelle nuit. Sadie le voyait déjà, le dernier rayon de soleil caressant les vitraux du dernier étage, la surface fraîche, outremer, du lac, devant la maison, le toit aux pentes si solitaires.

Des brins d'herbe lui caressaient les chevilles ; elle les cueillit les uns après les autres, machinalement, les extirpant de leurs verts fourreaux. Ce geste, si étonnamment jouissif, lui rappela l'un des articles de la gazette rédigée par les filles Edevane : « Comment confectionner un bateau d'herbes ? » Sadie s'y essaya. Elle cueillit deux brins plats et les tressa. Mais ses doigts n'étaient pas obéissants et la tâche trop enfantine, trop étrangère. Sadie n'avait rien entrepris d'aussi méticuleux ni d'aussi absurde depuis des années. Elle jeta les brins d'herbe.

Mais, se souvint-elle alors, l'un des personnages du roman d'A. C. Edevane qu'elle avait fini de lire la veille au soir (jusque tôt le matin, plus précisément ; qui aurait pensé que les livres avaient le pouvoir de vous faire tourner des pages des heures et des heures sans interruption ?) parlait justement d'un été de son enfance passé à confectionner des bateaux d'herbes. Bah, cela n'avait rien d'une coïncidence. Un auteur, naturellement, puise dans sa propre biographie de quoi donner à ses personnages des pensées, des souvenirs. C'était à cela que Clive faisait allusion lorsqu'il expliquait sa lecture intéressée des romans d'Alice, en quête d'indices qui puissent l'aider à élucider le mystère de la disparition de Theo Edevane. Cela dit, la démarche, apparemment, était restée vaine : et n'avait-il pas avoué cette idée fixe avec un sourire douloureusement sceptique, incitant, semblait-il, Sadie à se moquer avec lui des extrémités auxquelles son obsession l'entraînait ? Ce soir-là, cependant, Sadie se posait des questions. Oh, pas tant sur les romans d'Alice que sur Alice elle-même : avait-elle gardé par-devers elle quelque information essentielle ?

Sadie repéra un autre bâton de bonne taille et le ramassa, avant d'en frapper nerveusement le sol. Était-ce la raison pour laquelle Alice n'avait pas répondu à ses deux lettres ? Était-elle impliquée dans la disparition de son frère ? Clive avait raison. Les coupables se répartissent généralement en deux groupes. Ceux qui rôdent constamment autour des enquêteurs qu'ils cherchent perpétuellement à « aider », et les autres, qui évitent la police comme la peste. Alice faisait-elle partie de ces derniers ? Avait-elle été témoin de quelque chose, la nuit du Solstice, et Clive avait-il vu juste lorsqu'il disait que la jeune fille, sans doute, s'apprêtait à en faire part à la police ? Et que telle était la raison de sa présence à la porte de la bibliothèque ? Avait-elle parlé à Rose Waters du passage secret ? Avait-elle croisé la nourrice à Loeanneth, le soir de la fête ?

Sadie planta le bâton dans la terre d'un coup sec. Non, cela ne suffisait pas. Même si Alice avait réellement parlé du passage secret à Rose, cela ne pouvait justifier un mensonge. Un enfant, un bébé d'à peine un an, avait disparu ! Et Alice aurait continué à se taire ? De quoi était-elle donc redevable à Rose Waters ? Sadie secoua la tête : elle commençait à s'en vouloir. Elle cherchait midi à quatorze heures, en était parfaitement consciente. Raison pour laquelle elle avait besoin de continuer à courir, histoire de faire taire cette petite voix en elle qui ne cessait d'élaborer des hypothèses absurdes.

Ash avait gagné au jeu du bâton : il se présenta devant Sadie et déposa le trophée aux pieds de la jeune femme avec un élégant mouvement de queue. Il haleta, implorant, avant de pousser le bout de bois de sa truffe.

— Bon, allez, d'accord, fit-elle en frottant vigoureusement les oreilles du chien. Encore une fois, et ensuite, on rentre.

Elle lança le bâton d'un geste ample, ce qui fit aboyer d'extase les chiens. Ils s'élancèrent de nouveau dans la prairie.

Le fait est qu'après avoir quitté Clive, Sadie avait perdu foi en l'hypothèse qui impliquait Rose Waters. Elle avait beau essayer de faire parler les quelques pièces du dossier, comment expliquer qu'une femme qui, par ailleurs, semblait parfaitement saine d'esprit, pût avoir enlevé un enfant ? Et saine d'esprit, Rose Waters l'était, à en croire les nombreux témoignages et rapports de police. Autres adjectifs fréquemment utilisés en ce qui la concernait : efficace, charmante, vive. Et ses états de service étaient impeccables. Elle avait été pendant dix ans au service des Edevane, et n'avait été absente qu'un mois, pour « raisons familiales ».

Même si son licenciement était injuste et qu'elle eût voulu, pour cette raison, se venger de ses anciens patrons, il ne constituait pas une motivation suffisante pour expliquer le crime envisagé. De surcroît, ce dernier semblait particulièrement difficile à exécuter : aurait-elle pu l'accomplir seule ? Dans le cas contraire, qui avait bien pu lui servir de complice ? Daffyd Llewellyn ? Un inconnu ? Et comment expliquer leur implication dans une vengeance aussi personnelle ? Non, songeait Sadie. Elle se raccrochait aux branches, cherchant des liens de cause à effet là où il n'y avait rien. Le mobile lui paraissait si ténu, à la réflexion. La famille n'avait jamais reçu de demande de rançon : de quoi sérieusement miner l'hypothèse selon laquelle Rose aurait pu chercher à obtenir une compensation financière.

Un coup de tonnerre lointain fit se contracter l'air et Sadie considéra l'horizon. Le soleil se couchait, dardant ses rayons vers une muraille de nuages gris sombre, au-dessus de la mer. La pluie approchait. Elle appela les chiens : il fallait presser le pas. Un de ses lacets s'était défait et elle posa le pied sur une pierre, pour le renouer. Au-delà de la question du kidnappeur – qui était-il, quelles étaient ses motivations ? –, demeurait celle de sa victime. Qu'était-il arrivé à Theo ? S'il avait survécu au solstice de l'été 1933, où se trouvait-il ? On ne peut pas voler un enfant et l'insérer dans un nouveau cadre, une nouvelle famille, sans attirer l'attention. Quelqu'un devait avoir remarqué quelque chose, tout de même. Et l'affaire avait fait la une des journaux : les doutes, les soupçons n'avaient pas dû manquer. Si aucune piste crédible n'avait été signalée à la police en soixante-dix ans, cela signifiait que Theo avait été magistralement dissimulé aux regards. La meilleure manière de dissimuler un enfant est encore de l'exposer en plein jour. En concoctant un scénario si crédible que personne ne songe à le remettre en question.

Sadie renouait son autre lacet lorsque son regard fut attiré par un curieux détail de la pierre. Le temps avait commencé à ronger les lettres, tavelées par une fine couche de lichen : Sadie pourtant déchiffra immédiatement le mot dont elle avait, ces quinze derniers jours, déniché des dizaines d'apparitions autour de la maison. ALICE. Mais cette inscription différait des précédentes. D'autres lettres étaient gravées juste au-dessous. Sadie s'agenouilla et écarta l'herbe de la pierre, tandis que les premières gouttes d'une généreuse averse s'écrasaient autour d'elle. Un autre nom. Sadie sourit. ALICE + BEN, À JAMAIS, disait la pierre.

***

Lorsque Sadie et les chiens rentrèrent, affamés, trempés, gelés, la maison de Bertie était déserte, plongée dans l'obscurité. La jeune femme trouva une serviette sèche, étrilla Ash et Ramsay et fit réchauffer un reste de ragoût (« lentilles et amour ! »). Qu'elle avala, penchée sur ses notes, tandis que la pluie tambourinait sur le toit et que les chiens, plongés dans une profonde satiété, ronflaient à ses pieds. Après avoir fini une seconde portion (il s'en fallut de peu qu'elle ne lèche le bol), Sadie écrivit une troisième lettre à Alice Edevane, lui demandant l'autorisation d'entrer dans la maison. Elle songea pendant un moment à lui demander sans détour s'il y avait un passage secret dans le couloir de la nursery, puis se ravisa. Elle ne mentionna pas davantage le nom de Rose Waters ni celui de Clementine Edevane, qui avait pourtant pu détenir des informations sur l'enlèvement. Elle fut plus sobre : elle avait, écrivait-elle, une hypothèse qu'elle était désireuse d'étayer, et elle serait ravie de pouvoir entrer en contact avec Alice. La lettre ne pouvait plus partir par le courrier du samedi : Sadie décida cependant de s'aventurer au-dehors, armée d'un parapluie, et de poster sa missive. Avec un peu de chance, Alice la recevrait le mardi ; en attendant, Sadie ne serait pas mécontente de savoir sa lettre en route.

Tant qu'elle était au village, son téléphone arborait une vacillante barre de connexion : elle se réfugia donc sous l'auvent de l'épicerie pour consulter ses éventuels messages. Donald n'avait toujours pas répondu. Sadie réfléchit un instant à ce silence obstiné avant de se dire qu'il ne s'agissait pas d'un reproche, mais bel et bien d'un accord tacite. Sadie était la bienvenue, elle pouvait revenir au bureau dans le courant de la semaine suivante, après avoir rencontré son collègue – comme elle l'avait suggéré.

Sur un coup de tête, elle appela Clive avant de remonter à Seaview Cottage. Elle voulait lui parler de l'interrogatoire de Constance deShiel par la police, en 1939. Il y avait dans le rapport qu'elle avait lu quelque chose qui mettait son esprit en alerte, sans qu'elle sache exactement quoi. Clive était content d'entendre le son de sa voix, mais la question de Sadie ne l'enthousiasma guère.

— Ah, cette histoire ! répondit-il. Ça n'a mené nulle part. La pauvre femme, elle était dans un triste état à cette époque-là. Quelle horrible façon de vieillir… Elle passait ses journées à radoter, à ressasser ses souvenirs ; tout se mélangeait et ça la mettait dans tous ses états. Non : la clé de l'affaire, c'est Alice Edevane qui la détient. C'est avec elle que nous devons nous entretenir.

Quand Sadie franchit le dernier tournant de l'étroite route qui montait à Seaview Cottage, le long de la falaise, les lumières étaient allumées dans la maison. Bertie préparait du thé dans la cuisine. Lorsque Sadie l'y rejoignit, il prit une deuxième tasse dans l'égouttoir.

— Bonsoir, ma puce ! Une journée bien occupée, j'imagine.

— Je peux en dire autant de la tienne.

— Douze cartons de jouets emballés et prêts pour la vente.

— Tu dois avoir faim. Tu n'as pas dîné.

— Ça va. J'ai mangé un morceau avant de rentrer.

Avec Louise, certainement. Bertie ne s'étendit pas sur le sujet et sa petite-fille ne voulut pas lui sembler tracassière ou envieuse, si bien qu'elle s'abstint de lui poser des questions. Elle sourit, non sans réserve, prit la tasse qu'il lui tendait, fumante, et s'assit à la table de la cuisine.

La broderie au point de croix de Louise était accrochée près de la porte.

— Je n'ai pas raté ton anniversaire, j'espère ?

Bertie suivit le regard de Sadie. Puis, souriant :

— Non, c'était un cadeau pour rien.

— C'est gentil.

— Louise est quelqu'un de gentil.

— De même que le message. Un peu simpliste, peut-être.

— Sadie…

— Je sais ce que Ruth en aurait fait. Tu te souviens

de ce poème sous verre qu'elle avait suspendu à la porte des toilettes ? « Desiderata » ?

Elle eut un rire qui sonnait creux.

— Sadie…

— Et tu te souviens de ce qu'elle disait ? Si on n'est pas fichu d'aller en paix dans le fracas et l'urgence des toilettes, c'est à désespérer du monde[1].

Bertie se pencha vers Sadie et lui prit la main.

— Sadie. Ma belle enfant.

Elle se mordit la lèvre inférieure. « Ma belle enfant » : chose inexplicable et rageante, ces mots creusaient un nid de sanglots dans la gorge de Sadie.

— Sadie, je te considère comme ma propre fille. Tu m'es plus proche que ne l'a jamais été ma propre enfant. C'est drôle, ça, d'ailleurs. C'est elle, ma vraie fille, mais je n'ai rien de commun avec elle. Ta mère. Toute petite, déjà, elle était tellement soucieuse de ce que pouvaient dire les autres. Elle avait peur que nous ne fassions pas les choses « comme il fallait », que si Ruth ou moi ne nous comportions pas exactement comme les autres parents, si nous ne nous habillions pas comme eux, elle aurait honte de nous.

Il eut un doux sourire et caressa la barbe de trois jours qu'il arborait depuis son installation en Cornouailles.

— Toi et moi, nous nous ressemblons beaucoup plus. Je pense à toi comme à ma propre fille, je te le répète, et je sais que tu me vois comme un père. Mais, ma chérie, je ne suis qu'un être humain !

— Grand-père, tu as changé depuis que tu vis ici.

1. Ruth pastiche le premier vers de ce poème d'une religiosité mièvre, dû à la plume de Max Ehrmann.

Elle fut la première surprise de sa propre réponse. Elle ne se l'était pas consciemment formulé. Et ce ton – on aurait dit une enfant.

— J'espère bien. C'est le but. J'essaie d'aller de l'avant.

— Tu as même passé ton permis de conduire !

— Sadie, je vis à la campagne ! Il n'y a pas de métro ici pour me conduire du point A au point B.

— Mais toutes ces histoires que Louise te raconte, la magie du quotidien et l'univers qui doit décider à ta place. Ce truc que tu as accroché au mur. Ce n'est pas toi.

— Quand j'étais petit garçon, si. C'est le genre de choses que je pensais, enfant. J'avais oublié…

— En tout cas, ce n'est pas Ruth.

— Elle n'est plus là, Sadie.

— À nous d'entretenir son souvenir.

Bertie répondit d'une voix tremblante, ce qui ne lui arrivait pas souvent.

— Ruth et moi nous sommes rencontrés quand j'avais douze ans. Je ne me souviens pas de ce qu'était la vie avant elle. Mon chagrin, sa disparition – si je n'y prenais pas garde, je m'y noierais.

Il vida sa tasse de thé.

— La broderie était un cadeau.

Et ce disant, il sourit de nouveau : mais il y avait de la tristesse dans l'expression de son visage et Sadie sentit son cœur se serrer, car elle en était la cause. Elle aurait voulu lui demander pardon : à quoi bon ? Ils ne s'étaient pas disputés, et puis elle se sentait vaguement remise en question, ce qui ne facilitait pas la contrition. Elle se demandait encore que répondre lorsqu'il la devança.

— Je ne sais pas ce que j'ai fait de ma passoire favorite. Je vais aller faire un saut au grenier, j'arriverai peut-être à remettre la main dessus.

***

Sadie passa la fin de la soirée assise en tailleur sur le plancher de sa chambre. Elle essaya désespérément de déchiffrer les trois premières pages de *Évasions/Invasions : mères, monstres et métaphysique dans la littérature enfantine* avant de se rendre compte que le chapitre consacré à Daffyd Llewellyn était une interprétation de son conte, plutôt qu'une introduction biographique : interprétation abstruse, qui plus est. Elle reprit donc son bloc-notes et la liasse de la gazette publiée par les sœurs Edevane. Alice détient la clé, avait répété Clive : cela méritait réflexion et rappelait à Sadie les quelques mots gravés dans la pierre. ALICE + BEN. N'avait-elle pas lu ce nom quelque part ces derniers temps, Ben ? Mais où ? Impossible de s'en souvenir.

La pluie ruisselait sur les vitres et le doux parfum de la pipe s'insinuait par le plafond. Sadie embrassa du regard l'assemblage de feuilles volantes, de photocopies et de livres qui jonchaient le plancher. Il y avait dans ce capharnaüm de papier, elle le savait, des éléments qui brûlaient de s'assembler, de se rapprocher. Elle le *sentait*. Même si, pour l'heure, l'anarchie semblait vaincre.

Elle se leva avec un lourd soupir, se soustrayant à ses recherches, et alla se coucher. Elle reprit *La vengeance est un plat qui se mange froid* et en lut quelques pages, dans l'espoir de clarifier ses idées.

Le restaurateur avait en effet été assassiné et la culpabilité de son ex-femme paraissait de plus en plus vraisemblable. Ils avaient divorcé vingt ans plus tôt : dans l'intervalle, l'homme avait fait carrière – et fortune – pendant que son ex-femme se consacrait à leur fille handicapée. Elle avait sacrifié sa propre carrière à cette enfant, de même que sa liberté ; mais elle aimait profondément leur fille et la situation semblait ne pas lui peser.

L'événement qui avait réveillé son désir de meurtre, apparemment – Sadie désormais lisait à plus vive allure –, était le suivant : l'ex-mari avait, au détour d'une conversation, annoncé qu'il allait passer deux semaines de vacances en Amérique du Sud. Depuis toujours, l'ex-femme rêvait de voir le Machu Picchu ; sa fille ne pouvait pas l'y accompagner et on ne pouvait la confier à un tiers. Que l'ex-mari, qui s'était toujours estimé trop occupé et trop important pour s'occuper de sa fille, puisse maintenant s'apprêter à vivre le grand rêve de son ex-femme, cela était plus que cette dernière ne pouvait en supporter. Le chagrin accumulé pendant des dizaines d'années, l'isolement que ressentent nombre de personnes qui prennent soin de leurs enfants ou de leurs parents malades, la sublimation des désirs frustrés de toute une existence : le tout avait fait basculer cette femme pourtant si douce. Elle avait résolu d'empêcher son ex-mari de partir.

Sadie, étonnée, satisfaite et curieusement revigorée, éteignit la lumière et ferma les yeux, avec dans les oreilles le bruit de la tempête et de la mer agitée ; les chiens rêvaient et grondaient dans leur sommeil, à l'autre bout du lit. A. C. Edevane avait un point de vue pour le moins intéressant sur la moralité de ses personnages. Son limier avait découvert le fin mot de l'affaire (le restaurateur avait bel et bien été assassiné) mais n'en disait mot à la police. Détective privé, se justifiait Brent, il avait pour devoir de remplir sa mission – remonter la piste de l'argent. Ce qu'il avait fait. Personne ne lui avait demandé d'élucider les circonstances du décès, qui n'avait jamais été considéré comme suspect. Pendant des années, l'ex-femme du restaurateur avait supporté seule un fardeau énorme, sans recevoir grand-chose en échange. Qu'elle se retrouve sous les verrous, et sa fille en pâtirait terriblement. Diggory choisit donc le silence. La justice n'avait qu'à suivre son cours sans lui.

Sadie se souvint de la description que Clive avait faite de la jeune Alice Edevane rôdant autour de la bibliothèque tandis que les policiers enquêtaient dans la maison. Elle savait plus qu'elle n'avait bien voulu le dire, affirmait Clive. De quoi justifier son intuition (désespérée, peut-être) que l'un des romans d'Alice pût contenir un indice ? L'intrigue de *La vengeance...* n'avait rien à voir avec l'enlèvement de Theo, mais elle soulignait assurément la nature pour le moins nuancée de la justice aux yeux de son auteur. Et le roman était assez prolixe sur la complexité des relations entre parents et enfants : lien inextricable qui tenait du fardeau et du privilège, pour le meilleur et pour le pire. A. C. Edevane, de surcroît, n'avait aucune affection pour ceux qui fuient leurs responsabilités.

Sadie aurait voulu s'endormir : mais elle n'avait jamais eu le sommeil facile ; après *La vengeance...*, ce fut Rose Waters qui vint troubler ses pensées. Sans doute étaient-ce toutes ces histoires de parents, de dévotion maternelle, d'attachement à l'enfant.

L'amour dont la nourrice faisait montre envers Theo, « comme s'il avait été son enfant », ses états de service impeccables et son renvoi soudain, « injuste », sa détresse ; l'invitée qui avait vu une mince silhouette de femme à la fenêtre de la nursery, à minuit…

Avec un bref grognement, Sadie se retourna entre ses draps et essaya, une nouvelle fois, de se libérer l'esprit de tout cela. Sans qu'elle l'ait convoquée lui apparut la photographie du pique-nique des Edevane. Le mari et la femme au centre, le petit garçon tant aimé devant eux, et dans l'ombre, la fine cheville, touchée par le soleil. La voix de Clive résonna dans son crâne : le garçonnet avait été si ardemment désiré ; les Edevane avaient attendu si longtemps sa venue. Et l'entrevue entre la police et Constance deShiel en 1939, la vieille femme qui ne cessait de radoter au sujet « d'Eleanor et d'un enfant mort-né ». Peut-être n'était-ce pas une invention de son esprit malade, après tout. Eleanor pouvait très bien avoir attendu un autre enfant, entre Clementine et Theo. *Ils voulaient un fils, tout le monde le savait*, disait l'une des interviews du dossier de Clive. *Quand le petit est arrivé, c'était une vraie bénédiction. Et tellement inattendue.*

Sadie rouvrit les yeux dans le noir. Un autre détail lui était venu à l'esprit.

Elle ralluma et se pencha vers le plancher, fouillant, du lit, les éléments de son propre dossier. Elle finit par trouver ce qu'elle cherchait. C'était l'une des petites gazettes éditées par les sœurs Edevane. L'une de ces feuilles de chou parlait, elle en était certaine, de nounou Rose.

Ah, voilà.

Elle se recoucha, la gazette à la main. Un article

d'Alice décrivant la punition qu'avait subie Clementine Edevane après avoir déclaré que nounou Rose était « grosse ». Sadie vérifia la date, procéda à un bref calcul mental et sauta du lit pour récupérer son bloc-notes, dont elle feuilleta rapidement les pages jusqu'à retrouver ses notes sur les états de service de Rose Waters. Laquelle avait été absente un mois – juillet 1932 – « pour raisons familiales ». Les dates concordaient.

Sadie regarda par la fenêtre – les falaises qu'éclairait le clair de lune, la mer hérissée de vagues noir d'encre, les éclairs zébrant l'horizon – et essaya d'y voir plus clair. Des parents qui enlèvent leur propre enfant ? s'était étonné Clive. Allons, à quoi bon ? Il parlait d'Anthony et d'Eleanor et sa question était purement rhétorique – une plaisanterie, en somme. Bien sûr, les parents n'ont pas besoin d'enlever leurs propres enfants. Ils les ont avec eux.

Mais, lorsque tel n'est pas le cas ?

Le visage de Sadie s'était enfiévré ; ses tempes palpitaient. Un nouveau scénario prenait forme. Oui, parfois, les parents enlèvent leur propre enfant.

Les pièces du puzzle retrouvaient leur place, comme si elles étaient effectivement liées, comme si elles n'attendaient que l'intervention de Sadie. Une femme de chambre en détresse… Un petit garçon qui avait besoin d'un foyer… Une patronne qui ne pouvait plus avoir d'enfants…

La solution avait convenu à tout le monde. Jusqu'à ce que, soudain…

17

Londres, 2003

Le message était lapidaire, même pour Alice. Elle était sortie, elle rentrerait plus tard. Peter réfléchit un moment à ce bout de papier – il ne pouvait se résoudre à l'appeler « note » – et se demanda quelle en était la signification. Ces derniers temps, Alice se comportait curieusement. Elle était encore plus irritable que d'habitude, et se montrait étrangement distraite. Le roman en cours devait lui donner du fil à retordre, se disait Peter, bien au-delà de l'angoisse de l'écrivain, phénomène auquel on pouvait s'attendre. Les difficultés créatrices d'Alice n'étaient pas à l'origine de ses soucis : elles en étaient un symptôme.

Soucis dont Peter pensait connaître la nature. Lorsqu'il avait transmis le message de Deborah à Alice, le vendredi précédent, elle avait blêmi ; cela et le léger tremblement qui s'était emparé de sa voix avaient rappelé au jeune homme la réaction qu'elle avait eue, plus tôt dans la semaine, lorsqu'il lui avait fait part de la lettre de l'inspecteur de police. Sadie Sparrow. Ces deux événements étaient liés, Peter en était certain. De surcroît, ils avaient certainement un rapport avec le passé de la famille Edevane, le drame qu'ils avaient vécu. Peter avait appris dans l'intervalle l'histoire du petit garçon – Theo. Lorsque la lettre était arrivée, Alice avait essayé de dissimuler son effroi. Peter cependant avait remarqué le tremblement de ses mains, qu'elle avait aussitôt dissimulées sous la table. Elle avait si vigoureusement nié toute connaissance de l'affaire à laquelle l'inspecteur Sparrow faisait allusion que la curiosité de Peter avait été piquée. De retour chez lui, le soir même, il avait effectué une recherche Internet sur trois mots clés, *Edevane*, *enfant* et *disparu*. Ainsi avait-il découvert l'affaire Theo Edevane.

Mais pourquoi Alice lui avait-elle menti ? Pourquoi s'était-elle mise dans un tel état ? Un matin, en arrivant chez elle, il l'avait trouvée sans connaissance dans un des fauteuils de la bibliothèque. Son cœur avait fait un bond dans sa poitrine ; pendant une seconde, il avait craint le pire. Il était sur le point de lui administrer un massage cardiaque des plus maladroits lorsqu'elle avait émis un ronflement explosif. Elle dormait ! Or, Alice Edevane ne faisait jamais la sieste. S'il l'avait surprise en pleine danse du ventre, vêtue d'une tunique bordée de sequins, sa surprise aurait été bien moindre. Alice s'était réveillée en sursaut tandis que Peter filait dans le vestibule : tous deux ainsi avaient pu feindre de croire qu'il n'avait rien vu de ce moment de faiblesse. Il avait ôté ses chaussures sans aucune discrétion et avait fait trembler le portemanteau ; lorsqu'il était revenu dans la bibliothèque, Alice relisait le brouillon d'un de ses chapitres, feutre rouge en main. Et, maintenant, ce message. Une entorse imprévue à la routine. Or, Alice Edevane était particulièrement attachée à la routine. Depuis que Peter travaillait pour elle – trois ans –, elle l'avait toujours respectée à la lettre.

L'incident était déconcertant, mais du moins laissait-il à Peter le temps de finir le texte de sa Foire aux questions. Les éditeurs d'Alice l'avaient relancé : la date de publication approchant, ils commençaient à perdre patience. Peter leur avait promis un retour avant la fin de la semaine. Promesse qu'il comptait bien honorer. Restait à résoudre cette simple question : Alice avait-elle écrit un texte de fiction complet avant *En un clin d'œil* ? L'article du *Yorkshire Post* d'août 1956 l'affirmait, reproduisant les propos de l'intéressée : elle avait écrit un roman policier dans le carnet que son père lui avait offert pour son quinzième anniversaire. Assertion qui ne devait pas être trop difficile à confirmer. Alice nourrissait un attachement pathologique pour ses carnets. Elle en avait toujours un sur elle ; et tous ceux dont elle s'était servie étaient, sans exception, conservés dans la pièce où elle écrivait. Peter n'avait qu'un escalier à monter pour vérifier ses dires.

Il gravit les premières marches et, se surprenant à siffler théâtralement, il fit halte. Allons, nul besoin d'affecter l'innocence. Seuls les coupables s'abandonnent à ce genre de faiblesse. Peter ne faisait rien de mal. Alice ne lui avait jamais formellement interdit l'entrée de son bureau. En général, il n'y mettait pas les pieds : mais ce n'était qu'un simple concours de circonstances. Il n'en avait que rarement l'occasion. Ils tenaient l'essentiel de leurs réunions dans la bibliothèque. Peter, quant à lui, travaillait soit sur la grande table de la cuisine, soit dans la chambre d'amis, depuis longtemps dévolue à l'archivage des dossiers.

C'était une chaude journée d'été. Le soleil entrait à flots par la lucarne, en haut des marches. L'air chaud était monté par la cage d'escalier et s'était accumulé sur le palier. Peter ne fut pas mécontent de pénétrer dans le bureau, sombre et frais.

Les carnets d'Alice étaient toujours au même endroit : il les trouva sur l'étagère, sous les éditions originales en langue étrangère des romans. Le tout premier des carnets était petit et mince ; le cuir marron de la couverture s'était, avec le temps, décoloré, attendri. Peter l'ouvrit ; la page de garde jaunie portait ces quelques mots, rédigés de l'écriture soigneuse et ronde d'une enfant appliquée : *Alice Cecilia Edevane, âgée de 8 ans*. Un sourire lui vint aux lèvres. L'inscription donnait de l'Alice qu'il connaissait – maîtresse femme sûre d'elle, déterminée – l'image d'une fillette sérieuse, qui avait toute la vie devant elle. Il remit le carnet à sa place et compta les années, index tendu. D'après ses calculs, Alice avait dû recevoir le carnet qu'il souhaitait consulter en 1932 et l'avait utilisé jusqu'au mois de juillet suivant, courant 1933. Il extirpa de la rangée un spécimen nettement plus volumineux que le premier.

Dès qu'il l'eut en main, il comprit cependant que quelque chose clochait. Le carnet était beaucoup trop léger pour sa taille et trop mince par rapport à son dos. Pour la simple et bonne raison qu'une moitié des pages manquait. Elles avaient été arrachées : n'en subsistait qu'une épaisse frange de papier déchiré. Il s'agissait bien du carnet 1932-1933 : Peter caressa les souches mutilées d'un doigt pensif. En soi, cela ne signifiait pas grand-chose Nombreuses sont les adolescentes qui censurent ainsi leurs journaux intimes. Mais le carnet d'Alice n'était pas un journal intime au sens strict du terme. Et plus de la moitié des pages avait ainsi disparu. Le brouillon d'un roman ? Tout dépendait de la longueur du texte, bien sûr.

Peter parcourut les pages précédentes. L'état du carnet avait subtilement altéré sa démarche ; il se donna soudain l'impression d'être un voleur. Non, se rappela-t-il, tu ne fais que ton travail. C'était ce pourquoi Alice le payait. *Je ne veux pas en entendre parler*, avait-elle martelé en lui reparlant du site Internet. *Occupez-vous-en sans moi.* Fort bien, se dit Peter. Dépêche-toi de trouver la réponse à ta question et remets le carnet à sa place.

Les toutes premières pages lui donnèrent quelque espoir. Elles étaient remplies d'observations relatives à la vie de famille (la description qu'Alice faisait de sa grand-mère – « un squelette couvert de riches vêtements » – fit sourire Peter : c'était une citation des *Grandes Espérances*). Alice y avait également noté quelques idées sur un roman dont les personnages – Laura et Lord Hallington – vivaient une histoire d'amour horriblement compliquée. Alice faisait souvent référence à un M. Llewellyn dont Peter crut comprendre qu'il était son mentor – cet auteur déjà publié dont elle parlait dans une de ses interviews.

Les notes sur le roman s'interrompaient abruptement pour faire place à une liste intitulée : *Les Règles selon M. Ronald Knox. Adaptées de sa préface aux* Meilleures Nouvelles policières.

Lesdites règles, qui semblaient pourtant bien

vieillottes et bien didactiques au vu des exigences du roman policier contemporain, avaient visiblement ouvert à Alice de nouvelles perspectives dans sa vie créatrice. *Exeunt* Laura et Lord Hallington (et M. Llewellyn avec eux) ; leur enfantin pas de deux était remplacé par des méditations plus générales sur la vie et l'amour, sérieuses, émouvantes, idéalistes dans leur optimisme naïf.

Peter parcourut rapidement les lignes qu'une Alice pleine de flamme consacrait aux vrais objectifs de la littérature, ses descriptions extatiques de la nature (inspirées des poèmes romantiques qu'elle citait abondamment), la ferme expression de ses aspirations futures : *désirer-moins-de-possessions-matérielles-et-posséder-un-plus-grand-amour*. La recherche commençait à se teinter d'une inconfortable nuance de voyeurisme : Peter songeait à l'interrompre lorsqu'un détail le fit sursauter. Venaient d'apparaître dans les notes d'Alice ces deux initiales, BM. *D'après BM, BM dit, j'en parlerai à BM.* Tout autre que lui aurait pu effacer de sa mémoire le nom que Deborah, par téléphone, lui avait prié de transmettre à sa sœur, mais l'un des condisciples de Peter s'appelait Benjamin ; et il avait, avec ce même Benjamin, distribué des journaux pour un buraliste du nom de Munro. La coïncidence avait gravé le message de Deborah dans son esprit. Benjamin Munro, l'homme dont le souvenir avait fait blêmir Alice.

Au moment où les premiers BM apparaissaient dans les pages du carnet, Alice, semblait-il, avait commencé à travailler à une nouvelle intrigue. *Un roman policier, cette fois-ci ! Un vrai roman policier avec une résolution ingénieuse que personne ne devinera avant la révélation finale !* Les quelques pages suivantes fourmillaient d'idées, de plans, avec des flèches, des questions griffonnées, des cartes et des tableaux dressés en hâte – techniques auxquelles elle avait encore recours, soixante-dix ans plus tard. Puis cette note d'avril 1933 : *Demain, à la première heure, je me lance dans la rédaction de BBB. J'ai déjà à l'esprit les premières et les dernières lignes et une idée assez nette de tout ce qui doit se passer dans l'intervalle (en partie grâce à BM). Je sais que je le finirai, celui-là. J'ai déjà l'impression qu'il ne ressemble en rien à ce que j'ai écrit jusqu'ici.* Avait-elle réellement entrepris ce « BBB » ? Et l'avait-elle fini ? Impossible de le dire. Les quelques lignes suivantes avaient été si sauvagement raturées que le papier avait été troué. Et le reste du carnet manquait.

Pourquoi avoir fait disparaître ce brouillon ? Alice, elle qui gardait si méticuleusement, avec un soin qui confinait à la superstition, la moindre note ayant contribué à la rédaction d'un de ses romans.

« Un auteur ne devrait jamais détruire ses textes ! avait-elle confié à la BBC. Même s'ils lui semblent méprisables. Se livrer à ce genre d'autodafé, c'est renier un enfant, si peu réussi soit-il. »

Peter se redressa avant de s'étirer et de lancer un regard par la fenêtre, qui donnait sur le parc. Les pages arrachées n'avaient peut-être aucun sens. Arrachées au journal d'une *adolescente*, soixante-dix ans plus tôt. Mais il ne put se défaire du malaise qui s'était emparé de lui. Le comportement d'Alice, ces derniers jours. Ses dénégations à la lecture de la lettre de l'inspecteur de police. Le choc que lui avait infligé le message de Deborah. Le nom de Benjamin Munro.

Et pourquoi déclarer aux journalistes qu'elle n'avait jamais rien écrit avant son premier roman publié ? Mystère infime, certes, mais mystère tout de même. Quelque chose était en train de se produire. Et Alice était sur ses gardes.

Peter remit le carnet à sa place, prenant grand soin de faire le moins de bruit possible, comme si ce silence pouvait effacer son indiscrétion. Il allait tout simplement ôter de sa FAQ la question concernant les premières tentatives romanesques d'Alice. Il aurait dû s'y résoudre plus tôt, au lieu d'ouvrir la boîte de Pandore.

Peut-être était-ce dans sa hâte de redescendre au plus vite et d'oublier ces carnets qu'il trébucha sur le pied du lampadaire. Ou bien faut-il y voir un effet de son éternelle maladresse ? Quoi qu'il en soit, le lampadaire fut précipité vers le bureau d'Alice ; dans sa chute, il heurta un verre, fort heureusement vide. Peter remettait de l'ordre dans ce chaos lorsqu'il remarqua la lettre adressée à Alice. Ce qui n'avait rien d'étonnant en soi : après tout, Alice était ici chez elle. Mais d'ordinaire, c'était Peter qui s'occupait du courrier. Et il n'avait pas vu cette lettre. Ce qui signifiait qu'elle avait été interceptée par Alice, qui ne lui en avait rien dit.

Peter eut une hésitation de courte durée. Il aimait bien Alice. Leurs relations n'étaient pas vraiment celles d'une grand-mère et de son petit-fils, mais il s'inquiétait pour elle. À la lumière des événements, il se sentait même responsable de son bien-être. Il ouvrit la lettre délicatement, juste assez pour lire le nom de l'expéditeur. *Sadie Sparrow.* Ce n'est pas un nom qu'un amoureux des mots peut oublier facilement ; elle avait donc écrit de nouveau, la policière qui enquêtait sur la disparition d'un enfant, soixante-dix ans plus tôt. En 1933, l'année où BM avait fait son apparition dans le journal d'Alice, l'année où elle avait (sans doute) détruit le brouillon de son premier roman. Amère expérience, songea Peter, que celle de voir un puzzle former enfin une image, sans rien comprendre à ce que cette image représente. Il se tapota les lèvres de son index, pesant le pour et le contre, puis lança un nouveau regard à la lettre posée sur le bureau. Ça, c'était de l'indiscrétion pure et simple. Et ça ne faisait pas partie de son descriptif de poste. Il se vit sur le bord d'une falaise. Fallait-il sauter ? Ou s'éloigner du gouffre ? Il secoua la tête, se rassit et commença à lire.

***

Alice décida de traverser le parc. Le grand air, se dit-elle avec une ironie des plus caractéristiques, lui ferait du bien. Elle sortit du métro à Hyde Park Corner et prit l'escalier. Le temps s'était considérablement réchauffé. L'atmosphère était stagnante, épaissie par la chaleur – cette chaleur si particulière aux villes qui semble densifier les espaces entre goudron et immeubles. Les lignes de métro et leurs serpents qui se faufilaient furieux et sifflants sur les rails, vomissant à chaque station des passagers suants, avaient quelque chose de dantesque. Alice s'engagea dans Rotten Row, enregistrant avec soin les roseraies et le parfum ténu des lilas, comme si elle avait juste envie de se promener tranquillement dans la nature

– et non pas de s'accorder un répit avant d'accomplir l'effroyable tâche qui l'attendait.

C'était Deborah qui lui avait forcé la main pour ce rendez-vous. Après avoir reçu le message de sa sœur, transmis par Peter (oh, le frisson affreux que le nom de Benjamin Munro lui avait donné, prononcé par le jeune secrétaire !), Alice avait opté pour le refus – à ses yeux la stratégie la plus appropriée. Elle n'avait aucune raison de revoir sa sœur avant des mois. L'anniversaire d'Eleanor était passé ; la famille ne se rassemblerait pas avant Noël : dans l'intervalle, la baudruche aurait tout loisir de se dégonfler. Alice y veillerait, naturellement. Mais Deborah n'avait pas baissé la garde, imposant sa volonté en douceur, arme qu'elle avait, en tant que sœur aînée, toujours su manier ; ses années de mariage avec une personnalité politique n'avaient fait que perfectionner ce talent : « Nous devons absolument parler d'un certain nombre de choses. »

Quelles que soient les informations que Deborah pouvait détenir sur Theo, elle avait de toute évidence accompli un long voyage dans le passé, en un lieu où son arrivée inquiétait grandement Alice. Que pouvait bien savoir Deborah ? se demandait-elle. Sa grande sœur se souvenait de Ben : mais savait-elle ce dont Alice s'était rendue coupable ? Oui, sûrement. Sinon, pourquoi réclamer cette conversation sur leur passé ?

« Tu te souviens de nounou Rose ? avait demandé Deborah avant de raccrocher. Bizarre, non ? Elle est partie si vite ! »

Alice avait senti se refermer sur elle les mâchoires d'un piège contre lequel elle luttait depuis des années. Et n'était-ce pas extraordinaire, cette simultanéité des alertes ? Deborah (encore qu'à la vérité c'était Alice qui avait réveillé les souvenirs de sa sœur, avec ses stupides questions au musée ; ah, si elle avait pu tenir sa langue, ce jour-là…), la policière… Ce matin même, Alice n'avait-elle pas reçu une troisième lettre de l'inspectrice, moins déférente que les autres et faisant état d'un développement des plus inquiétants ? Cette Sparrow lui demandait à présent l'autorisation d'entrer dans la maison pour « vérifier une hypothèse ».

Alice fit halte tandis qu'une libellule en vol s'approchait d'elle. Un sympétrum jaune d'or. Le nom lui revint tout seul. Elle regarda l'insecte voler par saccades vers un massif de fleurs, splendide combinaison d'espèces estivales aux pétales rouges, mauves et orange vif. Les jardins lui mettaient vraiment du baume à l'âme. Une abeille voleta, hésitante, entre deux corolles. Alice soudain fut envahie par une sensation qui mobilisait toute la mémoire de son corps. Ces derniers temps, cela lui arrivait souvent. Elle ressentait pleinement, physiquement, ce qu'aurait pu être son intrusion en ce jardin, les membres souples, libérés de toute douleur : ah, serpenter entre les frais branchages, se coucher dos contre terre et laisser le ciel se briser en mille diamants bleu vif, entre les branches, les oreilles pleines du chœur des insectes.

Mais elle se contenta de poursuivre son chemin, laissant derrière elle les fleurs et l'invasion des sensations. Cette hypothèse que Sadie Sparrow voulait vérifier, ce ne pouvait être que celle du passage secret, qu'elle avait découvert. Alice attendit que l'emporte le vent de la panique : ne vint à sa place qu'une sombre résignation. Cela devait arriver tôt ou tard. Jusqu'ici, le sort avait été clément en plus d'un point : le silence que les familiers de la maison avaient conservé sur le passage secret en était un exemple. Alice en effet n'était pas la seule à en connaître l'existence, en cette toute fin de printemps 1933. Ses parents, ses sœurs, grand-mère deShiel et nounou Rose étaient également dans la confidence – on avait dû en parler à cette dernière l'hiver où Clemmie s'était, la petite sotte, retrouvée coincée derrière la trappe au traître loquet.

Alice ralentit le pas. Elle était arrivée à la croisée des chemins de Rotten Row, là où l'un des sentiers forme un pont au-dessus de la Serpentine. Par-delà le plan d'eau, s'étendaient les immenses pelouses du parc. Alice ne pouvait jamais les traverser sans penser à la Seconde Guerre mondiale. Les sacs de sable, les potagers : toutes les étendues de verdure avaient été sacrifiées à la production alimentaire. Avec soixante ans de recul, l'idée semblait étrange et touchante : un retour au Moyen Âge, comme si le pays, affamé, bombardé sans relâche, pouvait trouver sa subsistance dans les quelques hectares de potager de Sa Majesté le roi. À l'époque, pourtant, l'entreprise était sensée et même vitale. Les jeunes gens du pays mouraient en des terres lointaines, les bombes pleuvaient sur Londres toutes les nuits et les bateaux de ravitaillement étaient torpillés par les sous-marins allemands, avant même de pouvoir rallier les ports. Mais les Britanniques ne céderaient pas. Ils remporteraient la victoire, potager par potager.

Lors d'une visite à l'Imperial War Museum, quelques années plus tôt, Alice avait entendu deux ou trois collégiens ricaner en montrant du doigt une affiche de Potato Pete : « Ma soupe, c'est la meilleure ! » Les gamins s'étaient attardés, se séparant de leurs camarades ; lorsque leur professeur vint les chercher, peu amène, l'un d'eux, le plus grand, sembla soudain sur le point d'éclater en sanglots. Alice n'avait pu s'empêcher de ressentir une joie mauvaise. Cela dit, pourquoi les publications de la guerre – journaux, affiches, prospectus – montraient-elles toujours l'époque sous un jour poli, vieillot, bien élevé, alors qu'elle avait été meurtrière, violente ? Les mentalités avaient changé. Les gens étaient plus stoïques pendant la guerre. On ne passait pas des heures à détailler ses émotions. Dès l'enfance, on apprenait à ne pas gémir au moindre bobo, à perdre avec élégance, à ne pas se laisser submerger par ses peurs. Nounou Rose elle-même, qui était pourtant la douceur personnifiée, n'aurait guère apprécié de voir une des sœurs pleurer lorsqu'elle badigeonnait leurs égratignures de teinture d'iode. On apprenait aux enfants à affronter leur sort avec courage, quel qu'il soit. Des talents fort utiles, au moment de la guerre. Le reste du temps aussi, d'ailleurs.

Dans la famille Edevane, toutes les femmes avaient participé à l'effort de guerre. Clemmie s'était engagée dans l'Air Transport Auxiliary et convoyait les avions d'une base militaire à l'autre. Alice était ambulancière ; son véhicule était un ancien corbillard, qu'elle conduisait dans les rues dévastées de la capitale. Deborah encadrait les jeunes femmes des Women's Voluntary Service. La vraie surprise cependant était venue d'Eleanor. Alice et Deborah avaient fait le siège de leurs parents pour qu'ils quittent Londres, devenue trop dangereuse. Eleanor leur avait opposé un refus ferme et définitif.

« Nous resterons. Et nous ferons notre devoir, avait-elle martelé. Il est hors de question de nous y dérober. Et vous n'avez pas à nous le suggérer. Si le roi et la reine restent à Londres, pourquoi pas nous ? N'est-ce pas, mon amour ? »

Elle avait décoché un sourire à Anthony, déjà atteint de la pleurésie qui finirait par l'emporter. Il avait serré la main de sa femme dans la sienne, en signe de solidarité. Et Eleanor avait offert ses services à la Croix-Rouge. Elle allait à vélo dans l'East End, porter secours à des mères et à des enfants dont les logements avaient été détruits.

Parfois, Alice se représentait Londres sous la forme d'une carte couverte d'épingles, chacune représentant un lieu avec lequel elle avait un lien. Cette carte-là désormais était caparaçonnée d'épingles qui commençaient à se chevaucher. Ce n'est pas rien que d'avoir passé l'essentiel de sa vie au même endroit. Et d'accumuler dans son esprit de si nombreux souvenirs en de si nombreuses strates que certains endroits acquièrent une vie spécifique. Le lieu fixe était une notion si fondamentale dans l'expérience qu'avait Alice du monde qu'elle se demandait parfois comment les peuples nomades pouvaient mesurer le passage du temps. Comment pouvaient-ils jauger un parcours si ce n'est à l'aune d'une constante bien plus solide, bien plus durable qu'eux-mêmes ? Peut-être n'en étaient-ils vraiment pas capables. Peut-être ne s'en portaient-ils que mieux.

L'une des caractéristiques de Ben Munro les plus intrigantes à ses yeux avait été son goût de l'itinérance. Après la Première Guerre mondiale, des centaines de milliers de personnes s'étaient retrouvées sans logement – hommes au triste visage, brandissant leurs pancartes de misère (« Cherche travail, argent, nourriture ») et dont l'omniprésence dans les villes de Grande-Bretagne avait jeté un voile sinistre sur les lendemains du conflit. On avait appris aux sœurs Edevane à faire l'aumône à ces hommes sans les dévisager ni les juger ; ils étaient dignes de pitié. Ben cependant n'était pas l'un de ces soldats sans foyer. C'était la première fois qu'Alice rencontrait quelqu'un qui avait choisi de ne jamais se fixer, changeant constamment de travail et ne possédant que ce qu'il pouvait transporter.

« Je suis un vagabond, lui avait-il confié avec un sourire et un haussement d'épaules. Mon père disait toujours que ma mère avait du sang de romanichel dans les veines. »

Pour Alice, dont la grand-mère avait tout un répertoire d'anecdotes peu flatteuses sur les gitans et les chemineaux qui traversaient les bois autour de Loeanneth, l'aveu avait valeur d'anathème. Elle avait grandi dans la sécurité et la solidité de la lignée familiale. Le legs des ancêtres de son père, travailleurs acharnés, entrepreneurs, bâtisseurs de l'empire Edevane, se mêlait à celui des deShiel, si profondément enracinés dans ce bout de terre, leur berceau, leur source. L'histoire d'amour maintes fois célébrée d'Anthony et d'Eleanor ne se rattachait-elle pas également au sauvetage par Anthony de Loeanneth, restauré pour sa femme ? Quelle noble histoire, s'était toujours dit Alice, reprenant à son compte et de si bon cœur la passion de sa mère pour la Maison du lac. Elle ne pouvait imaginer une autre vie.

C'était pourtant le cas de Ben, Ben qui lui avait

appris à considérer les choses d'un autre point de vue. Ben ne souhaitait pas posséder. Il n'avait aucun désir d'accumuler les richesses. Il lui suffisait, disait-il, d'aller à sa guise. Ses parents avaient travaillé sur des chantiers archéologiques en Orient lorsqu'il était enfant. Il avait compris alors que ce que les gens veulent posséder à l'instant présent, si éphémère par nécessité, ne dure pas. Les biens matériels retournent à la terre, qui les détruit ou les dissimule aux regards, en attendant les regards curieux des générations futures. Son père sur les chantiers avait exhumé tant d'objets ainsi oubliés, choses de beauté pour lesquelles, sans doute, on s'était battu autrefois.

« Et tout cela a été jeté ou égaré ; leurs propriétaires : en poussière depuis des siècles. Tout ce qui m'importe, ce sont les êtres vivants, l'expérience. Les relations. Oui, c'est cela et rien d'autre. L'étincelle entre les individus, le lien invisible. »

Alice avait rougi en entendant ces mots. Elle savait exactement ce qu'il voulait dire. Elle éprouvait la même chose.

Alice ne l'avait entendu exprimer une frustration matérielle qu'à une seule reprise. Elle s'en souvenait sans difficulté – ce comportement avait réveillé en elle une sensation si désagréable. Ben, de son propre aveu, avait grandi avec une jeune fille – une Anglaise, qui avait cinq ans de plus que lui et dont les parents travaillaient sur le même chantier que les Munro. Elle avait pris le petit Ben, alors âgé de huit ans, sous son aile. Ils se ressemblaient, deux enfants anglais en terre étrangère. Leur lien était fort.

« J'étais un peu amoureux d'elle, évidemment, disait

Ben avec un rire. Elle était si jolie, à mes yeux, avec ses longues nattes et ses yeux noisette. »

Lorsque la jeune fille – Florence (il l'appelait « Flo », diminutif qui donnait un pincement de cœur à Alice chaque fois qu'il le prononçait) – était rentrée en Angleterre avec ses parents, ils avaient continué à correspondre. Lettres de plus en plus longues, de plus en plus intimes à mesure que Ben grandissait. Ils représentaient chacun une constante dans la vie vagabonde de l'autre. Lorsque Ben était rentré à son tour en Grande-Bretagne, à dix-sept ans, il avait renoué avec Flo. Elle était mariée ; et, chaque fois qu'il passait à Londres, elle insistait pour l'héberger. Leur amitié était indéfectible.

« Elle est d'une générosité insensée, disait Ben. Incroyablement fidèle, très douce et toujours prête à rire. »

Flo et son mari cependant traversaient une passe difficile. Ils avaient un petit commerce, dont les affaires n'étaient pas encore florissantes ; ils avaient eu beau y consacrer toutes leurs économies et tous leurs efforts, ils étaient maintenant menacés d'expulsion.

« Et ils ont d'autres problèmes, ajoutait Ben. Des problèmes personnels. Ils sont si bons, Alice. Leurs désirs sont si modestes. Franchement, ils n'avaient pas besoin de cela en plus. »

Il était, se souvint-elle, en train d'aiguiser les lames du sécateur.

« Je ferais n'importe quoi pour les aider. »

Il y avait eu dans la voix de Ben une frustration inhabituelle.

« Mais la seule chose qui puisse les tirer d'affaire,

pour le moment, c'est l'argent. Et je n'ai que ce qui se trouve dans ma poche. »

Les difficultés inextricables de son amie rendaient Ben amer ; Alice, désormais dévouée corps et âme au jeune homme, n'avait qu'un désir, l'aider, lui. Même si la simple pensée de l'autre femme (*Flo* – oh, comme elle détestait la nonchalante brièveté de ce surnom !) la faisait bouillir de la plus noire des envies. Flo, qui avait joué un rôle si fondamental dans la vie de Ben. Flo dont les malheurs, à des centaines de kilomètres de Loeanneth, avaient le pouvoir d'assombrir l'humeur de Ben.

Le temps cependant avait le don d'apaiser les passions les plus intenses. Ben n'avait jamais plus fait allusion à son amie et Alice, qui était jeune – et par conséquent égocentrique –, avait oublié Flo et son triste sort. Lorsqu'elle expliqua à Ben les prémices de l'intrigue de *Bye Baby Bunting*, trois ou quatre mois plus tard, l'énergique profession de foi du jeune homme – « Je ferais n'importe quoi pour aider Flo » – lui était complètement sortie de l'esprit.

***

De l'autre côté de la Serpentine, un enfant courait vers la rivière. Alice ralentit le pas avant de faire halte. La petite fille – ou était-ce un petit garçon ? Difficile à dire –, une fois sur la berge, se mit à émietter un bout de pain ; une petite troupe de canards s'amassa autour d'elle. Un cygne surgit soudain et, claironnant, s'empara en une seule bouchée du reste de la manne. Le bec de l'animal s'était refermé avec un claquement sec et le bambin éclata en sanglots. L'un de ses parents accourut, comme il se doit ; l'enfant fut facilement consolé ; l'incident cependant avait rappelé à Alice les colverts de Loeanneth, si avides, si téméraires. Y en avait-il encore là-bas ? La pensée fit naître une boule dans sa gorge. Ce qui arrivait de temps à autre. Après des années de dénégations obstinées, elle pensait plus souvent à ce qu'étaient devenus la maison, le lac, les jardins – à en perdre le souffle tant son désir d'y retourner était brutal.

Lorsqu'ils étaient enfants, les petits Edevane passaient l'été au bord du lac, leur peau se hâlait, leurs cheveux perdaient presque toute couleur. Malgré ses poumons fragiles, Clemmie était la plus attachée à cette vie au grand air, avec ses longues et maigres jambes de pouliche et sa nature aérienne. Clemmie avait été en avance sur son temps. Elle aurait dû naître ces dernières dix ou vingt années. Désormais, les portes s'ouvraient aux Clemmie du nouveau millénaire. Alice en croisait tous les jours dans la rue : vives, indépendantes, directes et obstinées. De fortes têtes que les attentes de la société ne corsetaient plus. Elle les aimait, ces filles aux narines percées, aux cheveux courts, que le monde rendait impatientes. Parfois, elle avait l'impression de sentir l'esprit de Clemmie revivre en elles.

Après la disparition de Theo, Clemmie n'avait plus voulu parler à qui que ce soit. Les interrogatoires des enquêteurs finis, elle s'était refermée comme une huître. Et ses oreilles étaient tout aussi closes. Elle avait toujours été pour le moins excentrique, mais, en cet été 1933, après le drame, elle avait sombré dans une sorte de sauvagerie, se disait rétrospectivement Alice. Clemmie ne mettait pratiquement plus les pieds à la maison, errant autour des bases aériennes, rentrant tard le soir et filant dans sa chambre – quand elle rentrait, car, la plupart du temps, elle campait dans les bois ou au bord de la rivière. Comment diable se nourrissait-elle ? Elle devait manger des œufs. Elle avait toujours eu un talent certain pour vider les nids.

Mère était folle d'inquiétude. Comme si la disparition de Theo ne suffisait pas : il lui fallait maintenant se faire un sang d'encre pour Clementine, livrée aux éléments. Clemmie avait fini par réintégrer le foyer familial, sale, malodorante, les cheveux en bataille, mais requinquée par sa retraite. L'été avait mûri, ses fruits s'étaient décomposés ; l'automne qui suivit avait été pesant, morose. Avec lui était tombé sur Loeanneth un chagrin sans fin, comme si tout espoir de retrouver Theo vivant avait péri avec l'été. Lorsque la police avait renoncé à poursuivre son enquête – qu'ils étaient contrits, les inspecteurs ! –, les Edevane avaient décidé de rentrer à Londres. Le mariage de Deborah devait y avoir lieu en novembre ; de toute évidence, il fallait à la famille s'y réinstaller quelques semaines avant l'événement. Même Mère, d'ordinaire si réticente à quitter Loeanneth, semblait ravie d'échapper à la chape de glaciale tristesse qui s'était abattue sur la Maison du lac. Les fenêtres avaient été scellées, les portes cadenassées et la voiture chargée de bagages.

À Londres, Clemmie avait dû se réhabituer à porter des chaussures. On avait renouvelé sa garde-robe – tout était déchiré ou trop petit ; on l'avait inscrite dans une école de filles, spécialisée en mathématiques et en sciences. Clemmie aimait ces matières. Après une longue succession de gouvernantes à l'ancienne dont aucune n'avait fait de vieux os à Loeanneth, l'école, la vraie, avait récompensé son retour à la réalité, à l'obéissance. D'une certaine manière, ç'avait été un soulagement de la voir revenir à la civilisation. Mais Alice, tacitement, avait pleuré la disparition de l'enfant sauvage qui lui avait servi de sœur. La réaction de Clemmie à l'enlèvement de Theo avait été si primitive, si crue, qu'elle avait eu sur Alice, simple témoin, un effet thérapeutique. La réintégration de Clemmie ravivait la perte de Theo, l'inscrivant dans la permanence. Car si Clemmie elle-même avait perdu tout espoir de le revoir, il n'y avait plus rien à faire.

***

Alice avait marché plus vite qu'elle ne le souhaitait ; une douleur lui étreignait la poitrine. Hmm, se dit-elle, un simple point de côté, certainement pas un infarctus. Elle se laissa tomber sur le premier banc venu.

Je n'en bougerai pas avant d'avoir repris mon souffle, se dit-elle.

La brise était douce à ses joues, douce et tiède. Sous ses yeux, une allée qui menait à un terrain de jeu où des enfants escaladaient diverses structures en plastique de couleurs vives ou se poursuivaient les uns les autres pendant que leurs nounous, jeunes femmes en jean, tee-shirt et queue-de-cheval, discutaient non loin sous un arbre. Près de l'aire de jeux se trouvait un vaste terrain clôturé. Les officiers montés de la caserne de Knightsbridge y faisaient leurs manœuvres. Elle se rendit soudain compte qu'elle n'était pas loin sans doute de l'endroit où elle s'était assise avec Clemmie en 1938. Ce n'est pas faux, ce qu'on dit : lorsqu'on vieillit (et avec quelle perfidie cela se produit, qu'il est rusé, le temps) vous reviennent toujours des souvenirs très anciens, lumineux et clairs en dépit du séjour qu'ils ont fait pendant des dizaines d'années au fin fond de la mémoire. Ce jour-là, une petite fille impeccablement vêtue prenait sa leçon d'équitation, son cheval tournant en rond, sans relâche, sur le sable. Alice et Clemmie s'étaient installées sur une couverture de pique-nique et discutaient du projet de Clemmie, qui voulait apprendre à piloter des avions. C'était avant la guerre : pour les jeunes filles de bonne famille, la vie londonienne n'avait guère changé. Pourtant, il suffisait d'avoir les sens en alerte pour faire son éducation. Alice avait toujours eu ce talent. Clemmie aussi, finalement.

Du haut de ses dix-sept ans, elle avait catégoriquement refusé de prendre part aux bals de la saison. Elle avait été rattrapée sur les docks, au dernier moment : après avoir vendu quelques bijoux de famille, elle s'apprêtait à embarquer pour l'Espagne, où elle voulait lutter aux côtés des Républicains. Alice, impressionnée par la témérité de sa sœur, avait été heureuse cependant lorsque l'adolescente avait réintégré une nouvelle fois le domicile familial, bon gré, mal gré. Cette fois-ci, pourtant, au vu de la détermination de Clemmie et de l'ardeur avec laquelle elle brandissait le journal dans lequel elle avait repéré la publicité de l'école d'aviation, Alice s'était engagée à faire tout son possible pour convaincre leurs parents du bien-fondé de ce choix. Il faisait chaud ; elles avaient déjeuné et baignaient à présent dans une sérénité des plus plaisantes, dont l'accord qu'elles avaient conclu était pour partie responsable. Alice était étendue sur ses coudes, paupières baissées sous ses lunettes de soleil. Soudain Clemmie, sautant du coq-à-l'âne, avait prononcé ces quelques mots :

« Il est encore de ce monde, tu sais. »

Elle n'avait donc jamais perdu espoir.

***

Alice se mit en quête de l'endroit où elles s'étaient installées, ce jour-là. Tout près d'un massif de fleurs, se rappelait-elle, entre les deux gigantesques racines d'un marronnier. Il n'y avait pas encore d'aire de jeux à cette époque ; les nourrices, en longues jupes et chapeaux de toile, se retrouvaient au bord de la Serpentine, tenant par la main les petits dont elles avaient la charge, promenant les plus jeunes dans de grands landaus noirs. Six mois plus tard, à Noël, il n'y aurait plus de pelouses ; le parc serait creusé de tranchées, en prévision des futurs bombardements. Mais, le jour où Clemmie avait parlé de Theo, la guerre avec toutes ses horreurs, son déferlement de mort, n'était encore qu'une ombre à l'horizon. Le monde était encore intact, sous un soleil rayonnant.

« Il est encore de ce monde, tu sais. »

Cinq années avaient passé, mais Alice avait su immédiatement de qui Clemmie parlait. C'était la première fois qu'Alice l'entendait mentionner Theo depuis qu'il avait disparu. Elle avait senti sur ses épaules le lourd fardeau de la confidence. Responsabilité d'autant plus accablante que Clemmie avait tort, Alice le savait.

« Qu'est-ce que tu en sais, Clemmie ? avait-elle répondu, pour gagner du temps.

— J'en suis sûre. C'est comme ça. »

La fillette sur son cheval était passée au trot ; l'animal secouait sa crinière, qui chatoyait fièrement sous le soleil.

« Il n'y a jamais eu de demande de rançon, avait poursuivi Clemmie.

— Et alors ?

— Il faut tout t'expliquer ? S'il n'y a pas eu de demande de rançon, c'est parce que les gens qui l'ont enlevé le voulaient. Lui, pas de l'argent. »

Alice était restée muette. Comment faire comprendre la vérité à sa sœur, doucement, sans la blesser ? Et sans trop en dire sur ses torts à elle, Alice ?

Le visage de Clemmie s'était animé. Les mots ruisselaient de ses lèvres, comme si elle s'était retenue de parler pendant cinq ans ; maintenant qu'elle pouvait s'exprimer, à quoi bon hésiter ?

« Je crois, disait-elle, que c'était un homme. Un homme sans enfants, qui, lors d'un séjour en Cornouailles, a aperçu notre Theo et s'est entiché de lui, follement. Ce monsieur avait une femme, vois-tu, une femme charmante qui avait très envie d'avoir des enfants mais qui ne le pouvait pas. Je les imagine très bien, Alice, ce mari et sa jeune épouse. Aisés, mais ni rigides ni pompeux, très amoureux l'un de l'autre et de leurs enfants imaginaires. Le temps passe, l'espoir s'amenuise ; la femme ne tombe toujours pas enceinte, ils commencent à comprendre qu'ils n'entendront peut-être jamais de petits pas dans l'escalier ou de rires dans la nursery. Une chape de tristesse s'abat sur la maison ; il n'y a plus ni lumière, ni rire, ni musique dans leur vie. Jusqu'au jour où l'homme, qui est en voyage d'affaires hors de Londres (ou peut-être a-t-il rendez-vous avec un associé – franchement, ça n'a pas d'importance… Bref, il passe non loin de Loeanneth, croise Theo et comprend immédiatement que c'est cet enfant qui va ramener la joie dans l'âme de sa femme. »

Le cheval au trot avait henni à ce moment précis ; Alice avait revu Loeanneth en imagination, les champs, les chevaux des voisins pour lesquels les filles Edevane allaient voler des pommes. L'histoire de Clemmie ne tenait pas debout. Tout d'abord, parce que personne n'arrivait par hasard à Loeanneth. Mais aussi parce que Clem s'était, en partie du moins, inspirée des mésaventures de Deborah (« Cinq ans de mariage, et toujours pas d'enfants », murmuraient les mauvaises langues dans les réunions mondaines). Alice soudain avait entendu les rossignols près du lac, chantant juste avant l'aube ; elle avait eu, en dépit du chaud soleil, un violent frisson, dont Clemmie ne s'était pas rendu compte.

« Tu comprends, Alice, hein ? C'est affreux d'avoir fait cela ; nous en avons souffert, dans la famille. Mais on peut le comprendre. On ne pouvait pas résister à Theo. Tu te souviens de la manière dont il bougeait les bras quand il était heureux, comme s'il essayait de décoller ? »

Clemmie avait eu un grand sourire.

« Et il avait été tellement désiré. Là où il est, il grandit dans l'amour, Alice. Heureux. Il était si petit quand il nous a quittés, il nous aura oubliés, il aura oublié qu'il a jamais été des nôtres, même si nous, nous ne pouvons pas l'oublier. Lorsque je pense à Theo heureux, mon chagrin n'est plus si dur à supporter. »

Que pouvait répondre Alice à cela ? Elle était

l'écrivain de la famille, certes, mais Clemmie avait le don de voir le monde d'un point de vue à nul autre pareil. En toute honnêteté, Alice devait bien le reconnaître : elle avait toujours été impressionnée par l'imagination de sa sœur, et peut-être même un peu jalouse. Comme si ses propres prétentions créatrices, les textes qu'elle écrivait déjà, résultats de tant d'efforts, de tant d'errements, perdaient de leur valeur lorsqu'on les confrontait à l'originalité innée de Clemmie. Clemmie, qui possédait cette sorte d'innocence en face de laquelle les autres font toujours l'effet de brutes réalistes. Alice n'avait aucune envie de jouer ce rôle : à quoi bon se disputer avec sa sœur ? Pourquoi détruire le conte ravissant imaginé par Clemmie – une vie nouvelle pour Theo, une famille qui l'aimait ? Alice savait à quoi s'en tenir, c'était bien suffisant.

Alice, cependant, avide, avait voulu en savoir plus sur ce nouveau Theo :

« Où habitent-ils, à ton avis ? Et à quoi ressemble-t-il maintenant ? »

Tandis que Clemmie se lançait dans un long discours, Alice avait fermé les yeux, tout ouïe. Comme elle aurait aimé avoir les certitudes naïves de sa sœur ! C'était une si jolie façon de raisonner, bien que complètement erronée. Car Theo ne menait pas une vie heureuse dans une jolie maison, entouré d'une famille aimante. Il n'y avait pas eu de demande de rançon, certes, mais ce n'était pas pour les raisons invoquées par Clemmie. Alice, elle, savait la vérité. Si les coupables n'avaient rien demandé, c'était que les choses avaient horriblement mal tourné et que Theo était mort. Comme elle l'avait prévu. Elle, Alice.

18

L'idée lui était venue par une journée apparemment fort ordinaire. C'était au début du printemps 1933 ; elle était restée assise dans la buanderie de Loeanneth une bonne partie de la matinée, les pieds contre le ballon d'eau chaude, à feuilleter la collection de coupures de presse qu'elle gardait sous clé dans un coffret en métal filigrané qui avait appartenu à Grand-Père Horace et qu'elle avait subtilisé dans le grenier. Elle avait retrouvé un article sur l'enlèvement du petit Lindbergh, aux États-Unis, ce qui l'avait fait réfléchir aux demandes de rançon et aux meilleures façons pour un criminel de circonvenir la police. Elle s'était rendu compte, quelque temps plus tôt, qu'il manquait quelque chose à toutes ses précédentes tentatives littéraires : une énigme, une intrigue complexe, subtile, destinée à égarer et à déconcerter les lecteurs. Et un crime. Lorsqu'on veut écrire un roman parfait, se disait Alice, il faut bâtir son histoire autour de la solution du crime, tout en menant le lecteur par le bout du nez. Les pieds au chaud dans des chaussettes de laine appuyés tout contre la paroi tiède du ballon, elle avait ouvert son carnet, médité, griffonné, réfléchissant au qui, au pourquoi – et surtout au comment.

Son esprit suivait encore ces chemins lorsque après déjeuner elle avait enfilé le vieux manteau de fourrure noire de sa mère et s'était mise en quête de Ben dans le jardin. Dehors, le vent soufflait en rafales. Ben, cependant, était près de la mare aux poissons, en train d'élaborer un jardin secret, derrière la haute haie circulaire. Alice s'était installée sur le marbre froid qui bordait la mare, les talons de ses bottes en caoutchouc enfoncés dans la mousse. Un frisson de plaisir l'avait soudain traversée : de la sacoche de Ben dépassait l'exemplaire de *La Mystérieuse Affaire de Styles* qu'elle lui avait prêté.

Ben était de l'autre côté du jardin à arracher des mauvaises herbes ; il n'avait pas entendu Alice approcher. Elle était restée un moment immobile. Ben avait les bras nus, la sueur commençait à perler sur sa peau moite, où de minuscules bouts de terre s'étaient collés. Il écartait de ses yeux ses mèches de cheveux noirs – soudain, elle n'y tint plus.

« J'ai eu une idée de génie ! » s'écria-t-elle.

Il fit volte-face. Elle l'avait surpris.

« Alice ! »

Surprise qui laissa rapidement place au plaisir.

« Une idée ?

— J'y ai travaillé toute la matinée. Je n'aime pas me vanter, Ben, mais à mon avis, c'est la meilleure que j'aie jamais eue.

— Vraiment ?

— Ah oui, vraiment. »

Et ce fut alors qu'elle avait prononcé les mots

qu'elle aurait tout donné, quelques mois plus tard, pour les avoir gardés au fond de son esprit :

« Un enlèvement, Ben. Mon roman va raconter un enlèvement.

— Un enlèvement, avait répété Ben en se grattant la tête. Un enlèvement d'enfant ? »

Elle hocha la tête avec vigueur.

« Mais pourquoi voudrait-on enlever un enfant qui n'est pas le sien ?

— Parce que les parents sont riches, bien sûr ! »

Il lui avait lancé un regard perplexe, comme s'il n'avait pas saisi la relation entre ces deux éléments.

« Pour réclamer de l'argent, fit-elle en levant les yeux au ciel, rieuse. Une demande de rançon. »

Une pointe de sophistication s'était insinuée dans sa voix, lui donnant l'intonation d'une vraie femme du monde, décida-t-elle. Tout en décrivant son plan à Ben, elle ne pouvait s'empêcher de goûter la séduction dangereuse que ce scénario lui conférait : celle de quelqu'un pour qui les rouages d'un esprit criminel n'ont plus de secret.

« L'homme qui va enlever cet enfant se trouve dans une mauvaise passe financière. Je ne sais pas exactement pourquoi, je n'ai pas encore détaillé la chose. Peut-être a-t-il été déshérité – ou alors c'est un scientifique qui a fait une incroyable découverte, mais son collègue, qui est le père de l'enfant, lui a volé son idée et a amassé une fortune colossale, ce qui fait que notre homme est amer, animé d'un esprit de vengeance… Cela dit, peu importe le pourquoi. Le fait est…

— … qu'il est pauvre.

— Voilà. Et qu'il est prêt à tout. Il a absolument

besoin de cet argent. Peut-être s'est-il endetté, peut-être veut-il épouser une jeune fille qui n'est pas de la même classe sociale que lui. »

Alice s'était sentie rougir. N'avait-elle pas failli décrire leur situation, à elle et à Ben ? Elle se reprit et poursuivit son résumé :

« Quoi qu'il en soit, il a besoin de cet argent dans les plus brefs délais et finit par se dire que l'enlèvement est une bonne solution.

— Pas très sympathique, ton bonhomme, commenta Ben qui secoua vigoureusement la mauvaise herbe qu'il venait de déraciner, semant sur le sol des petites mottes de terre.

— C'est le méchant. Il n'a pas besoin d'être sympathique. Puisque c'est le méchant.

— Mais les gens ne sont pas comme ça. Je veux dire, soit complètement bons, soit complètement mauvais.

— Ce n'est pas une personne, c'est un personnage. Ce n'est pas la même chose.

— Bah, fit Ben en haussant légèrement les épaules, c'est toi, l'auteur. »

Elle fronça le nez. Jusqu'ici elle avait marché sur du velours, mais l'interruption de Ben lui avait fait perdre le fil de son discours. Elle ouvrit son carnet et relut ses notes.

« D'ailleurs – Ben plongea sa fourche dans la terre –, maintenant que j'y pense, c'est l'une des choses que je n'aime pas beaucoup avec ces romans policiers auxquels tu tiens tant.

— C'est-à-dire ?

— Les touches sont trop épaisses. Il n'y a ni subtilité ni ambiguïté morale. Ce n'est pas un monde véritable, il me semble. Tout est simplifié. Comme dans un livre d'enfants ou dans un conte de fées. »

Ces mots avaient fait à Alice l'effet d'un coup de poignard. Et lorsqu'elle y repensa, des dizaines d'années plus tard, en longeant les terrains de football de Rotten Row, elle ne put s'empêcher de se raidir. Il avait raison, bien sûr – sa remarque avait même quelque chose de visionnaire. À présent, le *pourquoi* avait la haute main sur le *comment* ; soixante-dix ans plus tôt, cependant, Alice n'avait pas compris l'intérêt de la suggestion de Ben : c'est la raison pour laquelle les gens ordinaires commettent des crimes qui intéresse, qui fascine. Alice, à l'époque, ne se souciait que d'intrigues et de procédés. La remarque de Ben l'avait crucifiée, comme s'il l'accusait, elle, Alice, de pécher par excès de simplisme. C'était le genre, pourtant, qu'il remettait en question. Il faisait frais ce jour-là, mais avec la rougeur de l'embarras et de la vexation, Alice s'était sentie défaillir. Elle avait décidé de ne pas répondre à Ben.

« Et bien sûr, l'enfant mourra.

— Ah bon, tu vas la tuer ?

— Le tuer. Mieux vaut que ce soit un garçon.

— Ah oui, pourquoi ? »

Il y avait dans la voix de Ben une aimable nuance de taquinerie. Alice s'était refusée à lui retourner son sourire ; elle avait poursuivi sa démonstration d'une voix à la fois patiente et impérieuse, comme si elle était en train de lui expliquer des évidences. Détail plus humiliant encore, elle avait l'impression de lui faire cours sur un sujet qu'un simple jardinier ne pouvait espérer comprendre. Horrible scène. Elle s'entendait jouer les Petites Filles Riches, rôle méprisable.

Pourtant, elle avait continué sur sa lancée, incapable de s'interrompre :

« Il se trouve que les garçons ont plus de valeur, pour une famille. Ils héritent de la terre, tu comprends ? Du titre, tout ça.

— Très bien, un garçon, donc. »

Le ton de Ben était toujours aussi badin. Rageant ! songeait Alice.

« Mais pourquoi doit-il mourir, le pauvre petit ?

— Parce qu'un roman policier a besoin de meurtres !

— Encore une de tes règles ? » avait-il lancé, rieur.

Il savait très bien qu'il l'avait vexée et s'efforçait maintenant de se faire pardonner. Mais elle n'allait pas se laisser amadouer si facilement.

Glaciale, donc :

« Ce ne sont pas mes règles. Elles ont été édictées par Ronald Knox dans son recueil *Les Meilleures Nouvelles policières*.

— Ah, je vois. Dans ce cas, ce n'est pas la même chose – il avait ôté ses gants et sorti un sandwich de sa besace : Et quelles sont ses autres règles, à ton Ronald Knox ?

— L'enquête ne doit pas progresser sous l'effet du hasard ou d'une intuition irrationnelle.

— Ce qui paraît excellent.

— Ni jumeaux ni doubles, à moins que le lecteur n'ait été prévenu de leur apparition.

— Oui, ça s'apparenterait vraiment à de l'escroquerie intellectuelle.

— Et il ne doit pas y avoir plus d'un passage secret. Ou d'une pièce secrète. Ça, c'est très important pour mon intrigue.

— Ah bon ? Pourquoi ?

— Je te l'expliquerai en temps et heure. »

Elle avait poursuivi sa récitation des règles en comptant sur ses doigts.

« Le criminel doit être présent dès le début du roman. Le lecteur ne doit pas être en mesure d'avoir accès à ses pensées. Enfin, et ce n'est pas le point le moins important, l'enquêteur doit avoir un ami un peu stupide, une sorte de Watson, qui est très légèrement – mais sans exagération, n'est-ce pas – moins intelligent que le lecteur moyen. »

Ben s'était interrompu en pleine mastication et dans un geste nonchalant de va-et-vient entre eux avait retourné l'index vers sa poitrine.

« J'ai bien l'impression que le Watson, ici, c'est moi. »

Alice avait senti les commissures de ses lèvres se retrousser ; non, elle ne pouvait plus résister. Il était si beau, à la regarder ainsi, tout sourire ; et le soleil qui commençait à poindre derrière les nuages, le ciel qui s'éclaircissait ! C'était trop difficile de continuer à lui en vouloir. Mais tandis qu'elle éclatait de rire, l'expression du visage de Ben avait changé.

Alice avait suivi la direction de son regard, à travers la haie. Pendant un bref et horrible moment, elle eut l'impression qu'elle allait voir surgir nounou Rose. L'autre jour, alors qu'elle était à la fenêtre de sa chambre, elle les avait vus tous les deux, Ben et la nourrice, en pleine conversation. Plus animée qu'elle ne l'aurait souhaité… Ah, ce n'était pas nounou Rose que Ben regardait, mais Mère, qui était sortie par la porte de derrière et venait de s'installer sur le banc de fer forgé, bras croisés, une fine volute de fumée s'élevant de sa cigarette.

« Ne t'inquiète pas, murmura Alice en levant les yeux au ciel, avant de baisser la tête de peur que sa mère ne la voie : Elle ne nous embêtera pas. Pas aujourd'hui, en tout cas. Ici, personne n'est censé savoir qu'elle fume. »

Elle feignait la nonchalance, pourtant, l'humeur insouciante de ces dernières dix ou vingt minutes avait disparu. Alice et Ben savaient tous deux qu'il fallait garder le secret sur leur relation et que Mère devait être la dernière à en avoir connaissance. Eleanor n'acceptait pas que sa fille se trouve en compagnie de Ben. Les derniers mois, elle avait fait plusieurs fois allusion devant Alice au soin avec lequel il faut choisir ses fréquentations. Puis, plus récemment, autre scène, des plus gênantes. Mère avait fait venir Alice dans la bibliothèque après dîner. Ses traits étaient animés d'une certaine tension, qu'elle cherchait à masquer. Alice avait compris ce qui l'attendait. Le couperet en effet était tombé.

« Alice, ce n'est pas convenable pour une jeune fille de passer tant de temps à discuter avec les domestiques. Je sais que tu ne penses pas à mal, mais cela peut donner des idées fausses aux gens. Ton père n'apprécierait pas ces fréquentations. Imagine qu'il se penche à la fenêtre de son bureau et te voie en train de bavarder avec quelqu'un d'une classe aussi différente – un jardinier, Alice ! Pour l'amour de Dieu ! »

Papa, entretenir des préjugés aussi mesquins ? Alice n'y croyait pas une seconde. Pour lui, les différences sociales étaient arbitraires, absurdes. Elle s'était pourtant abstenue de le rappeler à sa mère. Elle ne l'osait pas : et si Mère décidait de renvoyer Ben, le fauteur de troubles ?

« Bon, file, maintenant, avait dit Ben avec un clin d'œil. Fiche le camp, jeune fille. J'ai encore quelques mauvaises herbes à arracher. Et, toi, un chef-d'œuvre à écrire. »

La gentillesse de Ben l'avait touchée, tout comme l'inquiétude muette contenue dans sa voix.

« Tu sais, je n'ai pas peur des ennuis !

— Je sais bien, avait-il répondu. Tu n'as pas peur de grand-chose, Alice. »

Il lui tendit *La Mystérieuse Affaire de Styles*. Leurs mains se touchèrent. Alice fut parcourue d'un doux frisson.

« Tu me diras quand tu auras avancé dans ton intrigue ? – il secoua la tête avec une horreur feinte : Assassiner des petits garçons. Mon Dieu, quelle imagination morbide ! »

***

Le bus n° 9 passa dans Kensington Road au moment où Alice attendait que le feu passe au rouge. C'était l'un de ces vieux bus rouges à impériale, dont le flanc portait une vaste publicité pour *Le Lac des cygnes* dans l'interprétation du Kirov. Un spectacle qu'Alice aurait bien aimé voir – mais y avait-il encore des places ? Elle avait peut-être trop tardé. Les ballets n'avaient d'intérêt pour elle que si elle était assez proche de la scène pour entendre les chaussons à pointe frapper les planches. L'excellence est le résultat d'un travail acharné : Alice n'aimait pas qu'on cherche à le dissimuler. L'illusion, elle le savait, faisait partie du spectacle et les danseuses voulaient donner une impression d'aisance innée, sans effort apparent. Cette grâce naturelle était ce que recherchaient les spectateurs, contrairement à Alice. Elle admirait au plus haut point la rigueur physique et mentale : la transpiration ruisselant sur les épaules du danseur étoile, le soupir marquant l'achèvement du solo de la ballerine, le choc sec des orteils frappant les planches tandis que la danseuse tournoyait en souriant. Tout cela améliorait le spectacle à ses yeux. Lorsqu'elle détectait les échafaudages de ses collègues écrivains dans leurs livres, elle avait la même impression. La perception de la structure, loin de diminuer son plaisir, l'accroissait.

Alice n'était pas d'un tempérament sentimental. C'était l'une des manières qu'elle avait eues, autrefois, de se distinguer délibérément d'Eleanor, une décision prise dans l'enfance qui s'était faite habitude. Un exemple entre autres : le meilleur souvenir qu'Eleanor avait du ballet datait de l'été au cours duquel elle avait rencontré Anthony.

« C'était en 1911, avant la guerre, quand le monde était encore rempli de magie », commençait Eleanor.

L'histoire avait été racontée maintes fois à ses filles.

« J'habitais à Mayfair chez ma tante et je venais tout juste de rencontrer votre père. Il m'a invité aux Ballets russes et j'ai accepté sans réfléchir – et sans en parler à ma mère. Comme vous pouvez vous en douter, Grand-Mère deShiel a pratiquement menacé de me déshériter. Je dois dire que cela en valait la peine ! Quelle nuit ! D'une totale perfection, et nous étions si jeunes ! Invraisemblablement jeunes. »

Et, ce disant, elle avait toujours un petit sourire, admettant par là même l'impossibilité pour ses filles de croire une seconde que leurs parents aient pu avoir une autre vie avant d'être parents.

« Nijinski dansait *Le Spectre de la rose*. Je n'avais jamais vu pareil spectacle. Il avait un solo qui durait un quart d'heure : ces quinze minutes ont passé comme un enchantement. Il portait un tricot de soie, du rose chair le plus pâle, sur lequel étaient épinglés des dizaines de pétales de soie, conçus par Bakst, roses, rouges, violets. La créature la plus exotique qu'on puisse imaginer… si *beau* ! On aurait dit un insecte gracieux et scintillant sur le point de prendre son envol. Il bondissait comme si cela ne lui demandait aucun effort, demeurant dans les airs bien plus longtemps qu'il n'était possible. Touchait-il jamais terre ? Cette nuit-là, je me suis dit que l'homme pouvait voler, que tout était possible. »

Allons bon – Alice fronça les sourcils. Elle était injuste envers sa mère. Eleanor avait peut-être gardé de son enfance le langage féerique de la superstition et du destin, mais sa nature romanesque ne s'arrêtait pas aux belles histoires d'amour qui finissent toujours bien : elle lui inspirait également toute une vision du monde, un vrai système moral. Elle possédait un sens inné de la justice, dispositif complexe de contrôles et de pondérations qui déterminait la mesure de ce qu'elle appelait « justesse ».

Cette perception instinctive de l'équilibre moral s'était manifestée lors de la dernière discussion qu'Alice avait eue avec sa mère, avant la mort de cette dernière. Eleanor avait appelé un soir, en rentrant du New Theatre, où elle était allée voir *Un inspecteur vous demande*. La pièce, avait-elle confié à sa fille, lui avait « remonté le moral ». Alice, qui avait déjà vu le spectacle, n'avait pas répondu immédiatement.

« Et qu'est-ce qui a eu le plus d'effet sur toi ? Le moment où la jeune fille est maltraitée et poussée au suicide, ou la description des horribles Birling, qui se fichent royalement de ses souffrances et ne pensent qu'à sauver leur peau ? »

Eleanor n'avait pas relevé l'ironie.

« Alice, la dernière scène est si annonciatrice, si *juste*. Tous dans la famille sont coupables à leur manière et l'on comprend que la vérité va éclater, ce qui me convainc entièrement. »

Eleanor admirait le caractère énigmatique de l'inspecteur Goole, ce qui n'avait rien d'étonnant.

« Enfin, Alice, avait-elle dit, déçue, lorsque sa fille avait suggéré que l'apparition du policier aurait pu être expliquée de manière plus claire : Quelle importance ? Goole est un archétype, un symbole, une personnification de la justice. Peu importe la manière dont il a appris l'existence de la pauvre fille. Peu importe qui il est – ou ce qu'il est. L'essentiel, c'est le retour à l'ordre normal des choses. »

Mais la crédibilité, la cohérence du personnage ! avait objecté Alice. Eleanor, fatiguée, avait décidé de mettre un terme au débat.

« Je finirai bien par te convaincre. Nous en reparlerons demain lorsque nous nous verrons. »

Le sort en avait décidé autrement. Eleanor se rendait chez sa fille, à Shoreditch, lorsqu'elle s'était retrouvée sur Marylebone Road face au chauffeur de bus qui s'était retourné un moment. Alice l'avait attendue dans sa cuisine mal éclairée pendant un bon moment, un litre de lait frais dans le réfrigérateur et une nappe de récupération sur la table, sans se douter que le monde ne tournait plus exactement sur son axe.

Ce qui montrait bien en quoi Ben avait eu tort. Alice cligna des paupières pour chasser ce frisson brûlant qui l'avait envahie à l'évocation de la mort d'Eleanor. Ah, certes, les gens valaient mieux que les lieux, à en croire Ben. Mais les gens changeaient, sale habitude. Ou ils vous quittaient. Ou ils mouraient. Les lieux étaient bien plus fiables. Ils restaient, eux. S'ils étaient détruits, on pouvait toujours les reconstruire, voire les améliorer. Les gens… On ne pouvait pas leur faire confiance sur ce point-là.

« Sauf la famille, murmura la voix d'Eleanor. C'est la raison pour laquelle j'ai eu toutes ces filles. Pour que tu ne sois jamais seule. Je sais ce que c'est d'avoir grandi dans la solitude. »

***

En descendant Exhibition Road vers les musées, Alice se retrouva dans une foule où les adolescents – et les adolescentes – prédominaient. Elle se sentit envahie de compassion pour ces jeunes filles, prises comme elles l'étaient dans l'éclat incandescent de la jeunesse, âge où tout leur paraissait si important, si essentiel, si vital. Où allaient-elles donc ? Au Science Museum, au V&A, où peut-être même au Natural History Museum, où elles passeraient à la queue leu leu devant des papillons qui avaient effectué leurs dernières envolées sous le soleil de Loeanneth ?

« Si tu pouvais éviter de les tuer, avait dit un jour Eleanor à Anthony – ce devait être la seule remarque un peu critique qu'elle eût jamais faite à son mari, avait songé Alice : Cela me paraît si cruel. Ils sont si beaux, ces insectes. »

Alice, les gants blancs de l'aide laborantine aux mains, avait volé à la défense de son père, même si, comme sa mère, elle détestait les épingles assassines.

« Mais la nature est cruelle. N'est-ce pas vrai, Papa ? Tout ce qui est vivant doit mourir. Et ils gardent leur beauté, ces insectes. À jamais. »

Un nouveau groupe de filles passa devant Alice d'un pas vif, hilares ; quelques-unes d'entre elles se retournèrent pour lancer une plaisanterie à un beau garçon brun qui leur hurla quelque chose d'incompréhensible en guise de réponse. Ils irradiaient la jeunesse et l'exubérance, ondes chaleureuses qu'Alice avait le sentiment de percevoir. Elle avait été comme eux. Elle aussi avait éprouvé une passion qui donnait à toute chose une réalité exacerbée. Le charme de Ben s'était révélé irrésistible ; elle aurait préféré cessé de respirer plutôt que de renoncer à lui. Elle avait ignoré les prières de sa mère et continué à voir le jeune homme, faisant cependant preuve de plus de prudence, de dissimulation.

Dans les semaines qui avaient suivi leur première conversation sur ce sujet, Alice avait amélioré son intrigue, tandis que Ben, bon auditoire, émettait de temps à autre quelques exclamations admiratives. Par un beau matin de printemps succédant à une nuit de pluie, et tandis que les truites bondissaient dans le ruisseau, Alice avait étalé sa couverture sous un saule. Ben creusait des trous pour poser une clôture. Alice était couchée sur le ventre, chevilles croisées, balançant les jambes et regardant son carnet avec irritation.

« Je viens de comprendre ! s'exclama-t-elle soudain.

Je vais avoir besoin d'un complice. Ce coupable isolé, ça ne tiendra pas debout.

— Ah bon ? »

Elle secoua la tête :

« Non, trop difficile. Il y a trop d'impondérables à prendre en compte. Ce n'est pas facile d'enlever un enfant, tu sais. On ne peut pas faire ça tout seul.

— Donc il faut un complice.

— Oui. Et quelqu'un qui a l'expérience des enfants. Et, si possible, de cet enfant en particulier. Un adulte de confiance. Qui fera en sorte que l'enfant se tienne bien tranquille. »

Il lui lança un bref regard :

« Je ne te savais pas si perverse. »

Alice avait accepté le compliment avec un léger haussement d'épaules tout en mordillant pensivement une mèche de ses cheveux. Elle suivit un instant du regard une troupe d'épais nuages qui traversait le ciel bleu.

Ben s'était interrompu dans son travail pour rouler une cigarette :

« Mais ça paraît un peu plus difficile à croire, non ? »

Alice leva les yeux vers lui, en tournant la tête d'une telle manière que le soleil disparut derrière l'épaule de Ben.

« Pourquoi donc ?

— Eh bien, c'est une chose que de préméditer un enlèvement. Notre criminel a besoin d'argent et l'illégalité ne lui fait pas peur. Mais comment va-t-il pouvoir trouver une personne en laquelle il a suffisamment confiance pour lui révéler ses intentions coupables – une personne qui accepte le rôle de complice, qui plus est ?

— Rien de plus simple. Il est ami avec un malfaiteur qu'il a rencontré en prison. »

Ben humecta le bord du papier avant de l'appliquer sur le corps de la cigarette :

« Ça ne tient pas debout.

— Un ami auquel il propose une partie du butin ?

— Il faudrait que ce soit une partie consistante. L'entreprise est risquée. »

Alice se tapota légèrement les lèvres du bout de son crayon, pensive.

« Pourquoi s'engager dans une histoire pareille, réfléchissait-elle à haute voix. Pourquoi se rendre complice d'un tel crime ? En plus, il faut que la femme ait son rôle à jouer.

— La femme ? »

Alice eut un sourire avisé.

« Les gens en général ne soupçonnent pas les femmes. En tout cas, quand les victimes des crimes sont des enfants. C'est une femme qu'il nous faut.

— Ah, dans ce cas-là – Ben s'agenouilla sur le bord de la couverture –, c'est qu'ils sont amoureux l'un de l'autre. L'amour fait faire des folies aux gens. »

Le cœur d'Alice battait si fort contre la terre compacte qu'elle eut l'impression qu'il voulait sortir de sa cage thoracique. La remarque de Ben était lourde de sens. Des suggestions. Une promesse. Ces derniers temps, il avait multiplié les propos de cette sorte, orientant leurs conversations vers l'amour, la vie, le sacrifice, etc. Elle s'efforça de réprimer le tremblement de sa voix.

« L'amour. Oui. »

Son esprit palpitait de tous les actes merveilleux qu'elle aurait pu accomplir par amour – et dans la joie. Sa nuque s'empourpra. Mon Dieu, Ben allait s'en rendre compte. Elle se força à se concentrer sur l'intrigue de son roman.

« En tout cas, lui pense qu'elle est amoureuse.

— Ah, elle, non ?

— Effectivement. C'est dommage pour lui, mais elle a ses raisons pour lui servir de complice.

— Elle pratique la traite des Blanches ?

— Non, elle veut se venger.

— De qui ?

— De la famille du petit garçon.

— Et pourquoi ? »

Alice n'était pas encore allée si loin. Elle avait esquissé un geste impatient de la main.

« Ce qui est important, c'est qu'elle a prévu, de son côté, de trahir son amant. Elle accepte de lui venir en aide. Ils élaborent un plan : ils enlèvent l'enfant dans la nursery et l'emmènent ailleurs. Ils rédigent une demande de rançon mais ils ne l'envoient jamais.

— Et pourquoi ?

— Parce que… parce que… »

La chaleur de l'inspiration lui réchauffait le corps. Elle se redressa d'un mouvement vif :

« … parce que tu as raison. La femme ne veut pas sa part de butin. C'est l'enfant qu'elle convoite.

— Vraiment ?

— Elle ne veut plus le rendre. Elle veut le garder. Elle l'aime, cet enfant.

— C'est venu bien vite.

— C'est un enfant adorable. Ou alors peut-être qu'elle l'aimait déjà avant l'enlèvement. Elle le connaissait déjà. Peu importe. Le fait est qu'elle l'aime. D'ailleurs, elle a peut-être toujours eu cette intention de l'enlever parce qu'elle l'aimait.

— Notre criminel ne va pas apprécier.

— Non, en effet. Lui, il a besoin de la rançon. De plus, c'est lui qui a eu cette idée. Et la préparation de l'enlèvement lui a déjà pas mal coûté en temps et en argent.

— Et donc ?

— Ils se disputent. La femme essaie de prendre l'enfant, l'homme la menace, ils se battent. »

La scène lui venant à l'esprit, elle se mit à sourire avec une satisfaction intense.

« Et l'enfant meurt !

— Pendant l'échange de coups ?

— Pourquoi pas ?

— C'est plutôt horrible, non ?

— Alors, dans son sommeil... Écoute, ce n'est pas grave, la manière dont il meurt. Il est peut-être déjà malade... inconscient. Ou bien... – elle se dressa sur son séant, électrisée : Oui. Ils lui ont fait avaler un somnifère. Ils voulaient que l'enlèvement se produise le plus tranquillement possible, mais ils n'ont pas bien mesuré les quantités. C'est un médicament pour adultes ; la dose est trop forte. Ils provoquent l'échec de leur propre plan. La demande de rançon n'est jamais envoyée, l'homme n'a pas son argent, la femme n'a pas son enfant. Oh, Ben... – sans réfléchir, elle s'empara de sa main, la serra : C'est *parfait*.

***

En traversant la rue près de la station de métro de South Kensington, Alice repéra le kiosque à fleurs peint en vert, sur le rond-point. Des bouquets de roses étaient disposés devant l'édicule et l'un d'eux en particulier attira son regard. Les couleurs lui rappelaient la description qu'Eleanor avait faite du costume de Nijinski dans *Le Spectre de la rose*. Elle décida de l'acheter pour Deborah, qui devait commencer à s'impatienter, lançant des regards à l'horloge de son petit salon – la belle pendule noire, un de ses cadeaux de mariage. Mais que fabrique Alice ? se demandait-elle sans doute. Oh, elle ne restait pas oisive pour autant : ce n'était pas dans ses habitudes. Elle utilisait son temps à bon escient, lisait son courrier ou polissait sa vénérable argenterie, ou s'adonnait à toute autre occupation dans laquelle excellent les dames d'un certain âge et d'une certaine classe sociale.

Un petit homme brun arborant un tablier de fleuriste fit son apparition. Alice tendit la main vers les fleurs.

— Sont-elles parfumées ?

— Tout à fait !

— Naturellement ?

Elle se pencha pour les respirer.

— Bien sûr, comme la pluie qui tombe du ciel.

Alice en doutait. Elle avait en horreur les fleuristes qui aspergent leurs bouquets de fragrances artificielles, mais acheta néanmoins le bouquet multicolore. L'heure du jugement approchait à grands pas ; elle se sentait curieusement prête à tout. Le fleuriste emballa les tiges dans du papier kraft et noua un bout de ficelle autour du papier. Alice poursuivit sa route vers Chelsea, l'œil sur le bouquet. Il plairait à Deborah. Alice n'en était pas mécontente. Satisfaction quelque peu sapée par une sourde inquiétude : Deborah n'allait-elle pas penser que sa sœur voulait l'amadouer ?

Curieuse sensation que d'être sur le point d'avouer un terrible secret à quelqu'un qui vous connaît presque aussi bien que vous-même… Alice avait toujours gardé le silence. Juste après la disparition de Theo, elle avait bien failli tout raconter à la police. « C'est Ben », se répétait-elle en son for intérieur, se préparant à une hypothétique confession. Elle descendait même l'escalier et rôdait devant la porte de la bibliothèque. « Ben Munro a kidnappé Theo. C'est moi qui lui ai parlé du passage secret. L'idée vient de moi, oui, mais je ne m'attendais pas à un pareil résultat. » Elle imaginait les regards interloqués des enquêteurs et s'entendait leur répondre : « Ce soir-là, je l'ai vu de mes yeux. Il était à l'orée de la forêt. J'étais allée me promener, loin des invités. Il faisait nuit mais le feu d'artifice avait commencé. Je l'ai vu près de la trappe du passage secret. Je l'ai reconnu. »

Mais elle n'était jamais allée jusqu'au bout ; son instinct de conservation l'en avait empêchée. Elle avait peur, manquait de détermination ; elle avait décidé de se fier au sort. Ben enverrait une demande de rançon, raisonnait-elle. Ses parents avaient de l'argent ; ils paieraient, Theo leur serait restitué. Ben toucherait l'argent dont il avait besoin pour ses amis et personne ne saurait jamais le rôle qu'Alice avait joué dans cette affaire.

Les jours passant, Alice gardait un œil sur les enquêteurs et l'autre sur le courrier. Elle avait entendu une des femmes de chambre mentionner aux enquêteurs la disparition d'un flacon de somnifères ; la chose ne l'intrigua pas plus que les autorités. Au troisième jour, pourtant, la nouvelle du suicide de M. Llewellyn leur était parvenue. Le chagrin d'Eleanor était à son comble. Alice alors avait compris la gravité de la situation. Elle avait entendu le Dr Gibbons prévenir Mère : le sédatif qu'il lui avait prescrit était puissant. « Si vous en prenez trop, vous ne vous réveillerez pas. » Alice avait repensé à cet après-midi au cours duquel elle avait insisté, avec Ben pour seul auditoire, sur l'importance pour le kidnappeur d'avoir un complice dans la place. Et n'avait-elle pas envisagé la possibilité d'administrer un somnifère à l'enfant ? N'avait-elle pas invoqué le spectre terrible de ce qui pouvait arriver en cas de surdose ?

Elle comprit subitement ce que signifiait l'absence de toute demande de rançon. Il était désormais trop tard pour sonner l'alarme. La veille, l'avant-veille, ses aveux auraient pu mettre la police sur la piste de Theo. À présent, c'était inutile. Sans compter qu'il lui faudrait expliquer ses trois jours de silence. Ils sauraient à quel point elle était coupable, non seulement de la disparition de Theo mais également de sa mort. Ils ne lui pardonneraient jamais. Ce qu'elle pouvait comprendre. Si bien qu'elle continua à garder le silence. Pendant soixante-dix ans, sans jamais dire quoi que ce fût à quiconque. Jusqu'à ce jour.

Tant qu'à faire des aveux, mieux valait que Deborah en fût la dépositaire. Elles étaient proches, toutes les deux – une proximité qui ne s'exprimait pas par le besoin de se voir souvent mais qui avait une tout autre nature. Un lien intrinsèque. Elles étaient nées dans le même bouillon de culture. Elles avaient survécu jusqu'ici. Et, comme Deborah ne se lassait jamais de le lui rappeler, elle était là le jour où Alice était venue au monde.

« Je ne m'attendais pas du tout à une créature de ce genre. Toute rouge, furieuse – et nue comme un ver ! Quelle surprise ! Je t'ai regardée, tu tournais ton petit cou tout rose dans tous les sens et ton visage se contractait, comme celui de tous les bébés. Mère ne s'était pas rendu compte que je m'étais faufilée dans la chambre ; elle a été sidérée de me voir me diriger vers le lit, les bras tendus, exigeant qu'elle me donne "mon bébé" ! Il nous a fallu quelques moments pour régler nos différends, et ça n'a pas été chose facile. Elle m'avait si souvent dit pendant sa grossesse qu'un nouveau bébé allait arriver, que j'allais être sa grande sœur et qu'il était de mon devoir de prendre soin de toi aussi longtemps que nous resterions en vie, toutes les deux. Je crains d'avoir pris tout cela au pied de la lettre. Et quels n'ont pas été mon choc et ma déception lorsqu'elle m'a dit en riant que, finalement, tu n'étais pas mon bébé à moi ! »

Deborah, si bonne, si gentille, si sensée. Que dirait-elle en apprenant le rôle de sa sœur dans la disparition de leur frère ? Alice avait passé une partie de la semaine à réfléchir aux conséquences de ses aveux. Elle avait en ce qui la concernait appris depuis longtemps à vivre avec sa culpabilité. Il n'y avait là ni vice ni préméditation. Elle avait soufflé l'idée à Ben : se livrer à la police soixante-dix ans plus tard ? Il n'était plus temps. Et le crime d'Alice n'était pas de ceux que l'on peut juger. Un crime de l'imagination. D'ailleurs, elle avait déjà reçu son châtiment, qu'elle endurerait jusqu'à la fin de ses jours. Eleanor avait eu raison. Le monde avait sa manière bien à lui d'équilibrer les plateaux de la balance. Les criminels peuvent échapper au tribunal des hommes, ils tombent toujours sous le coup d'une plus haute justice.

Même si Alice avait tout fait pour se démarquer de sa mère, ce fut lorsqu'elle épousa les convictions d'Eleanor sur la justice que ses tentatives littéraires s'améliorèrent. Elle renonça à son adhésion béate au rationalisme des auteurs de romans policiers de l'Âge d'or ; Diggory Brent prit la place des limiers arrogants et prétentieux qu'elle avait jusqu'alors révérés. Diggory Brent… Elle racontait toujours – aux journalistes, à ses lecteurs – qu'il lui était venu dans un rêve, ce qui n'était pas tout à fait un mensonge. Elle l'avait trouvé au fond d'une bouteille de whisky, dans les tout derniers mois de la guerre. Elle pensait à Clemmie, ce jour-là, à la conversation qu'elles n'avaient jamais pu terminer sur ce que Clemmie avait vu par la fenêtre du hangar à bateaux. Soixante ans plus tard, Alice tremblait encore à l'idée que sa jeune sœur eût pu assister à cette scène : Alice s'offrant enfin à Ben. Elle était si contente d'elle-même lorsqu'elle avait frappé discrètement à sa porte, le manuscrit à la main. Agatha Christie était le seul autre auteur de romans policiers qui eût osé, à sa connaissance, tuer un enfant. Alice avait tellement hâte que Ben pût lire son manuscrit, se rendre compte de son intelligence et de l'habileté avec laquelle elle avait inséré leur intrigue dans son roman !

Elle entendit, par-delà le gouffre du temps, sa voix d'adolescente proclamer fièrement :

« Un passage secret ! Ben, il y a un passage secret !

— Tu veux dire, souterrain ? Un passage souterrain, un tunnel ?

— Oui, je sais ce que tu vas dire. C'est irréaliste, infantile, ça relève du Grand-Guignol. Mais pas du tout ! »

Elle avait eu un sourire gourmand et lui avait expliqué l'histoire du vrai passage secret de Loeanneth. L'entrée secrète près de la nursery, au deuxième étage. Le loquet muni d'un antique mécanisme qu'il fallait manier d'une certaine façon. Les marches creusées dans la pierre qui conduisaient vers le dehors – la forêt, la liberté. Tout ce dont il avait besoin pour faire sortir un enfant de Loeanneth.

***

Alice ne tarda pas à atteindre Chelsea. Des clients chargés de sacs sortaient des boutiques de King's Road, la frôlant au passage. Dans cette cohue, elle aperçut soudain le perron de la maison de Deborah. Le numéro 56 était peint en noir sur l'un des piliers blancs du péristyle ; la première marche était bordée par deux géraniums rouges en pots. Alice se redressa de toute sa taille et se dirigea vers le domicile de sa sœur.

Un jardin partagé planté de nombreux arbres occupait le milieu de la place ; ses portes de fer forgé noir, cadenassées, en réservaient l'accès aux résidents. Sous un épais rideau de lierre, Alice eut un moment d'hésitation. L'endroit était plus tranquille, le vacarme de la grande avenue était atténué par les hautes bâtisses victoriennes qui bordaient les quatre côtés de la place. Des hirondelles conversaient dans les branches et leurs pépiements, dans le brouhaha urbain, semblaient par contraste empreints d'encore plus de charme et d'étrangeté. À travers le verre cathédrale de la fenêtre du salon de Deborah, Alice distingua à grand-peine une haute et mince silhouette. Alice Edevane n'était pas de celles qui ont coutume de ne pas honorer leurs rendez-vous – et cela d'autant plus que la personne que l'on doit rencontrer attend déjà. Mais ô combien aurait-elle préféré continuer sa route, ne pas s'arrêter au 56 ! Cette éphémère pensée fit battre son cœur plus vite. Ne pouvait-elle tout simplement prétexter l'oubli ? Et, lorsque Deborah appellerait, mettre tout cela sur le compte de la vieillesse dans un éclat de rire. Après tout, vieille, elle l'était bel et bien. Pas « âgée » ou « senior » ou l'un de ces vocables que les gens utilisent parce qu'ils leur semblent plus doux, plus faciles à avaler. Alice était vieille et avait droit, comme telle, à un certain nombre de privilèges. Non, non. Elle secoua la tête. C'était une idée en l'air. Un sursis de bien trop courte durée. Le temps était venu.

Elle frappa à la porte, laquelle s'ouvrit presque immédiatement, ce qui la fit sursauter. Plus surprenant encore, c'était Deborah en personne qui se tenait sur le seuil. Elle était plus élégante que jamais, vêtue d'une robe de soie dont la ceinture, nouée autour de la taille, en soulignait la minceur. Ses cheveux argentés étaient rassemblés en un chignon d'un grand raffinement.

Les sœurs se saluèrent d'un signe de la tête, sans un mot. Deborah fit un pas de côté, un mince sourire aux lèvres, pour faire entrer Alice.

La maison de Deborah était impeccable, étincelante ; d'exquises et généreuses compositions florales en ornaient tous les guéridons, toutes les tables. Et brusquement Alice se souvint : un jour sur trois, un fleuriste de Sloane Square livrait de nouveaux bouquets, sur abonnement. Alice baissa les yeux sur ses roses. Elles semblaient bien dérisoires, soudain. Quelle sottise ! Ce qui ne l'empêcha pas de les offrir à Deborah.

— Tiens, c'est pour toi.

— Oh, Alice ! Merci, elles sont splendides.

— Ce n'est rien. Un truc idiot. Elles m'ont rappelé Mère, voilà tout. Nijinski…

— Le costume de Bakst !

Deborah, un sourire aux lèvres, porta le bouquet à ses narines. Autant, sans doute, se dit Alice, pour en goûter la fragrance que pour gagner du temps. Elle devait redouter cette rencontre autant que sa sœur. Deborah avait bon cœur et n'avait aucune raison de se réjouir de la conversation à venir.

Alice suivit sa sœur dans le salon où Maria, qui tenait plus de l'assistante que de la gouvernante, était en train de disposer le service à thé sur la table basse. Puis elle se redressa, le plateau sous le bras. Ces dames désiraient-elles autre chose ?

— Un vase, Maria, si cela ne vous ennuie pas. Alice vient de m'offrir ce bouquet. Ravissant, n'est-ce pas ?

— Très jolies couleurs, approuva Maria. Voulez-vous les garder ici, dans le petit salon ?

— Dans ma chambre, plutôt.

Maria s'empara du bouquet que tenait Deborah et disparut, vrai parangon de rapidité et d'efficacité. Alice réprima son désir de la faire revenir, de lui demander comment allaient sa mère et sa nombreuse famille. Oh, si Maria avait pu s'attarder encore quelques minutes auprès des deux sœurs. Mais tel ne fut pas le cas ; et le silence, après son départ, combla l'espace que Maria avait laissé béant.

Les deux sœurs échangèrent un regard et, sans un mot, s'installèrent l'une en face de l'autre sur les canapés de toile. Alice remarqua alors le livre sur la table, agrémenté d'un marque-page en cuir glissé à la fin de l'ouvrage. Elle reconnut immédiatement le volume, sensation viscérale. Le Keats de leur père, qu'il avait conservé par-devers lui en toute circonstance, et dans lequel il avait toujours puisé du réconfort. Sur son lit de mort, il l'avait encore à la main. La présence du petit volume la fit s'empourprer, comme si Eleanor et Anthony se trouvaient à présent dans la pièce, attendant ses aveux.

— Un peu de thé ?

— S'il te plaît.

Le frais gargouillis du thé coulant du bec de la théière la mit au supplice. Ses sens étaient horriblement aiguisés. Elle percevait la mouche avançant d'un pas incertain sur le rebord de la table, le bruit des pas de Maria, à l'étage, l'odeur citronnée et ténue de l'encaustique. Quelle chaleur ! Elle glissa l'index sous le col de son chemisier pour soulager sa nuque un instant. Le fardeau de sa confession imminente lui pesait.

— Deborah, il faut que…

— Non.

— Excuse-moi ?

— Je t'en prie.

Deborah reposa la théière et joignit les mains, avant de les placer sur ses genoux, dans un geste qui exprimait l'inquiétude. Son visage était pâle, ses traits tirés. Alice eut soudain l'intuition qu'elle s'était trompée du tout au tout. Elles n'allaient pas parler de Ben. Deborah était gravement malade – à l'article de la mort, en fait. Alice, trop soucieuse d'elle-même, n'avait rien remarqué.

— Deborah ?

La grande sœur pinça les lèvres. Elle parla d'une voix qui n'était guère plus qu'un murmure.

— Oh, Alice. Ce fardeau…

— De quoi veux-tu parler ?

— J'aurais dû t'en parler depuis des années. Vraiment, tu sais. Et j'en ai eu si souvent l'occasion et l'envie – mais je me suis toujours abstenue. Et puis, l'autre jour, au musée, quand tu m'as parlé de Loeanneth et du jardinier… Tu m'as prise au dépourvu. Je n'étais pas prête.

Non, pas une maladie grave. Bien sûr. Mais comment pouvait-on être à ce point obsédée par sa propre survie, se demanda Alice dans une mordante autocritique. Enfermée dans le confessionnal, elle en était encore à chercher la porte de sortie. Un taxi remonta la rue ; Alice entrevit sa forme noire et massive derrière les carreaux. Elle aurait tant voulu s'y trouver, en route vers n'importe où, n'importe où sauf ici.

— Theo, murmura Deborah tandis que Alice fermait les yeux, s'attendant au pire. Je sais ce qui lui est arrivé.

Après des années de souffrances, durant lesquelles elle avait gardé le secret de la disparition et son poids de culpabilité, c'en était enfin fini. Alice se sentit incroyablement soulagée. Elle n'avait même pas eu besoin de parler. Deborah savait déjà.

— Deborah, fit-elle, je…

— Alice, je sais. Je sais exactement ce qui est arrivé à Theo. Et cela me rend folle. Parce que, vois-tu, c'est ma faute. Tout est ma faute.

19

Oxford, 2003

Rose Waters, détail extraordinaire, avait une petite-nièce à Oxford : Margot Sinclair, directrice d'une école privée des plus chic dont l'agenda était « très rempli ». Sa secrétaire avait cependant réussi à caler un rendez-vous d'une demi-heure le mardi qui venait, à treize heures précises. Même si elle avait omis ce qualificatif, son ton ne laissait guère de doute sur l'intention.

L'entretien ne donnerait peut-être rien – la plupart des gens n'ont pas de relations très poussées avec leur grand-tante ; Sadie, cependant, avec l'obstination d'un limier qui n'a pas grand-chose à se mettre sous la dent, arriva à l'école à midi pile et se concentra sur les questions qu'elle avait notées. Il n'était pas question de se livrer à l'improvisation. Il s'agissait ni plus ni moins que de demander à Margot Sinclair si sa grand-tante n'avait pas été impliquée dans l'enlèvement de son propre enfant, né d'une liaison adultérine : bébé né en secret et adopté par ses employeurs.

« Tu ne serais pas en train d'écrire un roman, toi ? »

s'était étonné Bertie lorsque Sadie lui avait exposé sa théorie, en guise de test.

Elle avait levé les yeux au ciel. C'était le lendemain de leur prise de bec ; ils s'étaient retrouvés dans la cuisine pour le petit déjeuner et s'efforçaient tous les deux de paraître insouciants et joyeux.

« Bon, bon, avait repris Bertie. Explique-moi de nouveau pourquoi les Edevane voulaient adopter le fils de Rose ?

— Parce qu'après la naissance de leur troisième fille ils n'arrivaient plus à avoir d'enfants et qu'ils voulaient absolument un garçon. Dix ans se sont ainsi écoulés ; Eleanor est tombée enceinte en 1931, mais l'enfant était mort-né : c'était ce que Constance répétait à qui voulait l'entendre, mais personne ne l'écoutait. Et cela a dû être affreux – et particulièrement injuste à leurs yeux, d'autant qu'ils avaient constaté que Rose Waters, leur nourrice, était enceinte – mais elle n'était pas mariée et ne pourrait certainement pas garder cet enfant. La suite n'est pas bien difficile à comprendre. Ils devaient mourir d'envie de récupérer cet enfant, tu ne crois pas ? »

Bertie s'était frotté pensivement sa barbe de trois jours, avant de concéder avec un hochement de tête que la chose était possible.

« Le désir d'enfant est une motivation effectivement très puissante. Ma mère disait toujours en riant que si j'avais persisté à tarder, elle aurait commencé à regarder avec envie tous ces bébés dans leurs landaus.

— Sauf que, dans le cas qui nous intéresse, Eleanor Edevane n'a pas eu besoin de voler un bébé dans son landau. Ce petit garçon en quête d'une bonne famille est tombé dans son giron, pour ainsi dire. Et tout a marché comme sur des roulettes jusqu'à ce qu'Eleanor renvoie Rose, laquelle a décidé de récupérer son enfant.

— C'était diablement imprudent de renvoyer la vraie mère de ce petit, non ?

— Garder Rose à Loeanneth était peut-être encore plus risqué. C'est ce que je vais m'efforcer de comprendre. »

Bertie eut un soupir pensif.

« Tu as concocté des scénarios plus bizarres que celui-là, je te le concède.

— Merci, grand-père.

— Reste à le tester sur quelqu'un qui a connu Rose Waters. »

***

La découverte de Margot Sinclair était le fait d'Alastair, le bibliothécaire. Le lendemain du jour où elle avait élaboré la théorie de l'enfant naturel, Sadie, dès le matin, s'était rendue à la bibliothèque ; elle avait fait les cent pas en attendant l'arrivée d'Alastair et l'ouverture des locaux.

« Café ? » avait-elle proposé en lui tendant un gobelet acheté en route.

Il avait haussé ses sourcils d'un blanc de neige sans rien dire et l'avait fait entrer, tandis qu'elle expliquait, d'une voix entrecoupée, sa nouvelle hypothèse. Le sens de la chose n'avait pas échappé à Alastair. En effet, à peine eut-elle repris son souffle qu'il déclara :

« Il faut que vous trouviez quelqu'un qui sait ce qui est arrivé à Rose après son renvoi de Loeanneth.

— Exactement ! »

Il s'était mis immédiatement au travail, tirant de leurs étagères des dossiers poussiéreux, tapant des noms sur son clavier et lançant des moteurs de recherche, consultant ses vieux fichiers jusqu'à ce que…

« Victoire ! »

En combinant fiches de travail, données du recensement et registres généalogiques, il put annoncer à Sadie que Rose Waters avait une sœur, que celle-ci, Edith, avait vécu dans le Lake District et qu'Edith avait une petite-fille qui habitait Oxford. Le collègue de Sadie qui travaillait au service des immatriculations avait fait le reste – ah, celui-là, il faudrait lui offrir une bonne bouteille en rentrant à Londres –, laissant sur le répondeur de Sadie les coordonnées de l'école dans laquelle officiait la petite-nièce. « J'espère que c'est officiel, tout ça, Sadie, hein ? », avait-il précisé avant de raccrocher.

« Absolument, Dave, avait marmonné Sadie en rassemblant ses notes, avant de les fourrer dans son sac. Absolument. »

Lorsque l'horloge du tableau de bord indiqua une heure moins dix, elle sortit de sa voiture, verrouilla les portières et franchit un portail flanqué de piliers surmontés de griffons. L'allée, spacieuse, menait à un bâtiment qui n'aurait pas détonné à côté de Buckingham Palace. C'était l'heure du déjeuner ; des élèves en blazers et canotiers se promenaient par petits groupes sur l'immense pelouse soigneusement tondue. Dans ce monde, cette sphère solaire si différente de celles que Sadie fréquentait généralement, elle se sentit soudain tristement débraillée, avec son jean et son tee-shirt. Ces filles, elles, irradiaient, avec leurs appareils dentaires, leurs queues-de-cheval épaisses et lustrées, leurs rires insolents et leurs avenirs prometteurs.

Sadie finit par trouver les bureaux de la direction et donna son nom à une jeune femme réservée, installée derrière un secrétaire de bois sombre.

— Je vous en prie, asseyez-vous, chuchota-t-elle avec déférence. Le Dr Sinclair ne va pas tarder.

Si nulle voix ne venait distraire la réceptionniste, son espace bruissait d'activité. La trépidation furieuse des doigts de la jeune femme sur le clavier, le tic-tac sonore de l'horloge, l'air conditionné qui bourdonnait d'importance. Sadie se rendit compte qu'elle s'était remise à se ronger l'ongle du pouce et s'arrêta immédiatement. Allez, calme-toi, se morigéna-t-elle.

Dans le monde extérieur, le monde réel, Sadie n'avait aucunement honte de n'avoir pas fait d'études supérieures. Au contraire.

« Toi et moi, Sparrow, lui avait rappelé Donald en plus d'une occasion, en foudroyant d'un regard dédaigneux, par-dessus son épaule, l'"expert" qu'ils venaient d'interroger, on a fait l'école de la vie. Et ça vaut tous les bouts de papier qui expliquent au monde à quel point un type est intelligent. »

Vision du monde tout à fait acceptable, que celle qui mettait en équation l'éducation et la richesse, la richesse et les classes supérieures, les classes supérieures et la faillite morale. Sadie n'en était que plus efficace dans son métier. Elle avait vu la manière dont quelqu'un comme Nancy Bailey pouvait se recroqueviller lorsque l'inspecteur Parr-Wilson s'adressait à elle avec son accent distingué. Ce n'était que dans des lieux comme l'école de Margot Sinclair qu'elle se sentait vaguement taraudée par l'idée de ce qu'elle aurait pu devenir.

Sadie rajusta son col tandis que la grande aiguille atteignait précisément la verticale. Une heure exactement ; la porte du bureau s'ouvrit. Une femme au port de statue apparut, tailleur ivoire, cheveux lisses et bruns qui frôlèrent ses épaules tandis qu'elle penchait la tête et considérait Sadie de ses yeux bleu-vert, sourcils arqués.

— Inspecteur Sparrow ? Margot Sinclair. Je vous en prie, entrez.

Sadie obtempéra avec une hâte qu'elle se reprocha *in petto*.

— Merci de bien vouloir me recevoir, madame Sinclair.

— Docteur Sinclair. Je ne suis pas mariée, répondit la principale qui décocha un énergique sourire à son interlocutrice en s'asseyant derrière son bureau.

D'un ample geste de la main, elle intima à Sadie l'ordre d'en faire autant de son côté.

— Docteur Sinclair, reprit Sadie.

L'entrevue ne commençait pas sous les meilleurs auspices.

— Je ne sais pas si votre secrétaire vous a expliqué ma requête ?

— Jenny m'a dit que vous vous intéressiez à ma grand-tante maternelle, Rose Martin, Waters de son nom de jeune fille.

Le Dr Sinclair avait une manière de considérer les choses par-dessus ses lunettes qui dénotait un esprit des plus directs.

— Vous êtes officier de police. Est-ce dans le cadre d'une de vos enquêtes ?

— Oui, répondit Sadie, avant de décider que Margot Sinclair était femme à mettre les points sur les *i*. Mais, ajouta-t-elle, ce n'est pas officiel. L'enquête concerne une affaire classée.

— Vraiment ?

Le Dr Sinclair se carra contre le dossier de son fauteuil.

— Vous m'intriguez.

— Un enfant a disparu dans les années 30. L'enquête n'a jamais rien donné.

— Je présume que ma grand-tante n'est pas sur la liste des suspects ?

Perspective qui, cependant, semblait amuser le Dr Sinclair.

Sadie lui retourna son sourire, en espérant que son interlocutrice veuille bien interpréter ce signe comme un assentiment.

— L'histoire est ancienne et, pour tout vous dire, le moindre indice me semble précieux. J'aurais bien aimé avoir des informations sur ce qu'a fait votre grand-tante avant de se marier. Je ne sais pas si vous êtes au courant, mais, dans sa jeunesse, elle avait été nourrice.

— Mais je suis au courant, répondit Margot Sinclair, bien au contraire, car il se trouve que le parcours professionnel de Rose est l'un des sujets d'étude de ma thèse sur l'éducation des femmes. Rose était préceptrice. Ses élèves appartenaient en général à l'aristocratie.

— Préceptrice ? Elle n'avait pas été nourrice ?

— Elle avait en effet été nourrice dans sa jeunesse, mais, par la suite, devint préceptrice puis enseignante en école – une remarquable enseignante, du reste.

Rose était d'une immense intelligence et d'une grande opiniâtreté. À l'époque, il n'était pas facile d'acquérir les compétences nécessaires à l'amélioration de son statut social.

De ce point de vue-là, rien n'avait changé, se dit Sadie.

— Je dois avoir un exemplaire de ma thèse ici.

Margot s'en fut d'un pas rapide vers une vaste étagère et en tira un volume à la reliure pleine peau, dont elle épousseta la tranche immaculée.

— Il ne sort guère de ma bibliothèque ces temps-ci, mais, lorsque j'étais étudiante, le sujet me passionnait littéralement. Vous allez peut-être trouver la chose absurde, mais Rose était – et continue d'être – mon inspiration. Depuis le début de ma carrière, je la considère comme un splendide exemple de ce que l'on peut accomplir avec un peu de volonté.

Margot retourna derrière son bureau et se lança dans un résumé enthousiaste de sa thèse, tandis que Sadie, levant la tête, posait le regard sur la collection de diplômes sous cadre accrochés au mur, bien droits. Un doctorat en biologie (Oxford), un autre en sciences de l'éducation, divers autres prix et distinctions. Et comment se sentait-on lorsqu'on traversait l'existence avec autant de preuves de sa propre valeur, en lettres d'or et sous cadre d'ébène ? se demanda Sadie. Intelligent, sûrement.

À quinze ans, Sadie, sur les conseils insistants du principal de son lycée, avait accepté de concourir pour une bourse afin de poursuivre sa scolarité dans un établissement privé de la ville voisine. Un établissement coté. Elle se rappelait encore la lettre qui lui annonçait son succès. Elle était acceptée en terminale.

Le souvenir cependant avait la texture surréaliste du rêve. En revanche, l'achat de l'uniforme – une véritable expédition – était gravé en lettres de feu dans sa mémoire. Sadie et sa mère y étaient allées ensemble. Cette dernière avait revêtu les atours de la bonne société – telle qu'elle la rêvait, du moins. Et marchant au côté de Sadie, déterminée, comme toujours, à se montrer sous son meilleur jour, elle était paralysée par la nervosité. Tout se passa à merveille jusqu'à ce que Sadie et sa mère s'égarent dans un dédale de bâtiments. Le rendez-vous était à treize heures précises. L'horloge mensongère de la grande tour s'était déjà attaquée à l'heure dite lorsque la mère de Sadie fut saisie de l'une de ses attaques de panique que tous dans la famille désignaient sous le nom pudique de crise d'asthme. C'était une perfectionniste que la fille de Bertie, doublée d'une snob : l'endroit, la pression des circonstances l'obligeant à faire ses preuves, la conscience que leur retard allait « tout gâcher »… c'en était trop. Sadie trouva un banc, elles s'y installèrent, le temps que sa mère se remette ; puis elle fit signe à un jardinier qui leur indiqua où se trouvait le magasin des uniformes. Il ne leur restait plus que vingt minutes sur l'heure assignée lorsqu'elles y parvinrent. Vingt minutes au cours desquelles la mère garda un silence morose et irrité, tandis qu'une employée prenait les mesures de Sadie et parlait avec une familiarité pleine de révérence du « manteau de tweed », de « notre charmant béret de velours » et autres accessoires que Sadie ne s'imaginait pas une seconde porter.

Du reste, ce ne fut pas nécessaire. Durant l'été, Sadie rencontra un beau garçon qui possédait une voiture et du charme à revendre ; à la rentrée des classes, elle était enceinte. Elle demanda un report de la bourse d'une année, pensant pouvoir intégrer l'école l'année suivante. L'année qui suivit la transforma cependant du tout au tout.

Et, même si Sadie avait été vraiment capable de repartir du bon pied, ses parents ne voulaient pas la reprendre chez eux à la rentrée suivante. « Sadie est partie aux États-Unis, finir ses études secondaires dans le cadre d'un échange scolaire », avaient-ils annoncé à leur entourage ; de quoi aurait-elle eu l'air si elle était revenue un an trop tôt, sans même avoir fini son cycle ? De surcroît, la bourse n'incluait pas les frais de pension. Ruth et Bertie, quant à eux, lui avaient dit qu'ils trouveraient bien un moyen. Sadie cependant savait qu'ils seraient incapables d'assumer les coûts de l'école sans s'endetter considérablement. C'était trop leur demander. Elle les avait remerciés – et avait refusé leur offre. Décision qui les avait déçus : pour leur petite-fille, ils voulaient ce qui se faisait de mieux. Sadie, elle, s'était promis, pour elle-même comme pour eux, qu'elle réussirait à sa manière : elle n'avait pas besoin d'une école privée pour cela. Elle travailla ses examens de fin d'études secondaires aux cours du soir et entra dans la police. Ses grands-parents furent – agréablement – surpris. Soulagés, aussi, de ce qu'elle ne se retrouve pas du mauvais côté de la barrière. Sadie avait frôlé la catastrophe, après la naissance du bébé, ne respectant plus les règles, vivant en roue libre.

— Tenez, voilà, dit Margot Sinclair en tendant sa thèse reliée à Sadie, par-dessus le bureau. Je ne sais pas si cela répondra aux questions que vous vous posez, mais cela assurément vous donnera une idée plus claire de la personnalité de Rose. Rentrons dans le vif du sujet, maintenant. J'ai malheureusement un autre rendez-vous dans un quart d'heure.

Margot était brusque, certes, mais coopérative, ce qui convenait parfaitement à Sadie. Cette dernière s'était demandé comment son interlocutrice réagirait s'il était question de la vie privée de Rose, et elle réfléchissait aux précautions à prendre pour aborder le sujet. Mais le tic-tac de l'horloge et un hochement de tête de Margot Sinclair l'encourageant à aller droit au but décidèrent Sadie à franchir le pas.

— Je crois, docteur Sinclair, que votre grand-tante a eu un enfant lorsqu'elle était toute jeune. Avant de se marier. Lorsqu'elle était nourrice dans une famille de Cornouailles, les Edevane.

Tandis que Margot Sinclair digérait cette déclaration, un bref silence s'installa dans le bureau. Sadie s'attendait à ce que la petite-nièce de Rose profère quelque exclamation, réfute ou rejette l'affirmation. Mais elle semblait en état de choc, pour ainsi dire, pétrifiée dans son fauteuil ; un muscle frémissait sur sa joue. La déclaration sans fioritures de Sadie continuait à se réverbérer, lourde, entre les murs du bureau. J'aurais peut-être dû y aller plus doucement, songea rétrospectivement cette dernière. Elle était en train de se demander comment adoucir le coup lorsque Margot inspira profondément, avant de pousser un long soupir. Il y avait dans son expression quelque chose qui intrigua Sadie : de la surprise, oui, sans nul doute, comme on pouvait s'y attendre, mais ce n'était pas tout. La lumière se fit dans son esprit :

— Vous étiez déjà au courant, pour le bébé, laissa-t-elle échapper, ébahie.

Margot Sinclair ne répondit pas immédiatement. Elle se leva et, avec un port de tête digne d'une école de maintien suisse, alla à la porte de son bureau pour vérifier qu'elle était bien fermée. Après s'en être assurée, elle reprit posément la parole :

— La famille a toujours plus ou moins gardé le silence sur cette affaire.

Sadie réprimait à grand-peine son excitation. Elle avait donc raison !

— Savez-vous de quand date cette grossesse ?

— Fin 1931.

Margot se rassit et joignit les mains, les doigts sagement croisés.

— L'enfant naquit en juin 1932.

À peu de chose près, la même date de naissance que Theo Edevane.

— Et cependant, elle revint travailler à Loeanneth un mois plus tard, seulement ? demanda Sadie d'une voix légèrement chevrotante.

— C'est exact.

— Et qu'a-t-elle fait de l'enfant ?

Sadie se prépara à entendre la réponse qu'elle attendait depuis quelques jours.

Margot Sinclair ôta ses lunettes et, les gardant à la main, regarda Sadie avec un brin de condescendance.

— Inspecteur Sparrow, je ne vous apprendrai rien en vous rappelant que l'époque était fort différente. Les jeunes femmes enceintes hors mariage pouvaient s'attendre à de graves difficultés. De surcroît, Rose n'avait pas les moyens de s'occuper d'un bébé, pas à cette époque en tout cas.

— Elle a abandonné son enfant ?

— Il le fallait bien.

Sadie avait du mal à contenir son excitation. Finalement, elle allait le retrouver, le petit Theo, après tout ce temps.

— Vous savez à qui elle a confié le petit ?

— Bien sûr ! Rose avait une sœur dans le nord de l'Angleterre qui a bien voulu s'occuper de l'enfant, l'élever. Et ce n'était pas un garçon, d'ailleurs, mais une fille. Ma mère, pour ne rien vous cacher.

— Votre… Quoi ?

— C'est pour cette raison que Rose a été si bouleversée par son renvoi de chez les Edevane. Elle avait renoncé à son enfant et reporté toute sa tendresse sur leur bébé, et voilà qu'on la renvoyait pour une raison futile.

— Mais, objecta Sadie, qui s'efforçait encore de mettre de l'ordre dans ses pensées. Si la petite fille de Rose est allée vivre chez sa sœur, qui donc était la mère de Theo Edevane ?

— Eh bien, inspecteur Sparrow, c'est vous qui êtes du métier, n'est-ce pas : mais n'est-ce pas simplement Mme Edevane ?

Sadie fronça les sourcils. C'était absurde. Elle était si sûre de son affaire. L'impossibilité dans laquelle Eleanor s'était trouvée pendant des années de concevoir de nouveau, puis l'enfant mort-né et la grossesse de Rose, arrivant pour ainsi dire à point nommé. Le renvoi de Rose. L'enlèvement de Theo par Rose. Sauf qu'elle n'avait pas eu un garçon, mais une fille. La mère de Margot Sinclair, élevée par la sœur de Rose dans le Lake District. Du reste, rien ne prouvait qu'Eleanor eût perdu son bébé, hormis le témoignage incohérent de Constance deShiel. La théorie s'écroulait comme un château de cartes.

— Inspecteur Sparrow, ça va ? Vous êtes pâle comme un linge.

Margot appuya sur un des boutons de l'Intercom.

— Jenny ? Une carafe d'eau, s'il vous plaît.

La secrétaire ne tarda pas à faire son entrée, portant un plateau rond sur lequel étaient disposés une carafe et deux verres. Sadie vida le sien à petites gorgées, heureuse d'avoir quelque occupation pendant qu'elle reprenait ses esprits. Son énergie ne tarda pas à lui revenir. Une nuée de nouvelles questions se faisaient jour. Si Rose n'était pas la mère de Theo, pourquoi avait-elle été renvoyée de manière si inattendue et si soudaine, quelques jours avant l'enlèvement de l'enfant ? Et si ce n'était pas sa présence maternelle qui gênait Eleanor, qu'avait fait la jeune nourrice pour irriter sa patronne ? Eleanor n'avait pas agi sans raison. On ne renvoie pas quelqu'un qui fait bien son travail et que tous apprécient. Sadie posa la question à Margot.

— Je crois qu'elle n'a jamais compris le pourquoi de son licenciement. Je sais qu'elle en a été durablement blessée. Elle aimait travailler à Loeanneth, m'a-t-elle souvent dit. Quand j'étais enfant et qu'elle venait nous voir, elle me racontait souvent des choses sur la Maison du lac. J'ai toujours éprouvé une sorte de parenté – d'envie, également – envers les petites filles dont elle me parlait. Dans ses histoires, elles étaient quasiment présentées comme des fées dans le beau jardin de la maison. Rose avait eu de l'affection pour ses employeurs, de surcroît. Elle en parlait toujours en des termes élogieux. Surtout d'Anthony Edevane.

— Vraiment ?

Sadie avait dressé l'oreille, repensant à sa longue discussion avec Clive et à son récit de l'entrevue avec Constance deShiel. Cette dernière n'avait-elle pas laissé entendre qu'il y avait à Loeanneth des chassés-croisés et autres infidélités, non sans rapport, peut-être, avec la disparition de l'enfant ?

— Pensez-vous qu'il soit possible que Rose ait eu plus que de l'affection pour son employeur ? Pour Anthony Edevane ?

— Qu'Anthony ait trompé sa femme avec elle, vous voulez dire ?

La franchise de Margot fit grimacer Sadie devant sa propre fausse pudeur ! Elle opina du chef.

— Rose parle de lui dans ses lettres, reprit Margot. Elle l'admirait, je le sais. C'était un homme intelligent pour lequel elle avait sympathie et compassion. Mais jamais elle ne suggère de sentiment plus profond. Elle lui est reconnaissante d'avoir estimé qu'elle ferait une excellente enseignante et de lui avoir conseillé de reprendre des études.

— Mais aucune inclination amoureuse ? Pas même un soupçon ?

— Rien qui s'en approche. De fait, je crois qu'après sa grossesse Rose se méfiait de tout ce qui pouvait ressembler de près ou de loin à une relation sentimentale. Elle avait presque quarante ans lorsqu'elle finit par se marier, et rien n'indique qu'elle ait été courtisée dans l'intervalle.

Une fausse piste de plus. Sadie soupira. Elle était incapable de masquer la déception qui l'avait envahie.

— Rien d'autre qui puisse vous revenir et jeter quelque lumière sur le renvoi de Rose ?

— Si, il y a bien quelque chose, mais je ne sais pas si c'est lié à son renvoi. Néanmoins, c'est un curieux détail.

Sadie eut un hochement de tête encourageant.

— Rose, donc, n'a jamais compris pourquoi elle avait été licenciée. Mais ce qui est encore plus déconcertant, c'est que les Edevane lui donnèrent d'excellentes lettres de références et un cadeau de départ des plus généreux.

— Quelle sorte de cadeau ?

— De l'argent. De quoi payer le voyage et les études qui lui permirent d'asseoir le reste de sa carrière.

Sadie réfléchit un instant. Pour quelle raison renvoyer un employé que l'on récompensait par ailleurs grassement ? Les Edevane avaient-ils voulu acheter son silence ? Mais à quoi bon donner de l'argent à quelqu'un qui n'avait aucune idée de ce qu'elle était censée ne pas répéter ?

On frappa à la porte et la secrétaire passa la tête dans l'entrebâillement pour rappeler au Dr Sinclair que le conseil d'administration débutait dans cinq minutes.

— Eh bien, fit la principale avec un sourire d'excuse. Je crains de devoir mettre fin à notre entretien. Je ne sais si je vous ai été d'une quelconque assistance.

Sadie elle-même n'aurait su répondre à cette dernière interrogation ; elle serra la main de la petite-fille de Rose et la remercia du temps qu'elle avait bien voulu lui consacrer. Sur le seuil, cependant, une idée lui traversa l'esprit :

— Encore une chose, docteur Sinclair, si cela ne vous dérange pas, dit-elle en se retournant.

— Pas le moins du monde.

— Vous m'avez dit que Rose avait sympathie et compassion pour Anthony Edevane. Pourquoi cela ? Qu'entendez-vous par compassion ?

— Oh, simplement que le père de Rose avait subi le même sort, si bien qu'elle comprenait les souffrances de M. Edevane.

— Ses souffrances ?

— Mon arrière-grand-père avait vécu des choses effroyables pendant la guerre. Oh, j'imagine que c'est le lot de tous ceux qui la firent. Il a été gazé à Ypres et renvoyé dans les tranchées. Grand-mère nous disait qu'il n'était plus le même homme. Il avait des cauchemars, des trous noirs, horribles. Lorsqu'il traversait l'une de ces crises, il empêchait toute la famille de dormir. On appelle cela le stress post-traumatique, aujourd'hui. À l'époque, on parlait de traumatismes liés aux bombardements.

— Stress post-traumatique ? répéta Sadie. Anthony Edevane ?

— Lui-même. Rose en parle souvent dans son journal. Elle avait essayé de l'aider ; ce sont d'ailleurs leurs relations qui lui ont inspiré, plus tard, ses théories sur l'enseignement de la poésie – en particulier les romantiques – aux réfugiés adolescents.

Stress post-traumatique. La révélation était surprenante. Sadie se répéta la conversation qu'elle venait d'avoir avec le Dr Sinclair en rejoignant sa voiture. La chose n'avait rien d'étonnant en elle-même : Anthony Edevane avait combattu quatre ans en France. Mais pourquoi Sadie n'en avait-elle rien su plus tôt ? Était-ce un secret de famille ? Le cas échéant, pourquoi Rose Waters en avait-elle eu connaissance ? La réponse était peut-être toute simple : la jeune femme ayant vu son propre père souffrir de stress post-traumatique, elle avait pu remarquer dans le comportement d'Anthony Edevane des signes révélateurs qui échappaient à d'autres. Mais cela avait-il la moindre importance ? se demanda Sadie. N'était-elle pas en train de se raccrocher à des détails futiles ? Pourquoi ne pas appeler quelqu'un – Clive, Alastair, Bertie – pour en parler ? Son téléphone portable, malheureusement, refusa de s'allumer : la batterie était vide. Elle s'en servait si peu chez son grand-père, le signal étant quasi inexistant, qu'elle avait perdu l'habitude de le recharger.

La cloche ayant sonné, les élèves se dirigeaient vers les bâtiments. Sadie les regarda un moment par la vitre de la voiture. Charlotte Sutherland fréquentait une école de ce genre. Sur la photographie qu'elle avait jointe à sa lettre, la jeune fille portait un blazer d'uniforme orné d'un écusson sous lequel avait été brodée une longue liste de titres et prix. Elle avait certainement dans son armoire un manteau en tweed et un coquet petit béret pour les mois d'hiver. Sadie se reprocha son amertume. Imaginer Charlotte dans une école comme celle du Dr Sinclair, c'était un plaisir. À quoi bon tout ce qu'elle avait fait, si ce n'était pour que sa fille pût profiter d'opportunités que Sadie elle-même n'aurait pu lui offrir ?

Sadie parvint à persuader en douceur la voiture de démarrer et se donna l'ordre, sévère, d'oublier Charlotte, une bonne fois pour toutes. La lettre était partie : retour à l'envoyeur, n'habite plus à l'adresse indiquée. Sadie n'était-elle pas censée faire en sorte de l'effacer de sa mémoire ? Elle se concentra sur l'itinéraire qui lui permettrait de quitter Oxford. Et dès qu'elle fut sur la M40, roulant vers l'est, vers Londres, elle se remémora une nouvelle fois la conversation qu'elle venait d'avoir avec Margot Sinclair. Elle en dégagea toutes les informations nouvelles – les excellentes références que les Edevane avaient données à Rose, le chèque de licenciement –, les tourna en tous sens, se demandant vaguement si et en quoi la maladie nerveuse d'Anthony avait pu changer les choses.

20

Londres, 1931

En sortant, Eleanor s'offrit un thé chez Liberty. Le rendez-vous avait duré moins longtemps que prévu : il restait deux heures avant le départ du train, à Paddington. Elle resta un moment à l'angle de Harley Street et de Marylebone Road, nuages gris se désintégrant en grises bâtisses, avant de se rendre compte qu'elle avait sans doute besoin de se remonter le moral. Elle fit signe à un taxi de s'arrêter. D'où Liberty. Elle fit tourner la délicate petite cuiller dans la tasse, mélangeant le lait au thé, avant de la tapoter contre le fin bord de porcelaine. Elle croisa le regard d'un homme bien mis, installé à une table voisine, mais ne retourna pas le sourire poli et interrogateur du monsieur.

Elle s'en voulait d'avoir tant espéré – mais que voulez-vous ? Quand on est bête, c'est pour la vie. Anthony avait vu juste : le médecin n'avait rien de nouveau à leur apprendre. C'était toujours le même discours. Eleanor se demandait parfois si l'espoir, cette admirable et terrible habitude, mourrait jamais – ou bien si on pouvait le tuer, ce qui aurait été préférable. Ah, les choses seraient si faciles à vivre en ce cas : simples comme un bouton sur lequel on appuie. Hélas : la vague lueur de l'espérance flottait toujours dans le lointain, quel que soit le temps pendant lequel on cheminait en vain vers ses feux illusoires.

Eleanor reposa sa cuiller. Elle avait tort, cependant, elle le savait très bien. Anthony n'avait plus d'espoir. L'avait-il perdu sur les champs de bataille de la Somme ? Peut-être, ou peut-être plus tard, dans la décennie qui avait suivi. Raison blessante pour laquelle elle, Eleanor, ne pouvait pas s'avouer vaincue. C'était tandis qu'elle veillait sur lui que la nuit était tombée. Elle n'avait pas dû faire attention – sinon, n'aurait-elle pas pris conscience de ce qui se passait ? Elle le leur avait promis – à Anthony, à leur amour.

Il pleuvait, dehors ; Londres était d'un gris d'ardoise et de boue. Les rues étaient luisantes de flaques sombres ; une marée de parapluies noirs flottait par-dessus la foule compacte. Sous la pluie, les gens se déplacent plus vite, le regard fixe, les traits déterminés. Chacun se rend directement à sa destination. Cette multitude active et résolue épuisait Eleanor. Dans la tiédeur du salon de thé, elle était là sur sa chaise, inerte, épave abandonnée sur une mer d'énergie, au bord de sombrer. Elle n'avait jamais été douée pour passer le temps, Eleanor. Elle aurait dû emporter un livre. Elle aurait dû venir avec Anthony.

Le refus de ce dernier était prévisible, pourtant. Pas sa véhémence.

« Pas un mot de plus, avait-il tranché dès qu'elle avait abordé le sujet. Pas-un-mot-de-plus, s'il te plaît. »

Elle ne s'était pas pliée à sa requête. Il fallait absolument qu'ils puissent rencontrer le Dr Heimer ; elle y était résolue depuis la lecture de cet article dans *The Lancet*. Il était très demandé, ce Dr Heimer. La liste d'attente était longue. Pendant des semaines, Eleanor avait dû réprimer seule son impatience, ses espérances. Mieux valait ne pas accabler Anthony à l'avance.

« Pas un mot de plus, avait-il répété, dans un souffle.

— Cette fois-ci, c'est peut-être la bonne, avait-elle insisté. Cet individu, ce Dr Heimer, il a effectué des recherches sur la question. Il a étudié de nombreux cas et il a guéri des gens. J'ai lu quelque part qu'il sait comment…

— Je t'en prie. »

Mots qui fusèrent, tranchants ; le reste de la phrase d'Eleanor se désintégra dans le silence. Anthony ne la regardait pas, penché sur son microscope. Si bien qu'elle ne se rendit pas immédiatement compte qu'il avait les yeux fermés.

« Arrête là, s'il te plaît. »

Elle s'approcha de lui. Elle sentit le parfum aigre et ténu de sa transpiration, mêlé à la curieuse odeur de laboratoire de la pièce. Elle parla d'une voix douce mais ferme.

« Anthony, je n'abandonnerai pas la lutte, quels que soient tes efforts pour m'en dissuader. Et certainement pas alors que nous avons peut-être enfin trouvé quelqu'un qui peut nous venir en aide. »

Anthony l'avait alors dévisagée avec, dans le regard, une expression qu'elle ne pouvait définir. Elle l'avait vu tant de fois dans cet état d'accablement qu'elle ne les comptait plus : les cauchemars qui s'emparaient de lui jusque dans la journée, les suées nocturnes et ce tremblement effroyable que rien ne pouvait apaiser, pas même la généreuse étreinte des bras de sa femme, le corps d'Eleanor contre le sien. Ce jour-là, c'était différent. Le silence. L'immobilité totale. Cette expression qui avait fait reculer Eleanor, comme si elle avait reçu un coup en pleine figure.

« Je ne veux plus de docteurs, avait dit Anthony d'une voix basse et neutre qui n'admettait pas de réplique. Plus de docteurs. »

Elle était sortie du bureau, le laissant derrière elle, s'était précipitée au rez-de-chaussée, le visage brûlant, les pensées éparses. Plus tard, une fois seule, elle s'était rappelé le visage d'Anthony. Impossible de s'en empêcher : et cette expression l'avait accompagnée tout l'après-midi tandis qu'elle effectuait machinalement ses tâches journalières. Ce ne fut qu'au plus profond de la nuit, alors qu'il dormait d'un sommeil agité près d'elle et qu'elle, les sens en éveil, écoutait les oiseaux de nuit sur le lac et se souvenait de la soirée durant laquelle, il y avait bien longtemps, ils avaient roulé à vélo sur les dalles que le clair de lune blanchissait – ce ne fut pas avant ce moment-là que le mot lui vint. Le dégoût. C'était cela que le visage d'Anthony avait exprimé. Ces traits qu'elle aimait depuis si longtemps et avec tant de force, ces traits s'étaient contorsionnés en une mimique de dégoût et de mépris que l'on réserve en général à ses pires ennemis. Si cette révulsion avait été inspirée par Eleanor, elle l'aurait supporté : mais c'était lui-même qu'Anthony haïssait, et cela donnait à Eleanor l'envie de pleurer, de se lamenter et de maudire le sort.

Au matin, cependant, il était de nouveau bien disposé. Il n'avait pas hésité à proposer un pique-nique au bord du ruisseau. L'espoir renaissait : et s'il avait refusé de l'accompagner à Londres, du moins l'avait-il fait avec le sourire. Et puis, avait-il précisé, il avait des choses à faire dans son bureau. Si bien que, de la gare de Looe à Paddington, elle avait voyagé seule avec son espoir près d'elle, sur le siège qu'Anthony aurait dû occuper.

Elle inclina sa tasse, les yeux rivés sur les feuilles tièdes qui flottaient dans le liquide. Elle avait dit aux filles qu'elle allait voir un couturier de Mayfair : elles l'avaient crue. C'était conforme à l'idée qu'elles se faisaient d'elle. Mère. Elles ne se rappelaient pas les premières années de leur vie, lorsque Anthony était au front et qu'elles étaient confiées à la seule garde de leur mère, à Loeanneth. Les longues journées à se promener dans le domaine, les histoires qu'elle leur racontait, les coins secrets qu'elle leur montrait. Il y avait tant de facettes d'Eleanor qu'elles ne connaissaient pas. Parfois, Eleanor les sortait, ces qualités cachées : elle les tournait en tous sens, elle les examinait sous tous les angles, les admirait, comme elle l'aurait fait d'une précieuse semence de perles. Puis elle les remballait soigneusement et les rangeait hors de vue. Jamais plus elle n'en ferait étalage en public : il lui aurait alors fallu expliquer au monde ce qui l'avait fait changer.

Eleanor ne parlait de l'état d'Anthony à personne. Elle ne voulait pas trahir le jeune homme dont elle était tombée amoureuse vingt ans plutôt, à Londres, par un bel été – ne voulait pas davantage trahir, ce qui aurait été sans doute encore plus destructeur, sa croyance obstinée en une possible guérison. Lorsque tout cela serait passé, lorsqu'elle aurait trouvé le moyen de rendre à son mari sa légèreté d'esprit et tout ce qu'il avait perdu, lorsqu'il se serait enfin remis, il pourrait se féliciter d'une chose : personne, hormis sa femme, ne saurait jamais rien des abîmes dans lesquels il avait sombré. Il fallait préserver sa dignité.

Les filles en tout cas n'avaient jamais rien su. Anthony les aimait tant. En dépit de son état, il était un excellent père et les filles l'adoraient. Elles n'avaient rien connu du jeune homme d'avant la guerre, de ses exceptionnelles ambitions. Il était simplement « Papa » à leurs yeux, un père que ses excentricités leur permettaient de s'approprier. Les longues marches dans la forêt, les jours entiers pendant lesquels il disparaissait, rentrant avec un sac plein de spécimens de telle fougère, tel papillon, tous trésors que les filles examinaient avant d'aider « Papa » à les classer. Elles n'avaient pas vu, comme Eleanor, l'homme qui, ses vieux manuels de médecine sur les genoux, essayait, les yeux fermés, de se souvenir des os de la main humaine. La sienne, jadis si élégante, si habile, si sûre – et maintenant tremblant sur la page. Il avait senti approcher Eleanor dans son dos, avait ouvert les yeux. Un sourire triste lui avait tordu les lèvres lorsqu'elle était apparue devant lui.

« Je suis comme eux désormais, l'un de ces individus qui passent leur vie à chercher des moyens de la remplir.

— C'est faux, avait-elle répliqué. Tu travailles à ton histoire naturelle. Pour le moment, tu as laissé la médecine de côté, mais tu y reviendras. Tu finiras tes années d'internat ; tu seras meilleur que jamais.

— Quand te rendras-tu enfin compte que c'est trop tard ? Que je ne suis plus l'homme que tu as connu ? Que celui-là est mort en France ? Eleanor, ce qui s'est passé, les choix terribles, les décisions monstrueuses…

— Parle-m'en, Anthony. Parle-moi de ces choix, de ces décisions, et je comprendrai. »

Il ne le fit jamais, pourtant. Il s'était contenté de lui jeter un regard et de secouer la tête, avant de retourner à ses livres.

Une femme qui venait d'entrer attira l'attention d'Eleanor. Une belle femme, qui tenait un enfant par la main – trois ans, pas plus, décida Eleanor. Le petit était, pour l'occasion, élégamment vêtu d'un costume marin blanc. Il avait un petit visage de chérubin, avec d'immenses yeux bleus, des joues rebondies et roses et des lèvres arquées qu'il entrouvrit, tandis qu'il contemplait, ravi, agrippé à la main de sa mère, la salle du café, si joyeuse, si brillamment éclairée.

Eleanor éprouva un pincement familier. Elle espérait encore tomber enceinte. Non, plus qu'un espoir, c'était un ardent désir. La douloureuse envie de tenir de nouveau un bébé dans ses bras, de le chatouiller, de l'embrasser, de cajoler un petit corps rebondi. Elle avait parfois l'impression d'être comme cette reine d'un des contes de M. Llewellyn, qui avait perdu son enfant et désirait si fort en avoir un autre qu'elle était prête à passer un pacte avec le diable. Le désir d'Eleanor n'était pas entièrement égoïste. Une petite partie d'elle-même se demandait parfois si l'arrivée d'un autre enfant, d'un petit garçon, n'était pas justement le changement dont Anthony avait besoin. Anthony adorait ses filles : mais les hommes n'ont-ils pas tous le désir d'avoir un fils qui grandira à leur image ? La main d'Eleanor caressa machinalement son ventre plat et ferme. Il y avait encore quelques moments de tendresse entre Anthony et elle, lorsqu'il n'était pas dans l'une de ses crises. Peut-être pouvait-elle retomber enceinte. Pourtant, en dépit de son puissant désir, dix ans étaient passés depuis la naissance de Clemmie. Sans rien.

Pensive, Eleanor se força à détourner sa vue de l'enfant en costume marin blanc. Sa mère et lui avaient pris une table, le petit observant avec soin les manières qu'on lui avait enseignées, tandis que ses grands yeux ronds le trahissaient, impatients qu'ils étaient de détailler ce monde inconnu. Eleanor dirigea son regard vers les fenêtres. La chape de nuages s'était encore abaissée sur les toits ; la ville était lugubre. Les lumières avaient été allumées dans la salle du café et, alors que Eleanor regardait le chaleureux décor réfléchi par la vitre obscure, au-delà de laquelle se hâtaient des passants fantomatiques, elle croisa par inadvertance son propre reflet.

C'est toujours un choc que de se voir lorsqu'on n'est pas sur ses gardes. La femme qui la considérait dans la vitre était un modèle de respectabilité et de discrétion. Elle se tenait droite, ses vêtements se conformaient à la mode sans la flatter, aucune mèche de cheveux ne dépassait de son chapeau. Son visage était un masque aux plaisants contours, impénétrable. Le genre de visage sur lequel les regards glissent. La femme de la vitre était tout ce que Eleanor avait jadis juré de ne pas devenir. Elle n'avait rien de l'adulte que promettait d'être Eleanor l'Aventurière. Eleanor y songeait, de temps en temps, à son double enfantin, la fillette aux grands yeux farouches, à la chevelure indisciplinée, hantée par le désir de tout explorer. Cette enfant-là, aimait à penser Eleanor, n'avait pas entièrement disparu. Elle n'avait pas été absorbée par le monde : non, elle s'était transformée en perle, avait roulé quelque part. Là, elle attendait que les fées la trouvent et que la forêt la ramène à la vie.

Ces pensées la troublaient ; Eleanor fit ce qu'elle faisait toujours lorsque la mélancolie menaçait de l'abattre. Elle se mit en mouvement. Un geste vif de la main fit accourir la serveuse. Eleanor régla la note, ramassa son sac à main et le paquet contenant la robe – prétexte officiel de sa visite à Londres – qu'elle avait à peine regardée avant de l'acheter. Puis, ouvrant son parapluie d'une secousse, elle sortit sous la pluie.

***

Lorsqu'elle arriva à la gare, le bureau de vente était noir de monde et l'odeur de laine humide envahissante. Eleanor rejoignit une file d'attente composée de voyageurs mécontents – file qui se mouvait avec une grande lenteur.

— J'ai un billet réservé au nom d'Edevane, dit-elle à l'employé une fois le comptoir atteint.

L'homme se mit à chercher dans son fichier ; tandis qu'il lisait à voix basse les noms inscrits sur les billets, Eleanor tourna la tête et jeta un coup d'œil à la foule indisciplinée.

— Le train doit être complet, j'imagine ?

L'homme répondit sans lever les yeux.

— Le train précédent est tombé en panne. Tout l'après-midi, on a été envahi de gens qui voulaient réserver sur le suivant. Vous m'avez bien dit Edevane ?

— Oui.

— Voilà, voilà.

L'employé fit glisser deux billets sous la grille du guichet.

— Départ quai 3.

Eleanor se retourna, les yeux baissés sur les deux billets dans sa main gantée. Elle fit volte-face, revint au comptoir.

— Mon mari ne m'accompagne pas, expliqua-t-elle au guichetier, dont elle avait fini par attirer l'attention. Il a eu un empêchement de dernière minute.

Encore des excuses. Elle les fournissait sans même y réfléchir, ces derniers temps.

— Il ne sera pas remboursé, répliqua l'employé, qui s'occupait déjà du client suivant.

— Je ne veux pas être remboursée, reprit Eleanor. Mais reprenez-le.

Elle joignit le geste à la parole.

— Je n'en ai pas besoin. Il servira peut-être à quelqu'un, en revanche.

Elle se retrouva dans son compartiment, attendant le départ du train. Des hommes en costume arpentaient le quai en tous sens, l'air important, des porteurs poussaient de fragiles édifices de valises au milieu de la foule, des petits groupes accomplissaient le rite intime des adieux. Tout en les observant, Eleanor avait l'impression que les moments les plus marquants de son existence s'étaient déroulés dans des gares comme celle-ci. Sa première rencontre avec Anthony. La limonade prise au café de la station de Baker Street. Puis le matin de 1914 où il était parti pour la guerre ; elle, sur le quai, lui faisant des gestes d'adieu. Il avait si belle allure dans son uniforme, Howard à son côté : tous deux irradiaient de jeunesse.

Lorsque Anthony avait annoncé à Eleanor qu'il devançait l'appel, ils étaient allongés tous les deux sur une couverture, près du ruisseau de Loeanneth. Elle avait pensé aux si nombreuses objections qu'elle aurait pu lui opposer.

« Nous sommes si heureux ! avait-elle bégayé.

— Heureux, nous le serons de nouveau. Quand je serai rentré.

— Si tu reviens. »

La colère lui avait fait prononcer cette phrase : c'était la première chose qui lui était venue à l'esprit, la plus épouvantable aussi. Égoïste, infantile et justifiée. Plus tard, elle se le reprocha amèrement. Les quatre années à venir lui apprendraient à se maîtriser. Sur le moment, cependant, la peur, la panique et sa propre incapacité à stopper leur vague dévorante avaient réveillé son agressivité.

« C'est une guerre, Anthony. Pas un pique-nique au bord de la rivière. »

Il avait tendu la main pour écarter une mèche qui retombait obstinément sur les yeux de sa femme. Le contact de ses doigts fit frémir Eleanor.

« Ma chérie, j'ai une formation médicale. Je peux servir à quelque chose. Ces hommes, mes amis… ils auront besoin de gens comme moi.

— Moi aussi, j'ai besoin de toi. Il y a plein d'autres médecins. Qui ont fini leurs études pratiques, eux. »

Il avait eu un tendre sourire.

« Tu dois le savoir : le seul endroit où j'aie envie de me trouver, c'est ici, avec toi. Mais qui serais-je pour ne pas partir ? Comment pourrais-je me supporter si je n'offrais pas mon aide ? Comment me considérerais-tu si je ne faisais pas mon devoir, la part qui m'incombe ? Mieux vaut être mort que de ne pouvoir servir son pays. »

Elle avait compris alors qu'elle ne pourrait plus le faire changer d'avis – cette évidence la consumait, elle avait un goût de cendres dans la bouche.

« Promets-moi de revenir », murmura-t-elle en le prenant dans ses bras.

Elle pressa la joue contre la poitrine d'Anthony, s'agrippa à lui comme à un rocher dans une mer déchaînée.

« Bien sûr que je reviendrai – sa voix n'exprimait pas le moindre doute : Rien ne pourra m'en empêcher, Eleanor. Je m'y opposerai ! »

Le jour de son départ, ils étaient allés ensemble à la gare. Elle s'était assise un moment dans le wagon, tandis que d'autres jeunes soldats en uniformes flambant neufs montaient à leur tour. Anthony l'avait embrassée. L'espace d'un instant, elle avait craint de ne pouvoir le laisser partir. Et puis, le sifflet avait retenti, elle s'était retrouvée sur le quai, seule, et le train prenait de la vitesse, s'éloignait. Lorsqu'elle était rentrée à la maison, il faisait chaud. Il n'y avait pas un bruit. Dans la bibliothèque, le feu brûlait doucement : comme lorsqu'ils étaient partis, ni plus, ni moins.

Le silence était si profond.

Au-dessous de la fenêtre, sur le bureau, il y avait une photographie d'eux deux. Et, fixant le visage souriant d'Anthony, Eleanor essaya de se persuader qu'il était à l'étage ou dehors, au bord du lac. Il pouvait revenir à tout moment et l'appeler du vestibule.

« Eleanor, tu viens ? »

Mais tout dans la maison proclamait son absence. Elle comprit en un éclair à quel point les jours, les semaines, les mois à venir allaient lui sembler longs, atrocement longs.

Dieu merci, elle avait leur bébé, leur Deborah : l'enfant lui permettait de penser à autre chose. Ce n'était pas si facile de se complaire dans un climat de peurs et de tensions lorsque l'on était constamment observé par de grands yeux confiants – ceux d'une petite créature qui voulait sourire et qui cherchait à percevoir dans le regard de sa mère quelque encouragement. Eleanor pourtant avait beau revêtir un masque joyeux, elle avait beau chanter des comptines à sa fille et lui raconter toutes les histoires qu'elle connaissait, elle avait en vérité du mal à ne pas retenir constamment son souffle. Chaque fois que l'on frappait à la porte, son corps était transpercé d'un éclair douloureux. Chaque annonce au village d'une nouvelle mort lui donnait un coup au cœur – suivi, toujours, d'une secrète délivrance : Anthony, lui, était indemne. Lorsque la poste lui apportait une lettre, et non pas un télégramme bordé de noir, elle ressentait le même soulagement. De courte durée, pourtant. Les lettres mettaient si longtemps à venir : dans l'intervalle, Anthony avait peut-être été fauché.

Les premières missives d'Anthony ne racontaient pas grand-chose. Il parlait des bombardements d'artillerie, bien sûr, et de zeppelins qui avaient été abattus au-dessus de leurs lignes. Son ton badin réduisait ces événements à de simples péripéties un peu gênantes. Lorsqu'il avait été exposé pour la première fois aux gaz allemands, c'était, disait-il, « dans les meilleures conditions possible » : quelqu'un avait pu démontrer aux soldats « l'efficacité des mesures de prévention ». Il cherchait à l'induire en erreur, naturellement, et cela attendrissait Eleanor, tout en la rendant furieuse.

Il avait eu deux jours de permission à Londres en fin de semaine. Elle l'y avait retrouvé, folle d'excitation. Dans le train, elle avait été incapable de rien faire ; elle avait gardé son livre ouvert sur les genoux sans y jeter un coup d'œil de tout le voyage. Elle s'était mise sur son trente et un : efforts dont elle eut honte lorsqu'elle le vit devant elle. C'était son Anthony, l'amour de sa vie. Cette inquiétude, cette concentration sur un sujet aussi futile – quelle robe lui allait le mieux ? –, ne trahissait-elle pas une absence de confiance en leur couple, dans les vraies valeurs ?

Lorsqu'ils se retrouvèrent, ils se mirent à parler en même temps.

« Est-ce que…

— Je crois que… »

Puis, après une douloureuse hésitation pendant laquelle il leur parut que tout ce qu'ils étaient naguère avait été réduit en poussière, ils furent pris d'un fou rire et ne purent s'arrêter avant un bon moment. Tandis qu'ils prenaient le thé au buffet de la gare, le moindre détail les plongeait de nouveau dans l'hilarité. Après quoi, ils furent de nouveau eux-mêmes, Anthony-et-Eleanor. Elle lui demanda de tout lui raconter, sans minimiser – comme il l'avait fait dans les lettres si lisses, si insuffisantes, qu'elle avait reçues.

« Tout, Anthony. Sans rien me cacher. »

Alors il parla. Raconta la boue, les hommes qui se brisaient les os à la traverser et ceux qu'elle avalait tout d'un coup. La Somme, disait-il, hachait menu les corps. La guerre était insupportable. Insupportable, aussi, la souffrance qu'il ressentait à ne pouvoir sauver « ses hommes ». Ils mouraient, disait-il. Les uns après les autres. Sans cesse.

Après cette visite, les missives d'Anthony changèrent de ton. Eleanor ne savait pas si elle devait s'en réjouir. L'idée lui vint qu'elle aurait peut-être dû y réfléchir à deux fois avant d'exiger la vérité. La censure militaire supprimait les pires passages, mais ce qui restait suffisait à faire comprendre à la jeune femme que la guerre demeurait tout aussi effroyable, qu'elle demandait aux hommes d'accomplir des actes terribles et qu'en retour elle les traitait cruellement.

Lorsque Howard mourut, le ton des lettres d'Anthony changea de nouveau. Il n'y avait plus de références à « ses hommes » ; jamais plus il ne mentionna le nom d'un autre compagnon d'infortune. Mais, surtout, détail plus glaçant : alors que ses lettres précédentes avaient toujours fourmillé de questions sur ce qui se passait à Loeanneth, réclamant avidement le moindre détail sur Deborah ou sur la nouvelle venue, Alice *(Qu'est-ce que j'aimerais être à la maison. Je souffre tant d'être loin de vous. Sois forte, mon amour, et, en attendant, m'enverrais-tu une boucle des cheveux de mon bébé ?)*, elles n'étaient plus à présent que des rapports chiffrés et distants sur ce qui se passait au front. N'importe qui aurait pu les rédiger, n'importe qui aurait pu les lire. De sorte qu'Eleanor dut surmonter le double chagrin de la mort d'Howard – le choc de la nouvelle elle-même, son caractère définitif, impossible – et la disparition de son mari, déjà si éloigné, derrière une muraille d'impénétrable courtoisie.

Il rentra pour de bon le 12 décembre 1918. Eleanor

emmena leurs deux filles à Londres pour qu'elles puissent elles aussi voir le train entrer en gare. Il y avait un orchestre sur le quai, des violons qui jouaient des chants de Noël.

« Comment allons-nous reconnaître Papa ? » avait demandé Deborah.

Elle avait une curiosité intense pour cet individu qu'elle ne connaissait que par la belle photographie encadrée que sa maman gardait sur sa table de chevet.

« Ne t'inquiète pas », lui répondit Eleanor.

Lorsque le train arriva, la vapeur envahit la gare. Le temps qu'elle se dissipe, les soldats commençaient déjà à descendre. Lorsque Eleanor enfin aperçut Anthony, juste avant que leurs regards se croisent, elle ressentit tout le poids des années qui venaient de s'écouler. Les inquiétudes proliféraient comme des papillons autour d'une flamme. Allaient-ils se retrouver ? Et pouvoir recréer le passé ? Le poids de ces quatre ans le leur permettrait-il ?

« Maman, tu me fais mal à la main », déclara Alice.

Elle n'avait pas deux ans et son talent pour dire les choses comme elle les pensait était déjà considérable.

« Oh, je suis désolée, ma Citrouille. Désolée. »

Puis Anthony l'avait regardée droit dans les yeux et elle y avait vu, très brièvement, une ombre, qui avait la forme d'Howard et de tous les autres soldats. Puis l'ombre disparut, il sourit. C'était bien Anthony, son Anthony, de retour chez eux.

***

Le sifflet retentit. Le train allait enfin partir : ce n'était pas trop tôt. Eleanor regardait par la vitre défiler les rails noirs de suie. Ç'avait été merveilleux, ce retour. Les filles étaient tout le temps pendues aux basques de leur père. Loeanneth retrouvait ses couleurs ; les choses étaient plus claires, comme si quelqu'un avait réglé l'objectif d'un appareil photo. Comme Anthony l'avait promis, la vie allait pouvoir continuer. Plus de quatre ans avaient passé, certes, mais ils l'avaient gagnée, cette guerre, et ils allaient rattraper le temps perdu. Et si parfois les mains d'Anthony se mettaient à trembler, s'il lui arrivait de ne pas pouvoir finir une phrase, de devoir se concentrer pour retrouver le fil de ses pensées, s'il se réveillait de temps en temps au milieu d'un cauchemar, s'il refusait catégoriquement de parler d'Howard, tout cela était compréhensible. La situation finirait par s'arranger.

C'était du moins ce qu'avait pensé Eleanor.

La première fois que la chose se produisit, ils étaient dans le jardin. Les filles avaient couru après les canards avant que Nounou les ramène à la maison pour le dîner. La soirée était magnifique, le soleil hésitant, semblait-il, à se coucher, comme s'il ne pouvait se résoudre à mettre fin au jour. Il vacillait à l'horizon, lançant dans les airs des rubans rose et mauve – on aurait dit des cordes de sauvetage. L'air embaumait le jasmin. Ils avaient sorti les sièges cannés blancs et Anthony, qui avait passé l'après-midi à jouer avec les filles, avait pu enfin déplier son journal – derrière lequel, il faut le dire, il s'était en fait assoupi.

Edwina, leur toute jeune chienne, gambadait aux pieds d'Eleanor, courant après une balle que les filles lui avaient dénichée. Eleanor la poussait par à-coups sur la pelouse, riant de bon cœur lorsque le chiot trébuchait sur ses oreilles pour la ramasser. Elle taquinait la mignonne bestiole, levant la balle hors de sa portée pour le plaisir de voir Edwina se dresser sur ses pattes de derrière, faire des moulinets avec ses petites pattes de devant et essayer de la mordre, de ses dents fort pointues ! La jeune Edwina avait déjà réussi à trouer la plupart des bas d'Eleanor. Adorable petite peste, elle avait le chic pour s'emparer de ce à quoi elle n'avait pas droit ; mais comment lui en vouloir ? Il suffisait qu'elle vous regarde avec ses grands yeux bruns, la tête penchée : le cœur d'Eleanor fondait immédiatement. Enfant, elle aurait tant voulu un chien ! Constance avait émis un veto sans appel : « Ce sont de répugnantes créatures ! » Et les choses en étaient restées là.

Eleanor tira la balle à elle et Edwina, qui n'aimait rien tant que jouer au bras de fer, enfonça de plus belle ses canines dans le caoutchouc. Heure parfaite ! Eleanor éclata de rire ; Edwina gronda de plaisir, la balle entre les mâchoires, avant de se précipiter vers un canard, histoire d'en découdre avec lui. Le soleil luisait, orange, dans les cieux. Soudain Anthony fondit sur elles en poussant un hurlement retentissant. Il s'empara du petit chien et le plaqua au sol. « Calme-toi, sifflait-il, serrant des deux mains le cou du petit animal. Calme-toi ! »

Edwina jappa, gémit ; le canard s'envola et Eleanor, outrée, se redressa d'un bond.

« Anthony ! Non ! Arrête ! »

Elle était pétrifiée par la peur. Que se passait-il ?

« Anthony ! Je t'en supplie ! »

On aurait dit qu'il ne l'entendait pas, qu'elle avait disparu de son champ de vision. Ce ne fut que lorsqu'elle eut accouru près de lui, qu'elle se fut affalée à ses pieds en lui agrippant les épaules qu'il consentit à lui accorder un regard. Il s'arracha à son étreinte ; elle eut, un moment, l'impression qu'après la chienne il s'attaquerait à elle. Elle crut voir, dans les yeux écarquillés de son mari, l'ombre qu'elle avait déjà entraperçue à la gare, lorsqu'elles étaient venues l'accueillir.

« Anthony, répéta-t-elle. Je t'en prie. Lâche-la. »

Il haletait, la poitrine se soulevant et s'affaissant avec la puissance d'un soufflet, l'expression de son visage passant de la colère à la peur, puis à la confusion. Il finit par relâcher son étreinte, sans doute, car la petite chienne put se dégager et se réfugia, avec force gémissements, sous la chaise d'Eleanor, où elle se mit à lécher ses plaies.

Les deux époux restèrent immobiles. Il sembla à Eleanor par la suite que ce qui les avait cloués sur place, c'était un accord tacite, la même intuition partagée qu'en ne bougeant pas ils empêcheraient la fissure de s'agrandir. Puis elle se rendit compte qu'il tremblait et d'instinct le prit dans ses bras et le serra contre elle. La peau d'Anthony était glacée.

« Allons, s'entendit-elle murmurer. Allons, allons. »

Et de répéter doucement cette prière, comme elle l'aurait fait avec les filles si l'une d'entre elles s'était écorché le genou ou réveillée en sursaut, en plein cauchemar.

Plus tard, ils s'assirent ensemble au clair de lune, tous deux silencieux, éprouvés par la violence de la scène.

« Je suis navré, dit-il. J'ai cru voir un moment… J'aurais juré que… »

Mais il ne lui confia jamais ce qu'il avait cru voir. Par la suite, Eleanor lut assez de rapports médicaux et discuta avec assez de médecins pour comprendre qu'Anthony, lorsqu'il avait attaqué Edwina, était sans doute en train de revivre un traumatisme de guerre. Jamais il ne voulut lui parler de ce qui se mouvait dans les ombres. Pourtant, ils revinrent, ces fantômes. Parfois, lorsqu'ils discutaient, Eleanor voyait le regard d'Anthony se diriger vers le vide et sa mâchoire se crisper, sous l'effet de la peur puis sous celui de la détermination. Au fil des années, elle comprit aussi que l'événement qui le hantait avait un rapport avec la mort d'Howard. Anthony cependant ne voulut jamais lui en parler, si bien qu'elle n'en connut jamais vraiment les circonstances.

Cela n'a pas d'importance, se disait-elle, Anthony surmonterait cette crise. Tout le monde avait perdu un être cher à cause de la guerre. Ces blessures guérissaient avec le temps. Lorsque ses mains cesseraient de trembler, il pourrait reprendre ses études. Un pas immense serait ainsi franchi. Il deviendrait enfin médecin, comme il l'avait toujours souhaité. Chirurgien. C'était sa vocation.

Ses mains pourtant continuèrent à trembler. Et ses blessures ne guérirent pas avec le temps. Bien au contraire. Simplement, Eleanor et Anthony apprirent ensemble à dissimuler la vérité. Et ces horribles cauchemars dont il se réveillait en hurlant, ou en tremblant des pieds à la tête, leur criant de bouger, vite, de partir, de faire taire le chien. Il ne se montrait violent que rarement : Eleanor savait, le cas échéant, qu'il ne pouvait se maîtriser. Il avait toujours aspiré à aider les autres, à les soigner. Jamais il n'aurait sciemment fait de mal à qui que ce fût. Le hantait maintenant la crainte de blesser ceux qui l'entouraient.

« Les filles…, commençait-il. Si cela avait été l'une d'entre elles…

— Chut ! »

Eleanor ne voulait pas l'entendre énoncer cette pensée monstrueuse à haute voix.

« C'est impossible.

— Tu te trompes.

— Cela ne se produira jamais. Je suis là. Je te le promets.

— Tu ne peux pas promettre une chose pareille.

— Si. Je le peux. Je te le promets, là. »

Le visage d'Anthony exprimait un tel effroi et ses mains, lorsqu'elle les prit dans les siennes, tremblaient si fort.

« Alors promets-moi ceci : si tu dois choisir un jour entre elles et moi, sauve-les, elles. Et sauve-moi de moi-même. Je ne pourrais survivre si par malheur… »

Elle avait posé ses doigts sur les lèvres d'Anthony, pour qu'il ne puisse prononcer ces terribles paroles. Elle l'embrassa et le serra contre elle de toutes ses forces, lui dont le corps n'avait cessé de trembler. Elle avait très bien compris ce qu'il venait de lui demander. Elle ferait tout pour honorer sa promesse.

21

Londres, 2003

L'appartement de Sadie avait pris l'aspect et l'odeur de ceux où elle était régulièrement envoyée en intervention.

« C'est très révélateur, la manière dont les gens prennent soin de leur intérieur », lui avait dit un jour Donald, d'un ton assez pincé qui ne collait guère à sa personnalité pour le moins rustique, et le comble dans la bouche d'un homme dont l'épouse était seule à s'occuper du ménage.

Sadie ramassa les prospectus et les factures qui s'étaient entassés sur le paillasson et ferma la porte d'une poussée du pied. Le ciel était gris, couvert. Lorsqu'elle voulut allumer les lumières, deux ampoules sur trois se dérobèrent à leur devoir.

Un peu plus de deux semaines d'absence, et la poussière avait déjà tout recouvert. L'appartement dégageait une odeur aigre de renfermé ; les meubles, qui n'avaient jamais brillé par leur charme, étaient plus maussades que jamais, plus éraflés que dans son souvenir, et vaguement réprobateurs. La plante en pot dans l'évier de la cuisine ajoutait encore à l'atmosphère générale d'indifférence, de négligence et de désamour.

— Oh, zut ! s'exclama Sadie en laissant tomber son sac de voyage et en lançant le courrier sur le canapé.

Elle se pencha sur la misérable chose.

— Dans quel état t'ai-je mise… !

Elle l'avait achetée deux ou trois mois plus tôt à la kermesse de Pâques de la crèche du quartier, en proie à une crise d'efficacité domestique, histoire d'en remontrer, après coup, à l'homme qu'elle avait plus ou moins fréquenté et dont l'adieu, vraie flèche du Parthe, avait résonné dans la cage d'escalier :

« Tu as tellement l'habitude de vivre seule que tu ne serais même pas fichue de t'occuper d'une plante en pot ! »

Sadie écrasa les feuilles recroquevillées contre la paroi d'acier de l'évier. La démonstration était claire.

Avec le bruit du dehors, circulation, voix humaines, l'appartement semblait étrangement silencieux. Sadie s'empara de la télécommande et alluma la télévision. Stephen Fry apparut sur l'écran, glosant avec son humour habituel sur on ne sait quoi. Sadie baissa le son avant d'ouvrir le frigo. Autre scène de désolation. Deux ou trois carottes racornies et barbues et un litre de jus d'orange en brique dont la date limite de consommation était dépassée depuis six jours. Pas grave, se dit Sadie. Ils sont toujours prudents à l'excès avec ces trucs-là. Elle se servit un verre et s'installa à son bureau.

Tandis que l'ordinateur démarrait, Sadie brancha son téléphone portable, dont la batterie était à plat, et sortit le dossier Edevane de son sac. Elle but une gorgée de jus d'orange, acide, et, les yeux plissés, considéra l'écran, tandis que le modem émettait son couinement inquiet. Elle n'avait cessé sur le chemin de la maison de repenser à son entrevue avec Margot Sinclair. Sadie s'était tellement convaincue de son hypothèse – la liaison entre Anthony Edevane et Rose Waters, Rose qui avait donné naissance au petit Theo – qu'elle avait du mal à intégrer les informations fournies par Margot. Les pièces du puzzle s'étaient si bien assemblées ! Pour les séparer, pour reprendre depuis le début, il fallait un véritable effort de volonté. Peut-être était-ce la raison pour laquelle elle ne pouvait renoncer à son intuition concernant Anthony Edevane. Il avait joué un rôle, c'était certain. Lorsque la page d'accueil du moteur de recherche apparut à l'écran, elle tapa les mots *traumatisme* et *bombardements*.

Elle fit rapidement le tri parmi les réponses, optant pour un site qui lui paraissait sérieux : firstworldwar.com. Quelle définition donnait-il ? *Terme décrivant le traumatisme psychologique… intensité des combats d'artillerie… fissures névrotiques apparaissant chez des soldats par ailleurs mentalement sains.* L'article était illustré d'une photographie en noir et blanc : un homme en uniforme regardait l'objectif, un demi-sourire un peu triste aux lèvres ; la moitié droite de son visage était plongée dans l'ombre. *Les soldats finirent par identifier les symptômes qui les affectaient mais les autorités furent plus lentes à les comprendre… crises de panique, paralysies mentales et physiques, maux de tête effroyables, cauchemars terrifiants… de nombreux soldats continuèrent d'en subir les symptômes pendant des années… le traitement était au mieux basique, au pire dangereux.*

Un lien conduisait vers une étude rédigée par un médecin du nom de W. H. R. Rivers. Il y exposait ses théories, reposant sur les observations qu'il avait pu effectuer au Craiglockhart War Hospital entre 1915 et 1917 auprès de soldats atteints. Le Dr Rivers insistait principalement sur le processus de refoulement : les soldats qui, de retour du front, passaient la journée à essayer d'oublier leurs peurs et leurs souvenirs étaient beaucoup plus susceptibles que les autres de succomber à ces pensées effroyables, dans le silence et la solitude de la nuit, lorsque le sommeil affaiblissait leurs mécanismes de défense.

C'était loin d'être absurde, songea Sadie. La nuit intensifiait les sensations. C'était le moment où les pensées les plus noires se libéraient de leurs entraves et revenaient vous hanter en rêve. Elle poursuivit sa lecture. D'après le Dr Rivers, les pensées négatives acquéraient, lors du processus de refoulement, un surcroît d'énergie, diffusant brutalement dans l'esprit du malade des rêves et des pensées d'une extrême intensité, occasionnant parfois une douleur physique. Sadie recopia ces quelques mots sur son bloc-notes avant de les relire, pensive, et d'entourer « brutalement ». Il ne s'agissait pour le Dr Rivers que de qualifier le cheminement des pensées dans le cerveau du soldat : Sadie, cependant, songeant au sort mystérieux du petit Theo Edevane, considéra l'adverbe avec un certain malaise. L'enfant n'avait peut-être pas été enlevé, ne s'était peut-être pas égaré. Sadie n'avait jamais écarté la troisième et terrible hypothèse d'une mort violente du garçonnet. Elle avait même pensé, après avoir rencontré Clive, à l'implication de Clementine Edevane dans un éventuel homicide – volontaire ou involontaire. Mais si le coupable avait été Anthony ? S'il avait été le père de l'enfant ?

Sadie retrouva les notes qu'elle avait prises pendant son entretien avec Clive Robinson. Anthony et Eleanor s'étaient fourni des alibis l'un à l'autre. Lors des interrogatoires, Eleanor était si profondément affectée par la disparition de l'enfant qu'on avait dû lui administrer des sédatifs. Anthony, avait remarqué Clive, était particulièrement attentif au bien-être de son épouse, qu'il n'avait cessé de protéger durant la première semaine de l'enquête. *Il était si attentionné avec sa femme*, avait raconté Clive. *Si doux, si protecteur, lui ménageant des moments de repos, l'empêchant de se joindre aux recherches sur le terrain. Il gardait presque toujours l'œil sur elle.* Sadie se leva, s'étira. Lorsqu'elle avait pris ces notes, elle avait interprété les remarques de Clive comme une preuve du grand et puissant amour qui liait les Edevane. Leur réaction lui paraissait celle, naturelle, de parents faisant face à l'inimaginable. Comment y voir autre chose, un motif plus suspect ? À la lumière de sa nouvelle théorie (qui n'était guère que cela pour le moment, se fit-elle la remarque : un fragile assemblage d'intuitions), le comportement des Edevane revêtait une signification plus sinistre. Et si Eleanor avait été au courant du crime commis par son mari ? Crime qu'elle aurait décidé de couvrir ? Une mère était-elle capable de cela ? Une mère – ou une épouse ? La « protection » d'Anthony était-elle une manière d'apaiser la douleur de sa femme, tout en l'empêchant de communiquer avec la police ?

Sadie jeta un coup d'œil à la petite horloge qui figurait au coin de son écran. En rentrant d'Oxford, elle avait décidé d'appeler Donald : tant qu'à reprendre contact, pourquoi pas ce soir-là ? Plutôt que de chasser les fantômes sur Internet, mieux valait mettre de l'ordre dans ses pensées pour convaincre Donald qu'elle était prête à revenir travailler. Maintenant, se dit-elle, éteins. Tu rallumeras plus tard. Range le bloc-notes et va prendre ta douche. Pour se sentir pleinement professionnelle, rien ne valait le retour aux saines valeurs de la toilette. Ce fut alors qu'un autre de ses griffonnages attira son regard. Eleanor, lui avait rapporté Clive, était retournée tous les ans à Loeanneth après le départ de la famille. Sadie poursuivit sa lecture. Ces visites annuelles, supposait le vieux policier, reflétaient sans doute l'espoir de voir l'enfant revenir un jour. Pure conjecture. Eleanor n'avait jamais expliqué sa venue : c'était l'interprétation qu'il en donnait. Peut-être, sachant Theo mort, ne venait-elle pas l'attendre, mais se souvenir de lui, tout comme on visite régulièrement la tombe d'un cher disparu ?

Sadie tambourina sur le bloc-notes avec son stylo. Que de suppositions ! Personne n'avait jamais décrit Anthony Edevane comme un individu violent ; quant au Dr Rivers, il décrivait des phénomènes de dépression, de dissociation, de confusion ; les soldats, disait-il, avaient l'impression d'avoir perdu leur « lumière ». Nulle part il n'était question de tendances à la violence. Sadie revint à l'ordinateur et consulta quelques autres sites, parcourant les articles, cliquant sur les liens jusqu'à dénicher une longue citation d'un correspondant de guerre, Philip Gibbs.

Quelque chose clochait pourtant, écrivait Gibbs à propos des soldats revenus à la vie civile. *Ils avaient ôté leurs uniformes et considéraient leurs mères, leurs épouses, avec le même regard, ou presque, que les jeunes hommes des jours de paix, avant août 1914. Pourtant, ce n'étaient plus les mêmes individus. Quelque chose en eux s'était modifié. Ils étaient sujets à des sautes d'humeur, à d'étranges préoccupations. Des moments de dépression aiguë alternaient avec une insatiable recherche du plaisir. Plus sujets aux passions, ils pouvaient alors perdre le contrôle d'eux-mêmes ; leurs discours étaient amers, leurs opinions violentes. Ils faisaient peur.*

Sadie se mordit les lèvres. *Sautes d'humeur étranges préoccupations perdre contrôle opinions violentes peur.* Un état qui peut conduire certains individus à commettre l'irréparable, à se rendre coupables d'un crime horrible dont ils auraient été incapables en temps normal.

Sadie lut ensuite un article consacré aux tranchées du front ouest : hygiène déplorable, rats, boue, hommes handicapés par le pied de tranchée, vermine qui dévore les chairs pourrissantes. Sadie était complètement absorbée par sa lecture si bien que lorsque le téléphone sonna, la ramenant brutalement à la réalité, elle put pour ainsi dire voir se dissiper autour d'elle la boue et les massacres.

« Allô ? » fit-elle en décrochant.

C'était Bertie, dont la voix familière et chaleureuse lui fit l'effet d'un baume.

« J'appelais juste pour savoir si tu étais bien rentrée à Londres. Comme je n'ai pas réussi à t'avoir sur ton portable… Tu devais m'appeler en rentrant.

— Oh ! Je suis désolée, grand-père – *quelle petite-fille lamentable je fais ! Je ne te mérite pas :* Mon portable n'a plus de batterie. J'ai dû m'arrêter plusieurs fois en route et la M40 était cauchemardesque. Je viens juste de rentrer. »

Elle se représenta Bertie dans sa cuisine, les chiens endormis sous la table ; cette vision lui donna un pincement au cœur.

« Comment ça va ? Et mes deux gars ?

— Tu leur manques ! Quand j'ai enfilé mes chaussures, ils sont venus à moi et m'ont regardé avec espoir. Ils étaient prêts pour leur jogging.

— Ah, tu sais ce qui te reste à faire. Ils connaissent le chemin. »

Bertie s'esclaffa :

« Ça, la grande sortie avec ton serviteur, ils vont adorer, je vois ça d'ici. Les deux chiens et la tortue ! »

Le remords envahit brusquement Sadie.

« Dis-moi, grand-père, pour hier soir…

— Aujourd'hui est un autre jour.

— J'ai manqué de tact.

— Ruth te manque.

— Et j'ai été inutilement critique.

— Tu critiques parce que tu t'inquiètes.

— J'aime bien Louise. Elle a l'air gentille.

— Louise est une bonne amie. J'ai besoin d'amis, Sadie. Je n'essaie pas de remplacer ta grand-mère. Mais, au fait, comment s'est passé l'entretien avec la petite-nièce de Rose ?

— Un cul-de-sac, pour ainsi dire.

— La nourrice n'avait rien à voir avec le bébé ?

— Apparemment. »

Sadie lui fit un rapport succinct de sa conversation avec Margot Sinclair, de l'effondrement de sa théorie et de la révélation inattendue concernant Anthony Edevane et sa fragilité mentale.

« Je ne sais pas si cela a quoi que ce soit à voir avec la disparition de son fils. Mais j'ai lu deux ou trois choses sur la question : quand un homme a vécu de telles horreurs, il est difficile de concevoir que cela ne puisse pas avoir eu d'impact sur la suite de son existence. »

Le combiné à la main, Sadie s'était dirigée vers la fenêtre. Dans la rue, une femme grondait un petit garçon qui ne voulait pas se rasseoir dans sa poussette.

« Grand-père, dans la famille, il y a eu des hommes qui ont combattu pendant la Première Guerre mondiale ?

— Le cousin de ma mère, oui, dans la Somme. Comme il habitait dans le nord de l'Angleterre, je ne l'ai jamais rencontré. Et mon oncle préféré a fait la Seconde Guerre mondiale.

— Ça l'a changé ?

— Impossible à dire : le pauvre, il est mort en France. Une perte terrible. Ma mère ne s'en est jamais remise. Mais j'ai l'exemple de M. Rogers, qui habitait la maison voisine de la nôtre. Il était rentré de la guerre de 14 dans un état terrible.

— Comment cela ?

— Après une explosion d'obus, il est resté enseveli sous les décombres pendant dix-huit heures. Dix-huit heures ! Tu te rends compte ? Il était en plein no man's land et ses camarades n'ont pas pu le récupérer tout de suite, à cause des tirs incessants. Quand ils ont pu le sortir de là, il était en état de choc. Catatonique. Il a été évacué et hospitalisé dans un de ces hôpitaux qu'ils avaient ouverts dans des manoirs, à la campagne. Mais d'après mes parents, il n'a jamais complètement récupéré.

— Comment cela se manifestait-il ?

— Il avait un masque d'horreur sur le visage, en permanence. Il avait des cauchemars pendant lesquels il n'arrivait plus à respirer ; il se réveillait, haletant. Certaines nuits, nous étions tirés de notre sommeil par des gémissements effroyables, juste de l'autre côté du mur. Les enfants du voisinage en avaient tous peur. Ils avaient inventé un jeu idiot : c'était à qui oserait frapper à sa porte, avant de partir en courant se cacher.

— Tu n'y jouais pas ?

— Ah non, si ma mère m'avait pensé une seconde capable de ce genre de cruauté puérile, elle m'aurait fichu une sacrée raclée ! Et puis, c'était une histoire de famille, M. Rogers. Maman l'avait pris sous son aile. Tous les soirs, elle cuisinait également pour lui, elle s'occupait de son linge et veillait à ce que le ménage soit fait chez lui. Elle était comme ça, maman. La plus gentille des femmes. Elle n'était jamais aussi contente que lorsqu'elle pouvait aider quelqu'un de plus malheureux qu'elle.

— J'aurais bien aimé la connaître.

— J'aurais bien aimé que tu puisses la connaître !

— Elle me fait penser à Ruth, à la manière dont tu en parles. »

Ruth, qui avait accueilli Sadie sous son toit quand toutes les autres portes étaient fermées.

« C'est drôle que tu dises cela. Quand maman est morte et que nous avons repris le magasin, Ruth a également hérité de M. Rogers. Hors de question de le laisser tomber, disait-elle.

— Ah, ça, je l'imagine sans mal ! »

Bertie rit, pour soupirer la seconde suivante. Sadie comprit qu'une fois la conversation finie il monterait dans le grenier pour fouiller ses cartons et retrouver quelque souvenir de Ruth. Bertie cependant changea de sujet, optant pour une problématique plus immédiate, plus concrète et nettement moins insoluble.

« Au fait, tu as ce qu'il te faut pour dîner ? »

Sadie sentit son cœur se gonfler dangereusement. C'était cela l'amour, non ? Quelqu'un, dans votre vie, qui se soucie de ce que vous allez manger le soir. Elle ouvrit le réfrigérateur en plissant le nez.

« Oh, parfait ! répondit-elle en refermant la porte. Je vais sortir, j'ai rendez-vous avec un ami. »

***

Le mardi soir, le Fox & Hounds ne chômait pas, ce qui était dû en partie à l'auberge de jeunesse située de l'autre côté de la rue et aux quatre heures de happy hours instituées par le patron. Il y avait d'autres pubs plus près du Met où les policiers du reste grouillaient mais Donald, à l'entendre, n'avait pas franchement envie de croiser les collègues en dehors du boulot. Mieux valait faire cinq cents mètres de plus pour éviter de parler boutique. Sadie s'était fiée à ces déclarations jusqu'au jour où elle s'était rendu compte que Donald la laissait toujours l'accompagner au Fox & Hounds et qu'ils y parlaient toujours boutique, en général à l'instigation de Donald. À la vérité, la pinte au Fox & Hounds était la moins chère de toute la rive droite de Londres, et Donald était un radin. Le plus charmant des radins, certes, mais un radin quand même. Par ailleurs, tous les mardis, les quatre filles de Donald venaient dîner chez lui ; il avait confié un jour à Sadie qu'il avait besoin de se réconforter du mieux qu'il le pouvait s'il ne voulait pas succomber au pire des maux de tête une fois le seuil de sa maison franchi.

« Ces discussions infernales, Sparrow. Ces prises de bec, ces alliances qui changent tout le temps. Pour moi, ça n'a ni queue ni tête. Ah, les bonnes femmes ! – et de secouer la tête : Un vrai mystère !

Tout cela pour dire que Donald était un esclave de la routine ; lorsque Sadie sortit, l'estomac gargouillant, elle savait qu'elle le trouverait au Fox & Hounds, installé sur le banc, juste au-dessous du portrait de la grenouille qui voulait se faire aussi grosse que le bœuf. Et, naturellement, lorsqu'elle poussa la porte du pub, un épais nuage de fumée surmontait la stalle préférée de Donald. Sadie commanda deux pintes de bière qu'elle transporta prudemment du comptoir à la salle, prête à s'installer face à son collègue. Sauf que la place n'était pas libre. Harry Sullivan était vautré contre la cloison, hilare. Sadie posa les deux verres sur la table.

— Oh, désolée, Harry. Je ne t'avais pas vu.

Comme tous les vieux de la vieille, Donald avait vu assez d'horreurs pour avoir perdu la capacité de paraître surpris. Il consentit quand même à soulever l'un de ses sourcils d'un demi-millimètre.

— Sparrow, articula-t-il avec un hochement de tête, comme si elle ne venait pas de passer quinze jours au fin fond des Cornouailles à sa demande.

— Don.

— Je te croyais en vacances, Sparrow ! s'exclama joyeusement Harry. Tu en as déjà marre du soleil et de la plage ?

— Oui, c'est à peu près ça, Sully.

Sadie décocha un sourire à Donald qui vida le

fond de sa pinte avant de s'essuyer la moustache d'un revers de la main et de poser le verre vide à l'extrême bord de la table.

— En Cornouailles, c'est ça ? poursuivit Sully. J'avais une tante qui habitait Truro, dans le temps. Tous les étés, moi, mon frère et ma sœur, on…

— Eh, Sull, et si t'allais nous chercher une autre tournée ? l'interrompit Donald.

Sullivan considéra les deux bières qu'avait rapportées Sadie avec étonnement, ouvrit la bouche pour signaler à Don, sans doute, qu'il était déjà servi, puis se ravisa. Il n'avait pas exactement inventé le fil à couper le beurre, Sullivan, mais, soudain, un éclair de compréhension apparut dans son regard. Il brandit son verre vide vers le comptoir :

— Ouais, je vais aller m'en chercher une autre.

— Voilà, voilà, approuva Donald avec bienveillance.

Sadie s'écarta pour laisser passer Harry puis s'installa sur le banc qu'il avait laissé vacant. Le cuir était encore chaud, regrettable rappel de l'impression croissante qui la taraudait d'avoir été remplacée.

— Vous travaillez ensemble, ces temps-ci, Sull et toi ?

— Oui, oui.

— Un truc intéressant ?

— Oh, un cambriolage avec effraction, rien d'extraordinaire.

Sadie mourait d'envie d'avoir plus de détails, mais ce n'était pas en insistant qu'elle en obtiendrait, elle le savait. Elle s'empara de la carte.

— J'ai l'estomac dans les talons. Ça ne t'ennuie pas si je mange un morceau ?

— Pas le moins du monde.

Le Fox & Hounds n'avait pas été affecté par la mode des gastro-pubs et la carte n'offrait que quatre plats de base, tous accompagnés de frites, comme c'était le cas depuis près de quarante ans. La direction était si fière de sa résistance à l'air du temps qu'elle le proclamait en lettres majuscules en tête du menu. Inutile de préciser que Donald la soutenait de tout son cœur :

« Foutus tapas, avait-il souvent grommelé devant Sadie lorsqu'une affaire les éloignait de leur quartier : Une bonne vieille tourte à la viande des familles, y a quand même rien de meilleur, non ? C'est quoi, ces nouvelles lubies ? »

Sadie commanda une assiette de fish and chips à la serveuse qui passait.

— Et toi, Don ?

L'intéressé secoua la tête avec un rictus affligé.

— Dîner en famille.

Une fois la serveuse repartie, Sadie avala une petite gorgée de bière.

— La famille, justement, elle va ?

— Elle va.

— Et tu as du pain sur la planche.

— Plus qu'il n'en faut. Écoute, Sparrow…

— Moi non plus, je n'ai pas chômé. J'ai travaillé sur une affaire classée, s'entendit dire Sadie.

Bon Dieu, elle se serait donné des claques. Elle n'avait aucunement eu l'intention d'en parler à Donald. Fouiller dans le passé à la recherche d'un gamin disparu depuis soixante-dix ans, dénicher des plans poussiéreux et de vieux dossiers d'enquête, interroger les descendants des personnes concernées :

difficile ensuite de faire croire qu'elle se reposait un bon coup, histoire de récupérer. Seulement, voir Sully assis en face de Don, à sa place à elle, lui avait immédiatement hérissé le poil. Crétine !

Mais voilà, c'était sorti. Mieux valait maintenant poursuivre sur un autre sujet, rattraper le coup. Trop tard. Les oreilles de Don s'étaient dressées comme celles d'un berger allemand qui vient de sentir l'odeur du lapin.

— Une affaire classée ? Et pour qui ?

— Oh, ce n'est pas grand-chose. Un vieux policier à la retraite, là-bas, en Cornouailles, qui avait besoin de quelqu'un pour tester ses hypothèses.

Elle reprit une gorgée de bière, se donnant le temps de réfléchir à la manière d'enjoliver son mensonge.

— Un ami de grand-père. Difficile de ne pas lui donner un coup de main.

Elle se lança dans un résumé de l'affaire avant que Donald puisse lui demander la manière dont elle était tombée sur le dossier. Il valait mieux passer pour une bonne fille serviable que pour une folle obsessionnelle. Il l'écouta, hochant de temps à autre la tête et poussant de minuscules brins de tabac sur la table.

— Et j'ai l'impression que cette histoire de traumatisme de guerre joue un rôle dans l'affaire, conjectura Sadie tandis que la serveuse posait une assiette de poisson trop frit devant elle.

— Toi et tes impressions…

Sadie s'en voulut d'avoir choisi une telle expression mais ne mordit pas à l'hameçon :

— Les traumatismes consécutifs aux bombardements, tu y connais quelque chose ?

— Le stress post-traumatique, tu veux dire ? Oui, j'ai deux ou trois notions sur la question.

Le neveu de Donald, se souvint-elle alors, avait combattu lors de la guerre du Golfe. Donald n'était pas le plus loquace des individus, mais il avait fait suffisamment d'allusions voilées à la chose pour que Sadie comprenne que Jeremy n'avait pas passé un bon moment dans le désert.

— Une vraie merde, ce truc. Quand on a l'impression d'avoir franchi un seuil, paf, ça te rattrape. Une dépression infernale – Donald secoua la tête, comme s'il n'avait pas de mots assez forts pour décrire l'intensité des souffrances de son neveu : Quand je dis dépression, ce n'est pas le petit coup de blues habituel. Non, C'est affreux, désespérant, sans issue.

— De l'angoisse ?

— Oui, il y a aussi de l'angoisse. Des palpitations, de la peur, des cauchemars vécus comme s'ils étaient réels.

— Et des accès de violence ?

— Oui, on peut dire ça. Ma belle-sœur l'a trouvé une fois qui braquait le fusil de chasse de son paternel sur la porte de la chambre de son petit frère. Il avait l'impression qu'il y avait des rebelles là-dedans. Il avait eu une vision.

— Seigneur, Don. Je suis désolée.

Donald pinça les lèvres et adressa à sa jeune collègue un bref hochement de tête :

— Un truc affreux, je te le dis. C'était un chouette gamin, dans le temps. Il avait très bon cœur. Et je ne dis pas ça parce que c'est le fils de mon frère. Quand les filles étaient avec lui, je ne me faisais jamais de souci – il chassa les bouts de tabac d'un revers de main irascible : Ce qu'on leur a fait faire, à ces garçons. Ce qu'ils ont vu, ce qu'ils ne peuvent pas oublier. Comment revenir à la vie normale après ce genre d'horreurs ? Quand tu apprends à tuer à un soldat, il ne faut pas s'attendre à ce qu'il revienne en bon état à la vie civile.

— Je ne sais pas, murmura Sadie en secouant la tête elle aussi.

Donald empoigna sa pinte et avala la bière à pleines gorgées, rageur. Lorsque le verre fut vide, il s'essuya les poils de la moustache du revers de la main. Ses yeux étaient injectés de sang.

— Don…

— Qu'est-ce que tu fous là, Sparrow ?

— Je t'ai appelé. Je t'ai laissé un message. Tu ne l'as pas eu ?

— J'espérais que tu blaguais. Vendredi 13, tout ça.

— Non, ce n'était pas une blague. Je suis prête à reprendre mon poste. Si tu veux bien me faire confiance, je…

— C'est trop tard, Sparrow.

La voix de Donald n'était plus qu'un sifflement. Il se pencha vers elle et jeta un coup d'œil par-dessus son épaule. Sully était accoudé au comptoir et plaisantait avec une étudiante blonde.

— Ashford a ouvert une enquête interne sur les fuites de l'affaire Bailey. C'est Parr-Wilson qui me l'a dit. Il est toujours au courant de tout avant tout le monde. La pression vient de tout en haut. Il faut faire un exemple, pour des raisons politiques. Tu vois ce que je veux dire.

— Merde.

— Tu l'as dit.

Ils restèrent un moment silencieux, chacun méditant

de son côté sur la gravité de la situation. Don faisait des va-et-vient sur la table avec son verre.

— Bordel, Sparrow. Tu sais que je t'apprécie vraiment. Mais je prends ma retraite à la fin de l'année. Je n'ai pas envie de me mettre dans le caca.

Elle hocha lentement la tête, prenant peu à peu conscience de cette nouvelle réalité.

— Le mieux que tu aies à faire, franchement, c'est de rentrer en Cornouailles. S'ils apprennent la vérité – et ce n'est pas moi qui vendrai la mèche –, tu pourras toujours dire que tu souffres de surmenage intellectuel, que tu t'es rendu compte que tu t'étais plantée et que tu as préféré prendre de la distance.

Sadie se massa le front. Elle avait dans la bouche le goût amer de la déception. Le brouhaha du pub lui semblait tout à coup assourdissant.

— Tu me reçois, Sparrow ?

Elle répondit d'un hochement de tête forcé.

— Bonne fille. Bon, on ne s'est jamais vus ce soir. Tu n'as pas quitté les Cornouailles. Tu te reposes.

— Et Sully ?

— T'en fais pas pour lui. Occupé qu'il est avec Blondie, là, il ne se souviendra même pas de t'avoir vue.

— Je te remercie.

— Tu devrais être contente, non ?

— Ouais, bien sûr.

— Et maintenant, ouste.

Elle ramassa son sac.

— Hé, Sparrow ?

Sadie se retourna.

— Tu me tiendras au courant, pour ton affaire classée ?

22

Quand Sadie s'engagea dans sa rue, la pluie tombait, flèches d'argent obliques et fines sous la lueur des lampadaires. Des flaques s'accumulaient dans les caniveaux ; chaque passage de voiture levait une vague d'embruns. Rentrer en courant, s'était-elle dit, lui ferait peut-être du bien, mais elle n'avait pas les idées plus claires qu'à la sortie du pub. Ses vêtements, en revanche, étaient trempés. Bah, songea-t-elle, ça ne pourrait pas être pire. Et il n'y a rien qu'une bonne douche chaude ne guérisse. Pourtant, tandis qu'elle approchait de son immeuble, elle remarqua quelqu'un devant l'entrée, sous la marquise. En général, les gens ne s'amusent pas à stationner sous la pluie : d'ailleurs, la personne en question avait l'attitude de quelqu'un qui attend. Épaules voûtées, bras croisés, allure résolue : impossible cependant de savoir, à cette distance, si la silhouette était celle d'un homme ou d'une femme. Sadie ralentit le pas et leva les yeux vers la façade. Toutes les fenêtres étaient illuminées, sauf les siennes. Ce qui signifiait probablement que la personne devant la porte l'attendait. Avec un soupir résolu, Sadie fouilla dans son sac et agrippa la clé la plus acérée. Un jour, elle s'était laissé surprendre par un suspect dans une affaire de drogue, un violent. Elle s'était juré alors d'être toujours sur ses gardes.

Reste calme, se dit-elle. Continue de marcher à la même vitesse. L'adrénaline pourtant courait dans ses veines. Elle passa en revue toutes les affaires classées, toutes les rencontres douteuses qu'elles avaient occasionnées : n'importe lequel de ces individus pouvait avoir décidé de lui faire payer une ancienne addition, ce soir, sous la pluie. Sadie balaya d'un regard subreptice les voitures garées contre le trottoir, se demandant si l'une d'entre elles abritait un complice. Puis, avec un serrement de cœur, elle se souvint d'avoir laissé son téléphone portable dans l'appartement, pour le recharger.

Tandis qu'elle s'approchait de la porte d'entrée, la peur irréfléchie qui avait envahi Sadie laissa place à une certaine irritation. Elle n'était pas d'humeur à se laisser entraîner dans un jeu qu'elle n'avait pas choisi, pas ce soir, pas après la conversation avec Don. Les mâchoires serrées, elle prit les devants, héla l'intrus.

— Vous m'attendez, c'est ça ?

La silhouette fit volte-face.

— Je pensais que vous étiez partie.

La voix était celle d'une femme. La lumière du lampadaire tomba, orange, sur un visage. Et, comme Sadie était loin d'avoir l'âge et l'expérience de Donald, elle ne dissimula rien de sa surprise :

— Eh bien, bégaya-t-elle, oui, je suis partie… Je ne suis rentrée qu'aujourd'hui.

Nancy Bailey eut un petit sourire :

— Alors je tombe à pic. Ça vous ennuie si je monte avec vous ?

Sadie hésita. Bon Dieu, oui, pour l'ennuyer, ça l'ennuyait. Avec une enquête interne sur le dos, la visite inopinée de la mère de Maggie Bailey était la dernière chose dont elle avait besoin. Elle était censée faire profil bas. S'ils se rendaient compte qu'elle était encore en relation avec les protagonistes de l'affaire…

— Vous m'aviez demandé de rester en contact, reprit Nancy. De vous prévenir si je pensais à quelque chose.

L'andouille. Sadie, une fois de plus, se serait donné des claques. Oui, c'était exactement ce qu'elle avait dit lorsque Donald et elle avaient mis un terme à leur dernier entretien avec Nancy. Le dossier était clos, lui avaient-ils dit. La police n'enquêtait plus sur la disparition de sa fille.

« Vous nous comprendrez sans doute, madame Bailey. Nous ne pouvons pas courir après tous les gens qui partent en vacances sans prévenir la famille. »

C'était Donald qui s'était chargé de la corvée, pendant que Sadie, à son côté, hochait la tête en signe d'assentiment. Lorsqu'ils s'étaient retrouvés dans la rue, elle s'était immobilisée, le front plissé.

« Bon Dieu, j'ai oublié mon bloc-notes là-haut. »

Et elle était remontée chez Nancy au pas de course. Quelle idiote. Sadie s'en voulait à mort. Mais que faire, maintenant ?

— Bien sûr, venez, répondit-elle en ouvrant la porte et en faisant entrer la mère de Maggie.

Elle jeta aussitôt un coup d'œil par-dessus son épaule, s'attendant pratiquement à voir l'un des espions d'Ashford prendre des notes.

Là-haut, dans l'appartement, la télévision continuait de bourdonner et la plante morte n'avait pas ressuscité. L'éclairage était, suivant le point de vue du spectateur, sinistre ou théâtral. Sadie se précipita sur le canapé, en évacua son sac de voyage ouvert sur quelques vêtements froissés, le courrier et les prospectus qu'elle y avait laissés en arrivant et empila le tout sur la table basse.

— Mettez-vous à l'aise, annonça-t-elle. Je vais me sécher. J'en ai pour une seconde.

Une fois dans sa chambre, elle ôta son chemisier trempé en jurant tout bas et fouilla dans la commode à la recherche d'un corsage sec. Merde, merde, merde ! Elle se frotta les cheveux à l'aide d'une serviette, s'essuya le visage et inspira profondément. Recevoir Nancy Bailey chez elle, c'était imprudent, il n'y avait pas à tortiller. Mais pourquoi ne pas profiter de la situation et mettre fin une bonne fois pour toutes à cette encombrante relation ? Elle soupira de nouveau et revint dans le salon.

Nancy s'était assise sur le canapé et pianotait légèrement sur sa cuisse. Elle portait un jean délavé ; Sadie fut frappée soudain par sa fragilité, sa jeunesse. Elle n'avait pas plus de quarante-cinq ans, se souvint-elle. Ses cheveux raides, blond cendré, lui arrivaient aux épaules ; sa frange était longue et droite.

— Je vous fais un thé, Nancy ?

— Oh, ce serait gentil, merci.

Une exploration rapide des placards de la cuisine apprit à Sadie qu'elle était à court de sachets.

— Hum, un whisky, plutôt ?

— Ce serait encore mieux !

Ce qui rappela à Sadie à quel point elle appréciait

Nancy Bailey. Dans une autre vie, elles auraient été amies. C'était une des racines du problème, d'ailleurs. Sadie dénicha deux verres, qu'elle apporta dans le salon, en compagnie de Johnny Walker. Elle savait ce qu'elle devait faire : refuser de se laisser entraîner dans une conversation sur la « disparition » de Maggie et se comporter comme si la fille de Nancy venait de sortir, comme si, selon toute vraisemblance, elle allait rentrer d'un moment à l'autre. Et pourquoi ne pas commencer par une question un peu frivole : « Au fait, et Maggie, vous avez des nouvelles ? » Mais elle se ravisa aussitôt. Dans sa bouche – elle qui avait défendu avec tant d'ardeur la thèse de la disparition inquiétante –, cela sonnerait si faux ! Non, mieux valait laisser Nancy parler. Elle remplit les deux verres.

— Eh bien, dit Nancy en prenant celui que lui tendait Sadie, je suis allée voir les gens qui se sont installés dans l'appartement de Maggie. Qui est le leur, maintenant. Son propriétaire a décidé de le vendre, comme ça, sans prévenir, comme si ma fille n'avait jamais existé.

— Vous êtes allée voir les nouveaux propriétaires, donc ?

— Je voulais m'assurer qu'ils étaient au courant de la disparition de Maggie. Au cas où, vous comprenez ?

Elle ne précisa pas sa pensée – en avait-elle besoin ? Sadie savait ce qu'elle voulait dire. *Au cas où Maggie reviendrait*. Elle imaginait sans mal la conversation. Sadie avait une certaine expérience en la matière : la plupart des gens ne goûtent pas la célébrité douteuse qui s'attache à d'anciennes scènes de crime. Même si un abandon d'enfant n'était pas aussi rebutant qu'un meurtre.

— Et alors ? Comment ça s'est passé ?

— Ils ont été gentils. Un jeune couple. Ils venaient de se marier. C'était leur premier logement. Ils étaient encore dans les cartons mais ils m'ont fait entrer et m'ont proposé une tasse de thé.

— Vous avez accepté ?

— Bien sûr !

Oui, bien sûr. Nancy était d'une loyauté farouche envers sa fille, qui se mesurait à l'aune de ce qu'elle avait entrepris déjà pour prouver la véracité de sa thèse. Maggie n'avait pas abandonné la petite, elle en était certaine.

— Je voulais revoir l'appartement une dernière fois. Mais elle n'était déjà plus là, ma Maggie. Sans ses affaires, ce n'était plus la même chose.

Les affaires de Maggie : elles étaient à présent dans des cartons que Nancy avait empilés dans la chambre d'amis, celle qu'elle destinait à Caitlyn. Nancy visiblement avait les larmes aux yeux. Que dire, se demanda Sadie, qui n'avait même pas une boîte de mouchoirs en papier qu'elle puisse poser avec tact sur la table basse.

— Je sais que ça ne servait à rien, poursuivit Nancy. Et que c'était idiot de ma part. Ils étaient gentils, bien sûr, ils m'ont posé des questions sur Maggie. Mais j'ai bien vu à l'expression de leurs visages qu'ils me plaignaient, qu'ils pensaient que j'étais un peu dérangée. Une vieille bonne femme lugubre et folle. Je sais, c'était complètement idiot.

Idiot, en effet. Si les nouveaux propriétaires n'avaient pas été si compatissants, elle aurait très bien pu repartir entre deux policiers, avec une plainte pour harcèlement sur le dos. Ou même violation de domicile. Idiot, oui : mais compréhensible. Sadie songea à Loeanneth, toujours meublée, soixante-dix ans après la disparition de Theo, à Eleanor Edevane qui, selon Clive Robinson, était revenue tous les ans sur les lieux de la disparition de son fils. C'était le même sentiment : à ceci près que Nancy n'avait pas les moyens d'entretenir un autel à la gloire de sa fille disparue. Tout ce qu'elle avait, c'était une chambre d'amis remplie de cartons et de meubles de pacotille.

— Et Caitlyn ? demanda Sadie, histoire de changer de sujet.

Un sourire apparut sur le visage de Nancy :

— Oh ! Ma jolie petite fleur ! Elle se porte bien. Sa mère lui manque. Je ne la vois pas autant que je le voudrais.

— Oh, j'en suis désolée.

Et ce n'était pas un mensonge. Lors de sa première entrevue avec Nancy, Sadie avait été frappée par le nombre de photographies de la petite fille sur les murs de l'appartement de sa grand-mère. Nancy et Caitlyn se voyaient souvent avant que Maggie prenne la poudre d'escampette. Nancy s'occupait souvent de la fillette quand sa mère travaillait.

— J'ai le sentiment de les avoir perdues toutes les deux.

Nancy jouait avec le coin d'un des coussins du canapé.

— Mais non. Caitlyn va avoir plus que jamais besoin de vous.

— Oh, je ne sais pas si j'ai encore ma place. C'est une vie toute nouvelle qu'elle a, la petite Caty. Ils lui ont préparé une jolie petite chambre chez Steve. Avec des tas de jouets et un lit tout neuf, une couette Dora l'Exploratrice. C'est son personnage préféré.

— Oui, je m'en souviens.

Elle se remémora la fillette dans le couloir, sa chemise de nuit rose à l'effigie de Dora. Vision qui lui infligea comme un coup de poignard au cœur. Et Nancy, qui souffrait visiblement de voir que l'enfant avait bien vite comblé l'absence de sa mère...

— C'est une gamine. À son âge, on aime les jouets et les héros de dessins animés, mais on sait, dans le fond de son cœur, ce qui compte vraiment.

Nancy soupira et rejeta sa frange en arrière.

— Vous êtes une chic fille, Sadie. Je ne sais pas pourquoi je suis venue. Je n'aurais pas dû. Je vais vous mettre dans le pétrin.

Sadie s'abstint de répondre que c'était déjà le cas. Elle se contenta de remplir les deux verres, une nouvelle fois.

— J'imagine que vous êtes sur une nouvelle enquête ?

— Pas de repos pour les braves !

Sadie se demanda si elle n'allait pas parler de l'affaire Edevane, histoire de détourner la conversation. Cependant, le parallèle était blessant : une personne disparue que l'on ne retrouve jamais... Du reste, Nancy n'écoutait pas. Elle pensait encore à sa fille.

— Ce qui m'étonne, tout de même, reprit-elle en posant son verre puis en croisant les doigts, c'est que Maggie ait pu abandonner Caitlyn après avoir eu tellement de mal à la garder.

— À la garder... vous voulez dire, à mener la grossesse à terme ? Ou à la concevoir ?

Ce qui étonnait vaguement Sadie. La question n'avait jamais été abordée durant l'enquête.

— Seigneur, non, ils ont juste eu besoin d'échanger un regard, ces deux-là, pour… Il a fallu avancer la date du mariage, si vous voyez ce que je veux dire. Non, je parle de leur divorce. Des problèmes de garde. Maggie a dû se battre pour prouver qu'elle était une bonne mère, collecter les témoignages, supporter des assistantes sociales qui n'arrêtaient pas de prendre des notes. Elle était si jeune ! Il a vraiment fallu batailler devant le juge. Mais elle voulait absolument garder Caitlyn. Elle me l'a dit : *Maman, Caty est ma fille, elle reste avec moi.*

Il y avait dans le regard de Nancy un curieux mélange, de la prière et du triomphe, pourtant. Vous ne comprenez pas ? semblaient proclamer ses yeux.

— S'être donné tant de mal pour tout laisser tomber ?

Sadie n'eut pas le courage de répondre à Nancy que cela ne voulait rien dire. Lorsque les parents se séparent, ils se battent dans l'écrasante majorité des cas bec et ongles pour obtenir la garde des enfants. Et cette détermination découle moins de leur instinct parental que de leur désir de montrer à leur ex-conjoint qu'ils sont les plus forts. Elle avait vu des gens apparemment sains d'esprit se déchirer devant le juge des familles pour obtenir la garde du cochon d'Inde, de l'argenterie, ou du portrait de Bilbo, le fox-terrier, par grand-tante Mildred.

— Et ça n'a pas été facile. Il est bien plus à l'aise financièrement que ma Maggie. Et il s'est remarié. Elle craignait que le tribunal ne préfère deux adultes, un papa et une maman, à une femme seule. Mais la juge a tranché en sa faveur, en fin de compte. Elle a bien vu que ma Maggie était une bonne mère pour la petite. Et c'était vraiment le cas. Je sais ce que Steve vous a raconté. Maggie qui avait oublié la petite à la crèche. C'était un malentendu. Elle était en retard parce qu'elle venait de commencer un nouveau boulot. Dès qu'elle a compris que ce serait compliqué, pour les horaires, c'est là que j'ai pu lui donner un coup de main. C'était une supermaman, ma Maggie. Pour ses deux ans, Caty ne voulait qu'une chose : aller au bord de la mer. Et donc, c'est exactement ce qu'on avait prévu. On le lui avait promis et répété. Et voilà que la veille, elle tombe malade. Elle avait de la fièvre, elle était toute chose, en larmes. Et vous savez ce que ma fille a fait ? Elle a apporté la mer à la maison. Elle a trouvé des tas de vieilles fournitures là où elle travaillait et elle a passé toute la nuit à fabriquer des vagues en cellophane et en carton, et des poissons, et des mouettes, et des coquillages, pour que Caty puisse les ramasser et jouer. Et elle a organisé un spectacle de marionnettes, juste pour Caty.

Le souvenir faisait briller les yeux de Nancy. Les deux femmes échangèrent un regard ; il y avait de la pitié cependant dans le sourire de Sadie. Elle avait compris la raison de la venue de Nancy et cela l'attristait. La mère de Maggie n'avait pas d'informations nouvelles. Elle voulait simplement parler de sa fille, et plutôt que de contacter une amie, une parente, elle avait décidé de se confier à Sadie. Cela arrivait parfois au cours d'une enquête : les membres des familles concernées pouvaient développer des relations de très grande proximité avec les policiers chargés du dossier. C'était loin d'être absurde, se dit Sadie. Quand votre vie est bouleversée par un traumatisme de cette ampleur – crime, disparition inopinée –, vous vous cramponnez à la personne qui semble représenter la sécurité, la recherche d'explications, la personne responsable qui va réparer le mal subi.

Sadie, cependant, n'était plus chargée de l'enquête. Elle n'avait plus pour mission de retrouver Maggie. Et elle n'était certainement pas capable de réparer le mal subi. Elle lança un regard à l'horloge numérique sur la porte du four. Accablée soudain par une terrible lassitude. La journée avait été longue ; se réveiller en Cornouailles, c'était arrivé à quelqu'un d'autre voilà très longtemps ! Elle plaignait Nancy de tout son cœur, mais à quoi bon ressasser ces vieilles histoires ? Ni l'une ni l'autre n'y avaient intérêt. Sadie poussa les deux verres contre la bouteille de Johnny Walker.

— Écoutez, Nancy, je suis désolée... Je ne veux pas vous chasser, mais je suis morte de fatigue.

Nancy hocha vigoureusement du chef.

— Bien sûr ! Je comprends. Je me suis un peu emballée, là, vous savez ?

— Oui, je sais.

— En fait, je voulais vous montrer quelque chose. C'est pour cela que je suis venue.

Elle sortit de sa poche un petit carnet relié de cuir.

— J'ai encore fait le tour des affaires de ma fille, au cas où je tomberais sur quelque chose. J'ai vu dans son journal qu'elle devait dîner avec un certain MT. Je connaissais ces initiales, mais je ne savais pas de qui il s'agissait. Je viens de me rendre compte que c'était un nouveau collègue de travail.

Elle avait pointé vers les deux majuscules un ongle rongé jusqu'au sang.

— Et vous pensez que ce type, ce MT, a quelque chose à voir avec sa disparition ?

Nancy regarda Sadie comme si cette dernière avait perdu la boule :

— Mais pas du tout. Bien au contraire ! C'est même la preuve qu'elle n'a pas pu partir de son propre chef. Maggie ne voulait pas avoir de petit ami. Après le divorce, elle n'avait pas cherché à retrouver quelqu'un. Elle ne voulait pas perturber la petite, à voir des hommes se succéder dans l'appartement. Mais ce MT, ce n'était pas la même chose. Elle m'en avait parlé plus d'une fois. *Maman*, m'avait-elle dit, *il est si beau, si gentil – vraiment gentil. Et si drôle.* Elle avait même le sentiment que, cette fois-ci, c'était la bonne.

— Nancy…

— Mais vous ne comprenez pas ? Pourquoi s'enfuir alors que tout lui souriait ?

Sadie avait quelques raisons en tête, mais, à ce point de la conversation, peu importait. Donald avait raison, qui répétait toujours : Quand on pense au mobile, on se détourne du crime. On ne voit plus ce qu'on a sous le nez quand on ne peut pas l'expliquer rapidement. La seule chose qui importait en l'occurrence, c'était le départ de Maggie, incontestable. Prouvé.

— Nancy, elle a laissé un message.

— Un message – Nancy chassa la réponse d'un geste irrité de la main : Vous savez très bien ce que je pense du message en question.

Oui, Sadie ne l'ignorait pas. Nancy n'avait aucune considération pour ladite lettre. Comme on pouvait s'y attendre, elle était persuadée qu'il s'agissait d'un faux. Assertion que plusieurs experts assermentés avaient cependant formellement rejetée. L'écriture était celle de Maggie.

— C'est absurde, répétait Nancy. Si vous la connaissiez, vous seriez de mon avis.

Sadie ne connaissait pas Maggie. Ce qu'elle savait, en revanche, c'était que Maggie avait laissé un message de sa main, que la petite fille avait été retrouvée affamée et apeurée par deux officiers de police dans l'appartement de sa mère et qu'elle était à présent en sécurité, heureuse. Sadie scruta le visage de Nancy, assise à l'autre bout du canapé, les traits creusés à force de s'être torturé l'esprit en imaginant tout ce qui avait pu arriver à Maggie. La créativité de l'esprit humain ne connaît pas de limites, quand le désir est là.

Et Sadie repensa à Eleanor Edevane, dont l'enfant avait lui aussi disparu. Avait-elle imaginé ce qu'il avait pu advenir de son fils ? D'après les notes de Clive, non. Elle s'était toujours conduite avec grâce et retenue, elle avait laissé la police faire son travail. Son mari avait dû la retenir pour qu'elle ne se joigne pas aux équipes de recherche. Elle n'avait pas voulu proposer de récompense mais avait, par la suite, envoyé un chèque d'un montant élevé au commissariat de police, pour le remercier des efforts accomplis.

Réactions peu naturelles, se dit soudain Sadie. Rien à voir avec Nancy Bailey, persuadée contre vents et marées que la police se trompait, cherchant infatigablement à trouver d'autres pistes. La passivité d'Eleanor Edevane donnait presque à penser qu'elle savait ce qu'il était advenu de Theo. Ce n'était pas la conclusion à laquelle Clive était arrivé. Pour lui, Eleanor avait réussi au prix d'un effort surhumain à ne pas s'effondrer. La seule chose qui avait pu l'ébranler, c'était la tragédie concomitante du suicide de son ami, Daffyd Llewellyn.

Cela dit, les enquêteurs ne sont pas toujours à même de faire abstraction des relations qu'ils ont nouées avec les familles. Surtout un débutant comme le jeune Clive. Sadie, immobile, réfléchissait à toute vitesse, examinant possibilités et hypothèses. Le don au commissariat était-il, d'une certaine manière, l'expression d'une forme de culpabilité ? Elle avait gâché leur temps et leurs ressources dans une recherche qu'elle savait vaine à l'avance. La recherche d'un petit garçon qui était déjà mort. Et qui, peut-être, était enterré dans le domaine ? Dans ces bois de Loeanneth, garants d'une totale confidentialité ?

— Oh, désolée, vous êtes fatiguée, inspecteur. Je vais vous laisser.

Sadie cligna des paupières. Elle était si absorbée dans ses pensées qu'elle en avait presque oublié Nancy Bailey.

Laquelle ramassa son sac par sa bandoulière et le passa par-dessus son épaule, avant de se lever.

— C'est vraiment gentil de m'avoir accordé tout ce temps.

— Nancy…

Sadie s'interrompit. Elle ne savait plus vraiment ce qu'elle voulait dire. *Je suis désolée que les choses se soient déroulées de cette façon. Je suis désolée de vous avoir fait faux bond*. Elle qui n'aimait pourtant pas les grandes embrassades n'avait qu'une envie : prendre Nancy dans ses bras. Ce qu'elle fit.

***

Après le départ de Nancy, Sadie resta un moment assise sur le canapé. Sa fatigue ne s'était pas dissipée ; son esprit cependant était trop confus pour qu'elle eût envie d'aller se coucher. Diable, quelle bêtise d'avoir rendu *Évasions/Invasions* à la bibliothèque avant de partir pour Oxford ! Elle aurait eu besoin d'un solide somnifère, ce soir. La tristesse de Nancy Bailey, sa solitude, le sentiment d'avoir été trahie qui l'habitait sans doute depuis la fuite de sa fille : ces émotions mêlées avaient répercuté comme une ombre dans l'appartement. Ce devait être un crève-cœur pour elle de moins voir la petite, de se sentir exclue : mais Caitlyn, songea Sadie, avait aussi un père – un père aimant dont la deuxième femme était prête à s'occuper de l'enfant de celle qui l'avait précédée. Il n'y avait pas que des méchants en ce monde. Il y avait aussi des Bertie et des Ruth.

Lorsque Sadie s'était rendu compte de sa grossesse, cet été-là, elle avait eu quelques terribles disputes avec ses parents. « Personne ne doit être au courant », avaient-ils martelé. Impossible de les faire changer d'avis. « Débrouille-toi pour régler cette affaire », avaient-ils exigé. Aussi vite et aussi discrètement que possible. Sadie, en dépit de sa peur et de son affolement, n'avait pas cédé. Le ton avait monté, son père s'était mis en colère, l'avait menacée… Et puis – elle ne se rappelait plus qui, d'elle ou de lui, avait lancé l'ultimatum – elle avait claqué la porte. C'était à ce moment-là que les services sociaux étaient intervenus. Y avait-il quelqu'un dans son entourage qui pouvait l'héberger en attendant que les tensions s'apaisent ? Des parents, des amis ? Sadie avait d'abord répondu par la négative. Ils avaient insisté et elle avait fini par se rappeler les grands-parents auxquels elle rendait visite à Londres quand elle était plus jeune. Lui revinrent de vagues souvenirs du trajet en voiture, du rôti du dimanche midi, du minuscule jardin avec ses murs de brique. Il y avait eu une brouille, se remémora-t-elle (ses parents, comme nombre de gens obtus et obstinés, se brouillaient souvent avec leurs proches) ; la mère de Sadie avait rompu les relations avec ses propres parents quand Sadie avait quatre ans.

Si bien qu'en retrouvant ses grands-parents, elle se sentait en proie à la pire nervosité. Les circonstances de leurs retrouvailles lui faisaient honte – et la mettaient en conséquence en colère. Elle était restée le dos au mur du magasin, déguisant sa timidité sous un masque revêche, tandis que M. et Mme Gardiner échangeaient des plaisanteries de bon voisinage avec les grands-parents que Sadie, quant à elle, avait du mal à regarder en face. Ruth bavardait tandis que Bertie se tenait à son côté, tranquille, son front de vieux sage tout plissé. Sadie s'était concentrée sur le bout de ses chaussures, puis sur ses ongles, puis sur la carte postale encadrée qui trônait près de la caisse : tout, plutôt que ces adultes pleins de bonne volonté qui venaient de prendre le contrôle de son petit monde.

Et c'était dans ce magasin et à cet instant même, alors qu'elle regardait la carte postale – une photographie sépia d'un portail de jardin –, qu'elle avait senti le bébé bouger pour la première fois. *Comme si nous partagions le plus merveilleux des secrets, cette minuscule créature cachée dans mon ventre et moi-même*, avait écrit Eleanor à Anthony, sur le papier au motif de lierre. Et c'était exactement l'impression qu'avait eue Sadie. Eux deux, seuls contre le monde.

Et c'était à ce moment-là également que l'idée s'était insinuée dans son esprit, d'abord si ténue. Peut-être pourrait-elle le garder, ce bébé. Peut-être que les choses ne se passeraient pas si mal s'ils restaient tous les deux ensemble. Ce qui était absurde, sur le plan matériel : elle avait seize ans, aucun revenu, pas de perspectives d'avenir, et elle n'avait pas la moindre idée de la manière dont on élève un enfant. Un enfant : ce qu'elle était encore. Mais l'envie était si forte qu'elle en oublia la raison pendant un moment. Les hormones, disaient les infirmières.

Avec un soupir, Sadie ramassa la pile de courrier et se mit à trier. Les factures d'un côté, les prospectus de l'autre. La tâche était presque terminée lorsqu'elle tomba sur une enveloppe qui ne relevait d'aucune de ces catégories. L'adresse était écrite à la main. D'une écriture qu'elle reconnut instantanément. Pendant une seconde, elle crut que le facteur s'était trompé, qu'il avait remis la lettre en circulation, au lieu de la retourner à l'envoyeur. Non : c'était une autre lettre. Une nouvelle lettre. Charlotte Sutherland lui avait encore écrit.

Sadie se servit un troisième verre de whisky, histoire de prendre des forces.

Elle était partagée entre le désir de ne pas ouvrir l'enveloppe et celui d'en connaître le contenu.

La curiosité l'emporta – ce qui est souvent le cas.

La première partie de la lettre n'offrait rien de nouveau : d'un ton poli et distant, la jeune fille expliquait qui elle était, parlait de ses occupations, de ses réussites scolaires, de ses passe-temps, de ce qu'elle aimait et de ce qu'elle n'aimait pas. Le dernier paragraphe était différent, cependant. L'écriture devenait plus irrégulière, nettement moins sereine. Deux ou trois lignes lui sautèrent aux yeux. *Je vous en prie, répondez-moi. Je ne vous demande rien. Je veux juste savoir qui je suis. Je ne me reconnais pas. Je me regarde dans la glace et je ne sais plus qui je suis. Je vous en prie.*

Sadie lâcha la lettre comme si le papier lui brûlait les doigts. Mots si sincères. Elle aurait pu les écrire, les prononcer, quinze ans plus tôt. Elle se rappela – comme si ces souvenirs n'avaient que quelques heures – sa douleur d'avoir l'impression de ne plus savoir qui elle était. De se regarder dans le miroir, chez Bertie et Ruth, de voir son ventre d'habitude si plat se gonfler et durcir, de sentir une autre vie se mouvoir en elle. Le pire était à venir, après coup, avec les cicatrices de l'expérience inscrites dans sa peau ; l'espoir avorté de revenir à sa vie d'avant, la conscience trop tardive qu'il n'y aurait pas de retour en arrière.

On leur conseillait à l'hôpital de ne pas donner de prénom à leur enfant. Les choses se passaient mieux, semblait-il. Et n'était-ce pas le plus important, ce que tout le monde désirait : que les choses se passent bien ? Personne ne voulait de scènes. On ne pouvait pas les éviter complètement, lui avait avoué l'infirmière, même en étant très attentif. C'était inévitable, avait-elle poursuivi avec une sagacité sereine. Le système qu'ils avaient mis en place avait beau être formidable, il y avait toujours des ratés. Sadie entendait encore les cris d'une jeune fille brune, qui ressemblait à une Italienne. *Je veux mon bébé, rendez-moi mon bébé !* Elle courait dans le couloir aux murs blancs, la chemise de nuit déboutonnée, le regard fou.

Sadie n'avait pas crié. Elle avait à peine desserré les mâchoires. Et quand Bertie et Ruth étaient venus la ramener à la maison – c'était passé, fini –, elle avait pris le même couloir, une de ses vieilles robes sur le dos, les yeux braqués vers la porte, comme si rien ne s'était produit, comme si toute cette histoire était désormais prisonnière de la chambre aux murs vert pâle, avec la fissure qui ressemblait au Nil.

Plus tard, au Met, Sadie rencontra des jeunes mères ; les services sociaux désormais organisaient les adoptions en accord avec elles. Elles pouvaient voir leur bébé, lui donner un prénom et passer du temps avec lui. Parfois même, une fois l'enfant placé, elles recevaient des nouvelles, avaient même le droit de lui rendre visite.

À l'époque de Sadie, tel n'était pas le cas. Les règles étaient plus nombreuses et plus strictes. Couchée dans son lit d'hôpital, le bras encore relié à une machine posée sur la table de chevet, les infirmières courant en tous sens dans le charivari qui suit la naissance d'un enfant, elle avait tenu dans ses bras un curieux petit paquet tout tiède, aux membres minces, au ventre rond, aux joues douces comme du velours.

Quatre-vingt-dix minutes.

Sadie avait tenu son bébé dans ses bras pendant quatre-vingt-dix minutes avant qu'on le lui enlève – main minuscule, tremblante, surgissant de la couverture à rayures jaunes et blanches dans laquelle il était emmitouflé. C'était cette petite main-là, miraculeuse, que Sadie avait gardée dans la sienne pendant cette heure et demie, la caressant ; c'était cette main qui s'était refermée si fort sur son index, comme pour prendre possession d'elle. Et pendant un moment, le vide s'était fait dans la chambre, entre elles deux, et s'y étaient ruées toutes les choses que Sadie voulait confier à cette enfant – les choses que sa jeune mère voulait lui apprendre sur la vie et l'amour, le passé et le futur. Mais les infirmières avaient leur système : et avant même que Sadie ait eu le temps d'y réfléchir – quant à en parler ! –, le petit paquet était parti. L'écho de ses pleurs faisait encore frissonner Sadie. La tiédeur de cette main minuscule et neuve la réveillait la nuit, baignant dans une transpiration glacée. En cet instant du reste, dans son salon, elle avait froid, très froid. Sadie toutefois avait désobéi à une des règles de l'hôpital. Elle avait donné un prénom à sa fille.

***

La bière au pub, avec Donald, les whiskys avec Nancy, le flot des souvenirs larmoyants l'avaient assommée. Bien qu'il ne fût pas plus de neuf heures et demie, elle avait dû s'assoupir. Quand elle revint à elle, son portable sonnait. Elle cligna des yeux dans la lumière terne de son appartement. Bon Dieu, où l'avait-elle posé, ce fichu téléphone ? En charge, sur le secteur…

Sadie se leva d'un pas hésitant, secoua la tête, histoire de retrouver les idées claires. Elle avait la tête pleine de bébés. Des bébés perdus, des bébés adoptés, des bébés abandonnés. Peut-être même un bébé assassiné.

Elle attrapa son téléphone. Elle avait raté une bonne demi-douzaine d'appels, provenant tous du même numéro, qu'elle ne reconnut pas.

« Allô ?

— Inspecteur Sadie Sparrow ?

— Elle-même.

— Je m'appelle Peter Obel. Je suis l'assistant d'A. C. Edevane, la romancière. »

Alice. Sadie se sentit submergée par une vague d'adrénaline. De quoi dissiper les dernières brumes du sommeil.

« D'accord.

— Je suis désolé de vous déranger si tard. C'est que l'affaire est un peu délicate. Je ne voulais pas vous laisser un simple message. »

Ah. Il allait la menacer de poursuites judiciaires pour harcèlement postal.

« Mme Edevane a bien reçu les lettres dans lesquelles vous lui parliez de la disparition de son frère Theo. Elle m'a demandé de vous appeler.

— D'accord.

— Elle voudrait vous voir pour en parler. Vendredi midi, cela vous convient ? »

23

Londres, 2003

Le souvenir le plus ancien qu'Alice eût de son père était une journée qu'ils avaient passée ensemble au cirque. C'était quelques semaines après son quatrième anniversaire et les tentes rouge et jaune avaient soudain fait leur apparition comme des champignons magiques dans un champ en jachère, près du village.

« Qui leur a dit que c'était mon anniversaire ? » avait demandé la petite Alice à sa mère, les yeux écarquillés de joie, tandis qu'elles longeaient le champ.

L'excitation n'avait fait que croître les jours suivants : des affiches étaient apparues sur les murs et dans les vitrines des magasins. On y voyait des clowns, des lions et – ce qu'Alice aimait par-dessus tout – une jeune fille qui volait dans les airs, installée sur un trapèze scintillant, des rubans rouges flottant derrière elle.

La petite Clémentine avait attrapé une infection pulmonaire, si bien que lorsque le grand jour était enfin arrivé, Mère était restée à son chevet tandis que Alice et son père s'étaient mis en route, main dans la main. Alice trottait près d'Anthony, l'ourlet de sa robe toute neuve ondoyant joliment. Elle réfléchissait à ce qu'elle pouvait bien lui raconter, encore timide, bien que consciente de sa propre importance. Deborah devait être de la partie, sans doute, mais la mémoire d'Alice l'avait opportunément effacée de son souvenir. En arrivant près du cirque, ils avaient été accueillis par l'odeur de sciure et de crottin, la musique de la fanfare, les braillements des enfants, les hennissements des chevaux. Le chapiteau se dressait, immense, devant leurs yeux, son énorme et sombre bouche béante, son toit perçant le ciel de ses pointes de toile. Alice avait fait halte pour lever des yeux ébahis vers l'oriflamme qui claquait dans le vent, tout en haut du mât, tandis que de minuscules étourneaux tournoyaient dans les hauteurs.

« C'est formidable ! » avait-elle dit, goûtant la saveur du mot – qu'elle avait appris peu de temps auparavant de la bouche de Mme Stevenson, la cuisinière, et qu'elle brûlait d'utiliser depuis.

Une file d'attente s'était formée devant l'entrée, enfants et adultes bavardaient, excités, en pénétrant sous le chapiteau, et prenaient place sur les bancs. Il y avait de l'électricité dans l'air. Le soleil luisait, ardent ; l'odeur de la toile de tente chauffée se mêlait au fumet aigre de l'impatience. Enfin, un roulement de tambour retentit autour de la piste, faisant taire les bavardages et tendre les cous. Le maître de manège traversa la piste, torse bombé ; les lions rugirent, les éléphants firent faire le tour de la piste à des danseuses qui tournoyaient sur leur dos. Alice était fascinée, son regard ne quittait que très rarement le spectacle, se posant de temps à autre sur son père. Alors, elle se repaissait à la dérobée de son front plissé par la concentration, de ses joues creuses, de ses mâchoires glabres et ciselées. C'était encore une nouveauté aux yeux de la petite Alice – la pièce qui avait manqué au puzzle pendant toutes ces années de guerre sans qu'elles l'identifient vraiment, à la maison. L'odeur du savon à barbe, les bottines, énormes, dans l'entrée, la chaleur et la profondeur de son rire masculin.

Après le spectacle, il acheta un sachet de cacahuètes et ils allèrent de cage en cage, passant les mains entre les barreaux, tendant les paumes, que léchaient des langues râpeuses. Un homme vendait des friandises, installé dans une caravane bariolée. Alice tira sur la manche de son père jusqu'à ce qu'il cède. Munis de leurs pommes d'amour, recrus de cette fatigue réconfortante due aux bons moments passés, ils se dirigeaient vers la sortie lorsqu'ils croisèrent un homme dont les jambes étaient remplacées par des pilons de bois et dont le visage était à demi recouvert par une plaque de métal. Alice le regarda, yeux ronds, le prenant pour une attraction comme une autre – la femme à barbe ou le clown nain, avec son chapeau haut de forme et son triste sourire peint. Chose surprenante, le père d'Alice s'accroupit près de l'homme et se mit à discuter à voix basse avec lui. Alice commença à trouver le temps long. Elle fit les cent pas dans la poussière et mangea toute sa pomme d'amour, n'en laissant que le bâtonnet collant.

Anthony et Alice étaient rentrés par les falaises. La mer, en contrebas, se précipitait sur les rochers ; les marguerites dansaient dans les champs. Le père expliqua à sa fille que l'homme au masque de métal avait été soldat, lui aussi, que tous les soldats n'avaient pas eu la chance de rentrer, de retrouver une maison aussi merveilleuse que la leur, une femme aussi belle que Mère, de délicieux enfants. Nombre d'entre eux avaient laissé quelque chose dans la boue des champs de bataille.

« Mais pas toi », avait claironné Alice, si fière de ce père rentré indemne, son beau visage intact.

Ce qu'Anthony aurait pu répondre à cela, Alice ne le sut jamais. Marchant en équilibre sur les rochers irréguliers, elle venait de glisser et de s'ouvrir le genou. La douleur fut immédiate, violente et métallique. Alice pleura des larmes de rage brûlante : méchant rocher, qui l'avait fait tomber ! Papa se pencha, répara le genou à l'aide d'un mouchoir et de tendres paroles qui chassèrent le bobo. Puis il la prit sur son dos et ils parvinrent à Loeanneth dans cet équipage.

« Ton papa sait quoi faire quand quelque chose est cassé », lui dit Mère une fois qu'ils furent rentrés, la peau rougie par le soleil, heureux, qu'ils eurent pris leur bain, qu'ils se furent changés et qu'ils eurent avalé quelques œufs durs dans la nursery.

« Avant ta naissance, tu sais, il a étudié dans une université très célèbre, où ne peuvent entrer que les étudiants les plus intelligents du pays. C'est depuis qu'il sait comment soigner les gens. C'est là qu'il apprenait à devenir médecin. »

Alice avait plissé le front. Cette révélation méritait réflexion. Non, sa mère se trompait.

« Mon papa n'est pas docteur, dit-elle en secouant la tête. Il n'a rien à voir avec le Dr Gibbons – le Dr Gibbons avait les mains froides et l'haleine épicée : Mon papa est magicien. »

Eleanor sourit et prit la fillette dans ses bras.

« T'ai-je déjà raconté, lui murmura-t-elle, comment ton papa m'a sauvé la vie ? »

Alice se pelotonna contre sa mère pour entendre l'anecdote qui deviendrait l'une de ses histoires favorites. Le récit d'Eleanor était si évocateur qu'Alice avait l'impression de sentir le mélange d'essence et de crottin, de voir la circulation sur Marylebone Road, les omnibus, les automobiles, les trams, d'être saisie elle-même par la peur qui s'était emparée d'Eleanor lorsque avait fondu sur elle l'énorme panneau publicitaire, LIPTON'S TEA.

— Alice ?

Elle cligna des paupières. C'était Peter, son assistant. Il était penché sur elle.

— Elle ne va pas tarder.

— Peut-être, répliqua Alice en consultant sa montre. Bien que les gens de nos jours ne soient plus guère ponctuels. Vous et moi sommes l'exception qui confirme la règle.

Elle s'efforça de ne pas laisser transparaître son inquiétude dans sa voix. En vain : ce que le sourire attentionné de Peter lui fit comprendre.

— Puis-je faire quelque chose pour vous pendant l'entretien ? demanda-t-il. Voulez-vous que je prenne des notes, que je fasse du thé ?

Restez, c'est tout ce que je vous demande, eut-elle envie de répondre. Que nous soyons deux. Deux contre un. Que je ne me sente pas sans défense.

— Non, pas particulièrement, répondit-elle, désinvolte. Si l'entrevue dure plus d'un quart d'heure, oui, offrez-lui du thé. C'est le temps qu'il me faudra pour juger de son sérieux. Dans l'intervalle, non, faites ce que vous avez à faire.

Il la prit au mot et retourna dans la cuisine. Il avait passé toute la matinée sur ce fichu site Internet. Une fois Peter parti, la pièce retrouva ses fantômes obstinés. Alice soupira. Toutes les familles sont faites d'histoires composites, certes. Les Edevane semblaient cependant en avoir encore plus que les autres – et racontées par des voix plus contradictoires encore. C'est qu'ils étaient si nombreux ! Et tous avaient aimé parler, écrire, s'émerveiller. Vivant de surcroît à Loeanneth, maison riche de sa propre histoire, ils devaient fatalement construire leurs propres vies comme des romans. Y manquait pourtant toujours un chapitre, le même, que personne n'avait jamais raconté. Une vérité si essentielle, si centrale, qu'Anthony et Eleanor avaient passé leur vie à la dissimuler. Le jour du cirque, Alice avait eu tort de s'apitoyer sur l'homme qui avait perdu à la guerre ses deux jambes et la moitié de son visage. Tort aussi de s'enorgueillir de la belle et bonne santé de son père. Lui aussi avait perdu une partie de son être sur les champs de bataille en France.

« Le jour de la Victoire, Mère m'a parlé de Papa, lui avait confié Deborah le mardi précédent, dans le salon, tandis qu'elles prenaient le thé, l'inexplicable confession de sa grande sœur résonnant encore aux oreilles d'Alice : Nous étions en train de nous préparer pour la fête de la Victoire et Papa se reposait à l'étage. Il n'était pas loin de la fin. Et Mère était d'humeur pensive, je crois. J'ai dit une banalité sur la paix, c'était merveilleux, et cetera, la guerre était finie, les hommes allaient pouvoir rentrer et reprendre une vie normale. Elle ne m'a pas répondu. Elle était montée sur un escabeau pour accrocher un drapeau anglais à la croisée, elle me tournait le dos. J'ai cru qu'elle ne m'avait pas entendue. Alors j'ai répété ce que je venais de dire et je me suis rendu compte que ses épaules tressautaient, qu'elle pleurait. C'est alors qu'elle m'a parlé de Papa, des souffrances qu'il avait endurées. Qu'ils avaient endurées tous les deux, d'ailleurs, après la guerre de 14-18. »

Alice, assise sur le bord du canapé, sa tasse de fine porcelaine à la main, en était restée abasourdie. Plus encore que la révélation de la maladie psychique d'Anthony, c'était le fait que sa sœur eût choisi ce jour pour lui en parler – ce jour où elles avaient parlé de la disparition de Theo.

« Je ne me suis jamais doutée de rien. Nom d'un chien, ils sont restés à Londres pendant le Blitz. Je leur rendais souvent visite. Jamais Papa n'a été affolé par les bruits, les bombardements.

— D'après Mère, cela ne se manifestait pas de cette façon. Il avait des problèmes de mémoire et ses mains tremblaient, ce qui était la conséquence d'une exposition aux gaz de combat. Il n'avait pas pu finir ses études de chirurgie, ce qui le déprimait profondément. Mais le problème était ailleurs, disait Mère. Il s'était passé quelque chose pendant les combats, quelque chose dont il se sentait coupable.

— Mais quoi ?

— Mère ne me l'a pas dit. Je ne suis pas sûre qu'elle l'ait su, d'ailleurs. Il ne voulait pas en parler au corps médical. Quoi qu'il ait fait, quoi qu'il ait vu, il en a souffert jusqu'à sa mort. Il avait d'horribles cauchemars et quand ces terreurs s'emparaient vraiment de son esprit, il n'était plus lui-même.

— Je n'en crois pas un mot. Je n'ai jamais vu le moindre signe.

— Ils avaient un accord, Mère et lui. Ils voulaient à tout prix nous cacher son état. Que personne ne se doute de rien. Papa ne voulait pas que nous l'apprenions. Le sacrifice avait été trop immense pour qu'en plus de cela il soit incapable de tenir son rôle de père. Quand Mère s'est confiée à moi, j'ai eu tant de peine pour elle. J'ai entraperçu la solitude dans laquelle elle avait dû vivre. J'avais toujours pensé qu'ils vivaient loin du monde par choix, qu'ils se suffisaient à eux-mêmes. Soudain, j'ai compris que cet isolement était dû à l'état de Papa. Ce n'est déjà pas facile de s'occuper d'un malade – mais quand il faut cacher la vérité à son entourage, cela a pour conséquence de vous éloigner du monde ; les liens amicaux, les liens familiaux se distendent. Mère n'a eu personne à qui se confier pendant tout ce temps. J'ai été une des premières auxquelles elle en ait parlé. Depuis 1919. Plus de vingt-cinq ans. Tu te rends compte ! »

Alice avait lancé un regard vers le manteau de la cheminée, sur lequel trônait une photographie de leurs parents, le jour de leur mariage. Si incroyablement jeunes, heureux ! Le caractère sacré de cette union était une des fondations de la mythologie familiale des Edevane. Alice y avait toujours cru. Apprendre tout à coup que ces deux-là avaient dissimulé un secret d'une telle ampleur pendant tout ce temps ! C'était comme de découvrir que Big Ben n'était qu'un décor en carton. Pour aggraver les choses et ajouter à la colère d'Alice, Deborah était au courant depuis près de soixante ans alors qu'elle, Alice, avait été laissée dans l'ignorance. Ce n'était pas conforme à la tradition familiale. Alice n'était-elle pas le Sherlock Holmes de la maison, celle qui apprenait toujours ce qu'elle n'aurait pas dû savoir ? Elle avait serré les mâchoires.

« Mais pourquoi garder le secret ? Papa était un héros de la guerre. Il n'y avait pas de honte à cela. Nous aurions compris. Nous aurions pu l'aider.

— Je suis entièrement d'accord, Alice. Mais elle avait dû lui promettre de ne rien dire peu après son retour du front. Et tu sais ce qu'elle pensait des engagements non tenus. Il y a dû y avoir un incident lié à l'état de Papa… et elle a promis que personne n'en saurait jamais rien. Il n'avait pas besoin de s'inquiéter : cela ne pourrait pas nous affecter, elle s'en portait garante. Au fil du temps, ils ont appris à reconnaître les symptômes avant-coureurs des crises ; elle le mettait à l'isolement, pour ainsi dire, jusqu'à ce que le pire soit passé.

— Promesse ou pas promesse, nous aurions dû nous rendre compte de quelque chose !

— J'ai eu un moment de doute, comme toi. Et puis je me suis souvenue d'un certain nombre de choses. Des tas de peurs imperceptibles, des pensées, des remarques… J'ai compris que, d'une certaine façon, j'avais toujours su. Oui, je l'avais toujours su.

— Eh bien, pas moi. Et pourtant, je me suis toujours préparée à tout.

— Oh, je sais. Tu as toujours été celle qui anticipe, qui élabore des stratégies. Mais tu étais plus jeune.

— Deux ou trois ans. Ce n'est rien.

— Si, c'est énorme. Et tu étais dans ton monde la plupart du temps, alors que j'étais fascinée par les adultes et que je n'attendais que le moment de les rejoindre dans les hautes sphères. »

Deborah eut un sourire sans joie :

« J'ai vu des choses, Alice.

— Quel genre de choses ?

— Des portes qui se refermaient rapidement à mon approche, des conversations qui s'interrompaient. L'expression de Mère, un mélange bien particulier d'amour et d'inquiétude, quand Papa se promenait seul dans la forêt et qu'elle attendait son retour. Tous ces moments qu'il passait dans son bureau, seul. Mère qui nous interdisait d'aller le déranger. Ces virées interminables à la poste du village, pour aller chercher je ne sais quel paquet. Un jour, je suis montée à l'étage. Le verrou était tiré. »

Alice eut un geste impatient de la main.

« Il voulait être tranquille. Si j'avais eu des enfants, crois-moi, j'aurais fermé la porte de mon bureau à clé, moi aussi.

— Alice, la porte était fermée de l'extérieur. Et lorsque j'en ai parlé à Mère, le jour de la Victoire, elle m'a expliqué que c'était à la demande de Papa. Lorsqu'il sentait la crise approcher – et ce pouvait être une crise de fureur –, il aurait fait n'importe quoi pour nous protéger du mal qu'il aurait pu nous faire.

— Du mal ! avait ricané Alice. Notre père n'aurait jamais touché à un seul de nos cheveux. »

Non seulement l'idée était grotesque, mais Alice ne parvenait pas à comprendre ce qui justifiait ces révélations. N'étaient-elles pas censées parler de Theo, de sa disparition ? Quel rapport y avait-il entre Benjamin Munro, l'enlèvement dont elle lui avait donné l'idée dans les moindres détails, et les crises de leur père, si crises il y avait ?

« Jamais il n'aurait pu nous faire du mal, scanda-t-elle.

— Pas volontairement, bien sûr, répondit Deborah. Et Mère me l'a clairement expliqué, sa fureur était toujours dirigée contre lui-même. Mais il n'était pas toujours maître de ses actes. »

Et l'idée soudain, aussi réfrigérante qu'un mauvais courant d'air, avait traversé l'esprit d'Alice. Elles étaient bel et bien en train de parler de Theo.

« Tu penses que Papa a fait du mal à Theo ?

— Pire que cela. »

Alice sentit ses mâchoires se relâcher, un soupir s'échappa de ses lèvres. Les allusions de Deborah devenaient claires. Sa grande sœur pensait que leur père avait tué Theo. Papa. Qu'il avait eu une crise de fureur provoquée par le choc dont il avait souffert pendant la guerre. Qu'il avait accidentellement tué leur petit frère. Le bébé Theo.

Non, non, ce n'était pas ainsi que les choses s'étaient déroulées. C'était Ben qui avait enlevé Theo. Il avait suivi à la lettre le plan qu'elle avait élaboré dans son roman. Il comptait envoyer une demande de rançon, faire chanter les Edevane, pour obtenir l'argent dont il avait besoin pour son amie Flo, dont les affaires étaient au plus bas. Et même si cela semblait extravagant, la certitude d'Alice n'était pas bâtie sur une impression, mais sur une réalité. Cette nuit-là, elle avait vu Ben dans les bois de Loeanneth.

La théorie de Deborah était ridicule. Papa était l'homme le plus tendre de la Création, le plus gentil. Il ne pouvait pas avoir commis une telle atrocité, même en proie à la pire des fureurs. C'était une hypothèse effroyable. Impossible. « Je n'y crois pas une seconde,

Deborah, avait-elle fini par répondre. Mettons que ce soit vrai. Mettons que Papa ait commis ce que tu lui reproches : qu'a-t-il fait de Theo, dans ce cas ? Je veux dire, de son corps ?

— Je crois qu'il l'a enterré à Loeanneth. Caché quelque part, jusqu'à ce que la police ait quitté les lieux. Puis enterré. »

Deborah avait eu beau débiter le plus affreux des scénarios, elle était restée d'un calme extraordinaire, comme si l'indignation d'Alice lui donnait de l'énergie.

« Non, dit Alice. Laissons de côté l'accès de violence. Notre père était incapable de ce genre de dissimulation. Mère et lui s'aimaient. Ce n'était pas un mensonge. Tout le monde l'avait remarqué. Non. Non seulement, je ne peux pas imaginer une seconde que Papa puisse se rendre coupable d'une telle horreur, mais qu'il n'ait rien dit à Mère, de surcroît ? Tu le vois en train d'enterrer Theo alors qu'elle était à demi folle d'inquiétude ?

— Ce n'est pas ce que je dis.

— Alors… ?

— J'ai réfléchi à cela, Alice. J'y ai tellement pensé que je crains même que cela ne soit en train de me rendre folle. Tu te souviens du comportement qu'ils ont eu après la disparition de Theo ? Au début, ils ne se quittaient pas d'un pouce. Inséparables. Puis lorsque nous sommes partis de Loeanneth pour nous installer à Londres, il s'est créé une curieuse distance entre eux. C'était très subtil et cela a dû échapper à des tas de gens qui les connaissaient mal. On aurait dit qu'ils jouaient un rôle, pleins de prévenances l'un pour l'autre, se témoignant en apparence toujours autant de tendresse dans leurs conversations, leur comportement : mais on avait l'impression qu'ils faisaient un effort considérable pour feindre une attitude autrefois si naturelle. Et la façon dont elle le regardait, parfois : avec affection, sollicitude – et quelque chose de plus ténébreux. Je crois qu'elle savait ce qu'il avait fait et qu'elle le protégeait.

— Mais pourquoi ?

— Parce qu'elle l'aimait. Et parce qu'elle le lui devait. »

Alice secoua la tête, incapable de saisir immédiatement le sens de cette déclaration. Elle était une fois de plus perdue et cette expérience, peu familière, ne lui plaisait pas du tout. Elle se sentit reléguée au rang de petite sœur, ce qui ne lui était pas arrivé depuis des dizaines d'années.

« Que veux-tu dire ? À cause de leur rencontre ? Parce que Mère pensait qu'il lui avait sauvé la vie, le jour des tigres ? Parce qu'il avait de surcroît sauvé Loeanneth pour le lui rendre ?

— Oui, effectivement. Mais ce n'est pas tout. J'ai déjà essayé de t'en parler, Alice. Tout cela, c'est lié à ce que Clemmie a vu par la fenêtre du hangar à bateaux. »

La bouffée de chaleur fut immédiate. Alice se leva d'un bond et s'éventa le visage.

« Alice ? »

Finalement, elles allaient en parler, de Benjamin Munro. Le souvenir revint à Alice, envahissant, si clair. La manière dont elle s'était offerte à lui cet après-midi-là dans le hangar à bateaux. Et le refus de Ben – si gentil, si doux qu'elle n'avait eu qu'une envie, se faire ver de terre et disparaître dans un trou, et y rester jusqu'à ne plus faire qu'une avec la terre, pour ne plus ressentir la douleur et la honte d'avoir été si sotte. Si haïssable. Une « enfant » : *Alice*, lui avait-il dit, *tu es une chouette gamine. La gosse la plus futée que j'aie jamais rencontrée. Quand tu seras grande, tu voyageras, tu rencontreras des tas de gens et tu oublieras jusqu'à mon existence.*

« Ça va, Alice ? avait demandé Deborah d'une voix inquiète.

— Oui. Oui. Désolée, c'est que j'ai soudain eu un... »

Il y a quelqu'un d'autre, hein ? lui avait-elle craché au visage, comme n'importe quelle grande héroïne de roman. Elle n'y croyait pas une seconde : simplement, il fallait bien réagir. Ben pourtant n'avait pas répondu ; son visage avait exprimé de la compassion. Oui, avait-elle compris. Il y avait quelqu'un d'autre.

« Un...

— C'est dur à avaler, tout cela.

— Oui. »

Alice se rassit sur le canapé en toile ; une expression lui revint, qu'elle avait entendue dans le métro et notée sur son carnet, pour la réutiliser dans un de ses romans. « Je me suis dit que j'allais quitter le berceau et me retrousser les manches, nom de Dieu ! » Alice était lasse de ces secrets, de ces écrans de fumée. Il était temps de « quitter le berceau » et de se colleter avec le passé.

« Tu parlais de Clemmie, reprit-elle. J'imagine qu'elle t'a dit ce qu'elle avait vu par la fenêtre du hangar à bateaux.

— Oui. Et c'est cela que je ne pourrai jamais me

pardonner. J'en ai parlé à Papa, tu comprends ? C'est moi qui, ce jour-là, ai déclenché la crise. »

Alice fronça les sourcils :

« Je ne vois pas très bien le rapport entre ces deux choses ?

— Tu sais ce que Clemmie a vu ?

— Bien sûr.

— Alors tu dois comprendre la confusion qu'elle a ressentie. Elle est tout de suite venue me voir ; je lui ai dit que j'allais m'en occuper. J'étais à mille lieues de l'idée d'en parler à Papa, mais en y réfléchissant… Je trouvais ça terrible pour lui. *Elle*, je lui en voulais à mort. J'étais si bête, si naïve. Je n'aurais jamais dû en parler. »

Alice n'y comprenait plus rien. Lui, elle ? Mais qui était cette elle ? Clemmie ? Comment ce qui s'était passé dans le hangar à bateaux entre Alice et Ben avait-il pu mettre Papa dans un tel état que Deborah s'était convaincue qu'il pouvait faire du mal à Theo – son fils chéri ? Alice leva les mains au ciel, exaspérée :

« Deborah, ça suffit, je t'en prie. La journée a été très longue et j'ai la tête qui tourne, avec tout ça.

— Oh, mais naturellement, ma pauvre chérie. Tu veux que je refasse du thé ?

— Non, merci, je ne veux pas que tu refasses du thé. Je veux que tu remontes dans le temps et que tu me racontes dans le détail ce que Clemmie a vu. »

***

Si bien que Deborah en effet lui raconta dans le détail ce que Clemmie avait vu : et lorsqu'elle se fut exécutée, Alice n'avait qu'une envie. Se lever, sortir de ce joli salon, s'enfermer dans un lieu tranquille, où personne ne pourrait la déranger, et réfléchir. Se souvenir de toutes leurs rencontres. De toutes les conversations, de tous les sourires échangés. Comment avait-elle pu s'aveugler à ce point ? Comment ?

Car elle s'était trompée du tout au tout. Ce n'était pas Ben et Alice que Clemmie avait vus par la fenêtre du hangar à bateaux. Deborah ne savait rien de la passion adolescente d'Alice pour Ben. Et elle n'avait certainement jamais pensé une seconde qu'Alice eût pu aider Ben Munro à enlever Theo. Si elle se souvenait encore, après soixante-dix ans, du nom du jardinier intérimaire, c'était pour une tout autre raison.

Alice ne s'était pas attardée chez sa sœur. Elle avait plaidé la fatigue, avait promis à Deborah de revenir très vite. Puis elle était rentrée. Dans le métro, elle était restée immobile, envahie par le tourbillon d'émotions contradictoires que la révélation finale de Deborah avait déclenché.

Quelle petite idiote égocentrique elle avait été. Une enfant si désespérée, en telle quête d'affection, si murée dans son propre monde qu'elle n'avait rien compris à ce qui se passait. Clemmie, elle, avait été plus lucide. Et elle avait essayé de le faire comprendre à Alice, pendant cette ténébreuse nuit du Blitz, dix ans plus tard ; elles étaient toutes les deux devenues adultes et la guerre leur avait ouvert les yeux sur la cruauté du monde. Et pourtant Alice était toujours trop sotte pour écouter les autres. Trop imbue de ses propres idées sur le monde – si on pouvait appeler ça des idées. Persuadée que Clemmie l'avait vue en compagnie de Ben, qu'elle la savait complice d'un kidnappeur. Sauf que Clemmie n'avait pas vu Alice et Ben dans le hangar à bateaux. Alice s'était trompée sur ce point. Et pourquoi pas sur d'autres, en ce cas ? Theo n'avait peut-être pas été enlevé. Theo…

Alice erra en métro tout l'après-midi, sans prendre garde aux autres passagers. Elle s'était si longtemps bercée de sa propre version des événements ! Les révélations de Deborah réveillaient toutes les petites questions qui l'avaient discrètement taraudée, malgré tout. L'absence de demande de rançon, par exemple : pour Alice, cela signifiait depuis toujours que l'enlèvement avait mal tourné, que Theo était mort aux mains de son ravisseur. Mais, surmontant à présent l'accablement de sa culpabilité, elle se rendait compte de la fragilité de ses hypothèses. Soudain, elles paraissaient relever davantage d'une piètre fiction que de la réalité.

Elle était certaine d'avoir vu Ben dans la forêt, cette nuit-là : et ses convictions reposaient sur cette certitude. Mais, dans son excitation adolescente, ne s'était-elle pas menti à elle-même, elle qui ne désirait rien tant que revoir Ben ? Il faisait noir, elle était loin – et, ce soir-là, il n'y avait pas moins de trois cents invités à Loeanneth. Cette silhouette dans les bois, ç'aurait pu être n'importe qui. Ou personne. Les arbres de la forêt étaient si sournois, à projeter des ombres, jouer des tours aux humains ! Oh, pourquoi s'y était-elle aventurée ? Pourquoi n'avait-elle pas attendu M. Llewellyn, comme elle le lui avait promis ? Cela aurait changé bien des choses. Entre autres, son vieil ami n'aurait peut-être pas trouvé la mort. (C'était là une pensée qu'elle évitait le plus souvent de ressasser. La promesse non tenue du rendez-vous. Le sujet si important dont il voulait l'entretenir. Le pauvre vieil homme se couchant dans la rivière pour mourir. Aurait-elle pu le sauver, si elle était partie à sa recherche au lieu de s'aventurer dans la forêt ?)

En ouvrant la porte à ses doutes, elle laissait entrer une lumière dans laquelle son ancienne version des faits lui paraissait maintenant ridicule. Un jardinier dont l'amie d'enfance a besoin d'argent enlève le fils de son patron, le soir d'une grande fête, dans le dessein de réclamer une rançon. Il utilise pour ce faire un passage secret et un flacon de somnifères, mettant à exécution le plan que lui a exposé une gamine de seize ans fascinée par les romans policiers… Risible. Ben n'avait rien d'un criminel. Alice s'était laissé aveugler par sa culpabilité. Ses certitudes adolescentes s'étaient durcies comme une gangue de ciment, sur laquelle aucun raisonnement adulte n'avait prise. Mais avait-elle même essayé de s'y attaquer ? Elle avait tout fait pour ne pas y penser.

L'explication de Deborah, en revanche, était, en dépit de son caractère inadmissible, limpide. Un déroulement logique, simple – marqué même par une certaine fatalité. Theo n'avait jamais quitté Loeanneth. Raison pour laquelle la police n'avait jamais pu retrouver sa trace où que ce soit. Le petit garçon avait trouvé la mort chez lui, sous les coups d'une personne qu'il aimait et en laquelle il avait toute confiance. Victime, comme tant d'autres, de la guerre de 14-18 et de son infini cortège d'atrocités.

La révélation avait ravivé cette mort si lointaine dans le temps. Cachée derrière ses lunettes de soleil, Alice, sur son siège, avait senti les larmes lui monter aux yeux. Larmes pour Theo mais aussi pour son père, homme bon et coupable pourtant du plus répugnant des crimes. La vie lui semblait en cet instant un monstre froid et cruel. Elle se sentit infiniment lasse. Alice était athée : elle remercia pourtant le Seigneur d'avoir épargné cette vérité à Clemmie. Sa petite sœur était morte avec, à l'esprit, son conte de fées : Theo adopté par un couple sans enfants qui lui apportait tout le bonheur du monde.

La gêne, le remords, l'épouvante et le chagrin : et cependant, une autre émotion s'était faufilée dans ce tourbillon, subreptice et plus légère, et qu'Alice, enfin remontée à la surface du monde, s'efforça de cerner. Ce ne fut pas avant la toute fin de la journée qu'elle réussit à la nommer, alors qu'elle sortait du métro à Hampstead. Le soulagement. Toutes ces années, elle s'en était voulu d'avoir parlé du tunnel à Ben : la révélation de Deborah – révélation qui rendait *possible* une tout autre version des événements – l'avait d'une certaine manière libérée.

Cependant, ce n'était pas le soulagement qui l'avait incitée à prendre contact avec Sadie Sparrow par l'intermédiaire de Peter, mais la curiosité. Confier les détails les plus intimes de l'histoire de sa famille à une parfaite inconnue… Il fut un temps où Alice aurait accueilli cette proposition avec un grand rire. Elle était bien trop orgueilleuse, bien trop soucieuse de son intimité pour cela. Certes, mais elle avait vieilli. Elle n'avait plus le temps. Depuis les révélations de Deborah, depuis que ses nuits consistaient à passer en revue les événements, les permutations, les vérités nouvelles qui découlaient les unes des autres, les éléments qu'elle avait toujours tenus pour acquis glissant comme les cristaux colorés d'un kaléidoscope pour former d'autres images, Alice était taraudée par le désir de connaître la vérité.

Ses cinquante romans lui avaient appris à trier les informations, à en tirer un récit. Si bien qu'elle n'avait pas eu de mal à ordonner les faits en sa possession. Sa nouvelle histoire pourtant présentait des lacunes – à commencer par l'absence totale de preuve. Alice voulait les combler, ces lacunes. Il lui fallait absolument reconstituer l'intégralité du puzzle. Elle n'aurait pas hésité à mener elle-même l'enquête, mais il y avait un temps pour tout, et il convenait de connaître ses propres limites. À quatre-vingt-six ans, Alice en avait quelques-unes, physiques essentiellement. Au risque de raisonner comme sa propre mère, il y avait dans l'apparition de cette enquêtrice professionnelle soucieuse d'établir la vérité sur l'affaire Edevane au moment même où Alice avait besoin d'elle quelque chose d'un splendide concours de circonstances. En outre, Alice n'avait pas chômé depuis mardi : avec ce qu'elle avait pu soutirer à tous ses contacts à la brigade criminelle, Sadie Sparrow n'était plus une inconnue pour elle.

Alice sortit son dossier et relut ses notes, s'attardant sur les états de service récents de l'inspectrice Sparrow. Tous s'accordaient à la décrire comme une excellente enquêteuse. Passionnée, disaient les uns ; opiniâtre, têtue comme une mule, disaient les autres. Il n'avait pas été facile de trouver la faille, le détail douteux dans son curriculum. Derek Maitland lui-même s'était montré peu disposé à mettre l'intégrité de Sparrow en doute : c'était dire ! Alice, cependant, possédait une certaine force de persuasion. Elle avait suivi l'affaire Bailey dans la presse. Tout ce qui touchait aux disparitions l'intéressait. Elle avait tout noté : le classement du dossier par la police, convaincue que Maggie Bailey avait abandonné sa fille ; l'éventualité d'un camouflage. Ce qui signifiait que quelqu'un à la brigade criminelle avait parlé à la presse. Elle connaissait désormais l'identité de ce mouchard. C'est une bonne chose que de disposer d'un garde-fou : et même si le simple mot de chantage lui donnait la nausée (procédé *sordide*, impossible de le nier), elle était convaincue que la possession de ce précieux atout nommé Derek Maitland lui assurerait la discrétion totale de l'inspectrice Sparrow.

Alice referma son dossier et lança un regard à la pendule. La grande aiguille allait bientôt atteindre le chiffre 12 : dans quelques secondes, Sadie Sparrow serait en retard, ce qui donnerait à Alice un avantage : mesquin, certes, et néanmoins jouissif. Elle maîtresse de la situation, tout irait pour le mieux dans le meilleur des mondes. Alice se rendit compte qu'elle retenait sa respiration. Amusée par ce bref retour à la superstition, elle secoua la tête. Une vieille bête, voilà ce qu'elle était. Se conduisant comme si le succès de leur entretien et la résolution du mystère des Edevane ne dépendaient que de l'absence de ponctualité de son hôte. Alice se rasséréna, ramassa le journal, ouvert à la page des mots croisés qu'elle essayait de finir depuis le petit déjeuner. Le visage impassible, elle regarda l'aiguille des minutes se diriger, par petites saccades précises, vers le 12. La grande aiguille allait s'en écarter d'un nouveau sursaut lorsqu'on cogna à la porte. En dépit de toute sa volonté, Alice ne put empêcher son cœur de s'en faire l'écho dans sa poitrine.

24

Sadie se tenait sur le perron, reprenant son souffle. Elle avait couru depuis l'arrêt de bus. Avec les chaussures à talons qu'elle avait extirpées du fond de son placard à la dernière minute, ce n'était pas facile. Elles étaient poussiéreuses et sentaient le moisi : de plus – ce dont elle ne se rendit compte que plus tard – l'un des talons ne tenait plus que par un filet de colle. Elle se baissa pour lisser une minuscule égratignure qui lui avait échappé jusqu'ici. Ses pieds avaient l'air d'appartenir à quelqu'un d'autre, quelqu'un pour qui elle n'aurait pas nourri une affection débordante. Cela dit, A. C. Edevane était toujours tirée à quatre épingles, et Sadie n'avait pas l'intention de lui faire honte en se présentant à sa porte dans son habituel et piètre accoutrement. Elle ne voulait pas davantage arriver en retard, en dépit de sa difficulté à courir sur de si fragiles talons. Si A. C. Edevane avait une religion, c'était celle de la ponctualité. Elle avait refusé d'accorder l'interview prévue à un journaliste qui n'était pas arrivé à l'heure et avait fait la leçon

– l'émission était devenue fameuse – à un présentateur de la BBC qui l'avait fait attendre. Sadie était au courant de ce trait de caractère : elle avait passé les dernières cinquante heures dans une brume électrique et studieuse, à regarder les vieilles interviews d'A. C. Edevane et à lire tout ce qu'elle pouvait sur le fameux auteur. (À sa grande surprise, elle avait passé un excellent moment. Alice Edevane avait quelque chose d'étrangement fascinant. Et cela avait fait passer la lettre de Charlotte Sutherland au second plan.) Autre détail : A. C. Edevane préférait les buissons aux fleurs. Sadie remarqua non sans satisfaction les buis en pots sur les rebords des fenêtres. Jusqu'ici, tout allait bien. Et ce n'était pas désagréable, cette petite bouffée d'assurance toute fraîche. Sadie tira sur les manches de son chemisier. Cette entrevue, elle allait la mener comme elle l'avait prévu. Elle ne quitterait pas la maison avant d'avoir obtenu les informations dont elle avait besoin.

La porte s'ouvrit alors qu'elle levait la main pour cogner une seconde fois au battant. Apparut, en lieu et place d'A. C. Edevane, un jeune homme d'une trentaine d'années, aux longues jambes et à la barbe en bataille – on aurait dit un figurant dans un film sur les Rolling Stones, se dit Sadie, qui éprouva un frisson d'attirance assez surprenant et plutôt bienvenu.

— Peter ?

— Inspecteur Sparrow, répondit-il avec le sourire. Entrez, je vous prie. Alice vous attend.

Le plancher grinça sous leurs pas. Quelque part dans la maison, une horloge égrenait les secondes. Peter fit entrer Sadie dans un salon qui donnait sur le vestibule : trop meublé, et d'une élégance toute masculine.

Une femme était assise dans un fauteuil, devant la cheminée où nul feu ne brûlait. Alice Edevane, bien sûr : elle ressemblait exactement à la photographie qui figurait sur les jaquettes de ses romans. Sadie fut envahie par une sensation d'intense familiarité, comme c'est souvent le cas lorsque l'on rencontre une personnalité publique. Ce n'était pas quelque subtile impression de *déjà-vu**, non, mais le sentiment on ne peut plus sincère de bien connaître la femme en pantalon qu'elle avait devant elle. Son attitude, jambes croisées et plaquées sur le côté, la désinvolture avec laquelle elle tenait son journal, l'angle précis de son menton, tout cela, d'une certaine manière, n'était pas nouveau pour Sadie. Et pourtant : elle ne savait rien d'Alice, en dehors des dizaines d'interviews dont elle s'était gavée ces dernières heures. Il lui vint une citation : *Il n'y a rien d'aussi fatigant que quelqu'un qui vous prend pour un ami sous prétexte qu'il vous connaît.* Sadie se sentit rougir : ces quelques mots venaient du Diggory Brent qu'elle avait lu la semaine passée.

— Alice, annonça Peter, voici l'inspecteur Sparrow, avec laquelle vous aviez rendez-vous.

Un sourire amical aux lèvres, il désigna un fauteuil Chesterfield de cuir vert à Sadie.

— Je vous laisse, maintenant. Si vous avez besoin de moi, je suis dans la cuisine.

Sitôt Peter parti, le tic-tac de la pendule sur sa cheminée se fit plus sonore. Sadie brûlait d'entamer la conversation. Elle se ravisa cependant, se souvenant qu'Alice, dans une de ses interviews, avait dénoncé avec un certain mépris l'incapacité de la nouvelle génération à supporter le silence. Il était hors de question de laisser sentir à A. C. Edevane ne serait-ce qu'un soupçon d'inquiétude. Cet aveu de faiblesse, songeait Sadie, ne pouvait que la mener à sa perte.

Alice l'observait. De ses petits yeux vifs, incroyablement brillants dans un visage par ailleurs fané. Des yeux qui, se dit soudain Sadie, pouvaient percer les secrets des âmes. La vieille femme prit la parole au bout de quelques secondes, qui semblèrent bien plus longues à son interlocutrice. Alice avait une voix théâtrale, une élocution d'un autre temps.

— Eh bien, articula-t-elle. Nous nous rencontrons enfin, inspecteur Sparrow.

— Je vous en prie, appelez-moi Sadie. Ma visite n'a rien d'officiel.

— Oui, c'est ce qu'il me semble.

Sadie se figea. Ce n'était pas tant les mots – Alice se contentant de prendre acte de sa présence – que la manière dont ils avaient été prononcés. Oh, ces yeux qui perçaient les secrets.

— J'ai procédé à mon enquête, inspecteur Sparrow. Simple précaution, vous en conviendrez. Vous m'avez demandé par écrit la permission de pénétrer dans notre maison de famille, de fouiller dans nos archives, probablement, et vous avez exprimé le désir tout particulier de discuter avec moi de la disparition de mon frère. En dépit de ma profession, je ne goûte pas, vous l'avez sans doute deviné, la publicité. Je ne puis discuter des miens avec la première venue. Je voulais être certaine que l'on peut vous faire confiance, d'où les modestes recherches que j'ai entreprises pour me faire une idée plus exacte de votre personnalité.

Sadie s'efforça de dissimuler ses craintes sous un

sourire serein. Une idée plus exacte ! Ce n'était pas forcément très joli à voir.

— L'affaire Bailey ne m'est pas étrangère, poursuivit Alice. J'ai notamment entendu parler des propos non officiels que vous avez tenus en présence de ce journaliste. Derek Maitland, c'est cela ?

Le sang se retira du visage de Sadie pour aller battre au bout de ses doigts, comme s'il voulait s'enfuir. *Alice était au courant de son indiscrétion.* Ces mots lui apparurent en lettres de feu sur la rétine, leur rayonnement ardent, affolé, dispersant les pensées de Sadie. Elle finit cependant par reprendre le fil. Alice était au courant et cela ne l'avait pas empêchée de recevoir Sadie.

— Inspecteur Sparrow, une chose m'étonne dans cette affaire : comment pouvez-vous être aussi certaine que votre disparue, cette Maggie Bailey, a été victime d'un meurtre, alors que ce scénario n'est en aucune façon étayé ?

Le sujet de conversation était pour le moins inattendu de l'avis de Sadie : Alice, pourtant, ne l'abordait pas sans raison. Elle aurait pu signaler Sadie à ses supérieurs et refuser tout contact avec elle. Au lieu de cela, elle l'avait conviée sous son toit. C'était donc, songea Sadie, qu'Alice cherchait à la sonder. La stratégie n'avait rien d'original. L'art de la manœuvre orale était un des sports préférés de Sadie. Elle eut soudain pour la vieille dame un élan de respect sororal :

— Ce n'est pas facile à expliquer.

De déception les joues d'Alice s'affaissèrent. Réponse sans panache ni conviction. Il va falloir faire mieux, se dit Sadie.

— Tout d'abord, reprit-elle immédiatement,

l'aspect de l'appartement. La mère de l'enfant n'avait pas beaucoup de moyens, mais elle prenait soin de son intérieur, de la décoration. Le piano, repeint en jaune vif. Le mur couvert des dessins de la petite fille, tous fièrement signés de son nom. J'avais du mal à croire qu'une femme capable de ces démonstrations d'amour maternel puisse abandonner son enfant. Je trouvais ça étrange ; et lorsque nous avons interrogé des proches de Maggie, ils nous ont donné raison.

— Des proches ? Lesquels ?

— Sa mère, par exemple.

Alice haussa les sourcils :

— Allons, inspecteur Sparrow. Dans une situation comme celle-ci, la mère ne peut que prendre la défense de son enfant. Avez-vous rencontré d'autres personnes de son entourage ? Il y avait un ex-mari, si mes souvenirs sont exacts ? Vous a-t-il confirmé ces impressions ?

— Le portrait qu'il dressait d'elle était moins flatteur.

— Vraiment ?

— Enfin, ils avaient divorcé. Dans ce genre de situation, un ex-conjoint se montre rarement reconnaissant.

Alice s'accorda un bref sourire d'amusement. Elle se carra contre le dossier du fauteuil et considéra Sadie par-dessus ses doigts entrelacés.

— Les gens ne sont pas fiables, vous ne trouvez pas ? Le plus consciencieux des témoins est susceptible de commettre des erreurs, truffant son récit de petites erreurs, de certitudes et d'opinions, plutôt que de faits.

Sadie se souvint du récit de Clive et des réticences

d'Alice, en 1933, lorsqu'il lui avait fallu répondre aux questions des policiers. La manière dont elle traînait autour de la bibliothèque, l'impression que Clive avait eue d'une jeune fille qui cachait quelque chose. Ou qui voulait à tout prix entendre ce que les autres témoins racontaient.

— Nous sommes tous les victimes de notre expérience, poursuivit Alice, inclinant à considérer le présent à la lumière de notre passé.

Sadie le sentait, Alice n'était plus dans les généralités. Son regard d'aigle s'était posé de nouveau sur l'inspectrice.

— C'est exact, dit-elle.

— Je suis curieuse, inspecteur Sparrow. Laissons de côté les témoignages. Aviez-vous une preuve matérielle indiquant quelque crime sur la personne de la jeune mère ?

— Non, dut reconnaître Sadie. En revanche, nous avons retrouvé une lettre de la main de Maggie, confirmant la théorie de l'abandon pur et simple.

— Je me souviens de l'avoir lue, oui. La lettre a surgi une semaine après votre découverte de l'enfant.

— Oui, nous avions déjà exploré un certain nombre de pistes. L'enveloppe était coincée derrière le réfrigérateur.

— Et même après cela, vous n'avez pas accepté la version de l'abandon ?

— Non, j'avais du mal à ne pas poursuivre mon idée.

— Tant et si bien que vous avez décidé de porter le débat hors les murs. Et vous avez parlé à la presse.

Sadie croisa le regard d'Alice. Impossible de le nier : Alice n'était pas une idiote. Du reste, Sadie n'avait aucune envie de mentir. A. C. Edevane pouvait réduire sa carrière à néant – hypothèse étrangement libératrice. Depuis qu'elle était au repos forcé, Sadie n'avait pu parler en toute franchise de l'affaire Bailey qu'à bien peu de monde. Donald ne voulait pas lui accorder une minute sur ce sujet. Sadie ne voulait pas perdre toute crédibilité professionnelle aux yeux de Clive. Et elle ne voulait pas parler de ses soucis professionnels à Bertie, de peur de le décevoir. Là, pourtant, dans le salon d'Alice, sa langue se déliait. Elle n'avait rien à perdre : Alice savait déjà le pire.

— Je n'ai pas trouvé d'autre moyen pour que Maggie ne sombre pas dans l'oubli. Le Met était déjà sur d'autres dossiers. Le personnel est mal vu quand il s'acharne à dépenser l'argent du contribuable sur une enquête sans indices. Mais il m'était insupportable de penser qu'il était peut-être arrivé quelque chose à cette femme, et que personne ne soit disposé à remonter la piste.

— S'ils se rendent compte de ce que vous avez fait, vous serez renvoyée.

— Je sais.

— Aimez-vous votre travail, inspecteur Sparrow ?

— De tout mon cœur.

— Et cependant, vous l'avez fait.

— Il le fallait.

— Êtes-vous téméraire, inspecteur Sparrow ?

Sadie s'accorda un moment de réflexion.

— J'espère que non. Ma rencontre avec Maitland ne doit rien à l'improvisation. Et j'aime à penser que je n'étais pas tant irresponsable aux yeux de mes supérieurs que responsable envers Maggie – elle eut un soupir décidé : Non, je ne suis pas téméraire. Je tiens au travail bien fait. Avec une pincée d'obstination, me semble-t-il.

Peter fit sa réapparition dans la pièce alors que Sadie était en train de détailler son propre profil psychologique. Elle lui lança un coup d'œil inquisiteur. Alice avait-elle pressé sur un bouton secret, était-il venu lui signifier son congé ? Le jeune homme, sans un mot, interrogea sa patronne du regard, laquelle lui répondit d'un hochement de tête sans ambiguïté :

— Peter, si vous pouviez nous faire un peu de thé ?

Ce qui eut l'air de le plonger dans un profond contentement.

— Magnifique ! Je suis ravi.

En ressortant du salon, il décocha le plus chaleureux des sourires à Sadie, ce qui émut la jeune femme, même si elle ignorait ce qu'elle avait fait pour le mériter. Peter indéniablement la charmait. Curieux : il n'était pas du tout son genre. Il l'intriguait, cependant, avec sa longue tignasse et ses façons désuètes. Il n'était pas beaucoup plus vieux qu'elle et sa séduction était toute livresque. Comment avait-il échoué chez Alice, fidèle majordome des temps modernes ?

— Il est docteur. En littérature, pas en médecine, expliqua Alice Edevane, qui devait lire dans les pensées. Et c'est le meilleur secrétaire particulier que j'aie jamais eu.

Sadie se rendit compte qu'elle avait suivi Peter des yeux. Son regard se posa sur son genou ; elle en chassa d'un geste fébrile un invisible grain de poussière.

— Avez-vous lu un ou plusieurs de mes romans, inspecteur Sparrow ?

Sadie finit de frotter son pantalon.

— Oui, un.

— Donc vous avez rencontré Diggory Brent.

— Très juste.

— Vous ne le savez peut-être pas, mais s'il est devenu détective privé, c'est qu'il a été renvoyé par sa hiérarchie pour une faute très semblable à celle que vous avez commise.

— Je ne le savais pas.

— Eh bien, c'est qu'autrefois l'auteur d'une série était censé fournir une sorte de résumé des épisodes précédents au début de chaque nouveau volume ; puis les éditeurs ne l'ont plus exigé, et je l'avais si longtemps fait que je n'étais pas mécontente de m'abstenir. Il n'y a pas trente-six manières de dire la même chose et c'était devenu une corvée.

— J'imagine.

— Diggory n'était pas à son aise au Département des enquêtes criminelles. C'était un fonctionnaire de police très motivé, mais sa vie privée avait été marquée par une terrible tragédie. Il avait perdu sa femme et leur tout jeune enfant. Deuils qui lui avaient conféré une ténacité que ses pairs n'appréciaient pas forcément, pour ne rien dire de ses supérieurs. J'ai constaté que la perte d'un enfant tend à créer chez les individus une sorte de vide dévorant.

Une fois de plus, Sadie eut l'étrange impression qu'Alice en savait plus que de raison sur son compte. En guise de réponse, elle eut un sourire neutre, tandis que Alice poursuivait :

— Diggory est bien plus à l'aise dans son rôle d'enquêteur privé, que ne brident pas les règles de l'Administration. Non qu'il soit irrespectueux des lois : bien au contraire. C'est un homme d'honneur, qui tient au travail bien fait. Avec – quelle était votre expression, déjà ? – une pincée d'obstination.

Peter revint avec un plateau à thé qu'il installa sur le bureau, derrière Sadie.

— Comment le prenez-vous ? s'enquit-il, avant de lui servir, avec une exquise politesse, le thé « au-lait-un-sucre » qu'elle avait demandé.

— Merci, Peter.

Alice, elle, le prenait nature. Elle en but une gorgée, hésita un instant avant de l'avaler puis reposa la soucoupe et la tasse, qu'elle fit tourner de quelques millimètres.

— Eh bien, reprit-elle d'un ton qui sous-entendait à lui seul un nouveau changement de conversation, et si nous en venions à l'affaire qui nous occupe ? Vous mentionniez dans votre missive une théorie, que vous vouliez vérifier sur place, à Loeanneth. Dois-je en conclure que vous avez découvert le deuxième passage secret ?

Ainsi abandonnèrent-ils Maggie Bailey et Diggory Brent sur le bas-côté ; quant à la conduite des opérations, c'était Alice qui l'avait prise. Sadie n'était pas mécontente de revenir au sujet, quelque peu désorientée par le chemin suivi mais impatiente d'avancer.

— Oui, répondit-elle en se redressant sur le bord du fauteuil. Cela dit, depuis ma dernière lettre, j'ai changé d'avis sur la question. Si vous le permettez, je voudrais vous parler de votre père.

Alice broncha à peine, comme si elle savait ce qui allait suivre.

— Oui, si vous le souhaitez, inspecteur. Mais je suis une vieille femme, et le temps m'est compté. Je préférerais – et cela vous sera sans doute plus utile – que vous alliez droit au but et m'exposiez votre théorie. Que pensez-vous qu'il soit arrivé à Theo, inspecteur Sparrow ?

En dix ans au Met, Sadie n'avait jamais interrogé quelqu'un du calibre d'A. C. Edevane. Elle fit de son mieux pour masquer son embarras :

— Je crois que votre frère est mort la nuit de la fête, à Loeanneth.

— Moi de même.

Alice avait l'air presque contente, comme si elle faisait passer un examen à Sadie et que celle-ci avait fourni la bonne réponse.

— Cela n'a pas toujours été le cas. Pendant des années, j'ai cru qu'il avait été kidnappé. J'ai compris récemment que j'avais fait erreur.

Sadie se donna un peu de courage pour la déclaration suivante :

— Votre père souffrait d'un stress post-traumatique causé par ses expériences au front.

Alice restait imperturbable.

— C'est exact, bien que je ne l'aie appris que très récemment. C'était un secret que mes parents ont jalousement gardé. C'est ma sœur Deborah qui m'en a informée. Elle-même ne l'a appris qu'au lendemain de la Seconde Guerre mondiale… – les longs doigts d'Alice jouaient avec le passepoil de velours de l'accoudoir de son fauteuil : Fort bien, inspecteur Sparrow. Nous avons établi que mon père souffrait de stress post-traumatique et nous pensons toutes les deux que mon petit frère est sans doute mort à Loeanneth. Quel lien voyez-vous entre ces deux événements ?

On y était enfin. Sadie soutint le regard d'Alice :

— Madame Edevane, je crois que votre frère a été

victime d'un homicide involontaire dont votre père s'est rendu coupable.

— Oui, reprit Alice. C'est la conclusion à laquelle je suis récemment arrivée.

— Je pense qu'il est enterré à Loeanneth.

— C'est le scénario le plus vraisemblable.

Sadie poussa un soupir de soulagement. L'expérience lui avait appris que les gens, en général, n'apprécient guère qu'on incrimine leurs proches dans une affaire grave. Elle s'était vue peinant à convaincre Alice, cajolant la vieille dame, lui expliquant le détail de l'enquête et prenant grand soin de ne pas la heurter. Cet échange franc et direct était nettement préférable.

— Le seul problème, dit-elle, c'est que je n'ai aucune preuve.

— C'est là, inspecteur Sparrow, que je vais pouvoir vous être utile.

Un enthousiasme hésitant fit frémir le cœur de Sadie.

— Comment cela ?

— Le temps ayant fait son œuvre, je ne crois pas que l'on puisse retrouver des indices matériels. Il nous reste d'autres sources. Chez nous, on a toujours pris beaucoup de notes. Vous écrivez, inspecteur ?

Sadie secoua la tête.

— Non ? Bah, peu importe. Ce ne sont pas vos secrets que nous cherchons à violer. Mon père tenait religieusement son journal et ma mère, si elle ne partageait pas cette habitude, était une grande épistolière. Elle était de ces enfants qui écrivent aux fées, tout à fait charmant ! Et puis notre père est parti à la guerre, trois ans après leur mariage ; de ce fait, cette habitude ne l'a pas quittée.

Sadie se souvint de la lettre retrouvée dans le hangar à bateaux, adressée à Anthony. Il était au front et Eleanor était enceinte d'Alice. Pourquoi ne pas en toucher un mot maintenant ? Non, Alice risquait de la juger indiscrète, voyeuse. Du reste, la vieille dame était déjà passée à autre chose.

— Il y a sous les combles, à Loeanneth, un petit bureau où les papiers de famille sont conservés depuis des générations. C'est là que mon père travaillait. Il y a également un secrétaire à cylindre dans la chambre de ma mère. Je commencerais par ces deux pièces, si j'étais vous. Mère avait le démon de la correspondance. Toutes ses lettres étaient écrites en trois exemplaires ; une fois finis, les volumes étaient archivés dans les étagères, près de son secrétaire. Et toutes les lettres qu'elle recevait étaient conservées dans les tiroirs dudit secrétaire. Lesquels sont fermés à clé : mais vous n'aurez aucun mal à trouver ladite clé, suspendue à un petit crochet sous le fauteuil du bureau. Je m'attachais, enfant, à noter tous ces détails. Hélas, je n'aurais jamais songé alors que les papiers de ma mère puissent receler des secrets aussi passionnants ; quant au bureau où travaillait mon père, jamais je n'aurais osé y pénétrer sans y être autorisée. Ah, si j'avais bravé l'interdit, nous aurions pu nous épargner bien des soucis. Mais c'est ainsi. Mieux vaut tard que jamais. Je ne puis vous garantir que vous y trouverez les réponses que vous cherchez, je suis néanmoins assez optimiste. Mes contacts n'ont pas tari d'éloges sur vos capacités professionnelles.

Sadie parvint à arborer un sourire qui, elle l'espérait, exprimait assurance et responsabilité.

— Ces recherches vous donneront accès à de

nombreux documents. Je compte sur votre discrétion. Nous avons tous des secrets que nous ne voulons pas voir exposés sur la place publique, n'est-ce pas, inspecteur Sparrow.

Du chantage, se rendit compte Sadie. À fleurets mouchetés, mais du chantage.

— Vous pouvez me faire confiance.

— Je suis, inspecteur Sparrow, une fine psychologue, et je pense que vous avez raison, en effet. Vous avez le courage de vos convictions. C'est un trait de caractère que j'admire chez autrui. J'ai le plus vif désir de comprendre ce qui s'est passé cette nuit-là. Je n'aime pas le terme d'« épilogue » ; il convient au roman. Dans ce vaste monde qui est le nôtre, il me semble refléter un état d'esprit quelque peu infantile. Cependant, je pense qu'il est inutile de vous expliquer à quel point la résolution de cette énigme m'importe.

Alice ramassa un trousseau de clés posé sur une petite table, près du fauteuil. Après l'avoir fait tourner un instant entre ses mains, elle le tendit à Sadie :

— Les clés de Loeanneth. Et la maison vous est entièrement ouverte.

Sadie accepta l'offrande avec un hochement de tête solennel.

— Si tant est que j'y trouve quelque chose.

— Je n'en doute pas. Oui, parfait. Eh bien, inspecteur Sparrow, si vous n'avez pas d'autres questions, je pense que nous pouvons mettre fin à cet entretien.

Congé en bonne et due forme, ce que Sadie n'ignorait pas. Pourtant, lorsque Alice avait décrit les habitudes de ses parents, il lui était venu une idée. Visiblement, d'après Alice, le journal d'Anthony et les lettres d'Eleanor recelaient les preuves nécessaires pour impliquer son père dans la mort de Theo. Si Sadie avait pu établir la relation entre l'état d'Anthony et la mort de son fils, Eleanor Edevane, informée depuis 1919 de la fragilité mentale de son mari, l'avait nécessairement faite, elle aussi.

— Pensez-vous… Croyez-vous que votre mère était au courant ?

Alice resta de marbre.

— Oui, naturellement.

Les implications de ce « oui » étaient stupéfiantes.

— Dans ce cas… Pourquoi n'en a-t-elle pas fait part à la police ? Pourquoi ne l'a-t-elle pas quitté ? Après ce crime horrible…

— Mon père était malade. Ce n'était pas un homicide volontaire.

— C'était son *enfant*.

— Ma mère était d'une très grande rectitude morale. Pour elle, une promesse était un pacte sacré. Elle se disait par ailleurs qu'elle avait mérité ce qui lui arrivait. Qu'en un sens, elle en était même responsable.

— Qu'est-ce qui vous fait dire cela ? demanda Sadie, perplexe.

Alice se redressa dans son fauteuil, immobile comme une statue.

— Mes parents avaient employé pendant quelques mois un jardinier, un certain Munro.

— Oui, Benjamin Munro. Vous étiez amoureuse de lui.

Cette réponse sembla décontenancer Alice, ne serait-ce que quelques secondes.

— Diable, diable. Vous n'avez pas chômé.

— J'ai fait mon travail, rien de plus.

La banalité de sa propre réponse fit grimacer Sadie.

— Oui, bon. En l'occurrence, sans grande rigueur.

Alice haussa les épaules ; le contour anguleux de la clavicule apparut sous son chemisier de soie crème.

— Peut-être ai-je eu pour Ben un béguin de petite fille, mais ce n'est pas allé plus loin. Vous savez ce que c'est que d'être jeune et de s'amouracher si facilement.

Il y avait dans le ton d'Alice quelque chose qui fit dresser l'oreille à Sadie : se pouvait-il que A. C. Edevane fût au courant des engouements adolescents de Sadie ? Du jeune homme aux paroles enjôleuses, à la voiture rutilante, au sourire qui la faisait défaillir ?

— Benjamin Munro a quitté Loeanneth juste avant la disparition de Theo, dit-elle.

— Oui. Son contrat avait pris fin.

— Il n'avait rien à voir avec la disparition de votre petit frère.

— Dans les faits, non.

Sadie commençait à se lasser de ces faux-fuyants :

— Pourquoi en parler, dans ce cas ?

Alice redressa le menton.

— Vous m'avez demandé la raison pour laquelle Mère se sentait responsable de la disparition de Theo. Une semaine avant la fête du Solstice, Deborah, ma grande sœur, a raconté quelque chose à mon père qui a provoqué une effroyable crise chez ce dernier. C'est un élément que je n'ai appris que très récemment. Il semble que, durant les quelques mois qui ont précédé le solstice de l'été 1933, ma mère ait eu une liaison amoureuse avec Benjamin Munro.

25

Cornouailles, 1931

Eleanor tomba amoureuse pour la deuxième fois de sa vie à l'âge de trente-six ans. Ce ne fut pas un coup de foudre, comme pour Anthony. Elle n'était plus la toute jeune fille de 1911 : elle avait vingt ans de plus. Mais l'amour a de nombreuses nuances. Et les choses se déroulèrent ainsi : dans un Londres pluvieux et gris, après avoir rencontré le psychiatre de Harley Street, pris le thé chez Liberty, affronté une marée de parapluies noirs et la foule irascible de la gare, elle se retrouva enfin installée sur son siège d'un jaune terne, dans un compartiment humide, étouffant.

Le coup de sifflet du départ retentit et le train sembla enfin sur le point de démarrer, ce qui n'était pas trop tôt. Eleanor, le front contre la vitre, contemplait les rails noirs de suie et ne releva guère l'arrivée au dernier moment d'un passager, qui s'installa à la fenêtre, en face d'elle. Elle aperçut son reflet dans la vitre : un homme jeune, dix ans de moins qu'elle, au moins. Sa voix n'était pas déplaisante, ce qu'elle remarqua vaguement tandis que l'homme expliquait à son voisin qu'il avait eu de la chance d'avoir un billet. On le lui avait donné à la dernière minute, ajouta-t-il. Eleanor, tournée vers la vitre, l'oublia bientôt.

Le train s'ébranla dans un nuage de fumée ; la pluie s'abattit sur les vitres, et le paysage au-dehors se fondit dans la grisaille et l'humidité. Bientôt, la ville laissa place aux prairies et aux champs. Eleanor se remémorait son rendez-vous avec le Dr Heimer. Ne lui en avait-elle pas trop dit ? L'austère petite dactylo qui enregistrait sur son clavier la moindre de leurs paroles l'avait troublée, sur le moment : elle y repensait désormais avec une nausée. Bien sûr, il fallait être franche et sincère avec les médecins, ne rien leur cacher des discours et des agissements d'Anthony. Et pourtant, lorsqu'elle avait fait le tri dans ses pensées, puis qu'elle s'était entendue les exprimer, elle s'était soudain sentie accablée par l'écœurante certitude d'avoir trahi l'homme qu'elle aimait, l'homme qu'elle devait protéger.

Cet homme-là ne se résumait pas aux symptômes du mal qui le tourmentait. Elle avait voulu dire au Dr Heimer à quel point Anthony était un bon père, lui parler du beau garçon qui lui avait sauvé la vie, si joyeux, si sérieux. Quelle injustice que cette guerre qui avait vidé cet homme de sa substance, qui avait lacéré la tapisserie de son existence, ne lui laissant que les quelques lambeaux de ses rêves passés pour la réparer. Mais quelle que soit la manière dont Eleanor exprimait les choses, elle n'avait pas pu faire comprendre au Dr Heimer l'amour qu'elle portait à son mari, le désir qu'elle avait de le sauver, comme lui, un matin à Londres, l'avait sauvée de l'omnibus. Et comme elle n'y parvenait pas, elle voulait également que ce docteur l'absolve. Le psychiatre cependant était resté bien carré dans son fauteuil, avec son costume gris et ses lunettes à monture métallique, le stylo-plume pressé contre les lèvres, hochant la tête, poussant de temps à autre un petit soupir ou griffonnant quelques mots dans la marge de son bloc-notes. Les paroles d'Eleanor s'enroulaient sur elles-mêmes et, atteignant le docteur, dégoulinaient le long de ses cheveux lustrés comme l'eau sur les plumes du canard. Et dans le silence feutré et clinique du cabinet, le cliquètement de la machine de la sténographe sonnait comme un reproche incessant.

Il fallut que l'homme assis en face d'elle dans le train lui tende un mouchoir pour qu'Eleanor se rende compte qu'elle pleurait. Elle leva les yeux, stupéfaite, et constata qu'ils étaient à présent seuls dans le compartiment, hormis une dame d'âge mûr, qui s'était installée côté porte. Eleanor, absorbée dans ses pensées, n'avait remarqué aucun des arrêts effectués par le train.

Elle prit le mouchoir, s'essuya les yeux, gênée – non, pire, furieuse d'en être réduite à cela : une femme en pleurs que prenait en pitié un parfait inconnu. D'avoir accepté le mouchoir de ce jeune homme impliquait une sorte d'intimité. Eleanor n'était que trop consciente des regards que la vieille dame, feignant d'être toute à son tricot, jetait de temps à autre par-dessus ses aiguilles.

— Non, fit son compagnon de voyage lorsque Eleanor voulut lui rendre le mouchoir. Gardez-le.

Il ne lui posa pas de questions sur les causes de ses larmes. Eleanor ne lui en donnant aucune, il eut un sourire poli et retourna à ses propres préoccupations.

Lesquelles avaient, remarqua Eleanor, la forme d'un petit bout de papier qu'il pliait et dépliait sans relâche, fabriquant carrés, rectangles et triangles avant de tout défaire pour reprendre ses pliages à zéro. N'était-elle pas en train de l'observer avec insistance ? Elle détourna le regard, continuant cependant à l'épier dans le reflet de la vitre. Bientôt il fut arrivé à ses fins : un dernier ajustement, et le morceau de papier, qu'il inspectait sous tous les angles, se transforma en oiseau, un cygne au long cou, aux ailes pointues. Chose inattendue, Eleanor en conçut du plaisir.

Le train poursuivit sa lente progression vers l'ouest ; de l'autre côté de la fenêtre, la nuit tomba, aussi noire qu'un théâtre, la pièce finie. Eleanor avait dû s'endormir profondément : lorsqu'elle se réveilla, le train était parvenu à son terminus. Le chef de gare joua du sifflet, enjoignant aux passagers de descendre ; certains déjà passaient le long de la vitre, sur le quai.

Comme elle n'arrivait pas à récupérer ses affaires rangées sur le porte-bagages, il lui donna un coup de main. Ce n'était pas plus compliqué que cela. Le sac qui contenait la robe achetée à Londres était coincé, impossible de le dégager ; elle-même était encore dans les brumes du sommeil. La journée avait été si longue, avec ce départ à l'aube.

— Merci, vraiment, dit-elle. Et pour le mouchoir, tout à l'heure. Je l'ai mis dans un triste état.

— Cela n'a aucune importance, répondit-il avec un sourire qui fit apparaître une légère fossette sur sa joue. Il vous appartient désormais. Et ceci, bien sûr.

Il lui tendit le sac. Leurs mains se frôlèrent, leurs regards se croisèrent un instant. Lui aussi le sentit – elle le vit se raidir et son visage arbora pendant quelques secondes une expression perplexe –, ce choc électrique, cette étincelle de reconnaissance cosmique : en cet instant, la trame du temps s'était relâchée et ils avaient entraperçu une existence parallèle dans laquelle ils étaient bien plus que deux étrangers dans un train.

Eleanor s'efforça de remettre un peu d'ordre dans ses pensées. Martin, le chauffeur de Loeanneth, l'attendait sur le quai baigné de lumière, elle l'avait vu. Il scrutait les passagers, à la recherche de sa patronne, prêt à la ramener chez elle.

— Bien, articula-t-elle du ton affairé dont elle aurait congédié une nouvelle femme de chambre. Merci de votre aide.

Puis, adressant un bref hochement de tête au jeune homme et relevant le menton, elle descendit sur le quai.

***

Sensation électrique qu'elle aurait certainement oubliée si elle n'avait jamais revu le jeune homme. Une rencontre de hasard dans un train, un bel inconnu qui s'était montré gentil. Un moment sans importance, rejeté aux frontières d'une mémoire déjà vibrante de souvenirs plus récents.

Mais Eleanor le revit quelques mois plus tard, par une nuageuse journée d'août. La matinée avait été particulièrement chaude : l'atmosphère était lourde et Anthony, au réveil, se sentait déjà mal. Elle l'avait entendu qui se retournait entre les draps, luttant contre les visions horribles qui l'assaillaient Elle avait compris qu'il fallait s'attendre au pire. Ce que l'expérience lui avait également enseigné était qu'il était préférable de prendre les devants. Elle l'avait expédié à l'étage juste après le petit déjeuner, non sans l'avoir convaincu d'avaler deux pilules du somnifère du Dr Gibbons. Les domestiques avaient ordre de ne pas le déranger : il travaillait à un projet important, avait expliqué Eleanor. Comme c'était le jour de congé de nounou Rose, elle avait convoqué les trois filles.

— Allez mettre vos chaussures. Nous allons au village ce matin.

— Oh non ! Pourquoi ?

C'était Alice, comme d'habitude toujours la première à se plaindre. Et la plus véhémente. Si leur mère avait proposé une semaine au fond de la mine, elle n'aurait pas réagi plus vigoureusement.

— Il se trouve que j'ai des paquets à aller chercher à la poste et que j'aurai besoin de bras pour m'aider à les rapporter ici.

— Mère, encore des paquets ? On pourrait sûrement ouvrir une succursale de Harrods avec tout ce que vous avez acheté.

Récriminations, récriminations.

— Alice, ça suffit maintenant. Un jour ou l'autre, si Dieu le veut, toi aussi, tu auras toute une maisonnée à diriger. À ce moment-là, ma chère, tu pourras faire comme tu l'entends et acquérir ou pas ce qu'il faut pour un ménage.

Ah ça, jamais ! proclamait l'expression muette d'Alice. Non sans surprise, Eleanor reconnut ses propres traits adolescents sur le visage buté de cette jeune fille de quatorze ans. Cette constatation l'irrita ; elle se redressa de toute sa taille.

— Et que je n'aie pas à te le répéter, Alice, siffla-t-elle

d'une voix plus tremblante qu'elle ne l'aurait voulu. Nous allons au village, un point, c'est tout. J'ai déjà demandé à Martin d'amener la voiture. Allez mettre vos chaussures.

Les lèvres d'Alice esquissèrent une moue hautaine ; une lueur de mépris passa dans ses yeux.

— Oui, *Mère*, articula-t-elle, comme si elle avait hâte de se débarrasser de ce mot.

Mère. Personne ne la portait vraiment dans son cœur, celle-là. Eleanor elle-même était lasse parfois de ses incessantes démonstrations de rigueur pédagogique. *Mère* n'avait aucun sens de l'humour et gâchait tous les moments un peu joyeux, un peu agités, avec ses sempiternels sermons sur la responsabilité et la sécurité. Et pourtant, elle était le pilier de la famille. Eleanor n'aurait pas résisté à la fatigue et au chagrin dont l'accablait l'état d'Anthony. *Mère*, elle, était toujours à la hauteur de la situation. Grâce à elle, les filles accordaient à leur père la distance dont il avait parfois besoin ; elle arrivait toujours à le rattraper avant la crise. Les filles la regardaient comme une mégère ? *Mère* n'en avait cure. Si elle se montrait sévère, c'était pour leur bien, pour qu'elles mûrissent, qu'elles deviennent des femmes bien.

La situation en revanche attristait profondément Eleanor, qui regrettait les heures lointaines de la guerre, lorsque les filles se pelotonnaient contre elle pour l'écouter raconter des histoires, lorsqu'elles exploraient le domaine, à la recherche des lieux magiques de sa propre enfance. Eleanor ne s'apitoyait plus sur son propre sort depuis longtemps, cependant. Elle connaissait d'autres familles dont l'existence avait été entièrement bouleversée pour répondre aux exigences d'un père ou d'un fils invalide. Elle en était venue à la conclusion bien arrêtée que le prix était trop cher à payer pour les enfants. Les désarrois, la déception d'Anthony ne devaient pas noyer de leur ombre les jeunes existences de leurs filles. Si elle, Eleanor, parvenait à absorber cette détresse, les trois filles n'en seraient pas affectées. Et le jour où elle trouverait le docteur idoine, le jour où elle découvrirait le moyen de le guérir, tout s'arrangerait sans qu'elles en aient jamais souffert.

Dans l'intervalle, Eleanor faisait tout le nécessaire pour cacher au reste du monde l'état de son mari, comme elle le lui avait promis. C'était pour cette raison, en partie, qu'elle passait constamment des commandes auprès des grands magasins de Londres. Elle n'avait pas besoin de la moitié de ce qu'elle achetait, mais ce n'était pas cela l'important : c'était pour elle la manière la plus simple d'empêcher les filles de traîner dans les jambes de leur père. Entre les parties de plage et les balades dans les champs, elles accompagnaient régulièrement leur mère au village pour récupérer ces fameux paquets. Du reste, les filles ne se posaient aucune question sur cette pratique, même si elles la trouvaient des plus irritantes : leur mère était maladivement dépensière et n'aurait pas imaginé la vie sans la dernière fanfreluche à la mode à Londres. Tel était leur état d'esprit ce matin-là.

— Deborah, Clementine, Alice ! On y va ! Martin attend.

S'ensuivit le pandémonium habituel, les filles s'égaillant dans la maison à la recherche de leurs chaussures introuvables. Plus tard, elles auraient droit à un sermon sur les jeunes filles bien élevées, la responsabilité, le devoir envers soi-même, etc. *Mère* était très forte pour les sermons. Rien d'étonnant à cela : avec Constance, elle avait été à bonne école. Eleanor s'étonnait du son de sa propre voix, sèche et sans humour. Pendant ces sévères leçons de morale, les visages de ses filles respiraient l'ennui et la détestation. Pis encore, hormis l'infime lueur de confusion et de douleur dans les yeux de Deborah – comme si elle parvenait à se souvenir d'une époque où Eleanor n'était pas encore *Mère* –, les filles ne semblaient jamais étonnées du comportement maternel. Et cela, se disait Eleanor, c'était vraiment effroyable. Les filles étaient loin de s'en douter, mais Eleanor enviait leur liberté, se réjouissait de leur sauvagerie, autrefois sienne. Elles auraient pu être de si bonnes amies, si Anthony…

Les trois sœurs se retrouvèrent enfin dans le vestibule, plus débraillées qu'Eleanor ne l'aurait souhaité : elles étaient toutes trois dûment chaussées, cependant. Elle les fit sortir. Martin était déjà au volant de l'automobile, sur la banquette arrière de laquelle elles s'entassèrent. Tandis que ses filles se disputaient pour savoir qui serait près de la fenêtre et laquelle s'était assise sur les pans de robe de l'une ou de l'autre, Eleanor regarda par la vitre. Anthony était dans son bureau du grenier, endormi. Avec un peu de chance, en restant toute la matinée au village, elle le retrouverait remis sur pied et ils pourraient passer un agréable après-midi. C'était parfois après d'horribles matinées de ce genre qu'ils vivaient les meilleurs moments en famille. Curieuse succession de descentes et de remontées, qui voyait son désespoir égaler en profondeur le lumineux soulagement de son retour à la santé. Ces moments étaient des joyaux, rares et précieux rappels de l'homme qu'il avait été. Non, de l'homme qu'il était encore, se reprit-elle, en dépit des ténèbres et de la souffrance.

Lorsqu'elles furent arrivées au village, le ciel s'était éclairci. Les bateaux de pêche rentraient ; les mouettes planaient en ricanant au-dessus d'une mer d'ardoise, grise et lisse. Martin ralentit lorsqu'il parvint dans la rue principale.

— Où Madame souhaite-t-elle que je la dépose ?

— Ici, Martin, cela fera parfaitement l'affaire.

Il se gara au bord du trottoir et sortit de l'auto pour leur ouvrir la portière.

— Madame veut-elle que j'attende ici pendant qu'elle fait ses courses ?

— Non, je vous remercie.

Eleanor lissa sa jupe sur ses hanches. Une brise salée, marine, lui caressa la nuque.

— Vous avez très certainement des provisions à rapporter à Mme Stevenson ; nous en aurons pour deux bonnes heures.

Le chauffeur promit de revenir pour midi et demi, disposition qui, comme il fallait s'y attendre, déclencha des protestations :

— Mère, deux heures ?

— Tout ça pour trois petits paquets ?

— On va mourir d'ennui !

— L'ennui, s'entendit répliquer Eleanor, est une province des plus lamentables, dans laquelle ne séjournent que les imbéciles.

Puis, balayant toutes les objections, elle ajouta :

— Je me suis dit que nous pourrions prendre un

thé, tant que nous étions au village. Vous pourrez me raconter ce que vous avez étudié, ces derniers temps.

Pas grand-chose, soupçonnait Eleanor, s'il fallait en juger par la fréquence de publication de la *Gazette de Loeanneth* et les gloussements des femmes de chambre détournées du droit chemin. Les filles s'intéressaient davantage à la vieille machine à imprimer qu'à leurs devoirs. Eleanor avait souffert du même penchant : mais ses filles n'avaient pas besoin de le savoir.

Réconfortées par la perspective d'un gâteau – si ce n'est par celle de discuter de leur scolarité avec Mère –, les filles se laissèrent guider jusqu'au café du front de mer, où toutes les quatre passèrent un moment plutôt agréable, à peine troublé par la maladresse de Clemmie, laquelle renversa un pot de lait. Un serveur vint à leur secours, armé d'un seau et d'une serpillière.

Hélas, leurs réserves de sociabilité n'étaient pas inépuisables. La théière et la conversation tarirent simultanément ; un coup d'œil à la montre de son père apprit à Eleanor qu'elles avaient encore une heure devant elles. Elle régla la note et mit le plan B en route : il incluait des visites à la corsetière, à la couturière et au joaillier, pour les raisons les plus futiles qui soient. Eleanor et ses filles se dirigèrent vers la Grand-Rue. Le temps qu'elle obtienne les informations souhaitées sur la réparation du fermoir de sa gourmette en or, l'impatience avait mis les filles hors d'elles.

— Mère, s'il te plaît ! Pouvons-nous descendre sur la plage pendant que tu finis tes courses ? supplia Alice.

— Allez, s'il te plaît, Mère ! fit Clemmie en écho – il lui avait suffi de trois minutes chez le bijoutier pour manquer de faire tomber le même nombre de pendules.

— Mère, je les accompagne, insista Deborah.

À dix-sept ans, cette dernière commençait tout juste à envisager son rôle de fille aînée et d'adulte en gestation.

— Je ferai attention, Mère. Je veillerai à ce qu'elles se tiennent bien. Et nous reviendrons à temps pour t'aider à porter les paquets, avant le retour de Martin.

Eleanor regarda ses filles s'éloigner, laissant échapper un soupir qui ne demandait qu'à sortir depuis un bon moment. Si les filles étaient soulagées, elle aussi. Quand il fallait maintenir l'ordre et la bonne humeur de cette troupe, le temps ne passait pas bien vite. Eleanor remercia le joaillier (« Oui, très bien, pour le bracelet ») et sortit du magasin.

Il y avait un banc de bois sur la place du village ; Eleanor constata avec joie qu'il était inoccupé. Elle s'y installa et passa une demi-heure à contempler les allées et venues des villageois. Enfant, Eleanor ne se serait jamais doutée qu'on pouvait, à l'âge adulte, prendre tant de plaisir à rester assis, tout simplement. Ni exigences, ni attentes, ni questions, ni conversation à alimenter : ô joie, véritable et sans mélange. Elle remarqua à regret qu'il ne restait plus qu'un quart d'heure avant le retour du chauffeur. Il était temps d'aller affronter la poste.

Ou plutôt – Eleanor se prépara au pire –, la postière. Marjorie Kempling était une véritable pipelette et disposait apparemment d'un gisement inépuisable de racontars en tout genre. Détail vexant – sans doute était-ce dû aux visites fréquentes d'Eleanor et à ses fameux paquets –, Mlle Kempling considérait Eleanor comme une comparse en complots divers. C'était une attitude injustifiée qu'Eleanor ne faisait rien pour encourager. Elle n'avait aucune envie d'être au courant des faits et gestes de ses voisins. Mlle Kempling cependant ne se laissait nullement démonter, dans son enthousiasme de commère, par les silences réservés d'Eleanor Edevane : au contraire. Moins Eleanor s'exprimait, plus Mlle Kempling prenait de place.

Parvenue en haut du perron de la poste, une bâtisse en pierre, Eleanor eut un moment d'hésitation. Il y avait une clochette sur le chambranle ; elle avait appris à redouter son tintement volubile. Il résonnait tel un appel au clairon aux oreilles de Mlle Kempling. Eleanor y entendait plutôt le glas. Elle se prépara mentalement, bien décidée à entrer d'un pas conquérant, à récupérer ses colis le plus vite possible et à se dégager, poliment mais fermement, de l'étreinte de la pieuvre. Avec plus de vigueur qu'il n'était nécessaire, sans doute, elle s'empara de la poignée et s'apprêtait à pousser la porte quand elle lui échappa des mains : mortifiée, elle percuta de plein fouet un client qui sortait de la poste au moment où elle y entrait.

— Oh, je suis navrée. Excusez-moi, bredouilla-t-elle en reculant sur le perron.

— Pas du tout. C'est à moi de vous demander pardon. Je suis sorti trop vite. Un besoin pressant de grand air et de silence.

Eleanor ne put s'empêcher de rire. Elle croisa le regard de l'homme. Elle l'avait déjà vu quelque part. Ah, oui. Le souvenir finit par lui revenir. Il avait changé. Les cheveux plus longs, sombres et bouclés ; le teint nettement plus hâlé. Il n'avait plus grand-chose à voir avec le jeune citadin qu'elle avait croisé dans le train du retour.

Le sourire du jeune homme s'élargit :

— Nous nous sommes déjà croisés ?

— Non, s'empressa-t-elle de répondre, tandis que le souvenir du voyage lui revenait.

La pluie, le mouchoir, le frisson qu'elle avait ressenti lorsque leurs mains s'étaient frôlées.

— Non, je ne crois pas.

— À Londres, peut-être ?

— Non, pas du tout.

Le front du jeune homme se plissa imperceptiblement, ce qui ne l'empêcha pas de décocher à Eleanor le sourire le plus insouciant du monde :

— Ah, je me trompe, alors. Toutes mes excuses. Bonne journée !

— Bonne journée.

Eleanor exhala profondément. Cette rencontre inopinée l'avait curieusement perturbée ; elle attendit un moment avant d'entrer. La sonnette tinta joyeusement. Eleanor dut se retenir pour ne pas lui infliger une bonne claque, histoire de la faire taire.

Une lueur de joie apparut dans les yeux de la postière lorsqu'elle reconnut l'arrivante.

— Madame Edevane ! Quel plaisir de vous voir ici. J'ai toute une collection de colis à votre nom. Mais, doux Jésus, vous n'avez pas l'air dans votre assiette.

— Bonjour, mademoiselle Kempling. Le fait est que j'ai bousculé un de vos clients en entrant. Je n'ai pas fait attention. Cela m'a un peu secouée.

— Oh, Seigneur ! Ce devait être M. Munro. Tenez, asseyez-vous, ma chère. Je vais vous apporter un verre d'eau.

M. Munro. Marjorie Kempling connaissait son nom, bien sûr. Eleanor se détestait d'être intéressée par l'information. Et Mlle Kempling prononçait ce nom avec un naturel qui donna à Eleanor une bouffée de jalousie, ce qui la fit se détester avec plus d'ardeur encore.

— Et qu'est-ce qu'il est beau garçon !

Mlle Kempling surgit derrière le comptoir, un verre d'eau dans sa main grassouillette.

— Il pourrait faire du cinéma ! Il n'a pas grand-chose à voir avec les jeunes hommes du cru, hein ? Un touche-à-tout, d'après ce que j'ai compris. Il travaille à droite, à gauche, il prend ce qu'on lui donne. Il a fait la cueillette des pommes chez M. Nicolson, cet été.

Elle se pencha vers Eleanor, si près que cette dernière sentit le parfum de la crème de jour huileuse dont la postière se barbouillait.

— Il habite dans une vieille roulotte, près de la rivière, comme un romanichel. Je ne serais pas surprise d'apprendre qu'il a une petite goutte de sang gitan, hein, vu son physique. Ah, ce teint ! Ces yeux !

Eleanor eut un sourire crispé. L'excitation de la postière et son goût des ragots lui semblaient méprisables. Et cependant, elle n'avait qu'une folle, irraisonnable envie : en savoir plus sur le séduisant vagabond. La pire forme d'hypocrisie qui soit !

— Ce n'est pas ce qu'on appelle un monsieur, poursuivait l'intarissable postière, mais il est très poli, et d'une grande amabilité. Ses visites vont me manquer.

Lui manquer ?

— Ah bon ?

— Oui, c'est ce qu'il est venu me dire. Il n'aura

plus besoin que je lui garde son courrier. Son contrat avec M. Nicolson est sur le point de prendre fin. Il s'en va la semaine prochaine. Ce qui est encore plus triste, c'est qu'il n'a pas laissé d'adresse pour faire suivre son courrier. Très mystérieux, comme comportement, hein ? Je lui ai dit : « Mais si je reçois une lettre à votre nom, où la ferai-je suivre ? » Vous savez ce qu'il m'a répondu, madame Edevane ?

— Je n'en ai aucune idée.

— Il m'a dit : « Tous ceux qui me sont chers sauront où m'écrire. Les autres, je peux m'en passer. »

***

Il ne lui sortit plus de l'esprit après cette deuxième rencontre. Mlle Kempling lui avait fourni assez d'informations pour attiser son intérêt ; dans les semaines qui suivirent, Eleanor se surprit plus d'une fois à songer au jeune homme. M. Munro. Le nom s'était insinué dans son cerveau et se manifestait dans les moments les plus inopinés. Quand elle montait voir Anthony dans son bureau. Quand elle regardait les filles jouer sur la pelouse. Quand elle se couchait, le soir, et que les oiseaux de nuit commençaient à crier au-dessus du lac : M. Munro, M. Munro ! comme une rengaine dont on n'arrive plus à se défaire. Elle entendait de nouveau sa voix chaleureuse – et la manière dont il l'avait regardée, comme s'ils venaient de partager une plaisanterie qu'ils étaient seuls à comprendre. Et la sensation qu'elle avait éprouvée lorsque leurs mains s'étaient frôlées, dans le train. Comme s'ils étaient depuis toujours destinés à se rencontrer.

Ces pensées, elle le savait, étaient dangereuses.

Elles étaient mauvaises. Le frisson dont elles s'accompagnaient en était la preuve. Eleanor était choquée par sa propre attitude. Choquée, horrifiée. C'était la première fois qu'elle ressentait une attirance pour un autre homme qu'Anthony. Elle se sentait souillée, d'une certaine manière. Elle voulut se rassurer : ce n'était qu'un moment d'aberration, une éphémère foucade. Elle allait bientôt oublier ce garçon. Du reste, cela ne regardait qu'elle. Personne n'avait besoin de connaître le fond de ses pensées. L'objet de ses divagations, d'ailleurs, était parti depuis des semaines, sans laisser d'adresse. Le risque était minime. Pourquoi ne pas jouir tranquillement de ces quelques souvenirs ? Quel mal y avait-il à cela ? Si bien qu'elle continua à se remémorer, parfois même à broder. M. Munro. Son sourire détendu, l'attirance qu'elle avait ressentie lorsqu'il l'avait regardée, ce qui aurait pu se produire si elle avait répondu : « Mais oui, bien sûr, je me souviens. Nous nous sommes déjà croisés. »

***

Pourtant, chaque fois que le cœur s'autorise un écart, si minime, si bénin soit-il, il y a toujours un risque. Quelque temps plus tard, Eleanor dut de nouveau emmener les filles loin de Loeanneth : c'était par un matin éblouissant qui succédait à des semaines de crachin. Et rien n'ennuyait tant Eleanor que la perspective de devoir enfiler un corset et une robe habillée pour la traditionnelle visite au village. Elle décida donc d'organiser un pique-nique.

Mme Stevenson leur prépara des sandwiches et elles prirent le chemin qui passait entre les haies de laurier, contournèrent le lac et se retrouvèrent finalement au bord du ruisseau qui marquait la limite des jardins. Edwina, qui voulait être de toutes les promenades, haletait derrière elles avec ardeur. Adorable chienne, loyale et fidèle envers tous les Edevane et particulièrement attachée à Eleanor. Elles avaient conclu un pacte, assurément, le jour où Anthony s'en était pris à Edwina, alors à peine sevrée. Chère vieille Edwina ! Son arthrite ne l'empêchait pas d'accompagner sa maîtresse dans tous ses déplacements.

Le temps était merveilleux ce matin-là. Sans doute était-ce d'avoir été enfermées pendant des semaines, leur promenade les emmena bien plus loin que d'ordinaire. Plus tard, Eleanor se jura en son for intérieur que si ses pas les avaient conduites jusqu'au verger de M. Nicolson, c'était pur hasard. Ce fut Clemmie du reste qui mena la troupe, courant devant ses sœurs et sa mère, les bras écartés – et Deborah qui désigna le petit coin d'herbe sous le saule, au bord de l'eau, et s'écria :

— Et si on s'installait ici ! C'est idéal !

Eleanor savait bien où elles se trouvaient ; et tandis que lui revenaient à l'esprit tous les fantasmes qui l'avaient animée ces dernières semaines, l'embarras la fit légèrement rougir. Avant qu'elle ait pu reculer et suggérer aux filles qu'on pouvait aller un peu plus loin encore, s'installer dans une autre clairière, la couverture avait été étalée et ses deux aînées s'y étaient étendues. Alice regardait son carnet, les sourcils froncés, les lèvres rentrées, son crayon suivant tant bien que mal le tumulte de ses pensées. Eleanor se résigna, le soupir aux lèvres : les filles ne bougeraient plus. D'ailleurs, pourquoi changer de place ? Cet homme, ce M. Munro – et ses joues s'empourprèrent tandis que le nom surgissait dans son esprit –, cela faisait des semaines qu'il était parti. Et c'était parce que Eleanor avait mauvaise conscience qu'elle répugnait à s'installer là, dans ce champ, près de cette ferme.

Elle ouvrit le panier du pique-nique et disposa les victuailles de Mme Stevenson sur la couverture. Tandis que le soleil s'élevait dans le ciel glorieux, Eleanor et ses trois filles se régalèrent de sandwiches au jambon, de reinettes, d'une quantité excessive de gâteaux, et de bière de gingembre bien fraîche pour faire passer le tout. Edwina les regardait avec des yeux implorants, engloutissant toutes les miettes qu'elles voulaient bien lui donner.

Tout de même, cette chaleur, en plein mois d'octobre ! C'était curieux. Eleanor défit les petits boutons de nacre des poignets de son corsage, puis retroussa ses manches en deux plis impeccables. Après le déjeuner, une envie de dormir lui vint. Elle s'allongea sur la couverture. Les yeux fermés, elle entendait les filles se disputer sans conviction la dernière tranche de gâteau. Puis son esprit se mit à vagabonder, remontant le ruisseau où sautaient les truites scintillantes, survolant l'orée du bois où chantaient les grillons, le verger où les feuilles tiédies murmuraient dans la brise. Les sons lui parvenaient exagérés et distincts, comme si quelque sortilège s'était emparé de ce coin du monde – une scène de conte de fées, comme ceux que lui racontait M. Llewellyn lorsqu'elle était petite. Son vieil ami avait quitté Loeanneth depuis un mois déjà, comme tous les ans, à la fin de l'été, pour apaiser, sous les cieux plus cléments de l'Italie, les tourments de son esprit et la tension de ses muscles. Il manquait terriblement à Eleanor. Son absence rendait l'hiver plus long et plus froid à Loeanneth, elle-même se sentait, loin de lui, plus raide, plus contrainte encore. M. Llewellyn était la seule personne au monde qui puisse encore voir en Eleanor la fluette gamine à la tignasse emmêlée, à l'insatiable curiosité.

Elle s'endormit, tout juste consciente d'avoir basculé, et rêva qu'elle était de nouveau une enfant. Elle naviguait sur sa barque dont la voile blanche était gonflée par le vent. M. Llewellyn et son père lui faisaient signe du rivage. Elle avait le cœur joyeux, pas le moindre soupçon de doute ni de crainte. La lumière dansait sur l'eau, les feuilles étincelaient. Lorsqu'elle se retourna pour leur faire signe à son tour, elle se rendit compte qu'elle avait vogué plus loin qu'elle ne le voulait. Le lac avait changé, s'était élargi ; un fort courant l'entraînait loin de la maison, de sa famille, de grosses vagues s'étaient formées soudain, la coque tanguait, tanguait. Il fallait s'accrocher au bastingage pour ne pas tomber…

Elle se réveilla en sursaut et se rendit compte qu'on la secouait.

— Mère ! Réveille-toi, Mère !

— Que se passe-t-il ?

Le soleil avait disparu derrière d'immenses et sombres nuages, à l'ouest ; le vent s'était levé. Eleanor se redressa et chercha les trois filles du regard.

— Clementine ?

— Elle va, elle va. C'est Edwina qui nous inquiète. Il y a une demi-heure, elle est partie à la poursuite d'un lapin ; elle n'est toujours pas revenue et la pluie menace.

— Une demi-heure ! Mais combien de temps ai-je

dormi ? – Eleanor lança un regard à sa montre, il était presque trois heures : Par où est-elle passée ?

Deborah tendit la main vers un lointain bosquet. Eleanor le fixa, les yeux plissés, comme si elle pouvait faire réapparaître Edwina par la seule force de sa concentration.

Le ciel était couleur de mûre. Eleanor sentait l'orage monter, son odeur de chaleur et d'humidité combinées. L'averse n'allait pas tarder et elle serait violente. Mais, et Edwina ? Impossible de l'abandonner aussi loin de la maison. Elle était âgée, n'y voyait plus très clair, et l'état de ses articulations l'empêcherait de se tirer seule de ce mauvais pas.

— Je vais aller chercher Edwina, déclara Eleanor en rangeant les restes du pique-nique dans le panier. Elle ne doit pas être bien loin.

— Mère, on t'attend ?

La réponse arriva après un bref moment de réflexion :

— Non, inutile de nous faire tremper toutes. Ramène tes sœurs à la maison. Fais attention à Clemmie ; elle ne doit pas se mouiller.

Après avoir envoyé les filles sur le chemin du retour, non sans une sévère mise en garde (« Ne traînez surtout pas en route ! »), Eleanor se dirigea vers le bosquet.

— Edwina ! Ed-wi-na !

Le vent, déjà fort, dispersa ses appels. Elle marchait d'un pas vif, s'arrêtant de temps à autre pour inspecter l'horizon, appeler de nouveau, écouter. En vain : pas un aboiement ne lui répondit.

Le ciel s'assombrissait de minute en minute et l'angoisse d'Eleanor se faisait de plus en plus vive.

Edwina devait être morte de peur. À la maison, lorsqu'il se mettait à pleuvoir, elle filait droit à son panier, derrière les tentures de la bibliothèque. Là, couchée, les pattes sur les yeux, elle attendait que le pire soit passé.

Un colossal coup de tonnerre résonna dans la vallée ; Eleanor comprit que l'orage l'avait rattrapée. Les nuages obscurs et tumultueux avaient avalé le dernier coin de ciel bleu. Sans la moindre hésitation, elle escalada le portillon à chicane et commença à traverser le champ. Une violente rafale l'enveloppa tandis qu'un éclair déchirait les cieux. Lorsque les gouttes énormes se mirent à tomber, Eleanor porta les deux mains à ses lèvres.

— Edwina ! Edwina !

De nouveau sa voix fut aspirée par le vent et nul aboiement ne lui répondit.

Éclairs et coups de tonnerre se succédaient ; Eleanor était déjà trempée jusqu'aux os. Le tissu de sa robe lui collait aux mollets ; pour distinguer quoi que ce soit sous la pluie battante, il lui fallait cligner constamment des paupières. Un éclair s'abattit non loin avec un fracas retentissant. En dépit de l'inquiétude qu'elle ressentait pour Edwina, Eleanor fut saisie par une étrange excitation. L'orage, le danger, la pluie battante : leurs efforts combinés étaient en train de mettre à mal le vernis policé de *Mère*. Là, sous la foudre, renaissait Eleanor. Eleanor l'Aventurière. Libérée.

Parvenue au sommet d'une colline, elle vit, de l'autre côté, près du ruisseau, une petite roulotte de romanichel, peinte en bordeaux, les roues d'un jaune passé. Elle savait très bien à qui la roulotte appartenait et s'en approcha avec un frisson. Il n'y avait plus personne ; les rideaux délavés étaient tirés sur les fenêtres. La roulotte n'était plus vraiment entretenue. Sous la peinture écaillée, cependant, Eleanor distingua les guirlandes de fleurs peintes qui avaient sans doute orné le véhicule autrefois. Elle se demanda vaguement où il pouvait bien être maintenant. Puis quel effet cela faisait de mener ce genre de vie. Libre de voyager, d'explorer, de fuir. Elle lui envia cette indépendance, en conçut alors une curieuse irritation à son égard. Pure folie : il ne lui devait rien, bien sûr. Cette impression d'avoir été trahie par lui n'était alimentée que par sa sotte imagination.

Eleanor avait presque atteint le bord de la rivière et se demandait que faire – la traverser, la suivre jusqu'à Loeanneth – lorsqu'elle s'immobilisa, les yeux fixés sur la roulotte. Au sommet des quelques marches qui conduisaient à la porte se tenait Edwina, on ne peut plus à l'abri des intempéries. Eleanor éclata de rire :

— Dis donc, tu es drôlement futée, toi ! Dire que tu es installée bien au sec là-dessous, alors que je suis trempée comme une soupe !

Le soulagement avait été aussi intense qu'immédiat. Elle se rua en haut des marches et s'agenouilla pour prendre le museau de la chère vieille bête dans ses mains :

— Tu sais que tu m'as fait une peur bleue, toi ! Je pensais que tu t'étais retrouvée coincée je ne sais où. Tu ne t'es pas fait mal, au moins ?

Elle inspecta les pattes d'Edwina, indemnes, puis une idée lui traversa l'esprit, déconcertante. Les marches étaient si raides, le palier si étroit…

— Mais, dis-moi, comment diable es-tu montée ici ?

Elle n'entendit pas la porte de la roulotte s'ouvrir. Et ce fut sa voix qui la fit sursauter.

— C'est moi qui l'ai aidée, dit-il. Je l'ai entendue se réfugier sous la roulotte au premier coup de tonnerre et j'ai pensé qu'elle serait mieux là-haut.

Ses cheveux bruns étaient trempés. Il était en maillot de corps.

— Je l'ai conviée chez moi, mais elle a préféré rester sur le palier. Pour vous guetter, je pense.

Eleanor resta muette. La surprise était trop forte. Il n'aurait pas dû être là, mais sur les routes, ou travaillant dans quelque autre ferme. Son courrier, les lettres que lui écrivaient ceux qui comptaient pour lui auraient dû le trouver à une nouvelle adresse. Le choc n'expliquait pas tout. Une impression de *déjà-vu**, en bien plus fort. La mystérieuse sensation, alimentée peut-être par l'orage et l'étrangeté de la journée, de l'avoir convoqué. Il était là parce qu'elle l'avait voulu, parce que ce moment était inévitable, parce que tout avait concouru à cette rencontre, ici et maintenant. Elle ne savait que faire, que dire. Elle tourna la tête un bref instant : il pleuvait toujours à verse. Une tempête dans un champ. Elle était en plein no man's land, perchée sur un pont étroit qui joignait deux mondes. Il reprit la parole et le pont céda sous les pieds d'Eleanor.

— J'allais faire du feu, dit-il. Voulez-vous entrer, le temps que l'orage passe ?

26

Londres, 2003

Une fois que Sadie Sparrow fut partie, les clés de Loeanneth bien rangées dans son sac à main, Alice sortit dans le jardin, à l'arrière de la maison. Le soir approchait, un silence mélancolique s'était emparé des lieux. Elle s'engagea sur le sentier de brique, envahi par les mauvaises herbes ; il y aurait des petites choses à faire dans le jardin dans les semaines à venir. Des tas de petites choses. Alice préférait que son jardin ait de la personnalité : mais entre le caractère et le chaos, il y a une certaine différence. Le problème, c'était qu'elle n'y descendait pas assez souvent, dans ce jardin. Autrefois, dans sa jeunesse, elle aimait tant être au grand air.

Un buisson de jasmin étoilé débordait sur le chemin ; Alice se baissa pour en cueillir une tige. Puis elle la porta à son nez et huma le parfum du soleil capturé dans les pétales. Prise d'une fantaisie soudaine, elle défit ses lacets. Une chaise de fer forgé aux formes délicates se tenait dans un petit coin, près du camélia. Elle s'assit, se débarrassa de ses chaussures, ôta ses chaussettes et remua ses orteils dans la surprenante douceur de l'air. Un papillon tardif voletait au-dessus d'un rosier tout proche. Alice, comme toujours, pensa à son père. Il s'était toute sa vie dévoué à la science, en amateur. Elle n'avait jamais imaginé une seconde qu'il aurait espéré autre chose que ce qu'il avait. Elle avait su qu'autrefois, il y avait bien longtemps, il avait étudié pour devenir médecin. Mais cela, comme les rêves et les désirs des parents, relevait d'un lointain passé bien moins concret que le fier et beau présent dans lequel elle se mouvait. À présent, elle commençait à comprendre ce que la guerre lui avait dérobé. Des lambeaux de conversations lui revenaient, des jurons, des phrases, marmonnés quand ses mains tremblaient, quand il avait du mal à se concentrer, le sérieux avec lequel il s'adonnait aux jeux de mémoire, pour essayer de mettre de l'ordre dans son esprit.

Alice plaqua ses pieds nus contre les briques tièdes, sentant chaque caillou, chaque fleur fanée entre eux. Sa peau état devenue si fine, si sensible : rien à voir avec ses pieds d'enfant, rendus calleux par la vie au grand air. Pendant les longs étés de Loeanneth, elles pouvaient passer des journées entières sans chaussures. Quand Mère annonçait une visite au village, il fallait fouiller partout pour les retrouver. Oh, la cavalcade affolée dans la maison, le cou tendu sous le lit, derrière les portes, sous les escaliers – puis la découverte triomphale, enfin. Le souvenir était si vif qu'il en devenait presque tangible.

Elle poussa un lourd soupir. En donnant les clés de Loeanneth à Sadie Sparrow, elle avait libéré une tristesse qu'elle réprimait depuis longtemps. Lorsque Eleanor était morte, léguant la maison à Alice, cette dernière avait rangé les clés dans un tiroir, se jurant de ne jamais y remettre les pieds. Une partie d'elle-même était cependant consciente de la versatilité de cette promesse. Elle changerait d'avis, tôt ou tard. Loeanneth était son chez-soi, sa maison tant aimée.

Pourtant, elle n'avait jamais changé d'avis. Et ce jour viendrait-il jamais ? Elle avait confié les clés et la tâche de démêler les secrets des siens à une inconnue, une jeune inspectrice dont la détermination était aussi grande que le détachement. Si Sadie Sparrow s'intéressait à la disparition de Theo, c'était d'un point de vue purement technique. N'était-ce pas une manière d'en finir, d'admettre qu'elle, Alice, ne reviendrait jamais à Loeanneth ?

— Ça vous dirait, un gin tonic ?

C'était Peter : une carafe en cristal dans une main, deux verres dans l'autre. Les glaçons s'entrechoquaient comme dans une pièce de Noel Coward.

Le sourire d'Alice exprima un soulagement inattendu autant qu'involontaire.

— Rien, je le crois, ne me tenterait davantage.

Ils s'installèrent tous deux devant la table de fer forgé ; il remplit les verres. Astringent, citrique et d'un froid polaire : c'était exactement ce dont Alice avait besoin. Ils échangèrent d'aimables et plaisantes banalités sur le jardin, diversion bienvenue aux sombres ruminations de ces derniers temps. Si Peter remarqua qu'elle avait ôté ses chaussures et s'il considéra cet état de choses comme dangereusement contraire à la routine, il était trop poli pour le faire remarquer. Il finit cependant par se lever, avant de pousser sa chaise contre la table.

— Eh bien, je crois qu'il est temps que je rentre

chez moi, dit-il. À moins que je ne puisse faire autre chose pour vous ?

— Rien qui me vienne à l'esprit, pour l'instant.

Il hocha la tête sans pour autant s'éclipser. Une idée traversa l'esprit d'Alice : n'était-ce pas le moment de lui exprimer quelque gratitude ?

— Peter, merci pour ce que vous avez fait aujourd'hui. Pour votre présence qui a fait tourner la machine pendant la rencontre avec l'inspecteur Sparrow.

— Je vous en prie, n'en parlons pas.

Il tira sur un tendron de vigne vierge et joua un moment avec une des feuilles.

— Rencontre fructueuse, j'espère ?

— Oui, je le crois.

— Très bien, commenta-t-il. Excellente nouvelle.

Il n'avait toujours pas bougé.

— Peter ?

— Alice.

— Vous ne deviez pas rentrer ?

Il eut un soupir déterminé :

— Il faut que je vous dise quelque chose, là, maintenant.

— Je vous en prie.

— Maintenant que le site est fini, je me demande si je pourrais prendre quelques jours de congé, si vous pourriez vous passer de mes services pendant un moment.

Alice était décontenancée. C'était la première fois que Peter lui faisait ce genre de demande. D'instinct, elle aurait refusé sa requête. Elle ne pouvait pas se passer de ses services. Elle s'était habituée à lui. Elle aimait bien qu'il soit là avec elle, dans la journée.

— Je vois.

— C'est que j'ai quelque chose à faire d'assez important. Quelque chose qui me tient à cœur.

Alice scruta le visage du jeune homme ; il lui vint alors un sursaut d'introspection. Pauvre Peter, il ne demandait jamais rien, lui obéissait au doigt et à l'œil sans jamais se plaindre, lui faisait cuire ses œufs exactement comme elle les aimait. Et voilà qu'elle lui mettait des bâtons dans les roues. Une vraie mégère, voilà ce qu'elle était devenue. Comment cela se pouvait-il ? Elle, animée jadis d'une joie débordante, elle qui appréhendait le monde comme le lieu de tous les possibles. Était-ce cela qui s'était emparé d'Eleanor ? Elle déglutit.

— De combien de temps pensez-vous avoir besoin, Peter ?

Il sourit. Soulagement qui fit honte à Alice.

— Oh, je crois qu'il suffira de trois ou quatre jours, week-end compris.

Elle faillit rétorquer, « suffira à quoi ? » et se ravisa à temps, avant d'arborer le plus aimable des sourires :

— Quatre jours, très bien. Revenez donc mercredi.

— En fait…

— Peter ?

— J'aimerais assez que vous veniez.

Alice ouvrit de grands yeux.

— Avec vous ? Pendant vos jours de congé ?

— Non, pas vraiment en congé, répondit Peter, rieur. Je pense que nous devrions aller en Cornouailles. À Loeanneth. Pas pour empêcher l'inspecteur Sparrow de faire son travail d'enquête, non. Juste pour être là. Vous pourriez superviser et je pourrais lui donner un coup de main avec les journaux et les lettres. Lire entre les lignes, faire de l'analyse de texte. C'est mon travail.

Il l'observait, attentif, guettant sa réaction. Une heure plus tôt, elle aurait refusé – refusé mordicus. À présent, les mots ne lui venaient pas. Tandis qu'ils bavardaient en buvant leur gin tonic, la brise de l'après-midi avait apporté une odeur de jardin familière, terre humide et champignons mêlés. Et avec elle, un sursaut inopiné de la mémoire et de la nostalgie. Il y avait à Loeanneth un souvenir qu'elle voulait récupérer – emblème de la petite fille qu'elle avait été, de la culpabilité et de la honte qu'elle éprouvait depuis tant d'années. Ce souvenir, elle le désirait soudain plus que tout au monde. Si elle voulait vraiment que le passé soit derrière elle, il lui faudrait retrouver cet objet.

Et cependant. Revenir à Loeanneth. Ne s'était-elle pas juré de ne plus jamais… ?

Elle était incapable de se décider, ce qui, en soi, était inquiétant. Alice Edevane était l'ennemie de l'indécision. Les choses se délitent, se dit-elle. Je perds prise sur le cours de l'existence. Et, chose affreuse, cet abandon n'était peut-être pas aussi néfaste qu'elle pouvait le craindre.

Peter n'avait toujours pas bronché.

— Je ne sais pas, finit par marmonner Alice. Je ne sais vraiment pas.

***

Après le départ de Peter, Alice resta encore une heure dans le jardin. Elle se servit un deuxième gin tonic, puis un troisième, laissant venir à elle les bruits de la ville : rassurante routine vespérale de ses voisins, circulation d'abord plus intense puis diminuant peu à peu, tandis que le dernier oiseau en quête de fraternité cherchait un abri pour la nuit. C'était l'une de ces parfaites soirées d'été où la nature est tout entière à son apogée. L'air était chargé de parfums enivrants, la voûte du ciel chamarrée, du rose à l'outremer, en passant par le mauve. En dépit des révélations de ces derniers jours, Alice se sentit envahie par un immense sentiment de paix.

Lorsqu'elle se décida enfin à rentrer, elle constata que Peter lui avait préparé à dîner. Tout était sur la cuisinière. Il avait également mis la table avec les couverts et la vaisselle préférés d'Alice et laissé contre le porte-ustensiles une petite note indiquant à sa patronne la marche à suivre pour faire réchauffer la soupe – la pensait-il à ce point inapte ? De toute évidence, oui. Elle n'avait pas encore faim et préféra s'installer dans le salon pour lire. Mais au lieu de prendre un livre, ce fut dans la contemplation d'une photographie qu'elle se plongea : la famille au complet, un jour de pique-nique à Loeanneth. Cliché pris quelque temps avant que tout vole en éclats. Même si, dut-elle convenir, les fractures étaient déjà bien là.

Alice étudia longuement le visage de sa mère. En 1933, Eleanor avait trente-huit ans : pour une enfant de seize ans, une femme d'âge mûr, et, pour l'Alice de 2003, une toute jeune femme. Eleanor était alors une belle femme aux traits remarquables : mais comment Alice avait-elle pu ne pas remarquer la tristesse de son expression ? Revisitant le passé sans plus rien ignorer des épreuves sans fin traversées par sa mère, à s'occuper de Papa, à garder le secret de sa maladie, à faire siennes ses désillusions, Alice y voyait à présent plus clair. Et, d'une certaine manière, la beauté d'Eleanor en était rehaussée. Il y avait une certaine méfiance dans son attitude, une lancinante mélancolie dans son regard pénétrant, un accablement sur son front : et tout cela disait son courage, ou peut-être le défi qu'elle lançait au monde. Elle était fragile et forte, elle était ensorcelante. Quoi d'étonnant à ce que Ben fût tombé amoureux d'elle…

Alice reposa la photo. Clemmie avait été bouleversée par ce qu'elle avait vu par la fenêtre du hangar à bateaux.

« Elle avait douze ans et demi, avait expliqué Deborah, et n'était pas très mûre pour son âge. Elle avait du mal à sortir de l'enfance. Et puis, bien sûr, c'était Mère. »

Alice n'eut aucun mal à imaginer sa petite sœur sur l'auvent de bois du hangar, pressant le bras sur la vitre, appuyant le front contre le dos de sa main pour regarder par la fenêtre. Le spectacle qu'offraient Mère et Ben avait dû la sidérer. Quant à Papa ! La révélation de Deborah avait dû le mettre sens dessus dessous. Deborah elle-même n'en était pas sortie indemne.

« Quand Clemmie m'a dit ce qu'elle avait vu, je me suis dit que je ne pourrais jamais plus aimer Mère après cela, avait confié Deborah à Alice – laquelle partageait ce sentiment.

— Mais cette détestation n'a pas duré ?

— Après ce qui est arrivé à Theo ? Sa disparition mettait l'infidélité de Mère au second plan, tout de même, non ? Elle en était l'horrible punition, d'une certaine manière. Ma compassion outrepassait grandement ma colère. De plus, après le drame, Mère est pleinement revenue à Papa. S'il pouvait lui pardonner, je devais en faire autant.

— Et Clemmie ?

— Elle était si impénétrable, avait répondu Deborah en secouant la tête. Nous n'en avons jamais reparlé. Une fois ou deux, j'ai bien essayé, mais elle m'a regardée comme si je lui parlais en grec ancien. Elle ne pensait plus qu'aux avions. Parfois, elle donnait le sentiment d'avoir réussi à échapper aux soucis ordinaires et terrestres qui nous paralysent. Elle planait. »

Alice n'en était pas si convaincue. À la lumière de ces révélations, la distance qui s'était installée entre Mère et Clemmie prenait un sens nouveau. Alice l'avait toujours interprétée comme un symptôme de la nature solitaire et rebelle de Clemmie. Jamais elle n'avait imaginé que, dans le cas de sa sœur, cette réaction pût avoir une origine aussi précise, aussi traumatisante.

Et moi ? s'était-elle retenue de demander à Deborah, s'exclamant plutôt, avec une légèreté qu'elle était loin de ressentir :

« Je me demande quand même pourquoi tu ne m'en as pas parlé plus tôt. Je ne parle pas que de l'histoire entre Ben et Mère. Mais tout le reste : Papa, le traumatisme de la guerre, Theo. »

Les lèvres fermes de Deborah avaient eu une légère palpitation :

« Nous aimions tous Papa, Alice. Mais toi, tu avais une véritable adoration pour lui. Je ne voulais pas briser ton idole. »

Le rire dont elle avait voulu accompagner ces paroles sonnait faux :

« Jésus, je me donne le beau rôle. Non, ce n'était pas aussi noble que cela – elle avait eu un lourd soupir : Alice, si je ne t'en ai jamais parlé, c'est que je savais que tu m'aurais tenue pour responsable de la fureur de Papa. Et tu aurais eu raison. Et ça, je ne pouvais pas le supporter. »

Deborah avait alors éclaté en sanglots, effet combiné de la culpabilité et du chagrin. Et si, avait-elle gémi, si sa propre difficulté à tomber enceinte n'était pas le châtiment de cette terrible indiscrétion ? Alice l'avait rassurée. Non, le monde ne fonctionnait pas de cette façon. Et puis, la réaction de Deborah était parfaitement compréhensible. Ce qu'avait vu Clemmie avait attisé sa loyauté sans faille envers Papa et suscité une colère tout entière dirigée contre Mère. Comment pouvait-elle se douter du catastrophique résultat de sa confidence ?

Les pièces du puzzle étaient si nombreuses, si dispersées ! Chacun en détenait quelques-unes. La seule personne qui les avait toutes eues en main, c'était Eleanor, qui n'en avait jamais rien dit. Sadie Sparrow s'était étonnée qu'Eleanor eût pu absoudre son mari de la mort de Theo. Pendant tout l'entretien avec l'inspectrice, une question tacite et lancinante s'était imposée en arrière-plan : *Eleanor n'aimait-elle pas son bébé ?* Eleanor adorait Theo, il n'y avait pas dans son entourage une seule personne qui pût en douter. Elle avait pleuré la disparition de l'enfant jusqu'à son dernier souffle, retournant tous les ans à Loeanneth. Sans jamais reprocher quoi que ce fût à Papa.

« L'amour est patient, l'amour est tendre, l'amour ne conserve pas le souvenir des mauvaises actions », avait-elle déclaré à Deborah la veille du mariage de sa fille.

Ce qui, dans son cas, n'avait rien d'un lieu commun. Cette absolution avait une autre raison. L'inspecteur Sparrow avait peut-être du mal à le concevoir, mais Eleanor se savait en faute. Alice comprenait cela. Aux yeux d'Eleanor, le drame avait été provoqué par sa propre incapacité à respecter la promesse faite à Anthony.

Le regard d'Alice retomba sur la photographie. Combien de temps avait bien pu durer la liaison de Mère avec Ben ? N'avait-ce été qu'une foucade, ou s'étaient-ils vraiment aimés ? La révélation de Deborah avait tout d'abord embarrassé Alice. En pensée, elle avait immédiatement repris le chemin du hangar à bateaux, l'après-midi où Ben avait rejeté ses avances. Elle lui avait demandé sans y croire s'il y avait une autre femme ; la tendresse qui s'était alors répandue sur le visage de Ben lui avait donné la réponse. Oui, il y avait une autre femme, que Ben, cependant, n'avait pas nommée.

Ces deux-là, avait-elle imaginé, ne se moquaient-ils pas d'elle dans son dos ? Elle s'était sentie intensément sotte. Ce n'était plus le cas, cependant. Les violentes sensations du passé n'étaient plus que les ombres d'elles-mêmes. Lorsqu'elle avait rencontré Ben, elle n'était qu'une gamine de quinze ans, précoce, certes, mais naïve. Elle était tombée amoureuse du premier homme adulte qui se fût intéressé à elle et s'était méprise sur sa gentillesse, la prenant pour l'expression d'une passion réciproque. Histoire banale : Alice maintenant se la pardonnait, en raison de son extrême jeunesse. Et jamais Eleanor ne se serait moquée d'elle. Alice comprenait maintenant pourquoi sa mère avait réagi avec tant de chagrin, tant d'insistance, pourquoi elle s'était efforcée de détourner Alice d'une fréquentation jugée « peu convenable ».

Quant à jalouser Eleanor, que Ben lui avait préférée ! Non, Alice ne le pouvait pas. Sa mère avait tant souffert et tant perdu ! Comment, du haut de ses quatre-vingt-six ans, envier cette femme morte depuis près de six décennies, cette femme qui, à l'époque de ces tragiques événements, n'avait même pas quarante ans ? Autant jalouser son propre enfant, ou le personnage d'un roman lu jadis. Ce qu'elle ressentait, c'était de la tristesse. Ni de l'envie ni de la nostalgie. Rien de vague, rien de mystérieux dans son chagrin. De comprendre maintenant que sa mère avait traversé ces épreuves seule l'attristait. Et regardant le visage de sa mère, ce visage d'il y avait soixante-dix ans, elle en vint à se dire que l'amour peut-être était né de cela. Ben était gentil, doux, charmant, sans aucune des responsabilités qui sans doute pesaient sur les épaules d'Eleanor, fardeau parfois insupportable.

Ce fut ensuite Anthony qu'Alice voulut scruter. Il était assis sur le bord de la couverture du pique-nique, derrière ses filles. Il y avait un muret de pierre juste derrière lui. N'avait-elle pas autrefois pensé que Papa était aussi solide, aussi inébranlable que ces murs de pierre qui sillonnaient les champs autour de Loeanneth ? « Toi, tu adorais Papa », lui avait dit Deborah. Oui, elle l'aimait fort et elle avait toujours souhaité qu'il l'aime en retour. Mais n'étaient-elles pas toutes les trois dans ce cas, se disputant son affection ?

À présent, elle détaillait le moindre trait de ce

visage familier, cherchant à distinguer les secrets qu'ils avaient si longtemps cachés. Alice avait, comme tout le monde, entendu parler de stress post-traumatique. Les tremblements, les cauchemars, les hommes mentalement blessés qui se recroquevillaient au moindre fracas. « Papa, ce n'était pas la même chose », avait dit Deborah. Il ne parvenait plus à se concentrer, certes, et ses mains parfois se mettaient à trembler, si bien qu'il avait dû renoncer à ses études de chirurgie. Ce qui l'affectait, pourtant, était d'une autre nature. L'expérience qui l'avait transformé était bien précise, ce n'était pas seulement l'accumulation de toutes les petites horreurs de la guerre. Et cette tragédie inconnue, vécue sur les champs de bataille, avait en retour eu des conséquences dévastatrices pour leur famille, la paix revenue.

Comme il se doit, le regard d'Alice passa ensuite à Theo. Assis aux pieds de Mère, un sourire enjôleur sur son petit visage, il tendait le bras vers Clemmie, tenant fermement sa peluche préférée, Puppy, dans son poing serré. Celui ou celle qui ne connaissaient ni Theo ni Puppy auraient pu penser que le garçonnet faisait cadeau de son jouet à sa sœur. Impossible : Theo n'aurait jamais volontairement cédé Puppy à qui que ce soit. Cette peluche, où était-elle maintenant ? Question futile, s'il en fût, au regard des desseins supérieurs de l'existence. Ce qui n'empêchait pas Alice de se la poser. C'était sans doute la romancière en elle, cherchant toujours à élucider le moindre détail. D'autres questions se faisaient jour dans son esprit, plus importantes. De la plus primaire – comment cela s'était-il vraiment passé ? Quand Papa avait-il compris l'horreur de son crime ? Comment Mère l'avait-elle découvert ? – à la plus urgente, aux yeux d'Alice en tout cas : qu'était-il donc arrivé à son père pour qu'il en vienne à réagir de cette manière ? Alice aurait donné tout ce qu'elle avait pour pouvoir poser cette question à ses parents. Chose impossible, bien sûr. Restait à espérer que les réponses se trouvaient dans leurs papiers, à Loeanneth.

Elle avait confié à Sadie Sparrow le soin d'explorer ces archives. Elle se rendit subitement compte qu'il lui serait impossible de rester chez elle à ne rien faire. Elle s'était promis jadis de ne jamais revenir à Loeanneth. À présent, elle ne souhaitait rien tant que de revoir la maison, le lac.

Elle se leva soudain, arpenta la bibliothèque en éventant de la main ses joues brûlantes. Revenir à Loeanneth… Il suffit de m'appeler pour me dire oui, avait insisté Peter.

Allait-elle donc se laisser museler par un engagement contracté des années auparavant, dans l'ardeur de la jeunesse, l'incertitude et la peur ?

Elle lança un regard au téléphone et sa main tremblait.

27

Cornouailles, 1932

Sa vie était bénie des dieux, ce qui rendait sa situation plus terrible encore. Il adorait sa femme ; l'innocence et la bonté de leurs trois filles illuminaient sa vie ; un autre enfant était en chemin. Il habitait une belle maison au jardin désordonné, à l'orée d'une immense et superbe forêt. Les oiseaux chantaient dans ses arbres, les écureuils y bâtissaient leurs réserves, les truites prospéraient dans son ruisseau. Tant de bienfaits immérités. Des millions d'hommes s'étaient vu ôter la possibilité d'une vie normale, heureuse, ils avaient succombé dans la boue et la folie. Des hommes qui auraient tout donné pour vivre ne serait-ce qu'un moment ce qui était son existence. Eux étaient morts, oubliés ; et Anthony, lui, continuait de jouir de sa bonne fortune.

Il contourna le lac et fit halte lorsque lui apparut le hangar à bateaux. Il aurait toujours une affection particulière pour cette bâtisse. Journées si simples d'avant la guerre : la maison étant en travaux, Eleanor et lui avaient campé là, près du ruisseau. Avait-il connu moments plus heureux par la suite ? Tout paraissait si solide alors. Il avait tout : l'envie, le talent et l'assurance que donnent la jeunesse et le fait d'être entier encore, de n'avoir jamais connu d'épreuves. L'Anthony d'alors était un homme essentiellement bon : il pouvait se le dire maintenant en toute honnêteté. La vie, en cette époque révolue, ressemblait à une longue route droite, une route qui les attendait, tous les deux.

Après la guerre, lorsqu'il était rentré, il avait passé des journées entières dans le hangar à bateaux. Parfois, il se contentait de regarder le ruisseau couler. Ou bien il relisait de vieilles lettres. Ou dormait, tout simplement, il était si fatigué. Parfois il avait l'impression qu'il ne se réveillerait jamais. À vrai dire, il aurait bien aimé, certains jours, ne jamais sortir du sommeil. Mais il revenait à lui, régulièrement ; et, avec l'aide d'Eleanor, il s'installa un bureau sous les toits. Les filles s'approprièrent le hangar à bateaux. Pendant quelques années, ç'avait été un petit monde d'enfants, dédié aux jeux et aux aventures. Désormais, on y logeait les employés. L'idée ne lui déplaisait pas. Il se figura les strates du temps, les fantômes d'autrefois laissant place aux fillettes puis aux domestiques. Les constructions de l'homme ont une existence bien plus longue que la sienne, et n'est-ce pas une excellente chose ? C'était ce qui lui plaisait tant avec les bois et les champs de Loeanneth. Des générations les avaient arpentés, les avaient cultivés, étaient enterrées sous leur terre. La permanence de la nature, quelle consolation ! Même à Menin, sans doute, les arbres avaient repoussé. Pas facile à imaginer, mais ce devait être le cas. Et sur la tombe d'Howard, quelles fleurs, donc ?

Parfois, il pensait aux gens qu'ils avaient rencontrés en France. Il aurait préféré les éviter : à vrai dire, ils lui revenaient à l'esprit sans lui demander son avis, ces villageois, ces fermiers qui vivaient au cœur des batailles. Étaient-ils encore de ce monde, les M. Durand, les Mme Fournier et les mille autres qui les avaient hébergés, dans la joie ou l'indifférence, pendant toutes ces années ? Quand l'Armistice avait été signé, quand les canons s'étaient tus, ces gens dont ils avaient bouleversé l'existence et détruit les maisons, les étables, ces gens avaient-ils pu s'engager sur la longue et lente route de la guérison ? Oui, sûrement. Il fallait bien qu'ils restent là où ils avaient vécu.

Anthony contourna la haie et s'enfonça dans les bois. Alice aurait bien voulu l'accompagner, ce jour-là. Non, avait objecté Eleanor, lui inventant sur-le-champ de quoi s'occuper. Eleanor était passée experte dans l'art de déchiffrer les humeurs de son mari : sans doute les connaissait-elle mieux que lui-même. Ces derniers temps, les choses n'allaient plus si bien, pourtant. Depuis qu'Eleanor lui avait appris l'arrivée d'un nouvel enfant, l'état d'Anthony avait empiré. Eleanor avait pensé que la nouvelle pouvait lui faire du bien, et, d'un certain point de vue, elle n'avait pas tort. De plus en plus souvent, en parallèle, ses pensées le ramenaient à l'étable des Fournier. Il entendait des pleurs fantômes dans la nuit, des pleurs d'enfant. Et, chaque fois que le chien aboyait, il lui fallait s'immobiliser, s'abstenir de tout bruit, se rassurer ensuite. Tout allait bien. Ces pleurs, c'était dans sa tête. Comme si le savoir pouvait arranger quoi que ce soit…

Un vol d'oiseaux traversa, véloce, le ciel. Anthony

frissonna. L'espace d'un instant, il se retrouva couché sur le sol, derrière la petite salle de traite, l'épaule douloureuse – Howard avait frappé si fort. Il ferma les yeux de toutes ses forces, compta cinq respirations avant d'entrouvrir les paupières : la lumière revint à flots. Il s'efforça de ne voir que les vastes étendues des champs de Loeanneth, la balançoire d'Alice, la dernière clôture qui séparait les prés du bois. D'un pas lent et déterminé, il se dirigea vers cette frontière.

Mieux valait n'avoir pas emmené Alice aujourd'hui. Eleanor avait raison. Il devenait imprévisible. Ce qui l'inquiétait. S'il faisait des choses sans s'en rendre compte, si les filles le voyaient, l'entendaient ? Il ne fallait pas qu'elles sachent ce qu'il avait fait, ce qu'il était. Il n'aurait pas supporté qu'elles apprennent la vérité. Pis encore : qu'elles puissent entrevoir un jour ce qu'il avait *failli* faire. Le monstre qu'il avait *failli* devenir.

Quelques nuits plus tôt, un bruit l'avait réveillé. Il faisait noir dans leur chambre. Il s'était assis sur son séant, dans le lit. Il avait aperçu une silhouette dans l'angle du mur, près du rideau. Quelqu'un. Le cœur d'Anthony s'était emballé.

« Qu'est-ce que c'est ? avait-il sifflé. Qu'est-ce que tu veux ? »

L'homme d'un pas lent s'était avancé vers lui. Il avait traversé un rayon de lune. Anthony avait reconnu Howard.

« Je vais être père, disait Howard. Je vais être père, Anthony, comme toi. »

Anthony avait fermé les yeux et s'était bouché les oreilles avec une telle force que ses mains vibraient contre ses tempes. Lorsqu'il avait repris conscience,

Eleanor, qui s'était réveillée, le serrait dans ses bras. La lampe de chevet était allumée. Howard avait disparu.

Il reviendrait, cependant. Il revenait toujours. Et, avec l'enfant à venir, Anthony n'aurait plus aucun moyen de le tenir à l'écart.

***

Ils combattaient depuis deux ans et demi déjà. Les armées s'étaient enlisées et les soldats étaient pris dans une alternance apparemment infinie entre les hostilités du front et les retours à l'arrière, où ils logeaient dans les fermes. À Warloy-Baillon, qu'ils connaissaient bien maintenant, ainsi que ses habitants, ils s'étaient installés aussi confortablement que possible dans les limbes de cette guerre de tranchées. La rumeur leur parvint cependant qu'une grande offensive était en préparation. Anthony n'était pas mécontent. Plus tôt cette fichue guerre serait finie, plus tôt ils pourraient rentrer.

C'était sa dernière journée avant le retour aux tranchées ; il s'était installé devant la table en chêne dans la cuisine de leur hôte, le récalcitrant M. Durand, et savourait son thé dans une tasse en porcelaine (et non pas une timbale en fer-blanc) en relisant la plus récente des lettres d'Eleanor. Elle y avait joint une photographie de Deborah et de leur toute nouvelle fille, Alice, adorable petite bonne femme replète dont le regard débordait déjà, chose surprenante, d'une détermination téméraire. Après l'avoir contemplée une dernière fois, il rangea soigneusement la photo dans la poche de sa veste d'uniforme.

La lettre, rédigée sur le papier au motif de lierre qu'il lui avait offert, correspondait exactement à ce qu'il avait réclamé à Eleanor : une collection d'anecdotes décrivant une vie dont il commençait à penser qu'on ne pouvait la trouver que dans les romans. Existaient-ils réellement, cette maison du nom de Loeanneth, ce lac où nageaient les canards, cette île ? Ce ruisseau qui serpentait dans les jardins sauvages ? Et ces deux petites filles, Deborah et Alice, passaient-elles vraiment leurs matinées dans le potager de leurs parents, mangeant des fraises à s'en rendre malades ? *Elles étaient toutes les deux bien mal en point après cette affaire*, écrivait Eleanor, *mais que puis-je y faire ? Ces coquines savent s'y prendre pour piller le jardin sans qu'on les remarque. Deborah garde les fruits de ses larcins dans ses poches et en nourrit sa sœur quand j'ai le dos tourné. Je ne sais si je dois m'enorgueillir de leur talent, ou m'en irriter. Et, même lorsque je soupçonne quelque expédition subreptice, je n'ai pas le cœur de les arrêter. Y a-t-il plus grand bonheur que de manger des fraises qu'on cueille soi-même ? Ah, les avaler et se sentir disparaître dans leur douceur sucrée ! Mais tu aurais vu la nursery, Anthony – ces petits doigts poisseux ! L'endroit a senti la confiture tiède pendant des jours !*

Anthony leva les yeux. Howard se tenait sur le seuil de la porte. Surpris dans ce moment de faiblesse et d'intimité, il replia aussitôt la lettre et la glissa dans sa poche, avec la photographie.

— Dès que tu es prêt, on y va ! annonça-t-il en remettant son casque.

Howard s'assit en face de son ami, sur une des rustiques chaises de ferme.

— Tu n'es pas prêt, constata Anthony.

— Non, et je n'y vais pas.

— Tu ne vas pas où ?

— Je ne retourne pas au front.

Anthony fronça les sourcils, déconcerté.

— C'est une blague ? Ou tu ne te sens pas bien ?

— Ni l'un ni l'autre. Je fiche le camp. Je déserte. Appelle ça comme tu veux. Je pars avec Sophie.

Anthony, chose rare, en resta coi. L'affection d'Howard pour la servante de M. Durand ne lui était pas inconnue, bien sûr. La pauvre petite avait perdu son mari à la guerre. Elle avait dix-huit ans et un tout jeune enfant, Louis, qu'elle élevait seule, n'ayant plus ni parents ni amis au village. De là à imaginer une relation plus poussée…

— Nous nous aimons, reprit Howard. Je sais qu'en ce moment ce mot peut paraître absurde, mais c'est comme ça.

Du village, on entendait toujours l'artillerie tonner dans le lointain. Ils s'étaient habitués aux tremblements du sol, aux entrechocs de la vaisselle sur la table. Ils étaient passés experts également dans l'art d'oublier qu'à chaque tir d'obus des hommes mouraient.

Anthony posa la main sur sa tasse pour l'immobiliser ; la surface du liquide était encore agitée de petits tremblements.

— Vous vous aimez, répéta-t-il.

Quel drôle de mot en effet en ce temps où l'on parlait plus volontiers des rats, de la boue et des membres arrachés.

— Je ne suis pas un combattant, Anthony.

— Nous le sommes tous désormais.

— Pas moi. Jusqu'ici, j'ai eu de la chance. Ça ne va pas durer.

— Il faut finir ce que nous avons commencé. Mieux vaut être mort que ne pouvoir servir son pays.

— Quelle ânerie ! Je n'y ai jamais cru. En quoi puis-je servir l'Angleterre ? Je suis bien plus utile à Sophie et à Louis qu'à mon pays.

D'un geste vague, il désigna la fenêtre. Sophie était assise avec son fils sur une chaise de jardin, de l'autre côté de la cour. Elle parlait tout doucement à son enfant – un beau petit garçon aux grands yeux d'un brun liquide, une fossette à chaque joue. Louis riait et, de sa petite main potelée, caressait le visage de sa mère.

Anthony baissa la voix.

— Écoute. Je peux me débrouiller pour te décrocher une permission. Que tu puisses passer quelques semaines en Angleterre. Que tu mettes de l'ordre dans tes idées.

Howard secoua la tête.

— Je n'y retournerai pas.

— Tu n'as pas le choix.

— On a toujours le choix. Je pars cette nuit. Nous partons cette nuit.

— Non, tu repars avec moi, maintenant. Et c'est un ordre.

— Je veux vivre avec Sophie. Je veux savoir enfin ce que c'est que la vie normale. Je veux être mari et père.

— Toutes ces choses, Howard, tu les auras. Mais pas de cette manière. Il faut faire les choses correctement. Tu ne peux pas filer comme ça.

— Je n'aurais pas dû t'en parler mais tu es plus qu'un ami pour moi. Tu es un frère.

— Je ne te laisserai pas faire.

— Là, c'est toi qui n'as pas le choix.

— Tu sais aussi bien que moi ce qui arrive aux déserteurs.

— Il faudrait d'abord qu'ils puissent me rattraper.

— Ils y parviendront.

Un sourire triste apparut sur le visage d'Howard :

— Anthony, cher vieil ami. Je suis déjà mort. Mon âme est morte et mon corps ne va pas tarder à la rejoindre.

Il se leva et repoussa lentement sa chaise. Puis il sortit de la cuisine en sifflant une mélodie qu'Anthony n'avait pas entendue depuis des années, un air de danse qui datait de leurs années étudiantes.

Cette manière de siffler, cet air, et la désinvolture avec laquelle son ami était en train de signer son propre arrêt de mort… Toutes les horreurs qu'ils avaient vécues et commises ensemble, le caractère implacable de toute cette entreprise, tout ce qu'Anthony avait réprimé en lui pour continuer à survivre – l'intensité désespérée de son désir de revoir Eleanor et ses deux filles, sa petite Alice qu'il ne connaissait que par des lettres et des photographies –, tout cela lui revint en une vague menaçante.

Ses pensées se brouillèrent. Il bondit sur ses pieds, se rua dans la cour, parcourut les chemins qui sinuaient entre les corps de bâtiment de la ferme. Il retrouva Howard dans l'allée qui longeait l'étable du voisin.

— Halte-là ! cria-t-il.

Howard, à l'autre bout de l'allée, continua de marcher.

— Tu n'es plus mon supérieur hiérarchique ! hurla-t-il sans se retourner.

La peur, l'impuissance, la colère montèrent en Anthony comme un maelström que rien ne pouvait plus endiguer. Laisser Howard aller au suicide ? Pas question. Il fallait trouver le moyen de l'arrêter.

Il se mit à courir. Il avait toujours été le plus pacifique des hommes – n'était-il pas destiné à devenir un médecin, un homme qui répare les hommes ? – mais à présent son cœur battait à se rompre, le sang courant dans ses veines charriait tout le chagrin, toute la frustration, toute la rage de ces dernières années. Parvenu à la hauteur d'Howard, il bondit sur lui et le plaqua à terre.

Les deux hommes, enlacés, roulèrent à terre, luttant, se débattant, chacun essayant d'infliger à l'autre un coup décisif sans jamais y parvenir. Howard cependant fut le premier à frapper pour de bon. S'étant écarté suffisamment pour prendre son élan, il porta à son ami un puissant crochet du gauche. Un feu liquide fusa dans la poitrine et l'épaule d'Anthony.

Howard cependant, comme il l'avait dit lui-même, n'était pas un combattant, de même qu'Anthony ; le corps à corps les avait épuisés à une vitesse surprenante. Ils se séparèrent, s'affalèrent chacun de son côté, dos contre terre, leur poitrine se soulevant et s'affaissant tandis qu'ils reprenaient souffle, passé le moment de folie.

— Oh, doux Jésus, finit par haleter Howard. Je suis navré. Je t'ai fait mal ?

Anthony eut un signe de dénégation. Il renversa la tête, fixa le ciel, que son étourdissement passager rendait plus éblouissant encore.

— Bon sang de bois, Howard.

— Je suis navré. Je viens de te le dire.

— Howard, tu n'as ni rations ni équipement… Tu te rends compte de ce que tu risques ?

— Sophie et moi… nous n'avons besoin de rien. Elle est là, je suis là, ça suffit.

Anthony ferma les yeux, la main sur sa poitrine. Le soleil lui piquait agréablement les joues et illuminait ses paupières d'une lueur orange.

— Je ne peux que t'en empêcher, tu le sais.

— Il faudra me tirer dessus, dans ce cas.

Anthony cligna des paupières dans la lumière radieuse. Un vol d'oiseaux passa, traçant un *V* noir sur le bleu étincelant du ciel. Le suivant des yeux, Anthony sentit toutes ses certitudes l'abandonner. Cette journée, ce soleil, ces oiseaux : tout cela échappait au domaine de la guerre. Là-haut, au-dessus d'eux, une autre réalité avait pris place. Si seulement il était possible de s'élever suffisamment pour s'évader de ce qu'ils appelaient monde.

Howard s'était assis contre le mur de brique pour examiner ses phalanges endolories. Anthony se laissa tomber près de lui. Ses côtes lui faisaient mal.

— Tu es déterminé à vouloir partir.

— Nous le sommes. Tous les deux.

— Qu'as-tu prévu, alors ? Car tu as un plan, j'imagine. Je ne peux pas croire une seconde que tu sois assez bête pour prendre la fuite avec une femme et un bébé sur les bras, sinon.

Howard expliqua ses intentions dans les grandes lignes. Anthony chassa de son esprit l'armée et ses règles, ne voulut pas penser à ce qui attendait son ami s'il était rattrapé. Il écouta, hocha la tête, se força à croire aux chances d'Howard et de Sophie.

— La tante de Sophie – elle habite dans le Sud, me dis-tu ?

— À la frontière espagnole, pratiquement.

— Et elle est prête à vous héberger ?

— Elle est comme une mère pour Sophie.

— Et le voyage ? Comment allez-vous tenir ?

— J'ai réussi à mettre de côté des rations. Il y a aussi le colis que m'a envoyé Eleanor. Et Sophie a du pain et de l'eau.

— Du pain de M. Durand ?

— Oui. Je lui laisserai un peu d'argent. Je ne suis pas un voleur.

— Où avez-vous stocké ces provisions ?

— Dans une grange, au bord des terres de Mme Fournier. Personne ne s'en sert plus. Il y a des trous d'obus dans la toiture, une vraie passoire.

— Quelques rations, un gâteau, une miche de pain. Ça ne vous suffira pas. Vous allez devoir vous cacher pendant des jours et des jours. Quant à ce qui vous attend dans le Sud…

— Tout ira bien.

Anthony se représenta le garde-manger de leur bataillon. Les boîtes de corned-beef et de lait condensé, la farine, le fromage et la confiture.

— Il vous faut plus que cela, dit-il. Attendez la nuit. Tout le monde va se concentrer sur l'offensive de demain. Je te retrouverai dans la grange.

— Hors de question. Je ne veux pas que tu sois impliqué.

— Impliqué, je le suis déjà. Nous sommes frères, Howard.

***

Le soir même, Anthony remplit un sac à dos de provisions diverses et revint à la ferme, prenant soin de ne pas se faire remarquer. En tant qu'officier, il jouissait de certains privilèges : ceux-ci n'incluaient cependant pas le droit de s'éloigner du bataillon avec un stock de marchandises volées.

Parvenu devant l'étable, il martela la porte avant de frapper un unique coup : c'était le code dont ils étaient convenus. Howard lui ouvrit immédiatement ; sans doute devait-il guetter son arrivée. Ils s'étreignirent. C'était la première fois, dans le souvenir d'Anthony. Plus tard, il se demanda s'ils n'avaient pas pressenti simultanément la suite des événements. Il confia le sac à dos à son ami.

Le clair de lune entrait en pluie d'argent par l'un des trous du toit. Sophie était assise sur une botte de foin, dans un coin, portant le bébé contre elle dans une écharpe de toile. L'enfant dormait, ses lèvres en bouton de rose esquissant comme une moue, son petit visage plissé par la concentration. Anthony envia la sérénité du bébé : lui-même ne serait plus jamais capable de dormir avec cet abandon. Il salua Sophie d'un signe de la tête, elle lui répondit par un timide sourire. Elle n'était plus, dans cette grange, la servante de M. Durand, mais la femme qu'aimait son meilleur ami. Cela changeait les relations.

Howard s'avança vers elle et ils échangèrent quelques mots à voix basse. C'était lui surtout qui parlait : elle écoutait, le regard attentif, hochait parfois rapidement la tête. À un moment, elle posa sa main, petite et délicate, sur la poitrine d'Howard. Lequel la saisit très doucement. Anthony se sentait de trop, incapable cependant de détourner le regard. Il y avait sur le visage de son ami une expression qui le bouleversa. Howard avait l'air plus âgé ; et ce n'était pas la fatigue qui le vieillissait. Le masque ironique qu'il portait depuis toujours était tombé – carapace de l'homme qui veut se rire du monde avant que le monde ne se rie de lui.

Lorsque les deux amoureux eurent conclu leur échange, Howard revint vers son ami pour prendre congé. Le moment était venu, comprit Anthony. Tout l'après-midi, il s'était demandé comment prendre congé, avait passé en revue tout ce qu'il pouvait dire à cet ami de toujours – les souhaits de réussite, les regrets, les petites choses qui lui revenaient, qu'il avait enfin l'occasion de lui confier. À présent, il n'en restait plus rien. Il avait trop de choses à dire et pas assez de temps.

— Fais attention à toi, Howard.

— Toi aussi.

— Et quand ça sera fini, tout ça…

— Oui. Quand ça sera fini.

Un bruit résonna au-dehors. Ils se figèrent en même temps.

Un chien aboyait dans le lointain.

— Howard, chuchota Sophie, affolée. *Dépêche-toi ! Allons-y**.

— Oui.

Howard hocha la tête, le regard toujours fixé sur son ami.

— Il faut qu'on parte.

Il se précipita vers Sophie, empoigna le sac à dos

et le hissa sur son épaule, avant de ramasser un autre sac qu'elle gardait à ses pieds.

Le chien ne se taisait pas.

— Tais-toi, marmonna Anthony. Tais-toi, pour l'amour de Dieu.

Le chien continua à se manifester, grondant, jappant ; il s'approchait de la grange. Il allait réveiller le bébé. On entendait des voix, maintenant.

Anthony balaya la grange du regard. Il y avait une ouverture dans le mur – trop haute cependant pour qu'ils puissent faire passer l'enfant. À l'autre bout, une porte donnait sur une sorte de vestibule. Il la montra à ses compagnons.

Ils s'entassèrent dans la petite pièce, que le clair de lune n'atteignait pas. Ils retinrent leur respiration, l'oreille tendue. Bientôt, leurs yeux se furent accoutumés aux ténèbres. Le visage de Sophie respirait la peur. Howard, qui la tenait par la taille, avait une expression indéchiffrable.

La porte de la grange tressauta sur ses gonds et s'ouvrit avec un claquement sec.

Le bébé, réveillé, se mit à babiller doucement. La situation n'avait rien d'amusant cependant, mais il ne pouvait le savoir et sa petite personne était pleine de la joie simple d'être en vie. Il riait.

Anthony porta le doigt à ses lèvres et fit comprendre aux deux autres qu'il fallait le faire taire.

Sophie lui murmura quelque chose à l'oreille : peine perdue, l'enfant s'en trouva d'autant plus réjoui et redoubla de rire. *On s'amuse*, proclamaient ses yeux sombres et dansants. *C'est rigolo !*

Anthony sentit ses cheveux se hérisser sur sa nuque. Les voix s'étaient rapprochées, claires, sonores, accompagnées de bruits de pas. Il réitéra son geste ; Sophie secoua légèrement le bébé, ses murmures se teintant de panique.

Le petit Louis sans doute était las de jouer. Peut-être avait-il faim, ou voulait-il que sa mère le pose à terre, et ne comprenait-il pas pourquoi elle le gardait dans ses bras. Son babil se fit sanglots, pleurs de plus en plus audibles ; en une seconde, Anthony fut contre Sophie, les mains plaquées sur l'enfant, qu'il tira, essayant de l'extraire de l'écharpe – essayant de lui fermer la bouche, pour qu'il s'arrête de pleurer. Pour que le silence revienne, pour qu'ils échappent à leurs poursuivants.

Le chien était déjà parvenu à la deuxième porte, grattant le battant de ses griffes. Howard avait ceinturé Anthony, le tirait vers lui avec une force décuplée, cherchant à l'écarter ; le bébé pleurait, pleurait ; le chien aboyait ; maintenant Howard avait pris Sophie dans ses bras, Sophie qui elle aussi gémissait. La poignée de la porte tourna.

Anthony dégaina son revolver et retint son souffle.

Lorsque la porte s'ouvrit, ils furent immédiatement aveuglés par les lampes torches. Anthony plissa les yeux et leva la main devant son visage, instinctivement. Dans sa confusion, il parvint cependant à distinguer deux hommes trapus, sur fond de ténèbres. L'un parlait un français fluide, rapide ; c'était le fermier, M. Durand. L'autre portait l'uniforme de l'armée britannique.

— Qu'est-ce que c'est que ce cirque ? demanda l'officier.

L'homme réfléchit avec tant de concentration

qu'Anthony avait l'impression d'entendre des rouages grincer.

— Posez ce sac et écartez-vous, ordonna-t-il sans surprise.

Howard s'exécuta.

Le petit Louis avait retrouvé sa bonne humeur, remarqua Anthony ; il tendait ses menottes vers le visage blême de sa mère. Son innocence absolue fascinait Anthony. Quel contraste terrible avec le drame qui se jouait.

Avec le silence lui vint la pleine conscience de ce qu'il avait failli faire l'instant d'avant – la dépravation de son instinct dans un moment aussi grave, l'horrible, le monstrueux instant.

Il secoua la tête. Non, c'était impossible. Une telle abjection ! Lui qui avait toujours pu se fier à son bon naturel, à sa maîtrise, à sa rigueur morale, à sa sollicitude, à son désir d'aider les autres.

En pleine confusion, il chassa cette pensée de son esprit, se concentra de nouveau sur le bébé. Il lui sembla soudain que dans un monde où toute bonté avait été abolie, il leur fallait tous prendre soin de ce précieux enfant, s'émerveiller de sa pureté. *Ne dites plus un mot*, eut-il envie de crier. *Contentez-vous de regarder l'enfant.*

Il était en train de perdre la tête, bien sûr. Face à la mort, c'était normal. Car ils allaient tous mourir, pas de doute à ce sujet. Désertion, complicité de désertion : c'était la même chose. Étrangement, elle n'était pas si effrayante que cela, la mort. L'avantage, au moins, c'est qu'elle viendrait rapidement.

Il était fatigué. Il s'en rendait compte maintenant : très fatigué. Plus la peine de faire tout son possible pour garder la tête hors de l'eau, pouvoir rentrer un jour. Eleanor le pleurerait, sûrement, puis elle s'y ferait. Elle serait contente de savoir qu'il était mort en voulant aider Howard à changer de vie. Ah, ah. Changer de vie ! Au moment où le monde s'effondrait.

Puis il y eut un grand fracas et Anthony sursauta. Chose curieuse, il était encore dans la grange de M. Fournier. L'officier britannique avait ouvert le sac à dos : les boîtes de conserve – le corned beef, le maconochie, le lait condensé – gisaient sur le sol. Anthony avait volé de quoi nourrir le couple et l'enfant pendant des semaines, si nécessaire.

L'officier émit un léger sifflement :

— Oh-oh. Il y a quelqu'un qui voulait prendre de longues vacances, visiblement.

— Oui, et ça aurait marché, siffla Howard, si Edevane ne m'était pas tombé dessus.

Anthony lança un regard perplexe à son ami. Howard détourna la tête.

— Ce salopard m'a suivi. Il a voulu me faire la leçon.

Tais-toi, se disait Anthony. *Tais-toi, par pitié. C'est trop tard.*

L'officier baissa les yeux sur le revolver d'Anthony.

— C'est vrai, ça ?

Son regard alla de l'un à l'autre.

— Vous avez essayé de l'arrêter ?

Anthony n'arrivait plus à rassembler ses mots. Tels des confettis par un jour de grand vent, ils lui échappaient.

— Ouais, il a essayé, s'interposa Howard. Et je lui ai dit qu'il faudrait qu'il m'abatte pour ça.

— Edevane ?

La voix de l'officier parvint à Anthony d'une distance qui lui semblait infinie. Il n'était plus dans cette fichue grange, non, il était retourné à Loeanneth, dans leur potager, il regardait ses filles jouer. Il s'occupait des fruits et des légumes qu'Eleanor et lui avaient plantés – des années plus tôt. Toute une vie. Il pouvait *sentir* l'odeur des fraises tiédies par le soleil – le soleil qui jouait sur son visage –, il entendait ses filles chanter.

« Reviens-moi », lui avait dit Eleanor, ce jour-là, près du ruisseau.

Il le lui avait promis. Il rentrerait auprès d'elles, dût-il lui en coûter la vie. Il le leur avait promis. Mais ce n'était pas la seule raison. Il allait rentrer parce qu'il le désirait plus que tout.

— J'ai voulu l'arrêter, s'entendit-il répondre. Je lui ai dit de ne pas chercher à fuir.

Ils revinrent vers le camp, Howard entre eux deux ; Sophie gémissait dans un français hoquetant. Il allait gagner du temps pour Howard, se disait Anthony, fiévreux. Parce que les choses ne pouvaient pas finir de cette façon. Tant qu'il y avait de la vie, il y avait de l'espoir. Il leur expliquerait. Il sauverait son ami. La vie redeviendrait comme avant. Ils étaient à des kilomètres du front. Il trouverait un moyen de sortir de ce pétrin avant le retour au camp.

Rien ne lui vint pourtant ; et lorsqu'ils ne furent plus qu'à quelques centaines de mètres du but, il se rendit compte que le parfum des fraises avait disparu, noyé dans la puanteur de la guerre – pourriture, boue, ordures et goût âcre de la poudre sur les lèvres. Il entendit un chien aboyer et – oui, il en était sûr – des pleurs d'enfant, loin dans la nuit. Et la pensée lui vint avant qu'il puisse la retenir, froide, terne, sans émotion ; oui, la pensée lui vint que, s'il avait pu finir le travail, s'il avait pu réduire au silence ce fichu bébé, cette précieuse petite vie à peine commencée – et l'enfant ne se serait rendu compte de rien, car Anthony aurait été rapide et miséricordieux comme l'éclair –, Howard aurait peut-être eu la vie sauve. Que ç'avait été sa seule chance d'aider son frère, et qu'il avait échoué.

28

Cornouailles, 2003

Maintenant qu'elle avait pu rencontrer Alice Edevane, Sadie n'avait plus guère de raisons de rester à Londres. Elle brûlait d'utiliser les clés de Loeanneth. En rentrant à l'appartement, elle décida de repartir sur-le-champ chez Bertie. Elle versa le contenu d'un verre d'eau sur la plante à demi morte, rassembla les notes du dossier Edevane, ferma son sac (qu'elle n'avait pas même pris la peine de vider) et le passa sur l'épaule. Puis, la porte verrouillée, elle descendit l'escalier quatre à quatre, sans se retourner.

Les cinq heures de route passèrent comme un charme. La campagne filait dans un fondu enchaîné vert ; Sadie, les mains sur le volant, réfléchissait à ce qu'elle trouverait à Loeanneth. Alice n'avait-elle pas trop promis ? Lorsqu'elle quitta l'A 38 pour se diriger vers la côte, il était presque neuf heures trente ; la nuit commençait à tomber. À l'approche du panneau incliné qui signalait la direction de la forêt, elle ralentit. La tentation était grande de bifurquer, de prendre la petite route qui conduisait à l'entrée secrète du domaine de Loeanneth. Elle avait hâte de se mettre au travail et était tout aussi désireuse d'échapper à la nécessité d'expliquer à Bertie la raison de son retour prématuré. Elle entendait déjà sa voix acerbe :

« Quoi, encore des vacances ? »

Mais il n'y avait pas d'électricité à Loeanneth et elle n'avait pas de lampe torche. De surcroît, à moins de rester cachée dans les environs, il faudrait bien qu'elle explique à Bertie la raison de son retour. Non, se dit-elle, mieux valait affronter les questions tout de suite.

Avec un soupir de détermination forcée, elle poursuivit la route de la côte jusqu'au village, qu'elle trouva en pleins préparatifs de la fête du Solstice. Des guirlandes d'ampoules multicolores étaient suspendues dans les rues ; le long des trottoirs, on avait disposé des tas de planches et de toiles, destinées à devenir des stands. Elle parcourut les venelles à faible allure, avant de s'engager dans l'allée en pente qui menait chez Bertie. Après le dernier virage, la maison apparut au sommet de la falaise, les fenêtres de la cuisine irradiant d'une chaleureuse lueur, le ciel constellé au-dessus du toit pointu. La scène sortait tout droit d'un film de Noël – la neige en moins. Sadie jouait le rôle de la parente trouble-fête, se dit-elle, arrivant de nulle part pour gâcher la sereine réunion familiale. Elle gara la voiture sur le bas-côté de la route étroite, sortit son sac de voyage de la banquette arrière et monta les marches du perron.

Avant qu'elle eût pu frapper, les chiens se mirent à aboyer et la porte s'ouvrit. Bertie portait un tablier et une louche.

— Sadie !

Son visage se fendit d'un grand sourire.

— Mais tu es venue pour la fête du village ! Quelle délicieuse surprise !

Splendide ! Elle n'avait même plus de prétexte à fournir.

Ramsay et Ash surgirent derrière leur maître et se mirent à flairer Sadie avec une joie sans mélange. Elle éclata de rire : impossible de se retenir. Puis, à genoux, elle les caressa affectueusement.

— Tu as faim ?

Bertie fit rentrer les chiens.

— J'allais me mettre à table. Entre, fais-nous quelques tartines beurrées pendant que je finis de préparer le repas.

***

Il n'y avait plus une seule surface libre dans la cuisine, entre les pots de confiture et les gâteaux que Bertie avait sortis du four. Ils dînèrent sur la longue table en bois, dans la cour. Bertie alluma les bougies des hautes lampes-tempête en verre. Tandis que les flammes dansaient et que la cire grésillait, Sadie se fit raconter les dernières nouvelles du village. Comme il fallait s'y attendre, les quelques jours d'avant festival avaient été riches en intrigues et en rebondissements.

— Mais tout est bien qui finit bien, conclut Bertie en essuyant son assiette d'un morceau de pain au levain. Demain, à cette heure-ci, tout sera fini.

— Jusqu'à l'an prochain.

Il leva les yeux au ciel.

— Allez, grand-père, n'essaie pas de me faire

croire que tu n'aimes pas ça. Regarde l'état de la cuisine ! On dirait qu'une tornade est passée par là.

Bertie sursauta, horrifié.

— Doux Jésus, touche du bois, vite ! Il ne faut pas tenter le sort. Tu ne dois surtout pas prononcer ce mot. La pire chose qui puisse nous arriver demain, c'est la pluie.

— Plus superstitieux que jamais, commenta Sadie, hilare, tandis que son regard errait vers le jardin, la mer qui dansait au clair de lune, le ciel pur aux myriades d'étoiles : Il n'y a pas de risque.

— Quoi qu'il en soit, il va falloir se lever tôt, demain matin, si nous voulons que tout soit en place à l'heure. Je ne suis pas contre un coup de main.

— Ah, à ce propos, dut préciser Sadie, je dois dire que je t'ai un peu menti sur la raison de mon retour.

Bertie leva un sourcil interrogateur.

— J'ai nettement avancé dans l'affaire Edevane.

— Bien, bien. Voyez-vous ça…

Il repoussa son assiette.

— Dis-moi tout.

Sadie résuma l'entretien avec Alice Edevane et la théorie qu'elles avaient fini par faire leur.

— Donc, tu vois, finalement, c'était important, cette histoire de stress post-traumatique.

— Seigneur, murmura Bertie en secouant la tête. Quel horrible drame. Pauvres gens.

— D'après ce que j'ai cru comprendre, ajouta Sadie, la mort de Theo a précipité la fin des Edevane. Ils ne sont jamais revenus à Loeanneth. Il y a eu la guerre de 39-45 et, quand elle s'est terminée, ou peu après, Eleanor, Anthony et leur fille cadette, Clementine, n'étaient plus de ce monde.

Une chouette s'éleva dans les cieux, invisible, les ailes battant dans l'air tiède. Bertie soupira.

— C'est étrange, hein, de découvrir les secrets de gens qui ne sont plus là pour les expliquer. Rien à voir avec ce que tu fais d'habitude, mue par la nécessité d'arrêter et de punir les coupables. Dans le cas qui nous intéresse, ils ont tous disparu.

— Certes, répondit Sadie. Ce qui compte, maintenant, c'est la vérité. Pense à ceux qui restent. Ils ont souffert, eux aussi. Ils ont le droit de savoir ce qui s'est vraiment passé. Si tu connaissais Alice, tu comprendrais à quel point ce mystère lui a pesé. Elle a vécu toute sa vie, je crois, dans l'ombre des événements de cette nuit de juin 1933. Ombre qui va peut-être se lever : elle m'a donné les clés de la maison et m'a autorisée à la fouiller de fond en comble, si nécessaire. Je ne rentrerai pas à Londres avant d'avoir mis la main sur les preuves de l'implication d'Anthony Edevane dans la mort de son fils.

— Eh bien ! Je trouve ça extraordinaire, ce que tu fais. Aider cette vieille dame à élucider cette affaire une bonne fois pour toutes. Et quelle belle opération ! Résoudre une énigme vieille de soixante-dix ans. Ça doit faire une impression formidable.

Sadie sourit. Oui, c'était une belle opération. Et cela faisait une impression géniale, en effet.

— Et puis, c'est diablement chic de la part du Met de prolonger tes congés, que tu puisses boucler cette affaire.

Elle s'empourpra à la seconde. Bertie, en revanche, qui avait tendu le bras pour caresser la nuque de Ramsay, était l'innocence personnifiée. Pensait-il vraiment ce qu'il disait ? Ou prêchait-il le faux pour savoir le vrai ? Impossible de trancher. Mais elle n'avait pas le cœur à la dissimulation. En vérité, elle était lasse de ces masques, surtout avec Bertie, qui était sa seule famille, la seule personne au monde à laquelle elle puisse se montrer sous son vrai jour.

— En fait, grand-père, j'ai quelques soucis au bureau.

Bertie n'eut pas l'air surpris.

— Oh, mon cœur, vraiment ? Tu veux m'en toucher un mot ?

Et Sadie dut expliquer le tour qu'avait pris l'affaire Bailey. L'impression qu'elle avait d'une disparition inquiétante de Maggie, son refus de suivre les instructions de sa hiérarchie et sa décision d'en référer à la presse.

— C'est la règle numéro 1, il ne faut pas parler à la presse.

— Mais tu es une professionnelle hors pair. Tu avais sans doute les meilleures raisons du monde d'ignorer les règles.

Il avait une confiance touchante en son jugement.

— Je pense que oui. J'étais certaine de ne pas me tromper. J'étais sûre de mes intuitions. Pour moi, c'était la seule manière de continuer à alimenter l'intérêt pour l'affaire.

— Tu as donc agi en toute bonne foi, même si la méthode n'était pas la bonne. Ça doit avoir son importance.

— Ce n'est pas comme ça que ça marche. Même si j'avais eu raison, cette attitude m'aurait valu des ennuis. Mais il se trouve que j'ai tort. Je n'ai pas suivi la bonne piste, l'affaire a commencé à m'obséder – et maintenant, j'ai une enquête interne sur le dos.

— Oh, ma petite chérie !

Le sourire de Bertie débordait de compassion.

— Si ça peut te consoler, et même si ça ne va pas très loin, je mise sur tes intuitions, moi.

— Merci, grand-père.

— Et Donald ? Il est au courant ? Que dit-il ?

— C'est lui qui m'a conseillé de prendre un long congé. Un coup d'avance, en quelque sorte. Ainsi, s'ils apprennent que c'était moi, je peux toujours dire que je m'étais déjà retirée de la scène.

— Et ça servira à quelque chose ?

— Ce n'est pas la miséricorde qui étouffe Ashford. Le mieux qui puisse m'arriver, c'est la suspension. Et s'il n'est pas dans un de ses bons jours, ce sera la porte.

— Ce n'est pas juste, reprit Bertie. Tu ne peux vraiment rien faire ?

— Le seul plan qui me soit venu, à part faire profil bas et éviter Nancy Bailey, c'est de croiser les doigts, grand-père.

Il leva sa vieille main ridée, index et majeur entrecroisés.

— Eh bien, je vais en faire autant. Entre-temps, tu as cette affaire de Loeanneth à finir d'élucider.

— Exactement !

À l'idée de ce qui l'attendait à Loeanneth, Sadie sentit un frisson d'excitation la parcourir. Tandis qu'elle se félicitait d'avoir enfin pu révéler à Bertie la raison de ses congés inopinés, il plissa le front :

— Je me demande pourquoi tu t'es entichée de cette affaire Bailey, en particulier.

— C'est-à-dire ?

— Pourquoi penses-tu que le dossier ait pris une telle importance à tes yeux ?

— Les histoires de mère et d'enfant, répondit-elle avec un bref mouvement d'épaules. Pour moi, ce sont les plus difficiles.

— Mais tu en as eu d'autres, des affaires de ce genre. Pourquoi celle-ci ? Et pourquoi maintenant ?

Sadie fut sur le point de répondre qu'elle n'en savait rien, que ça faisait partie des choses inexplicables, quand une vision lui traversa l'esprit. La lettre de Charlotte Sutherland. Une émotion lui gonfla la poitrine qui ressemblait furieusement au chagrin – une inondation qu'elle retenait depuis quinze ans.

— J'ai… j'ai reçu une lettre. Il y a quelques semaines. La petite. Elle a quinze ans, maintenant. C'est elle qui m'a écrit.

Derrière ses verres de lunettes, les yeux de Bertie s'arrondirent.

— Esther ?

Le nom se ficha dans sa peau, comme une flèche. La seule règle qu'elle avait défiée, lorsqu'elle avait vu émerger de la couverture blanc et jaune une petite main en forme d'étoile : donner un prénom au bébé.

— Esther t'a écrit ?

Deux fois, même, songea Sadie, sans en faire part à son grand-père.

— Deux ou trois semaines après le début de l'affaire Bailey. Je ne sais pas comment elle a obtenu mon adresse : j'imagine qu'ils doivent garder trace des noms des parents et qu'ils les communiquent aux gens qui les demandent. Et ce n'est pas si difficile de trouver une adresse postale, quand on a un peu de méthode.

— Et que disait-elle ?

— Elle parlait un peu de sa vie. Sa chouette famille. Sa chouette école. Toutes les belles choses qu'elle aimait faire. Elle ajoutait qu'elle voulait me rencontrer.

— Esther veut te rencontrer ?

— Elle ne s'appelle pas Esther mais Charlotte. Charlotte Sutherland.

Bertie se carra contre le dossier de sa chaise. Un vague sourire apparut sur ses lèvres.

— Elle s'appelle Charlotte. Et tu vas la rencontrer, Sadie.

— Non, répondit Sadie en secouant la tête. Hors de question.

— Mais, Sadie, ma chérie…

— Grand-père, c'est impossible. C'est mon choix.

— Mais…

— Je l'ai abandonnée. Comment va-t-elle me juger ?

— Tu n'étais qu'une gamine.

Sadie continuait à secouer la tête d'un mouvement machinal. La tiédeur de la nuit ne l'empêcha pas de frissonner.

— Elle va penser que je l'ai trahie.

— Tu ne l'as pas fait à la légère.

— Elle ne verra pas la chose du même œil. Elle ne pourra que me haïr.

— Pourquoi?

— Sois lucide, grand-père.

Compagnon : zéro ; amis, deux ou trois, pas plus. Même sa plante verte était à l'agonie. Elle avait tout sacrifié à son travail – lequel, semblait-il maintenant, ne le lui rendait gère. Un désastre ambulant.

— Je suis infichue de faire une bonne mère.

— Sadie, je ne crois pas qu'elle ait besoin de quelqu'un pour l'aider à attacher ses lacets. D'après ce que tu dis, elle se débrouille très bien toute seule. Elle veut rencontrer sa mère biologique, c'est tout.

— Toi et moi, nous sommes bien placés pour savoir que la biologie n'engendre pas forcément l'affection. Parfois, ce qui peut vous arriver de mieux, c'est de récupérer de nouveaux parents. Regarde ce qui m'est arrivé avec Ruth et toi.

Bertie à son tour secoua la tête, sans tristesse, cependant. Elle était source de frustration pour son grand-père, elle en était bien consciente, mais qu'y pouvait-elle ? Il n'avait pas son mot à dire au sujet de Charlotte. C'était à Sadie de décider, ce qu'elle avait fait pour le meilleur et pour le pire.

Pour le meilleur. Elle eut un soupir résolu.

— Ruth disait toujours que, quand tu as fait le bon choix et que tu décides de t'y tenir, tu n'as plus qu'à continuer sur ta lancée.

Les yeux de Bertie s'embrumèrent derrière ses verres de lunettes.

— C'était une sage, Ruth.

— Et elle voyait juste, en général. Grand-père, c'est ce que j'ai fait. J'ai suivi le conseil de Ruth. J'ai continué sur ma lancée pendant quinze ans. Je ne me suis jamais retournée et je n'ai rien regretté. C'est cette lettre qui m'a mise dans le pétrin. Elle a réveillé le passé.

— Sadie, tu te méprends sur les paroles de Ruth. Elle voulait que tu ailles de l'avant, sans regrets, oui. Mais sans faire l'impasse sur ton passé.

— Je ne fais pas l'impasse, je n'y pense pas, voilà

tout. J'ai fait un choix il y a quinze ans, je ne veux pas exhumer cette vieille histoire. Ça ne sert à rien.

— Pourtant, c'est exactement ce que tu fais avec les Edevane, non ?

— Ce n'est pas la même chose.

— Ah bon ?

— Absolument.

Non, ce n'était pas la même chose. Elle ne put trouver les mots pour convaincre Bertie, sur le moment, mais elle le savait, c'était suffisant. La résistance de son grand-père l'agaçait. Pour autant, elle n'avait pas envie de se disputer avec lui.

— Écoute, reprit-elle d'une voix plus douce. Il faut que je rentre un moment pour passer deux ou trois coups de fil. Et si j'en profitais pour faire du thé pour nous deux ?

***

En dépit du ressac soporifique de la mer, Sadie ne put fermer l'œil cette nuit-là. Si elle avait réussi à chasser Charlotte Sutherland – Esther – de son esprit, elle n'avait pu en faire autant pour Loeanneth et les Edevane. Tandis qu'elle se retournait dans son lit lui venaient des visions du solstice de 1933. Eleanor montant à la nursery pour voir si Theo allait bien avant de retrouver ses invités. Les pédalos et les gondoles sur la rivière, près du hangar à bateaux, l'immense feu de joie qui faisait rage sur la petite île, au centre du lac.

Lorsqu'elle renonça au sommeil pour enfiler son short et ses baskets, le soleil n'était pas encore levé. Elle traversa la cuisine et les chiens se réveillèrent, joyeux, pour lui emboîter le pas dans l'allée. Il faisait encore trop sombre pour courir en forêt ; elle se contenta des prairies du promontoire et passa en revue tout ce qu'il lui faudrait explorer à Loeanneth. Elle était de retour chez Bertie et faisait griller sa troisième ration de toasts lorsque les premiers rayons du soleil gagnèrent timidement le plan de travail. Elle laissa un message à son grand-père, sous la bouilloire, elle déposa ses dossiers, une lampe torche et un thermos de thé sur la banquette arrière de sa voiture et, en un chuchotement, interdit aux chiens de la suivre.

Elle se dirigea droit vers le levant, nimbé d'or. La mer scintillait comme si on y avait semé des copeaux d'acier ; Sadie baissa la vitre pour jouir de la brise, fraîche et salée. La journée s'annonçait chaude et sans nuages ; une bonne chose pour le festival et pour Bertie, se dit Sadie, pas mécontente par ailleurs d'être partie avant le réveil de son grand-père, évitant ainsi une nouvelle édition de la conversation qu'ils avaient eue la veille au soir. Elle ne regrettait pas de lui avoir parlé de la lettre de Charlotte, non : simplement, elle ne voulait plus aborder le sujet. Bertie visiblement était déçu qu'elle ne veuille pas rencontrer la jeune fille et convaincu qu'elle avait, en connaissance de cause, fait une lecture bien particulière du conseil de Ruth. Mais que pouvait-il comprendre à la situation ? Un jour, elle trouverait les mots pour lui expliquer ce que signifiait l'abandon d'un enfant, l'effort démesuré qu'elle avait dû accomplir pour ne pas se laisser paralyser par cette idée. Il y avait dans le vaste monde quelqu'un qui était sa chair et son sang, quelqu'un pourtant qu'elle ne pourrait jamais connaître. Un jour, elle en parlerait à Bertie. Pas maintenant. Avec tout ce qui se passait, c'était trop compliqué.

Sadie tourna à gauche, au panneau incliné dont la peinture, après des années d'exposition ininterrompue au vent, commençait à s'écailler. La route qui quittait la côte était étroite, le goudron délavé était rongé sur les bas-côtés par de longues touffes d'herbes. Dans la forêt, elle se faisait plus sinueuse, plus exiguë que jamais. L'aurore n'avait pas encore réussi à percer la canopée. Sadie dut allumer ses phares. Elle conduisait à faible allure, fouillant du regard les haies échevelées, à la recherche de l'entrée du domaine. D'après Alice Edevane, le portail n'était pas facile à repérer : non seulement il se dressait en retrait de la route, mais les motifs de ses battants de fer forgé avaient toujours, de par leurs formes complexes, provoqué l'invasion des tendrons de lierre, même aux jours les plus glorieux de la famille.

Et Sadie d'ailleurs faillit bien ne pas le voir, ce portail. Il fallut que la lueur de ses phares frôle le bord d'un montant de fer rouillé pour qu'elle se rende compte qu'elle touchait au but. Elle fit rapidement marche arrière, gara l'auto au bord de la route, bondit sur la chaussée et sortit le trousseau de clés qu'Alice lui avait donné. « Portail », déchiffra-t-elle sur l'une des étiquettes. Ses doigts tremblaient d'excitation, elle dut s'y prendre à plusieurs reprises avant de pouvoir introduire la clé dans la serrure. Les gonds du portail étaient antiques et rouillés. Sadie cependant, lorsque les circonstances l'exigeaient, pouvait se montrer d'une étonnante force physique. Elle put écarter les deux battants de manière à faire passer la voiture.

C'était la première fois qu'elle arrivait à Loeanneth par l'allée principale. Lorsqu'elle émergea enfin de la dense forêt, elle fut frappée de trouver la maison si incroyablement protégée du monde extérieur, lovée dans son vallon, la bâtisse elle-même et son jardin intérieur gardés de surcroît par une haie d'ormes. L'allée franchissait un pont de pierre, avant de conduire à un rond-point recouvert de gravier, que colonisaient, habiles, les mauvaises herbes. Sadie gara la voiture sous les rameaux d'un arbre colossal. Le soleil venait de franchir l'horizon lorsqu'elle leva le loquet de la vieille porte de fer forgé et entra dans le jardin.

— Vous êtes matinal, lança-t-elle au vieil homme assis sur le rebord de l'énorme et antique pot.

Il lui répondit d'un geste de la main.

— J'attends ce moment depuis soixante-dix ans. Je n'allais pas tenir une minute de plus.

C'était Clive que Sadie avait appelé la veille au soir. Elle lui avait rapporté son entretien avec Alice. Il l'avait écoutée, choqué par leur nouvelle et terrible hypothèse.

« Pour moi, ce ne pouvait être qu'un enlèvement, avait-il commenté. Je n'avais jamais perdu l'espoir de retrouver la trace du petit. »

Sa voix avait légèrement chevroté et Sadie avait compris à quel point l'affaire Edevane lui avait importé. C'était une réaction qu'elle ne connaissait que trop bien.

« Il nous reste un certain nombre de choses à accomplir, avait-elle dit. Il faut que nous sachions ce qui s'est vraiment passé cette nuit-là. Nous devons bien cela à Theo. »

Elle lui avait parlé alors du trousseau de clés, de l'autorisation donnée par Alice.

« Je viens de l'appeler, avait-elle précisé. Je lui ai

dit que vous vous intéressiez encore à l'affaire et que vous aviez déjà été d'une inestimable assistance. »

Et ce fut ainsi que Sadie se retrouva devant la porte d'entrée, Clive à son côté. La serrure résista l'espace d'un instant à ses efforts et leurs cœurs se glacèrent. Puis un déclic bienvenu se fit entendre. Quelques secondes plus tard, Clive et Sadie purent franchir le seuil de la Maison du lac.

Le vestibule sentait le renfermé. L'air était froid, plus que Sadie ne l'aurait imaginé. Par la porte grande ouverte, le monde en plein éveil semblait, par contraste, plus lumineux qu'avant leur entrée. Dans le lointain, au bout du sentier envahi par les mauvaises herbes, le lac scintillait, caressé par les premiers rayons du soleil levant.

— On dirait que le temps s'est arrêté, murmura Clive. La maison n'a pas changé depuis ma dernière visite. Tant d'années ont passé…

Il leva la tête, la tourna en tous sens.

— Ah, sauf les araignées. Elles, elles n'y étaient pas.

Ils échangèrent un regard.

— Bien, Sadie. Par quoi voulez-vous commencer ?

Sadie adopta le ton quelque peu révérencieux du vieux policier. Il y avait quelque chose dans cette maison si longtemps inviolée qui justifiait ces précautions théâtrales.

— Alice me disait que nous trouverions sans doute ce que nous cherchions soit dans le bureau d'Anthony, soit dans les tiroirs du secrétaire d'Eleanor.

— Et que cherchons-nous, exactement ?

— Tout ce qui peut se rapporter à l'état de santé d'Anthony, plus particulièrement dans les semaines qui ont précédé le solstice d'été de 1933. Correspondance, journaux – ou, encore mieux, des aveux signés.

Un grand sourire apparut sur le visage de Clive.

— Nous ferions mieux de travailler chacun de notre côté, poursuivit-elle. Vous prenez le bureau d'Anthony, je m'occupe du secrétaire. Dans deux heures, nous nous retrouvons pour faire le point. Ça vous convient ?

Lorsqu'ils montèrent l'escalier, Sadie ne put pas ne pas remarquer le silence que gardait maintenant son compagnon, les regards qu'il lançait autour de lui, le soupir qu'il poussa lorsqu'ils eurent atteint le premier étage. Quelle devait être son émotion ! Revenir sur les lieux du drame, soixante-dix ans plus tard. Soixante-dix ans pendant lesquels l'affaire était restée vivante dans son esprit, pendant lesquels il n'avait jamais perdu l'espoir de résoudre l'énigme de la disparition de Theo. Avait-il, la nuit précédente, pensé à la première enquête et les pièces du puzzle avaient-elles enfin retrouvé leur place ?

— Je n'avais rien d'autre à l'esprit, répondit-il lorsque Sadie lui posa enfin la question. Quand vous avez appelé, j'étais sur le point de me coucher. Impossible de fermer l'œil, bien sûr. Je n'arrêtais pas de le revoir, qui ne lâchait pas sa femme d'un pouce, pendant tous les interrogatoires. À l'époque, j'ai supposé qu'il ne cherchait qu'à la protéger. Pour qu'elle puisse tenir le coup. Maintenant, évidemment, je me dis qu'il y avait quelque chose d'étrange dans cette proximité. Comme s'il montait la garde, pour l'empêcher de révéler la vérité.

Sadie allait lui répondre lorsque son téléphone portable se mit à sonner dans la poche de son jean.

Clive lui fit comprendre par geste qu'il poursuivait son ascension jusqu'au bureau d'Anthony. Elle hocha la tête et empoigna l'appareil. Son estomac se noua subitement : le numéro qui s'affichait sur l'écran était celui de Nancy Bailey. Or Sadie n'était-elle pas une spécialiste émérite des ruptures ? « À un de ces jours, hein, et prenez soin de vous » : c'était clair, pourtant. Façon discrète et même vaguement affectueuse de rompre les ponts avec la mère de Maggie. Bien, il allait falloir adopter un ton plus direct. Mais pas ici, pas maintenant. Elle coupa la sonnerie du téléphone et le rangea dans sa poche. Elle s'occuperait de Nancy Bailey un autre jour.

La chambre d'Eleanor était à deux portes du palier. Sadie cependant ne s'y rendit pas tout de suite. Son regard erra sur le chemin d'escalier, d'un rouge fané, rongé par les mites, qui poursuivait sa route vers l'étage supérieur. Avant d'entrer chez Eleanor, il lui fallait accomplir quelque chose. Elle monta au deuxième et s'engagea dans le couloir. L'air était plus tiède, plus lourd. Les murs étaient couverts de portraits de famille, honorant des générations entières de deShiel. Par les portes entrebâillées, Sadie aperçut des chambres entièrement meublées, jusqu'aux plus petits bibelots de chevet – lampes, livres, peignes et miroirs de poche. Étrange vision ! Elle ressentait à présent la nécessité impérieuse et absurde de marcher sans faire de bruit. Sa part rebelle se manifesta par une toux, histoire de perturber le silence envahissant.

La porte de la nursery, tout au bout du couloir, était fermée. Sadie fit halte devant le seuil. Depuis quinze jours, elle avait souvent pensé à ce moment. Et maintenant qu'elle se trouvait sur le point d'entrer dans la chambre où avait vécu si brièvement Theo, elle éprouvait une sensation d'une réalité bien plus intense que ce qu'elle avait pu imaginer. Sadie n'était pas superstitieuse : il lui fallut pourtant, avant de pénétrer en ces lieux qui lui semblaient à présent sacrés, se représenter le petit Theo Edevane tel que les journaux de l'époque le montraient, les grands yeux vifs, les joues rondes.

Elle ouvrit lentement la porte, entra. La nursery sentait le renfermé. Les rideaux jadis blancs étaient tirés. À présent grisâtres et rongés par les mites, ils n'empêchaient plus la lumière de passer. Au centre de la pièce, plus exiguë qu'elle se l'était figurée, se dressait le petit lit de fer forgé de Theo – lugubre rappel de la jeunesse et de la fragilité de l'enfant. Il était posé sur un tapis rond. Près de la fenêtre, trônait un fauteuil recouvert d'un chintz qui avait dû jadis être jaune vif. La toile à présent était d'un beige terne et triste. Rien d'étonnant, après soixante-dix ans de poussière, d'insectes et de soleil. L'étagère avec les jouets d'époque, le cheval à bascule, le petit tub de métal : tout cela, Sadie le reconnaissait. Les photographies des journaux. La pièce lui donnait une dérangeante impression de déjà-vu, comme si elle avait rêvé des lieux ou comme si elle avait, enfant, vécu en un endroit semblable.

Elle se pencha sur le petit lit pour l'examiner. Il était fait, les draps recouverts d'une petite couverture en tricot dont un des côtés était glissé sous le matelas. Les mailles avaient pris la poussière. Sadie passa la main sur la barrière du lit, qui émit un faible tintement. L'une des quatre boules de cuivre se mit à trembler sur son pilier. C'était là que nounou Bruen avait couché Theo le soir de la fête. Puis elle s'était endormie dans le lit une place à l'autre bout de la nursery, contre le mur, sous la pente du toit. Dehors, sur les pelouses au bord du lac, des centaines d'invités accueillaient l'été.

Sadie lança un regard à la petite fenêtre à laquelle le seul témoin oculaire de l'affaire disait avoir aperçu une femme élancée. Vers minuit, avait-elle précisé : mais sans doute avait-elle fait erreur. Soit elle s'était laissé emporter par son imagination (d'après Clive, elle sentait encore l'alcool le lendemain matin), soit la silhouette lui était apparue à une autre fenêtre, dans une autre pièce. Si c'était bien Eleanor qu'elle avait vue, Eleanor venue voir, comme à son habitude, si Theo dormait bien, ce ne pouvait être qu'à onze heures. En redescendant, Eleanor avait donné des instructions à la femme de chambre, « vers onze heures », avait précisé cette dernière. Et des témoins avaient vu la mère de Theo peu avant minuit près du hangar à bateaux, là où étaient amarrées les gondoles.

Une horloge ronde au cadran d'un blanc sévère était suspendue au mur, les aiguilles indiquant trois heures et quart depuis des dizaines d'années. Cinq Winnie l'Ourson cheminaient, dans leur cadre, le long du mur. Il s'était passé quelque chose dans cette pièce, laquelle, cependant, restait muette. Le regard de Sadie se dirigea vers le seuil. S'y rejoua une scène fantomatique, celle de la nuit du solstice de 1933. Un peu après minuit, Anthony Edevane avait franchi cette porte, avait traversé la nursery et s'était penché sur le petit lit, comme venait de le faire Sadie. Et ensuite ? se demanda-t-elle. Avait-il emmené l'enfant vivant ou le drame avait-il eu lieu ici ? Theo s'était-il réveillé ?

Avait-il reconnu son père, avait-il souri, babillé – ou avait-il compris d'une certaine manière qu'il y avait dans cette visite nocturne quelque chose d'inhabituel, de terrible ? L'enfant s'était-il débattu, avait-il pleuré ? Que s'était-il passé alors ? Quand Eleanor avait-elle appris le drame ?

Son regard fut attiré par un petit objet qui scintillait sur le tapis rond, près du lit. Elle se pencha. Là, dans le soleil matinal, un bouton d'argent orné d'un chérubin joufflu brillait de tous ses feux. Elle le faisait pensivement tourner entre ses doigts lorsque quelque chose frôla sa cuisse. Elle sursauta, le cœur battant, avant de se rendre compte que son téléphone vibrait de nouveau. Son soulagement ne tarda cependant pas à se faire irritation : bonté divine, c'était encore Nancy Bailey qui cherchait à la joindre ! Les sourcils froncés, Sadie interrompit l'appel et mit l'appareil en mode silencieux. Il rejoignit le bouton d'argent au fond de sa poche. Elle parcourut la nursery du regard : le sortilège était brisé. Elle ne voyait plus Anthony avancer, silencieux, vers le petit lit, n'entendait plus les rires et la musique de la fête, au-dehors. Elle n'avait plus sous les yeux qu'une pièce déserte et poussiéreuse où elle perdait son temps, entre boutons perdus et fantasmes morbides.

***

La chambre d'Eleanor Edevane était sombre et l'air sentait le renfermé, le chagrin, la négligence. Les épais rideaux de velours avaient été tirés sur les quatre fenêtres. Sadie les ouvrit avant d'entreprendre quelque recherche que ce fût, faisant voler des flocons de poussière. Secouée par une quinte de toux, elle souleva les fenêtres à guillotine le plus haut qu'elle le put, même si les châssis étaient grippés par le temps. Elle s'accorda quelques secondes de contemplation du lac. Les canards s'affairaient sous un soleil éclatant. Un pépiement ténu lui fit tendre l'oreille, elle leva la tête. Sous l'auvent du toit, elle put apercevoir les contours d'un nid.

L'air du dehors entrait maintenant, si frais, si propre, dans la chambre ; Sadie sentit gonfler en elle une vague d'enthousiasme, et s'y abandonna sans résistance. Elle remarqua le secrétaire à cylindre, à l'autre bout de la pièce. Il se dressait contre le mur, exactement à l'endroit qu'avait décrit Alice Edevane. C'était Eleanor qui avait montré le chemin à Sadie, Eleanor avec laquelle elle s'était sentie, dès le départ, en communion, par la grâce de la lettre aux feuilles de lierre. Ce serait Eleanor qui lui permettrait de confirmer ce qu'elle avait pressenti du drame au cours duquel l'enfant Theo avait perdu la vie. Sadie passa la main sous le fauteuil installé face au secrétaire, se souvenant des instructions d'Alice. Ses doigts effleurèrent la toile effrangée qui garnissait le dessous du siège, puis les montants de bois. Victoire ! Les clés, minuscules, étaient suspendues à un petit crochet, à l'endroit où le pied avant droit joignait le cadre.

Le couvercle du secrétaire se replia une fois déverrouillé, découvrant une écritoire en cuir et un porte-crayons, soigneusement alignés. Des volumes reliés étaient classés dans le casier qui surmontait le plan de travail : un coup d'œil suffit à Sadie pour constater qu'il s'agissait des copies de la correspondance d'Eleanor mentionnées par Alice. Elle contempla d'un regard avide les dos de cuir sombre. Si rien n'y était inscrit, la rigueur avec laquelle le secrétaire avait été rangé plaidait en faveur d'un classement chronologique. Les Edevane avaient quitté Loeanneth fin 1933 : le dernier volume couvrait sans doute les mois précédant le solstice. Sadie l'extirpa du casier et l'ouvrit. S'y affichait effectivement en première page une lettre élégamment calligraphiée, datée de janvier 1933 et adressée à un certain Dr Steinbach. Sadie s'assit en tailleur sur le plancher, dos au mur, et commença à lire.

Une bonne partie de la correspondance d'Eleanor consistait en lettres adressées à divers médecins, détaillant les symptômes de son mari et demandant conseil avec une courtoisie qui ne parvenait pas à dissimuler son désespoir. Les descriptions d'Eleanor étaient poignantes : s'y dessinait un jeune homme ardent, dont le bel avenir avait été ruiné par ses années de guerre au service de son pays, et qui, depuis son retour au foyer, avait tout mis en œuvre pour retrouver ses capacités, ses talents perdus. Lettres émouvantes, certes, mais Sadie n'avait pas le temps de se pencher sur les horreurs de la guerre. La clé du drame ne se trouvait pas dans ces lignes. Il lui fallait rester concentrée sur les manifestations éventuelles d'une violence cachée qui puisse expliquer les événements du 23 juin.

S'il y avait dans la correspondance médicale d'Eleanor une certaine circonspection, elle se livrait plus librement à son ami Daffyd Llewellyn, auquel nombre de lettres étaient adressées. Elle lui parlait beaucoup de la santé d'Anthony. Sadie se souvint que le vieil écrivain avait été médecin avant de se consacrer aux arts. Il ne s'agissait plus pourtant de préserver la dignité et l'intimité de son mari aux yeux d'un praticien lointain. Avec M. Llewellyn, Eleanor pouvait s'épancher plus librement et ne plus rien cacher de son désarroi : *Parfois, j'en viens à craindre qu'il ne puisse jamais se libérer, que c'est en vain que je m'efforce de chercher un remède. Je donnerais tout pour qu'il aille mieux ; mais comment l'aider alors qu'il a perdu l'envie de s'aider lui-même ?* Certains passages semblaient confirmer la nouvelle piste de Sadie. *La semaine dernière, cela s'est reproduit. Il s'est réveillé en hurlant. Il a parlé du chien, du bébé : qu'ils sortent, qu'ils sortent, disait-il. Il a fallu que je le prenne dans mes bras et que je le retienne de toutes mes forces, pour l'empêcher de se ruer hors de la chambre. Mon pauvre amour ! Lorsqu'il se met dans cet état, qu'il se débat, qu'il tremble, il ne se rend même pas compte que je suis là. Le matin, il est bourrelé de remords. Parfois, je lui mens. Je lui dis que je me suis cognée contre un meuble. Je sais ce que vous pensez de ce genre de stratagème. Pour vous – et pour moi, en principe –, il vaut mieux être honnête, sans pour autant cesser d'être compréhensif. Mais, s'il savait la vérité, il en souffrirait tant ! Sciemment, il ne ferait pas de mal à une mouche. Je ne pourrais pas supporter de lui faire honte de cette manière. Mais il ne faut pas vous inquiéter, cher Daffyd. Si j'avais l'impression que ces confidences vous font souffrir, je ne vous aurais rien dit. Sur ce point, je vous rassure. Je vais bien. Ces coups, ces bleus ne sont rien. Ce sont les blessures de l'âme qui sont les plus graves. J'ai fait une promesse à mon mari. On ne peut revenir sur une promesse. C'est vous qui me l'avez appris…*

Eleanor n'avait sans doute pas caché à son ami d'enfance sa liaison avec Ben Munro. *Mon ami, comme vous vous entêtez si curieusement (prude que vous êtes !) à le désigner, se porte bien. Bien sûr, la culpabilité me ronge. Vous me faites généreusement remarquer que cette histoire ne ressemble en rien aux écarts de ma mère, mais je sais que la différence n'est pas si grande entre elle et moi. Pour ma défense, s'il m'est permis de m'exprimer à ce sujet, je l'aime. D'une autre sorte d'amour que celle que j'ai pour Anthony : et je sais maintenant qu'un cœur humain peut aimer deux personnes à la fois.*

La dernière lettre du volume, datée d'avril 1933, contenait ces quelques lignes : *Vous avez entièrement raison. Anthony ne doit rien savoir. Ce serait pire qu'une déconvenue, cela provoquerait sa ruine…* Daffyd Llewellyn, se souvint Sadie, passait les mois d'été à Loeanneth, ce qui expliquait bien l'absence de correspondance ultérieure. *Vous avez entièrement raison. Anthony ne doit rien savoir, cela provoquerait sa ruine*, relut-elle. Propos de première importance, même si, bien sûr, ils n'avaient pas valeur de preuve. M. Llewellyn, à en juger par la réponse d'Eleanor, s'était sans doute inquiété de la manière dont Anthony pouvait réagir à l'infidélité de sa femme. Cette anxiété avait-elle joué un rôle dans la dépression qui avait conduit le vieil homme au suicide ? Sadie n'était pas experte en psychologie. La chose cependant lui paraissait vraisemblable ; elle expliquait en tout cas pour partie le choix qu'avait fait Llewellyn de mourir une fois l'enfant disparu, une coïncidence qui intriguait encore Sadie.

Elle retrouva le sourire. Ma mère, lui avait dit Alice, rangeait les lettres qu'elle recevait dans les tiroirs du secrétaire. Avec un peu de chance, celles de Daffyd Llewellyn étaient du nombre. Elle pourrait alors se rendre compte de ses appréhensions telles qu'il les avait exprimées. Sadie ouvrit les deux tiroirs. Ils contenaient des centaines d'enveloppes, toutes ouvertes et édentées ; elles étaient regroupées en liasses nouées de rubans de couleur. Toutes étaient adressées à Mme A. Edevane – parfois tapées à la machine, parfois écrites à la main. Sadie consulta les paquets un par un, à la recherche des lettres de M. Llewellyn.

Elle n'avait toujours pas trouvé de Llewellyn lorsque lui vint entre les mains une liasse dont la première enveloppe ne portait ni timbre ni adresse. Perplexe, elle examina le reste du paquet. Deux ou trois de ces enveloppes étaient passées par la poste, les autres étaient tout aussi vierges que la première. Puis elle commença à comprendre. Le ruban souple et rouge, le soupçon de parfum, ténu, poudré : c'étaient des lettres d'amour.

Pas vraiment de quoi progresser dans son enquête, se dit-elle – malgré le frisson de curiosité qui lui courait sous la peau. Eleanor du reste n'aurait-elle pas échangé avec son amant les peurs que faisait naître en elle la santé de son mari ? Elle tira sur le ruban, d'un geste si impatient que toutes les lettres se répandirent sur le plancher. Elle jura à voix basse : sotte qu'elle était, comment remettre tout cela en ordre ?

Puis quelque chose attira son regard. Quelque chose qui n'aurait pas dû figurer dans cette liasse.

C'était le papier à lettres qui l'avait alertée : les entrelacs de tendrons et de feuilles de lierre vert sombre, courant sur le bord de la feuille. Mais aussi l'écriture, la couleur de l'encre. Tout collait. C'était la première partie de la lettre qu'elle avait trouvée dans le hangar à bateaux, la lettre d'Eleanor à son mari sur le front. Elle lissa la feuille, le cœur battant. Plus tard, elle comprendrait qu'elle avait eu à ce moment un pressentiment de la vérité. Tandis que son regard tombait sur les premières lignes de la lettre, une des pièces du puzzle se mit tranquillement en place. Et c'était une pièce dont Sadie n'avait aucune idée avant cet instant.

— Sadie ?

Elle se raidit, releva immédiatement la tête. Clive se tenait sur le seuil, un carnet à couverture de cuir à la main. Son visage était rose d'excitation.

— Ah, vous étiez là.

— Oui, j'étais là, répéta-t-elle, machinalement, l'esprit encore électrifié par les implications de ce qu'elle venait de découvrir.

— Je tiens quelque chose, je crois, poursuivit Clive d'une voix haletante, se précipitant aussi vite que ses vieilles jambes pouvaient le porter jusqu'au lit d'Eleanor, sur le bord duquel il se percha.

— Voilà. C'est le journal qu'Anthony a tenu en 1933. Alice avait raison, il le tenait régulièrement et notait beaucoup de choses. Il remplissait un de ces volumes tous les ans, regardez. Des notations sur la nature, des exercices d'agilité mentale. J'ai reconnu ce genre de choses, parce que au tout début de ma carrière, j'essayais moi aussi de me souvenir de tout ce que je pouvais remarquer sur les scènes de crime. Il y a autre chose dans ces journaux. Les entrées sont parfois rédigées comme des lettres adressées à un certain Howard. Un ami, si j'ai bien compris, tué pendant la guerre de 14. Et c'est là que j'ai trouvé ce dont je vais vous parler. En juin 1933, Anthony apparemment traverse des moments très difficiles. Il explique à son ami qu'il se sent de plus en plus mal depuis l'année d'avant, que quelque chose a changé. Il ne sait pas quoi au juste ; ce qui est certain, c'est que la naissance de son fils n'a pas arrangé les choses, dit-il. D'ailleurs, en lisant le journal à des dates un peu plus anciennes, j'ai vu qu'il expliquait à plusieurs reprises que les pleurs du petit lui rappelaient parfois ce qu'il appelle « l'incident »… quelque chose qui a eu lieu pendant la guerre. Dans sa dernière note avant le solstice, il écrit que sa fille aînée, Deborah, est venue le voir et qu'elle lui a raconté quelque chose qui a tout changé. Il a ainsi compris, dit-il, la raison de la dégradation de son existence. Cela a « brisé l'illusion » de la vie parfaite qu'il pensait mener.

— La liaison d'Eleanor, murmura Sadie en pensant aux craintes de M. Llewellyn.

— Sûrement.

Anthony avait appris la relation que sa femme entretenait avec Ben Munro juste avant le solstice. Cela avait certainement suffi à provoquer la crise. Au vu cependant de ce qu'elle venait de lire, Sadie se demanda si Anthony n'avait pas compris bien plus que cela encore.

— Et vous ? – Clive désigna les enveloppes disséminées sur le tapis : Du nouveau ?

— Ça, vous pouvez le dire.

— Vraiment ?

— Je vous avais dit, je crois, que j'étais entrée dans le hangar à bateaux ? J'avais trouvé là-bas une lettre qu'Eleanor avait écrite à Anthony. Il était au front, elle était seule à Loeanneth, enceinte d'Alice, et se demandait comment elle allait se débrouiller sans lui. Simplement, la première page de la lettre manquait.

— Et alors ?

— Je viens de la retrouver, cette première page. Dans un paquet de lettres.

— C'est ce bout de papier ? Je peux ?

Sadie déposa la feuille dans la main que Clive venait de lui tendre. Il en parcourut rapidement le contenu et haussa les sourcils.

— Doux Jésus !

— Vous l'avez dit.

— C'est… ardent.

— Oui.

— Mais ce n'est pas du tout une lettre à Anthony : « *Mon Ben adoré…* »

— Exactement, reprit Sadie. Elle l'a écrite en mai 1932, si j'en crois la date. Ce qui veut dire que l'enfant dont elle parle n'est pas Alice, mais Theo.

— Ce qui signifie que…

— Oui. Ce qui signifie que le père de Theo Edevane n'était pas Anthony mais Ben Munro.

29

Cornouailles, 1932

Même si Eleanor n'avait pas vraiment désiré l'enfant de Ben, pas une seconde elle ne regrettait sa grossesse. Elle en avait pris conscience dès les premiers jours. Onze ans s'étaient écoulés depuis la conception de Clemmie, mais elle n'avait pas oublié. Elle avait senti naître en elle, immédiatement, un immense amour pour le petit être qu'elle portait. Anthony lui avait souvent montré ce qu'il étudiait au microscope : elle savait ce qu'était une cellule, comment la vie se constituait. Son amour pour ce bébé était proprement cellulaire. Elle ne faisait qu'un avec lui, ne pouvait imaginer sa vie sans cette minuscule créature.

Son amour était si intense, si personnel, qu'elle en arrivait à oublier que l'enfant avait aussi un père, qu'il n'était pas venu en elle par la seule force de sa volonté. C'était si facile de le penser, tant que cet enfant, guère plus gros qu'une crevette, poussait à l'abri de son corps. Il (car elle était certaine d'attendre un garçon) resta son secret pendant un bon moment. Eleanor savait les garder, ses secrets. Elle avait eu de longues années de pratique en la matière. Elle était dépositaire du secret d'Anthony depuis la fin de la guerre. Il y avait aussi, désormais, son histoire d'amour avec Ben.

Ben. Les premiers temps, elle l'avait envisagé comme une sorte de drogue. Un jour, lorsqu'elle était petite, son père, Henri, lui avait offert un cerf-volant, qu'il avait fait venir de Chine ; il lui avait aussi appris à le faire voler. Eleanor avait une véritable adoration pour ce cerf-volant. Sa queue aux couleurs incroyablement chamarrées, les ficelles qui tressautaient avec tant de force dans ses petites mains, les curieux caractères tracés sur le flanc bariolé, plus semblables à des dessins qu'à des lettres.

Son père et elle avaient parcouru pendant des jours les prés de Loeanneth, à la recherche de l'endroit idéal, là où les vents étaient les plus favorables. Le jeu était devenu une obsession. Eleanor notait tous les vols, les illustrait, inventait des améliorations pour sa merveilleuse machine de papier. La nuit, elle se réveillait en sursaut, en pensant au maniement de l'ancre ; ses mains alors dévidaient la ficelle d'un cerf-volant fantôme, comme si elle était encore dans les prés avec son père.

« C'est une véritable idée fixe », avait articulé nounou Bruen avec un regard lourd de réprobation. La mégère s'était emparée du cerf-volant et l'avait fait disparaître hors de la nursery : « Une idée fixe, c'est le démon. Le démon s'en va lorsqu'il trouve la porte fermée à clé. »

Ma nouvelle idée fixe se nomme Ben, se disait Eleanor. Simplement, elle était adulte, maintenant, et seule responsable de sa destinée. Nounou Bruen n'était plus là pour faire brûler le cerf-volant et fermer la porte au diable. Rien n'empêchait plus Eleanor de la franchir.

***

« J'étais justement en train de faire du feu, avait-il dit, le jour où elle l'avait retrouvé dans la roulotte. Vous voulez entrer, le temps que l'orage passe ? »

La pluie tombait encore à verse ; maintenant qu'elle n'était plus habitée par la nécessité de retrouver Edwina, Eleanor se rendit compte qu'elle était trempée jusqu'aux os et qu'elle claquait des dents. Derrière Ben, elle entrevit un minuscule salon qui lui sembla soudain le summum du confort et de la chaleur. De l'autre côté, l'orage ; et Edwina à ses pieds, qui avait clairement décidé de rester près de la roulotte. Eleanor avait-elle vraiment le choix ? Elle remercia Ben, inspira profondément et franchit le seuil.

Il l'avait suivie et avait fermé la porte. Aussitôt le tambourinement incessant de la pluie se fit moins présent. Il lui tendit une serviette avant de s'employer à allumer le feu dans le petit poêle qui trônait au milieu de la roulotte. Tout en s'essuyant les cheveux, Eleanor balaya la pièce du regard.

La roulotte était confortable, sans afféterie pourtant. La simplicité régnait. Elle vit sur le rebord de la fenêtre une rangée de petites grues de papier, aussi délicates que celle qu'il avait confectionnée dans le train.

« Asseyez-vous, je vous en prie, lui dit-il. Je vais réussir à l'allumer, ce poêle. Il a un caractère bien trempé mais nous nous entendons plutôt bien, ces temps-ci. »

Eleanor chassa de son esprit la petite voix qui lui disait de se méfier. Le lit de l'homme – sa chambre, en quelque sorte – n'était séparé du reste de l'habitacle que par un rideau. Elle détourna le regard, posa la serviette sur une chaise en rotin et s'assit. La pluie tombait doucement sur le toit ; et lui vint l'idée – lui revint plutôt, ce n'était pas la première fois – que ce bruit était l'un des plus agréables qu'elle connût. Ô joie simple et superbe d'être à l'abri, bien au sec et au chaud, tandis que la pluie tambourine au-dehors !

Les flammes léchèrent les bûches, crépitantes. Il se releva, jeta l'allumette dont il s'était servi dans le feu et ferma la grille.

« Je vous reconnais, dit-il. Vous étiez dans le train. Le train de Londres, si plein, il y a quelques mois. Vous étiez dans mon compartiment.

— Dans mon souvenir, c'est vous qui étiez dans le mien. »

Il sourit. Le cœur d'Eleanor eut un dangereux sursaut, des plus inattendus.

« Ah, j'aurais du mal à vous contredire. J'ai eu de la chance de trouver un billet ! – il essuya ses paumes noires de suie sur son pantalon : Je me suis souvenu de vous après vous avoir quittée, à la poste. Je suis revenu sur mes pas, mais vous étiez déjà partie. »

Revenu sur ses pas : quelle inquiétante affirmation. Eleanor dissimula son trouble du mieux qu'elle put, feignant d'inspecter la roulotte.

« Vous vivez ici ?

— Pour le moment, oui. Elle appartient au fermier pour lequel je travaille.

— Je croyais que vous n'étiez plus au service de M. Nicolson ? » ne put-elle s'empêcher de demander.

Quelle idiote ! Inutile de lui faire comprendre qu'elle s'était enquise de lui. Cependant, il ne releva pas la remarque ; elle détourna promptement la conversation.

« Vous n'avez ni eau ni électricité.

— Je n'en ai pas besoin.

— Comment faites-vous la cuisine ? »

Il montra le poêle.

« Où faites-vous votre toilette ? »

Il désigna la fenêtre, le ruisseau tout proche.

Elle ouvrit de grands yeux.

« C'est si tranquille ici, dit-il avec un rire.

— Tranquille ?

— Vous n'avez jamais eu le désir de vous isoler du monde ? »

Eleanor songea à la difficulté d'être *Mère*, la haine qui bouillonnait en elle lorsqu'elle voyait sa propre mère opiner du chef avec approbation, la constante vigilance qui raidissait ses os et grippait les rouages de son esprit.

« Non, répondit-elle, de ce ton léger qu'elle cultivait tant bien que mal depuis des années. Cela ne m'est jamais venu à l'idée.

— Ah, ce n'est pas pour tout le monde, fit-il avec un haussement d'épaules. Puis-je vous offrir du thé pendant que vos affaires sèchent ? »

Il désigna une casserole posée sur le dessus du poêle.

« Eh bien… », commença-t-elle.

Il faisait froid, après tout, et ses chaussures étaient encore trempées.

« Oui, le temps que la pluie s'arrête, peut-être. »

Il jeta quelques feuilles de thé dans la casserole ; elle lui posa une question sur sa singulière technique. Il rit de nouveau. Il n'avait ni théière ni bouilloire, mais la casserole faisait très bien l'affaire.

« Vous n'aimez pas les bouilloires ?

— Mais si ! Simplement, je n'en ai pas.

— Même pas chez vous ?

— C'est ici, chez moi. Pour le moment, en tout cas.

— Mais quand vous repartirez, vous ne rentrerez pas chez vous ?

— Non, j'irai ailleurs. J'ai la bougeotte, vous savez. Je ne reste jamais longtemps au même endroit.

— Je crois que je ne pourrais pas supporter de ne pas avoir de chez-moi.

— Ce sont les gens que j'aime qui me tiennent lieu de foyer. »

Eleanor eut un sourire doux-amer. Jadis, en des temps révolus, elle avait dit quelque chose comme cela, elle aussi.

« Vous n'êtes pas de mon avis ?

— Les gens changent. »

La réponse avait fusé, bien plus acide qu'elle ne l'aurait souhaité.

« Alors qu'une maison, avec des murs, des planchers, un toit… des pièces, pleines de choses que l'on chérit, des souvenirs dans les recoins… C'est quelque chose de solide. De vrai, de tangible, de…

— D'honnête ? »

Il lui tendit une tasse de thé brûlant et prit place dans une chaise, à côté d'elle.

« Oui, reprit Eleanor. C'est cela, exactement. Honnête, bonne, vraie. »

Elle sourit, rougissant soudain d'avoir exposé son

point de vue avec tant de véhémence. Elle se sentait mise à nu, dans toute son étrangeté. Que penserait-il de quelqu'un qui tenait des propos aussi incongrus sur les maisons ? Il souriait, cependant. Même s'il n'était pas d'accord avec elle, il la comprenait.

Cela faisait longtemps qu'elle n'avait pas fait de nouvelle rencontre. Elle n'était jamais suffisamment détendue pour poser des questions, écouter les réponses, réagir. Elle baissa enfin la garde, discuta avec l'homme – M. Munro. Il lui raconta qu'il avait grandi en Extrême-Orient ; son père était archéologue, sa mère, une voyageuse acharnée. Ils l'avaient toujours encouragé à mener sa vie comme il l'entendait, sans se soucier de ce que la société attendait de lui. Des idées qu'Eleanor, lui semblait-il, aurait pu faire siennes, autrefois.

Le temps passa d'une étrange façon, comme si l'habitacle de la roulotte ne faisait pas partie de l'immense mouvement du monde, flux et reflux continuel. La réalité alentour s'était évanouie : ne restaient plus qu'eux deux. Eleanor avait toujours su deviner l'heure sans regarder sa montre. Ce jour-là, elle perdit tout repère. Ce ne fut que lorsque ses yeux tombèrent sur une petite pendule posée sur le rebord de la fenêtre qu'elle constata avec horreur que deux heures s'étaient déjà écoulées.

Elle se leva en hâte et tendit sa tasse à l'homme : « Oh, il faut que je rentre tout de suite ! » s'écria-t-elle.

C'était la première fois qu'elle se laissait ainsi aller. Impensable ! Les filles, Anthony, sa mère… qu'allaient-ils dire ?

Il se leva lui aussi. Aucun des deux cependant ne

bougea plus. Et passa entre eux cet étrange fluide électrique, déjà perçu dans le train. Eleanor se sentit soudain poussée à rester avec lui, à se cacher, à ne plus jamais sortir de cette petite pièce. Au lieu de prendre congé, comme elle l'aurait dû, elle balbutia :

« J'ai gardé votre mouchoir.

— Celui du train ? »

Il éclata de rire.

« Je vous l'ai dit : il est à vous.

— Je ne peux pas le garder. Naguère, je ne pouvais vous le rendre. À présent…

— À présent ?

— Eh bien, je sais où vous trouver.

— Oui, répondit-il. En effet. »

Eleanor sentit un frisson lui parcourir l'échine. S'il ne l'avait pas encore touchée, elle n'avait qu'un désir : qu'il la prenne dans ses bras. Elle se vit au bord d'un gouffre, comprit alors qu'elle avait envie d'y sombrer. Elle comprit, plus tard, que tel était déjà le cas.

***

« Tu as l'air en pleine forme, avait commenté sa mère, plus tard dans l'après-midi. Incroyable, la manière dont un petit orage peut vous requinquer. »

Cette nuit-là, lorsque Eleanor était montée se coucher près d'Anthony, elle avait tendu le bras vers lui et il lui avait caressé la main avant de se retourner de son côté. Elle était restée allongée un long moment dans l'obscurité, suivant du regard le tracé des poutres au plafond, écoutant la respiration de son mari devenir plus lente et plus profonde. De quand datait cet isolement dans lequel elle s'était peu à peu enfermée ? Elle ne s'en souvenait plus. Elle revit en pensée le jeune homme du train, dont elle ne connaissait pas le prénom – elle ne s'en rendait compte qu'à présent. Il l'avait fait rire et réfléchir, il l'avait détendue. Et il vivait à quelques minutes à pied de la maison.

***

Au début, ce n'avait été rien d'autre que cela – se sentir vivre, après des années de paralysie. Eleanor n'avait pas remarqué qu'elle finissait par se fossiliser. Elle savait bien sûr qu'elle avait changé depuis le retour d'Anthony, à la fin de la guerre. Simplement, elle ne s'était pas rendu compte du prix qu'elle avait dû payer pour veiller sur lui, le protéger, assurer son bien-être et celui des filles. Et Ben – Ben était si libre, si léger, si joyeux. La liaison fournissait à Eleanor un espace de liberté, de la chaleur humaine, des plaisirs égoïstes. Elle se rassurait en pensant que son Ben n'était qu'un cerf-volant, une idée fixe – un baume éphémère.

Les symptômes de l'obsession – les pensées récurrentes, le sommeil qui tarde à venir, le plaisir infini que l'on prend à écrire le nom de quelqu'un d'autre sur une feuille vierge et de le voir inscrit en toutes lettres, pensée incarnée – ressemblent fort à ceux de l'amour. Eleanor ne s'en rendit pas tout de suite compte. Il faut dire qu'elle n'avait jamais cru qu'on pût aimer deux hommes à la fois. Un jour, elle s'était surprise à fredonner un air de danse qui ne lui était pas revenu depuis des années. Elle avait compris, troublée, que la compagnie de Ben lui faisait le même effet que sa rencontre avec Anthony : le monde avec eux était soudain, chose incroyable, plus éclatant qu'il ne l'avait jamais été.

Eleanor était amoureuse de Ben.

Ces mots résonnaient dans son esprit, stupéfiants – justes. Elle avait oublié que l'amour pouvait être aussi simple, facile, joyeux. L'amour qu'elle portait à Anthony s'était approfondi avec les années – il avait changé, aussi. La vie avait semé des épreuves sur leur route. Pour les affronter, ils avaient dû adapter leurs sentiments. L'amour était désormais une manière de protéger l'autre, de le faire passer avant soi-même, de se sacrifier, de multiplier les réparations de fortune sur un navire battu par la tempête. Avec Ben, l'amour était de nouveau une petite barque. On y était assis, serein, on flottait sur les tourments du monde.

***

Elle avait su immédiatement que le père de l'enfant était Ben. Elle compta cependant les jours, pour s'ôter tout doute sur la question. Ah, ç'aurait été plus facile si l'enfant avait été celui d'Anthony.

Eleanor n'aurait jamais menti à Ben : elle préféra cependant ne pas lui en parler tout de suite. L'esprit humain incline à traiter par le déni les problèmes les plus complexes. Eleanor préféra se concentrer sur sa joie. Elle attendait un enfant, ce dont elle rêvait depuis si longtemps, après Clemmie. Un autre enfant, qui rendrait Anthony heureux. Mieux encore, qui l'aiderait à se remettre. Elle en était depuis si longtemps persuadée qu'il ne lui venait pas à l'esprit de mettre cette idée en doute.

Elle ne voulut pas s'attarder sur le caractère

épineux de la paternité du bébé. Et tandis que son ventre s'arrondissait, que le petit être commençait à se mouvoir en elle, elle garda le secret. Lorsqu'elle eut, les quatre mois de grossesse révolus, annoncé la merveilleuse nouvelle à Anthony et aux filles, elle comprit qu'il était temps d'en parler à Ben. La chose commençait à se voir.

Elle craignait cependant le moment de la révélation : pour autant, ce n'était pas la réaction de Ben qu'elle redoutait. Il ne lui compliquerait pas la tâche. Depuis leurs retrouvailles, le jour de l'orage, elle s'attendait constamment à le voir disparaître, se figurant, éplorée, le jour où elle trouverait la roulotte déserte. En remontant le ruisseau, elle retenait son souffle, se préparant au pire. Elle n'avait jamais prononcé le mot d'amour devant lui. L'idée de son départ était une souffrance : elle connaissait pourtant sa nature de vagabond. Depuis le début, elle la connaissait et elle en craignait les conséquences. Même s'il en tirait une partie de son charme. Même si elle s'était laissé entraîner dans cette aventure parce que Ben était un homme libre. Le contraire, exactement, du fardeau qu'elle supportait. Il partirait un jour, se rappelait-elle. Et leur relation prendrait fin. Pas d'obligations, pas de regrets. Pas de dégâts.

Elle s'était bercée d'illusions, naturellement. Elle se rendait compte à présent de sa fausseté, de sa maladresse, de sa désinvolture. Et sur le point de lui apprendre une nouvelle qui le ferait certainement fuir – lui, son amant bohème, l'homme qui ne possédait pas même une bouilloire –, elle comprit à quel point elle dépendait de lui maintenant. Son humour, sa générosité, ses manières douces et affectueuses. Elle l'aimait. Même s'il résolvait son dilemme en partant, elle préférait le voir rester.

Sottes pensées, songea-t-elle, naïfs espoirs. Bien sûr, les choses changeraient. Elle allait avoir un autre enfant. Elle était l'épouse d'Anthony. Son mari, son mari qu'elle aimait. Qu'elle aimerait toujours. Il suffisait qu'elle apprenne sa paternité à Ben. Il ferait son paquetage sur-le-champ.

***

Eleanor n'avait pas compté sur la voix du sang. Elle n'avait pas compté sur l'amour.

« Un bébé ? s'était émerveillé Ben à l'annonce de la nouvelle. Un bébé ? »

L'expression de son visage était inhabituelle : à la joie de son sourire se mêlait une sorte de révérence. Avant même que Theo naisse, Ben était déjà amoureux de son fils.

« Nous avons fabriqué un petit être, dit-il, lui qui avait passé sa vie à fuir les responsabilités, les engagements. Je n'ai jamais songé que ça pouvait ressembler à ça. Je me sens lié au bébé et à toi par un lien indestructible. Tu as la même impression ? »

Que répondre ? Oui, elle avait la même impression. L'enfant à venir liait Ben et Eleanor d'une manière qui n'avait rien à voir avec l'amour qu'elle éprouvait pour Anthony, le futur qu'elle voulait construire pour les siens, pour Loeanneth.

Dans les mois qui suivirent, elle se laissa contaminer par l'enthousiasme de Ben, son optimisme, son refus d'envisager ne serait-ce qu'une seconde que la conception de leur enfant n'était pas un événement merveilleux, pleinement désiré.

Ben était si certain que tout finirait par s'arranger – « Tout finit toujours par trouver sa place, disait-il. Toute ma vie, j'ai laissé faire le sort » – qu'Eleanor en vint à le croire aussi. Pourquoi ne pas poursuivre sur leur lancée, Ben dans la roulotte, Eleanor et le bébé à Loeanneth ? Jusqu'ici, tout s'était bien passé.

Ben cependant avait d'autres projets. L'été venu et la date de l'accouchement approchant, il annonça à Eleanor qu'il allait quitter la roulotte. Elle crut comprendre qu'il repartait sur les routes et cette perspective la foudroya. Puis il tendit la main, fit passer derrière l'oreille d'Eleanor une boucle de ses cheveux.

« Je veux me rapprocher de vous, lui dit-il. J'ai vu une annonce dans le journal et j'ai postulé. M. Harris me dit que je peux commencer la semaine prochaine. Il y a un hangar à bateaux où les jardiniers peuvent s'installer, il me semble ? »

L'expression d'Eleanor dut trahir son inquiétude, car Ben s'empressa d'ajouter :

« Je te promets de ne pas compliquer la situation. »

D'un geste tendre, il posa les deux mains sur le ventre rond et ferme de son amante.

« Simplement, je veux être près de vous, Eleanor. De vous deux. Le bébé et toi. Vous êtes mon chez-moi. »

***

Ben commença à travailler dans les jardins de Loeanneth à la fin de l'été 1932. Un jour, il apparut dans l'allée, en pleine canicule. À le voir, on aurait juré qu'il ne savait rien du domaine, hormis le fait que son jardinier en chef, M. Harris, venait de l'embaucher. Eleanor pour autant continua de se persuader de l'innocuité de la situation. Elle pourrait voir Ben quand elle le voulait. Quant à Anthony, cher Anthony, il ne saurait jamais la vérité.

Sotte illusion, bien sûr. L'amour, l'arrivée imminente du bébé, les doux et longs mois d'été – tout contribuait à l'aveugler. Ses yeux pourtant ne tardèrent pas à se dessiller. La proximité de Ben conférait une indéniable réalité à leur relation. Jusqu'ici, il avait vécu dans un monde à part. En s'installant à Loeanneth, il prenait chair dans la vie de famille d'Eleanor, dont la culpabilité jusqu'ici réprimée se raviva.

Elle se reprocha d'avoir trahi Anthony. Car c'était une trahison, elle le comprenait à présent. Comment avait-elle pu ? Quel démon s'était emparé d'elle ? Anthony était son bel amour. Elle revit son beau et rayonnant visage, ce matin si lointain où il l'avait arrachée à une mort certaine, puis le jour de leur mariage – il lui avait souri, lui avait pris la main. Elle avait entrevu leur avenir, longue et lumineuse route. Puis l'après-midi à la gare, lorsqu'il était parti pour le front, si désireux de servir son pays. Elle n'eut qu'une envie, se coucher et mourir de honte.

Elle évitait désormais le jardin. Quelle punition appropriée ! C'était la partie du domaine qu'elle préférait. Elle y avait toujours trouvé consolation et réconfort : elle méritait de ne plus y avoir droit. Ce n'était pas l'unique raison de sa désertion. Sa culpabilité avait engendré une véritable névrose : n'allait-elle pas, un jour ou l'autre, dévoiler son propre secret par le biais d'une rencontre avec Ben ? Elle ne pouvait courir ce risque. Les conséquences seraient catastrophiques pour Anthony. Lorsqu'elle apercevait Ben par une des fenêtres de la maison, elle se détournait. Elle devint insomniaque, songeant, la nuit, à ce qui pouvait se passer s'il prenait à Ben l'envie de jouir de sa paternité plus souvent qu'elle n'était prête à le lui accorder.

Pourtant, quelle que soit la sévérité avec laquelle elle se jugeait et la contrition dans laquelle l'affaire la plongeait, Eleanor ne regretta jamais complètement cette liaison. Comment l'aurait-elle pu ? Theo en était le fruit merveilleux. Dès la conception de l'enfant, elle l'avait couvé d'un amour singulier. Lorsqu'il fut né, cette affection se fit adoration. Elle ne l'aimait pas plus que ses filles au même âge, non : mais n'était-elle pas une autre femme ? La vie avait fait son œuvre. Elle était plus mûre, moins joyeuse, plus désireuse de bien-être. L'amour qu'elle portait à Theo était dépourvu d'égoïsme, libérateur. Mieux encore : seule avec Theo, elle pouvait enfin être Eleanor. *Mère* s'effaçait enfin.

***

Eleanor n'avait jamais imaginé une seule seconde, en dépit des mille angoisses dans lesquelles la plongeait sa situation familiale, que la naissance de Theo puisse aggraver l'état d'Anthony. Au fil des années, elle s'était convaincue du contraire. Un nouvel enfant – un fils ! – lui rendrait enfin la santé. Elle se trompait. Elle s'en rendit rapidement compte, alors que Theo n'avait que quelques semaines.

Anthony adorait l'enfant. Il le berçait tendrement,

couvant le parfait et minuscule visage d'yeux émerveillés. Sa joie cependant se teintait souvent de mélancolie. Pourquoi lui était-il donné de vivre si magnifiquement, quand tant d'autres n'avaient reçu que mort et souffrances ? Pis encore, parfois, lorsque le bébé pleurait, une étrange expression figeait les traits d'Anthony. Le regard dans le lointain, il semblait absorbé dans la contemplation de quelque vision secrète.

Ces soirs-là, les cauchemars revenaient – l'horrible tremblement, les supplications : « Fais taire le bébé ! Qu'il arrête de pleurer ! » Eleanor devait user de toutes ses forces pour empêcher son mari d'aller « faire taire » l'enfant. Quel crime avait-elle commis pour mériter ça, Seigneur !

Vint l'anniversaire de Clemmie – ses douze ans. Ils lui offrirent son planeur. C'était une idée – excellente – de son père. Et une entorse majeure à la décision qu'avait prise Eleanor d'éviter le jardin. Le déjeuner était terminé ; Clemmie déballa son cadeau et se précipita sur la pelouse. Bientôt, ils prendraient le thé, et la journée officielle toucherait à sa fin. Que pouvait-il se passer en un laps de temps aussi court ? se rassura Eleanor. Non sans lassitude, elle donna l'ordre à la femme de chambre de servir le goûter dans le jardin.

Il faisait beau ; c'était l'un de ces parfaits après-midi d'automne, ensoleillés, clairs, durant lesquels les téméraires n'hésitent pas à se baigner. Ce jour-là, tous participaient à la fête, sans bouderie – flânant sur la pelouse, s'exerçant à lancer le planeur, éclatant de rire lorsqu'il manquait d'atterrir sur un crâne. Eleanor cependant se sentait mal à l'aise. Ben travaillait au bord du lac, elle le savait. Personne dans la famille ne devait les voir ensemble. Et si Ben, remarquant le moïse du petit, décidait, sous quelque prétexte, de se joindre à la fête ?

Non, il était incapable d'une telle imprudence. Il le lui avait promis, de toute façon. Mais la peur peut donner des pensées absurdes. Eleanor avait hâte que la journée prenne fin. Après le thé, tout le monde rentrerait, retrouvant la sécurité de la maison. Clemmie cependant avait un tout autre programme en tête. D'ailleurs, n'avaient-ils pas tous décidé de se liguer contre Eleanor ? Personne ne prit de thé, tout le monde refusa son gâteau ; elle se retrouva condamnée à jouer son rôle de Mère, alors qu'elle n'avait plus qu'une envie – se retrouver seule.

Puis Clemmie, qui semblait avoir le don de choisir les pires moments pour faire montre de sa témérité innée, entama l'ascension de l'immense sycomore. Eleanor en avait des haut-le-cœur. Cela, et ses nerfs déjà à vif… C'était insupportable. Elle resta sous l'arbre, les yeux fixés sur sa benjamine qui grimpait vers le faîte, pieds nus, la jupe relevée, les genoux égratignés. Si Clemmie devait tomber, elle, Eleanor, serait là pour la recevoir dans ses bras.

Raison pour laquelle elle ne remarqua pas la scène qui se déroulait sur la pelouse. Ce fut Rose qui la première s'inquiéta. Elle se précipita vers Eleanor, lui prit la main.

— Vite, murmura-t-elle. Le bébé.

Trois mots glaçants. Eleanor tourna la tête et vit Anthony se diriger vers le couffin – le sol s'ouvrit sous ses pieds. Theo pleurait ; l'attitude d'Anthony, nuque raide, démarche trébuchante, fit comprendre à Eleanor qu'il n'était plus lui-même.

Rose déjà traversait la pelouse. Elle était l'une des rares personnes de leur entourage à connaître l'état d'Anthony. Eleanor n'avait pas eu besoin de lui en parler : elle s'en était rendu compte par elle-même. Son père souffrait d'un mal similaire, avait-elle expliqué à Eleanor, un soir. « Je serai toujours là quand vous aurez besoin de moi », avait-elle précisé.

— Daffyd, chuchota Eleanor. Vite, prenez la barque et emmenez les filles sur le lac.

Sans doute avait-il perçu la panique dans sa voix, car, en une seconde, il avait, de sa voix de conteur la plus joviale, rassemblé Clemmie et Deborah sous son aile et les conduisait déjà vers l'embarcadère.

Eleanor se mit à courir, manquant au passage de bousculer Alice, qui partait rejoindre ses sœurs. Son cœur battait la chamade. Elle n'avait plus qu'une seule idée : rattraper Anthony avant qu'il soit trop tard.

Ce qui fut le cas. Il lui suffit alors de croiser le regard de son mari pour comprendre qu'il n'était plus là. Il était parti dans ce pays de ténèbres où ses crises l'emmenaient.

— Le bébé, gémissait-il d'une voix paniquée. Faites-le taire. Qu'il s'arrête de pleurer.

Elle le prit dans ses bras et le ramena à la maison, au prix d'une lutte terrible, lui répétant sans cesse que tout allait bien se passer, mon cœur, tout allait s'arranger. Dès qu'elle le put, elle tourna la tête vers nounou Rose ; la jeune femme, penchée sur le bébé, le recouchait dans son couffin. Elles échangèrent un regard. Eleanor comprit que Rose ferait toujours le nécessaire pour protéger l'enfant.

***

Le soir même, alors qu'Anthony avait sombré dans un lourd sommeil artificiel, Eleanor sortit de leur chambre et traversa le couloir, pieds nus. Elle descendit l'escalier sur la pointe des pieds, son ombre glissant, furtive, sur le mur ; elle prit soin d'éviter le trou dans le tapis persan de Grand-Père Horace.

Les dalles du chemin du jardin étaient encore tièdes, n'ayant pas épuisé la chaleur emmagasinée durant la journée. Elles étaient si solides, sous la plante de ses pieds, dont la peau, si tendre, avait jadis été bien plus calleuse.

Lorsqu'elle fut arrivée au bord du lac, elle fit halte et sortir une cigarette, qu'elle alluma – habitude que personne ne lui soupçonnait. Elle aspira une longue bouffée.

Le jardin lui avait tellement manqué. Son ami d'enfance.

Le ressac du lac dans l'obscurité, les oiseaux de nuit étendant leurs ailes, un petit animal – un renard, peut-être –, qui fila dans les fourrés, surpris, à son approche.

Eleanor finit sa cigarette et s'en fut d'un pas vif vers le plan d'eau. Elle déboutonna sa robe, l'ôta, resta un instant songeuse, en sous-vêtements.

La nuit était encore tiède, l'eau trop fraîche cependant pour un bain nocturne. Eleanor cependant sentait comme un feu dans sa poitrine. Elle voulait se sentir renaître. Se sentir vivante, libre, sans attaches. Elle voulait se perdre, tout oublier. Les choses, les gens. Vous n'avez jamais eu envie de vous couper du monde ? lui avait demandé Ben, dans la roulotte. Si, bien sûr : et ce soir-là plus encore que les autres fois.

Elle avança dans l'eau du lac et s'y introduisit, la tête la première ; les roseaux frais, glissants contre ses mollets, l'eau épaissie par le limon sous ses paumes. Ne plus être, imagina-t-elle, qu'un tronc d'arbre flottant, ballotté par les courants, sans soucis ni responsabilités.

Elle revint à la surface du lac, illuminée par le clair de lune, et fit la planche, l'oreille tendue : un cheval renâclait dans sa stalle, des oiseaux chantaient dans les arbres. Le ruisseau murmurait.

Puis elle se rendit compte qu'elle n'était plus seule. Elle sut, sans se retourner, que Ben était là. Elle nagea jusqu'au bord du lac, posa le pied sur la berge et vint s'asseoir près de lui, sur un tronc d'arbre. Il ôta son manteau, le lui posa sur les épaules. Elle n'eut pas un mot à dire : il savait. Il la prit dans ses bras, lui caressa les cheveux, lui parla à l'oreille. Il ne fallait pas s'inquiéter, tout irait bien. Elle le laissa faire – il lui avait tant manqué ! Et qu'elle était douce, son étreinte, combien elle la soulageait – elle en avait la gorge serrée.

Eleanor quant à elle n'avait aucune illusion. Elle était comme la reine d'*Eleanor sur le seuil magique*, dont le désir d'enfant était si vif qu'elle avait pactisé avec le diable pour l'assouvir. Elle avait ouvert la porte, franchi le seuil, aimé celui qu'elle ne devait pas aimer ; à présent, il fallait en payer le prix. Le monde est régi par une justice naturelle. Quoi qu'on fasse, il faut en assumer les conséquences. Il était trop tard pour fermer la porte.

30

Cornouailles, 2003

— Ça alors ! C'est stupéfiant.

Clive fixait Sadie, abasourdi, ses yeux bleus écarquillés derrière ses verres épais. L'importance de leur découverte venait de lui apparaître dans toute son évidence.

— Comment n'y ai-je pas pensé plus tôt ? reprit Sadie.

— Ça n'avait rien de simple. Vous savez, je les ai tous interrogés en 1933, les Edevane : personne n'a jamais fait la moindre allusion à ce genre de choses.

— À votre avis, Anthony était au courant ?

Clive sifflota tout bas, tout en retournant la question dans son esprit.

— Si tel est le cas, cela jette sur l'affaire une lumière bien plus lugubre.

Ce que Sadie ne pouvait nier.

— Vous avez repéré quoi que ce soit dans son journal ? demanda-t-elle. Ce doit être après la discussion qu'il a eue avec Deborah.

— Rien, ou alors l'allusion était tellement discrète que je ne l'ai pas saisie.

— Et lors des entretiens que vous avez eus avec la famille, après la disparition de Theo ? Vous dites que personne ne vous a donné à penser qu'Anthony pouvait ne pas être le père, je sais. Mais n'avez-vous pas relevé d'autres incohérences ? Un détail qui vous aurait fait dresser l'oreille, si minime soit-il ? Et dont vous comprenez aujourd'hui qu'il peut avoir de l'importance ?

Clive plissa le front, pensif.

— Eh bien, finit-il par dire, non sans hésitation. Effectivement, il y a peut-être quelque chose. Je ne sais pas si cela a beaucoup de sens. Ça va peut-être même vous paraître carrément idiot… Mais lorsque nous avons commencé les interrogatoires, mon patron a souhaité que les Edevane puissent s'adresser à la presse. Par ce biais, en sensibilisant le public, se disait-il, on multipliait les possibilités de témoignages. Donc, la presse est venue. Il faisait une chaleur à crever ce jour-là. Nous étions tous dans la bibliothèque, au rez-de-chaussée : le photographe, le journaliste et les parents Edevane, assis l'un à côté de l'autre ; dehors, des policiers étaient en train de draguer le lac.

Clive secoua la tête.

— Affreux. C'était affreux, cette scène. D'ailleurs, Eleanor a eu une sorte de malaise, si bien qu'Anthony a mis fin tout d'un coup à l'entretien avec la presse. Ce qui est parfaitement normal. C'est ce qu'il a dit qui m'est resté à l'esprit. *Il faut comprendre ma femme*, a-t-il expliqué. *Elle est sous le choc. Son enfant a disparu*.

Clive fixa Sadie avec une détermination renouvelée.

— Pas « notre » enfant. « Son » enfant.

— Oui, mais il était en complète empathie avec elle, il décrivait la réaction de sa femme. Vous ne pensez pas ?

— Non, je ne crois pas, répliqua Clive, dont l'excitation allait croissant. En fait, plus j'y pense, plus je trouve cela curieux.

Sadie était rétive. Plus le vieux policier s'entichait de cette nouvelle conjecture, plus elle avait envie de lui démontrer le contraire. Réaction que ne gouvernait aucune logique : elle n'avait pas envie d'y croire, tout simplement. La théorie qu'elle avait élaborée avec Alice était tout autre : au cours d'une crise de fureur liée à son état mental, Anthony avait tué son fils sans intention de lui donner la mort. Mais si Theo, l'enfant adoré, si longtemps attendu, n'était pas son fils biologique, et si Anthony avait découvert la vérité sur la conception de l'enfant, la mort de ce dernier, horrible rebondissement, n'était peut-être pas involontaire.

Si Donald était là, se dit Sadie, il lui reprocherait sûrement de se laisser envahir par la famille. Tandis que Clive décrivait par le menu les étrangetés d'Anthony telles qu'il les avait constatés en 1933, les adaptant à sa nouvelle théorie, Sadie s'efforça de garder quelque distance. Pas question de laisser ses propres préoccupations peser sur ses capacités d'analyse. Mais le portrait que Clive traçait d'Anthony était si terrible. Anthony choisissant le moment idéal pour commettre son forfait : la grande fête annuelle durant laquelle il était certain que sa femme était constamment à pied d'œuvre, prenant soin des invités, et que les domestiques étaient également trop débordés pour remarquer quelque étrangeté que ce soit. L'opportun renvoi de Rose Waters, dont l'œil vigilant, Eleanor l'avait déploré, n'aurait jamais permis qu'on puisse approcher de Theo dans l'intention de lui nuire. Le choix de sa remplaçante : la vieille Hilda Bruen, toujours disposée à avaler son verre de whisky lorsque le vacarme de la fête menaçait de troubler son sommeil. Quelle préméditation ! Et que dire d'Eleanor ? Quel avait été son rôle dans cette nouvelle version de l'affaire ?

— Pensez-vous que sa femme était au courant ? demanda-t-elle à Clive.

— À mon sens, oui. C'est la seule raison qui justifie son refus d'offrir une récompense. Elle savait que l'effort était vain. Personne ne pourrait jamais retrouver l'enfant.

— Mais pourquoi ne rien dire ? Pourquoi ne pas le dénoncer – ou du moins le quitter ? Ils sont restés ensemble jusqu'à la fin de leurs jours, heureux, manifestement !

— Ce n'est pas simple, la vie de couple. Il a peut-être exprimé des menaces… Il voulait peut-être s'en prendre à Benjamin, ce qui expliquerait la complète disparition de ce dernier. Eleanor, par ailleurs, s'est peut-être sentie coupable du drame. C'était son infidélité qui l'avait provoqué.

Sadie repensa aux propos d'Alice sur sa mère. Eleanor était une femme d'une haute moralité, très attachée à ses principes. Ce qui ne l'avait pas empêchée de rompre ses vœux maritaux. Sa culpabilité devait être colossale. Pour autant, pouvait-elle considérer la mort de son enfant comme une juste punition et l'accepter comme telle ? Non. Pardonner à son mari un homicide involontaire, oui – même si cela semblait déjà difficile à concevoir. Mais le meurtre prémédité d'un enfant ? Non. Et même si Sadie s'était juré de conserver son objectivité, elle ne parvenait pas une seconde à imaginer que l'Anthony Edevane dont elle avait lu maintes descriptions – père attentionné, mari aimé, courageux combattant de la Grande Guerre – pût être devenu ce monstre dévoré par la vengeance.

— Bon, dit Clive. Qu'en pensez-vous ?

Sadie ne pouvait abonder dans son sens, même s'il quêtait son assentiment du regard. Il leur manquait un élément. Le scénario qu'ils avaient reconstitué tenait *presque* debout. Mais ce presque cachait un élément crucial.

— Ce que je pense ? Redescendons au rez-de-chaussée et prenons un thé. J'ai emporté un thermos. Il faut laisser infuser tout cela.

Clive acquiesça, en dépit de sa visible déception. La chambre à présent était inondée de soleil. Tandis que Sadie ramassait les enveloppes, le vieux policier alla à la fenêtre.

— Eh bien ! Si je m'attendais à ça ! s'exclama-t-il. Je me trompe ou c'est… ?

Sadie le rejoignit en hâte. La croisée donnait sur un paysage désormais familier – le jardin envahi par les mauvaises herbes, le lac scintillant. Deux personnes remontaient lentement l'allée. Si le petit Theo était apparu sous les yeux de Sadie, trottinant vers la maison, elle n'aurait pas été plus surprise.

— C'est Alice, souffla-t-elle. Alice Edevane et son secrétaire particulier, Peter.

— Alice Edevane, répéta Clive, avec un petit sifflement incrédule. De retour enfin dans ses foyers.

***

— J'ai changé d'avis.

Ce fut la seule explication qu'Alice consentit à fournir lorsqu'elle retrouva Sadie et Clive dans le vestibule et qu'elle eut serré la main du policier, perdu de vue depuis soixante-dix ans. Peter, après avoir conduit sa patronne jusqu'à la porte, était reparti chercher dans sa voiture ce qu'Alice, mystérieusement, appelait « les ustensiles ». À présent, plantée sur le carrelage poussiéreux de l'entrée, elle considérait les lieux avec l'expression quelque peu irritée d'une *châtelaine** snob qui, de retour de sa promenade matinale, vient de rentrer chez elle et ne se satisfait guère des efforts désespérés d'une domesticité incapable.

— Eh bien ! La maison aurait besoin d'un bon coup de plumeau, à ce que je vois. Et si nous nous installions dans la bibliothèque ?

— Excellente idée, approuva Sadie en adressant à Clive un haussement d'épaules déconcerté.

Ils emboîtèrent le pas à Alice, laquelle poussa une des portes qui donnaient sur le vestibule. Sadie connaissait déjà la bibliothèque, pour l'avoir aperçue par la fenêtre, lors de sa première et involontaire visite à Loeanneth. C'était là que la police avait interrogé les témoins de la disparition de Théo en juin 1933, là aussi, selon Clive, que les parents de l'enfant avaient reçu la presse.

Clive s'installa à une extrémité du divan, Sadie à l'autre. Tout était recouvert d'une épaisse couche de poussière : mais qu'y faire, à moins d'organiser un grand nettoyage de printemps en urgence ? Alice était sans doute venue pour se tenir au courant de leur enquête. Elle n'était certainement pas du genre à admettre la contradiction ni à se laisser désarçonner par quelques grains de poussière.

Sadie s'attendait qu'Alice s'installe dans le fauteuil et les bombarde de questions. Au lieu de quoi, la vieille dame continua à faire les cent pas, de la porte à la cheminée, de la cheminée au secrétaire, faisant brièvement halte devant chacun de ces points cardinaux avant de reprendre sa marche. Elle avait beau garder la tête haute, Sadie, que son métier avait rendue observatrice, ne se laissa pas abuser par cette performance d'actrice. Bien qu'elle fît tout ce qui était en son pouvoir pour le dissimuler, Alice avait les nerfs à vif et l'âme inquiète. Quoi d'étonnant à cela ? Elle revenait soixante-dix ans plus tard dans la maison de son enfance et rien n'y avait changé. On ne peut guère imaginer expérience plus singulière. Sans compter le drame qui avait chassé les Edevane de leur propre maison. Alice s'arrêta devant le secrétaire et souleva délicatement le dessin qui représentait un visage d'enfant.

— C'est lui ? demanda Sadie d'une voix douce.

Elle se rappelait le portrait à la surnaturelle beauté, entrevu par la fenêtre de la bibliothèque le jour où elle avait découvert Loeanneth.

— C'est Theo ?

Alice ne leva pas les yeux si bien que Sadie, pendant un moment, crut qu'elle n'avait pas entendu. Elle allait répéter la question lorsque Alice hocha la tête.

— C'est un ami de la famille qui l'a fait. Daffyd Llewellyn. Le jour de la mort de Theo.

Elle regarda par la fenêtre, les mâchoires serrées. Les ronces cachaient la vue, ce dont elle ne semblait pas même se rendre compte.

— Je l'ai vu qui le rapportait de la rivière. M. Llewellyn passait toujours l'été à la maison. Il habitait la Chambre aux mûres, à l'étage. Il sortait tous les matins, dès l'aube, chevalet à l'épaule et carnet à dessin sous le bras. À ma connaissance, il n'avait jamais dessiné Theo. Et puis j'ai vu ce croquis.

— C'est une coïncidence qui n'est pas dénuée d'intérêt, non ? s'aventura Sadie. M. Llewellyn dessine votre frère le jour où ce dernier disparaît, justement.

Alice leva brusquement la tête :

— Coïncidence, certainement. Intéressante ? Je ne crois pas. M. Llewellyn n'est nullement impliqué dans la disparition de Theo. Cela dit, je suis heureuse qu'il ait eu le temps de croquer ce portrait. Dans les semaines qui ont suivi, il a été d'un grand réconfort pour ma mère.

— Daffyd Llewellyn est mort juste après Theo, si mes souvenirs sont exacts ?

Sadie se souvenait de sa longue conversation avec Clive et des soupçons qu'avait fait naître cette concomitance.

— La police a retrouvé son corps alors qu'ils cherchaient mon frère, répondit Alice, tandis que Clive opinait du chef. Très fâcheuse, cette…

— Coïncidence ? proposa Sadie.

— Cette péripétie, coupa sèchement Alice avant de baisser les yeux vers le dessin – son expression s'adoucit : Quelle tragédie, quel terrible gâchis. Bien sûr, on peut toujours se demander si…

Elle laissa sa phrase en suspens et reprit :

— Nous avions tous beaucoup d'affection pour M. Llewellyn, mais c'était avec Mère que sa relation était la plus forte. Il n'avait guère de penchant pour la société des adultes : Mère était l'exception à sa règle. Lorsqu'on l'a retrouvé mort, peu après la disparition de Theo, cela a été pour ma mère un choc supplémentaire. L'amitié de M. Llewellyn lui était précieuse. Il l'aurait écoutée, consolée. Il était comme un père pour elle.

— Elle lui confiait ses secrets, pensez-vous ?

— Cela ne m'étonnerait pas. Elle avait peu d'amis, par ailleurs. Et ils n'étaient pas de ceux auxquels on se confie.

— Et sa mère ?

Alice avait gardé les yeux fixés sur le portrait. La mention de la vieille Mme deShiel lui fit lever un regard ironique :

— Constance ?

— Elle vivait sous votre toit, je crois ?

— Elle y était tout juste tolérée.

— Votre mère n'aurait-elle pu se confier à elle ?

— J'en doute fort. Ma mère ne s'est jamais entendue avec sa mère. Je ne connais pas l'origine de leur animosité : elle était ancienne et ses racines sans doute profondes. D'ailleurs, après la mort de Theo, lorsque nous avons quitté Loeanneth, les liens qu'elles entretenaient encore se sont rompus. Grand-Mère n'est pas venue à Londres. Sa santé ne le lui permettait pas. Avant le solstice, elle avait commencé à souffrir de confusion mentale. Après le drame, c'est allé de mal en pis. Elle a fini ses jours dans une maison de retraite, à Brighton. C'est l'un des rares moments où Mère l'a traitée avec quelque affection. Elle a choisi la maison avec le plus grand soin pour Grand-Mère. Tout devait être parfait. La famille est une affaire complexe, inspecteur Sparrow.

Encore plus que vous ne le pensez, songea Sadie en échangeant un regard avec Clive, lequel hocha la tête.

La scène n'échappa pas à Alice, plus subtile que jamais.

— Qu'est-ce que cela veut dire ? Vous avez trouvé quelque chose ?

Sadie tendit à la vieille dame la lettre qu'elle avait glissée dans sa poche.

— Certes, rétorqua Alice, après en avoir parcouru le contenu, le sourcil en accent circonflexe. Cela ne nous apprend rien que nous ne sachions déjà. Ma mère avait une liaison avec Benjamin Munro.

— J'ai trouvé dans le hangar à bateaux la seconde partie de cette lettre. Votre mère y parle de sa grossesse. J'avais imaginé, l'autre feuille me manquant, qu'elle écrivait à votre père, alors au front. Elle expliquait à son correspondant qu'il lui manquait, qu'il serait difficile d'avoir cet enfant loin de lui… Mais lorsque j'ai retrouvé ce que vous avez entre les mains, j'ai compris qu'elle écrivait à Ben.

Elle hésita un instant avant d'ajouter ces quelques mots :

— Et que l'enfant dont elle parlait était Theo.

Alice se laissa lentement tomber dans le fauteuil poussiéreux. Sadie comprit alors le sens de l'expression « se dégonfler comme un ballon ».

— Vous êtes en train de me dire que Theo était le fils de Ben, articula la vieille dame.

— Oui.

Réponse laconique, mais que dire de plus ?

Le visage d'Alice, sous l'effet du choc, devint exsangue. Le regard perdu dans le lointain, elle bougeait les lèvres, aux prises peut-être avec quelque mystérieux calcul mental. À Londres, chez elle, elle semblait presque effrayante ; à présent, Sadie percevait sa vulnérabilité. Non qu'Alice lui parût fragile : simplement, descendue de son piédestal de légende de la littérature policière, elle était redevenue humaine et comme telle faillible.

— Oui, finit-elle par dire, d'une voix teintée de perplexité. Oui, c'est loin d'être absurde. Très loin.

Clive toussota :

— Et cela introduit des éléments nouveaux. Vous n'êtes pas de mon avis ?

— Cela ne change rien au destin de mon frère, le coupa Alice en lui lançant un regard.

— Non, bien sûr ; je voulais parler de…

— Du mobile de mon père ? Je vois où vous voulez en venir et je puis vous garantir que jamais mon père ne se serait volontairement attaqué à Theo. Jamais.

Lorsque Clive lui avait fait part de cette théorie, Sadie avait eu la même réaction dans la chambre d'Eleanor. La réplique d'Alice était si ferme cependant qu'elle en vint à se demander si A. C. Edevane ne se laissait pas influencer par ses sentiments les plus intimes, elle aussi.

Un bruit de pas se fit entendre dans le vestibule et Peter apparut dans l'embrasure de la porte, sa mystérieuse tâche accomplie.

— Alice ? fit-il d'une voix inquiète. Tout va bien ?

Il se tourna vers Sadie, les yeux écarquillés, le regard affolé :

— Tout s'est bien passé ?

— Je vais bien, le rassura Alice.

Peter accourut à son côté, inquiet. Voulait-elle un

verre d'eau, de l'air, quelque chose à manger, toutes suggestions qu'elle écarta d'un geste de la main :

— Oui, je vais bien. Ce n'est que la surprise d'être de retour ici, la confrontation avec les souvenirs.

Elle tendit le portrait à Peter :

— Regardez. C'est mon petit frère. C'est Theo.

— Oh, mon Dieu ! Le dessin est splendide. C'est vous qui… ?

— Bien sûr que non, fit-elle d'une voix presque rieuse. C'est un ami de la famille, Daffyd Llewellyn.

— L'écrivain, commenta Peter, que cette nouvelle réjouissait, comme s'il venait d'apprendre la réponse à une question qu'il se posait depuis longtemps : Bien sûr, M. Llewellyn. C'est parfaitement logique.

Sadie se souvint alors qu'Alice n'avait pas répondu à toutes ses questions concernant M. Llewellyn. La conversation avait bifurqué vers un autre sujet bien avant que Peter revienne. Une idée lui traversa l'esprit : M. Llewellyn s'était peut-être senti coupable de n'avoir su retenir le bras d'Anthony Edevane ?

— Alice, M. Llewellyn et votre père étaient-ils proches ?

— Ils s'entendaient très bien, répondit Alice. Mon père le considérait comme un membre de la famille. Ils avaient par ailleurs un profond respect mutuel, ayant tous deux été médecins.

Ce n'était pas leur seul point commun, se remémora Sadie. De même qu'Anthony, Daffyd Llewellyn avait dû renoncer à la pratique de la médecine après une grave dépression nerveuse.

— Dites-moi, Alice, avez-vous jamais su ce qui avait causé la dépression de M. Llewellyn ?

— Je n'ai jamais eu l'occasion d'en discuter avec

lui. Ce que j'ai toujours regretté. Comme son attitude avant le solstice me paraissait singulière, je voulais aborder le sujet. J'avais d'autres choses en tête à ce moment-là, malheureusement, et j'ai raté le coche.

— Qui d'autre aurait pu avoir une idée sur la question ?

— Mère, peut-être, même si elle ne nous a jamais rien confié. Et ma grand-mère, qui était la seule de la famille à avoir connu M. Llewellyn dans sa jeunesse. Cela dit, lui tirer les vers du nez n'aurait pas été une mince affaire. Ils se détestaient. Constance n'avait que mépris pour les gens qu'elle estimait faibles. Lorsque nous avons appris qu'il allait être décoré à titre posthume de l'ordre de l'Empire britannique, la réaction de grand-mère deShiel a été odieuse. Les autres membres de la famille étaient incroyablement fiers de lui. Oh, comme j'aurais voulu qu'il puisse le recevoir de son vivant !

— Il vous a servi de mentor, Alice, murmura Peter. Il a été votre Mlle Talbot.

Alice redressa la tête, comme pour faire comprendre à ses larmes qu'elles n'avaient aucun intérêt à se montrer.

— Oui, pendant un certain temps. Puis j'ai décidé que je l'avais dépassé. Quelle incroyable prétention ! Ah, les jeunes, toujours prêts à bousculer leurs aînés.

Peter eut un sourire qui parut teinté de tristesse à Sadie.

Quant à Alice, elle dut, de son côté, se remémorer quelque chose, car elle soupira avec force et frappa dans ses mains :

— Bon, cela suffit, annonça-t-elle, les yeux tournés vers Peter et brillants d'une énergie renouvelée. Ce n'est pas le moment des regrets, à moins qu'il ne s'agisse de les combattre. Peter, vous avez les ustensiles ?

— Je les ai laissés près de la porte d'entrée.

— Merveilleux. Pensez-vous pouvoir dénicher ce…

— … cette planche avec le nœud en forme de tête d'élan ? J'y cours.

— Magnifique.

Indifférente à ces échanges domestiques, Sadie reprit la lettre qu'Alice lui tendait. Qu'avait pu ressentir cette dernière à la lecture d'une lettre aussi ardente, écrite par sa propre mère ? Une voix surgie du passé, s'insinuant dans le présent pour y contredire une vérité chérie et cultivée depuis si longtemps. Il fallait du courage, se dit-elle, pour prendre la plume, décrire ses sentiments et les envoyer à quelqu'un.

Ce qui fit réapparaître Charlotte Sutherland dans ses pensées. La panique avait été telle à la lecture de ses lettres que jamais Sadie ne s'était posé de questions sur la force de caractère qu'exigeaient leur rédaction et leur envoi. Il y avait dans ce transfert de sentiments quelque chose d'incroyablement intime. Et Charlotte avait écrit non pas une fois, mais deux, risquant ainsi un deuxième échec. Pour le premier rejet, Sadie ne s'était pas cassé la tête et s'était précipitée dès l'aube à la poste. Pourquoi Charlotte était-elle revenue à la charge ? Était-ce du courage ou de la témérité ?

— Ce que je ne comprends pas, demanda Sadie, tant à elle-même qu'à ses compagnons, c'est comment on peut garder une lettre pareille. C'est une chose que de l'écrire, dans la passion du moment. Mais la garder… – elle secoua la tête : C'est si intime, si accusateur…

Les lèvres d'Alice esquissèrent un sourire ; elle semblait de nouveau elle-même.

— Si vous posez cette question, inspecteur Sparrow, c'est que vous n'avez pas l'habitude d'écrire des lettres. Le cas échéant, vous sauriez qu'un auteur ne détruit jamais ce qu'il écrit. Même si le contenu dudit écrit peut lui valoir des ennuis, et qu'il en a conscience.

Sadie méditait cette réponse lorsqu'une voix se fit entendre devant la maison.

— Hello ? Il y a quelqu'un ici ?

Bertie !

— Oh, mon grand-père ! s'exclama Sadie, étonnée. Je reviens dans une minute.

Il attendait devant la porte, un panier à ses pieds contenant un gigantesque thermos et un pain qui, à en juger par sa bonne odeur, sortait juste du four.

— J'ai essayé de t'appeler : ça ne répondait pas.

— Oh, zut, désolée. Je l'avais mis en mode silencieux.

Bertie opina du chef, compréhensif :

— Tu voulais te concentrer.

— Oui, sans doute.

Elle jeta un coup d'œil à l'écran du téléphone. Six appels manqués. Bertie, deux fois ; Nancy Bailey, quatre fois.

— Sadie, ça va ? Tu fais une drôle de tête.

— Ne t'inquiète pas.

Elle sourit à Bertie, tout en dissimulant une inquiétude bien réelle. Nancy avait beau être obsédée par la disparition de sa fille, elle n'était pas pour autant personne à harceler quiconque sans raison.

— Entre, grand-père. Je vais te présenter à la compagnie.

— À la compagnie ?

Sadie lui expliqua alors l'arrivée inopinée d'Alice et de son secrétaire, arrivée dont par ailleurs elle se félicitait : Bertie n'était-il pas venu partager son déjeuner pour lui parler de Charlotte Sutherland ou des conséquences de l'affaire Bailey, deux sujets qu'elle n'avait aucune envie d'aborder ?

— Ah, c'est une bonne chose que de toujours cuisiner pour vingt personnes, comme c'est ma tendance ! s'exclama-t-il, jovial, tandis que Sadie le faisait entrer dans la bibliothèque.

Alice s'était levée. Les bras croisés, elle lançait des regards courroucés à sa montre et ses doigts pianotaient, nerveux, sur ses coudes. Le retour de Sadie sembla soulager Clive.

— Je vous présente mon grand-père, Bertie. Il nous a apporté de quoi déjeuner.

— C'est très aimable de votre part, fit Alice en serrant la main que Bertie lui tendait. Je suis Alice Edevane.

Soudain, elle s'était départie de sa nervosité et, maîtresse de la maison et de la situation, faisait montre de cette autorité aimable qu'on enseignait sans aucun doute aux jeunes filles de bonne famille de son époque.

— Et que nous avez-vous concocté ?

— Potage et œufs durs, répondit Bertie.

— Exactement ce que j'aime !

Alice le remercia d'un signe de la tête qui exprimait tant sa surprise que son plaisir.

— Comment diable le saviez-vous ?

— L'amour des œufs durs est l'apanage des grands de ce monde.

Alice, chose remarquable, sourit, témoignage on ne peut plus sincère de son complet accord, et son visage s'en trouva transformé.

— Grand-père cuisine depuis une semaine pour le stand que les gens de l'hôpital tiennent à la fête du village, précisa Sadie, sans trop savoir pourquoi.

Alice hocha la tête en signe d'approbation. Peter, un petit sac noir à la main, fit sa réapparition dans la bibliothèque.

— Tout est prêt de mon côté, annonça-t-il – puis, remarquant le nouveau venu : Oh ! Bonjour !

Les présentations finies, la confusion s'installa brièvement. Alice et Peter allaient-ils se lancer directement dans la tâche qu'ils étaient venus accomplir, ou allaient-ils s'accorder un moment pour déjeuner ? Il fut enfin décidé de ne pas laisser refroidir le potage de Bertie : ç'aurait été parfaitement impoli.

— Parfait ! déclara l'intéressé. Vous allez peut-être nous montrer quel est le meilleur endroit pour un pique-nique. Comme je ne savais pas dans quel état était la maison, j'ai apporté une couverture.

— Précaution utile, dit Alice. Ce jardin est fait pour les pique-niques. Il est un peu sauvage désormais, j'en ai bien peur, mais il y a près du ruisseau quelques jolis petits coins. Nous y serons en un rien de temps.

Alice, Peter et Bertie sortirent en même temps, bavardant gaiement. Il était question d'un immense sycomore, d'un planeur en bois et d'un hangar à bateaux.

— Mes sœurs et moi, nous y passions le plus clair

de notre temps, disait Alice, dont la voix se faisait de plus en plus indistincte à mesure que le petit groupe s'éloignait. Il y a un passage secret qui conduit de la maison à l'orée du bois, tout près du hangar à bateaux… Enfants, nous faisions de ces parties de cache-cache…

La matinée avait pris un tournant pour le moins insolite. Dans le silence qui suivit, Sadie se tourna vers Clive et haussa légèrement les épaules, perplexe :

— Je pense que nous allons nous accorder une pause déjeuner ?

— Oui, ça en a tout l'air. Je ferai un bout de chemin avec vous, mais je ne pourrai pas rester. Ma fille et sa tribu m'emmènent faire les antiquaires, cet après-midi.

La perspective ne l'enthousiasmait guère. Sadie, compatissante, grimaça. Ils s'engagèrent sur l'allée dallée, et ce ne fut que lorsqu'ils longèrent le lac que Sadie se rendit compte qu'ils s'éloignaient nettement de l'endroit où elle avait garé sa voiture. De plus, elle n'avait pas vu d'autre véhicule dans l'enceinte du domaine en arrivant, et le portail était fermé.

— Clive, demanda-t-elle, pensive, comment êtes-vous venu ce matin ?

— Par bateau ! J'ai un petit dinghy que l'un de mes amis garde sur une remorque, au village. C'est le meilleur moyen de transport pour Loeanneth. Plus rapide que par la route.

— Ce doit être un délicieux parcours, j'imagine. Le paysage est si tranquille.

Clive sourit :

— Parfois, je ne rencontre pas âme qui vive de tout le trajet.

Le téléphone de Sadie se remit à vibrer, troublant la sérénité des lieux. Lorsqu'elle reconnut le numéro, Sadie pinça les lèvres.

— Mauvaises nouvelles ?

— C'est Nancy Bailey. Vous savez, cette affaire dont je vous ai touché un mot.

— Oui, la grand-mère de la petite fille. Je me souviens. Que vous veut-elle ?

— Je ne sais pas. C'est son cinquième ou sixième appel.

— Ce doit être important, alors. Nous sommes samedi.

— Peut-être. Elle ne lâche pas facilement le morceau, Nancy Bailey.

— Vous allez la rappeler ?

— En fait, je ne devrais pas. Il y a une enquête en cours. Si mon grand chef se rend compte que j'ai gardé le contact avec elle, il ne tardera pas à en tirer les conclusions qui s'imposent. Et puis, nous avons du pain sur la planche, ici.

Clive hocha la tête, sans conviction pourtant.

— Je devrais rappeler, selon vous ?

— Ce n'est pas à moi de vous le dire. Simplement, quand vous n'arrivez pas à vous débarrasser d'une affaire, c'est qu'il y a quelque chose que vous n'avez pas réglé. Regardez, moi : ça fait soixante-dix ans, mais je suis revenu.

Le téléphone recommença à vibrer. Encore et toujours Nancy Bailey. Sadie lança un regard à Clive qui lui répondit d'un sourire encourageant. Elle prit une profonde inspiration et décrocha.

31

Un peu après, Sadie retrouva Alice, Peter, Clive et son grand-père près du ruisseau. Ils avaient étendu la couverture de pique-nique sur l'herbe haute, près d'un saule pleureur. Un petit dinghy du nom de *Jenny* tanguait doucement au bout de la jetée du hangar à bateaux. Peter et Clive étaient plongés dans une conversation animée ; Alice, assise, élégante, sur une vieille chaise récupérée on ne sait où riait d'une remarque que Bertie venait de faire. Sadie s'installa au bord de la couverture et accepta machinalement la tasse de potage qu'on lui tendait. Son esprit enfiévré passait en revue tous les éléments d'une affaire qu'elle s'était efforcée ces dernières semaines de remiser dans les recoins les plus obscurs de son cerveau. Il y a dans une enquête un moment fatidique où un élément soudain modifie entièrement la perspective. Tout devient plus clair, les événements changent de sens, les liens apparaissent, manifestes. Ce que Nancy venait de lui confier chamboulait l'affaire.

— Alors ? dit Clive. Je ne voulais pas repartir avant de savoir ce qu'elle vous a dit.

Les conversations s'étaient tues. Les regards étaient tous tournés vers Sadie, insistants. Elle se rendit compte que tous ceux auxquels elle avait parlé de l'affaire Bailey et de son attachement malsain à ses protagonistes étaient rassemblés sur cette couverture de pique-nique.

— Sadie, ma puce ? insista Bertie d'une voix douce. Clive nous disait que Nancy Bailey avait essayé de te joindre toute la matinée ?

Le dossier était officiellement clos. Sadie était déjà dans le pétrin le plus absolu. Elle ne pouvait pas garder le silence sur ce qu'elle venait d'apprendre. Elle se sentait sur le point de craquer.

— Nancy m'a dit qu'elle avait reçu un coup de fil des nouveaux propriétaires de l'appartement qu'avait occupé sa fille, dit-elle.

Bertie se gratta pensivement la tête.

— Ils ont son numéro de téléphone, ces gens-là ?

— C'est une longue histoire.

— Et que lui ont-ils dit ?

— Ils se sont rendu compte que quelqu'un avait écrit quelque chose sur le rebord en formica de la table de la cuisine. Trois mots : *C'était lui*. En temps ordinaire, ils n'auraient pas relevé la chose. Mais comme Nancy était passée les voir peu de temps auparavant et qu'ils avaient encore la disparition de Maggie à l'esprit…

Un silence général suivit cette révélation.

— Qui est ce *lui* ? demanda Peter, déconcerté. Et qu'a-t-il fait ?

Le secrétaire d'Alice étant le seul du groupe à ne

pas connaître le rôle que Sadie avait joué dans l'affaire Bailey, cette dernière lui en exposa brièvement les éléments et sa propre théorie.

— À mon avis, l'individu que vous cherchez ne peut être que ce fameux *lui*, qui qu'il soit, conclut-il.

Peter ne remettait pas en question les certitudes de Sadie quant au caractère criminel de la disparition de Maggie, ce à quoi la jeune inspectrice fut sensible :

— Reste à savoir qui est ce lui, en effet.

Alice, qui n'était pas encore intervenue, s'éclaircit la voix.

— Lorsqu'une femme qui se trouve dans une situation difficile se contente d'un « C'était lui », c'est qu'elle pense que les gens sauront de qui elle veut parler. Avait-elle beaucoup d'hommes dans sa vie, Maggie Bailey ?

— Ni beaucoup d'hommes, ni beaucoup de gens. Sa fille Caitlyn et sa mère, Nancy.

— Et le père de Caitlyn ?

— Eh bien…

— Qui a la garde de la petite maintenant ?

— Lui.

— Il s'est remarié après s'être séparé de la mère de l'enfant, c'est cela ?

— Oui, il y a deux ans.

— Et il n'a pas eu d'autre enfant avec sa nouvelle femme ?

— Non.

Sadie se souvint de la rencontre avec Caitlyn au commissariat. Les couettes que Gemma, la femme de Steve, avait faites à la petite, la manière dont elle lui tenait la main, la chaleur de son sourire, si intense que Sadie l'avait sentie à distance.

— Gemma, sa nouvelle femme, semble très attachée à Caitlyn.

Ce qui n'eut pas l'air d'émouvoir Alice.

— À quoi ressemble-t-il, ce mari ?

— Steve ? C'est un homme sérieux, appliqué. Je ne le connais pas très bien. Il a été très coopératif avec nous.

— Coopératif ?

Cette fois-ci, c'était Clive qui fronçait les sourcils.

Steve, se souvint Sadie, avait mené les recherches. Il s'était rendu plusieurs fois au commissariat de son propre chef et avait fourni de multiples informations sur le passé et la personnalité de son ex-compagne. Il avait dressé le portrait d'une femme volage et irresponsable, qui aimait prendre du bon temps et avait du mal à supporter la pression qu'engendre la présence d'un enfant.

— Très, très coopératif, répéta Sadie. Incroyablement coopératif, pourrait-on même dire.

Clive émit un petit soupir de satisfaction, comme si cette réponse venait consolider une théorie à laquelle il tenait particulièrement. Sadie soudain se remémora son commentaire sur l'attitude des coupables et un frisson lui parcourut l'échine. Que disait-il, Clive ? Qu'il y avait deux sortes de criminels : ceux qui évitaient la police comme la peste, et les serviables, auxquels tout était prétexte à entrer en relation avec les policiers et qui se nichaient au cœur de l'enquête, non sans entretenir une terrible culpabilité.

— Cela dit, dit vivement Sadie, qui essayait de rassembler ses pensées en plein bouleversement et au sein desquelles commençait à se former une terrible scène, il y avait un message. De la main de Maggie...

Sa voix se fit murmure, s'interrompit. Elle se souvint des termes dans lesquels Steve avait déploré la négligence de Maggie. Elle avait oublié qu'il n'était pas présent cette semaine-là, qu'il ne viendrait pas chercher la petite.

« Je lui ai même fait noter les dates, avait-il dit avant de reformuler la chose : Je veux dire, elle les a notées. »

C'était un infime détail, que Sadie cependant avait remarqué. Elle avait pensé d'abord que sa langue avait fourché. Il était troublé, il avait dit un mot pour un autre. Cela ne prêtait guère à conséquence. Mais n'était-ce pas une erreur révélatrice, un lapsus freudien ? N'aurait-il pas pu forcer son ex-femme à écrire quelque chose sous sa dictée ?

— Mais de là à l'accuser de meurtre ? pensa-t-elle tout haut. Steve ?

Steve n'avait jamais figuré sur la liste des suspects, même avant la découverte du message. Il avait un alibi – la partie de pêche à Lyme Regis. Le Met avait vérifié les informations qu'il avait fournies à cet effet : pure routine. Tout avait été confirmé : la demande de congé, l'hôtel, l'agence de location du bateau. Et hop ! Affaire classée. Il semblait maintenant à Sadie que, bien loin de le disculper, son départ de Londres pour quelques jours – à l'autre bout du pays et au moment même où son ex-femme disparaissait – constituait une occasion rêvée.

— Mais pourquoi, bon Dieu ?

Et bien que ce fût contraire à ses méthodes d'investigation, Sadie ne pouvait pas s'empêcher de méditer sur les motifs du mari : Maggie et lui avaient été mariés. Ils s'étaient aimés. Ils ne se voyaient pratiquement plus depuis le divorce. Pourquoi diable aurait-il voulu la supprimer ?

La voix claire d'Alice Edevane trancha net dans ses pensées confuses.

— L'un de mes premiers Diggory Brent s'inspire d'une histoire que ma sœur Clemmie m'avait racontée. Un jour, avant la Seconde Guerre mondiale, nous étions assises dans Hyde Park lorsqu'elle m'a parlé d'un homme dont la femme avait un tel désir d'enfants qu'il en vola un pour lui faire plaisir. Je n'ai jamais oublié cette histoire. Je n'étais nullement choquée par le fait qu'un très fort désir d'enfants dans un couple et l'amour tout aussi puissant de l'homme pour sa femme pouvaient conduire l'homme en question à accomplir les actes les plus radicaux.

Sadie revit le visage joyeux et tendre de Gemma, la façon dont elle avait pris la main de la petite dans la sienne, en sortant du commissariat. Avec quel naturel elle avait juché Cate sur sa hanche. Oh, Seigneur ! Sadie s'était sentie si contente pour Caitlyn lorsqu'elle l'avait vue avec Gemma. Soulagée de constater qu'en dépit de la disparition de sa mère elle avait retrouvé un foyer aimant, des gens qui s'occuperaient d'elle.

Bertie se manifesta d'une voix douce.

— Sadie, mon cœur, que comptes-tu faire maintenant ?

Ah, oui, les détails pratiques. Ça pouvait l'aider. Infiniment plus que de battre sa coulpe.

— Il faut que je revérifie l'alibi de Steve, répondit-elle. Voir s'il pouvait se trouver dans l'appartement de Maggie alors qu'il était censé ne pas être à Londres à ce moment-là. Il faudrait que je puisse lui reparler. Avec l'enquête en cours, ça ne va pas être possible.

— Et tu ne peux pas appeler Donald et lui demander de poser ces questions en ton nom ?

Sadie secoua la tête.

— Si je veux l'impliquer, il faut que mes doutes deviennent des certitudes.

Une autre idée lui vint ; elle fronça les sourcils.

— Je vais inspecter les notes écrites de Maggie et les soumettre au labo. Il y a peut-être des preuves que nous avons négligées.

— De l'ADN ?

— Oui, et des signes éventuels de rédaction sous la contrainte. Le message avait déjà été examiné par des experts qui l'ont comparé avec d'autres écrits de Maggie. Certaines lettres, d'après eux, étaient raides, tendues. Elle avait tracé ces quelques phrases très rapidement, disaient-ils. J'avais l'impression d'une écriture nette et lisible ; eux, cependant, ont l'œil pour détecter des éléments extrêmement ténus. Nous en avons conclu que cette hâte était due à l'inquiétude que lui causait l'énormité de l'acte à venir – la fuite. Cela paraissait convaincant.

Le message était rédigé sur une carte en vergé fort élégante. Maggie avait travaillé chez WHSmith, ce qui lui avait laissé, selon Nancy, un goût marqué pour les jolis papiers à lettres. Si l'écriture du message semblait assez soigneuse à Sadie, il y avait cependant un gribouillis sur le bord de la carte qui lui avait mis la puce à l'oreille.

« Elle a voulu voir si son stylo écrivait, avait expliqué Donald en haussant les épaules. C'est le genre de choses que je fais tout le temps. »

Sadie de même. Et pourtant, l'hypothèse ne l'avait pas convaincue. Pourquoi Maggie, dont l'existence dénotait une personnalité méticuleuse, ordonnée, se serait-elle amusée à tester son stylo sur l'onéreuse carte de correspondance qu'elle destinait à un message des plus importants ?

« Elle était chamboulée, avait objecté Donald. Sparrow, cette femme était sur le point d'abandonner sa gosse. Elle était sous pression : tu crois vraiment qu'elle a remarqué la qualité du papier à lettres ? »

Sadie s'en était mordu la langue. La découverte du message de Maggie avait été un choc pour elle, anéantissant ses théories et la réduisant au rôle de folle à l'imagination trop fournie. Elle n'avait certainement pas besoin de cela – passer pour celle qui s'accroche à un bout de papier vergé et un griffonnage inexplicable. Nancy était pourtant du même avis.

« Ma Maggie n'aurait jamais fait ça. Elle aimait les choses propres et bien rangées, depuis toute petite. Il fallait toujours que tout soit impeccable. »

Soudain, ce gribouillis acquérait un statut particulier. Et s'il était la preuve que Maggie n'était pas seule quand elle avait écrit son message ? Si cette personne était restée pendant toute sa rédaction, essayant même le stylo avant de dicter le texte à Maggie ?

Sadie parvint à agencer ses hypothèses pour son auditoire ; afin d'illustrer son propos, elle s'agenouilla, tira son téléphone de sa poche. Fort heureusement – acte illégal s'il en fut – elle avait photographié le message avant son archivage officiel. Elle finit par retrouver le cliché dans son appareil et le tendit à ses compagnons, afin qu'ils puissent l'examiner.

Elle se leva et commença à faire les cent pas. Steve

était-il capable de préméditer un crime aussi atroce ? N'était-elle pas en train de dérailler, de se raccrocher à des chimères ? Sadie cependant reprit courage en observant son entourage : un policier à la retraite, un auteur de romans policiers et un docteur en littérature. Et cette équipe hors pair – vu leurs intellects combinés – n'avait pas l'air de trouver absurdes les doutes de Sadie.

Le bon visage de Bertie, si familier, exprimait quelque chose qui n'était pas loin de la fierté.

— Alors, Sadie, ma puce ? Que vas-tu faire ? Qu'est-ce qui se passe, maintenant ?

Qu'elle eût raison ou tort et quelles qu'en soient les conséquences, Sadie avait une obligation envers Maggie, qui avait peut-être écrit la lettre sous la menace, qui s'était peut-être rendu compte que les choses n'allaient pas bien se finir et qui, cependant, avait trouvé assez de courage pour envoyer un signe aux futurs enquêteurs. Obligation qu'elle-même, Sadie, remplirait, ou qu'elle confierait à d'autres.

— Il faut que j'alerte le Met, finit-elle par répondre.

— Oui, fit Bertie en hochant la tête. Je crois que ça s'impose.

Mais pas Donald. Cette nouvelle piste pouvait très bien ne pas aboutir. Elle ne pouvait pas risquer de le mettre une fois de plus dans l'embarras. Mieux valait s'adresser au grand chef, même s'il lui faudrait sans doute avouer qu'elle était à l'origine des fuites. Tandis que ses compagnons rangeaient la vaisselle du pique-nique et repliaient la couverture, Sadie composa le numéro du Met et demanda à parler au superintendant Ashford.

***

Lorsque les autres repartirent au village, cet après-midi-là, Sadie ne les accompagna pas. Clive les quitta à bord du *Jenny* vers une heure, non sans avoir fait promettre à Sadie qu'elle le rappellerait dès qu'elle aurait des nouvelles du Met. Bertie devait se présenter à quinze heures au stand de l'hôpital, qu'il tenait les trois premières heures suivant l'inauguration. Il avait essayé d'attirer Sadie dans ses rets, lui faisant miroiter des scones frais et de la bonne crème fraîche. L'idée de baigner dans la joie et la bonne humeur alors que le moindre nerf de son corps était plus tendu qu'une corde de violon donnait des haut-le-cœur à la jeune femme.

Alice cependant avait gratifié Bertie d'un de ses rarissimes sourires.

« De la vraie bonne crème fraîche de Cornouailles ? Cela fait des années que je n'en ai pas goûté. »

Peter lui avait rappelé avec délicatesse la tâche à laquelle elle n'avait cessé de faire allusion depuis leur arrivée ; elle avait froncé les sourcils puis, levant la main, avait répliqué :

« Bah, cela a attendu si longtemps ! Un jour ou deux de plus, quelle importance. »

Et puis, il valait mieux rentrer à l'hôtel avant que la fête commence et que la place soit envahie par la foule. Alice avait promis de signer quelques livres pour l'hôtel, ce qui leur avait permis d'obtenir du jour au lendemain deux chambres en plein week-end de solstice.

Si bien que Sadie, restée seule, regarda les deux voitures disparaître dans l'allée, avalées l'une après l'autre par la forêt. Dès qu'ils furent partis, elle empoigna son téléphone. Pas d'appels manqués : rien d'étonnant à cela, car elle avait monté le son au maximum. Elle le glissa dans sa poche avec un soupir d'impatience.

Lorsqu'elle avait assuré à ses compagnons que le Met lui était reconnaissant de ses informations, elle n'avait pas été tout à fait honnête. Ashford n'était pas du tout heureux d'entendre sa voix. Et lorsqu'elle lui avait avoué sa faute, il avait littéralement explosé. L'oreille de Sadie en était encore rouge. À croire que les postillons acides du superintendant étaient passés par les ondes pour lui brûler le tympan. Elle avait senti sa propre colère monter, en réaction – sans bien sûr en laisser rien paraître. Elle l'avait laissé hurler puis, aussi calmement qu'elle le pouvait, elle lui avait demandé pardon de son écart.

« J'ai peut-être une nouvelle piste », avait-elle ensuite annoncé.

Ce à quoi il avait répliqué qu'il ne voulait rien entendre. Avec le nœud au ventre de quelqu'un qui joue son avenir professionnel, Sadie lui rappela qu'elle avait gardé le numéro de Derek Maitland.

« De quoi aurez-vous l'air s'il s'avère que j'ai raison, que cette femme a été assassinée et que vous n'avez rien voulu savoir ? »

Ashford n'avait plus rien dit, se contentant de souffler comme un dragon à l'entrée de sa caverne.

« Je vais mettre quelqu'un sur l'affaire », avait-il grommelé après la démonstration de force de Sadie.

Et de lui raccrocher au nez.

Elle n'avait plus rien à faire maintenant, qu'attendre

et espérer qu'Ashford eût la courtoisie de la rappeler lorsqu'ils auraient découvert quelque chose.

Il y avait tout de même des endroits plus laids que Loeanneth pour tuer le temps, dut s'avouer Sadie. L'après-midi, la maison avait un aspect différent. Sous le soleil déclinant, on aurait dit que le domaine tout entier poussait un immense soupir d'apaisement. Les oiseaux et les insectes se reposaient après leurs frénétiques symphonies du matin ; le toit à son habitude s'étirait et faisait craquer ses poutres tièdes en souplesse ; la lumière baignant les fenêtres était douce et paisible.

Sadie resta un long moment dans le bureau d'Anthony. Ses manuels d'anatomie étaient encore alignés sur l'étagère, au-dessus de son secrétaire. Il avait inscrit son nom sur toutes les pages de garde d'une écriture soignée et pleine d'espoir. Elle trouva dans un des tiroirs tout une série de prix : premier en littérature classique, en composition latine, et quelques dizaines d'autres. Une photographie était cachée dans un coin sombre, qui représentait des jeunes gens en toge et toque plate d'étudiant. L'un d'eux était un Anthony à peine adulte. À son côté, un garçon hilare qui avait également servi de modèle, plus âgé, pour une photographie de studio qu'Anthony gardait sur son bureau. Soldat au visage intelligent, la tignasse brune en désordre. Un brin de romarin avait été glissé sous le verre, maintenu en place par la pression ; si bruni, si fané pourtant qu'il tomberait sans doute en poussière si par malheur on l'extrayait. Une autre photographie montrait Eleanor debout devant un immeuble de pierre. Sadie s'en empara pour mieux la regarder. Sans doute le cliché avait-il été pris à Cambridge :

ils y avaient vécu avant qu'Anthony fasse à sa femme la surprise de sauver Loeanneth pour le lui restituer.

Les journaux intimes d'Anthony remplissaient un rayonnage entier de la bibliothèque qui couvrait le mur du fond, du plancher au plafond. Sadie piocha au hasard. Elle ne tarda pas à s'absorber corps et âme dans sa lecture, jusqu'à ce que la lumière déclinante lui rende le déchiffrage difficile. Les notations qu'y avait consignées Anthony n'indiquaient pas la moindre intention homicide. Bien au contraire : le malheureux ne cessait de décrire ses efforts désespérés pour « se guérir ». Anthony se reprochait d'avoir fait défaut à sa femme, à son frère, à son pays. Ces regrets lancinants étaient intercalés entre des pages d'exercices mnémotechniques, comme Clive l'avait déjà remarqué ; il n'avait jamais cessé de chercher à réparer son esprit dévasté. La culpabilité d'avoir survécu à une guerre où tant d'hommes avaient perdu la vie était envahissante et permanente. Les lettres qu'il écrivait constamment à Howard, son ami perdu, son frère, étaient poignantes : descriptions élégantes et simples de ce que la vie signifiait désormais pour celui qui, selon ses propres termes, avait « survécu à son utilité pour la collectivité » : une récompense imméritée, volée à d'autres.

Terribles aussi, les lignes par lesquelles il exprimait sa gratitude à Eleanor, et la honte qu'il s'inspirait à lui-même. Pires encore, les descriptions murmurées de la crainte dans laquelle il vivait constamment de faire du mal à ceux qu'il aimait le plus au monde : *Toi, cher ami, tu sais, plus que quiconque, que j'en suis capable.* (Pourquoi ? Sadie fronça les sourcils.

Qu'est-ce que cela voulait dire ? Que son ami le connaissait bien, c'était tout ?)

Anthony visiblement ne se remettait pas de n'avoir jamais pu finir sa formation de chirurgien. *Après ce qui s'est passé en France*, écrivait-il, *je n'avais rien d'autre à l'esprit. La seule manière de réparer mes torts était de démontrer que ma survie avait une utilité, de rentrer en Angleterre, donc, de devenir médecin et d'aider plus de gens que je n'en avais blessé.* Vaines espérances : Sadie éprouvait à son égard une infinie compassion. Pour avoir eu pendant quelques jours dans la bouche le goût amer d'une vie privée du métier qu'elle aimait tant, elle ne le comprenait que trop.

Elle fit pivoter la chaise de bois, raide et grinçante, pour balayer du regard la pièce désormais plongée dans la pénombre. Il avait quelque chose de solitaire, de triste et d'un peu sale, ce bureau. Qu'avait pu y ressentir Anthony lorsqu'il s'y enfermait avec pour seule compagnie ses démons intérieurs et ses désillusions, obsédé par l'idée qu'ils puissent avoir un jour raison de lui. Crainte justifiée : c'était ce qui avait fini par lui arriver.

Bien sûr, la mort de Theo avait été un accident. Même si Ben Munro était le père de Theo, et même si Anthony, en apprenant l'infidélité de sa femme, avait été dévoré de jalousie, il ne pouvait s'être rendu coupable du crime infâme que Clive voulait lui attribuer. Les gens changent ; il leur vient toutes sortes d'épreuves. Mais tuer l'enfant de sa femme ? Sadie n'en croyait pas un mot. La conscience aiguë qu'Anthony avait de lui-même, l'inquiétude que ses crises de violence faisaient naître en lui, les sacrifices qu'il aurait consentis pour ne pas céder à sa rage : tout cela contredisait les conjectures du policier. Peu importait que Theo ne soit pas son fils. Et si la mort de Theo s'était produite peu temps après que sa fille lui eut appris l'infidélité d'Eleanor, ce n'était qu'une coïncidence. Elle fronça les sourcils. Coïncidence. Encore ce petit mot des plus irritants.

Elle s'étira en soupirant. Le long crépuscule de l'été s'était déjà installé sur le monde. Les grillons commençaient à chanter dans les recoins secrets du jardin brûlé par le soleil ; les ombres s'allongeaient dans la maison. La chaleur de la journée avait formé une mare, laquelle, immobile, épaisse, attendait maintenant de se dissiper dans la fraîcheur de la nuit. Sadie referma le volume et le rangea sur son étagère, là exactement où elle l'avait trouvé. Après avoir fermé sans bruit la porte du bureau d'Anthony, elle redescendit au rez-de-chaussée pour récupérer sa lampe torche. Un bref coup d'œil à l'écran de son téléphone lui apprit que personne n'avait rappelé. Elle remonta alors dans la chambre d'Eleanor.

Ce qu'elle cherchait, elle ne le savait pas vraiment. Un indice qui lui manquait encore et qu'elle découvrirait dans les lettres d'Eleanor, sans doute. Il fallait commencer quelques mois avant la naissance de Theo et tout lire jusqu'au bout : et lorsqu'elle aurait trouvé l'information décisive, la lumière se ferait, tout se mettrait en place. La meilleure méthode était chronologique : elle lirait d'abord les lettres qu'Eleanor avait dupliquées, puis s'efforcerait de retrouver les réponses de ses correspondants.

Tâche fastidieuse, mais Sadie avait du temps à y consacrer, n'ayant nul désir d'assister à la fête du village. Elle avait besoin de se sortir l'affaire Bailey de la tête – y compris la conversation avec Ashford –, et de donner vie au monde d'Eleanor. L'amour de cette dernière pour Anthony Edevane avait été l'influence la plus déterminante de son existence : un immense amour, enténébré par l'horreur persistante, le désordre, causés par la terrible maladie d'Anthony. Lettre après lettre, docteur après docteur, elle n'avait jamais cessé de chercher à l'aider, sans jamais se départir de sa cordialité ni montrer quelque désespoir.

Pourtant, au-delà de ces suppliques polies, Eleanor souffrait le martyre – ce que ses lettres à Daffyd Llewellyn montraient à l'envi. Pendant des années, il avait été le seul à connaître l'état d'Anthony, sa détresse, son déclin mental. Les filles n'en savaient rien, non plus que les domestiques – hormis une ou deux remarquables exceptions. La vieille Mme deShiel ne se doutait de rien : depuis des années, Eleanor – de même que son vieil ami Daffyd Llewellyn – n'avait pour elle que méfiance et détestation.

Eleanor avait promis à son mari – elle le rappelait plus d'une fois dans le fil de sa correspondance – de ne jamais parler de son état au reste de la famille, une promesse qu'elle ne pouvait songer à briser. Elle avait créé pour le monde extérieur un paradis factice où Anthony et elle vivaient dans l'insouciance : elle s'occupant de la maison, lui de ses études naturalistes et de son Grand Œuvre. Elle écrivait à ses quelques connaissances des lettres bavardes où elle décrivait sa vie à Loeanneth, pleines de considérations drolatiques et parfois émouvantes sur ses filles, *toutes plus excentriques les unes que les autres*.

Admirable, se disait Sadie, cette obstination, bien

qu'elle ne puisse que douter au fond de l'absurdité d'une telle tâche. Daffyd Llewellyn avait conseillé d'ailleurs à Eleanor de ne plus mentir à son entourage – au début de 1933, notamment, lorsque les inquiétudes de la maîtresse de Loeanneth se firent de plus en plus vives. La santé mentale d'Anthony l'angoissait plus que jamais. S'y ajoutait une crainte concernant la sécurité du petit Theo dont la naissance, disait-elle, avait visiblement déclenché de néfastes associations dans l'esprit d'Anthony.

Un traumatisme longtemps dissimulé était revenu à la surface – conséquence d'un épisode dramatique de la guerre, au cours duquel son ami Howard, son presque frère, avait perdu la vie. *J'ai l'impression que la chose a fait boule de neige. Anthony se reproche son bonheur et regrette profondément de n'avoir pu devenir médecin. Tout cela se mélange avec ses souvenirs de la guerre – et plus particulièrement avec un incident précis. Je l'entends qui, dans son sommeil, pleure, explique à je ne sais qui qu'il faut partir, qu'il faut faire taire le chien et le bébé.*

Quelques semaines plus tard, elle écrivait ceci : *Comme vous le savez, Daffyd, j'ai enquêté de mon côté, discrètement. Howard n'apparaissait pas dans les listes de nos soldats morts pour la patrie, et cela m'intriguait. J'ai approfondi mes recherches – oh, Daffyd ! J'ai fait une horrible découverte. Howard a été fusillé à l'aube, le malheureux, par nos soldats ! J'ai pu entrer en relation avec un homme qui avait servi dans le régiment d'Howard et d'Anthony ; il m'a expliqué qu'Howard avait tenté de déserter et qu'Anthony l'en avait empêché. Mon pauvre amour comptait sans doute étouffer l'affaire ; un autre officier s'en était mêlé, avec le résultat que vous connaissez maintenant. L'ancien combattant avec lequel j'en ai discuté m'a rapporté qu'Anthony en avait été bouleversé. Le connaissant, je suis certaine qu'il s'en veut autant que s'il avait fait partie du peloton d'exécution.*

Maintenant qu'elle connaissait l'origine des terreurs nocturnes de son époux, Eleanor ne s'expliquait toujours pas la raison pour laquelle elles se faisaient de plus en plus aiguës et ne parvenait pas davantage à les apaiser, à ramener Anthony à la réalité. Il adorait le petit Theo, écrivait-elle, et mourait de peur à l'idée de lui faire du mal sans le vouloir. Dans ses pires moments de dépression, il évoquait même la possibilité « d'en finir avec tout cela ». *Je ne le laisserai pas faire,* écrivait sa femme. *Je ne supporte pas l'idée que les espoirs, les promesses dont cet être exceptionnel est porteur soient anéantis de cette manière. Je dois trouver un moyen de le guérir. Plus j'y pense, plus je suis convaincue que ce n'est qu'en parlant d'Howard qu'il pourra échapper aux terreurs qui le hantent. Je compte lui poser la question directement, je le dois ! Mais il faut d'abord que je règle la situation ici. Que tous soient en sécurité.*

Dans ces moments difficiles, Eleanor avait cependant un refuge, une échappatoire. Sa relation avec Ben. Elle en avait visiblement parlé à Daffyd Llewellyn ; elle avait également confié à Ben les tourments que lui causait bien involontairement son mari. Il y avait dans la personnalité vagabonde de Ben, écrivait encore Eleanor, dans son absence d'enracinement, quelque chose qui en faisait le confident idéal de cette souffrance-là. *Non que nous en discutions souvent – ce n'est pas le cas. Nous avons tellement d'autres sujets de conversation. Ben a beaucoup voyagé. Son enfance est une corne d'abondance qui déborde d'anecdotes sur le monde entier et sur ses habitants – j'en suis très avide. C'est une évasion par procuration, une libération éphémère. Parfois, pourtant, quand je dois vraiment me libérer un instant de mon fardeau, Ben est le seul, vous excepté, cher Daffyd, auquel je puisse me fier. Lui parler, c'est écrire sur du sable, crier dans le vent. Sa personnalité est si proche de la nature, si primale, que je sais que la parole ne va pas plus loin que lui, qu'elle s'arrête à son corps.*

Qu'avait pensé Ben de la maladie d'Anthony, et en particulier du danger que l'ancien soldat représentait peut-être pour sa femme et pour le petit Theo. Son petit Theo, pouvait se dire Ben. La lettre découverte dans le hangar à bateaux l'impliquait, Ben savait que l'enfant était son fils. Sadie feuilleta les lettres qu'Eleanor avait écrites à Ben, qu'elle s'était jusqu'ici refusée à lire. Les lettres d'amour d'une autre femme à un autre homme ? Il y avait là un vrai tabou. Et pourtant, il allait falloir y jeter un œil.

Ce fut à vrai dire bien plus qu'un œil. Elle les lut toutes, de la première à la dernière. Et lorsqu'elle eut fini, la nuit était d'un noir d'encre ; le silence était si grand dans la maison et dans le jardin qu'on entendait le ressac lointain de la mer. Sadie ferma les yeux. Elle était à fois épuisée et parfaitement connectée aux choses, étrange mariage de sensations contradictoires. Tout ce qu'elle avait pu entendre, lire et penser ce jour-là se mélangeait dans son esprit. Alice parlant à Bertie de l'entrée du passage, près du hangar à bateaux. Clive et son dinghy : « C'est le meilleur moyen de circuler… Parfois, je ne rencontre pas âme qui vive de tout le trajet. » La promesse qu'Eleanor avait faite à Anthony, les craintes que la sécurité de Theo lui inspirait. Ce que Ben racontait de son enfance.

Elle pensa aussi à Maggie Bailey, à ce que l'on est capable de faire pour garantir la sécurité d'un enfant. À Caitlyn, au sourire de Gemma se penchant sur elle. À Rose Waters, à l'affection que l'on pouvait porter à un enfant qui n'était pas le sien. Elle eut pitié d'Eleanor, qui avait perdu Theo, Ben et Daffyd Llewellyn en quinze jours. Et ne cessa de se répéter ce qu'Alice avait dit de sa mère : *Elle pensait que l'on ne doit rompre ses promesses sous aucun prétexte*.

Ce ne fut pas tant la découverte d'un indice décisif que le rapprochement soudain d'une multitude de petits détails. Parfois le soleil, dans sa course, fait apparaître dans un buisson la toile d'araignée jusqu'alors invisible. Tout à coup elle scintille en entrelacs d'argent. Sadie, de même, venait de comprendre les relations entre les événements, le déroulement de la nuit. Anthony n'avait pas tué Theo. Ni volontairement ni involontairement.

32

Cornouailles, 23 juin 1933

Le feu de joie brûlait au beau milieu du lac. Des flammes orange dardaient leurs langues déchiquetées vers le ciel semé d'étoiles ; des oiseaux fendaient les ténèbres. Constance adorait la fête du Solstice. C'était l'une des seules traditions de la famille de son défunt mari auxquelles elle ait toujours tenu. Tous les prétextes étaient bons pour recevoir – fête que rendaient plus excitante encore les feux de joie, les lanternes, la musique et les danses, les inhibitions qu'on abandonnait l'espace d'une soirée. Constance n'avait cure des justifications superstitieuses des deShiel : le solstice comme renouveau, les transitions, la chasse aux esprits mauvais. Cette année-là, pourtant, elle eut pour ces racontars un peu plus de considération. Le solstice de 1933 allait être pour elle l'occasion d'un renouveau décisif. Depuis presque quarante ans que l'envie la tenaillait, elle allait donner libre cours à l'une de ses vieilles haines.

Elle porta la main à son cœur. Oh ! Il souffrait toujours autant – la douleur logée dans sa cage thoracique comme le noyau de quelque fruit. Elle qui avait passé des dizaines d'années à chasser ces souvenirs les voyait resurgir plus souvent ces derniers temps. Curieux, tout de même, de ne plus savoir ce qu'on avait mangé la veille au soir et, simultanément, de pouvoir revivre avec une violence intacte ce qui s'était passé dans cette chambre au petit matin, il y avait si longtemps. Le corps qui se brisait de l'intérieur, la femme de chambre hébétée qui ne savait que faire du linge flasque qu'elle avait dans les mains, la cuisinière, manches relevées sur ses bras rougis ; le feu qui crépitait dans la cheminée. Il y avait aussi des hommes – dans le couloir, à discuter de ce-qu'il-fallait-faire. Constance ne les écoutait pas. Le fracas de la mer noyait leurs voix. Le vent ce matin-là était mauvais ; et tandis qu'on s'agitait dans les ténèbres qui l'entouraient – mains rudes, voix coupantes –, Constance s'était abîmée dans le ressac inexorable de ces haïssables vagues. Oh, ce bruit, comme elle le détestait ! Il la rendait folle aujourd'hui encore.

Plus tard, dans le désert des semaines qui avait suivi, Henri avait consulté les meilleurs médecins de Londres, et tous s'étaient accordés sur un point : ce qui était arrivé était inévitable. Le cordon ombilical autour du petit cou – un véritable nœud coulant. Mieux valait pour tout le monde oublier ce regrettable incident. Constance n'avait pas oublié. Constance savait qu'ils se trompaient. Inévitable ? Allons donc. Son bébé était mort par la faute d'un incompétent. Bien sûr, les médecins avaient pris la défense de leur confrère. La nature est parfois cruelle, disaient-ils, tous plus complaisants les uns que les autres, mais elle fait bien les choses. Rien ne les empêchait de recommencer.

Surtout, pas de laisser-aller !

Moins on se plaint, plus vite on se remet.

La prochaine fois, ça ira mieux.

Sur ce dernier point, les médecins n'avaient pas tort. Lorsque Eleanor vint au monde douze mois plus tard et que la sage-femme la prit à bout de bras pour l'examiner – « C'est une fille ! » –, Constance elle aussi la considéra des pieds à la tête. L'enfant était rose, toute mouillée et beuglait de toutes ses forces. Constance hocha la tête, se retourna sur le lit et demanda qu'on lui apporte une tasse de thé.

Elle avait attendu la venue des sentiments, de l'amour maternel, du désir si puissant qui l'avaient envahie la première fois (oh, ce joli visage aux rondeurs cireuses, ces longs doigts fins, ces douces lèvres qui n'émettraient jamais un son) ; le temps avait passé, ses seins s'étaient gonflés et l'avaient fait souffrir, avant de s'apaiser ; et avant qu'elle eût le temps de s'en rendre compte, le Dr Gibbons était revenu la voir et l'avait déclarée bonne pour le retour à la vie normale.

Entre la mère et l'enfant, pourtant, un accord tacite avait déjà été signé. La petite pleurait, hurlait et ne se calmait jamais dans les bras de sa mère. Constance, regardant le visage pourpre de l'enfant, n'arrivait même pas à songer à un prénom qui pût lui convenir. Ce fut Henri qui la nomma, la tint dans ses bras, la berça, en attendant de pouvoir insérer une annonce dans les journaux, laquelle fit se matérialiser sur le seuil de Loeanneth nounou Bruen, ses splendides références et ses idées bien arrêtées sur les règles en vigueur dans les nurseries. Et lorsqu'à son tour survint Daffyd Llewellyn, avec ses comptines et ses histoires, Eleanor et Constance étaient désormais des étrangères l'une pour l'autre. Daffyd Llewellyn, qui lui avait volé ses deux enfants. Jamais elle ne cessa d'alimenter la fureur que l'homme suscitait en elle.

Pourtant – elle soupira –, elle était lasse de cette colère sans relâche. Elle avait brûlé si longtemps en Constance que cette dernière s'était pétrifiée autour du noyau d'acier de sa haine. L'orchestre attaqua son énième et joyeux air de danse ; les couples tournoyèrent sur la piste cerclée de saules, sous l'éclat des lanternes. Constance se fraya un chemin dans la foule pour se diriger vers les tables où des serveurs embauchés pour la soirée dispensaient des boissons en tout genre.

— Une coupe de champagne, madame, peut-être ?

— Volontiers. Et une autre pour mon ami, si cela ne vous ennuie pas.

Les deux flûtes pleines à la main, elle alla s'asseoir sous la tonnelle. La tâche n'allait pas être aisée – sa vieille haine lui était aussi familière que son propre reflet : pourtant, il était temps d'y donner libre cours, de se débarrasser enfin de la colère et du chagrin qui la retenaient prisonnière depuis si longtemps.

Comme un fait exprès, Daffyd Llewellyn lui apparut à cet instant, s'extrayant à son tour de la foule et se dirigeant vers la tonnelle, comme s'il était certain d'y retrouver Constance. Elle puisa dans cette coïncidence un supplément de certitude. Sa décision était la bonne. Elle allait l'accueillir avec politesse, gentillesse même, lui demander des nouvelles de sa santé – il souffrait d'aigreurs d'estomac –, le féliciter de ses récentes publications et du grand honneur qui lui avait été conféré.

Un sourire fit frémir les commissures de ses lèvres.

— Monsieur Llewellyn ! appela-t-elle, tout en se levant pour lui faire signe de la main.

Sa voix était plus aiguë que de coutume.

Il se retourna, la reconnut. La surprise le figea sur place.

Elle le revit en un éclair tel qu'il avait été, jeune homme – le médecin brillant et charmant dont son mari s'était entiché. Constance se donna du courage.

— Je me demandais si vous aviez un moment.

Sa voix trembla ; elle se reprit aussitôt. Déterminée, résolue, aspirant à la libération.

— C'est que j'aimerais bien discuter avec vous.

***

Bonté divine. Constance lui faisait signe, une flûte de champagne à la main, l'attirant dans le lieu même où Daffyd devait retrouver Alice dans un quart d'heure. L'adolescente savait toujours d'instinct où trouver Ben Munro, si bien qu'Eleanor avait supplié son vieil ami de se charger d'Alice.

« Daffyd, avait-elle dit, je vous en prie ! Il ne faut pas qu'Alice survienne au moment fatidique, là où on ne l'attend pas. Cela ruinerait nos efforts. »

S'il avait cédé, c'était uniquement parce que Eleanor lui tenait depuis toujours lieu de l'enfant qu'il n'avait jamais eu. Il l'aimait depuis sa plus tendre enfance. Un angelot dans ses langes, collée en permanence à Henri, qui la tenait toujours dans ses bras ; puis, plus grande, juchée sur les épaules paternelles ou trottinant à son côté. Si elle n'avait pas passé tant de temps en compagnie de son père, lui aurait-elle ressemblé à ce point ? Difficile de le dire. Restait qu'elle était une copie conforme d'Henri, et Daffyd ne l'en aimait que davantage.

« S'il vous plaît, lui avait-elle dit en lui prenant les mains, je vous en supplie, Daffyd. Je ne peux pas mener ce projet à bien sans vous. »

Naturellement, il avait donné son accord.

Il avait cependant de graves doutes sur le succès dudit projet et cette inquiétude le mettait dans un terrible état. Ses brûlures d'estomac étaient devenues chroniques depuis qu'il était au courant des intentions d'Eleanor, et ses malaises psychologiques – sa vieille dépression – menaçaient de nouveau son équilibre. Il savait pour en avoir été le témoin direct ce qu'il advient aux femmes qui perdent leur enfant. Le stratagème d'Eleanor était de ceux qui naissent du désespoir et ne paraissent viables qu'aux heures les plus profondes de la nuit.

Daffyd avait supplié sa jeune amie de renoncer à son projet ; ils en avaient parlé si souvent au cours de ces discussions pendant lesquelles elle lui ouvrait son cœur. Elle était restée ferme. Daffyd comprenait qu'elle soit fidèle en esprit à son mari : il les avait connus tous deux avant la guerre et déplorait autant qu'Eleanor la perte subie par Anthony. Il partageait également l'angoisse d'Eleanor en ce qui concernait Theo. Pourtant, le sacrifice qu'elle envisageait paraissait excessif à Daffyd. Il y avait certainement une autre solution.

« Si vous la trouvez, Daffyd, je la mettrai en application. »

Mais il avait beau disposer à sa manière les pièces de ce puzzle infernal, ce n'était jamais du goût d'Eleanor, car toutes les propositions de Daffyd impliquaient que soient rendus publics les tourments d'Anthony, ce que sa femme refusait catégoriquement.

« Je me suis engagée, disait-elle. Et vous êtes très bien placé pour savoir qu'on ne doit jamais revenir sur une promesse. C'est vous qui me l'avez enseigné. »

Daffyd l'avait reprise sur ce point, d'abord doucement, puis avec plus de sévérité. Ne pouvait-elle comprendre que son monde imaginaire et féerique, ces fils de lumière qu'il tissait pour en faire des histoires n'étaient pas assez solides pour résister à la pression des complexités de l'âme humaine ? Ce qui ne convainquit pas Eleanor.

« Parfois, l'amour ne peut s'exprimer qu'à distance », avait-elle répondu.

Il avait fini par céder, par se dire que rien de toute façon ne dure. Que c'était peut-être préférable, ce refuge temporaire où le petit bonhomme serait en sécurité.

Il avait donc fait ce qu'elle lui avait demandé. S'était débrouillé pour donner rendez-vous à Alice sous la tonnelle, ce qui l'empêcherait de débouler comme un chien dans un jeu de quilles au beau milieu de leurs préparatifs. La curiosité naturelle de la jeune fille, se disait Eleanor, la pousserait certainement à se rendre à la rencontre du vieux Daffyd. Lequel avait passé la journée à envisager toutes les éventualités, à anticiper les problèmes. N'en faisait pas partie une interception par Constance. Il s'efforçait de penser le moins souvent possible à la vieille dame. Ils ne s'étaient jamais bien entendus, même avant la nuit tragique. Le temps qu'avaient duré ses fiançailles avec Henri, Daffyd avait observé en simple spectateur la manière dont elle menait son promis. Si cruelle, si désinvolte : Henri cependant était tombé dans ses rets. Il avait pensé pouvoir la dompter, s'imaginait que, mariée, elle renoncerait à ses multiples liaisons.

Le chagrin de Constance après la mort du bébé n'avait cependant rien de factice ; Daffyd n'en doutait pas un instant. Le cœur brisé, elle avait voulu désigner un coupable. Son regard s'était tourné vers Daffyd. Les médecins avaient eu beau tous lui parler du cordon, affirmer que le résultat ne dépendait pas des praticiens présents, elle ne les croirait pas, pas plus qu'elle ne pardonnerait à Daffyd le rôle qu'il avait joué dans le drame. Il ne s'absolvait pas davantage. Il n'avait plus exercé après la mort du bébé. Sa passion pour la médecine n'avait pas survécu à ce matin blafard. Son esprit était hanté par la vision du visage du bébé, par le souvenir de la chaleur suintante de la chambre et de la plainte terrifiante qu'avait poussée Constance agrippée à l'enfant mort-né.

À présent, sous la tonnelle, elle lui tendait une flûte de champagne et lui proposait rien de moins qu'une conversation.

— Merci, répondit-il en acceptant la boisson, dont il avala une plus grande gorgée qu'en temps normal.

Le champagne était frais et pétillant ; il ne s'était pas rendu compte que sa gorge était sèche à ce point, obsédé qu'il était par la tâche qui l'attendait. Lorsqu'il eut fini de boire, il vit que Constance le regardait fixement, une étrange expression sur le visage, sans doute surprise par sa soif inhabituelle.

Puis le malaise disparut.

— J'ai toujours aimé le solstice, susurra-t-elle en souriant. Le temps de tous les possibles, vous ne trouvez pas ?

— Trop de monde à mon goût, j'en ai bien peur.

— Oui, ce soir, pour la fête. Mais je parlais du solstice en général. Le renouveau, le début d'une vie nouvelle.

Elle avait un comportement singulier. Ah, c'était qu'elle était tout aussi nerveuse que lui. Il avala une nouvelle gorgée de champagne.

— Et vous, Daffyd, plus que personne au monde, comprenez l'intérêt d'un nouveau départ, d'une vie nouvelle. Vous avez opéré une si belle transition. Cette deuxième chance vous a réussi, on peut le dire.

— Le sort a été clément.

— Henri était si fier de vos efforts littéraires. Quant à Eleanor – elle vous vénère, c'est indéniable.

— Adoration réciproque, je dois le dire.

— Mais oui, je sais. Vous l'avez atrocement gâtée. Toutes ces histoires que vous racontiez… Elle y était. Vous l'avez intégrée à votre livre.

Elle eut un petit rire léger, avant de se rembrunir – ce fut en tout cas l'impression de Daffyd.

— Je suis vieille à présent, Daffyd. Je me surprends fréquemment à songer au passé. Les occasions manquées, les chers disparus.

— Cela nous arrive à tous.

— Je voulais depuis longtemps vous féliciter de l'honneur qui vous a été conféré. Cette récompense royale. Vous serez reçu au palais, je pense ?

— J'imagine, oui.

— Et vous allez rencontrer le roi. Vous ai-je jamais dit que, jeune femme, j'ai bien failli jouir du même privilège ? Hélas, je suis tombée malade et c'est ma sœur Vera qui s'est rendue au palais. Ah, on n'y peut rien. La vie est pleine de rebondissements. Vos succès, par exemple… Vous êtes un vrai phénix !

— Constance…

— Daffyd.

Elle inspira profondément, se redressa de toute sa hauteur.

— J'espérais que vous accepteriez de renoncer à notre contentieux. Il est temps d'oublier le passé.

— Je…

— Pourquoi se cramponner à de si vieux ressentiments ? Il vient un temps où il faut agir, et non pas réagir.

— Constance, je…

— Non, Daffyd, laissez-moi finir. Cette conversation, je l'ai imaginée tant de fois ! Il faut que j'aille au bout de mon idée.

Il hocha la tête ; elle eut un petit sourire de satisfaction, avant de lever sa flûte. Sa main tremblait légèrement : était-ce l'âge, était-ce l'émotion ? Daffyd n'aurait pu le dire.

— Je voudrais que nous trinquions, Daffyd. À l'action. À la guérison. Et au renouveau.

Les coupes s'entrechoquèrent et ils burent – Daffyd vidant pratiquement d'un trait le reste de son champagne. Il hésitait, envahi par l'émotion. L'attitude de Constance était si inattendue ! Il ne savait vraiment que dire. De longues années de culpabilité et de chagrin montèrent en lui ; son regard se figea. Cette soirée était déjà si lourde en tâches accablantes ! C'en était trop pour lui.

Constance sans doute avait remarqué son désarroi, car

elle l'observait aussi attentivement que si elle le rencontrait pour la première fois. Sous le poids de ce regard, peut-être, il vacilla. Soudain, il mourait de chaud. Tous ces gens qui s'agitaient autour de lui… et cette musique, si bruyante. Il vida son verre.

— Daffyd ? s'exclama Constance, les sourcils froncés. Vous n'avez pas l'air dans votre assiette.

Il porta la main à son front, comme pour retrouver son équilibre, puis cligna des paupières. Sa vision s'était troublée ; les gens, les lumières, les arbres, tout lui paraissait auréolé de brume.

— Voulez-vous que j'aille vous chercher un peu d'eau ? Avez-vous besoin d'air frais ?

— De l'air, souffla-t-il, la gorge sèche, très sèche, la voix enrouée. Je vous en prie.

La foule, elle était partout. Visages, voix, et tout ne formait plus qu'un grand flou ; il n'était pas mécontent de pouvoir s'appuyer sur Constance. Jamais il n'aurait imaginé semblable scène – Constance venant à son aide. Et cependant, sans elle, il serait tombé, il en avait bien peur.

Ils passèrent près d'un groupe d'invités hilares. Daffyd aperçut Alice dans le lointain. Il voulut dire quelque chose – expliquer à Constance qu'il ne pouvait pas s'éloigner, qu'il avait des choses importantes à faire. Sa langue était trop paresseuse pour former des mots. Il était encore temps. Pas avant minuit, lui avait dit Eleanor. Il tiendrait sa promesse. Mais pas avant d'avoir respiré un peu d'air pur.

Ils suivirent le chemin, après la haie, jusqu'à ce que le brouhaha de la foule leur paraisse infiniment lointain. Le cœur de Daffyd battait à toute allure. Ce n'était pas seulement l'inquiétude ou ses brûlures d'estomac : le sang lui battait les tempes. Ah, la culpabilité, bien sûr, les souvenirs de ce si terrible et pâle matin – et ce pauvre petit qu'il n'avait pas réussi à sauver. Et dire que c'était Constance qui venait de s'excuser. Daffyd sentit les larmes lui monter aux yeux, impérieuses.

La tête lui tournait. Des voix, si nombreuses, désaccordées, distantes – l'une seulement se distinguait des autres, les dominait, tout près de son oreille, dans son oreille.

— Attendez ici un moment, Daffyd. Reposez-vous. Je vais aller vous chercher un peu d'eau.

Un froid glacial l'envahit. Il regarda autour de lui. La voix : était-elle partie, la personne qui parlait ? Il était seul. Où était-elle passée ? Où était passé qui ? Quelqu'un l'avait accompagné. Ou n'était-ce qu'une impression ? Il était las, si las.

Les bruits de la nuit lui donnaient le vertige. Les poissons qui battaient de la queue dans les eaux noires. Des bruits mystérieux, liquides, dans la profondeur de la forêt. Il avait besoin d'être seul, de respirer, de recouvrer ses esprits.

Pourquoi ne pas continuer un moment sur le chemin ? Le long du ruisseau. Il avait toujours aimé la rivière. Oh, les belles journées qu'ils avaient vécues, si longues, si ensoleillées, Henri et lui, et plus tard la petite Eleanor gambadant près d'eux, les charmant de sa perspicacité enfantine. Daffyd n'oublierait jamais l'expression du visage d'Henri lorsqu'il regardait sa fille – cet homme vouait une véritable adoration à sa fille. Daffyd avait plusieurs fois essayé de reproduire ce ravissement sur le papier, en vain.

Il trébucha, se rattrapa in extremis. Il avait une

curieuse sensation dans les jambes. Désarticulées, comme si ses articulations étaient en caoutchouc. Il décida de s'asseoir pour reprendre des forces. Un instant. Il fouilla dans ses poches, à la recherche d'un cachet contre les aigreurs d'estomac. Il le fourra dans sa bouche et déglutit puissamment.

Sous ses jambes, le sol était frais et humide. Il s'adossa à un énorme et solide tronc d'arbre. Il ferma les yeux. Son sang battait dans son corps comme une rivière gonflée par les pluies, rythmique. Il se sentait lui-même comme un bateau pris dans le courant, tanguant, tourbillonnant, palpitant.

Daffyd revit clairement le visage d'Henri. Celui d'un gentilhomme, indéniablement. Un bon visage. Eleanor avait raison. Parfois, mieux valait aimer de loin. Ce qui était bien préférable à l'absence d'amour.

Mais que c'était difficile.

Le torrent clapotait sur les berges ; la respiration de Daffyd Llewellyn s'apaisa, lente comme le flot. Il fallait intercepter Alice. Il l'avait promis à Eleanor. Il allait se lever. Pas tout de suite : la terre solide et fraîche sous lui, l'arbre dans sa fidélité, le vent doux sur ses joues. Et le visage d'Henri vivant dans sa mémoire, son vieil ami qui l'appelait, qui lui faisait comprendre par signe que Daffyd bientôt le suivrait.

***

Alice avait l'œil sur sa montre lorsqu'elle faillit bousculer sa grand-mère. La vieille Mme deShiel marchait d'un pas vif, en proie à une étrange excitation.

— De l'eau, dit-elle lorsqu'elle aperçut Alice.

Ses joues étaient cramoisies, ses yeux brillants.

— J'ai besoin d'un peu d'eau.

En temps normal, Alice aurait trouvé cette débauche d'énergie insolite, ce qui aurait attisé sa curiosité. Ce soir-là, elle avait autre chose à faire. Son monde venait de s'écrouler ; elle était bien trop occupée à macérer dans sa honte et son désarroi pour se poser des questions sur les soucis de ses contemporains. Elle n'honorait son rendez-vous avec M. Llewellyn que par pure obligation. Et quel cuisant souvenir que celui de leur conversation, le matin même. Elle n'avait eu de cesse que se débarrasser de lui pour aller montrer son manuscrit à Ben. Et ce qui promettait d'être un grand moment de fierté avait tourné au fiasco.

Seigneur, elle aurait pu mourir de honte. Elle s'assit sous la tonnelle, les genoux contre la poitrine, accablée. Elle aurait préféré ne pas participer à la fête et lécher ses plaies dans son coin. Mère avait insisté.

« Tu ne vas pas passer la soirée à faire la tête dans ta chambre ! s'était-elle exclamée. Tu vas mettre ta plus jolie robe et te joindre à nous, ma chère. Je ne sais pas quelle mouche vient de te piquer et pourquoi elle a choisi cette date en particulier, mais c'est non, Alice. Tu ne gâcheras pas une fête que tout le monde s'est donné beaucoup de mal à organiser sous prétexte que tu es de mauvaise humeur. »

Alice, bon gré mal gré, était donc parmi la foule, alors qu'elle aurait préféré passer la nuit sous ses draps, à tâcher d'oublier à quel point elle avait été sotte. Une véritable idiote. C'était la faute de M. Llewellyn, d'ailleurs. Lorsqu'elle s'était enfin débarrassée du vieil homme, elle s'était dit qu'il était trop tard pour montrer le manuscrit à Ben en ce moment précis. M. Harris et son fils pouvaient revenir d'une minute à l'autre. Si bien qu'elle avait préféré emporter son dossier directement au hangar à bateaux, dans l'après-midi, ce qui devait leur autoriser un moment d'intimité.

Le souvenir la fit s'empourprer, la peau brûlante. La manière dont elle avait franchi les marches deux à deux, vibrante d'excitation et d'assurance. Le soin qu'elle avait mis à s'habiller, à se coiffer. Les quelques gouttes d'eau de Cologne de Mère glissée sous les boutons de son chemisier et au creux de ses poignets, comme elle avait vu Deborah le faire.

« Alice », avait dit Ben en ouvrant la porte, souriant – avec confusion, elle s'en rendait compte maintenant ; sur le moment, elle s'était simplement dit qu'il était inquiet, comme elle. Mon Dieu, quelle mortification ! : « Je n'attendais personne. »

Elle avait franchi le seuil, fière du parfum qui flottait dans son sillage. Le hangar avait quelque chose de réconfortant ; il n'y avait place que pour un lit et une cuisine rudimentaire. Alice n'était jamais entrée dans la chambre d'un homme. Il lui fallut une admirable retenue pour ne pas contempler, bouche bée, une vraie sotte, l'édredon en patchwork repoussé sans précaution au bout du lit.

Il y avait sur l'édredon un petit paquet rectangulaire, emballé sans afféterie, mais plutôt joliment, avec une petite ficelle et un des animaux en papier plié de Ben en guise de carte.

« C'est pour moi ? » avait demandé Alice, se souvenant qu'il lui avait promis un cadeau.

Ben avait suivi son regard.

« Exactement. Ce n'est pas grand-chose, attention,

hein. Une bricole, pour t'encourager dans tes travaux d'écriture. »

Le cœur d'Alice manqua exploser de bonheur.

« À ce propos… »

Et de se lancer dans le récit trépidant de la manière dont elle avait fini *Bye Baby Bunting*.

« Tout frais sorti des rotatives. »

Elle lui mit dans les mains le manuscrit qu'elle avait confectionné à son intention.

« Je voulais que tu sois le premier à le lire. »

Ben était heureux pour son amie ; le grand sourire qu'il affichait lui creusait une fossette dans la joue gauche.

« Alice, c'est magnifique. Quelle réussite ! Et ce n'est qu'un début, je le prédis ! »

Baignant dans ses louanges, elle se sentait si mûre, si responsable.

« Je vais le lire », promit-il.

Elle retint son souffle pendant un instant. N'allait-il pas tourner la page de couverture, découvrir la dédicace ? Il se contenta de poser le dossier sur la table, à côté d'une bouteille de limonade. Alice soudain se sentit mourir de soif.

« Je serais prête à tuer pour boire quelque chose, déclara-t-elle d'une voix enjôleuse.

— Ce ne sera sans doute pas nécessaire. »

Il lui servit un verre.

« C'est un tel plaisir de partager. »

Elle avait profité d'un moment d'inattention de la part de Ben pour défaire le premier bouton de son corsage. Ben lui tendit le verre plein et leurs doigts se frôlèrent. Un frisson électrique courut le long de l'échine de la jeune fille.

Sans quitter Ben du regard, elle avala une gorgée de limonade, fraîche, sucrée. Elle se lécha délicatement les lèvres. C'était le moment. Maintenant ou jamais. D'un geste vif, elle posa le verre, alla à Ben, lui prit le visage dans ses deux mains et se pencha pour l'embrasser comme elle avait toujours rêvé de le faire.

Une seconde de joie parfaite. Elle aspirait l'air alourdi de son parfum, cuir, musc et une infime pointe de transpiration ; ses lèvres étaient tièdes et douces. Elle se sentit sombrer de bonheur. Parce qu'elle savait que les événements se dérouleraient de cette manière. Parce qu'elle l'avait toujours su…

Puis la flamme fut éteinte en plein essor. Il s'écarta d'elle, la cherchant du regard.

« Que se passe-t-il ? demanda-t-elle. Je n'aurais pas dû ?

— Oh, Alice. »

Sur son visage, la lucidité et l'inquiétude se faisaient concurrence.

« Alice, je suis navré. J'ai été idiot. J'étais loin de me douter que… »

Il avait eu un sourire tendre et triste, un sourire qui fit comprendre à Alice qu'il n'avait que pitié pour elle : et ce fut alors qu'elle comprit. La vérité la frappa de plein fouet. Il ne partageait pas ses sentiments. Cela n'avait jamais été le cas. Il continuait à lui parler, la voix sincère, le front plissé, le regard si chaleureux. Elle, cependant, avait les oreilles vibrantes de l'humiliation subie. Lorsque le son suraigu, impitoyable, s'atténuait, elle percevait quelque effroyable platitude :

« Alice… Tu es vraiment fantastique… tellement intelligente… un auteur merveilleux… et quel magnifique destin t'attend… tu rencontreras quelqu'un d'autre… »

Elle avait la gorge sèche et la tête qui tournait. Elle n'avait plus rien à faire ici, en ce lieu où elle s'était si profondément ridiculisée, où l'homme qu'elle aimait, le seul homme qu'elle aimerait jamais, la fixait avec de la pitié dans le regard, s'excusait, lui parlait sur le ton que tous les adultes emploient pour consoler les enfants inquiets.

Avec toute la dignité dont elle était capable, elle reprit le verre et en finit le contenu, avant de s'emparer de son manuscrit et de se diriger vers la porte.

Ce fut alors qu'elle avait remarqué la valise. Elle y repensa, plus tard, en se demandant ce qui clochait chez elle. Son cœur avait beau se briser, une partie d'elle-même s'était extraite de la vérité psychologique du moment et prenait froidement des notes (plus tard encore, lorsqu'elle découvrirait l'œuvre de Graham Greene, elle comprendrait que ce n'était là que l'épine de glace dont les cœurs de tous les écrivains sont percés).

La valise était ouverte, le couvercle contre le mur. Elle était pleine de vêtements bien empilés. Les vêtements de Ben. Il faisait ses bagages.

Sans même se retourner, elle constata :

« Tu pars.

— C'est exact.

— Pourquoi ? »

Horrible vanité ! L'espoir revint dans le cœur d'Alice. Il l'aimait, finalement, c'était la raison de son départ : elle était trop jeune, il avait des devoirs envers la famille qui l'employait.

Rien de tel.

« Il est temps, avait-il répondu. Plus que temps, en fait. Mon contrat a expiré il y a quinze jours. Je ne suis resté que parce qu'on avait besoin d'un coup de main avant la fête.

— Où vas-tu ?

— Je ne sais pas vraiment. »

Bien sûr : c'était un romanichel, un vagabond. Il ne s'était jamais désigné sous d'autres termes. Il s'en allait, à présent. Quittait la vie d'Alice aussi nonchalamment qu'il y était entré. Une idée fulgurante traversa l'esprit de la jeune fille.

« Il y a quelqu'un d'autre, n'est-ce pas ? » demanda-t-elle en se retournant.

Avait-il même besoin de répondre ? Elle comprit immédiatement à son expression compatissante que la réponse était oui.

Avec un hochement de tête un peu tremblant, elle était sortie du hangar à bateaux sans même jeter à Ben un autre regard. La tête haute, le regard inflexible, la démarche calme et régulière.

« Alice, ton cadeau ! » cria-t-il dans son dos.

Elle ne se retourna pas.

Elle attendit d'avoir franchi le premier virage du sentier pour se mettre à courir aussi vite qu'elle le pouvait, en dépit des larmes qui l'aveuglaient, serrant son manuscrit sur sa poitrine. Elle rentrait à la maison.

Comment avait-elle pu s'abuser à ce point ? Assise sur le banc de la tonnelle, au cœur de la foule joyeuse et des distractions du solstice, Alice ne comprenait toujours pas. Il avait toujours été si content de la voir, avait toujours écouté si attentivement ce qu'elle disait de ses travaux d'écriture, de ses parents. Il lui donnait même des conseils sur Mère, sur les désaccords qu'Alice avait souvent avec elle ; il essayait toujours de pousser Alice à la réconciliation. Alice n'avait jamais rencontré quelqu'un d'aussi attentif, d'aussi compréhensif que Ben.

Certes, il ne l'avait jamais touchée comme elle aurait voulu qu'il la touche – pas une seule fois. Elle s'était posé des questions alors sur les assertions de Deborah. Les jeunes hommes et leurs regards complaisants, concupiscents. Ben est trop bien élevé, avait-elle alors supposé. Et c'était bien là son problème. Elle et ses suppositions. Tout le temps de sa relation avec Ben, elle n'avait vu que ce qu'elle souhaitait voir : le reflet de ses propres désirs.

Alice poussa un soupir de profond désespoir et scruta les invités, à la recherche de M. Llewellyn. Elle l'attendait depuis plus d'un quart d'heure, en vain. Elle n'allait pas rester. Flûte, elle s'était donné tout ce mal pour se voir poser un lapin par le cher vieux monsieur. Il avait oublié, sans doute. Ou, ayant croisé une compagnie plus agréable, s'attardait en quelque endroit de la fête. Eh bien ! Quand il finirait par arriver et trouverait la place désertée, ce ne serait que justice.

Mais où aller maintenant ? Aux gondoles ? Non, c'était à deux pas du hangar à bateaux. Elle n'y remettrait jamais les pieds. Rentrer à la maison ? Non, l'endroit fourmillait de femmes de chambre, d'espions de Mère qui ne seraient que trop heureux de dénoncer ses écarts. La piste de danse ? Plutôt mourir que de batifoler en claquant des talons comme ces dizaines d'idiots patentés. Du reste, avec qui danserait-elle, je vous le demande ?

C'était l'histoire de sa vie, cela. La véritable histoire de sa vie. Elle n'avait rien de mieux à faire et personne avec qui le faire. Rien d'étonnant à ce que Ben n'ait pas eu d'amour à lui donner. Personne ne lui en donnerait jamais. Il était minuit moins dix ; les feux d'artifice allaient bientôt commencer et Alice était toute seule. Elle était sans espoir et sans amis. À quoi bon continuer sur cette lancée ?

Elle se vit de loin : figure solitaire et tragique, revêtue de sa plus jolie robe, étreignant ses genoux, incomprise dans sa famille.

Elle ressemblait en fait à l'une de ces jeunes émigrées, assises sur le quai après un long voyage en mer. Quelque chose dans la voussure de ses épaules, l'inclinaison de sa tête – de son cou long et fin. C'était une fille courageuse, obstinée, qui devait assumer un deuil colossal. Tous les membres de sa famille avaient péri (comment ? Horriblement, tragiquement ; le reste n'avait pas d'importance, pas en ce moment). Armée cependant d'une détermination sans faille, elle allait les venger. Alice se redressa, le noyau d'une idée en train de germer dans son esprit. Elle glissa lentement la main dans sa poche pour caresser son carnet. Réfléchissons. Ré-flé-chi-ssons.

La jeune fille était seule au monde, en proie au chagrin le plus vif, abandonnée et oubliée par tous ceux auxquels elle avait pensé pouvoir accorder sa confiance. Ce qui ne l'empêcherait pas de remporter son combat. Alice ferait ce qu'il fallait pour cela. Elle se leva d'un bond, électrisée. Sa respiration était plus rapide, sa tête fourmillait d'idées scintillantes qui ne demandaient qu'à être reliées les unes aux autres. Elle avait besoin de réfléchir, de structurer son intrigue.

La forêt ! Oui, elle allait se réfugier dans la forêt. Loin de la fête, loin de tous ces idiots virevoltants.

Elle allait se concentrer sur son prochain roman. Elle n'avait besoin ni de Ben, ni de M. Llewellyn, ni d'aucun de ces fous dansants. Elle était Alice Edevane, une vraie conteuse.

***

Ils avaient décidé de se retrouver dans la forêt, à minuit cinq. Ce n'est qu'en le voyant attendre exactement à l'endroit indiqué qu'Eleanor se rendit compte qu'elle avait jusque-là été sur des charbons ardents, s'attendant à ce que leur plan échoue.

— Bonsoir, Ben.

— Salut à toi.

Curieusement guindé. La seule manière d'accomplir l'horrible tâche qui les attendait. Ils ne s'étreignirent pas, préférant se frôler poignets et coudes en une imitation maladroite de l'affection tranquille à laquelle ils s'étaient habitués. Cette nuit, tout avait changé.

— Tu n'as pas eu de problèmes ? demanda Ben.

— J'ai croisé une des femmes de chambre dans la soirée, mais elle était dans tous ses états. Elle devait rassembler des flûtes propres pour le champagne de minuit. Elle n'a pas eu l'air de trouver ma présence anormale.

— Très bien. Quelqu'un t'a donc vue là-bas bien avant l'heure où la chose pourrait paraître suspecte.

Le terme fit grimacer Eleanor. *Suspecte. Comment en étaient-ils arrivés là ?* La panique et la confusion la faisaient vaciller, tourbillon vertigineux. Du monde au-delà – les bois, la fête lointaine, ses lumières et ses danses –, elle ne distinguait qu'une masse floue. Elle n'avait plus aucun rapport avec tout cela, le hangar à bateaux et ses joyeuses lanternes, les invités qui riaient et flirtaient dans leurs robes de soie, leurs jaquettes élégantes, le lac, la maison, l'orchestre. Ne demeurait plus que leur complot, naguère à leurs yeux si logique, si raisonnable.

Une fusée cramoisie traversa en sifflant le ciel, traçant un arc de cercle jusqu'à son explosion, cacophonique pluie d'étincelles rouges sur le lac. Il fallait passer à l'action. Le feu d'artifice devait durer une demi-heure. Eleanor avait demandé aux pyrotechniciens de réaliser un spectacle irrésistible ; les domestiques avaient l'autorisation de profiter comme les invités de cette belle occasion. Daffyd retenait Alice sous la tonnelle.

— Il faut y aller, dit-elle. Nous n'avons pas beaucoup de temps. On va finir par se demander où je suis.

Ses yeux s'étaient accoutumés à l'obscurité de la forêt ; elle distinguait parfaitement les traits de Ben, lesquels exprimaient un mélange de mauvaise grâce et de regret. Son regard sombre cherchait celui d'Eleanor, en quête, elle le savait, d'une faille dans sa détermination. Il aurait été si facile de la lui montrer, de céder. « Je crois que nous sommes en train de faire une bêtise », aurait-elle pu dire. « Mieux vaut nous donner un peu plus de temps. » Et chacun serait reparti de son côté. Eleanor cependant rassembla tout son courage et se dirigea vers la trappe qui donnait sur le passage secret.

Peut-être ne va-t-il pas me suivre, songea-t-elle. Espéra-t-elle. Ainsi pourrait-elle rentrer seule à la maison, laisser Theo dans son petit lit et retourner parmi ses invités, feignant l'insouciance la plus totale. Le lendemain, après une bonne nuit de sommeil, elle croiserait Ben et tous deux de concert hocheraient la tête, incrédules, amusés – encore étonnés de s'être laissé entraîner dans une telle folie, une aventure aussi absurde. Un véritable sortilège.

« Une *folie à deux** », se diraient-ils.

Pourtant, songeant à cette possibilité qui lui remontait le moral, elle comprit combien ce soulagement était illusoire. L'état d'Anthony ne cessait d'empirer. Theo était en danger. Plus grave encore : à son grand dam, Deborah et Clemmie avaient découvert la liaison de leur mère avec Ben – découvert qu'elle avait trahi leur père. Cette seule pensée donnait à Eleanor l'envie de n'être plus qu'un grain de poussière que le vent emporte. Réaction d'un esprit faible et paresseux, se disait-elle, qui ne servait qu'à accroître son dégoût d'elle-même. Non : leur plan, dans toute son invraisemblance, dans toute sa perversité, était la seule manière de contrer le désastre imminent. Mieux encore, c'était pour Eleanor un châtiment mérité.

Elle sursauta. Quelque chose avait bougé dans la forêt, elle en était certaine. Elle entrevit – ou l'entendit-elle – une forme dans l'obscurité. Y avait-il quelqu'un sous les arbres ? Avaient-ils été surpris ?

Les yeux plissés, elle scruta longuement les bois, retenant son souffle.

Rien, il n'y avait rien.

Elle s'imaginait des choses.

Résultat, sans doute, de la culpabilité qui la rongeait.

Du reste, mieux valait ne pas traîner.

— Ben, vite ! chuchota-t-elle. Descendons l'échelle ! Vite.

Elle atteignit le fond du puits et se plaqua contre

la paroi de brique pour lui ménager une place. Il avait refermé la trappe ; les ténèbres régnaient, impénétrables. Eleanor alluma la torche qu'elle avait dissimulée dans le passage plus tôt dans la journée et entraîna Ben dans le tunnel, vers la maison. Les vieux murs sentaient l'humidité, le moisi et les innombrables aventures de l'enfance. Oh, avoir de nouveau dix ans, n'avoir d'autre souci que celui de savoir comment occuper ses longues journées d'été. Un sanglot lui brûla la gorge, menaçant de se libérer ; elle secoua la tête, furieuse. Maudite faiblesse ! Il lui fallait être plus résistante. Ce qui l'attendait dans les jours à venir serait bien pire. Très vite, on constaterait la disparition, une battue serait organisée, la police interviendrait. Eleanor aurait son rôle à jouer, effroyable. Et Ben ne serait plus là.

Ben. Elle l'entendait marcher à sa suite ; de nouveau, elle fut traversée par cette conscience mordante, éphémère, de sa disparition imminente. Lui aussi. Dans quelques minutes, il repartirait par le passage, jamais plus ils ne se reverraient… Non. Elle serra les mâchoires, se concentra sur sa lente progression. Un pied devant l'autre, jusqu'aux quelques marches de pierre creusées dans le mur de la maison. Elle dirigea le rayon de la lampe torche sur la porte, en haut de l'escalier, et inspira profondément. L'atmosphère du passage était épaisse – stagnante, chargée d'une odeur de terre ; la poussière flottait dans la lumière de la lampe. La porte franchie, il ne serait plus possible de rebrousser chemin. Elle s'apprêta à monter, le cœur durci. Ben soudain lui attrapa le poignet. Surprise, elle se retourna.

— Eleanor, je…

— Non, siffla-t-elle, la voix curieusement terne dans l'étroit couloir de brique. Non, Ben.

— Te dire adieu, cela me tue.

— Alors ne le dis pas.

Elle comprit immédiatement au soulagement qu'exprimait le regard de Ben qu'il avait mal interprété sa réponse. Il avait préféré entendre qu'elle lui demandait de rester.

— Ne me dis pas adieu, se hâta-t-elle d'ajouter. Contente-toi de faire ce que nous avons prévu.

— Il doit y avoir un autre moyen.

— Non, il n'y en a pas.

Il n'y en avait pas, en effet. Le cas échéant, elle l'aurait trouvé, ce moyen. Elle s'était mis le cerveau à la torture, pourtant. Elle s'était même annexé les services de M. Llewellyn, lequel avait été tout autant qu'elle incapable de proposer une autre option. On ne pouvait pas régler le problème à la satisfaction générale. Il y aurait des déchirements, des sacrifices. Et ce plan, qui lui faisait porter l'essentiel du fardeau, était le plus acceptable qu'elle ait pu concocter. Theo aurait sûrement un moment de confusion – que Dieu me pardonne, songeait Eleanor : lui aussi allait en pâtir –, mais il était si jeune ! Il oublierait. Ben aimait Eleanor, bien sûr, elle n'en doutait pas ; il serait malheureux de la quitter. Mais n'avait-il pas le voyage dans le sang ? N'était-ce pas un romanichel, un vagabond ? Tôt ou tard, il serait parti. Non, c'était elle qui souffrirait le plus, elle qui resterait à Loeanneth sans eux, pleurant leur absence comme la lune pleure celle du soleil, se torturant…

Non. Non, n'y pense pas. Avec toute la force mentale dont elle était capable, Eleanor arracha sa main à l'étreinte de Ben et posa le pied sur la première marche. Il fallait absolument se concentrer sur l'exécution de son plan. N'avait-elle rien oublié ? Le petit verre de whisky supplémentaire avait-il envoyé nounou Bruen dans les bras de Morphée ? M. Llewellyn était-il toujours en pleine conversation avec une Alice qui avait été particulièrement pénible, ce soir.

Parvenue sur le seuil, elle s'approcha du discret judas de la porte secrète. Ses yeux étaient brouillés de larmes ; elle battit furieusement des paupières. Le couloir était désert. Elle entendait dans le lointain les détonations du feu d'artifice. Plus que dix minutes, lui apprit sa montre. Ils avaient encore le temps d'agir. Tout juste.

La poignée de la porte était bien solide entre ses doigts. Si vraie, si tangible. Le moment était venu. Le moment dont elle savait qu'il viendrait mais qu'elle s'était refusée à imaginer, préférant se concentrer sur les détails matériels, ne s'accordant pas un seul instant pour anticiper les sentiments qui s'empareraient d'elle lorsqu'elle serait prête à franchir cette porte-là.

— Ces gens, dit-elle d'une voix douce. Redis-moi ce que tu sais d'eux.

La voix de Ben résonna derrière elle, chaleureuse, triste et, pis que tout, résignée.

— Les meilleures choses, répondit-il. Ils sont courageux, ils sont fidèles, ils sont drôles. Quand on va chez eux, il y a toujours de bonnes odeurs de cuisine. Et s'il y a une chose dont ils ne manquent jamais, c'est l'amour.

Où est-ce, voulut-elle demander, *où l'emmènes-tu ?* Non : Ben lui avait solennellement promis de ne jamais le lui dire. Elle ne se faisait plus confiance à elle-même. Il fallait qu'elle ne puisse pas savoir où trouver l'enfant : faute de quoi, leur plan échouerait.

Ben posa la main sur son épaule.

— Je t'aime, Eleanor.

Elle ferma les yeux, le front sur le bois dur et froid de la porte. Il attendait qu'elle lui réponde par les mêmes mots, elle ne l'ignorait pas. Pourtant, elle n'en fit rien. C'eût été fatal.

Hochant très légèrement la tête, elle souleva le loquet, toujours récalcitrant, et se faufila dans le couloir désert. Au-dessus du lac, le feu d'artifice crépitait, projetant par les fenêtres et sur le tapis des lueurs rouges, bleues, vertes. Elle se prépara à entrer dans la nursery.

***

Theo se réveilla en sursaut. Il faisait noir ; sa nounou ronflait terriblement, couchée sur son lit, dans le coin de la pièce. Il entendit un bruit sourd ; une lueur verte apparut à la fenêtre, à travers les minces rideaux. Il y avait plein d'autres bruits, des bruits joyeux, des tas de gens, loin, dehors. Mais ce n'était pas cela qui l'avait réveillé. Le pouce dans la bouche, il tendit l'oreille, le front plissé. Puis il sourit.

C'était maman, il le sut avant même qu'elle se penche sur son lit. Elle le prit dans ses bras et Theo nicha sa tête sous le menton de maman. Il y avait un endroit où elle rentrait très bien. Maman lui racontait des choses à l'oreille ; de sa main gauche, il lui caressa le visage. Et soupira d'aise. Maman, c'était la personne que Theo aimait le plus au monde. Ses sœurs étaient plus drôles et son père pouvait le lever bien plus haut dans ses bras : mais le parfum de maman, le son de sa voix et la manière dont elle lui effleurait le visage, si doucement… c'était unique.

Il y eut un autre bruit dans la nursery et Theo leva la tête. Quelqu'un était entré ; ils n'étaient plus tout seuls, maman et lui. Les yeux de Theo s'étaient accoutumés à la pénombre ; il aperçut un homme derrière maman. L'homme s'approcha ; il souriait. C'était l'homme du jardin, Ben. Theo aimait beaucoup Ben, qui fabriquait de petits animaux en papier, et plein d'autres choses, et qui lui racontait des histoires qui finissaient toujours avec des chatouilles.

Maman lui parlait tout bas à l'oreille : Theo n'écoutait pas, occupé qu'il était à faire coucou par-dessus l'épaule de maman, pour attirer l'attention de Ben. Maman le serrait plus fort que d'habitude dans ses bras et Theo gigota pour se libérer. Elle lui déposa des tas de baisers sur les joues ; Theo la repoussa des deux mains. Il voulait faire sourire Ben. Il ne voulait pas des caresses, il voulait jouer. Lorsque Ben tendit la main pour lui caresser la joue, Theo, le pouce dans la bouche, se mit à rire.

— Chuuut, souffla maman. Chuuuut !

Il y avait quelque chose de bizarre dans sa voix que Theo ne trouvait pas très rassurant. Il leva les yeux vers le visage de maman, qui ne le regardait plus. Elle montrait quelque chose à côté du lit de Theo. Ben s'agenouilla puis se releva, un sac sur l'épaule. Theo ne connaissait pas ce sac, si bien qu'il n'y pensa plus spécialement.

Ben s'approcha et posa la main sur la joue de

maman. Elle ferma les yeux et appuya un moment la tête sur sa paume.

— Moi aussi, je t'aime.

Theo les regarda l'un après l'autre. Ils étaient tous les deux raides comme des statues, muets ; qu'allait-il se passer, maintenant ? Lorsque maman le déposa dans les bras de Ben, Theo fut étonné, mais pas triste.

— Il est temps, chuchota-t-elle.

Theo regarda la grande horloge sur le mur. Il ne savait pas trop ce qu'était le temps, juste qu'il venait de ce cadran.

Ils sortirent de la nursery. Où allaient-ils donc ? se demanda Theo. Ce n'était pas normal de sortir du lit comme ça, la nuit. Il enfonça son pouce dans sa bouche, les yeux grands ouverts. Il attendait. Il y avait une porte dans le couloir qu'il n'avait jamais vue. Maman l'ouvrit. Ben s'arrêta et se pencha sur maman pour lui parler à l'oreille. Theo n'arrivait pas à entendre ce qu'il lui disait. Lui aussi se mit à chuchoter, *cheu cheu cheu*. Il sourit, tout content. Puis Ben franchit la porte avec Theo dans les bras et la porte se referma sur eux.

Il faisait noir. Ben alluma une lampe et s'engagea dans un escalier. Theo se retourna, cherchant maman des yeux. Elle n'était pas là. Elle se cachait, peut-être ? C'était un jeu ? Il regarda par-dessus l'épaule de Ben, en attendant que maman sorte avec un grand sourire et s'écrie : Coucou ! Elle ne vint pas. Il attendit, attendit : rien.

Sa lèvre inférieure se mit à trembler. Il allait peut-être se mettre à pleurer. Mais Ben lui parlait. Sa voix donnait à Theo l'impression d'être bien en sécurité, bien au chaud. Comme lorsqu'il était contre maman, sa tête logée sous son menton. Ça faisait partie des choses justes. Comme l'odeur de la peau de sa sœur Clemmie, la même que la sienne.

Theo se mit à bâiller. Il était fatigué. Il coinça Puppy entre l'épaule de Ben et sa joue. Il se fourra le pouce dans la bouche, ferma les yeux et écouta.

Il était heureux. La voix de Ben lui était familière, comme l'odeur de maman, les chatouilles de ses sœurs. C'était une connaissance particulière, intime, aussi vieille que le monde.

33

Cornouailles, 2003

La nuit était d'un noir de poix, à l'exception des rayons blancs et lumineux de leurs lampes torches qui balayaient le sol sur quelques mètres devant eux. Et que faisaient-ils donc là, dans la forêt de Loeanneth, plutôt qu'au village, où la fête du Solstice battait son plein ? Il aurait préféré un bon bol de soupe de poissons, accompagné d'une tasse de l'hydromel local ; Alice s'était montrée aussi obstinée que mystérieuse.

« Assurément, nous aurions pu éviter d'y aller à la nuit : mais il faut le faire et c'est à moi de m'en charger. »

Ce qui appelait la question suivante : pourquoi ne pas l'avoir fait plus tôt dans la journée, comme prévu ?

« Pas question. Avec l'inspecteur et son grand-père dans les environs ? C'est une affaire privée. »

Réponse qui sonnait juste, en partie : Alice étant l'une des personnes les moins désireuses de dévoiler son intimité que connaisse Peter. Cela dit, pourquoi l'avoir emmené, lui ? La liste des objets qu'elle lui avait demandé d'acquérir pour leur expédition – « les ustensiles », comme elle les appelait – suggérait cependant qu'elle avait sans doute besoin d'une paire de bras. Il avait pu rassembler tout ce dont elle avait besoin, ce qui n'avait pas été facile, dans un si court délai, certes. Mais Peter était un assistant efficace et il n'avait pas envie de faire faux bond à Alice.

De toute évidence, cette mission était pour cette dernière de la plus grande importance, comme le montrait son coup de téléphone tardif le vendredi précédent : elle avait réfléchi, elle l'accompagnerait en Cornouailles, en fin de compte. Il y avait dans sa voix une excitation inhabituelle qui confinait à la volubilité. N'avait-elle pas abusé du gin tonic après son départ ?

« Bon, je ne veux pas m'imposer, avait-elle annoncé, avant d'indiquer qu'il pouvait passer la prendre à cinq heures le lendemain matin. Mieux vaut éviter les encombrements, Peter, qu'en dites-vous ? »

Il avait acquiescé et se préparait à raccrocher lorsqu'elle ajouta :

« Peter, au fait…

— Oui, Alice ?

— Pourriez-vous me trouver des gants de jardinage de bonne qualité et une pelle ? J'ai quelque chose d'important à faire, là-bas. »

Pendant tout le trajet, elle était restée assise près de lui, le visage figé, le regard absent, répondant d'un « Inutile » définitif à chacune des propositions de Peter : voulait-elle qu'ils s'arrêtent pour prendre l'air, boire un peu d'eau, manger, se dérouiller les articulations ? Elle n'était pas d'humeur bavarde, ce jour-là, ce qui convenait à Peter. Il avait monté le volume de son audiobook, réglé sur *Les Grandes Espérances*. Ces quinze derniers jours, il n'avait pas eu un moment à lui pour finir le roman. Le long trajet en voiture lui en donnerait certainement l'occasion. À l'approche du village, il avait proposé de passer d'abord à l'hôtel.

« Non. Impensable ! répondit sèchement Alice. Nous allons directement à Loeanneth. »

Ce fut alors qu'elle lui parla d'une clé, que Peter était chargé de dénicher.

« À l'étage, il y a une buanderie, Peter. Sous le séchoir, vous le verrez, il y a une planche mal clouée. Vous la reconnaîtrez : le bois fait une circonvolution qui ressemble bizarrement à une tête d'élan. Sous la planche, vous trouverez un petit sac en cuir. Il y a une clé dans ce sac. Elle m'appartient, même si je ne l'ai pas eue entre les mains depuis des années.

— Parfait. Une planche descellée, un nœud dans le bois, en forme de tête d'élan, un petit sac en cuir. »

Elle n'avait rien perdu de sa détermination lorsqu'ils se joignirent aux visiteurs du matin pour le pique-nique près de la rivière. Elle demanda à Peter d'emporter « les accessoires », attendant avec impatience la fin du repas et le moment où ils pourraient s'enfoncer dans les bois, pelle à la main. Pourtant, lorsque le grand-père de Sadie Sparrow avait proposé à Alice de lui faire visiter le village en fête, elle avait accepté sans l'ombre d'une hésitation. Ce qui aurait sans doute stupéfié Peter, s'il n'avait remarqué un fait nouveau qui expliquait peut-être ce changement de stratégie. Dans la matinée, Alice – Peter en avait en tout cas l'impression – s'était prise d'affection pour Bertie. Elle l'avait écouté avec attention, souriant à ses plaisanteries et opinant du chef, l'air sérieux, lorsqu'il racontait une anecdote. Ce qui ne lui ressemblait absolument pas. Alice n'était pas femme à s'enticher rapidement de qui que ce soit. À s'enticher tout court, du reste.

Quoi qu'il en soit, ils étaient rentrés au village et avaient déposé leurs bagages à l'hôtel ; après quoi, Alice avait déambulé dans le village en fête. Peter avait poliment pris congé pour vaquer un moment à ses propres occupations. Une curieuse idée lui avait trotté dans la tête tout l'après-midi, une question personnelle, irritante, dont il avait besoin de trouver la réponse à la bibliothèque.

À présent, Alice et lui, cheminant au cœur de la nuit sur un sentier qu'ils avaient déjà emprunté dans la journée, contournèrent le lac et se dirigèrent vers le hangar à bateaux. Lorsqu'ils atteignirent la rivière, Alice ne fit pas halte. Il fallait poursuivre dans les bois. Ce qui ne plaisait guère à Peter : n'était-ce pas une périlleuse entreprise que d'emmener une octogénaire se promener en forêt à la nuit tombée ?

— Ne vous en faites pas, répliqua Alice. Je les connais comme ma poche, ces bois. On n'oublie jamais le paysage de son enfance.

***

Dieu merci, songea Alice, Peter n'était pas un bavard. Elle n'avait envie ni de parler, ni d'expliquer, ni de distraire. Tout ce qu'elle voulait, c'était marcher et se souvenir de sa dernière aventure sur ce même sentier. Un oiseau de nuit passa au-dessus d'eux dans les ténèbres ; les bruits de cette nuit lui revinrent. Soixante-dix ans avaient passé, mais de nouveau elle entendait les hennissements des chevaux, le clapotis du lac, le vol des fauvettes.

Elle trébucha ; Peter la retint par le bras.

— Tout va bien ?

C'était un bon garçon, Peter. Il posait si peu de questions. Et faisait ce qu'on lui demandait.

— Ce n'est plus très loin, répondit-elle.

Ils marchèrent en silence, entre les touffes d'orties, traversèrent la clairière à laquelle aboutissait le passage secret, longèrent la mare aux truites. D'être revenue à Loeanneth, de s'aventurer dans ses bois à la nuit rendait Alice curieusement joyeuse. Lorsqu'elle y avait pensé, la veille au soir, dans sa bibliothèque, à Londres, c'était exactement la vision qui lui avait traversé l'esprit. La pendule de la cheminée égrenait les secondes – la petite flamme de la nostalgie s'était faite incendie de désir et Alice avait appelé Peter. Ce n'était pas sa jeunesse qui lui revenait, non. Simplement, elle venait, pour la première fois depuis soixante-dix ans, de s'autoriser à se souvenir de cette jeune fille qu'elle avait été. Gamine folle d'amour, un peu sotte, effarée.

Alice et Peter parvinrent enfin à l'endroit qu'avait choisi cette jeune fille-là, une nuit d'été, pour y ancrer sa culpabilité. Laquelle n'en avait plus jamais bougé.

— Nous pouvons nous arrêter, Peter.

Une odeur lui vint aux narines, de champignons et de petits animaux nocturnes : le flux du souvenir fut si puissant qu'elle dut s'appuyer sur le bras de son compagnon.

— Je me demande si vous accepteriez de creuser un peu par ici, lui dit-elle. Pour faire un trou : un vrai, avec de la terre autour. Nous ne sommes pas dans une bibliothèque.

Dieu le bénisse, il ne posa aucune question, se contentant de sortir la pelle du sac qu'il avait apporté, d'enfiler les gants de jardinier et de creuser à l'endroit qu'elle lui indiquait.

Alice tenait la torche à la verticale, qu'il puisse travailler dans le cercle de lumière ainsi formé. Elle retint sa respiration, se souvenant de la nuit, de la pluie, des taches de boue sur le bas de sa robe, qui collait à ses bottines. Robe qu'elle n'avait jamais plus portée. Elle l'avait roulée en boule en rentrant à la maison, cachée dans un coin et brûlée à la première occasion.

Elle s'était forcée à passer par les champs, malgré la pluie. Elle aurait pu emprunter le passage souterrain. Avec le loquet qui ne marchait pas bien, cela n'aurait pas été chose facile : elle se serait débrouillée, pourtant. Mais elle ne voulait plus remettre les pieds dans les lieux qu'avait fréquentés Ben, certaine qu'elle était de sa culpabilité. Il avait enlevé Theo. Elle ne pouvait pas en démordre. Et elle tremblait à l'idée qu'on puisse, par un simple raisonnement, découvrir le rôle qu'elle avait joué.

— Alice, fit Peter d'une voix douce. Pourriez-vous redresser la lampe torche ?

— Désolée.

Le faisceau lumineux avait dérivé avec ses pensées. Elle redressa la lampe.

Au même moment, la pelle heurta un objet solide. *Bong !*

Peter, à quatre pattes, dégagea ledit objet et le débarrassa des lambeaux de toile qui l'entouraient encore, vestiges du sac dans lequel l'avait emballé la jeune Alice.

— C'est un coffret, fit Peter, surpris, en levant des yeux ronds vers Alice. Un coffret en métal.

— Oui.

Il se releva, dégageant le couvercle de métal de la terre qui le maculait encore.

— Voulez-vous que je l'ouvre ?

— Non, nous allons le rapporter à la voiture.

— Mais…

Lorsqu'elle avait aperçu le coffret, son cœur s'était mis à battre plus fort. Elle interrompit cependant Peter d'une voix où nulle excitation ne transparaissait.

— Il n'est pas nécessaire de l'ouvrir ici et maintenant. Je sais ce que nous y trouverons.

***

Sadie se fraya un chemin dans la foule animée de la fête du Solstice. Les quatre rues qui convergeaient vers la place du village étaient bordées de stands proposant du maïs grillé, des vêtements, des pâtés en croûte et des gâteaux faits maison. Des flammes brûlaient, dansantes, dans des tonneaux ouverts ; sur le port, on avait chargé un ponton de toutes sortes de fusées et autres feux de Bengale : la mise à feu était prévue pour minuit. Alice et Peter étaient descendus à l'hôtel de la Grand-Rue – la bâtisse crépie de blanc aux paniers de fleurs suspendus et à la prétentieuse propriétaire –, pas si facile d'accès en ce jour de fête où les rues étaient combles. Pourvu, se disait Sadie, qu'ils soient encore à l'hôtel, pourvu qu'ils ne se soient pas mêlés aux fêtards ! Elle voulait à tout prix leur raconter ce qu'elle avait appris sur la mort de Theo, innocenter Anthony aux yeux de sa fille.

Son téléphone se mit à vibrer, tout contre sa cuisse. Elle extirpa de sa poche l'appareil, tandis qu'un gamin portant une gigantesque barbe à papa la frôlait. L'appel provenait du Met.

— Allô ?

— Sparrow.

— Donald ?

— Cette fois-ci, c'est dans un vrai nid de frelons que tu as fichu un coup de pied, ma vieille.

Sadie s'immobilisa, le cœur battant la chamade.

— Que s'est-il passé ? Ils ont interrogé le mari ? Steve ? C'est ça ?

— Il est ici, en garde à vue. Il a tout avoué.

— Quoi ? Attends, il faut que je trouve un endroit un peu plus tranquille.

Ce qui était plus facile à dire qu'à faire. Elle parvint cependant à se retirer dans une encoignure de mur, le long du quai, à l'abri de la foule déchaînée.

— Donald, raconte-moi exactement comment ça s'est passé.

— Ashford a commencé par la seconde épouse, Gemma. C'est l'inspecteur Heather qui s'est occupée de l'entretien. Tout gentil, hein : comment les choses se passaient avec Caitlyn et tout ça. Et puis elles ont discuté des enfants : est-ce que Gemma en avait d'autres, est-ce qu'elle en voulait d'autres. En fait, elle ne peut pas en avoir.

Sadie pressa la paume sur son oreille libre.

— Pardon ?

— Elle et son mari ont essayé d'en avoir pendant

un an. Rien à faire. Ils sont allés voir un médecin, pour des analyses.

C'était exactement l'hypothèse dont ils avaient discuté en pique-niquant, ce midi, à Loeanneth. Le scénario sorti tout droit d'un des premiers Diggory Brent d'Alice, laquelle s'était inspirée d'une histoire racontée par sa sœur, des années plus tôt.

— Et donc il est allé lui chercher un enfant, c'est ça ?

— À peu près. Sa femme a été bouleversée par les résultats des examens, a expliqué Steve. Elle avait toujours voulu un bébé – et particulièrement, une petite fille. Son incapacité à tomber enceinte, jointe à tous les traitements contre l'infertilité… Elle était prostrée, suicidaire, d'après lui. Il voulait simplement lui redonner de la joie de vivre.

— En lui trouvant une petite fille, reprit Sadie. Il avait ce qu'il lui fallait sous la main. Sauf qu'il y avait déjà une mère, circonstance fâcheuse.

— Il a craqué pendant l'interrogatoire. Avoué le meurtre, expliqué où trouver le corps. Un week-end de pêche, je t'en foutrais, oui. On a envoyé des plongeurs. Il pleurait comme un veau – l'amateur typique. À nous dire qu'il n'était pas un mauvais homme, qu'il n'avait pas prévu que les choses tourneraient aussi mal, qu'il ne voulait pas sa mort.

Sadie pinça les lèvres avec sévérité :

— Il aurait dû y penser avant de faire asseoir Maggie à la table de la cuisine pour la forcer à écrire cette lettre. Avant de la tuer.

Elle écumait de rage, se souvenant de la manière dont il avait déchiré son gobelet de polystyrène, lors du premier interrogatoire, du double rôle qu'il avait si brillamment joué – le père aimant, l'ex-mari à la patience d'ange, inquiet, troublé, désireux de tout faire pour retrouver l'irresponsable fugueuse, alors qu'il savait exactement où elle se trouvait pendant ce temps. Et ce qu'il lui avait fait.

Maggie avait dû comprendre ce qui l'attendait. Lors de leur ultime confrontation, les soupçons lui étaient venus. *C'était lui*, avait-elle désespérément gribouillé sur le côté de la table. Jamais l'imparfait n'avait semblé temps si effrayant. Ni si courageux. Seul réconfort dans cette tragédie, même s'il était minime : Caitlyn n'avait certainement pas été témoin du meurtre de sa mère.

— Il a dit ce qu'il avait fait de sa fille pendant qu'il s'occupait de Maggie ?

— Il a mis un DVD de *Dora l'Exploratrice* dans le lecteur et la gamine devant la télé. Elle n'a pas bronché.

Et sachant que l'enfant était encore dans l'appartement, Maggie ne pouvait protester, faire une scène ; elle était trop soucieuse de protéger sa fille de l'horreur qu'elle savait désormais imminente. Pour la deuxième fois, ce soir-là, Sadie comprit jusqu'où une mère peut aller pour protéger son enfant.

La voix de Donald se teinta d'embarras :

— Écoute, Sparrow…

— Il a laissé sa gamine toute seule dans l'appartement pendant une semaine.

— Il pensait que la grand-mère viendrait. C'est ce qu'il nous a dit en tout cas. Que la petite serait retrouvée bien plus vite. D'ailleurs, il était sur le point d'y passer lui-même.

— Il faut prévenir Nancy Bailey.

— Ils ont envoyé un officier de liaison.

— Elle avait raison, par conséquent.

— Oui.

— Sa fille n'a jamais fichu le camp. Maggie n'aurait jamais pu faire un truc pareil. Nancy l'avait bien dit.

Maggie avait été assassinée. Et il s'en était fallu de peu que le mari s'en tire sans autre forme de procès. Sadie se sentait soulagée, son hypothèse avait été confirmée. Et, cependant, ni la nausée ni le chagrin ne l'avaient abandonnée. La fille de Nancy ne rentrerait plus jamais.

— Que va-t-il advenir de Caitlyn ?

— Elle a été prise en charge par les services sociaux.

— Et ensuite ?

— Je ne sais pas.

— Nancy adore la petite. Quand Maggie allait travailler, c'était elle qui s'occupait de Caitlyn. Elle lui a préparé sa chambre. La gamine doit rester dans son cercle familial.

— J'en référerai à qui de droit.

— Il faut plus qu'en référer, Don. Nous le devons à Caitlyn. Nous lui avons déjà fait faux bond. Mieux vaut que cela ne se reproduise pas.

Hors de question de laisser l'enfant disparaître dans les méandres du système. Sadie excellait à faire grincer des dents. Et si c'était pour la bonne cause, elle n'en était que plus heureuse.

Et tandis qu'elle se promettait en son for intérieur de tirer toutes les ficelles encore à sa portée, de ne ménager aucun effort pour que Caitlyn soit enfin confiée à Nancy, elle aperçut dans la foule deux visages familiers.

— Écoute, Don, je vais te laisser.

— D'accord, Sparrow. Je comprends. J'aurais dû me fier à ce que tu disais et…

— Ne t'en fais pas pour ça. On en reparle. Je te demande juste une petite faveur.

— D'accord.

— Fais le nécessaire pour que la petite retrouve sa grand-mère au plus vite.

Elle raccrocha et glissa le téléphone dans sa poche. Puis elle se fraya un chemin dans la foule aussi rapidement que possible jusqu'à l'endroit où elle avait vu passer Alice et Peter. Un fois dans la place, elle regarda de tous côtés, avant de repérer la blanche chevelure d'Alice, si caractéristique.

— Alice ! s'écria-t-elle en levant le bras. Peter !

Ils se retournèrent dans le flot humain, perplexes, jusqu'à ce que Peter (il avait une tête de plus que la plupart des festivaliers) aperçoive Sadie et lui décoche un sourire. Et de nouveau, cette étincelle… Aucun doute à ce sujet.

— Inspecteur Sparrow ! s'exclama Alice, surprise, lorsque Sadie les eut enfin rattrapés.

— Je suis bien contente de vous avoir retrouvés ! – Sadie était hors d'haleine : C'est Ben. De A à Z.

Elle remarqua alors la pelle emballée dans un sac, que Peter portait à l'épaule, et la boîte de bonne taille qu'Alice tenait dans ses bras. La vieille dame d'ailleurs semblait avoir raffermi sa prise.

— Qu'est-ce que vous êtes en train de nous dire ?

— Ben a enlevé Theo. Ce n'est pas votre père, Anthony. Il n'y est pour rien.

— Peter, cette femme est en proie au délire, dit

Alice. Faites quelque chose pour elle. Elle ne sait plus ce qu'elle dit.

Sadie secoua la tête. Encore sous le choc que lui avait causé l'appel de Donald, elle avait besoin de calme. Il fallait tout reprendre depuis le début, leur faire comprendre l'enchaînement des événements.

— Il nous faudrait un endroit plus calme, que nous puissions discuter.

— L'hôtel, répondit Alice. Cela dit, pour ce qui est du calme…

Sadie leva les yeux vers la façade blanche. Alice avait raison : tous les bruits de la fête leur parviendraient encore. Sadie songea alors au jardin de Bertie avec sa vue sur la mer, des hauteurs du village.

— Suivez-moi, déclara-t-elle. Je sais exactement ce qu'il nous faut.

***

Bertie avait beau encore être au village, il avait laissé la lumière allumée sur le porche et la porte n'était pas fermée à clé. Les chiens se précipitèrent sur les nouveaux venus, dont ils flairèrent les vêtements avec curiosité. Ni amis ni ennemis, finirent-ils par déterminer ; ils les suivirent dans la cuisine.

— Je peux vous offrir quelque chose à boire ? proposa Sadie, qui se souvenait vaguement des devoirs inhérents à la condition d'hôtesse.

— Je crois que je vais avoir besoin d'un petit verre de quelque chose, répondit Alice. D'un remontant, plus précisément.

Sadie trouva une bouteille de xérès dans le garde-manger de son grand-père, ramassa quelques verres et conduisit Alice et Peter dans la cour. Les guirlandes lumineuses accrochées aux murs de pierre du jardin clignotaient. Tandis qu'Alice et Peter prenaient une chaise et s'installaient à la table, Sadie alluma les bougies des lampes-tempête et servit trois xérès.

— Bon, dit Alice, nullement disposée à perdre du temps en politesses d'usage, qu'est-ce que c'est que cette histoire avec Benjamin Munro ? Je croyais que nous étions d'accord sur l'état de mon père, sa maladie, etc.

— Oui, répondit Sadie, nous étions d'accord. D'ailleurs, cette maladie a joué un rôle dans l'affaire. Cela dit, Theo n'est pas mort cette nuit-là. C'est Ben, en effet, qui l'a enlevé. Et il n'a pas agi seul. Tout a été concocté par votre mère et lui.

— Mais qu'est-ce que c'est que cette histoire ?

Alice posa les paumes à plat sur le coffret de métal, qu'elle avait gardé sur ses genoux. Le couvercle était maculé de terre. L'espace d'un instant, Sadie pensa à la pelle de Peter, puis le rapprochement lui sortit de l'esprit. Elle préférait se consacrer à sa tâche du moment.

— Alice, nous avons vu juste en ce qui concerne votre père. Son état était tel qu'il présentait une menace pour le petit Theo. Mais il ne lui a jamais rien fait. Ben et votre mère ont décidé qu'il fallait protéger l'enfant. La fête du Solstice, avec le passage secret et les feux d'artifice, leur donnait une occasion rêvée pour faire disparaître votre frère. Tout est dans leur correspondance, pour peu qu'on sache lire entre les lignes. Votre mère en souffrait terriblement, mais elle ne voyait pas d'autre moyen pour épargner le petit Theo. Elle ne pouvait pas quitter votre père, qu'elle aimait infiniment. Elle avait promis de ne jamais parler à quiconque de sa maladie. Elle n'avait pas d'autre choix.

— Et Ben était le père biologique de Theo, ajouta Peter, qui n'avait cessé de hocher la tête en écoutant Sadie. À qui pouvait-elle se fier davantage pour prendre soin de Theo ?

— Ben était le seul, en effet, reprit Sadie.

— Et c'est la raison pour laquelle elle n'a jamais offert de récompense ! s'exclama Alice, qui se figurait soudain le scénario de l'enlèvement avec la vivacité d'esprit et l'exactitude que l'on peut attendre d'une femme qui écrit des romans policiers depuis un demi-siècle. Ce détail m'a souvent chagrinée. Je ne comprenais pas son obstination à ne pas en proposer. Elle nous a expliqué à l'époque qu'elle ne voulait pas voir les opportunistes et les désespérés se disputer le pactole et brouiller les cartes. Je comprends ses véritables raisons. Elle ne voulait pas que les gens partent sur la piste de Ben, puisqu'il y avait Theo. Elle ne voulait pas qu'on les retrouve.

— Cela explique également la raison pour laquelle elle ne voulait pas que la presse mentionne la négligence de nounou Bruen, précisa Sadie. Et les généreux dons faits à Rose Waters et au commissariat du district.

— Généreux dons ? Je ne le savais pas, remarqua Alice.

— Son renvoi brutal avait bouleversé Rose, ce qui se comprend. Si elle a été licenciée, c'est qu'elle était trop soucieuse de la sécurité de Theo. Si Rose était restée au service des Edevane, le plan aurait buté sur cet écueil. Lorsqu'elle a été remerciée, votre mère lui a remis des lettres de recommandation dithyrambiques et lui a fait un chèque qui lui a permis de reprendre des études. Par la suite, elle est devenue enseignante.

— Mme Edevane distribuait des compensations, dit Peter.

— Exactement. L'enlèvement était une fiction née de son esprit. Elle a donc fait en sorte que tous ceux qui pouvaient souffrir de cet état de fait en soient dédommagés.

— C'est bien de Mère, cela, dit Alice. Elle avait le sens de la justice chevillé au corps. Tout devait être équitable, pour elle.

— Et ensuite ? demanda Peter. Que s'est-il passé ? Ben a emmené Theo et ils sont sortis de Loeanneth par le passage secret. Vous croyez que Theo a été élevé par son père ?

Alice, les sourcils froncés, faisait lentement balancer son verre de xérès.

— Ben a pris part à la Seconde Guerre mondiale. Il a été tué pendant le débarquement en Normandie, le pauvre. Mourir ainsi, au dernier moment, quelle chose terrible. Il combattait depuis un bon moment. Ma sœur Clementine l'avait croisé en France, en 1940.

— Theo était tout jeune pendant la guerre de 39-45, murmura Sadie après un rapide calcul mental. Il n'avait que sept ans en 1939… Si Ben s'est engagé au tout début du conflit, il n'a pas vraiment pu élever Ben. Ou peut-être s'était-il marié ?

— Il n'a peut-être pas gardé Theo avec lui, commenta Peter.

— Ce qui nous ramène à notre point de départ, conclut Alice.

Un silence mélancolique s'abattit sur le petit groupe, auquel Ash donna voix par le biais d'un long soupir canin, émis en plein sommeil. Sadie remplit de nouveau les verres. Ils burent sans dire un mot. Le brouhaha distant de la fête, augmentant à l'approche de minuit, leur parvenait du village.

— Et la correspondance ? finit par demander Alice. Avez-vous lu quoi que ce soit dans leur échange épistolaire qui puisse nous donner une indication sur ce que sont devenus Theo et Ben ?

— Non, rien. De fait, votre mère a répété à plusieurs reprises à Ben Munro qu'elle refusait de savoir où il emmènerait Theo.

— Ne lui a-t-il pas donné un indice ?

— Je ne crois pas.

— Ce pourrait être une subtile allusion. Que vous n'auriez pas saisie parce qu'elle était trop intime.

Les certitudes de Sadie ne résistèrent pas longtemps aux coups de boutoir d'Alice.

— Cela vaut la peine de regarder de nouveau, concéda-t-elle. Je vais chercher le dossier. J'ai emporté quelques lettres à la maison.

Bertie venait tout juste de rentrer lorsque Sadie parvint à la cuisine.

— Bonsoir, ma puce, souffla-t-il avec un sourire aussi heureux qu'épuisé. J'ai réussi à m'évader avant le début des vraies réjouissances. Tu as faim ? Tu veux dîner ?

Sadie mentionna la présence de ses deux compagnons.

— Nous avons fait un pas de géant dans la résolution de l'affaire Edevane – mais cela donne lieu à toute une série de questions nouvelles.

— Ah, dîner pour quatre, alors. Je m'en occupe.

— Tu n'es pas fatigué de servir du gâteau aux poires ?

— Moi ? Jamais ! Quelle pensée sacrilège !

Tandis que Sadie sortait le dossier Edevane de son sac à dos, Bertie, planté devant la bouilloire, se mit à fredonner tout bas.

— Et l'autre histoire ? questionna-t-il en disposant des sachets de thé dans des tasses. Tu as eu des nouvelles de tes supérieurs ?

Sadie lui ayant rapporté l'appel de Donald, Bertie eut un sourire de lugubre satisfaction.

— Donc tu avais raison. Je te l'ai toujours dit, ton instinct te trompe rarement – il secoua la tête et pinça les lèvres, non sans émotion : Pauvre femme. Et pauvre gamine. J'espère que tu vas récupérer ton poste ?

— Je n'en suis pas si sûre. Ashford sait maintenant qui a parlé à la presse. Il n'est probablement pas disposé à passer l'éponge, en dépit des événements. Je vais devoir attendre pour savoir à quelle sauce je serai mangée. En attendant…

Le dossier à la main, elle tendit le bras dans la direction de la cour.

— Bien sûr ! s'exclama Bertie. Je vous y retrouve dans deux minutes.

Lorsque Sadie rejoignit ses deux invités devant la maison, ils étaient encore en train de discuter de l'affaire.

— Vous savez, j'ai toujours su que c'était Ben que j'avais vu dans la forêt, cette nuit-là, disait Alice.

— Et pourquoi n'en avoir rien dit à la police ? demanda Sadie en se rasseyant.

Elle fit glisser le dossier vers le centre de la table.

Alice dirigea son regard vers le mur du jardin ; une rafale de vent avait fait s'entrechoquer les guirlandes lumineuses contre la pierre.

— Je n'étais pas censée être dans la forêt, dit-elle, les ombres dansantes caressant ses pommettes. J'aurais dû retrouver M. Llewellyn près de la piste de danse. Je me suis toujours sentie coupable de ce qui lui est arrivé cette même nuit. Si j'étais restée plus longtemps sous la tonnelle, aurait-il eu le même destin ? Vous comprenez, il était venu me voir plus tôt dans la journée. Il voulait que nous parlions. Il avait quelque chose de très important à me dire. Je l'ai attendu, il n'est jamais venu.

— Encore une coïncidence que je n'apprécie guère, fit Sadie, renfrognée. Il y a quelque chose de curieux dans la mort de M. Llewellyn, quelque chose qui ne colle pas. Il adorait votre mère, il était au courant de ses préparatifs, en connaissait très bien les enjeux… Et il aurait choisi ce moment crucial pour se supprimer ? Je ne suis pas convaincue.

— Tout à fait d'accord, reprit Alice. Cela n'a pas de sens. Cela dit, la dépression n'est pas une maladie rationnelle, comme bien d'autres affections mentales.

— Il faudrait que nous en sachions davantage sur la dépression de M. Llewellyn, ses causes profondes.

Sadie se leva et se mit à faire les cent pas dans la cour.

— Je veux parler de la toute première, celle après laquelle il a renoncé à l'exercice de la médecine pour devenir écrivain. À ce que j'en sais, les reconversions de ce genre ont souvent des causes plus profondes.

Si nous les connaissions, peut-être pourrions-nous comprendre les raisons de son suicide ?

Peter leva la main.

— À dire vrai, je crois que je peux vous apporter des éléments de réponse.

Sadie se retourna vers le jeune homme, qu'Alice observait par-dessus ses lunettes.

— Peter ?

— Tout à l'heure, quand nous étions à Loeanneth et que vous discutiez de la dépression de M. Llewellyn, je me suis souvenu d'un article que j'avais lu à la fac, quand j'étais étudiant. Cet après-midi, j'ai donc fait un petit tour à la bibliothèque du village, où j'ai croisé un homme des plus serviables…

— Alastair, précisa Sadie.

— Exactement. Et cet Alastair avait exactement le livre qu'il me fallait, là, sur le comptoir. Il l'avait fait venir par le prêt interbibliothèques et s'apprêtait à le renvoyer quand je l'ai repéré. Vous parlez d'une incroyable coïnci…

— Non, pas ce mot-là !

— ... d'un incroyable coup de chance. L'ouvrage contenait un chapitre consacré à Llewellyn et à son *Eleanor sur le seuil magique*. Passionnant, d'ailleurs : une analyse allégorique reposant sur les principes de la symbolique kantienne…

— Peter ! l'interrompit Alice, sévère.

— Ah, oui, désolé. L'auteur expliquait que le conte de Llewellyn pouvait être lu comme une allégorie de sa propre existence, et plus spécialement de la dépression qui l'avait miné, jeune homme, alors qu'il avait dû intervenir en urgence chez un de ses amis, à la campagne. Le patient n'avait pas survécu.

— Un nourrisson !

Sadie hoquetait.

— C'est cela. Un nouveau-né !

— Comment le savez-vous ? demanda Alice. Quel nouveau-né ? Qui étaient ses parents ?

Peter croisa le regard de Sadie. Puis, après quelques instants de réflexion, il afficha un grand sourire.

— Ah. Vous pensez que c'est l'enfant de Constance.

— Oui.

Sadie se précipita vers la table.

— Oui, oui, oui.

Fébrile, elle feuilletait le dossier. Derrière elle, les flammes des lampes-tempête vacillaient.

— Ce qui explique tout, murmura Peter, comme pour lui-même. La tension entre M. Llewellyn et Mme deShiel, l'animosité de cette dernière. Une vraie Miss Havisham !

— Peter, fit Alice, non sans irritation. Faut-il vraiment ramener sans cesse votre Dickens sur le tapis ?

Le jeune homme se retourna vers sa patronne, les yeux pétillants.

— Alice, quand j'étais en train de rédiger les pages de votre site, vous m'avez prié de me débrouiller seul. Comme j'avais besoin d'une réponse à une question que je me posais, je suis allé consulter les journaux que vous teniez dans votre jeunesse.

— Oui, et alors ?

— Eh bien, vous y décriviez votre grand-mère comme « un squelette paré des cendres d'une robe de bal ». C'est une citation des *Grandes Espérances*.

— C'est tout à fait plausible, oui. C'était un véritable dragon, Grand-Mère deShiel. Elle aimait porter les belles vieilles robes de ses années de gloire – cela dit, elle nous a épargné la robe de mariée. Voulez-vous bien m'expliquer, pour l'amour du ciel, quel est le rapport avec ce nourrisson ?

— Ah, voilà.

Sadie sortit de son dossier la feuille sur laquelle elle avait pris des notes sur la deuxième entrevue entre Constance et la police, à la maison de retraite.

— D'après l'infirmière, Constance parlait toujours d'Eleanor et d'un bébé mort. Un petit garçon. J'en ai conclu hâtivement qu'Eleanor avait eu un enfant mort-né avant la naissance de Theo, mais ce drame n'avait rien à voir avec Eleanor.

— C'était Grand-Mère ! souffla Alice, stupéfaite.

— Oui, acquiesça Sadie. Et le docteur qui avait assisté à l'accouchement n'était autre que Daffyd Llewellyn. Cela explique tout. Sa relation tendue avec Constance, sa dépression, son abandon de la médecine et la raison pour laquelle il a cherché le réconfort dans les histoires qu'il écrivait pour les enfants.

— Et cela explique également le conte lui-même, s'interposa Peter. Dans *Eleanor sur le seuil magique*, il y a un vieil homme paralysé par le remords, enfermé à l'extérieur du royaume. Une reine cruelle dont le chagrin d'avoir perdu son enfant plonge le monde dans un hiver éternel. Et la petite Eleanor dont l'innocence est la seule vertu assez puissante pour guérir les déchirements.

Il se tapota pensivement le menton.

— Cela dit, nous ne savons toujours pas la cause de ses pensées suicidaires du solstice d'été 1933.

— Parce qu'il ne s'est pas suicidé, reprit Alice d'une voix douce, en croisant le regard de Sadie. Vous êtes de mon avis ?

— Absolument.

Les pièces du puzzle cette fois-ci s'assemblaient sans encombre, ce qui remplit Sadie de plaisir.

— Je ne crois pas qu'il se soit tué, en effet.

Au tour de Peter d'ouvrir de grands yeux perplexes.

— Pourtant, nous savons qu'il est mort d'une surdose de barbituriques. Il y a des preuves. Il avait subi une autopsie.

— La même nuit, un flacon de puissantes pilules de somnifère a été volé, précisa Alice. Pendant des années, j'ai cru que le ravisseur de Theo s'en était servi pour endormir mon petit frère.

— Mais ce n'était pas le cas. Ça n'a pas dû être bien difficile. Quelques cachets dissous dans un verre de vin ou de champagne, et le tour est joué. La perte de son bébé la rongeait depuis des dizaines d'années. Elle a voulu…

— ... se venger, conclut Peter. Oui, je comprends ce que vous voulez dire. Mais pourquoi attendre si longtemps ?

Sadie ne répondit pas immédiatement. Ramsay était venu l'honorer de sa présence en se couchant sur ses pieds et elle se pencha pour lui gratter la gorge.

— Vous savez, fit-elle, pensive, je viens de lire un roman qui pose cette question. Une femme tue son mari sans raison précise après avoir été traitée comme une moins que rien par lui pendant des années. Et le déclic est une chose minuscule. Il décide un jour de partir en vacances dans le pays qu'elle a toujours rêvé de visiter. C'est la nouvelle qui sert de déclencheur.

— *La vengeance est un plat qui se mange froid*, dit Alice avec un sourire d'approbation. Une de mes intrigues les plus sages, ce qui ne l'empêche pas d'être l'une de mes préférées. Cela dit, je ne sache pas que M. Llewellyn eût jamais annoncé à Grand-Mère qu'il partait en croisière. Pourquoi a-t-elle basculé ?

— Pas de croisière, fit Peter, frappé par une inspiration soudaine. Mais il a bel et bien fait une annonce. Vous en avez parlé tout à l'heure, Alice. Il venait de recevoir l'OBE. Pour services rendus à la littérature. Vous avez même précisé que votre grand-mère avait mal digéré la nouvelle.

— Une royale distinction, dit Sadie.

— Une royale distinction, répéta Alice. Constance a passé sa vie à attendre une invitation qui lui permettrait de côtoyer ne serait-ce qu'une fois le roi. Enfant, elle avait été invitée à Buckingham mais n'avait pu s'y rendre. Elle nous a rebattu les oreilles de cette mésaventure lorsque nous étions enfants. Elle ne s'est jamais remise de cette déception, en un sens – Alice eut un petit sourire de satisfaction lugubre : C'est le déclic rêvé. Je n'aurais pas pu trouver mieux.

Ils restèrent un moment sans rien dire, écoutant le ressac de l'océan et les clameurs lointaines de la fête, baignant dans la douce lueur d'un problème résolu. Qu'on ne me parle pas d'alcool ni de drogue, songea Sadie. Rien n'est plus excitant que résoudre un mystère, surtout lorsqu'il surgit, inattendu, au détour d'un autre dossier.

Ce moment de réflexion fut de courte durée. Alice – une femme selon le cœur de Sadie ! – se redressa sur sa chaise et poussa le dossier vers l'inspectrice :

— Bon, asséna-t-elle. Si mes souvenirs sont exacts, nous cherchions à savoir où Ben avait pu emmener mon frère.

Peter lança un regard amusé et affectueux à Sadie :

ce qui n'empêcha pas les deux jeunes gens de se pencher sur le dossier pour le repasser au peigne fin.

Après quelques moments d'une vaine recherche, Alice soupira :

— Je me demande s'il n'y a pas un indice dans le pèlerinage que ma mère faisait tous les ans à Loeanneth – elle plissa le front : Non, non, rien ne vient étayer l'hypothèse que Ben soit resté en Cornouailles, ni qu'il ait pu ramener Theo de temps en temps à Loeanneth, si tel était le cas. Non, c'était probablement une sorte de veillée de l'absent, une manière pour elle de se sentir proche de Theo. Pauvre Mère. On ne peut qu'imaginer ce qu'elle a pu ressentir, toutes ces années. Avoir mis au monde un enfant, s'en être séparée, savoir qu'il est là, quelque part, ce fruit de son sang. La curiosité, le désir, le besoin impérieux de savoir qu'il est aimé, qu'il est heureux… C'est terrible.

Bertie, qui faisait son entrée avec un plateau chargé de tasses pleines et de gâteau aux poires, décocha un regard lourd de signification à Sadie.

Laquelle évita soigneusement de le lui retourner, chassant dans le même élan les images de Charlotte Sutherland en uniforme de lycéenne et de la petite main en forme d'étoile qui dépassait de la couverture d'hôpital.

— J'imagine qu'une fois qu'elle a pris sa décision la seule chose à faire était de ne pas changer de cap. Ce n'est que justice par rapport à l'enfant. La laisser vivre sa vie sans autres complications.

— Le laisser vivre sa vie, corrigea Peter.

— Le laisser vivre sa vie, fit Sadie en écho.

— Vous avez les pieds sur terre, inspecteur

Sparrow, fit Alice en haussant le sourcil. Peut-être est-ce la romancière qui parle en moi, mais je me dis que les parents qui sont contraints d'abandonner un enfant doivent sûrement s'accrocher à l'espoir qu'un jour viendra où leurs chemins se recroiseront.

Sadie continua d'éviter le regard de Bertie :

— Parfois, objecta-t-elle, les parents en question se disent que leurs enfants ne pourront être que déçus par ces retrouvailles. Qu'ils auront encore la rage au cœur, la blessure de l'abandon.

— Vous n'avez sans doute pas tort, dit Alice en extrayant du dossier l'article de journal qu'illustrait la photographie d'Eleanor sous le grand arbre de Loeanneth, accompagnée de ses trois petites filles en robes blanches.

— Ma mère, cependant, a toujours eu le courage de ses opinions. Je n'ai aucun doute là-dessus : comme elle s'était séparée de Theo pour les meilleures raisons du monde, je crois qu'elle aurait eu assez de force de caractère pour affronter l'éventualité qu'il soit encore furieux ou malheureux de cette décision.

— Dieu du ciel !

Tous les regards se tournèrent vers Bertie, qui rôdait autour de la table avec sa tasse de thé dans une main et son gâteau dans l'autre.

— Grand-père ?

Ce fut Peter qui s'élança le premier, rattrapant la tasse et l'assiette avant qu'elles ne s'écrasent à terre. Puis il conduisit Bertie vers la chaise la plus proche.

— Grand-père, ça va ?

— Oui, je… c'est une telle… Non, pas une coïncidence du tout. Les gens passent leur temps à se servir de ce mot à mauvais escient. Ils veulent en fait dire que plusieurs événements surviennent en même temps en oubliant, comme je viens de le faire, qu'il y a un lien de cause à effet entre eux. Donc, pas une coïncidence, non… une surprise. Une immense surprise.

Il était agité, volubile soudain, quasi incohérent ; une inquiétude terrible s'empara de Sadie. Et si la journée l'avait épuisé au-delà de ses limites ? S'il était sur le point d'être victime d'une attaque cérébrale ? L'amour, l'affection s'allièrent, pour un résultat qui tenait de la réprimande.

— Grand-père ? De quoi veux-tu parler ?

— Cette femme, souffla-t-il en désignant dans le journal la photo d'Eleanor. Je l'ai rencontrée quand j'étais jeune, pendant la guerre.

— Vous avez rencontré ma mère ? s'exclama Alice.

Au même moment, Sadie, abasourdie :

— Tu as rencontré Eleanor Edevane ?

— Aux deux questions, je réponds oui. Et pas qu'une seule fois, même si je ne connaissais pas son nom. Elle était volontaire dans notre quartier, à Hackney. Elle venait souvent faire ses courses chez nous.

— Mais oui ! fit Alice, ravie. Pendant la guerre, elle a fait du bénévolat à Hackney. Elle s'occupait d'enfants dont la maison avait été détruite par les bombardements.

— Je sais, reprit Bertie, à présent aussi souriant qu'Alice. Elle était si gentille. Une de nos clientes les plus fidèles. Elle venait nous acheter des bricoles, des choses dont elle n'avait certainement pas besoin. Et je lui faisais du thé.

— Là, dit Peter, on peut parler de coïncidence, je crois.

— Mais non, répliqua Bertie en riant. C'est ce

que j'essaie de vous dire. Je suis assurément surpris de la reconnaître sur une photographie après tout ce temps, et de constater qu'elle est liée à l'affaire qui a tant occupé ma petite-fille. Mais ce n'est pas aussi décousu qu'il y paraît.

— Grand-père ?

— Cette dame est la raison pour laquelle je me suis installé en Cornouailles. C'est elle qui m'a fourré cette idée dans la tête, quand j'avais neuf ans. À l'épicerie, il y avait un cadre au-dessus de la caisse, avec une carte postale que nous avait envoyée mon oncle. Elle représentait une petite porte en bois dans un mur en brique, le mur d'un jardin, couvert de lierre et de fougères. Un jour, remarquant cette photo, elle m'a parlé des jardins de Cornouailles. J'avais dû lui poser des questions – j'avais un livre qui se passait là-bas, et l'endroit m'avait toujours semblé magique. Elle m'a expliqué le Gulf Stream, les espèces exotiques qu'on pouvait faire pousser. C'est toujours resté dans un coin de mon esprit. Maintenant que j'y pense, elle a dû mentionner Loeanneth, sans m'en donner le nom. Oui : elle m'a dit qu'elle était née et qu'elle avait grandi dans une propriété réputée pour son lac immense et ses jardins.

— Incroyable ! s'exclama Peter. Et penser que, des années plus tard, votre fille découvrirait la maison de votre cliente, et qu'elle serait hantée par le drame qui s'y était produit.

— Hantée ? Pas vraiment, le reprit Sadie. L'affaire m'intéresse, c'est tout.

Bertie ignora leur bref échange, plongé qu'il était dans le souvenir de ses conversations avec Eleanor Edevane.

— La propriété dont elle me parlait devenait dans ses récits un lieu enchanté – la mer, l'air salin, les passages secrets des contrebandiers, les fées et les elfes. Chez elle, disait-elle, il y avait même eu un jardin miniature, parfait, silencieux, avec une petite mare pour les poissons rouges.

— Tout à fait ! s'exclama Alice. Ben Munro l'avait créé dans un coin de la propriété.

— Ben Munro ?

— L'un de nos jardiniers.

— Ça alors…

Bertie pencha la tête.

— C'est vraiment curieux. Mon oncle s'appelait Ben Munro. Mon oncle préféré, Sadie, tu sais ? Celui qui est mort pendant la Seconde Guerre mondiale.

— Votre oncle aurait travaillé à Loeanneth ? demanda Peter, tandis qu'Alice se renfrognait.

— Ça, je ne sais pas. Ce n'est pas impossible. Il faisait toutes sortes de choses. Il changeait tout le temps. En tout cas, il connaissait très bien les plantes.

Tous échangèrent des regards intrigués. L'expression d'Alice était de plus en plus sombre.

— Ce devait être un autre Benjamin Munro. Celui qui travaillait chez nous n'aurait pas pu être l'oncle de qui que ce soit – il était fils unique.

— C'était le cas d'oncle Ben. Ce n'était pas vraiment mon oncle, mais un ami d'enfance de ma mère. Ils avaient grandi ensemble – ils étaient comme cul et chemise. Ils s'étaient rencontrés au Japon, où leurs parents travaillaient tous les quatre sur des chantiers archéologiques.

Un silence électrique s'installa dans la cour, que

vint soudain briser une colossale explosion. La première fusée du solstice venait d'être tirée au-dessus du port.

— Bertie, où êtes-vous né, au juste ? demanda soudain Alice d'une voix légère.

— Grand-père a été adopté alors qu'il n'était qu'un bébé, répondit Sadie.

Bertie autrefois lui avait beaucoup parlé de sa propre mère, de l'impossibilité dans laquelle elle était d'avoir des enfants et de la joie qu'elle avait ressentie au moment de l'adoption. Ils s'étaient tendrement aimés, Bertie et sa mère. Oui, elle s'en souvenait : il lui avait raconté tout cela lorsqu'elle était venue vivre chez eux et cet exemple avait quelque peu facilité sa décision d'abandonner le bébé. Esther. Et puis, l'accouchement passé, elle n'y avait plus repensé. La période avait été si complexe, si confuse. Bertie de surcroît avait si souvent reparlé de ses parents par la suite et avec tant de chaleur et tant d'amour qu'elle avait tout simplement oublié son état d'enfant adopté.

Alors que Bertie parlait de son oncle et de sa mère, Flo, Alice, sans qu'il s'en rende compte, s'était levée en silence et s'approchait de lui. Elle prit le visage du grand-père de Sadie dans ses mains tremblantes. Sans prononcer un seul mot, elle détailla d'un regard ardent les traits de Bertie, ses yeux, son nez, sa bouche. Un sanglot s'étrangla dans sa gorge. Peter tendit les bras pour la retenir.

— Grand-père, répéta Sadie, avec une nuance d'effroi et d'admiration dans la voix.

— Bertie, fit Peter.

— Theo, murmura Alice.

***

Lorsque les étoiles commencèrent à pâlir et que la promesse de l'aube étendit son halo sur l'horizon, ils étaient encore dans la cour de Seaview Cottage.

— Il m'écrivait souvent, dit Bertie en ouvrant la caisse en bois qu'il avait descendue du grenier.

Il en sortit une liasse de lettres. Les plus anciennes dataient de 1934.

— Bien avant que je sache lire, mes parents s'en chargeaient. Parfois, il m'envoyait de petits cadeaux ou des petits animaux en papier qu'il avait pliés pour m'amuser. Chaque fois qu'il partait pour un boulot, il écrivait. De même quand il est parti à la guerre. C'était mon oncle préféré. Je me suis toujours senti proche de lui. Il y avait une parenté, pourrait-on dire.

— Je comprends tout à fait ce que vous voulez dire, répéta Alice, dont c'était devenu le mantra. Ce matin, quand nous nous sommes rencontrés, j'ai ressenti le même lien. Une familiarité au sens fort du terme. Comme si, d'une certaine manière, je vous reconnaissais.

Bertie la regarda en souriant et ses yeux de nouveau se remplirent de larmes.

— Qu'est-ce qu'il y a d'autre dans ta boîte, grand-père ? demanda doucement Sadie – nul doute qu'il ferait bon accueil à cette diversion.

— Oh, des bricoles, répondit-il, des souvenirs d'enfance.

Il sortit un chiot en peluche, passablement usé, un vieux livre et une barboteuse à laquelle, Sadie le remarqua immédiatement avec un pincement au cœur, il manquait un bouton. Elle plongea la main dans sa poche et en sortit le bouton d'argent trouvé à Loeanneth, dans la nursery. Elle avait vu juste.

— Vos parents vous ont-ils jamais parlé de votre famille biologique ? demanda Peter.

Bertie eut un sourire.

— Ils me racontaient toujours une histoire de tigre et de perle. Quand j'étais petit, j'étais ravi de savoir qu'on m'avait ramené d'Afrique sous la forme d'une perle magique. Elle avait éclos dans la forêt ; j'avais été nourri par les fées et abandonné sur le seuil de la maison de mes parents.

Bertie tira également de la boîte un collier garni d'un pendentif – une dent de tigre. Il passa le pouce sur la surface d'un ivoire mat.

— C'est oncle Ben qui m'a donné ce pendentif : pour moi, cela voulait dire que l'histoire était vraie. En grandissant, j'ai arrêté de leur poser des questions. J'aurais bien aimé en savoir plus sur ces gens-là, mais mes parents m'aimaient tant ! Je ne pouvais pas vivre dans une famille plus heureuse. Et je me suis accommodé de ne pas savoir.

De nouveau il regarda Alice, avec des yeux où scintillaient les émotions de toute une vie.

— Et vous, Alice ? – il désigna le coffret en métal, qu'elle avait posé sur la table, le coffret au couvercle incrusté de terre : Puisque je vous ai montré mes trésors.

Elle sortit la clé de son petit sac de cuir et ouvrit le coffret filigrané, puis, soulevant le couvercle, exposa aux regards deux liasses de feuilles d'une égale épaisseur. Sur la première page, on pouvait lire ceci : *Bye Baby Bunting. Par Alice Edevane.*

— Deux manuscrits, constata Bertie.

— Oui. Les seuls exemplaires existants de mon vrai premier roman.

— Que font-ils dans ce coffret ?

— Un auteur ne peut pas détruire son œuvre, martela Alice.

— Oui, mais que fichaient-ils sous terre ?

— Oh, c'est une longue histoire.

— Vous me la raconterez peut-être un jour ?

— Pourquoi pas ?

Bertie croisa les bras avec une sévérité feinte ; l'espace d'une seconde, Sadie reconnut Alice dans ce geste.

— Mais dites-nous au moins ce que ça raconte, Alice. Est-ce une énigme policière ?

Alice rit – un rire franc et libre, que Sadie entendait pour la première fois. Si musical, si juvénile :

— Oh, Bertie ! s'exclama-t-elle. Theo. Tu ne le croiras jamais si je te le dis.

34

Londres, 1941

Dès qu'elle sut où les bombes avaient atterri, cette nuit-là, elle accourut. La lettre, elle l'avait reçue deux ans plus tôt : elle n'était guère prolixe, mentionnant seulement que Ben s'était engagé dans l'armée – et une adresse à Hackney. Jusqu'ici, Eleanor avait réussi à ne pas s'y rendre. Son travail auprès des réfugiés l'emmenait assez souvent dans l'East End pour qu'elle puisse se dire, à la vue de ces gamins dans les rues, jouant aux osselets ou partant faire quelque course dans leurs culottes courtes grises et leurs godillots usés, qu'il était parmi eux. Cette fois-ci, lorsqu'elle apprit la nouvelle des bombardements par les journaux et qu'elle put découvrir, en arrivant au bureau, la liste des rues à visiter, elle fila.

La chaussée, trouée comme une passoire, était jonchée de bouts de pierre, de brique, de meubles cassés ; Eleanor s'y fraya rapidement un chemin. Un pompier lui adressa un signe de tête aimable, qu'elle retourna poliment. Elle croisait les doigts – c'était sot de sa part, infantile, même. Rassurant, pourtant. À chaque maison dévastée, sa gorge se serrait un peu plus.

Ils n'avaient pas imaginé cette nouvelle guerre. Lorsqu'elle avait fait promettre à Ben de ne jamais reprendre contact, de ne jamais lui dire à qui il avait confié Theo, elle ne pouvait penser une seconde que l'avenir prendrait des couleurs si sombres. Il suffisait qu'elle sache (oui, il faudrait bien que cela suffise) qu'il vivait maintenant avec des gens que Ben aimait et dont il se portait garant. Que son enfant, son merveilleux bébé, puisse grandir dans le bonheur et la sécurité. La guerre changeait tout.

Eleanor ne parlerait pas de cette visite à Anthony. Cela ne servait à rien. Elle voulait simplement vérifier que la maison n'avait pas été touchée. Elle n'y entrerait pas. N'avait aucune intention de voir Theo. Elle éprouvait pourtant le petit frisson de l'interdit. Les secrets, ce n'était plus pour elle. Les siens et ceux d'Anthony avaient bien failli causer leur perte.

La révélation de sa liaison avec Ben n'avait pas anéanti Anthony, contrairement à ce qu'elle craignait. Dans les jours qui avaient suivi, il était revenu vers elle.

« Pourquoi rester avec moi ? Pourquoi ne pas me quitter ? »

Il savait déjà que Theo n'était pas son fils.

« Je veux que tu puisses retrouver le bonheur, avait-il dit à Eleanor. Je ne veux pas être un fardeau pour quiconque, blesser ceux que j'aime le plus au monde. »

Mais comment aurait-elle pu le quitter ? Partir avec Ben et Theo, tout reprendre à zéro ? Elle ne pouvait pas quitter ses filles, ne pouvait pas davantage les arracher à leur père. Et puis elle aimait Anthony. Depuis toujours. Elle les aimait tous les deux, Anthony et Ben, et elle adorait Theo. La vie cependant n'était pas un conte de fées ; on ne pouvait pas avoir tout ce que l'on voulait. Pas en même temps, en tout cas.

Anthony semblait avoir été soulagé par ces révélations. Son fardeau n'était plus si lourd, sa vie, disait-il, plus si parfaite. Il avait payé le prix. Il avait, d'une certaine manière, progressé sur la voie du dédommagement.

« Le dédommagement de quoi ? » lui avait-elle demandé.

Allait-il enfin cesser de lui mentir sur la guerre ?

« De tout. Dédommagement d'avoir survécu, d'avoir pu rentrer après toutes ces horreurs. »

Elle savait bien sûr que cela allait plus loin, qu'il faisait allusion, bien qu'obscurément encore, à l'ombre immense qui le suivait depuis si longtemps. Lorsque Theo fut vraiment en sécurité, loin de Loeanneth, elle évoqua enfin Howard devant son mari. Il s'emporta, tout d'abord, puis s'effondra, plus bouleversé qu'elle l'eût jamais vu. Puis, avec le temps, elle réussit, à force de douceur, à le faire parler. Il confirma ce qu'elle savait déjà, la désertion d'Howard, le peloton d'exécution. Il lui raconta aussi la liaison d'Howard et de Sophie, le petit Louis, la nuit dans la grange, l'évasion presque réussie et l'acte effroyable qu'il avait failli commettre.

« Failli commettre, murmura enfin Eleanor, tandis qu'Anthony sanglotait sur son épaule.

— J'aurais préféré en être capable. C'est une pensée qui me vient encore.

— Tu voulais sauver ton ami. Tu l'aimais tant.

— J'aurais dû le sauver.

— Il n'aurait pas voulu l'être de cette manière, Anthony. Il aimait Sophie et le petit Louis. Il considérait Louis comme son fils. Un père, une mère, se sacrifiera toujours pour son enfant.

— Il devait y avoir un moyen, pourtant.

— Non, je ne crois pas. Tu l'aurais trouvé, Anthony. »

Il l'avait regardée alors avec, dans les yeux, une infime lueur d'espoir. Peut-être avait-elle raison. Peut-être.

« Si tu étais intervenu, reprit Eleanor, sans doute auriez-vous tous deux été fusillés. Howard le savait. Il a eu raison d'agir comme il l'a fait.

— Il s'est sacrifié pour moi.

— Tu as voulu lui venir en aide. Tu as pris des risques inconsidérés.

— Je lui ai fait faux bond. »

Que répondre à cela ? Rien. Elle se serra contre lui tandis qu'il pleurait son ami mort. Puis elle lui prit la main, la pressa fort.

« Moi, murmura-t-elle, tu ne m'as pas fait faux bond. Souviens-toi. Tu m'avais promis de revenir. Tu m'avais dit que rien ne pourrait t'en empêcher. »

Eleanor cependant garda par-devers elle un ultime secret. Elle ne dévoila jamais à son mari les circonstances exactes de la mort de Daffyd. Anthony avait eu pour le vieux monsieur une immense affection. Il n'aurait pas supporté d'apprendre le rôle qu'avait joué Constance dans sa disparition. Eleanor, elle, savait, qui avait retrouvé dans la chambre de sa mère le flacon de somnifères, vide. Grand-Mère deShiel ne s'était même pas donné la peine de nier son crime.

« C'était la seule façon d'en sortir, avait-elle rétorqué. Mon seul espoir de pouvoir mener une vie nouvelle. »

Les relations entre la mère et la fille, déjà exécrables, étaient devenues impossibles. Il ne pouvait être question de rapatrier la vieille dame à Londres, avec le reste de la famille. Pour autant, on ne pouvait pas l'abandonner. Pas complètement. Eleanor, après une recherche exhaustive, finit par trouver Seawall. L'endroit était onéreux, certes : Eleanor, cependant, ne regretta pas un penny de son investissement.

« Notre maison de retraite est la meilleure du pays, avait fièrement annoncé l'infirmière en chef en faisant visiter les lieux à Eleanor. Nous sommes si bien placés ! Sur le front de mer, pas moins. Il n'y a pas une seule chambre où l'on n'entende le ressac de la mer, incessant, magnifique.

— Exactement ce qu'il nous faut », avait dit Eleanor en signant le formulaire d'admission.

Elle n'avait pas tort. Le fracas incessant de la mer était le châtiment approprié pour Constance deShiel.

***

En s'engageant dans la rue, Eleanor faillit entrer en collision avec un policier au visage sévère, juché sur un vélo. Elle balaya du regard les façades, jusqu'à celle de l'épicerie. « PLUS OUVERT QUE JAMAIS ! » proclamait joyeusement le panneau placé sur le trottoir. Elle retrouva son souffle.

Quel soulagement ! L'immeuble était intact.

Et puisqu'elle avait fait tout ce chemin, pourquoi ne pas jeter un coup d'œil à la devanture ? Elle lut le nom du magasin, fièrement peint tout en haut de la vitrine, avant de se retrouver le nez collé sur la grande vitre couverte de ruban adhésif, Blitz oblige, à étudier la disposition soigneuse des boîtes de conserve sur les étagères, côté magasin. L'immeuble de brique, outre l'épicerie, comportait deux étages, dont les fenêtres arboraient des rideaux assortis. Jolie maison. Chaleureuse, confortable. Quel travail ce devait être de nettoyer la vitrine et l'auvent après chaque raid ! Ils étaient impeccables.

Lorsqu'elle poussa la porte, une clochette tinta doucement. Le magasin était petit – remarquablement approvisionné, cependant, au vu de la pénurie alimentaire. Les clients accablés par la guerre pouvaient trouver là quelques produits intéressants, ce qui impliquait une gestion attentive. Ben l'avait dit : Flo, son amie d'enfance, était une force à ne pas négliger :

« Elle ne fait pas les choses à moitié. »

C'était cela, et les autres vertus de Florence – la gentillesse, la bonté, la franchise – qui avaient conquis Eleanor, l'avaient fait sympathiser avec une femme qu'elle ne connaissait pas et à laquelle elle allait confier une partie si vitale de son cœur.

Le silence régnait dans l'épicerie, qui sentait le thé en vrac et le lait en poudre. Il n'y avait personne à la caisse.

C'est un signe, songea Eleanor. Maintenant qu'elle avait vu ce qu'elle devait voir, il fallait repartir.

Elle remarqua alors une porte entrouverte dans l'arrière-boutique ; sans doute donnait-elle sur le logement lui-même. La maison dans laquelle il dormait, prenait ses repas, riait, pleurait, gambadait et chantait. La maison dans laquelle il vivait.

Le cœur d'Eleanor battait plus vite maintenant. Et si elle allait jeter un œil par l'embrasure de cette porte ? Elle tourna la tête ; dans la rue, une femme poussait non sans peine un landau noir. Elle était seule dans l'épicerie. Elle n'avait qu'à faire quelques pas pour se retrouver devant la porte. Elle inspira profondément, calmement – et sursauta. Un léger craquement s'était fait entendre dans son dos. Elle fit volte-face. Un garçon venait de surgir de derrière le comptoir.

Elle le reconnut immédiatement.

Il avait dû rester tout ce temps assis contre le mur et la dévisageait maintenant, les yeux écarquillés. Ses cheveux châtain clair, raides, coupés au bol, lui faisaient une frange épaisse sur le front. Il portait un tablier blanc noué à la taille, plié en deux, car bien trop grand pour lui.

Il devait avoir neuf ans. « Devait » – non, il *avait* neuf ans. Neuf ans et deux mois, pour être précis. Élancé, sans être maigre, les joues rondes. Il décocha un grand sourire à Eleanor – le sourire de qui ne doute pas que le monde soit un endroit merveilleux.

— Désolé si je vous ai fait attendre, madame, dit-il. Aujourd'hui, nous n'avons pas énormément de lait, j'en ai peur. En revanche, nous avons reçu quelques œufs d'excellente qualité, d'une ferme du Kent.

Eleanor eut un vertige.

— Des œufs, parvint-elle à articuler. Ce serait très bien, des œufs.

— Un ou deux ?

— Deux, s'il vous plaît.

Elle sortit son livret de rationnement de son sac. Tandis que le garçon se penchait sur un panier posé derrière le comptoir et choisissait deux œufs pour les emballer dans de vieux journaux, elle s'approcha de lui. Elle entendait son propre cœur battre contre sa cage thoracique. Il lui suffisait de tendre la main pour pouvoir toucher le garçon.

Elle croisa les mains sur le bord du comptoir, les mâchoires serrées, et remarqua un livre posé près de la caisse. Le dos éraflé, les pages cornées, la jaquette manquante. Lorsqu'elle était entrée dans l'épicerie, il n'était pas là, ce volume. Le garçon avait dû le mettre là en sortant de sa cachette.

— Tu aimes lire ?

Il jeta un regard coupable par-dessus son épaule et ses joues rosirent immédiatement.

— Maman dit que je suis un original.

Maman. Eleanor se contracta.

— Vraiment ?

Il hocha la tête, le front légèrement plissé, tout en fignolant l'emballage de son second œuf. Puis il posa les deux paquets en forme de bonbon sur le comptoir et fit disparaître le livre.

— En fait, déclara-t-il d'un ton solennel en lançant un regard à Eleanor, je ne suis pas censé lire quand je suis au magasin.

— Quand j'avais ton âge, je ne pouvais pas non plus m'en empêcher.

— Est-ce que cela vous a passé ?

— Pas vraiment.

— Je crois que cela ne me passera pas non plus. Celui-là, je l'ai déjà lu quatre fois.

— Eh bien, tu dois le connaître par cœur à l'heure qu'il est.

Il eut un fier sourire d'assentiment.

— C'est l'histoire d'une petite fille qui habite une

grande et vieille maison, à la campagne. Un jour, elle découvre une porte secrète qui l'emmène dans un monde parallèle.

Eleanor s'appuya contre le comptoir.

— Cette maison se trouve en Cornouailles. Connaissez-vous cette région ?

Elle hocha la tête.

— Y êtes-vous allée ?

— Oui.

— Comment est-ce ?

— L'air a l'odeur de la mer. Tout est d'un vert intense. Il y a de merveilleux jardins remplis de plantes étranges et merveilleuses. En Angleterre, on ne les trouve que là.

— Oui !

Les yeux du garçon brillaient.

— C'est exactement comme ça que je me l'imagine. Mon oncle m'a dit la même chose. Lui aussi, il est allé en Cornouailles, voyez-vous. Il m'a dit que, là-bas, il y avait vraiment des maisons comme celles que décrit mon livre, avec des lacs, des canards, des passages secrets.

— J'ai grandi dans une maison comme celle-ci.

— Oh ! Vous en avez, de la chance. C'est mon oncle – il est à la guerre, en ce moment – qui m'a envoyé cette carte postale. Il s'appelle Ben.

Le regard d'Eleanor suivit la direction indiquée par le garçon. Une photographie sépia avait été fixée sur un côté de la caisse enregistreuse avec du ruban adhésif. Elle représentait le portail d'un jardin, envahi par le lierre ; au coin inférieur droit, quelques mots étaient inscrits en lettres cursives blanches, souhaitant au destinataire de la carte des *Souvenirs magiques*.

— Vous croyez à la magie ? demanda le garçon, la mine sérieuse.

— Oui, il me semble.

— Moi aussi.

Ils échangèrent un sourire, atteignant soudain un moment de parfait accord. Eleanor avait l'impression d'être au seuil d'un moment qu'elle n'avait pas prévu et ne pouvait vraiment décrire. L'atmosphère était chargée de possibilités.

Puis il y eut du bruit, un mouvement ; leur attention se détourna immédiatement. Une femme venait de pousser la porte de l'arrière-boutique. Elle avait les cheveux noirs et bouclés, un visage vif, les lèvres pleines, les yeux étincelants, et cette sorte de force indomptable qui occupe l'espace. Eleanor se sentit inconsistante, maigrichonne.

— Que fais-tu ici, mon cœur ?

La nouvelle venue ébouriffa les cheveux du garçon et lui adressa un sourire débordant d'affection, avant de se tourner vers Eleanor.

— Bertie s'est-il occupé de vous ?

— Oui, il a été des plus serviables.

— Il ne vous a pas empêchée de vaquer à vos occupations, j'espère ? Mon petit gars est si bavard qu'il pourrait faire descendre Nelson de sa colonne.

Bertie eut un grand sourire : de toute évidence, c'était une de leurs plaisanteries préférées.

Une douleur subite perça la poitrine d'Eleanor. De nouveau, elle dut s'appuyer sur le comptoir. La tête lui tournait.

— Ça va, madame ? Vous êtes pâle comme un linge.

— Ce n'est rien.

— Vraiment ? Bertie, mon cœur, va faire chauffer un peu d'eau.

— Non, vraiment, protesta Eleanor. Il faut que j'y aille. J'ai d'autres courses à faire. Merci pour les œufs, Bertie. Je vais les savourer. Cela fait si longtemps que je n'ai pas vu de vrais œufs.

— Durs, dit le garçon. Avec les œufs, il n'y a que ça de bon.

— Je suis entièrement d'accord avec toi.

Lorsqu'elle poussa la porte, la clochette tinta ; Eleanor fut traversée par un souvenir – dix ans plus tôt, la poste du village et Ben dans les bras duquel elle avait failli tomber.

— La prochaine fois que vous venez, s'écria le garçon, dans son dos, je vous ferai du thé !

Eleanor se retourna, le sourire aux lèvres.

— Cela me fera grand plaisir, dit-elle. Oui, grand plaisir.

35

Londres, 2004

Elles se retrouvèrent au Natural History Museum, comme toujours, pour l'anniversaire de la mort d'Eleanor. Elles ne s'embrassèrent pas. Ce n'était pas dans leur caractère. Mais, durant la visite, elles se tinrent par le bras, se soutenant l'une l'autre en marchant. Elles se taisaient, perdues chacune dans ses souvenirs intimes d'Anthony et de Loeanneth, et de tout ce qu'elles avaient appris l'année précédente. Trop tard pour venir en aide à leur père, certes : mais leurs vies à elles avaient désormais acquis une sorte de plénitude.

Les autres les rejoignirent plus tard au V&A, pour le thé. Y compris Bertie, qui n'hésita pas à faire le voyage de Cornouailles.

« Il est hors de question que je rate cela ! s'était-il exclamé lorsque Alice l'avait appelé pour l'inviter. D'ailleurs, je comptais venir à Londres cette semaine. C'est qu'il y a une inauguration de la première importance que je ne manquerais pour rien au monde ! »

Lorsque Alice et Deborah arrivèrent, il s'était déjà

installé et leur fit signe. Il se leva à leur approche, leur sourit, les embrassa l'une après l'autre. Curieux, songea Alice, tandis que Deborah, le rire aux lèvres, caressait les joues de Bertie. Les deux sœurs, qui détestaient les retrouvailles démonstratives, n'étaient pourtant pas avares de baisers avec leur petit frère. Comme s'il fallait combler le vide de ces si longues années de séparation. Ou, peut-être, l'ayant perdu lorsqu'il était encore bébé, leur fallait-il toujours exprimer leur amour de manière tactile, comme un adulte ne peut s'empêcher de tendre les bras vers un petit enfant. Quoi qu'il en soit, elles l'adoraient. Comme Eleanor aurait été heureuse de savoir qu'ils s'étaient retrouvés, songea Alice.

Sadie apparut à la porte du café, une épaisse liasse de papiers dans les bras. Elle marchait d'un pas toujours aussi décidé, tête baissée sur les feuilles qu'elle essayait de remettre dans l'ordre.

— Désolée, marmonna-t-elle. Le métro est resté coincé un bon moment. Je suis en retard. C'est chronique, en ce moment, avec tout ce que je dois faire pour l'ouverture. J'espère que vous n'attendez pas depuis trop longtemps ?

— Pas du tout, répondit Deborah avec un sourire attendri. Nous venons à peine d'arriver.

— Ah, voilà Peter, déclara Bertie, en désignant la porte d'un hochement de tête.

Sadie tendit son paquet de feuilles à Alice.

— J'ai noté tout ce qui me choquait – c'est-à-dire pas grand-chose. Quelques erreurs techniques, c'est tout. Alice, Alice...

Elle posa son sac à main sous la table et se laissa tomber dans un des fauteuils vacants.

— ... il est excellent. Vraiment excellent. Il me tardait vraiment de connaître la fin.

Alice était visiblement flattée, sans pour autant avoir l'air surprise.

— Je suis heureuse de vous apprendre que le numéro 51 s'est révélé nettement plus complaisant que le numéro 50.

Peter, qui les avait rejoints, se pencha sur Sadie pour l'embrasser sur la joue. Elle le retint par sa chemise et l'embrassa en retour.

— Comment ça s'est passé ? demanda-t-elle. Tu l'as ?

— Ici même.

Il plaqua la paume sur sa sacoche.

— Comment t'y es-tu pris ? Ils disaient qu'elle ne serait pas prête avant une bonne semaine.

— J'ai mes méthodes, répondit-il, un sourire mystérieux sur les lèvres.

— Ça, je veux bien le croire.

— Effectivement, répliqua Alice. Et c'est mon secrétaire particulier. Ne t'avise pas d'essayer de me le voler.

— Je n'oserais pas, Alice.

— Allez, allez, dit Bertie. Ne nous fais pas languir. Montre-la-nous !

Peter sortit un paquet plat et rectangulaire de sa sacoche et défit soigneusement l'emballage. Le métal jetait des éclats argentés tandis qu'il levait la plaque dans la lumière.

Alice chaussa ses lunettes et se pencha sur l'inscription. *S. Sparrow, Détective privée. Sonner, S. V. P.* Puis elle replia ses lunettes et les rangea dans leur étui.

— Très bien, commenta-t-elle. Net et sans fioritures.

C'est ce que j'aime. Tous ces noms d'agences à dormir debout... *Des enquêtes et des ailes... Hercule Moineau...*

— *Les oiseaux se cachent pour découvrir...*

— Ah, celui-là, j'aime bien, dit Bertie.

— Hum, reprit Peter. Je ne peux pas en réclamer la paternité. C'est Charlotte qui l'a trouvé.

— Nous la verrons aujourd'hui, Charlotte ?

— Non, répondit Sadie. Trop de révisions. Mais elle m'a dit qu'elle essaierait de passer à l'inauguration de l'agence, samedi soir.

— Parfait, reprit Bertie avec un sourire qui exprimait à la fois la fierté, la satisfaction et quelque chose d'un profond bonheur. Dites-moi, vous tous : que diriez-vous si, au lieu de prendre le thé – une fois n'est pas coutume, hein ! –, nous commandions quelque chose d'un peu pétillant ? Je crois que nous avons des tas de choses à célébrer.

Remerciements

Je suis comme toujours, intensément redevable à de nombreuses personnes. L'inestimable Annette Barlow tout d'abord, qui a lu, jaugé et commenté plus de versions du manuscrit qu'il n'est raisonnable pour un être humain. Et Maria Rejt, dont la gentillesse, la sagesse et l'attention ne se sont jamais démenties. Vous êtes toutes deux de vraies perles, avec lesquelles publier un livre est une joie.

Ma reconnaissance la plus profonde, donc :

• à tous mes amis d'Allen & Unwin Australie, en particulier à Christa Munns, à Karen Williams, à Tami Rex et à Andy Palmer, qui m'ont redonné beaucoup d'humilité, tant sont immenses leur enthousiasme et leur compétence ; Ali Lavau et Simone Ford, pour leur génie des mots et leur respect des détails ; Wenona Byrne pour ses talents, dont l'étendue est impressionnante ; et Robert Gorman, qui n'a jamais cessé de croire en mes livres et en leur auteur ;

• à ma chère équipe chez Pan Macmillan Grande-Bretagne : Eloise Wood, Sophie Orme, Josie Humber, Geoff Duffield, Anna Bond, Stuart Dwyer, Jonathan

Atkins, Katie James et Anthony Forbes Watson, qui apportent à leur travail une farouche énergie et un grand talent ; Rachel Wright et Kate Moore pour leur œil d'aigle et Liz Cowen, encyclopédie ambulante ;

• et à toute la troupe d'Atria, à New York, pour son dévouement incroyable et son professionnalisme : en particulier, Lisa Keim, Judith Curr, Carolyn Reidy, mais aussi Kimberly Goldstein, Isolde Sauer, Lisa Sciambra et Hillary Tisman, ainsi qu'à la belle équipe canadienne, Kevin Hanson, David Millar et Rita Silva.

Je voudrais remercier aussi tous les magnifiques éditeurs et traducteurs grâce aux efforts desquels mes ouvrages sont lus dans des langues qui me sont inaccessibles, et à tous les librairies, les bibliothécaires, les journalistes et les lecteurs qui s'emparent de mes livres. S'ils n'étaient pas ouverts, les livres ne seraient que de longues séries de signes noirs sur des pages blanches.

Ma famille et mes amis m'ont constamment soutenue dans ce projet. Merci, Julia Kretschmer, à mon côté depuis la conception de *L'Enfant du lac* et qui m'a toujours encouragée, même lorsque n'existaient de ce roman que quelques morceaux du puzzle – les formes étaient curieuses, mais les contours commençaient à correspondre. Merci, Selwa Anthony, mon agent : sa générosité, son affection et son acuité sont sans pareilles. Di McKean est une alliée rationnelle, sereine, ordonnée ; Mary-Rose MacColl et Louise Limerick sont écrivains et consœurs et leur complicité est fort appréciable ; Herbert et Rita Davies sont mes chers et brillants mentors ; enfin Karen Robson, Dalerie Patterson et Di Morton ne sont jamais avares de leur précieux temps.

Remerciements spécifiques à Didee, dont l'amour et la compassion, inconditionnels, demeurent à mes yeux les symboles de ce dont une mère est capable pour ses enfants.

Et surtout, surtout, comme toujours, je veux remercier mon mari, Davin, si intelligent, si drôle et si gentil, et mes fils, Oliver, Louis et Henry, qui, à eux trois, ont fait de moi un être humain et un écrivain plus lucide, plus complexe, plus vulnérable, plus courageux (et, je l'espère, meilleur).

Il m'est difficile d'inclure ici la bibliographie complète des sources que j'ai consultées pour écrire *L'Enfant du lac*. Je me contenterai de citer *The Perfect Summer : England 1911, Just Before the Storm* by Juliet Nicolson ; *The Victorian House* de Judith Flanders ; *Talking about Detective Fiction* de P. D. James ; *The Reason Why : An Anthology of the Murderous Mind*, ed. Ruth Rendell ; *For Love and Courage : The Letters of Lieutenant Colonel E. W. Hermon*, ed. Anne Nason ; *A War of Nerves*, de Ben Shephard ; and *Testament of Youth*, de Vera Brittain (à laquelle j'ai emprunté la sévère maxime que répète Anthony : « Mieux vaut être mort que de ne pouvoir servir son pays »). Je me suis servie de www.beaumontchildren.com pour décrire le processus d'enquête et

www.firstworldwar.com

m'a appris de nombreux détails sur le stress post-traumatique. C'est d'ailleurs le site que Sadie consulte après son entrevue avec Margot Sinclair. J'ai également lu en ligne de nombreux témoignages de jeunes femmes qui avaient confié leur nouveau-né aux services sociaux. Témoignages souvent anonymes : je suis reconnaissante à leurs auteurs d'avoir eu le courage de partager leur expérience.

Les Cornouailles sont pour moi une source inépuisable d'inspiration ; quel plaisir d'avoir pu y passer du temps à imaginer *L'Enfant du lac* !

Table des matières

Composition et mise en pages
Nord Compo à Villeneuve-d'Ascq

Imprimé en France par CPI
en avril 2017
N° d'impression : 3023100

POCKET – 12, avenue d'Italie – 75627 Paris Cedex 13

Dépôt légal : mai 2017
S27695/01